史蒂芬金的故事販賣機

STEPHEN KING

Skeleton Crew

謝瑤玲·余國芳·賴慈芸｜譯

【導讀】

回歸最為單純的聆聽樂趣

——談《史蒂芬・金的故事販賣機》

【城堡岩小鎮家族創立人】劉韋廷

雖然史蒂芬・金的長篇小說總是在厚度上教人吃驚不已，然而，他對於短篇小說卻一直有著獨特愛好，曾在自己的短篇集《世事無常》（Everything's Eventual, 2002）中，藉由自序公開表示，希望報章雜誌能像以前一樣固定刊載短篇小說，使年輕作家能以投稿方式順利發表作品，更呼籲出版社於現今以長篇小說為主的書市中，能再多花一些心思推出各種短篇小說集。

我想，就作家而言，要去書寫一篇短篇小說，的確是一種與長篇極為不同的奇妙技藝。在長篇小說中，作家得以擁有更為廣闊的空間塑造角色及事件，藉由足夠的鋪陳與細節描繪，使故事更能展現出富饒的風貌。

然而，短篇小說所擁有的字數限制，則顯然較難使作家運用複雜手法來塑造結構嚴謹之作，是以，比起長篇而論，精采的短篇小說除了考驗作家本身駕馭文字的功力外，更是一種極為要求靈感的文類，有時，短篇小說無須交代故事背景及角色過往，僅需要某個單一事件，便能神奇地展現出一種如同世界切面般的存在，在這個與長篇相較之下更顯局部與緊縮的小世界中，事件有無明確解釋並非如此重要，一切大可僅以氣氛作為主要依歸，使得身為讀者的我們，也得以在睡前抽出短短時間展讀一篇，便能感受到故事回歸單純的迷人本質，如同兒時聆聽床邊故事般，使優秀短篇小說那原始純粹的魅力陪伴我們入眠。

而對於史蒂芬・金來說，短篇小說更是他生命中不可或缺的創作經驗，每當他口中所謂「濃縮且精妙的靈感」出現時，總是讓他迫不及待地以短篇作為呈現方式，甚至就在他已然無需為名氣金錢所苦惱的現在，亦同樣將寫作短篇小說，視為證明自己仍未江郎才盡的方式。

除此之外，短篇小說就某些角度而言，更是史蒂芬・金之所以能有今日的重要關鍵。當他仍是學生時，便曾寫過短篇投稿至雜誌社，並獲得了刊出機會；雖說稿費並不優渥（有時甚至只有贈書），卻也成為了他鞏固寫作信心的根本。甚至，在他長篇處女作《奇女凱莉》（Carrie, 1974）受到賞識前那段經濟拮据的日子裡，亦有好幾次在生活經費堪慮之際，由於收到了短篇小說獲得錄用的稿費，才得以使生計繼續維持下去。

是以若是以此觀點來看，或許我們能說，雖然史蒂芬・金的確仰賴長篇小說致富及奠定其文壇地位；然而，要是沒有那些在他尚未得志前所發表的短篇小說來堅定他寫作之路的決心，或許文壇也會因此而失去這樣一個說故事的高手。而一貫樂於提攜後進的史蒂芬・金，之所以會如此多次呼籲大眾及出版業重視短篇小說，其原因也由此可見一斑。

這一本《史蒂芬・金的故事販賣機》，是史蒂芬・金於一九八五年時所推出的第二本短篇小說集，就他自序中所言，書中收錄的短篇作品，除了成名後發表的小說外，甚至還包括了他於十八歲時書寫的短篇小說，而這樣一本作品年代橫跨十七年的選輯，亦得以讓我們窺見史蒂芬・金一路以來的轉變所在。

在包含〈收割者的影像〉與〈木筏〉等靈感來自早期的作品中，我們可以看見當時他的作品偏向以故事本身的懸奇感為主，所呈現出的效果，亦和《陰陽魔界》等單元式恐怖影集的風格較為相近，利用精簡的故事內容，充分發揮出驚悚的氛圍與巧思。然而，在他成名後的短篇，風格則略有轉變，像是〈水道〉一篇，便在短小篇幅中，以角色思緒上的變化作為事件發展核心，也因此使得那些詭異的氣氛，由於角色而非情節，彰顯出情緒上的渲染力與人性面貌，其中部分的故事推演及隱匿其中的暗喻，亦因此更饒富趣味，使得各篇中的風格雖說看似一致，卻也依舊各有各的有趣，囊括了史蒂芬・金一路以來戮力關注的各種書寫面向，無論是作家與作品間的關係（如〈變形子彈之歌〉）、對於中產家庭結構的關注（如〈猴子〉與〈外婆〉），甚至是他當時身陷其中的毒癮問題（如〈適者生存〉），均能讓人明確瞥見他的書寫標記與作者身影。

當然，對於史蒂芬・金的忠實書迷來說，本書也有許多他以個人最負盛名的虛構城鎮「城堡岩」作為背景的短篇小說，其中〈陶德太太的捷徑〉及〈奧圖伯伯的卡車〉，更是他自認所有關於「城堡岩」的短篇小說中最為優異的兩篇；甚至，若是你對史蒂芬・金除了小說外的作品好奇不已，這本《史蒂芬・金的故事販賣機》中，亦同樣收錄了〈窗邊的男人〉及〈給歐文〉這兩篇史蒂芬・金少見的詩作，得以讓讀者更加了解他的不同創作面相。

或許我們能說，對喜愛閱讀小說的人而言，故事本身即是最讓人著迷不已的重要環節，而這一本《史蒂芬・金的故事販賣機》，也正藉由了短篇小說的特質，巧妙讓我們再度感受到那種單純的閱讀享受。我想，如同床邊故事般每晚閱讀一篇，或許正是閱讀本書最好的方式，也是讓我們再度溫習短篇小說樂趣的最佳方式吧。

本書獻給亞瑟與喬伊絲・葛林

我是你的不羈男，
這是我的真面目。
且讓我來這裡，
施展渾身解數。

——K. C.與陽光樂團

你愛嗎？

作者序

等等——等一下吧。我要和你談談……然後我要吻你。等等……

1

這是本短篇故事集，寫於我一生中各個不同的階段。最早的一篇，〈收割者的影像〉，是我十八歲時，上大學前的那個夏天寫的。那時我們一家住在緬因州的西德翰，有天我和我哥在後院打籃球時，突然想到這麼一個故事。現在重讀這篇小說，使我不禁緬懷往日，有些黯然神傷。〈變形子彈之歌〉完稿於一九八三年十一月。這前、後兩篇小說橫跨了十七年的時間。固然，比之於諸如格雷安・葛林、毛姆、馬克・吐溫、尤朵拉・威爾第（Eudora Welty）等知名作家榮耀而漫長的寫作生涯，十七年實在不算什麼。可是名小說家史蒂芬・柯倫（Stephen Crane）一生寫作的時間不到十七年，而羅夫克洛（H. P. Lovecraft）的事業也不過延續了十七年。

一、兩年前，一個朋友問我幹嘛那麼白費力氣。他說，我的長篇小說本本賣錢，短篇故事卻只是吃力不討好。

「怎麼說？」我問。

他敲敲手邊的一本《花花公子》雜誌。正好我有一篇故事就登在那一期《花花公子》上（〈眾神的電腦〉，亦收錄在本書中），所以我很得意地對他說了。

「好，我告訴你。」他說：「不過你得先告訴我，這篇故事你拿了多少稿費。」

「好。」我說：「我得到兩千塊美元。不算少吧，威特。」

（他的真名並非威特，但為了避免讓他受窘，我只得隨意捏造一個假名。）

「不對，你並沒有得到兩千塊美元。」他說。

「沒有嗎？你查了我的存摺了？」

「沒有。我曉得你只拿了一千八，因為你的經紀人抽了百分之十。」

「不錯。」我說：「那是他應得的。是他把我的故事推銷給《花花公子》，我一直都希望《花花公子》能用我的稿。所以，我是拿了一千八，而不是兩千。那也沒差多少。」

「錯了。你得到的是一千七百一十美元。」

「什麼？」

「你不是跟我說過，你的業務經理必須抽淨利的百分之五嗎？」

「呃，對——一千八百減掉九十。我還是認為一千七百一十美元的稿費並不——」

「問題在於並沒有那麼多錢，」這個悲觀主義者搶著說：「其實只有區區八百五十五美元而已。」

「什麼？」

「你忘了你必須繳的高收入所得稅了？」

我沒說話。他知道我沒忘。

「所以，」他輕聲說：「實際上你只得到七百六十九元五角，對吧？」

我不情願地點點頭。緬因州的所得稅法規定，像我這個收入等級的居民必須替州政府繳百分之十的聯邦稅。八百五十五元的百分之十是八十五元五角。

「你花了多久時間寫這篇故事？」威特又問。

「大概一個星期吧。」我衝口說道。事實上，加上改寫定稿，我前後花了總有兩星期吧，只是我不想對威特實話實說。

「這麼說，那個星期你賺了七百六十九元五角。」他說：「你可知道在紐約一個水管工人每星期賺多少錢嗎，史蒂歐？」

「不知道。」我說。我討厭別人叫我史蒂歐。「你也不知道吧。」

「我當然知道。」他說：「扣稅之後，大概是七百六十九元五角。因此，依我看，你根本就是吃力不討好。」說完他狂笑了一陣，接著問我冰箱裡還有沒有啤酒。我說沒有。

我要將本故事集送一本給威特，附上一張小紙條，寫著：我不會告訴你這本書我拿了多少版稅，但我要告訴你，威特：光是〈眾神的電腦〉這篇故事，我的「淨」收入就已超過兩千三百元，還不包括你上回興高采烈爲我算出的七百六十九元五角在內。我會在紙條上署名「史蒂歐」，再加一條附記：其實那天冰箱裡還有啤酒，後來你走了以後我自己喝掉了。

這應該夠洩他的氣了。

2

然而，錢不是最重要的。我必須承認，〈眾神的電腦〉賺了兩千多塊錢令我十分興奮，但是當〈收割者的影像〉最初出現在《驚異神秘故事》月刊上時，我也同樣雀躍。而當《緬因大學文學雜誌》出版我的故事〈老虎〉，只寄來十二本雜誌給我時，我也不以為意。

我是說，有錢當然很好，但咱們也不必故作清高。當一些雜誌開始固定刊登我的短篇故事時，我二十五歲，我太太二十三歲。我們已經有個孩子，另一個也在半路上了。那時我每週在一家洗衣店工作五、六十個小時，每小時工資是一塊七毛五。我們的生活捉襟見肘，入不敷出。每次有一筆稿費寄到，似乎總是我們正需要錢買嬰兒耳朵發炎的抗生素，或及時保住就要被剪斷的電話線的時候。憑良心說，錢的好處誰都不能否認。正如《魔符》（The Talisman）裡的莉莉·卡凡納所說的：「沒有人會嫌自己太瘦或太有錢。」要是你不以為然，那你一定從來沒有真的胖過或真的窮過。

話說回來，你也不能滿腦子只想著錢，想著每小時可以賺多少，年薪多少，甚至這輩子會有多少錢，否則你跟一隻猴子就沒有兩樣。最後你甚至不是為了愛而賣命工作，雖然能夠那麼想是最好。你拚命工作，只因為不工作無異於自殺。儘管寫稿實在很累，但我得到的補償卻是威特那種人無法理解的。

就拿〈眾神的電腦〉來說吧。這不是我寫過最好的一篇故事，絕對不是一篇可以得獎的作品。可是也不太壞，滿有趣的。一個月前我自己剛買了一台個人電腦，（一台大型王安電腦——請別妄加評斷，好吧？）當時我仍在摸索，想知道它的能力有多高或多低。而最令我著迷的莫過於「插入鍵」和「刪除鍵」。

有天我靈感泉湧，卻無從下筆。我腦子裡一片紛亂，每一個思緒都以接近音速的速度竄來竄去。到了傍晚，我覺得萬分難過——發冷，發熱，腰痠背痛。我的胃絞成一團，全身關節也隱隱作痛。

那晚我睡在客房裡（因為離浴室最近），從晚上九點睡到大約清晨兩點。我睜開眼睛，心裡明白我再也睡不著了。但因為疲累，我還是躺在床上，不久我就想到我的電腦，以及「插入鍵」和「刪除鍵」。我心想：「如果有個人寫了個句子，然後，他按『刪除鍵』，結果那個句子的主詞便從這世上消失了，那不是很有趣嗎？」我的每個故事幾乎都是這樣開始的：「假如……那不是很有趣嗎？」雖然這些「假設」大部分都很可怕，但只要我說給別人聽，總會引起一些訕笑，無論那故事的結果有多大的潛力。

總之，我開始想像「刪除鍵」，雖沒有具體的故事成形，但多少有了些概念。我想像著這個人（通常我假設的人物都暫名為「我」，直到我開始動筆寫故事，非得給他一個名字為止）把牆上掛的畫「刪除」掉，接著刪掉客廳裡的座椅，再來是整個紐約市，然後刪掉戰爭的概念。接著我又想到他也可以「插入」一些東西，無中生有地讓那些東西突然出現在這世上。

然後我又想：「那麼給他一個惡妻好了——他可以把她刪除掉，也許——然後插入一個好的。」想到這裡，我不知不覺睡著了。第二天早上，我精神奕奕。前晚的痛苦已不藥而癒，而我想到的情節仍鮮明地印在我腦袋裡。我寫了下來。你也許會覺得這故事和我剛開始構思時有些出入，但——一向都是如此。

我不需要再詳加圖解吧？你不能只為了錢而工作就對了，不然你就是隻猴子，就這麼簡單。那故事給我的回報是，讓我在輾轉難眠時安穩地又睡著了。我給它的回報，則是讓它具體存在，一如其所願。其餘的都只是副作用。

3

我的讀者，我希望你會喜歡這本書。也許，你寧願看本長篇小說吧，因為大多數人早已忘了短篇故事的樂趣了。在許多方面，閱讀一本長篇佳作，都可與一段長期而又令人滿足的感情比擬。我還記得在拍攝「毛骨悚然」（Creep Show）期間，我往返於緬因州與匹茲堡之間，由於我的懼飛症，加上航空公司人員罷工，接著雷根先生又把罷工人員都炒了魷魚，所以我多半開車來回。那時我常聽分別錄在八捲錄音帶上的《刺鳥》（珂琳·麥庫勒著），大約有五個星期的時間，我覺得我和那本小說不只是有感情而已，我根本就和它結婚了。（我最喜歡的一段是那個老巫婆死掉，而且屍體在大約十六個鐘頭後便開始腐爛、長蛆。）

大致上說來，短篇故事很不一樣——一個短篇故事，就像一個神秘陌生人奉上的一吻。當然，那和一段感情或是婚姻無法相提並論，但是這一吻可以很甜蜜，而且正由於其短促，才具有特別的吸引力。

寫作這麼多年，我還是覺得寫短篇故事很難下手，甚至覺得變得更難了。比如說，長度不易掌握（我寫起稿來頗像胖女人節不了食），而且沉思咀嚼的時間也減少了。想要恰如其分地寫下來也很困難——在想像中那個假定為「I」的人常常會飄出腦海，消失無蹤。

所以我想，最重要的就是不斷嘗試。不停地親吻，挨幾個耳光，也總比連試都不試就放棄的好。

4

好，話說得差不多了。我可以向幾個人致謝吧？（要是你嫌累，可以跳過這段。）

謝謝始作俑者，比爾·湯森。他和我一起編纂了第一本短篇小說集《玉米田的孩子》，再編這一本也是他的主意。他已經搬到威斯康辛州的樹屋鎮去了，但不管他住在哪裡，我都一樣敬愛他。如果說出版界還有碩果僅存的一位紳士，那就是比爾。上帝保佑你那顆愛爾蘭心靈，比爾。

謝謝住在普特南的菲利·葛倫熱心的處理。

謝謝我的經紀人，柯比・麥卡利。他也是愛爾蘭人，不但為我推銷了此集中大部分的故事，而且以緊迫釘人的方式，催我寫出其中最長的一篇〈迷霧驚魂〉。

我開始覺得這很像奧斯卡金像獎頒獎典禮的致答辭了，不過，管他的！

也謝謝雜誌編輯們——《紅皮書雜誌》的凱西・沙根，《花花公子雜誌》的愛麗・杜納，《騎士雜誌》的奈伊・魏登，《北佬雜誌》的編輯們，以及《科幻小說雜誌》的愛德・弗曼。

我該感謝的人可多了，他們的名字我都記得，不過我不會再囉嗦下去了。最後要感謝的是你，我的讀者——因為最後一切都歸於你。沒有你，一切都是白費。只要我的任一篇故事能使你快樂、遐想，並免於在吃中餐時、搭飛機時、或在拘留所揉紙團時感到無聊，那就是回報。

5

好——廣告完了。現在，抓緊我的臂膀吧。抓牢。我們將進入許多黑暗地帶，但我想我認得路。假如我將在黑暗中吻你，那沒什麼好大驚小怪，只因為你是我的愛。

現在，請聽～～

一九八四年四月十五日
班格爾市，緬因州

contents

of this date a few mo

ence in which you

the honour to apply to

Excellency to restore

the Commission of Br

General of Brigade

which I had the honour

resign, and which

-cellency accepted

me great pleasure

it and the order

given to that effect

被詛咒的手

The Man Who Would Not Shake Hands

史蒂芬送上飲料。在那寒冷冬夜的八點過後不久，我們多數人便隨他們退席到書房裡。有一陣子沒人說話，僅有的聲響便是壁爐裡嗶剝作響的爐火、打撞球的輕微碰撞聲，和室外呼嘯怒吼的寒風。然而在東三十五街二四九號B棟的這間宅邸裡卻很暖和。

我記得那晚坐在我右邊的是大衛·艾德利，我左邊則是安林·麥卡隆，有一次他跟我們說過一個女人在不尋常狀況下生產的駭人故事。安林的左邊坐著約翰森，他膝上放了一份《華爾街日報》。

史蒂芬拿著一個白色的小包裹進來，沒說半句話便將那包裹交給喬治·葛生。史蒂芬是個完美的侍從，儘管他有點布魯克林口音（也許這正是他完美的原因），但就我看來，他最棒的一點，就是雖然沒人發問，但他總是知道該把東西交給誰。

喬治一語不發地接過包裹，在他的高背椅上坐了一會兒，凝視已足以燒烤一頭牛的爐火。我看見他眼中閃跳著刻在楔石上的一排字：重點是故事，而非說故事的人。

他以枯老、顫抖的手指撕開小包，將包裹裡的東西丟進爐火中。有一會兒，火焰化為一道彩虹，引起微微的驚嘆聲。我轉過頭，看見史蒂芬背著手遠遠站在大門的陰影中，臉上毫無表情。

當喬治沙啞而近乎埋怨的聲音打破沉默時，我想我們全都嚇得差點跳起來，至少我差點跳了起來。

「我曾見過一個人被殺，就在這房間裡。」喬治說：「雖然沒有一個陪審員會定那兇手的罪。然而，到後來，他自己定了自己的罪——並為自己執行了死刑！」

他停下來點菸斗。藍色的煙，一陣陣繚繞著他皺紋密佈的臉，他慢慢搖熄火柴，那姿勢透露了他關節的毛病十分嚴重。他把火柴往壁爐一丟，落在小包裹燒完剩下的灰燼中，轉眼也跟著燒焦了。

喬治望著火焰，灰白的亂髮下，是雙銳利而深思的藍眼。他的鼻梁高而帶勾，嘴唇薄而緊，肩膀幾乎高聳到他的後腦勺。

「別吊我們胃口，喬治！」彼特・安德魯說：「說出來呀。」

「別怕，耐心點。」我們只好耐心等著，直到他的菸斗點燃到他完全滿意的程度。等菸斗裡的菸草已經火紅地燃起，喬治便把他那雙微微顫抖的大手疊在一隻膝蓋上，說道：

「好吧。我今年八十五歲了，而我將要告訴你們的事，發生在我二十歲左右。那是一九一九年，我剛從第一次世界大戰中回來。我的未婚妻已在五個月前死於流行性感冒。她才十九歲。於是我藉著喝酒和打牌來消愁。你們要了解，她等了我兩年，而在這兩年間，她忠誠地每星期都寄一封信給我。這樣，或許你們就能明白，為何我會如此荒唐地放縱自己。我沒有宗教信仰，只因為在戰壕裡時，基督教義看起來十分可笑，而且我也沒有家人支持我。因此我可以坦白地說，在我受審期間與我相交的朋友，幾乎沒有離開過我。他們一共是五十三個（多於大多數人的所有朋友數目！）：五十二張撲克牌，和一瓶Cutty Sark威士忌。我就住在我現在住的地方，在布瑞南街。但當時房價可便宜多了，也沒有太多藥瓶、藥丸和滿架子成藥。然而我把大部分時光都消磨在這裡，二四九號B棟，因為這裡總有牌局在進行。」

大衛・艾德利打岔了，他雖面帶笑容，但我認為他沒有絲毫開玩笑的意思。「當時史蒂芬就在這裡了嗎？」

喬治回頭望向那個侍從。「那時你在嗎，史蒂芬？或者那是你父親？」

史蒂芬露出一絲幽靈般的微笑。「一九一九年已是六十五年前了，先生，我得說，那是我祖父。」

大衛說：「那麼，你的職業算是一種家庭行業了。」

「正如您所言，先生。」史蒂芬彬彬有禮地答道。

「現在我仔細回想，」喬治說：「你和你的……你說祖父是吧，史蒂芬？——你們長得像極了。」

「是的，先生，是我祖父。」

「如果你和他並肩站在一起，我大概很難分出誰是誰……不過當時和現在都不可能，對吧。」

「對的，先生。」

「我第一次，也是唯一一次見到亨利·鮑爾時，正在遊戲室裡玩單人牌——就在那邊同一扇小門後的房間裡。我們已有四個人準備坐下來玩撲克，只等著第五個人出現。

「當傑森·戴維森告訴我，平常湊第五家的喬治·歐克里因為摔斷腿，正躺在床上，床尾並裝了該死的滑輪裝置時，似乎我們那晚也別想有什麼牌局了。我正想著，恐怕那晚只能用單人牌戲和大量的威士忌酒殺時間時，這個人走過房間，以沉靜愉快的聲音說：『假如你們兩位剛才是在談撲克，我很樂於湊一腳，只要你們不反對。』

「在那之前，他一直埋首在一本《紐約世界》雜誌後方，因此當我望向他，這才第一次看到他。他是個面孔蒼老的年輕人，如果你們明白我的意思的話。我在他臉上看到的某些痕跡，是莎莉死後也開始烙印在我自己臉上的痕跡。

「某些——但不盡然是全部。雖然從他的頭髮、雙手和走路姿態看來，這個人不可能多於二十八歲，但他的臉卻似乎刻劃著經驗，而他那雙黑色眼眸，更含著近似著魔的悲哀。他長得相當英俊，蓄著整齊的短髭，一頭暗色金髮。他穿著一套體面的棕色套裝，衣領最上面一顆鈕釦解開。『我叫亨利・鮑爾。』他說。

「傑森立刻衝過去要和他握手。事實上，他看起來好像要把亨利放在膝上的手抓起來似的。這時一件怪事發生了：亨利的雜誌掉了，將兩手舉高到傑森碰不到的地方，臉上露出驚恐的表情。

「傑森停下腳步，但困惑多於氣憤。他不過才二十二歲——天啊，當時我們多麼年輕呀！——只不過是個乳臭未乾的小夥子。

「『對不起。』亨利極為嚴肅地說：『可是我絕不握手！』

「傑森眨眨眼。『絕不？』他說：『真特別。為什麼不呢？』呃，我已告訴你他乳臭未乾了。亨利很有紳士風度地接受了他的詰問，露出開朗（卻困擾）的笑容。

「『我剛從孟買回來。』他說：『那是個奇怪、擁擠而又骯髒的地方，充滿了疾病與瘟疫。成千上萬隻禿鷹在城牆上高視闊步。我因通商貿易被派到那裡住了兩年，對於我們西方握手的風俗漸漸感到恐懼。我知道我很蠢，也很不禮貌，但我似乎還沒法脫離不握手的習慣。因此務必請諸位見諒，千萬別見怪才好。』

「『只有一個條件。』傑森帶笑說。

「『什麼條件呢？』

「『我去把貝克、芬奇和杰可找來時，你得到桌子這邊來，和喬治喝杯威士忌。』

「亨利對他笑笑，點頭同意。傑森性急地用拇指和食指形成一個圓圈示意，便跑開去找其他人了。亨利和我走向鋪著綠絨布的牌桌，我要請他喝一杯時，他禮貌地回拒了，自己點了一瓶酒。

「我懷疑那可能和他的迷信有關，因此沒說話。我認識一些和他一樣懼怕細菌和疾病的人，甚至猶有過之……我想你們也可能認識這種人吧。」

我們點頭同意。

「『我很高興到這裡來。』亨利說：『自從我從孟買回來後，我一直迴避著任何人的陪伴。一個人太孤獨是不好的，你知道。我想，即使對一個最自給自足的人來說，孤立於群體之外必定是最可怖的一種折磨！』他以奇怪的口音強調著，所以我點點頭。在戰壕裡，通常是在夜裡，我也經歷過這樣的孤獨。在獲知莎莉的死訊後，這種孤獨的經歷更是椎心刺骨。我發現自己對他開始有了好感，儘管他有那種自承的怪異。

「『孟買一定是個迷人的地方吧。』我說。

「『迷人……但也可怖！那裡有些事是在我們的哲學中夢想不到的。他們對汽車的反應很有趣：汽車駛過時，小孩會避開，接著又跟在車子後跑過好幾條街。他們覺得飛機很可怕，而且難以理解。當然，我們美國人對這些發明的反應是完全鎮定——甚至十分得意！但我向你保證，當我初次看到一個街頭乞丐吞下一整包針，然後從他手指末端的傷口一根根將針拉出來時，我的反應和他臉上完全一樣。然而這卻是在世界那個部分的當地人視為稀鬆平常的事。』

「『也許，』他又沉思道：『東西文化絕不可能交融，只能保有各自的奇蹟吧。對一個像你，或我這樣的美國人而言，吞下一包針只會造成慢性而恐怖的死亡。至於汽車……』他沒再往下說，臉上浮現了蕭瑟的陰影。

「我正想開口說話時，老史蒂芬已送來亨利點的那瓶蘇格蘭威士忌，而傑森和其他人也回來了。

「傑森在為雙方介紹前，先說明道：『我已經把你的小習慣告訴他們了，亨利，所以你不必害怕。這位是貝克，那個蓄著大鬍子，看起來很怕人的是芬奇，最後這位是杰可。而你已經認識喬治・葛生了。』

「亨利微笑著，以點頭代替握手。撲克牌籌碼和三副新牌送來了，把錢換成籌碼後，牌局就開始了。

「我們玩了六個多小時，我贏了大約兩百塊錢。本來就不算玩牌好手的貝克，輸了大約八百美元（他並非不心疼。但他父親在新英格蘭擁有三家最大的皮鞋工廠），其他人和我贏的加起來，大約就是貝克所輸的數目。

「傑森多贏了幾塊錢，亨利少贏了幾塊錢，然而亨利只少贏一點已經算很不錯了，因為他一整晚沒拿到幾手好牌。傳統的五張梭哈和新式的德州七張梭哈玩法他都很拿手，好幾次他用冷靜的唬人手法贏錢時，我都不禁想著，換作是我，我大概不敢這麼試吧。

「我又注意到一件事：他雖然喝酒喝得很兇——等芬奇準備發最後一手牌時，他的整瓶威士忌也快喝光了——說話卻毫不含糊，玩牌也一點都不拖泥帶水，而絕不碰手的習慣也還是牢牢遵守。當他贏牌時，絕不會碰別人尚沒放出的籌碼或零錢。有一次，當傑森把酒杯放得極靠近他的手肘時，他驀地把手縮回，差點沒把自己的酒弄灑了。貝克露出驚訝的神色，但傑森卻輕描淡寫地一句話就帶了過去。

「一開始杰可就聲明他早上必須開車到阿爾巴尼去，因此大家再輪流做一次莊，他就得走了。於是最後輪到芬奇做莊，他宣布玩七張梭哈。

「雖然我恐怕很難說出昨天午餐吃了些什麼，或是和誰一起吃。但我對那最後一手牌，記得就像自己的姓名一樣清楚，我想，這就是年齡的神秘吧，不過我想要是當時你們任何人若是在場，可能也會牢記不忘的。

「我手上有兩張未開的紅心，一張已現牌。杰可和芬奇的牌我不知道，但傑森有張紅心A，亨利有張黑桃十。傑森下注兩元——我們下注的上限是五元——於是牌又發了下來。我又得到一張紅心，湊成四張，亨利則得到一張黑桃J，與他的黑桃十相連。傑森得到一張似乎對他那手牌無濟於事的三，然而他卻丟了三塊美金到牌桌上。『最後一手。』他快活地說：『跟進吧，各位！明晚城裡有位女士要和我一同出遊呢！』

「要是當時有個算命的告訴我說，這句話以後將時時浮現在我心坎，甚至直到今天，我想我一定不會相信。

「芬奇發了第三張現牌。我拿到的牌湊不成同花，但大輸家貝克的牌面卻出現一對——好像是K吧。亨利拿到一張方塊二，對他的牌似乎毫無幫助。貝克為他那一對下了五元的極限，傑森立刻再加五元。每個人都跟了。接著我們的最後一張現牌發了下來。我拿到一張紅心K，湊成同花，貝克湊出三條，傑森又拿到一張A，讓他眼睛都亮了起來。亨利拿到一張梅花Q，我怎麼也看不出他為什麼還在跟牌。照他的牌面看來，他這一手牌並不比他當晚拿到的其他牌好。

「賭注開始加高了。貝克下五元，傑森又加五元，亨利跟進。杰可說：『我想我的一對不夠好。』於是退出不跟。我跟進十元，又加了五元，貝克跟進又加五元。

「呃，我也不必多說這些加了又加的場面了。我只要說，每個人有下注三次的限制，而貝克、傑森和我都各下了三次五美元。亨利每次都跟，謹慎地等到別人的手都縮回，才把他的錢丟進來。現在桌上已經有一堆錢了——大約兩百多一點——芬奇繼續為我們發最後一張暗牌。

「我們每人都不發一語地看牌，雖然那張牌對我毫無意義，我已有了五張同花，而從桌上的牌面看來，我的勝算不小。貝克下了五元，傑森又加五元，我們都等著看亨利會怎樣。他的臉因喝酒而微紅，他已解下領帶及領口的第二顆鈕釦，但他看起來十分鎮定。『我跟進……再加五元。』他說。

「我眨了一下眼睛，因為我以為他一定會退出。然而，我手上的牌告訴我非下不可，所以我又加了五元。我們的規矩是，最後一張牌每一家都可無限制地下注，因此桌上的賭金越堆越高。我最先停止，只因為我越來越認定，某家一定拿了三條一對（full house）。貝克接著停止，虛弱地看著傑森的一對A，和亨利那神秘的一手爛牌。貝克不是撲克好手，但他也感覺到一定有人拿了好牌。

「傑森和亨利接著又各加了至少十次，也許不止。貝克和我只跟不加，不願就那樣放棄了我們的大投資。我們四個人的籌碼都用完了，現在堆得如小山高的籌碼旁，全是綠色鈔票。

「『呃，』亨利最後一次加注後，傑森說：『我想我只跟不加了。假如你是在唬人，亨利，我得說你很有本事。但我不能再加了，而且杰可明早還有一趟車要開呢。』說完他在那堆錢上丟下一張五美元鈔票，說：『我跟。』

「我不知道別人怎麼樣，但我本能地鬆了口氣，但不是因為我已經投入那麼多錢。那局牌逼得人直冒冷汗，貝克和我還輸得起，傑森卻不然。他那時正好手頭緊，只靠一筆信託基金過活——而且只是一小筆——是他阿姨留給他的。而亨利——他又怎麼輸得起呢？別忘了，各位，現在堆在桌上的賭金，已經超過一千元了。」

說到這裡，喬治停了下來。他的菸斗也燒完了。

「後來怎麼樣了？」大衛・艾德利傾身向前。「別吊胃口，喬治。我們現在全都被你推到椅子邊了，你要不就把我們推下去，要不就推我們坐回去吧。」

「耐心點。」喬治泰然自若地說。他又拿出一根火柴，在鞋底一擦點亮，燃起菸斗。我們大氣都不敢出，靜心等著。窗外，風在屋簷邊打轉，發出呼呼響聲。

等菸斗點燃後，一切似乎都已就緒，喬治才又往下說：

「你們也知道，撲克牌的規矩是，最後加注的人應該先亮牌。可是貝克太急於結束那緊張的氣氛；他翻開三張暗牌，亮出四張K。

「『我輸了。』我說：『我只有同花。』

「『我贏你。』傑森對貝克說，翻開他的暗牌，兩張A，與他已現牌的一對湊成四張。『真是一局好牌。』他說著，伸手要將那一大筆賭金收進來。

「『慢點！』亨利說。他沒有像大多數人會做的那樣伸手阻止傑森，但光聽他的聲音就夠了。傑森停下來瞪著他，嘴巴張得老大——彷彿那四周的肌肉都化成水了。亨利把他的三張暗牌翻開，露出一手同花順，從八到Q。『我相信這贏得過你的四張A吧？』亨利禮貌地問。

「傑森的臉一陣紅一陣白。『是的。』他慢吞吞地說，彷彿第一次發現這個事實。『是的，你贏了。』

「接下來發生的事，讓我極想知道傑森的動機。他明知亨利極端避諱被碰觸，而且那晚亨利也用了至少上百種不同方式表明這點。也許傑森只是急於向亨利（以及我們大家）表明他也輸得起，可以很有運動家風度地承受那麼大的損失，所以一時忘了。我跟你們說過，他乳臭未乾，就像隻小狗，因此那舉動可能正反映了他的個性。小狗被挑釁時，也是會反咬的。但牠們還不是殺手——小狗不會撲咬喉嚨，可是許多人都有用一只拖鞋或一根橡皮骨頭過度戲弄小狗，因而付出手指被縫幾針的代價。據我記憶所及，那也是傑森的部分個性。

「正如我說過的，我對他的動機非常好奇……不過要緊的應該是結果吧，我想。

「當傑森將雙手從那堆賭金上縮回，亨利便伸手想將錢收為己有。就在這一瞬間，傑森露出老友般的神色，一把將亨利的手拉下賭桌，緊緊握住。『漂亮，亨利，太漂亮了。我不相信我剛才——』

「亨利以女人般的尖叫聲打斷了他的話，並將手抽回。他的尖叫聲在寂靜的遊戲室裡，聽起來極為恐怖。他一將手抽回，牌桌便猛地震動，差點沒翻倒，籌碼和現鈔散得滿桌都是。

「這件事的急轉直下，把我們都嚇呆了。亨利搖搖擺擺地退開牌桌，那隻被碰觸的手伸到胸前，就像個男性版的馬克白夫人。他蒼白得像殭屍一般，而他那恐懼的神情我實在難以形容。我感覺自己正經歷一場空前的悚慄，就連我接獲莎莉去世的電報時也沒有那麼深切的感受。

「接著他開始呻吟，那聲音空洞而可怕，彷彿是從墳墓裡發出來的。我記得我當時想著：啊，這人恐怕瘋了吧；但他隨即說出一句非常奇怪的話：『引擎開關……我忘了關掉汽車引擎的開關了……喔，老天，真對不起！』說完他便奔上樓梯，衝向大門。

「我是第一個採取行動的。我站起身追向他，撇下貝克、杰可和傑森守著亨利贏到的那一大堆錢。他們三個看起來就像守候寶藏的古印加帝國雕像。

「大門還未關上，因此我衝到大街上，立刻看到站在人行道旁找計程車的亨利。他一看見我，立刻倒退三步，使我在同情之餘也不禁感到納悶。

「『嘿！』我說：『等一下！我為傑森的舉動向你道歉，我想他不是有意的。不過，假如你必須因此離開，我不會見怪。只是你把該得的一大筆錢都留下了。』

「『我根本就不該來的。』他呻吟道：『可是我那麼渴望與人接觸，所以我……我……』

「我不假思索地伸手想碰他——這是一個人對另一個傷心的人最基本的姿態——但亨利急忙退縮，並喊道：『別碰我！一個還不夠嗎？喔，上帝，我為什麼不死了算了？』

「他的眼睛突然發亮地望向在那清晨無人的街道上，一隻走在馬路對面的流浪狗。那隻狗身軀瘦削、皮毛骯髒，垂著舌頭、跛著腳慢慢走著。我猜牠大概在找垃圾桶，想弄倒它找殘羹剩肉吃吧。

「『那隻狗可能就是我。』他深思地說著，似乎在自言自語。『人人都躲著牠，使牠被迫只能在其他生物都安全地鎖在門後時，才能獨自一個出來探尋。可悲的狗！』

「『別這樣。』我有點不耐煩地說，因為他的話未免太戲劇化了。『你受到可怕的驚嚇，而且顯然曾因發生過某件事而讓你的神經狀態不佳，但在戰場上我看過何止一千件事——』

「『你不相信我，對吧？』他問道：『你以為我是歇斯底里，對吧？』

「『朋友，我真的不知道你可能中了什麼魔，但我知道如果我們繼續站在這濕冷的大街上，我們兩個都會生病的。現在，請你和我一起到裡面去——只到玄關就行——然後我會請史蒂芬——』

「他的眼睛瞪得老大，讓我十分不安。那雙眼睛已失去了神智，使我聯想到因為戰爭而精神疲乏的病患。在前線時，我看過一個個這樣被載走的人：徒具人的軀殼，空洞的眼睛猶如通向地獄的壺口，口中唸唸有辭。

「『你想看看一個被放逐的人對他人有何反應嗎？』他問道，對我剛才所說的置若未聞。『那麼，你仔細看，看看我在奇怪的停靠港學到什麼吧！』

「說著，他突然抬高聲音，以威嚴的語氣喚了聲：『狗！』

「那隻流浪狗抬起頭，滾著無神的眼珠看著他（牠的一眼露出有恐水病的狂野亮光，另一眼則被白內障遮住），突然改變方向，很不情願地跛著腳過街，朝亨利所站的地方走來。

「顯而易見的，牠並不想來。牠悶聲哼叫，尾巴夾在兩隻後腿間。可是牠仍向亨利走近，直走到亨利腳邊，躺了下來，低伏著呻吟、顫慄，瘦弱的身體兩側如風箱般劇烈起伏，那隻完好的眼睛在眼窩裡滾動不止。

「亨利發出一陣絕望而駭人的笑聲，至今我還常在夢裡聽到。然後他蹲下來。『看吧。』他說。『你瞧，牠將我視為同類……也知道我會帶什麼給牠！』他伸手要摸那隻狗，那狗立即低聲咆哮，齜牙咧嘴。

「『不要！』我喝道：『牠會咬你的！』

「亨利沒理我。在幽暗的街燈下，他的臉色灰白，眼睛猶如兩個燃燒的黑洞。『胡說。』他低聲說：『胡說。我只是要和牠握手……就像你的朋友跟我握手一樣！』於是他突然握住一隻狗腳。用力搖了搖。那隻狗發出一陣可怖的嗥叫聲，卻不曾作勢咬他。

「亨利驀地站起身。他的眼神似乎清明了些，除了臉色白得嚇人外，他差不多又是早先禮貌地提議湊一腳牌局的那位紳士了。

「『我要走了。』他平靜地說：『請向你的朋友道歉，告訴他們我不該表現得像個傻子一樣。也許我會有機會……補償這一次。』

「『該道歉的應該是我們。』我說：『而且你忘了那筆錢了？那可是不止一千塊錢。』

「『喔，是的！錢！』他說著，露出一個令人印象深刻的苦笑。

「『你不想進去就算了。』我說：『只要你答應等在這兒，我去把錢拿來給你。好不好？』

「『好吧。』他說：『既然你願意這麼做，我在這裡等就是。』他又若有所思地看看那隻在他腳邊呻吟的狗。『也許牠會願意跟我回家，為牠這可悲的一生，好好享受一餐。』他又綻出同樣的苦笑。

「為免他又改變主意，我轉身離開他，進屋到樓下去。某個人——或許是杰可吧，他比較成熟——已經把籌碼都換成現金，把那筆錢整齊地堆在牌桌中央。我把錢拿起來時，他們都沒說話。貝克和杰可默然地抽著菸，傑森低著頭，看著他的腳，臉上滿是悲哀和羞愧。我往回走時，輕輕拍了一下他的肩，他感激地看了我一眼。

「當我再度走到大街上時，街上空無一人。亨利已經走了。我兩手各拿了一疊鈔票站在那兒，徒然四顧，卻什麼也沒看到。我試探地叫了聲他的名字，以免他萬一站在什麼陰影中而我沒看見，可是沒人答應。我低下頭，看見那隻流浪狗還在那裡，可是牠的氣數已盡。牠死了。跳蚤和扁蝨排隊離開牠的屍體。我噁心地後退一步，同時感到一股莫名的，宛如置身夢中的驚駭。我有預感我和亨利之間並不是就這樣了結了。我的預感沒錯，但以後我就再也沒見過他了。」

爐架上的火快熄了，寒冷再度自陰影中爬出，可是沒人移動或開口，只是靜靜等著喬治再把菸斗點上。他嘆了口氣，放下交叉的雙腿，使他的一把老骨頭吱嘎作響，接著他又往下說。

「不用說，那晚的牌友一致同意我們必須找到亨利，把他贏到的錢交給他。我想或許有人會覺得我們那樣是瘋了，但那年頭，人們是比今天講求榮譽的。傑森離開時萬分沮喪。我也想把他拉到一邊，對他說幾句好話，但他搖搖頭，走開了。我聽任他離去。只要他好好睡一覺，醒來後自會有不同的看法，然後我們可以一起去找亨利。杰可要出城，貝克有他的公事待辦。那會是讓傑森挽回一點自尊的好方法，我想。

「但第二天早上我到他公寓去時，發現他還沒起床。我或許吵醒了他，可是他還年輕，所以我決定讓他好好睡一早上，自己先去挖掘一些基本事實。

「我到這裡來，和史蒂芬的——」他轉向史蒂芬，挑起一道眉毛。

「祖父，先生。」史蒂芬說。

「謝謝你。」

「不客氣，先生。」

「我和史蒂芬的祖父說話；事實上，就在史蒂芬現在所站的地方。他說雷蒙·葛利爾，一個我的點頭之交，曾提過亨利。雷蒙是市貿委員會的人，於是我立刻跑到他在福隆大樓的辦公室去。他就在辦公室裡，而且立刻接見了我。

「當我把前一晚發生的事對他說出後，他臉上露出同情、悲哀與恐懼交織的神情。「『可憐的亨利！』他說：『我早就知道他會這樣，只是沒想到這麼快。』

「『什麼？』我問。

「『精神崩潰。』雷蒙說：『那起源於他待在孟買那年，我想除了亨利以外，也沒人知道整個故事，但我會盡量把我所知的告訴你。』

「那天雷蒙在他辦公室裡對我披露的一切，增加了我的同情與了解。聽他說來，亨利·鮑爾曾不幸捲入一場真正的悲劇中。而且，就如舞台上的悲劇一樣，那源自一個致命的缺陷——就亨利的例子而言，就是健忘。

「身為貿易委員會駐孟買的一員，他十分享受以車代步，而汽車在那裡可是極稀有的。雷蒙說，亨利幾乎是稚氣地喜歡開車駛過該市狹窄的街道巷弄，嚇得雞飛狗跳，男男女女都跪下向他們的諸神祈禱。他開車到處跑，吸引了大量的注意力，以及一大群穿得破破爛爛的孩子跟在他後面窮追不捨，但當他提議以那神奇的機器載他們一程時，他們就驚惶地跑走。他的車是輛A型福特，卡車車身，是早期那種不是轉動鑰匙，而是按鈕便可發動的車輛之一。這點你們必須記住。

「有天，亨利開車到另一區拜訪當地的麻繩製造商，討論寄銷麻繩的可能性。他的福特車在街上的咆哮與引擎逆火聲，照常吸引了人群的注意力，而且——不用說，孩子又跟在後面追了。

「亨利和那麻繩製造商共進晚餐，這是件極正式也有許多繁文縟節的事。他們坐在突出於街道上的二樓露天陽台上進餐，才上了第二道菜時，樓下突然傳來那輛車熟悉的怒吼聲，同時伴隨著吶喊與尖叫。

「一個最富冒險心的男孩——也是個不知名聖人的孩子——爬上了車子，認定不管鐵車篷下藏了條什麼樣的龍，只要沒有那白人坐在方向盤後，是不可能被驚醒的。而亨利專注於眼前的磋商，竟忘了關掉汽車引擎的開關。

「我們能夠想像得到，那孩子當著他同伴的面，越來越大膽，摸摸鏡子，轉轉駕駛盤，模仿汽車喇叭的嘟嘟聲。每一次他把鼻子轉向藏在車篷下的那條龍，別的孩子臉上便露出激增的敬畏。

「當他按下起動鈕時，他的一隻腳一定是踏住了離合器，或許只是為了撐住自己。引擎還是熱的，因此立刻點燃。那孩子在驚恐萬分的狀態下，必然立刻將踏在離合器上的腳縮回，準備跳到車外。假如那輛車十分破舊或車況不佳，大概就會熄火停止。可是亨利對那輛車照顧得無微不至，因此車子便在吼叫聲中向前暴衝。亨利衝出那麻繩製造商的家時，正好看見了這一幕。

「那男孩致命的錯誤必然純屬於意外。也許在他手舞足蹈地想要跳出車外時，他的手肘正好觸到了節汽閥。也許在驚慌中他拉動了節汽閥，只希望那就是白人讓驚醒的龍又回去睡覺的方法。但不管那是怎麼發生的……它發生了。車速增加到自殺般的速度，衝過擁擠而鬧烘烘的街道，撞過一堆堆貨物，輾過雞籠，將一輛鮮花推車撞得粉碎。它直駛向下坡街口，怒吼不止，跳過人行道，撞向一面石牆，整個爆炸而起火燃燒。」

喬治移了移咬在嘴裡的石南菸斗。

「這就是雷蒙對我說的一切，因為這是亨利對他所說的合理經過。接著是一大套長篇大論，輕蔑地談著兩種文化的不可能融合。那死去男孩的父親顯然在被傳喚前就找上了亨利，對他扔了隻死雞。那是個詛咒。說到這裡，雷蒙對我會意地笑笑，點上一根菸，又說：『像這種事發生時，總免不了有什麼詛咒。那些可悲的異教徒必須不計代價表明這一切。那是他們的生活必需品。』

「『那詛咒是什麼呢？』我好奇地問。

「『我以為你猜得到的。』雷蒙說：『那個印度人對他說，一個對小男孩施魔法的人，應該變成一個賤民、被放逐的人。接著他告訴亨利，說他碰到的任何生物都必死無疑。永遠，永遠。阿門。』雷蒙笑了起來。

「『亨利相信這詛咒嗎？』

「雷蒙認為他相信。『你該記得他受了可怕的驚嚇。現在，根據你告訴我的，顯然他的迷信是變本加厲了。』

「『你可以把他的住址告訴我嗎？』

「雷蒙在他的檔案裡找了半天，最後終於拿出一張單子。『我不保證你能在那裡找到他。』他說：『從那件事之後，人們自然不太願意僱用他。據我所知，他也沒什麼錢了。』

「他的話讓我感到一陣羞愧，但我沒說什麼。雷蒙這個人有點太裝腔作勢，不值得我為關於亨利‧鮑爾的一點消息而答謝他。但我站起身時，卻不由自主地說：『昨晚我看見亨利和街上一隻癩皮狗握手。十五分鐘後，那隻狗死了。』

「『真的？那可真有趣。』他挑起眉毛，彷彿這個評論與我們討論過的一切毫無關係。

「我起身告辭，正想和雷蒙握手時，他的秘書開門進來。『對不起，但您就是葛生先生吧？』

「我告訴她我是的。

「『一個叫貝克的人剛剛打電話來。他要您立刻到十九街二十三號去。』

「她的話讓我大吃一驚，因為當天稍早我已經去過一次了——那是傑森的住址。我離開雷蒙的辦公室時，他已又咬著菸斗坐回他的皮椅，開始看《華爾街日報》了。此後我未再看過他。那算不上什麼損失。我失魂落魄——那不是對某種固定物體的真正懼怕，因為這整件事實在太難相信、太不可思議了。」

我聽到這裡，不禁打岔問道：「老天，喬治！你該不會要告訴我們，說傑森死了吧？」

「死了。」喬治接口道：「我和驗屍官幾乎同時抵達。他的死因被列為心臟冠狀動脈栓塞。再過十六天，就是他的二十三歲生日了。

「接下來幾天，我試著告訴自己那一切都只是巧合，最好忘了。但即使有威士忌的幫助，我仍然睡得不好。我告訴自己應該把那晚的賭金和貝克、杰可平分，忘了亨利·鮑爾曾出現在我們的生活中。但我不能。反之，我把那筆錢兌成一張銀行本票，照雷蒙給我的地址找去；那是在哈林區內。

「但他已經不住那裡了。轉寄郵件的新地址在東城，一個不怎麼富裕的地區。在那裡，他一個月前便已離開，而新址又換成了東村，幾乎算是貧民窟了。大樓管理員是個骨瘦如柴的人，腳邊躺了隻齜牙咧嘴的大型猛犬；他告訴我亨利在四月三日——我們打牌那天——便已遷出。我問他要轉寄郵件的新地址，他卻把頭縮回，發出一陣尖銳的笑聲。

「『朋友，在這地方，人們搬走時留下的轉寄地址只有一個，那就是地獄。不過有時候他們到地獄之前，會先到寶利街去轉一轉。』當時的寶利街便是今日外地人相信的那樣：是無家可歸之人的聚集之處，是只顧喝酒或再打一針白粉的人的最後一站。我到那裡去了。那時寶利街有許多家廉價旅社，還有幾家收留酒鬼過夜的慈善機構，並有幾百條巷弄可以讓流浪漢躺在滿是蝨子的床墊上。我看了幾百個人，個個都只剩一副空殼，被酒精和藥物啃蝕得不成人形。沒人知道或使用任何名字。當一個人最後沉淪到那種地步，他的肝已被木醇腐蝕，鼻子因經常吸嗅古柯鹼和鹼水而潰爛，指頭被凍瘡所毀，牙齒蛀到只剩黑色牙齦時——根本就不會再用他的姓名了。我對見到的每個人描述亨利·鮑爾，但得不到任何回答。酒保搖頭聳肩，其他人只是低著頭，繼續前行。

「那天我沒找到他，第二天、第三天也都沒有。半個月過去了，接著我碰到一個人，那人說三天前的晚上他曾在迪凡尼旅社，看到一個跟我描述一樣的人。

「我步行到那裡去。那旅社離我連日來搜索的地區只有兩條街遠。坐在櫃台的是個枯瘦的老頭子，髮禿齒搖，眼睛佈滿眼屎。旅社房間面對街道的窗上黏著一堆死蒼蠅，上面並寫了『一分錢一夜』的廣告。我向他描述亨利，那老頭不住點頭，直到我說完後，便開口道：

「『我知道他，先生。我熟得很。但我記不太清楚了……不過要是有一塊錢放在我面前，我的記憶也許就會好一點。』

「我拿出一塊錢，儘管他有關節炎，卻立刻手腳俐落地把錢收下。

「『他曾住過這裡，可是他走了。』

「『你知道他到哪裡去了嗎？』

「『我記不大清楚，』那櫃台職員說：『不過，要是有一塊錢放在我面前，我或許想得起來。』

「我又抽出第二張鈔票，與第一張同樣迅速消失。他一收下錢，彷彿想到什麼萬分滑稽的事情似的，爆出一串喘氣、害肺炎的咳嗽聲。

「『你錢也收了，笑也笑過了。』我說：『現在你總該告訴我他在哪裡了吧？』

「老人又大笑一陣。『是的——他的新居在波特公墓，他的租期是永久，而且魔鬼就是他的室友。你喜歡買到的這個消息嗎，先生？他大概是昨天早上死的，因為昨天中午我發現他時，他的屍體還是溫的，直挺挺地坐在樓梯旁。我是要上樓去跟他要一分錢房租的，不然就叫他走路。

結果是這城市讓他滾到六呎深的土地裡去了。』說著，他又是一陣刺耳的笑。

「『有沒有什麼不尋常的事呢？』我一問出口，便想到又得再投資了。『任何不尋常的事？』

「『我好像記得什麼……讓我想想……』

「我抽出一塊錢幫助他找回記憶，這回鈔票雖以同樣的速度消失，卻沒再引發笑聲。

「『是的，的確有件奇怪的事。』那老頭說：『我已經為不知道多少人打過電話通知市政廳了。老天，可不是嗎？我發現他們吊死在門鉤上；發現他們死在床上；發現他們在一月躲火警時，兩膝間夾了瓶威士忌，膝蓋凍得像大西洋的海水一樣藍；我甚至發現過有個人淹死在洗臉台裡，雖說那已是三十年前的事了。可是這傢伙——卻坐得筆直，穿著棕色西裝，像上城來的大亨，頭髮也梳得十分整齊。他用左手握住他的右手手腕。我看過各種死法，可是只有他一個是握著自己的手而死的。』

「我離開旅社，一路走到碼頭，腦子裡不斷浮現那老頭子的最後一句話。就像唱片壞了，卡在一條溝紋裡，讓一句歌詞一次又一次播放，只有他一個是握著自己的手而死的。

「我走到一個碼頭盡頭，望著拍打著木樁的灰色髒水，然後掏出那張銀行本票，將它撕成幾百張碎片，扔進水裡。」

喬治換了坐姿，清清喉嚨。爐火只剩一點殘存的餘燼，使得空無一人的遊戲室被寒冷所侵襲。遊戲室裡的桌椅如幽靈般不真實，彷彿在一場過去與現在重疊的夢中窺視過的家具。火光在刻在壁爐楔石上的一排字上圍上一層暗紅色的光：重點是故事，而非說故事的人。

「我只看過他一次，而一次就夠了。我永遠忘不了。但那件事讓我走出自暴自棄的哀傷，因為一個可以和人並肩而行的人，絕對不會完全孤獨。

「史蒂芬，請你把我的大衣拿來。我想我得回家去了——我的就寢時間已經過了。」

史蒂芬把大衣拿來時，喬治微微一笑，指著史蒂芬左嘴角下的一顆小黑痣。「你看，你們兩人長得真是像——你祖父在同樣位置也有顆黑痣。」

史蒂芬以微笑作答。喬治離開了，不久後，我們其他人也紛紛離去。

跳特
The Jaunt

「這是跳特七〇一號最後一次呼叫。」那愉悅的女性聲音在紐約港務局機場的藍色大廳裡迴響。

過去這三百多年來，港務局機場並沒有什麼改變——仍然髒亂且有點嚇人。唯一教人感到愉快的，大概就是那女性播音員的聲音了。

「這是前往火星白頭市的跳特服務。」那聲音又往下說：「請所有已購票的旅客都到藍色大廳休息室，並請將有效文件準備好，謝謝。」

樓上的休息室一點也不髒亂，地上鋪著銀灰色地毯，乳白色牆上掛了幾幅沒什麼特色的海報，一連串舒緩、明快的顏色在天花板上展現。

在大廳裡放有一百張長沙發，十張一排整齊地放置著。五個跳特服務員在大廳裡來回走動，以低沉而愉快的聲音說話，並對乘客提供一杯杯牛奶。

房間的一側是入口，兩旁列著武裝警衛，還有另一個跳特服務員正在檢查一個遲到乘客交出的有效文件。

那名乘客看來急匆匆的，大概是個生意人，腋下夾了一份《紐約世界時報》。在入口正對面的另一側，地板向下低陷約五呎寬、十呎長，經過一個沒有門的入口，看來倒有些像小孩的滑梯。

歐茨一家並肩躺在房間盡頭的四張長沙發上。馬克・歐茨和他的妻子茉莉，兩個孩子則躺在中間。

「爸爸，你現在可以說說跳特的事給我聽嗎？」理奇問道。「你答應過的。」

「是呀，爸，你答應過的。」派翠西雅附議，並莫名其妙地咯咯笑著。

一個身材高壯的生意人瞥了他們一眼，隨即又自在地躺著看他的報紙。壓低的談話聲與乘客在跳特沙發上翻身的聲音處處可聞。

馬克望向茉莉，眨眨眼。她也對他眨了兩下，但她幾乎和派翠西雅一樣緊張。為什麼不？馬克心想。他們三個都是第一次跳特。

過去六個月來，他和茉莉不停在討論搬家的得失，只因德州水利局已通知他，他將被調職到白頭市。最後他們決定，在馬克駐守火星這兩年間，全家一起搬去。此刻，望著茉莉蒼白的臉孔，他不禁想著她是否已對這決定感到後悔了。

他看看錶，離跳特時間還有半小時。

這段時間夠用來說故事了……況且這可以讓孩子分心，不至於緊張兮兮。誰曉得，也許茉莉也會因此平靜些。

「好吧。」他說。

理奇和派翠西雅都一本正經地看著他。理奇十二歲、派翠西雅九歲。他又一次告訴自己，等他們回地球時，他兒子將已進入青春期，而他女兒的胸部也即將發育，這想法仍讓他覺得難以置信。

兩個孩子都將轉入小小的白頭聯合學校，和一百多個工程師及石油公司員工的小孩在一起。過不了幾個月，他兒子可能和同學遠足到法布星去，探測那顆星球上的地質，這實在令人難以置信……卻是千真萬確。

誰曉得？他悶悶地想著。也許這也會讓我對「跳特之跳」覺得輕鬆點吧。

「目前為止，就我們所知，」他開口說：「在三百二十年前左右，大約是一九八七年，有個叫維多・柯倫的人發明了跳特。他之所以發明跳特，是由於一項由政府資助的私人研究方案……

當然，後來政府接收了這項發明。到最後，要不是歸政府所有，就是歸石油公司所有。我們之所以不知道確切的發明日期，是因為柯倫是個怪人——」

「你是說他瘋了嗎，爸爸？」理奇問道。

「『怪人』只是表示他有點瘋而已，親愛的。」茉莉說著，對馬克笑了笑。他覺得她似乎不那麼緊張了。

「噢。」

「總之，他實驗這個過程已有一段相當的時間後，才把得到的結果向政府報告。」馬克繼續說：「他會告訴他們，只因為他快沒錢了，而他們又打算不再繼續資助他。」

「你的錢將被收回。」派翠西雅說著，再度咯咯尖笑。

「就是那樣，寶貝。」馬克輕輕揉了一下她的頭髮。

在房間另一頭，他看見一扇門無聲地開啟，又有兩名服務員走出，穿著跳特服務的鮮紅色連身制服，推著一個檯子。

檯子上是個不鏽鋼管口，連著一條橡皮管；在檯布下，馬克知道那裡面藏著兩桶氣體；勾在檯子旁的網袋裡，裝有一百副隨用隨丟的面具。

馬克繼續說話，不希望家人過早看到「遺忘河措施」。而且，只要他有時間說出整個故事，他們會張開雙手歡迎遺忘氣體的。

想想那轉變。

「當然，你們知道跳特是種電磁傳動。」他說道：「有時在大學的理化課裡，他們稱之為『柯倫過程』，但其實那就是電磁傳動，而且將之命名為『跳特』的，就是柯倫本人。他是個科幻小說迷，當時有篇由阿弗·貝德（Alfred Bester）所寫的小說，叫〈我的目標星座〉，在這篇小說裡，貝德為電磁傳動發明了『跳特』這個名詞。只不過在他的小說中，你光是用想的就可以跳特了，但在實際情況中卻不行。」

服務員正把一副面具裝到不鏽鋼管口上，並將它遞給躺在房間另一頭的一位老太太。老太太接過面具，深吸一口氣，立即悄然無力地癱倒在長沙發上。她的裙子向上拉起一點點，露出青筋滿佈且肌肉鬆弛的大腿。

一名服務員周到地為她拉好裙子，其他人則忙著取下那用過的面具，換上一副新的。這過程總使得馬克想到旅館房間裡的塑膠杯。

他暗自希望派翠西雅能夠冷靜一點，他看過必須被牢牢按住的孩子，有時候他們更會在橡膠面具蓋住臉部時尖叫出聲。

對孩子來說，那倒不算什麼不正常反應，他想，但旁觀者往往感到怵目驚心，因此他不希望派翠西雅會那樣。至於理奇，他比較有信心些。

「我想你可以說跳特是在最後可能的一瞬間出現的。」他又往下說。他看著理奇說話，卻伸手抓緊女兒的手。她的手指驚慌地握住他，掌心冰涼，且微微出汗。「當時世界已經在鬧石油荒，僅剩的石油又多半屬於中東沙漠地帶的民族所有，這些人將石油當作一種政治武器。他們組成一個石油聯盟，稱為『石油輸出國家組織』——」

「什麼叫聯盟呢，爸爸？」派翠西雅問道。

「呃，就是一種壟斷。」馬克說。

「就像俱樂部，親親。」茉莉說：「而妳必須擁有很多石油才能加入那個俱樂部。」

「噢。」

「我沒時間為你們一五一十解釋清楚。」馬克說：「你們在學校裡會讀到一些，只是那真是亂成一團——目前我們先不談這個。假使你有輛車，你每星期只能開它兩天，而且汽油貴到十五塊錢一加侖——」

「天啊！」理奇插嘴道：「現在一加侖才四分錢左右吧，對不對，爸爸？」

馬克微微一笑。「所以我們現在才必須到我們要去的地方，理奇。火星上有足夠用八千年的石油、金星上的石油夠用兩萬年……可是石油已不再那麼重要了。現在我們最需要的是——」

「水！」派翠西雅搶著說。那個看報的生意人抬起頭來對她笑了笑。

「沒錯。」馬克說：「因為從一九六〇年到二〇三〇年之間，我們的水大多受到污染。第一次從火星的萬年冰層取得用水，稱之為——」

「稻草計畫。」這次回答的是理奇。

「是的，在二〇四五年左右。但早在那之前，跳特便已被用來在地球上找尋乾淨的水源了。現在水是我們主要的火星出口物……石油不過是副線產品。但當時石油卻很重要。」

兩個孩子點點頭。

「重點是，那些東西一直都在那裡，但我們因為跳特的發明才能取得。當柯倫發明了它的過程時，世界正滑進一個新的黑暗時代。前一年冬天，單是美國便有一萬多人凍死，只因沒有足夠的能源供給他們暖氣。」

「哎喲。」派翠西雅不以為然地叫了一聲。

馬克瞥向右側，看見服務員正在和一個面容膽怯的人說話，想要勸服他。最後他接過面具，幾秒鐘後便好像在沙發上昏死了過去。第一次跳特，馬克心想。總是看得出來。

「柯倫先用一枝鉛筆做實驗，接著用幾支鑰匙……一只手錶……然後是老鼠。老鼠為他揭露了一些問題……」

維多・柯倫興奮之至地回到實驗室。他覺得現在他總算明白了摩斯、亞歷山大・貝爾以及愛迪生的感受了……可是這成就比他們發明的電報密碼、電話和電燈都偉大，因此他開著貨車從新帕茲的寵物店回來時，有兩次差點出車禍。

他在那家寵物店裡，花了最後二十塊錢買了九隻白老鼠。現在他所有的就是口袋裡的九毛三分，和銀行定存戶頭裡的十八塊錢了……但他不想這麼多。就算他想了吧，顯然他並不因此而煩惱。

他的實驗室是在下了二十六號公路後，位於一段一哩多長的泥土路盡頭，一間改裝過的穀倉。

就是在轉上這條泥土路時，他差點再次將他的小貨車撞毀。油箱裡差不多沒油了，而且在十天、半個月裡，他不可能加油，但對這點他也不以為意，此刻他的心正捲在一個狂喜的漩渦中。

他的成就並非完全出乎意料。政府以每年兩萬元的微小金額資助他，原因之一是由於在物質轉換這門學問中，可能性一直都存在。

但這麼突然地……毫無預兆地發生……而且只以一部彩色電視機所需的電力就發動了……天啊！上帝啊！

他在穀倉前猛踩煞車停住貨車，從身旁滿是沙塵的座位上抓起箱子（這箱子裡曾裝過狗、貓、金魚和天竺鼠），往雙扇大門跑了過去。箱子裡傳來了他的試驗品搔扒的聲音。

他試著推開一扇有滑軌的大門，當門動也不動時，他想起他把門鎖上了。柯倫低聲咒罵「狗屎！」隨即在身上的口袋裡摸索鑰匙。政府要求實驗室必須隨時上鎖——這是他們資助的條件之一——但柯倫常常忘記。

他摸出一串鑰匙，盯著它們看了半晌，像被催眠一樣，摸著貨車鑰匙的凹痕。他又一次想著：天啊！上帝啊！然後他從鑰匙圈上抓出那支耶魯鎖的鑰匙，打開了穀倉的門鎖。

就如第一通電話在偶然中打通——貝爾當時對著它叫道：「華生，快來！」只因為他把一點酸潑濺到了紙上和自己身上——第一次電磁傳動也是在無意間發生的。維多·柯倫將他左手的兩根指頭傳送到穀倉裡五十碼外的另一頭。

柯倫在穀倉兩頭各裝設一個出入孔。在他這頭，是把簡單的離子槍，在任何電子器材店裡都買得到，要價不到五百元。在另一頭，就在出入孔外——兩個出入孔皆是長方形，而且只有一本平裝書大小——放著一個霧箱❶。

在兩個出入孔間，設有看起來像不透明的浴簾，只是那是用鉛製的。他的想法是發射離子槍通過一號出入孔，然後繞過去看離子流過二號出入孔的霧箱，用隔在中間的鉛幕證實離子確實已被傳送。只不過，過去兩年來，這過程只成功過兩次，而柯倫完全想不透原因何在。

他把離子槍放好，手指滑過槍托——平常是沒什麼問題，但今早他的臀部同時碰到放在出入孔左側那塊控制板上的套環開關——那機器只發出一聲低微的悶響——直到他覺得手指有種震動的感覺。

「那不像是電擊。」柯倫在他唯一一篇論文中寫道。那篇論文發表在《機械雜誌》上。為了將跳特保有為他的私人企業，他在萬不得已的情況下把論文賣給該雜誌，得到七百五十元稿費，但不久後，他還是得接受政府資助，此後政府便不許他再發表任何論文。「舉例來說，這震動並沒有一個人觸電時那種不愉快的感覺，倒像是一個人把手放在某種動得很厲害的小機器外殼上感覺到的震動。這種震動快而輕，十分微妙。

「然後我低頭看出入孔，看見我的食指從中間的關節以上呈斜線消失了，而我中指的同一部分也即將消失。更有甚者，我的無名指指甲也有一部分一併不見了。」

柯倫本能地將手縮回，叫喊出聲。後來他寫道，他以為一定會看到血流出來，因為有一、兩分鐘他真的幻想看到了鮮血。他的手肘碰到離子槍，把槍撞落在地上。

他站在那裡，把手指放進嘴裡，以證明它們仍舊完整存在。他想到，或許是他最近工作太賣力了，才會產生幻覺。接著第二個想法浮上腦際：說不定是最後一組修正造成了……造成了某種效果。

他並沒有把指頭放回去。事實上，柯倫將手一抽回，便經歷了他一生中第二度跳特。

起初，他什麼也沒做，只是漫無目標繞著穀倉而行，不斷用手搔抓頭髮，想著該不該打電話到紐澤西去給卡森，或打電話到夏洛特給巴芬頓。

卡森不會接受付費電話，那個小氣巴拉的混蛋，但巴芬頓也許會。

這時他突然有個想法，便快步跑向二號出入孔，想著假如他的指頭果真越過穀倉，那麼這碼事或許就有些徵兆了。

當然，他沒找到。二號出入孔設在三個堆高的水果木箱上，看起來很像玩具斷頭台，只差沒有刀刃。在它不鏽鋼外框的一側設有一個插座，上面插的電線連到傳動板上，這傳動板不過是個物質變壓器，勾到一條電腦輸入線上。

這使他想到了——

柯倫看看錶，錶上的時間是十一點十五分。他和政府的交易包括了一小筆錢，加上極其寶貴

❶cloud chamber，物理學上用來觀察離子輻射路徑的裝置。通常是個密閉空間，內有過冷或過度飽和的水或酒精的蒸汽。

的電腦使用時間。他的電腦使用時間持續到當天下午三點，然後就得等到下星期一才能再次互傳，他得快點行動——

「我又一次望向那堆木箱，」柯倫在《機械雜誌》那篇論文中寫道：「接著看看我的手指。沒錯，證據就在眼前。當時我想，這件事除了我之外，誰也不會相信。然而剛開始時，你需要說服的人就是自己。」

「那是什麼呀，爸爸？」理奇問道。

馬克微微一笑。現在他們上鉤了，就連茉莉也是。他們幾乎已忘了自己身在何處。從他的眼角，他看見那幾個跳特服務員正悄無聲息地推著檯子在沙發間穿行，讓參與跳特的人一一睡去。他發現，在平民中施行這程序總是沒有在部隊裡來得快，平民會很緊張，要人再對他解釋清楚。橡皮面具和不鏽鋼管口太容易讓人聯想到醫院的手術室。

在手術室裡，麻醉師拿著不鏽鋼管、外科醫生就拿著刀子藏在後面。有時不免有人驚慌，歇斯底里，而且總有幾個會亂發脾氣。馬克在對兩個孩子說故事時，就看到兩個。兩個男人驀地從沙發上起身，毫不誇張地走到入口，取下別在他們領口上的有效文件，交給入口處的服務員，然後頭也不回地走出去。

跳特服務員奉有嚴厲指示，絕不和這些人理論。很多人抱著微乎其微的希望列入候補，有時多到四、五十個。那些無法接受遺忘氣體的人一離開，候補者立刻別著有效文件進休息室來。

「柯倫在他的食指裡找到兩塊碎木片。」馬克對孩子們說：「他取出那兩片碎木，放到一旁。其中一片已經遺失，另一片還珍藏在華府的太空科學博物館內，放在一個密封的玻璃箱裡，和人類第一次從月球上帶回來的石頭並列——」

「爸爸，是我們的月球呢，還是火星的月球？」理奇問。

「我們的。」馬克淡淡一笑，又說：「只有一架載人的火箭曾在火星上登陸，理奇，那是一架法國的探險號，在二〇三〇年的時候。總之，那就是為什麼科學館裡會有一片從水果箱上脫落的舊木片。因為那是第一件真的經過電磁傳動——跳特——的物品。」

「後來又怎麼樣了呢？」派翠西雅問。

「呃，根據這個故事，柯倫跑了起來……」

柯倫跑回一號出入孔，在那裡站了一會兒，氣喘吁吁，一顆心狂跳不已。鎮定下來，他告訴自己，必須好好想想。像你這樣慌亂，只會浪費時間而已。

他強自壓下對自己尖叫，想要快點行動的心，從口袋裡掏出指甲剪，用銼刀尖端挖出嵌在食指中的碎木片，將它們放在巧克力棒的包裝紙上。

那巧克力棒是他在敲擊變壓器，想擴充其輸入能力時吃的（顯然他確實完成了他夢想不到的擴充）。其中一片掉到包裝紙外遺失了，另外一片最後被鎖在鋪了天鵝絨布的玻璃箱裡，珍藏在華府的太空科學館內，夜以繼日被一個電腦操縱的閉路電視監視著。

拔出碎木片後，柯倫感到鎮定了點。一枝鉛筆。這算是個好的開始吧。他從放在架上的寫字板旁拿下一枝鉛筆，將它輕輕推放進一號出入孔內。

那枝鉛筆一吋吋地消失了，猶如視覺幻象，或是魔術師的把戲。那枝黃色鉛筆側面印有黑字：「伊伯哈•纖維二號」。等他把整枝鉛筆都推進去，直到「伊」字也消失不見後，他便繞到一號出入孔另一側，往出入孔裡看。

他看見鉛筆只剩下一截，好像被刀子削斷一樣。柯倫用手指摸摸原本該有另一截鉛筆的部分，卻什麼也沒摸到。他跑過穀倉，到二號出入孔去，看見失蹤的那截鉛筆就躺在水果箱上。他的心跳劇烈，似乎震動著整個胸腔。柯倫抓住鉛筆的筆芯，將整枝筆拉了出來。

他舉起鉛筆，瞪著它看。突然間，他握筆在一塊穀倉板上寫下三個字：成功了！他寫得十分用力，因此在寫最後一個字時筆芯斷了。柯倫開始在空無他人的穀倉裡狂笑，笑得非常大聲，把樑上的燕子都驚嚇得飛了起來。

「成功了，」他大叫，又跑回一號出入孔，雙臂高揮，那枝斷掉的鉛筆緊緊抓在拳中。「成功了！成功了！你聽見了嗎，卡森，你這老混蛋？成功了，我成功了！」

「馬克，注意你的用詞。」茱莉斥責他。

馬克聳聳肩。「他應該是那麼說的。」

「那你就不能選擇性地修飾一下嗎？」

「爸爸？」派翠西雅問：「那枝鉛筆也在博物館裡嗎？」

「熊會在森林裡大便嗎？」馬克反問，隨即用手摀嘴。兩個孩子都大笑出聲——但馬克很高興地注意到，派翠西雅的笑聲已沒有先前尖銳的音調。茱莉強裝嚴肅，不一會兒後也忍不住笑出聲來。

接下來被轉換了位置的是他的鑰匙圈，柯倫只是將它丟進一號出入孔裡。他的腦筋又能如常轉動了。在他想來，第一件必須發現的事，就是看看這過程中在另一頭出現的東西，是不是和它們原來完全一樣，或者這些東西在轉換過程中會有所改變。

他看著鑰匙圈通過，消失。而在同一刻他聽到穀倉另一頭的木箱上傳來鑰匙的叮噹聲。他跑過去，在半途中停下把那層鉛幕推回原來的軌道上。現在他既不需要那層鉛幕，也不需要那把離子槍了。正好，因為離子槍剛才掉到地上時摔壞了。

他抓起鑰匙圈，走到政府強迫他裝上的門鎖前，試了那把耶魯鎖鑰匙。鑰匙如常開了鎖。他又試了大門鑰匙。同樣有效。檔案櫃鑰匙和貨車鑰匙也都和先前沒什麼不同。

柯倫將鑰匙圈塞進褲袋裡，拿出他的錶，這是只精工石英錶，錶面下側附有計算機——二十四個小按鈕，使他可以從加法、減法，算到平方根。一件精密儀器——也是只運行準確的錶。柯倫把它放到一號出入孔前，用一枝鉛筆將錶推過去。

他跑過穀倉，抓起手錶。當他把錶推進去時，錶上的時間是十一點三十一分〇七秒，現在錶上指著十一點三十一分〇九秒。很好。這下子錢有著落了，他只差沒有一個助手在那裡為他記下時間永遠在前進的事實。不用多久，政府就會派給他一大堆助手。

他又試了錶上的計算機。二加二仍然等於四，八除以四仍然得二。十一的平方根仍是三點三一六六二四七……等等。

就在這時，他決定了要用老鼠做實驗。

「那些老鼠怎麼樣了呢，爸爸？」理奇問。

馬克猶豫片刻。如果他不想在距第一次跳特只有幾分鐘時把他的孩子（更別說他太太）嚇得歇斯底里的話，這段就得當心了。最重要的是要讓他們知道，不管當時發生過什麼問題，那問題已經解決，因此現在一切都很安全了。

「正如我說過的，出了一點小問題……」

是的。恐懼、瘋癲、死亡。那算是一點小問題吧，孩子們？

柯倫把裝老鼠的箱子放到架子上，然後看看錶。要命，他把錶拿反了。他將錶倒過來，看清時間是兩點差一刻。他只剩一小時又十五分鐘的電腦時間了。快樂的時光總是去得快，他想著，一面狂笑了幾聲。

他打開箱子，把手伸進去，從尾巴抓起一隻吱吱叫的白老鼠。他把老鼠放到一號出入孔前說：「去吧，老鼠。」那隻老鼠一溜煙由放置出入孔的水果箱側邊跑了下來，很快地爬過地板。

柯倫一邊咒罵、一邊追著老鼠，好不容易抓到了牠，卻又被牠掙扎脫身，自兩片穀倉板之間的縫隙鑽了出去，消失不見。

「狗屎！」柯倫大罵一聲，跑回放老鼠的箱子前，及時把兩隻差點沒溜掉的老鼠塞回箱子裡。他抓出第二隻老鼠，謹慎地揪住這隻的身子（他是個物理學家，對老鼠並不熟悉），然後用力闔上箱蓋。

這隻被他強塞進出入孔裡。老鼠緊抓著柯倫的手掌，卻徒勞無功，從尾巴到頭到小爪子都消失在一號出入孔後。柯倫立刻聽到牠落在穀倉另一頭的水果箱上。

想到第一隻老鼠的飛快逃脫，他急忙奔了過去。他的擔心是多餘的。這隻老鼠只是蹲在水果箱上，眼神呆滯，呼吸微弱。

柯倫放慢腳步，小心翼翼走向牠。他並不是個慣於與白老鼠為伍的人，但他用不著是個開業四十年的獸醫，也看得出這隻老鼠有些不對勁。

（「老鼠被傳送過去後，覺得不大舒服。」馬克對他的子女這樣說，並咧嘴而笑。只有他太太看得出這是假笑。）

柯倫碰碰老鼠──那感覺很像碰觸無生命的稻草或鋸木屑什麼的──除了牠身體兩側都因呼吸而微微起伏。老鼠並未回頭看柯倫，只是直盯著正前方。他丟進的是隻蠕動不止、活生生的動物，出來的這隻卻彷彿是隻逼真的蠟製老鼠。

接著柯倫在老鼠的粉紅小眼睛前彈了一下手指。那老鼠眨眨眼睛……倒地而死。

「所以柯倫決定再用另一隻老鼠試試看。」馬克說。

「那第一隻老鼠怎麼啦？」理奇問。

馬克又露出那咧嘴的假笑。「牠光榮退休了。」

柯倫找到一個紙袋，把死老鼠放了進去。那晚他會把老鼠帶到獸醫——莫斯柯尼——那裡。莫斯柯尼可以將老鼠解剖，告訴他老鼠的內臟是否被重新組合了。

政府要是知道的話，一定不會允許他把一個有私交的平民扯進一個被列為三級最高機密的計畫裡。柯倫決定讓白宮的老大哥越晚知道這件事越好。白宮老大哥又沒幫他多少忙，總可以等一等。

這時他又想起莫斯柯尼住在新帕茲的另一頭，隔了老遠一段距離，而他貨車裡的汽油連走到中途的量都不夠……更別說回程了。

現在已是兩點零三分——他的電腦時間已剩下不到一個鐘頭。他待會兒再擔心那該死的解剖吧。

柯倫很快做了一個通往一號出入孔的斜槽（馬克告訴兩個孩子說，這就是第一個跳特斜坡。派翠西雅覺得做個老鼠專用的跳特斜坡實在是件滑稽的事），將一隻新老鼠丟進裡面。他用一本大書擋在另一頭。這隻老鼠漫無目的地爬了一會兒，東嗅西嗅一陣，終於鑽過出入孔，消失了身影。

柯倫快步跑過穀倉。

老鼠暴斃在水果箱上。

沒有血，沒有任何傷痕或腫脹可以顯示是壓力的改變使得老鼠的內臟破裂或什麼的。柯倫猜想或許是缺氧使然——

他不耐煩地搖搖頭。只費了十億分之一秒，那隻老鼠就通過了。他的錶證實了在這過程中時間一直是持續的。

第二隻死老鼠和第一隻一樣，被扔進紙袋裡。柯倫又抓出一隻老鼠（連那隻成功逃脫的幸運老鼠算在內的話，這已是第四隻了），第一次想到不知哪樣會先用完——他的電腦時間，還是他的白老鼠。

他緊緊揪住這隻老鼠的身體，將牠倒過來強塞進出入孔。在穀倉另一頭，他看見老鼠的身軀出現了……只有身軀而已，四隻被切斷的小腳正抽動地搔抓著水果箱的木板。

柯倫把老鼠又拉了回來。這回沒有緊張症了，這隻老鼠狠命地咬了一口他拇指和食指間的肉，鮮血立刻冒了出來。柯倫把老鼠丟回箱子裡，急忙從急救箱裡拿出一小瓶雙氧水倒在傷口上，以防止咬傷發炎。

他在傷口上又貼了一塊ＯＫ繃後，才到處翻尋，最後找出一副厚厚的工作手套。他能感覺時間正一分一秒消逝。現在已是兩點十一分了。

他抓出另一隻老鼠，將牠屁股往前一路推過出入孔，然後他快步跑向二號出入孔。這隻老鼠活了大約兩分鐘，牠甚至還搖搖擺擺地爬了幾步，爬過水果箱，翻身倒臥，又虛弱地掙扎起身，之後就只是蹲在那裡。

柯倫在牠的頭部前方彈了一下手指，那老鼠又蹣跚地向前爬了四步，隨即又翻倒了。牠側腹的起伏慢了下來……慢慢地……停止了。牠死了。

柯倫不覺打了個冷顫。

他走回去，又抓出一隻老鼠，將牠頭往前慢慢推過出入孔。他看見老鼠在另一頭重現，先是只有頭……接著是頸子和前胸。柯倫謹慎地放鬆揪住老鼠身體的手，準備隨時再將牠抓回來。可是這隻老鼠卻呆在原處不動，前半身在穀倉另一頭，後半身卻仍在一號出入孔前。

柯倫跑回二號出入孔。

這老鼠是活的，但粉紅色的眼睛卻呆呆瞪著。牠的鬍鬚沒有動。柯倫繞到出入孔後頭，看到一個驚人的景象；就如他看到鉛筆被削掉一半一樣，這次他看到的是半隻老鼠。

他看見牠的小脊椎骨猝然截斷，露出白色的圓圈；他看見血流過血管；他看見環著小食道四周的肌肉隨著生命之波輕輕動著。如果這發明沒什麼了不起，他心想（後來並寫在《機械雜誌》的那篇論文上），至少這是個很棒的解剖工具吧。

接著他注意到肌肉的波動停止了，這隻老鼠也死了。

柯倫揪著老鼠的口鼻部位將牠拉了出來，忍著噁心的感覺，把牠丟進紙袋裡陪牠的同伴。白老鼠的實驗做夠了，他決定。老鼠死了。你把牠全身一起放過去，牠會死，你只放一半過去，牠也會死。把牠屁股往前放過去一半，牠就還是活蹦亂跳的。

這是什麼鬼道理？

感覺輸入，他胡亂想著。牠們通過時不知看到了什麼——聽到了什麼——觸到了什麼——老天，或許甚至聞到了什麼——因而致死吧。到底是什麼呢？

他毫無概念，但他非要查明不可。

在連結的電腦將資料庫抽回之前，柯倫還有四十分鐘。他把廚房門旁的溫度計拔了下來，拿著它走回穀倉，將它放進出入孔。溫度計送入之前是攝氏二十八度，從另一頭出來時仍是攝氏二一十八度。他跑到小倉庫去；在這間倉庫裡，存放了他用來逗幾個孫子玩的玩具。在這裡，他找到一包氣球。他吹了個氣球，將它紮起來，推著它過了出入孔。氣球完整無缺地從另一頭出現，使他認為在跳特過程中可能造成壓力突然改變的推測不攻自破。

離電腦切斷時間只有五分鐘了。他跑進屋裡，抱起金魚缸（魚缸裡，波西和派崔克慌亂地游來游去），又衝回穀倉。他把金魚缸推進一號出入孔內。

他快步跑到二號出入孔前，看見魚缸好端端擺在水果木箱上。然而，波西腹部朝上浮在水面，派崔克則像受到驚嚇似的在魚缸底部慢慢游著。

不一會兒，牠也腹上背下浮了上來。柯倫正想拿起魚缸時，波西卻突然輕擺一下尾部，接著便慢慢游了起來。牠似乎逐漸擺脫曾遭受過的某種效應，等到那晚九點柯倫從莫斯柯尼的獸醫診所回來時，牠已又恢復原來的活潑自在。

但派崔克卻死了。

柯倫餵波西雙倍的魚飼料，並在花園裡給派崔克一個英雄式的葬禮。

等到當天電腦切斷後，柯倫決定搭便車到莫斯柯尼那裡。據說，他那天下午三點四十五分時站在二十六號公路旁，穿著牛仔褲和一件色彩鮮明的打褶運動外套，伸出拇指，另一手拿了個紙袋。

終於，一個小夥子開了輛不比沙丁魚罐頭大多少的雪佛蘭停下。柯倫上了車。「你那袋子裡裝了什麼呀，朋友？」

「一堆死老鼠。」柯倫說。

後來另一輛車停下。當開車的農夫問柯倫紙袋裡裝了什麼時，柯倫告訴他裡面是兩個三明治。

莫斯柯尼當場解剖一隻老鼠，並同意稍後將其他死老鼠也一一解剖，再打電話給柯倫告知結果。初步結果令人有點灰心，目前就莫斯柯尼所知，他所解剖的這隻老鼠，除了已死的事實外，實在是非常健康。

真叫人氣餒。

「維多・柯倫怪雖怪，但一點也不傻。」馬克說。跳特服務員已漸漸接近，他必須把故事講快些才行……否則他只有等到在白頭市的甦醒室裡才能把它說完。「那天晚上他搭便車回家——一大段路是用步行——他意識到自己可能一舉解決了三分之一的能源危機。在那天前，必須靠火車、卡車、船和飛機運輸的東西，現在都可以跳特了。你可以寫信給在倫敦或羅馬或塞內加爾的朋友，而他第二天就可接到信——無需消耗一點汽油。我們現在已經習以為常，但相信我，當時對柯倫來說，這實在是件大事。對其他所有人也是。」

「可是那些老鼠後來怎麼樣了呢，爸爸？」理奇追問。

「那也是柯倫不斷自問的。」馬克說：「因為他同時也意識到，只要人可以利用跳特，那麼幾乎所有能源危機都解決了。而且我們也可能因此征服太空。在登載於《機械雜誌》上的那篇論文裡，他說最後連星星都可能成為我們的。而他所用的譬喻是，不必弄濕鞋子便可以過小溪。只要找顆大石頭，將它丟到那淺溪裡，然後再找顆石頭。站在第一顆石頭上，把第二顆丟到溪水裡，回頭再找第三顆石頭，接著站在第二顆石頭上，把第三顆丟進小溪裡，就這樣來回丟石頭，直到你橫過整條溪造成一條石頭過道……或者就比例而言，不是小溪，而是太陽系，或者是整個銀河系。」

派翠西雅嘟著嘴說：「我完全聽不懂。」

理奇譏笑她：「那是因為妳的腦袋裡都是火雞糞。」

「我才沒有！爸爸，理奇說——」

「孩子們，別吵。」茉莉柔聲說。

「柯倫預見了未來發生的事。」馬克又往下說：「無人太空船預計登陸，先是在月球，然後便是火星，接著是金星和木星的衛星……這些太空船照計畫在登陸後只要做一件事——」

「為太空人設置一個跳特站。」理奇搶著說。

馬克點點頭。「現在在整個太陽系裡到處都有科學前哨站。也許有一天，在我們死了很久以後，我們甚至會有另一個行星。有四架跳特船現已分別駛往四個不同的星系……但是必須經過很長很長一段時間，他們才能抵達目的地。」

派翠西雅不耐煩地說：「我要知道那些老鼠後來怎樣了。」

「呃，最後政府插手了。」馬克說：「柯倫盡力瞞著他們，可是他們終於得到風聲，找上門來。直到他死後十年，柯倫一直是跳特計畫名義上的領導人，但事實上自政府插手後，他就不曾再主導了。」

「啊，可憐的傢伙！」理奇說。

「可是他還是個英雄呀。」派翠西雅說：「他的名字在歷史課本上，就像林肯總統和哈特總統一樣。」

我相信他因此感到很安慰……不管他在哪裡，馬克想著。又繼續說故事，謹慎地潤飾殘酷的一部分。

被能源危機逼得走投無路的政府，確實找上門來。他們希望盡快利用跳特計畫賺錢——就像昨天。一九九〇年代，面臨經濟混亂、糧食缺乏和越來越可能呈現的無政府狀態，只有堅決請求使他們延遲宣布跳特，而先行對跳特論文進行完整的光譜分析。

一旦分析完成，顯示經跳特後的物品本質沒有改變後，跳特的存在便立刻被宣布，免不了引起一陣國際性騷動。畢竟，需要為發明之母。美國政府總算有明智的時候，立刻調派楊恩和魯肯二人負責跳特計畫。

這也是維多・柯倫神話的開端——一個奇特的老人，每週大概洗兩次澡，而且只有在想到時才換衣服。楊恩、魯肯和他們手下的機構，把柯倫改造成一個愛迪生、工業大亨、牛仔英雄和閃電俠的綜合體。最可笑的一部分是（馬克・歐茨並未對他家人提起這點），當時維多・柯倫可能已經去世，或發瘋了。

維多・柯倫是個問題。一個無法掉以輕心的麻煩問題。他是六〇年代的遺物——在那個時代，還有足夠的能源允許人慢條斯理。另一方面，又有亂七八糟的八〇年代，煤煙污染了天空，且一長段加州海岸更被預測將在六十年後因核子「偏離」而成為不宜居住的荒地。

維多・柯倫一直是個問題，直到一九九一年——那時他成為橡皮章：慈祥、面帶笑容、沉默無言，在新聞影片裡在講台上揮手致意的人物。一九九三年，在他正式被宣布死亡的前三年，他在玫瑰花車遊行中坐在開得極慢的花車上。

令人困惑，也有點說不上來的惡兆。

一九八八年十月十九日跳特一經宣布，結果造成世界性的興奮，經濟景氣節節復甦。在世界金融市場中，潰敗的美元突然如火箭飛漲。曾以八百零六元一盎司的價格買下黃金的人，突然發現一磅黃金只值一千兩百元。

在跳特正式對外宣布到紐約及洛杉磯間第一個正式跳特站設立期間，股票指數爬了一千點以上。石油價格掉到一桶只有七十美元。

但到了一九九四年，全美已有七十個主要城市設立了跳特站，石油輸出國家組織已瓦解，石油價格更猛往下跌。

一九九八年，自由世界的各大都市皆已設有跳特站，貨物已在東京與巴黎，巴黎與倫敦，倫敦與紐約之間進行日常跳特，石油價格已跌到十四元一桶。

到了二〇〇六年，當人類終於可以規律地使用跳特時，股票市場已較一九八七年的水準高出五千點，石油只能賣到一桶六元，而石油公司也紛紛更換名字。「德士古石油公司」變成「德士古石油／水利」，「自動汽車」變成了「自動氧化氫車」。

到了二〇四五年，水源採勘成為大目標，而石油已回復到一九〇六年的地位：玩具。

「那些老鼠呢，爸爸？」派翠西雅不耐煩地追問：「那些老鼠怎麼了？」

馬克決定，現在說出來大概沒關係了。他先讓孩子將注意力轉移到跳特服務員身上。這些服務員已走到離他們只有三排的甬道上，繼續發橡皮面具。理奇只是點點頭，派翠西雅卻不安地看著一位衣著入時的女士從橡皮面具裡吸了一口氣，隨即昏了過去。

「如果你清醒著，就不能跳特了，對不對，爸爸？」理奇問。

馬克點點頭，對派翠西雅鼓勵地笑笑。「即使在政府接手前，柯倫就想通了。」他說。

茉莉問道：「政府究竟是怎麼插手的，馬克？」

馬克微微一笑。「電腦時間。」他說：「資料系統。那是柯倫求不到、借不到、也偷不到的唯一一件東西。電腦控制實際的微粒子傳動——億萬件資料。你知道，現在我們仍舊依賴電腦確保你在跳特之後不會身首異位。」

茉莉一陣悚慄。

「別怕。」馬克說：「這種錯誤從來沒發生過，茉莉。從來沒有。」

「任何事都有第一次。」她喃喃說道。

馬克望向理奇。「他怎麼知道的？」他問他兒子：「柯倫怎麼知道你得先睡著才行呢，理奇？」

「他把老鼠尾巴朝前放時，」理奇緩緩說道：「老鼠就沒事。至少在他沒把整隻都塞進去之前。只有當他將老鼠頭部往前塞進去時，老鼠才會──呃，出毛病。對吧？」

「對。」馬克說。跳特服務員又移向過來，推著無聲的遺忘櫝。他畢竟沒有時間把故事說完了：或許這樣倒好。「當然，只要幾次實驗便可澄清這一切。跳特扼殺了整個卡車業，孩子，但至少它祛除了實驗者的壓力──」

是的。慢條斯理再度成為奢侈品，這實驗進行了二十多年，雖說柯倫第一次以被蒙昏的老鼠做實驗時，便已認定昏迷不醒的動物不會受到跳特效果的影響。

他和莫斯柯尼迷昏了好幾隻老鼠，將牠們塞過一號出入孔，在另一頭取得後便焦慮地等著實驗品復甦……或死亡。這些老鼠都醒了過來，並在經過短暫恢復期後，便回復牠們的老鼠生涯──吃、繁殖、玩、排泄──沒有任何病態；牠們沒有早死，牠們的後代並未生下來就有兩顆頭或長著綠毛，而這些後代也沒有顯示出任何長期後遺症。

「他們什麼時候開始用人做實驗呢，爸爸？」理奇問，雖說他已經在學校唸過這部分。「告訴我們這段吧！」

「我要知道那些老鼠到底怎麼樣了！」這句話派翠西雅已不知說了多少次。

現在跳特服務員已經走到他們這排甬道前端了（他們幾乎在最末端）。馬克‧歐茨思索了一會兒。他的女兒雖然懂得比較少，卻聽從了自己的心，問了正確的問題。因此，他選擇回答兒子的問題。

第一次的人類跳特者並不是太空人或實驗飛行員，而是被判刑的自願囚犯。這些人並未經過任何心理穩定度的測驗。事實上，據負責此計畫的科學家們（柯倫不是其中之一，他已成為有名無實的「虛位領袖」了）所言，他們越不穩定越好。假使一個心理變態的人可以通過跳特，平安出現——或者至少沒有變本加厲——那麼這過程對高級行政人員、政治家和世界頂尖時裝模特兒，便可能是安全的。

六個自願者被帶到佛蒙特州的普洛旺斯去（這地方現在已經變得和北卡羅來納州的貓頭鷹角一樣有名了），經過氣體麻醉後，便一個個被送進跳特孔內。

馬克之所以對他的子女說出這事實，是因為這六名自願者都平安無事地出現在另一頭的跳特孔。他沒告訴他們那個所謂的第七個自願者。這個也許並不真實的人物，或是謎、或者更可能的是兩者的綜合體，甚至有個名字叫魯迪·佛吉。

佛吉是個被判死刑的謀殺犯，因為殺死四個玩橋牌的老人而在佛羅里達州被判死刑。根據某消息來源，中情局和聯邦調查局的聯合勢力找上佛吉，對他提出這個獨特、只有一次、不要就拉倒的實驗，清醒地通過跳特。如果你平安出現，我們就赦免你，由瑟古州長簽名。你可以自由自在地走出去，是遵從唯一的十字架真神也好，或是再去殺掉四個穿黃褲子、白襪子打牌的老人也好。要是出現時死了或瘋了，那是你運氣不好。你接不接受？

佛吉明白，佛羅里達州是認真執行死刑的一州。而且他的律師又跟他說過他很可能就是下一個坐電椅的人，因此他接受了。

在二〇〇七年夏季這天，出席的科學家多得足以組成一個陪審團（還有四、五個候補）。但是如果佛吉的故事是真的——馬克相信很可能是——他懷疑走漏消息的不可能是這些科學家。比較可能走漏消息的，是陪佛吉搭機由瑞堡到蒙皮列，又以武裝卡車護送他由蒙皮列到普洛旺斯的警衛。

「假如我活著通過實驗，」據報載佛吉說：「我要先吃一頓雞排晚餐，然後把這地方炸掉。」說完他便跨入一號出入孔，並立刻在二號出入孔出現。

他出來時是活的，卻沒辦法吃他的雞排晚餐了。在跳特兩哩的空間（電腦算出費時零點〇〇〇〇〇〇〇〇〇〇〇六七秒）裡，佛吉的頭髮變得全白。他的臉部五官倒沒什麼明顯改變——沒有增加皺紋或少了塊肉——可是他走出二號出入孔時，步履蹣跚、眼睛空茫地突起、嘴部抽搐、兩手向前伸直，並開始淌口水。那些聚集現場的科學家急忙避開他。是的，馬克真的認為他們不可能走漏消息。畢竟，他們了解老鼠，還有天竺鼠、大頰鼠，事實上，了解任何頭腦比昆蟲複雜的動物。這時他們一定覺得，自己有點像試著用德國牧羊犬的精子讓猶太女人受孕的德國科學家。

「怎麼回事？」一個科學家喊道。這是佛吉有機會回答的唯一一個問題。

「在那裡面就是永恆。」他說了一句話，隨即倒地而死。據診斷其死因為心臟麻痺。

聚在現場的科學家得到的是他的屍體（後來被中情局和聯邦調查局處理妥當），還有那奇特的死亡宣告：「在那裡面就是永恆」。

「爸爸，我要知道那些老鼠到底怎麼了嘛！」派翠西雅又說了。她之所以有機會再問一次，是因為那個穿著昂貴套裝和皮鞋的男人讓跳特服務員頭痛不已。他不想吸氣體，卻用虛張聲勢的話語威脅工作人員。服務員儘可能遵守工作守則——微笑，安慰，勸服——可是他們的工作速度因此慢了下來。

馬克嘆了口氣。開始這個話題的人是他——沒錯，他原來只是想藉這故事排解兩個孩子在跳特前的緊張心情，但他畢竟開始了這個話題——現在他只好儘可能真實地結束它，並試著不讓他們驚慌或害怕。

例如，他不會告訴他們C·K·蘇曼的著作：《跳特政治》，其中有一章叫〈玫瑰花下的跳特〉，概略摘記了關於跳特的一些較可信的說法。魯迪·佛吉的故事，從他殺死四個打牌老人到那頓未吃的雞排晚餐，就記在這一章裡。

另外還有在過去三百年來，大約三十個（或多或少，誰知道）自願者、替身或瘋子醒著通過跳特。大多數人從另一頭出現後便死了，其他的則嚴重發瘋。有幾個事例，使他們致死的可能就是自己再度出現這一事實。

蘇曼的書中還包含了其他塵埃未定的說法，跳特顯然曾數度被視為殺人武器運用。最著名的事例發生在僅僅三十年前，一個名為李斯特·麥可森的跳特研究員用他女兒的塑膠繩索將他的妻子綁起來，然後把尖叫不止的她推過內華達銀礦市的跳特孔。

但在把他妻子推進去前，麥可森按了跳特板上的「零」按鈕，消除了上萬個麥可森太太可能現出的跳特孔——自鄰近的雷諾市到仍在木星衛星上實驗的跳特站。於是麥可森太太便永遠在大氣中的某處跳特。麥可森的律師，在麥可森被宣告並未失去神志且應為他的行為接受審判後（在法律的狹窄限制下，麥可森或許神志健全，但就事實而言，李斯特·麥可森根本就是瘋了），提出一個嶄新的辯護論點，他的客戶不能因謀殺被審判，因為沒有人能證明麥可森太太死了。

這使得那女人可悲的靈魂，雖然失去肉體卻仍有知覺，在地獄邊緣嘶喊……不止。最後，麥可森被判刑並處決。

此外，蘇曼又提出，有不少惡劣的獨裁者更利用跳特除去他們的政敵。有些人認為黑手黨私設非法跳特站，透過他們滲進中情局的臥底連到中央跳特電腦上。據說黑手黨利用跳特的「零」能力處理屍體。由這方面看來，跳特作為黑手黨教父的機器，可比掘墳或採石場要好用多了。這一切都導致了蘇曼的結論和理論。而這，不用說，又帶回到派翠西雅不住追究關於老鼠的問題。

「這個，」馬克開口道，注意到妻子用眼神向他打信號要他謹慎，「即使到現在還是沒人知道，派蒂。但是所有用動物做的實驗——包括老鼠在內——似乎都導向一個結論，那就是，雖然跳特在生理上幾乎是瞬間發生，在心理上它卻需要一段很長很長的時間。」

「我不懂。」派翠西雅執拗地說：「我就曉得我不會懂。」

但理奇卻若有所思地望著父親，說道：「所以那些被用來實驗的動物，到現在還在不斷思考。如果我們不先被麻醉的話，我們也會。」

「對。」馬克說：「那正是我們現在相信的。」

理奇的眼神閃現光芒。害怕？興奮？「那不只是電磁傳動而已，對不對，爸爸？那是一種時間的彎曲。」

在那裡面就是永恆，馬克心想。

「可以這樣說。」他說：「不過那是漫畫裡才會這麼說——聽起來不錯，但沒什麼意義，理奇。那看起來像是繞著意識的說法打轉，認為意識不會被分解，永遠是持續而完整的，並同時保有時間觀念。但我們不知道純意識如何測量時間，或者這個概念對純粹的心靈有什麼意義。我們甚至想像不出純粹的心靈可能是什麼。」

馬克靜默下來，為他兒子突然變得極其明亮且好奇的眼神感到困擾。他了解，可是他不明白，馬克心想。心靈是你最好的朋友，當你無書可看、無事可做時，它仍舊讓你思考。但是當它太久沒有輸入時，它也可能消蝕你、消蝕自己，殘殺自己，甚至以難以想像的自動肉食行動吃掉自己。以時間來計，那裡有多久呢？對跳特的身體而言是零點〇〇〇〇〇〇〇〇〇〇〇六七秒，可是對不可能分解成微粒的意識而言呢？一百年？一千年？一百萬年？一億年？在一片無止境的白茫中，你的思想可以存在多久？然後，當一億個永恆消逝了，便是光和形式和軀體的輪迴。誰不會發瘋呢？

「你們準備好了嗎？」一名服務員問道。

「理奇——」他開口說，但跳特服務員已推著檯子來了。

馬克點點頭。

「爸爸，我很怕。」派翠西雅低聲說：「痛不痛？」

「不會的，寶貝，當然不痛。」馬克說。他的聲音鎮定，心跳卻不覺加速——雖然這已是他第二十五次跳特了，每一次他卻都不免心跳加速。「我先來，你們就可以看清楚有多容易了。」

那名跳特服務員詢問地看著他。馬克點點頭，強笑了一下。面具罩下來了。馬克雙手接過，對著黑暗深吸一口氣。

他最先意識到的，是由罩在白頭市的圓頂望出去的天空，黑色的火星天空。這裡是黑夜，滿天的星星閃著在地球上夢想不到的璀璨光芒。

其次他意識到甦醒室有某種騷動——低語、嘶喊，接著是悚然尖叫。喔，上帝呀，那是茉莉！他心想，便掙扎著自跳特沙發上起身，強抑著陣陣昏眩。

又一聲尖叫傳來。他看見跳特服務員跑向他們，鮮紅色連身裝繞著膝蓋飛轉。茉莉搖搖晃晃地走向他，伸手指著。她又尖叫一聲，隨即癱倒在地，勉強抓住沙發的手將沙發拖動了幾吋。

但馬克已順著她所指的方向望去。他看見了。

理奇的目光並未透著害怕，卻充滿了興奮。他早該知道的，因為他了解理奇——理奇，當他七歲時，從後院最高的一根枝椏上跳下來，摔斷了胳臂（只摔斷胳臂實在是他運氣好）。當他乘溜滑板時，他比附近的任何孩子更敢溜得遠溜得快。最勇於冒險犯難的理奇。理奇天不怕地不怕。

直到現在。

在理奇旁邊，他妹妹仍安睡著。原是他兒子的那個人體在跳特沙發上跳著、扭著。一個滿頭白髮、眼神無比蒼老、角膜發黃的十二歲男孩，這是個比時間化裝成的男孩更古老的生物。然而他以一種怪異而駭人的狂喜跳著、扭著，在他那瘋狂而嘶啞的笑聲下，連跳特服務員也嚇得倒退了幾步。

有幾個逃走了，雖然他們都受過訓練，知道該如何應付這種難以想像的結局。

他那對蒼老而年輕的腿劇烈地抖動。爪子般的手敲著打著在空中飛舞。那雙手猝然落下，接著那原是他兒子的人體臉朝下爬了起來。

「比你想的還要久，爸爸！」他嘎聲喊道：「比你想的還要久！他們讓我吸氣時我屏住呼吸！我要看，我看見了！我看見了！比你想的還要久！」

那人體嘎聲叫著，突然舉起手指挖出自己的眼睛。鮮血泉湧。甦醒室已經一片混亂、叫聲不斷。

「比你想的還要久，爸爸！我看見了！我看見了！長跳特！比你想的還要久——」

他不知還說了什麼，直到跳特服務員將他帶走，任他嘶叫著，掏著他那已見過不可見之永恆的眼睛。

他還說了些話，接著便尖叫起來，但馬克•歐茨沒有聽到，因為這時他自己也已尖叫出聲。

迷霧驚魂
The Mist

1. 風雨來襲

事情的經過是這樣的。七月十九日那晚，新英格蘭北部有史以來最兇猛的熱浪終於平息，隨之而來的是西緬因州前所未見的大雷雨。

我們住在長湖畔。就在天黑之際，我們看見暴風雨挾著千軍萬馬的陣勢，朝我們這個方向橫掃水面而來。暴雨來襲前的一小時，空氣完全停滯。我父親在一九三六年時插在船屋上的那面美國國旗，有氣無力地垂掛在旗杆上，連旗邊也沒飄一下。熱氣濃得化不開，恍如採石場的止水深不可測。那天下午我們三個去游了泳，但除非游到深水區，否則浸在水裡也不見得涼快些。黛芬和我都不願撇下比利游到深水區去。畢竟比利才五歲而已。

五點半時，我們坐在面湖的平台上，懶懶地用叉子挑著火腿三明治和馬鈴薯沙拉，用這當作晚餐。大家都沒什麼胃口，只想喝浸在冰桶裡的百事可樂。

吃過晚餐後，比利又跑到屋外玩爬竿了。黛芬和我繼續坐著，一邊抽菸、一邊眺望平靜無波的陰鬱湖面，和遠在湖對岸的哈森鎮，兩人都沒說什麼話。幾艘汽艇在湖裡來回梭巡，噗噗作響。對岸的松樹林看起來灰撲撲、無精打采的。西方天際現出濃密而深紫的雨雲，有如一隊大軍般層層湧現，偶爾夾帶著一道閃電。隔鄰的布倫·諾登開著收音機，收聽華盛頓山頂播送的古典音樂台，每次閃電一現，音樂就變為吱喳作響的靜電聲。諾登在紐澤西當律師，他在長湖的居處只是間避暑的小別墅，沒有暖氣或禦寒設備。兩年前，我們為了兩家邊界吵了一架，最後甚至鬧上地方法庭。我贏了。諾登認為我之所以會贏，只因為他是外地人。我們從此便有些互看不順眼。

黛芬嘆了口氣，拉著胸口的小背心搧了幾下。我懷疑她會因此涼快多少，不過倒是滿養眼的。

「我不想嚇妳，」我開口道：「但是我想待會兒，會有場很大的暴風雨。」

她懷疑地看看我，「昨晚和前晚也都有雨雲呀，大衛。後來不都散了嗎？」

「今晚不會。」

「不會嗎？」

「要是雷雨太大，我們得到樓下去躲一躲。」

「你想會有多糟呢？」

我父親是第一個選擇在這一側湖岸定居的人。他年少時和他的兄弟一起建了間避暑的小木屋，就在目前我們這棟屋子的所在。一九三八年，一場夏季暴風雨將小木屋夷為平地；連石牆也垮了，只有船屋僥倖逃過一劫。一年後，他開始建這棟大房子。暴雨來襲時，真正會造成房屋損害的其實是樹木：老朽的大樹會被強風吹倒。這是大自然定期清除房屋的方式。

「我不知道。」我老實回答。我沒親眼見識過一九三八年的暴風雨。「但是從湖上吹來的風，威力比得上一列特快車。」

不一會兒比利回來了，喃喃抱怨爬竿一點都不好玩，因為他全身都被「汗濕」了。我揉揉他的頭髮，又給了他一瓶百事可樂。牙醫又有得忙了。

雨雲壓得更低，帶走了天空的最後一抹藍。毫無疑問，暴風雨就要來襲了。諾登關掉了收音機。比利坐在黛芬和我之間，著迷地望著天際。一聲響雷慢慢捲過湖面上空，繼而又是一陣回聲。層層雲朵糾結滾動，時而黑、時而紫，有時透出幾脈光線，立刻又轉為全黑。雲漸漸籠罩住整個湖。我看得出一層細細的雨膜也已隨著雲層飄散開來，但仍在極遙遠處。在我們看來，現在有雨的地方可能遠在波士磨坊那邊，甚至是挪威鎮。

空氣開始浮動，先是一陣一陣，使得國旗有一搭沒一搭地揚著。風逐漸帶有涼意，越來越強，先是吹乾了我們身上的汗，接著甚至令人有點寒意。

就在這時，我看見一層銀紗滾過湖面，沒幾秒鐘，雨便如疾矢般落在哈森鎮上，並向我們直掃過來。湖上的幾艘汽艇早已落荒而逃。

比利從那張印有他名字的小導演椅上站了起來。我們每個人都有一張這樣的導演椅。「爸爸！看！」

我說：「我們進去。」我站起來，伸手環住他的肩膀。

「你看到沒，爸爸？那是什麼？」

「那是水龍捲。我們進去。」

黛芬愕然地瞟了我一眼，接口說：「快，比利，聽你爸爸的話。」我們從客廳的落地窗進到室內。我關緊門戶，忍不住又往外看了看。那層銀紗已籠住四分之三個湖面。銀紗已捲成杯狀，在水天之間瘋狂旋轉；烏黑的天壓得極低，湖水變為鉛灰色，不住承受擊落湖中的銀線。湖裡波濤洶湧，打在船塢和防波堤上的浪激起一陣又一陣泡沫，使得整個湖氣勢大增，陰森森的看起來有些像海。而在湖心，更有不住來回滾動的水浪。

望著那席捲而來的暴雨，人彷彿也被催眠了。就在雨幾乎已直落到我們正上方時，一道明亮的閃電劃過，讓我在接下來的三十秒，看什麼都像在看底片。電話叮地震響一聲，我猛一回頭，看見我太太和兒子就站在可由西北方瀏覽整個湖面的觀景窗正前方。

我腦海中湧現一幅景象。我想大概只有為人丈夫和父親的，才會有類似這種想像：那扇大觀景窗在一聲低喘下爆裂，將尖銳如箭的碎玻璃插入我妻子裸露的腹部，和我兒子的小臉和頸子裡。這想像中家人可能遭到的厄運景象，比中世紀的宗教法庭審判女巫還要駭人。

我一把抓住他們兩人，把他們拉開。「你們幹什麼？別站在那裡！」

黛芬震驚地瞅著我。比利看著我的眼神卻很茫然，似乎剛從一場迷夢中清醒過來。我把他們帶到廚房，把燈打開。電話鈴又震響一聲。

這時風來了。風聲宛如尖銳且不止息的哨音，有時先化為低沉的怒吼，而後才拔高成為呼嘯的尖叫。整棟房子彷彿是架七四七客機，隨時會凌空飛起。

我對黛芬說：「到樓下去！」在風聲中，我得用吼的她才聽得見。一記雷不偏不倚打在屋頂上，比利嚇得抱緊我的腿。

「你也一起下來！」黛芬也拉高嗓門。

我點點頭，揮手催促他們。我得用力把比利從我腿上撥開。「你跟媽媽先下去。我得找幾根蠟燭以防停電。」

他跟著黛芬下去後，我開始翻箱倒櫃。蠟燭這東西說也奇怪。每年春天你都會準備蠟燭，以免夏季暴雨時停電。但等到要用時，卻怎麼也找不到。

我翻到第四個抽屜，翻出黛芬和我四年前買的大麻，還剩不少；比利在玩具店買的一副玩具假牙，還有些黛芬忘了放進相簿的相片。我又翻了席爾斯百貨公司的型錄下面，還有一個丘比娃娃的後面；這個台灣製的大眼娃娃，是我幾年前在福堡嘉年華會上用網球擊倒木牛奶瓶贏來的。

在瞪著死人眼般的娃娃後方，我終於找到了還用玻璃紙包得好好的蠟燭。我的手才碰到蠟燭，屋裡的燈便全熄了，唯一的電只有在天上猛打信號的那玩意兒。一連串閃電照得餐廳忽白忽紫。樓下傳來比利的哭聲，以及黛芬喃喃哄他的話語聲。

我得再看一眼暴風雨才行。

水龍捲不見了，一定已經過去了，或者是到達湖岸時削弱了威力，然而望向湖面，還是無法看出二十碼外。湖水翻滾洶湧，我看到某人的碼頭殘骸，大概是賈瑟家的。大水沖垮了碼頭，支木被擊上半天高，隨即又落入滔滔湖水中。

我到樓下去。比利衝向我，緊緊抱住我的腿。我把他抱起來，緊緊摟了他一下，然後才把蠟燭點上。我們坐在工作室再過去的客房裡，在閃滅的黃色燭光中看著彼此的臉，聽著呼嘯不止的風雨聲吹打著房子。約莫過了二十分鐘，我們聽到附近一棵大松樹斷折傾倒的轟裂聲，接著就再無聲響。

「過去了嗎？」黛芬問道。

「也許吧。」我說：「也可能只是暫停一下。」

我們一人拿著一根蠟燭，有如前去晚禱的修士般，一步挨著一步上樓查看。比利小心翼翼又極其驕傲地握緊他手上的蠟燭；持著蠟燭，持著火，對他來說是件不得了的大事。這讓他暫時忘了恐懼。

天色實在太暗，看不出房屋周圍受到什麼損害。這時比利早該上床就寢了，但此刻沒人會想那麼多，我們坐在客廳裡，耳聽風聲，出神地望著天上的閃電。

大約一個鐘頭後，風勢又增強了。三個星期來，氣溫一直在攝氏三十三度以上；其中有六天，波特蘭的氣象台更報導氣溫超過三十八度。怪異的天氣。加上去年冬天和今年春天都比往年冷，不少人又喃喃抱怨這種異常天氣一定是五〇年代核彈試爆的長期後遺症。當然，也有人說是世界末日就要來了——經典老套說法。

第二度的風暴不如先前凌厲，但在第一陣風雨中已然受創的幾棵樹卻倒了。風勢減弱之際，一棵斷樹重重落到屋頂上，傳來一聲巨響，猶如一拳打在棺材蓋上。比利驚跳起來，憂慮地抬頭往上看。

「撐得住的，小帥哥。」我說。

比利不安地笑了笑。

十點左右，最後一陣風雨來襲，來勢洶洶。呼號的風聲不會低於第一次的狂嘯，不止的閃電更彷彿一次又一次打在我們四周。更多樹倒了。湖邊傳來的一陣爆裂聲，使黛芬不由自主地低喊了一聲。比利已經在她懷中睡著了。

「大衛，那是什麼？」

「我想可能是船屋吧。」

「噢。喔，老天。」

「黛芬，我們應該再到樓下去。」我抱過比利，站起身來。黛芬驚恐地瞪大眼睛。

「大衛，我們不會怎麼樣吧？」

「當然。」

「真的？」

「真的。」

我們又下樓去。十分鐘後，最後一陣風雨達到高潮之際，樓上響起驚心動魄的碎裂聲，是那扇可以眺望湖面的觀景窗。這麼說來，我先前的幻象究竟不是完全無稽。原本已經在打盹的黛芬，尖叫一聲醒了過來。躺在客房床上的比利則不安地翻著身子。

「雨會打進來，」黛芬說：「會把家具都浸壞的。」

「壞就壞吧，反正都有保險。」

「有保險又怎樣？」她以懊惱而責怪的口吻說：「你母親的衣櫃……我們的新沙發……彩色電視機……」

「噓。」我說：「快睡吧。」

「我怎麼睡得著！」她答道。但五分鐘後，她已睡著了。

我點著一根蠟燭，傾聽著屋外徘徊不去的響雷，又撐了半個小時。我心想，明早必定會有不少湖區居民打電話給他們的保險公司；還有許多人得用鏈鋸鋸斷落在他們房頂上，或穿窗而過的樹木；路上也會有很多中緬因州電力公司的橘色卡車。

風雨已漸轉弱，而且沒有再度增強的跡象。我留下睡在床上的黛芬和比利，一個人又回到樓上，望進客廳裡。落地窗倒還堅固，但原先可遠眺風景的觀景窗已經變成一個邊緣參差的大洞，洞口塞滿了樺樹葉——那是被風吹倒的樺樹樹頂；那棵樹自我有記憶以來，一直屹立在地下室門外的。

望著它已塞進我們客廳的樹頂，我終於體會到黛芬說「有保險又怎樣」的意思。我一直很喜愛這棵樹。它已經撐過那麼多個冬天；在我們屋子的湖岸這邊，只有這棵樹沒被我的鏈鋸鋸過。落在地毯上的幾大片玻璃層層映出我手裡的燭光。我提醒自己必須警告黛芬和比利，得穿上拖鞋才行。他們兩個早上起來時，都喜歡赤著腳到處亂走。

我又下樓去。我們三個都睡在客房裡；黛芬和我把比利夾在中間。我夢見看到上帝走過湖對岸的哈森鎮，一個巨大無比、上半身被藍天白雲遮住的上帝。在夢裡，當上帝踏過樹林時，便會傳來樹木的斷折、碎裂聲。祂環湖而行，一直走向橋墩鎮，朝我們而來。所有住宅、小木屋和夏季別墅都化為如閃電般的紫白色火焰，沒多久煙霧便掩蓋一切。濃煙，猶如一團霧般，掩蓋了一切。

2.暴風雨後・諾登・進城

「哇塞！」比利喊了一聲。

他站在分隔諾登家和我家的籬笆旁，望著我們的車道。長四分之一哩的車道接上一條路面未鋪設的鄉間小路，順著小路走四分之三哩後可以接上兩線道的柏油道堪薩斯路。從堪薩斯路就能到橋墩鎮的所有地方。

我順著比利的目光看過去，一顆心直往下沉。

「別再走過去了，帥哥。現在已經夠近了。」

比利沒有抗議。

雨過天青的早上，天氣清爽無比。在熱浪來襲時，一直濃濁不清的天色，現在已回復萬里無雲的藍，幾近秋季時的明淨。還有一點微風，因此車道上的斑斑陽光愉快地跳躍著。但距離比利所站不遠處，傳來持續的嘶嘶聲，原來是草地上有一大團扭曲的電線，乍看之下就像一堆蛇。那是電力公司配送電力到我家的電纜，這會兒早已扭成亂七八糟的一團，落在大約二十呎外，把周圍一小片草皮燒焦了，而且還在慢騰騰地扭動，噴出火花。要不是樹木和草皮已經被昨天的大雨先淋得濕透，我們家大概已經被燒光了。好在目前為止只有直接接觸電線的那塊地方燒黑了而已。

「爸爸，那會電死人嗎？」

「當然。」

「我們該怎麼辦呢？」

「不怎麼辦。等電力公司的卡車來。」

「他們什麼時候來呢？」

「我不知道。」五歲的小孩就是愛問問題。「我想他們今天早上一定很忙，要不要跟我散步到車道盡頭？」

他向我走了一、兩步又停了下來，緊張兮兮地瞪著那團電線。其中一條電線彈了起來，又慢慢轉了個方向，好像在跟他打招呼似的。

「爸爸，電可以射穿地面嗎？」

好問題。「可以，不過你別擔心。電要找的是地面，不是你，比利。你只要離電線遠一點就不會有事。」

「電要找地面。」他喃喃說了一句，向我走了過來。我們手牽手走上車道。

情況比我想的還糟。一共有四棵樹倒在車道上；一棵小的，兩棵中等，另一棵則是直徑五呎的老樹，樹幹上佈滿了青苔。

遍地都是樹枝，有些葉子幾乎都不見了。比利和我走向鄉間小路，一路忙著把較小的枝椏丟進道路兩旁的林子裡。這使我想起約莫二十五年前一個夏天，那時的我跟比利差不多大。我的伯父、叔父全都在這兒，他們拿著手斧和鐮刀，在林子裡砍了一整天矮樹叢。那天午後，他們圍坐在我父母的野餐桌旁，大吃了一頓熱狗、漢堡和馬鈴薯沙拉。大杯大杯的啤酒乾個不停，後來魯本叔叔更穿著一身衣服，連鞋子也沒脫，便跳進湖裡游泳。當時這片林子裡還有鹿。

「爸爸，我可以到湖邊去嗎？」

他丟樹枝丟膩了。在一個小男孩不想做某件事的時候，你唯一的對策便是讓他去做別的事。

「好啊。」

我們一起走回屋子，然後比利往右轉繞過屋子，對落在草地上的那團電線避得遠遠的。我左轉走進車庫去拿鏈鋸。

正如我前晚猜想的，湖岸四處都傳來清晰可聞的鏈鋸噪音。我把鏈鋸的油箱加滿，脫掉外衣，正要回到車道時，黛芬從屋裡走出來。她不安地瞪著車道上的樹。

「情況有多糟？」

「我可以把樹鋸成幾段。屋裡怎麼樣？」

「嗯，我把碎玻璃清乾淨了，可是那棵樹你得想想辦法才行。我們客廳裡總不能有棵樹吧。」

「沒錯。」我說：「妳說得很對。」

我們在陽光中彼此相視，不覺笑了出來。我把鏈鋸放在一邊，開始吻她，一手摸向她的臀部。

「別這樣。」她低喃道：「比利在——」

話還沒說完，比利便轉過屋角往我們走了過來。「爸爸！爸爸！你應該看看——」這時黛芬看到那團冒火的電線，尖叫著要比利小心。本來已經遠離電線的比利立刻停了下來，瞪著黛芬，彷彿她瘋了一樣。

「我沒事，媽。」他用哄老人的語氣說著，慢慢朝我們走來，以示他有多安然無恙。黛芬靠在我懷中，不自禁地顫抖。

「沒事的。」我對著她耳畔低語：「他很清楚不能碰電線。」

「但還是有人被電死。」黛芬說：「電視上一天到晚都有宣導短片，教人小心掉落的電線

——比利，立刻進屋去！」

「哎，別這樣，媽！我要帶爸爸去看船屋！」他既興奮又失望，眼睛都快鼓出來了。他第一次看見暴風雨後的壯觀，很想找人分享。

「你現在就進去！那些電線很危險，而且——」

「爸說它們要找的是地面，不是我——」

「比利，別再說了！」

「我會過去看，小子。你先過去吧。」我可以感到黛芬靠著我的身子再度變得僵硬。「兒子，你從另一邊繞過去。」

「好！遵命！」

他經過我們身邊，三步併做兩步跑過環繞房屋西側的石階，不一會兒便消失不見，只遠遠傳來一聲「哇塞！」想必又發現了另一處遭到風雨摧毀的奇景。

「他知道那些電線很危險，黛芬。」我輕輕攬住她的雙肩。「他很怕那團電線，這樣很好，他就不會有危險。」

一顆淚沿著她的臉頰滑落。「大衛，我很怕。」

「不要這樣！都已經過去了。」

「真的嗎？去年冬天……還有今年春天來得晚……在鎮上，他們說什麼黑春……他們說從一八八八年以來，從來沒有過那樣的春天——」

「他們」，無疑是指「橋墩古董店」的卡莫迪太太。黛芬喜歡偶爾進去東摸西摸。比利喜歡跟她一起去。在後面一間陰暗的房間裡，有玻璃眼珠的貓頭鷹標本永遠張著雙翅，兩腳永遠抓緊一截上了漆的木頭；三隻浣熊標本站成一圈，環著一條「小溪」——實為一長片灰撲撲的鏡子；

還有一隻被飛蛾蛀蝕的狼標本，口鼻處有一團木屑而不是口水，依然齜牙咧嘴。卡莫迪太太聲稱，那隻野狼是一九〇一年九月某日下午到帝汶溪喝水時，被她父親射殺的。

我太太和我兒子對造訪卡莫迪太太的古董店樂此不疲。黛芬著迷於有圖樣的彩色玻璃，比利則對那些已死的標本著迷。黛芬本來個性很實際、也很有主見，但居然會聽信那老太太的話，讓我頗為不悅。她發現了黛芬的弱點。而黛芬也不是本鎮唯一聽信卡莫迪太太的「鄉野傳聞」和「民俗秘方」（她總以上帝之名開藥方）的人。

如果妳丈夫是那種喝了三杯就喜歡動拳頭的人，樹汁可祛傷消腫。六月時數數毛蟲身上有幾圈花紋，或是八月時測量蜂窩有多厚，便可預卜今年冬天是暖、是寒。現在呢，真是天可憐見，一八八八年的黑春重現（你可以自己加上驚歎號，一個不夠就再加幾個）。我也聽過這說法，在這一帶流行很久了——假使春天夠冷，湖上的冰最後就會變成爛牙般的烏黑。這種情況很罕見，但也不是百年難遇。這裡的居民喜歡說這些，只是我想沒人會像卡莫迪太太那樣言之鑿鑿。

「去年冬天是很冷，春天也來得很晚。」我說：「現在又是個悶熱無比的夏天，再加上一場風暴。但風暴也過了。黛芬，妳平常不是這樣的。」

「這不是普通的風暴。」她以同樣沙啞的聲音說。

「不錯。」我答道：「這點我同意。」

「黑春」的說法，是畢爾・喬提告訴我的。他在蓋斯克鎮與他的三個酒鬼兒子合資經營一家喬提修車廠（偶爾他的四個酒鬼孫子也會幫幫忙，要是他們能抽空放下雪車和越野摩托車的話）。畢爾高齡七十，看來像八十，喝起酒來卻像二十三歲的小夥子。五月中旬，一場來得意外的風雪為本區帶來將近一呎的積雪，把剛長出的花草都蓋住的那天，比利和我一起把我們家的斯柯達四驅車送到喬提車廠去。畢爾剛喝了幾杯取暖，因此興匆匆地對我們提起「黑春」的說法，自然少不了添油加醋。然而五月下雪也不是什麼千載難逢的罕事，那場風雪只持續了兩天便消逝無蹤，沒什麼大不了的。

黛芬又懷疑地望向那團落地的電線，「電力公司的人什麼時候會來？」

「盡快吧。不會太久的。我只要妳別為比利擔心，這孩子不笨。他會忘了把衣服收好，但不會笨得走去踩一堆冒出火花的電線。他跟我們一樣想好好活著。」我碰碰她的嘴角，望著她不由自主綻出一抹微笑。「覺得放心點了？」

「你總把事情往好的方面想。」她的話教我安心了些。

在房屋臨湖一側，比利喊著要我們過去看。

「走吧。」我說：「我們去看看有什麼壞了。」

她哼了一聲。「我要是想看有什麼壞了，客廳裡就夠我看了。」

「那麼，我們去討個小孩的歡心吧。」

我們手握著手走下石階。才剛彎過石階的第一個轉角，比利便全速從另一個方向衝過來，差點撞上我們。

黛芬皺皺眉說：「慢一點。」也許，在她腦海中，她正想像著他衝向那團致命的電線。

「你們一定要來看！」比利氣喘吁吁地說：「船屋被壓爛了！堤防落到石頭上……泊灣裡還有樹……耶穌基督！」

「比利・戴敦！」黛芬吼了一聲。

「對不起，媽——可是妳一定得——哇！」他又跑走了。

「說完就跑，這些人都是這樣。」我這句話使得黛芬又笑了。「聽著，我先把橫在車道上的那些樹鋸開，然後就到波特蘭路的中緬因州電力公司去一趟，把我們這邊的情形告訴他們。好吧？」

「好。」她欣然說道：「你想大概什麼時候能去？」

如果不是因為那棵青苔滿佈的老樹，我大約只要花上一小時就夠了。但加上那棵大樹，我想至少得忙到十一點。

「那你午餐後再去。可是你得到超市去幫我買些東西回來……我們的牛奶和奶油都快沒了。還有……呃，我最好寫張購物單給你。」

只要有點災難的影子，女人就會像松鼠一樣忙著儲備糧食。我摟了她一下，點點頭。我們繞到屋子後面，一眼便明白何以比利會那麼大驚小怪。

「上天保佑。」黛芬低語了一聲。

我們所站之處地勢較高，可以看到將近四分之一哩長的湖岸，包括左鄰畢柏家的，我們自己家的，還有右鄰諾登的。

原來護著我們泊灣的那棵巨松，已經攔腰截斷，殘株像一枝亂削一通的鉛筆兀自豎立著，樹心在深色老樹皮的對比下顯得無比慘白。至於長約百呎的松樹上半截，如今只有一部分從淺淺的泊灣中露了出來。我突然想到我們的小「星遊號」沒被松樹壓沉到水中，實在是夠幸運。上星期，汽艇的引擎有些毛病，因此現在它仍停泊在拿波里碼頭，耐心地等著歸期。

在我們這一小段湖岸的另一邊，我父親所造的船屋被另一棵大樹壓扁了。在我們家還算有錢的年代，這棟船屋還曾停過一艘六十呎長的遊艇。我仔細一瞧，原來那棵樹是諾登的，讓我不禁怒火中燒。那棵樹五年前就已經死了，他早就該砍掉才對。現在那棵死樹從四分之三處折斷，不偏不倚地壓在我們的船屋上。屋頂被壓扁了，木板在風中繞著屋子的大洞打轉。比利的說法：「壓爛」，真是一點也不為過。

黛芬說：「那是諾登的樹！」聽她憤憤不平的口氣，儘管還是氣在心頭，但我忍不住露出了微笑。旗杆躺在水裡，舊國旗和一團繩索濕漉漉地漂在一旁。我可以想像諾登的反應：去告我呀！

比利站在消波塊上，研究那段被水沖到石頭上的堤防；堤上漆了醒目的黃、藍條紋。比利回過頭，高興地對我們喊道：「那是馬丁家的，對不對？」

「不錯。」我說：「比利，你涉水過去把國旗撈起來，好不好？」

「沒問題！」

在消波塊右側有一小塊沙灘。一九四一年，珍珠港事變之前，我父親雇人用卡車運來整整六卡車的海灘細沙，直鋪到水深五呎左右的深度，差不多到我胸口高。那個工人要了八十元工資，自此以後那片沙地就一直在那裡。還好那時候可以這樣做，這年頭即使在自己的土地上，你也不能造沙灘了。由於小木屋越蓋越多，廢水毒死了大半的魚，剩下的活魚也因含有毒素而不宜食用，因此環保局便禁止私人設置沙灘了。你瞧，沙灘可能會破壞湖泊生態，因此現在鋪設沙灘是違法的，除非你是土地開發商。

比利涉水去取國旗，但忽然停住了。同一時間，黛芬靠著我的身體也僵住了，然後我自己也看到了。哈森鎮那頭的湖不見了；眼前只有一團白色的霧，看來猶如一團大晴天的白雲無端從天上掉到地面上來。

我想到了昨夜的夢。所以當黛芬問我那是什麼，我差點沒衝口說出「上帝」。

「大衛？」

對面的湖岸完全不見了。但根據多年來眺望長湖的經驗，使我認定看不見的湖岸線大約只有幾碼。那團濃霧的邊緣幾乎是筆直的。

「爸，那是什麼？」比利喊道。他站在及膝的湖水中，伸手去撈水中的旗子。

「霧峰。」我說。

「出現在湖上？」黛芬懷疑地問。從她的眼神，我看得出卡莫迪太太的影響。那該死的女人。但我自己的不安瞬間即逝。夢終究是虛幻的，就像霧一樣。

「當然，妳又不是沒看過湖上起霧。」

「但沒看過這種霧。簡直就像一團雲。」

「那是因為陽光的關係。」我說：「就像妳坐飛機時看到的雲一樣。」

「但怎麼可能？只有陰雨天才會起霧！」

「現在不也起霧了。」我說：「至少是在哈森鎮。那不過是風暴過後的影響罷了。兩道鋒面交錯，才會形成這種現象。」

「大衛，你肯定嗎？」

我笑著攬住她的肩頭，「我一點也不肯定，我瞎掰的。要是我肯定的話，就去新聞台播氣象了。妳進去寫購物單吧。」

她懷疑地瞥了我一眼，舉起手背擋著強光，看看那霧峰，然後搖搖頭說：「真怪。」這才走了。

比利對那團霧已經沒興趣了。他撈到了國旗和一團糾纏不清的繩索。我們把旗子攤在草地上晾乾。

「爸，我聽說不可以讓國旗碰到地面。」比利一本正經地說。

「是嗎？」

「是啦。維多・麥里說那樣做的人會被送上電椅。」

「嗯，你去跟維多說，他滿腦子都是草地的肥料。」

「你是說狗屎，對吧？」比利是個聰明的孩子，只可惜毫無幽默感。在他看來，每件事都是正經事。我希望他長大後會領悟到，那樣的態度在世上是很危險的。

「對啦，不過別告訴你媽我這麼說。等國旗乾了，我們就把它收好。我們甚至可以把它摺成一頂帽子戴起來，那樣就絕對不會碰到地上了。」

「爸爸，我們會修好船屋的屋頂，再插一枝新的旗杆嗎？」他第一次露出憂慮的神色。看來他已受夠了這些混亂與破壞。

我拍拍他的肩膀，「你的意見可真多。」

「我可以到畢柏家去，看看那邊怎麼樣嗎？」

「只能去一下。他們一定也在清理環境，心情不會太好。」我也很想對諾登發火。

「好。再見！」他走了。

「別妨礙人家工作，小子。還有，比利？」

他回過頭來。

「記得避開落地的電線。要是你在別地方看到，也千萬別靠近。」

「當然了，爸爸。」

我在原地站了一會兒，先打量一下損害，繼而又望向那團濃霧。那霧團似乎近了點，但實在很難說得準。要是它移近了，便無疑違反了所有的自然法則，因為一絲輕柔的微風正吹向那團霧。所以，那根本是不可能的。它的顏色極白，使我聯想到在冬天寶藍色天空的映照下，剛剛落下的白雪。然而雪會反射陽光而閃閃發光，但這團霧雖然潔白明亮，卻不反光。雖然黛芬說陰天才有霧，但其實晴天起霧並非罕事；只是起霧到這種地步時，懸浮在空中的濕氣必定會形成彩虹，可是這回又不見什麼彩虹。

先前的不安又回來了，在我心底蠢蠢欲動，但我還來不及多想，就聽見一串低低的機器聲——噗——噗——噗！接著是低低的一句「狗屎！」機器聲再度響起，但這回沒有咒罵聲。第三次噗噗響聲後，接了一句以同樣洩氣而又懊惱的聲調說出的「他媽的！」

噗——噗——噗——噗——

寂靜——

接著：「去你的！」

我忍不住咧嘴而笑。這地方傳聲極佳，而所有的鏈鋸嗡嗡響聲又都有一段距離，所以我可以聽出那不甚悅耳的咒罵聲是我的鄰居發出來的，也就是名律師布倫・諾登。

我朝湖水走近了些，假裝走向消波塊外的碼頭。現在我看得見諾登了。他站在他家門廊旁的空地上，腳下落著厚厚的一層松針，穿著一件白色運動衫和一條濺了油漆斑點的牛仔褲。此刻他那花了四十元剪的頭髮蓬鬆零亂，汗水涔涔而下。他一腳跪地，拚命拉著他的鏈鋸。那把鏈鋸又大、又豪華，不像我從大賣場買的平價小鏈鋸。看起來好像什麼功能都有，只可惜少了個起動鈕。布倫・諾登用力拉扯起動線，製造出那刺耳而持續的噗噗聲響，但無法發動。看到一棵黃樺橫倒在他的野餐桌上，把那張桌子壓成兩半，我心裡暗暗高興。

諾登用力扯動那條起動線。

噗——噗——噗噗噗——噗！噗！噗……噗！噗！……噗！

就差那麼一點，老兄。

又一次猛力拉扯。

噗——噗——噗。

「媽的。」諾登低啐一句，對著他的豪華鏈鋸齜牙咧嘴。

我繞過屋角往回走，從今早起床後第一次覺得心情愉快。我的鋸子一觸即發，使我的工作暢行無阻。

十點鐘左右，有人輕拍了一下我的肩膀。我回過頭，看見比利一手拿著一罐啤酒，另一手拿著黛芬寫的購物單。我把那張單子塞進牛仔褲後口袋，又接過雖不夠冰，但還算清涼的啤酒。我幾乎一口吞下半罐。這罐啤酒來得正是時候，我對比利舉了舉罐子致謝。「謝啦，兒子。」

「我可以喝一口嗎？」

我讓他喝了一口。他皺著眉頭，把啤酒罐遞還給我。我灌掉剩下的啤酒，然後及時停手，差點把空罐捏扁。空瓶罐可以換抵押金的辦法已實行三年多了，但捏扁啤酒罐的習慣實在難改。

比利說：「媽在單子下面還寫了幾個字，可是我看不懂。」

我把單子又拿出來。「我在收音機上收不到ＷＯＸＯ。」黛芬寫道：「你想會不會是風暴造成的？」

ＷＯＸＯ是本地播放搖滾音樂的調頻台。它設在北方約二十哩外的挪威鎮，是我們老舊微弱的收音機唯一能接收到的調頻電台。

我把戴芬的問題唸給比利聽，說道：「跟她說很可能就是這樣。問她能不能收到波特蘭的調幅電台。」

「好。爸爸，我可不可以陪你一起到鎮上去？」

「當然可以。你和媽咪都可以。」

「好。」他拿著空啤酒罐跑回屋裡。

我已開始對那棵大樹動工。我鋸了一會兒，隨即停下讓鏈鋸冷卻。這棵樹對我的小鋸子來說實在太大了，不過我想只要不操之過急，應該還能應付。不知道通往堪薩斯路的鄉間小道是否已清理乾淨。就在我這麼想著時，一輛電力公司的橘色卡車轟隆隆地駛了過去，大概是要開到小路另一頭吧。那就好。路已經通了，電力公司的人可能中午以前就會到這兒來，把落地的電線處理好。

我鋸下一大段枝幹，將它拖到車道旁再推到路緣。那段樹幹滾下斜坡，落到坡下的矮樹叢裡。許久以前，我父親和他的兄弟們（他們全是藝術家；我們戴敦家族一直很有藝術氣息）曾剷除過那些灌木叢，但它們又早已恢復舊觀了。

我舉手抹掉臉上的汗，好想再喝罐啤酒；一罐只能潤喉，哪解得了渴？我拾起鏈鋸，想著WOXO電台的事。那正是那團霧峰的方向，也是撒摩區的方向：「箭頭計畫」的所在地。

那是老畢爾‧喬提對所謂「黑春」提出的解釋：「箭頭計畫」。在撒摩區西半部，距石稜鎮鎮界不遠處，有個政府保留地區，四周圍了電線，並佈有哨兵和閉路電視，天曉得還有什麼。至少那是我聽說的，我並未親眼瞧見，雖然老撒摩路沿著那片政府保留區的東側約有一哩多長。

沒人確知「箭頭計畫」之名是怎麼來的，也沒人可以百分之百肯定地告訴你那真是該計畫的名稱——如果真有什麼計畫的話。畢爾‧喬提說有，但你若問他這消息是打哪兒聽來的，他就打馬虎眼了。他說，他的姪女在洲際電話公司做事，聽過一些內幕什麼的，大概就是這套。

「原子彈之類的。」畢爾這麼說著，靠在我的斯柯達窗口上，一口啤酒酒氣直衝我的臉。「他們在那裡就搞這些，把原子射到空中去什麼的。」

「喬提先生，空中本來就充滿了原子呀。」比利接口道：「倪利老師說的。她說每樣東西都是原子構成的。」

畢爾·喬提用他那雙佈滿血絲的眼睛瞪了我兒子比利半晌，瞪得比利有點心虛。「那是不一樣的原子，小夥子。」

「噢，好吧。」比利喃喃說道，不再爭了。

我們的保險經紀人狄克·穆勒則說，「箭頭計畫」只是政府經營的一處農業實驗中心，僅此而已。「比較大的番茄、比較長的採收期等等。」狄克輕描淡寫地說著，隨即又回頭大談我如果早死的話，對我的家人可能會有多大幫助。我們的郵差小姐珍妮·羅利說，「箭頭計畫」是和原油有關的地質探測計畫。她很有把握，因為她小叔為某人工作——

至於卡莫迪太太，可能比較偏向於畢爾·喬提的觀點。不只是原子，而是不一樣的原子。

我又從那棵大樹鋸下兩段枝幹，將它們丟到坡下。比利跑回來了，一手拿了罐啤酒，另一手免不了又是黛芬的紙條。我想不出天下會有什麼事比來回傳話更讓我兒子興奮的。

我接過啤酒和紙條，說道：「謝謝。」

「我可以喝一口嗎？」

「只能喝一口。剛才你喝了兩口，我不能讓你早上十點就喝醉酒。」

「十點十五分了。」他說著，羞怯地笑了笑。我也對他笑笑，倒不是他的笑話說得好，你知道，只不過比利不常說笑話的。然後我低頭看紙條。

「在收音機上收到ＪＢＱ。」黛芬寫道：「別在進城前喝醉了。你可以再喝一罐，但午餐前到此為止。你想我們的路可以開嗎？」

我把紙條遞還給比利，拿過我的啤酒，「告訴你媽說小路通了，因為一輛電力公司的卡車剛開過去。他們很快就會到我們這裡來了。」

「好。」

「小子？」

「什麼事，爸爸？」

「跟你媽說一切都沒事。」

他又展開笑容，大概還沒安慰媽媽，先安慰了自己吧。「好。」

他跑走了。我目送他離去，望著他咚咚跑走的背影，可以看見他翻起來的鞋底。我愛他。他的小臉和他的眼神，使我覺得好像一切真的都沒事。當然，這不是事實。哪有可能一切都好的呢？但是我的孩子讓我相信了這個假象。

我又喝了口啤酒，把罐子小心翼翼地放在一塊石頭上，然後再次操作鏈鋸。過了二十分鐘，有人輕拍一下我的肩膀。我回過頭，以為一定又是比利，卻意外看到布倫・諾登。我關掉了鏈鋸。

他沒有平常倨傲的神態，看來又熱又累又不快樂，而且有些不知所措。

我開口說：「嗨，布倫。」我們上一次的對話可以算得上惡言相向，以致我現在有點不知該說什麼。

我有種奇怪的感覺，覺得在鏈鋸聲的遮掩下，他在我背後至少已經站了五分鐘了。他禮貌地清清喉嚨，準備開口說話。今年夏天我還沒正眼看過他一次。他瘦了，但看起來氣色不佳。說起來他瘦點應該比較好看，因為他原本至少超重二十磅，然而事實不然。他太太去年十一月過世，死於癌症。這消息是黛芬從艾姬・畢柏那裡聽來的。艾姬是我們這區的訃聞佈告欄。每個社區大概都有一個這種人。

以前諾登談到他太太時，總是用種不在乎的語氣，甚至有些輕蔑，所以我原本猜想，她的死對他來說也沒什麼。說真的，我甚至曾經猜測今年夏天他就會挽著一個比他年輕二十歲的女孩出現，臉上還掛著「我老婆已上天堂」的笑容。然而，此刻他臉上非但沒有那樣的傻笑，還多了些顯老的新皺紋。

他減輕的體重又都減錯了地方，造成鬆弛的垂肉和皺摺，在在顯示了他的年紀。有一剎那，我很想把諾登帶到陽光下，讓他坐在一株倒下的大樹上，手握我的那罐啤酒，然後為他畫張炭筆素描。

我們尷尬地沉默了很長一段時間，而且由於鏈鋸停了下來，於是更加尷尬。最後，他終於開口說：「嗨，大衛。」他頓了一下，又衝口說出：「那棵樹，那棵該死的樹。真對不起，你說得沒錯。」

我聳聳肩。

他又說：「另一棵倒在我的車上。」

「真遺憾——」我才開口便隨即愣住，問道：「該不會是那輛雷鳥吧？」

「就是那輛。」

諾登有輛車況極佳的一九六〇年雷鳥，才開了三萬哩，車子裡外都是深藍色。他只在夏天才開那輛車，而且很少開。他對那輛車的喜愛，正如有些男人沉迷電動模型火車、模型船或手槍之類的。

「真可惜。」我真心說道。

他緩緩搖了搖頭。「我本來不想把它開來的。我差點就開那輛旅行車來了，你知道。然後我告訴自己，管他的。我把它開過來，結果一棵巨大的老松樹不偏不倚地壓到它。車頂全扁了。我想我是可以把它鋸斷……我是說，那棵樹……可是我沒法起動鏈鋸……我花了兩百塊錢買那把鋸子……結果……結果……」

他的喉嚨開始發出低微的咯咯聲，他的嘴上下扭動，彷彿沒有牙齒卻拚命要嚼動一顆棗子。有一瞬間，我以為他會站在那裡，像個站在沙坑裡的小孩那樣，無助地哭號起來。不過他畢竟控制住自己的情緒，聳聳肩轉開身子，好像對我鋸下的那幾截樹幹很有興趣似的。

「呃，我們可以檢查一下你的鋸子。」我說：「你的雷鳥有保險吧？」

「是的，」他說：「你的船屋也有保險吧？」

我聽出了他的言下之意，再度想到黛芬說的「有保險又怎樣」。

「是這樣的，大衛，我能不能借你的車到鎮上去一趟？我想買些麵包、火腿和啤酒。買很多啤酒。」

「比利和我正要開我的斯柯達去。」我說：「你可以跟我們一起去。不過你得先幫我把這棵樹拖到路邊。」

「沒問題。」

他抓住樹幹一頭卻無法抬高，因此我得多費點力氣。我們兩人合力把樹幹拖到路旁，讓它滾下坡去。諾登氣喘吁吁的，兩頰幾乎脹成豬肝色。在他拉扯了半天鏈鋸之後，我對他的心臟實在有些擔心。

「還好吧？」我問。他點點頭，依舊上氣不接下氣。「那麼，跟我到屋裡去吧。我請你喝罐啤酒。」

「謝謝你。」他說：「史黛芬妮好嗎？」他又開始回復那種討人厭的圓滑世故。

「很好，謝謝。」

「你兒子呢？」

「他也很好。」

「那就好。」

黛芬走出屋子，當她看見和我在一起的是什麼人時，一抹訝異滑過她的臉龐。諾登面露微笑，眼光溜過她的緊身T恤，他終究沒什麼變。

「嗨，布倫。」黛芬謹慎地說。比利從她腋下伸出頭來。

「嗨，史黛芬妮。嗨，比利。」

「布倫的雷鳥遭殃了。」我告訴黛芬：「他說車頂被樹壓垮了。」

「喔，真糟！」

諾登喝著我們的啤酒時，又把故事重說了一遍，我也喝著今早的第三罐啤酒，卻一點也沒有醺然的感覺；顯然啤酒一下肚就化為汗水流出去了。

「他要跟我們一起進城去。」

「呃，我想你們不會太快回來。你們大概得到挪威鎮去。」

「哦？為什麼？」

「嗯，如果橋墩鎮的電力中斷了——」

「媽說，收銀機跟冰箱什麼的都得靠電力。」比利補充道。

言之有理。

「購物單還在吧？」

我拍拍牛仔褲後口袋。

黛芬望向諾登，「布倫，很遺憾凱拉過世了。我們都很難過。」

「謝謝妳。」諾登說：「謝謝你們。」

另一陣尷尬的沉默後，比利率先開口：「我們現在可以走了嗎，爸爸？」他已經換上牛仔褲和球鞋。

「我想可以。你準備好了吧，布倫？」

「再來一罐啤酒，我就可以上路了。」

黛芬皺皺眉。她從不贊成「路上帶一罐」，或是開車的男人膝上放罐啤酒的做法。我對她輕輕點頭示意，她聳聳肩。我不希望現在又和諾登重啟戰端。黛芬遞給他一罐啤酒。

他對黛芬說：「謝謝。」但不是發自內心，只是嘴上說說，很像在餐廳裡對女服務生道謝一樣。他轉向我，「帶路吧，隊長。」

「我馬上來。」我邊說著邊走進客廳。

諾登跟在我後面，一看到那棵樺樹不免哀嘆一番，但是此時我對他的哀嘆和換那面窗玻璃的花費並不感興趣。我透過陽台的落地門望向湖面。微風使空氣變得清新多了，當天的氣溫在我鋸樹時也上升了大約五度。我以為我們先前看到的那團奇怪的濃霧必然已經散了，但事實卻不然。而且它靠得更近，已經掩到湖心了。

「早先我也注意到了。」諾登裝模作樣地說：「我猜，一定是某種逆溫現象吧。」

我不喜歡眼前的景象。我強烈感覺到從來沒見過像這樣的一團濃霧。一方面是由於那霧峰陡直的邊緣教人不由得惴惴不安。在自然界中，不可能有那麼平直的東西；垂直面是人造的。一方面則是由於那團霧令人眩目的純白；一片純淨而毫無變化的白，又沒有濕氣造成的閃光。現在它離我們只有半哩遠，它的白與天空及湖水的藍，形成一種極其強烈的對比。

「走了啦，爸！」比利扯著我的褲腿。

我們全都走回廚房。布倫・諾登又瞥了一眼那棵栽進我們客廳裡的樹。

「可惜不是蘋果樹，呃？」比利自作聰明地說：「那是我媽說的。真好笑，對吧？」

諾登說：「你媽真聰明，比利。」他敷衍地揉揉比利的頭髮，眼睛再度轉向黛芬的胸前，他絕對不是那種能讓我真心喜歡的男人。

我問道：「我說黛芬，妳何不跟我們一起去？」不知為了什麼，我突然想要她一起來。

「不了。我想我還是留在家裡，把花園裡的雜草拔一拔好了。」她說。她看看諾登，又望向我，「今天早上我好像是這裡唯一不必用電力起動的東西呢。」

諾登大笑起來，笑得有點誇張。

我聽出她的意思，卻不死心地再試一次。「妳真的要留下來嗎？」

「當然了。」她堅定地說：「拔拔草對身體有益。」

「那麼，別曬太久的太陽。」

「我會戴草帽的。等你們回來，我們可以一起吃三明治。」

「好。」

她仰起臉讓我吻她。「當心點。說不定堪薩斯路上也有被風雨吹倒的樹。」

「我會小心。」

「你也要小心。」她又對比利說，並親吻他的臉頰。

「知道了，媽。」他跑出門去，任由紗門嘎吱一聲關上。

諾登和我跟著他走出門。「我們何不到你家去，先把壓在雷鳥上那棵樹鋸一鋸？」我問他。

我突然想出很多個可以暫時不要進城去的理由。

「我現在連看都不想看。還是先吃午餐，多喝幾罐這玩意再說吧。」諾登舉舉手中的啤酒，又說：「損害已經造成了，大衛老兄。」

我也不喜歡聽他叫我老兄。

我們都坐進斯柯達四輪傳動車的前座（車庫一角，我的鋤地犁刀在那兒亮晃晃的，猶如聖誕節的鬼魂）。我把車倒出去，壓過一大片被暴風吹到地上的小樹枝。

黛芬站在水泥路上；那條水泥路通往在我們家最西邊的幾畦菜園。她戴了手套，一手握了把大剪刀，另一手拿了除草鉗。她戴上那頂舊草帽，帽簷在她臉上投下一圈陰影。我輕輕地按了兩次喇叭，她舉起握著剪刀的手作答。

我們駛出車道，那是我最後一次見到我的妻子。

開上堪薩斯路前，我們被迫停下一次。自從電力公司的卡車駛過以後，又有一棵中等粗細的松樹倒了下來。

諾登和我下車把樹搬開一些，好讓車子通過，結果把兩手弄得髒兮兮。比利也想幫忙，但我揮手要他退開。我怕他的眼睛被針葉刺到。古老的樹木總是讓我想到《魔戒》裡的樹人，它們想傷害你。

不管你是在雪地中玩耍、滑雪，或者只是到林中散散步，老樹都想傷害你，而且我覺得只要有可能的話，它們甚至還會殺人。

堪薩斯路上倒沒什麼落木，但我們在好幾處看到斷落的電線。駛過威林營地約半哩路的地方，有根電線杆整支倒在水溝裡，頂上纏了一堆亂髮般的電線。

「這場風暴可真厲害。」諾登以他受過法庭訓練的聲音說；不過他現在倒不顯得滑頭，有的只是嚴肅。

「可不是。」

「爸，你看！」

比利指的是伊利奇家的穀倉。十二年來那座穀倉一直疲態畢露地站在湯米・伊利奇的後院裡，半掩在向日葵、金菊和秋麒麟草中。每年秋天我都會想它大概挨不過下一個冬季了，但每年春天它都還屹立在原地。然而現在可就不是了。穀倉被吹垮，只剩下個空架子，屋頂的木片也掉得差不多了，它的氣數已盡。不知為什麼，看到暴風雨來襲，將這穀倉夷為平地，讓我心裡有種不祥的感覺。

諾登喝乾了手裡的啤酒，用手捏扁鋁罐，隨手將它丟到車裡的地板上。比利開口想說什麼，想想又閉了嘴——好孩子。諾登來自紐澤西，那裡還沒有用空罐換押金這條法令。我想既然我自己都忍不住捏扁罐子，他那樣浪費我的五毛錢也還可以原諒。

比利開始亂轉收音機，我要他試試WOXO電台。他把收音機撥到FM92，但除了嗡嗡聲外，什麼也收不到。他看著我聳聳肩。我沉思一會兒，在那團怪霧的方向，還有什麼別的電台呢？

「試試WBLM。」我說。

他把收音機指針撥到另一端，經過WJBQ—FM電台和WIGY—FM電台。那些電台都在，照常播送節目……可是WBLM，緬因州最重要的搖滾樂電台，卻毫無聲響。

「奇怪。」我說。

「什麼？」諾登問。

「沒什麼。只是自言自語。」

比利又把收音機撥回WJBQ的軟調音樂。沒多久我們就到了鎮上。

購物中心的自助洗衣店關了。沒有電力，投幣式洗衣機也就無用武之地，不過橋墩藥局和聯邦超市都開著。停車場上停了滿滿的車，而且一如每年仲夏，有不少車掛著外州牌照。在陽光下人們三五成群站著，女人和女人、男人和男人，談著這場風暴。

我看到卡莫迪太太。這個成天和動物標本為伍，發出酸臭怪味的老太婆，穿了一身燦爛橘黃色的褲裝走進超市，手臂上掛了個大如旅行箱的手提包。這時一個騎著山葉機車的白癡呼嘯著從我的車前飛馳而過，只差幾吋便撞上我的擋泥板。他穿了件卡其夾克，戴了一副反光太陽眼鏡，沒戴安全帽。

「你看那笨蛋！」諾登怒吼道。

我在停車場裡繞了一圈，想找個好停車位，但沒看到半個。就在我打算把車停遠一點再走回來時，好運來了。一輛大如汽艇的萊姆綠凱迪拉克車，退出超市大門正前方的停車位。它一走，我立刻停了進去。

我把黛芬的購物單塞給比利。他才五歲，但已認得不少字。「你去推輛購物車，開始找你媽要的東西。我去打個電話給她。諾登先生會幫你的忙。我馬上就來。」

我們下了車，比利立刻握住諾登的手。他從很小就學會過停車場時一定要握著大人的手，到現在還有這習慣。諾登有點驚訝，隨即微微一笑。這讓我幾乎原諒了他對黛芬那副色迷迷的樣子，他們兩個走進超市。

我走向洗衣店和藥局之間的公用電話。一個穿了紫色連身短褲，像在做日光浴的女人汗流浹背地上下拉著話筒架。

我站在她身後，兩手插在口袋裡，心想不知為何自己這麼擔心黛芬，而又為何老是記掛著那團邊緣筆直的白霧，收不到的電台……和「箭頭計畫」。

這個穿紫色連身短褲的女人皮膚曬得通紅，胖肩上佈滿雀斑。她看起來像個發汗的橘子。她用力掛上話筒，往藥局方向轉過身來，看見了我。

「省省你的銅板吧。」她說：「只會『嗒——嗒——嗒』。」她憤憤地走開了。

我差點沒用力拍一下前額。當然了，電話線不知在哪裡斷了。有些電話線埋在地下，但有些還架在半空。

不過我還是試了那座公用電話，黛芬戲稱本區的公用電話是「緊張電話」。你不必先放銅板就可以先撥號，但等對方接聽後電話又會自動切斷，這時你就得盡快投下銅板，以免對方聽不見聲音而立刻掛斷。

這個設計是有些惱人，但當天卻省了我的銅板。電話裡沒有撥號聲，正如那穿紫色連身褲的女人所說，只有「嗒——嗒——嗒」的響聲。

我掛上話筒，慢吞吞地走向超市，正好趕上一樁有趣的小事。一對老夫婦一邊聊天、一邊走向標示著「入口」的大門。

他們聊著聊著，以為門會自動打開，卻撞上了玻璃門，於是兩人一驚，老太太還叫了一聲。他們滑稽地對望著，然後縱聲大笑。那位老先生隨即用力為他太太推開沉重的自動門，兩人才相偕入內。電力一斷，你才會發現有多少不便。

我一推開門，第一件注意到的便是沒有空調。在夏天裡，通常他們會把冷氣開到極強，只要在超市裡逗留超過一小時，大概就會生凍瘡了。

就像多數現代化超市，「聯邦超市」的設計是以心理學為根據。現代化的行銷技術將所有顧客視為白老鼠：你真正需要的東西，例如麵包、牛奶、啤酒和冷凍電視餐，全都放在店裡最遠的內側。要到那裡，你得先經過那些會刺激現代人購買欲的一切商品，從自動點火打火機到橡皮狗骨頭。

一進店裡，就是蔬果區走道。我看了看，沒瞧見諾登或我兒子的蹤跡，撞上大門那位老太太正在挑葡萄柚，她丈夫提著籃子。

我走過那條走道，然後左轉。我在第三條走道上找到他們。比利望著一架子果凍和布丁粉，諾登站在他正後方，瞧著黛芬寫的購物單。看到他一臉無奈和茫然的表情，我忍不住微笑。

我走向他們，一路經過不少半滿的購物推車（顯而易見，有儲存食物欲望的松鼠很多，不只黛芬一個）和許多查看貨品的顧客。諾登從最高一層架子上拿下兩罐水果派內餡，將它們丟進購物推車。

我開口問：「你們還好嗎？」諾登立刻回過頭來，顯然如釋重負。

「很好。對不對，比利？」

「是呀。」比利忍不住加上一句：「可是有很多東西，連諾登先生也不知道是什麼呢，爸爸。」

「我看看。」我接過購物單。

諾登很有條理地在他和比利找出的每樣東西旁邊都打了個勾——約莫五、六樣，包括牛奶和六罐裝可口可樂。單子上至少還有十樣東西還沒找到。

「我們得走回蔬果區那裡。」我說：「她要番茄和黃瓜。」

比利開始把購物車往回推。諾登說：「你該看看結帳櫃台，大衛。」

我真的瞧了一眼。有時候，報紙如果沒什麼大消息，就會放上這種照片，再加上一段趣味標題。

結帳處只開放兩個走道，排隊等待結帳的人形成兩排長龍，經過已無存貨的麵包架，然後彎向右邊，沿著冷凍食物的冰櫃延伸，看不見尾巴。每一台新的電腦收銀機都被罩了起來。兩個結帳出口各有一個滿面愁容的女孩，正用小型電子計算機計算購物金額。

兩個女孩身旁各站了一個聯邦超市的經理，巴德‧布朗和奧利‧魏克。我喜歡奧利，但對巴德‧布朗沒什麼好感，他總自以為是超級市場界的戴高樂。

兩個女孩每算完一名顧客的帳，巴德或奧利就會將一張紙條夾到顧客付的現金或支票上，丟進暫時充當金庫的紙盒裡。他們看來都又熱、又累。

「希望你帶了本好書來。」諾登走到我身邊說道：「我們也要去排隊了。」

我又想到單獨在家的黛芬，立刻又是一陣不安。「儘管去買你要的東西吧。」我說：「剩下的東西比利跟我可以自己來找。」

「要我再多拿幾罐啤酒給你嗎？」

我考慮了一下。雖然我和諾登已恢復邦交，我還是不願和他一起喝啤酒度過午後時光。何況現在屋裡還是一團糟，有得清理的。

「抱歉。」我說：「改天吧，布倫。」

我覺得他的臉色變了一下。「好吧。」他簡短說完便走開了。我望著他的背影，這時比利拉拉我的襯衫。

「你和媽咪說話了嗎？」

「沒有，公用電話壞了。我猜電話線大概也斷了。」

「你擔心她嗎？」

「沒有。」我在扯謊。我很擔心，可是卻說不出該擔心的理由，「沒有，當然沒有。你擔心嗎？」

「呃，沒……」但是他也很擔心。他的小臉皺了兩下。那時我們真該回去的，只是那時或許也已經太遲了。

3.迷霧降臨

我們挨挨擠擠地回到蔬果區走道，一如掙扎著要游向上游的鮭魚。我看到幾張熟面孔，像是鎮民代表麥克‧哈倫、教小學的雷普勒太太（這個令三年級學生心驚肉跳的女老師，此刻正冷眼瞧著哈密瓜），還有杜曼太太；有時我和黛芬外出時，她會為我們照顧比利。

但大多數顧客都是來此避暑的人，買了一大堆免煮食品，並互相戲稱是在「搶購存貨」。冷火腿切片已經被挑得所剩無幾，連義大利通心麵沙拉也快沒了，只剩一條孤零零的波蘭煙燻香腸。

我買了番茄、黃瓜，還有一罐美乃滋。黛芬還要培根，但培根早已賣完。我選了些燻肉代替，雖然自從食品檢驗局報告說每塊燻肉包裝裡都有少量昆蟲排泄物後，我對這玩意兒就不怎麼吃得下去了。

「看。」我們轉彎走進第四條走道時，比利說：「有軍人耶。」

一共有兩個軍人，一身土黃色制服在眾多鮮豔的夏季服裝相稱下，顯得格外突出。由於「箭頭計畫」不過在三十哩開外，我們早已習慣見到偶爾三三兩兩出現的軍事人員。這兩名士兵外表看來稚嫩，簡直像是還不到刮鬍子的年紀。

我又低頭查看黛芬開的購物單，認定大概全都買齊了……不對，還差一樣。在最底下，可能是臨時又想到的，她草草加了一句：一瓶藍瑟斯白酒？這主意倒不錯。今晚等比利睡後，喝兩杯酒，也許可以親熱一下再睡。

我丟下購物推車，一個人擠向放置酒類的架子，拿了一瓶。往回走時，我經過通往倉庫的大雙扇門，聽見一部大型發電機持續不斷的吼聲。

我想這部發電機大概只夠保持冷凍庫的冷度，還不夠供應自動門、收銀機和其他電器設施吧。它的吼叫聲聽起來簡直就像後面有輛機車似的。

我們一加入結帳的長龍，便看見諾登走了過來，兩手捧了兩盒六罐裝低卡啤酒、一條麵包，和我剛才看見的那條波蘭香腸。他插隊走到我和比利身邊。沒有冷氣，超市裡相當悶熱，我很納悶何以沒有工作人員會悶到去把門打開透氣。我剛才看到巴迪·伊格頓在前兩個走道，他圍著紅圍裙正在堆放貨品。發電機的隆隆聲響很單調，我開始覺得有些頭痛了。

「把你的東西放進來，免得不小心掉了。」我對諾登說。

「謝謝。」

隊伍已綿延繞過冷凍食品區，人們不時得穿過隊伍才能拿到他們要買的東西，「對不起」和「借過」聲此起彼落。「這可真他媽的麻煩！」諾登抱怨道。我不禁皺了皺眉，我不喜歡讓比利聽到這種粗話。

隨著隊伍前行，發電機的響聲漸漸減低了些。諾登和我有一搭沒一搭地閒聊，避開使我們鬧進法庭的邊界爭論，只談著諸如紅襪隊的勝率和天氣之類的閒事。最後我們已無話可談，兩人都沉默下來。比利跟在我身旁動來動去，長龍慢慢爬行。現在我們右側是冷凍餐，左側是高價葡萄酒和香檳。隊伍朝著較便宜的酒前進時，我想著也許該買瓶瑞波紅酒，我年輕時的最愛。結果我沒買，反正我的青春也沒什麼了不起。

「天啊，他們為什麼不快一點呢，爸爸？」比利問道。他臉上痛苦的表情並未消退。突然間，我再度被不安的情緒籠罩。在這團不安的迷霧後方，彷彿透出某種可怕的東西——那是恐懼的面目，明亮而無情。但這慌亂的情緒只持續了短短一剎那。

「別急，小子。」我說。

我們已經走到麵包架，也就是隊伍左轉的地方。現在我們看得見結帳出口了；六個出口中只有兩個開著，另四個關閉不用，每一個上面都立了個小標示，寫著：「請到其他出口結帳」。

在出口後方是大面玻璃窗，透過窗玻璃可以看見停車場，以及一一七號公路和三〇二號公路的交流道。窗上貼有特價品廣告，其中一項是一套大自然百科全書。

廣告背面的白紙擋住了一些視線。我們站的這排，是通往巴德‧布朗站的那個出口。我們前面至少還有三十個人，其中最容易認出的是穿了橙黃色褲裝的卡莫迪太太，簡直像在促銷黃色一樣顯眼。

突然間，遠方傳來了一陣尖銳的聲音。聲音越來越大，我們很快就聽出是令人發狂的警笛聲。交叉路口有一聲汽車喇叭長鳴，接著是猛然煞車的聲音和輪胎燒焦的氣味。由於角度不對，我看不見究竟出了什麼事，但警笛聲經過超市時音量達到最高，隨即漸漸遠去。有幾個人忍不住離開隊伍去看個究竟，但大部分人都待在原處，不願排了半天隊後放棄他們的位置。

諾登跑去看了；反正他的東西都在我的推車裡。過了幾分鐘，他走回來，又一次插進隊伍。

「小火災吧。」他說。

這時鎮上的火警鈴響了起來，聲音越來越高亢，先是緩和下來又再次轉為尖銳。比利緊揪著我的手。「怎麼了，爸爸？」他立刻又加了句，「媽咪沒事吧？」

「一定是堪薩斯路上有火災。」諾登說：「應該是那些被風暴吹斷的電線。消防車很快就來了。」

我的不安突然有些具體的理由了，我們的院子裡也有一團斷落的電線。

巴德·布朗對他手下那個結帳員說了句什麼，因為她一直東張西望，想看清楚發生了什麼事，她脹紅了臉，又開始敲手裡的小計算機。

我不想在這裡排隊，突如其來的不想。可是長龍又往前移動了，而且現在才離開似乎愚不可及，我們已排到了香菸架旁。

有個年輕人推門而入。我認出那是沒戴安全帽騎山葉機車，差點撞上我們的那個小夥子。

「霧！」他喊道：「你們該看看那團霧！它一直滾向堪薩斯路！」

人們轉頭看他。

他氣喘吁吁的，似乎剛跑了一大段路。沒人答理他。「呃，你們真該看看。」他又說了一次，有點為自己說話的意味。

人們打量著他，有幾個略顯躊躇，但沒人願意離開隊伍。有些還沒排進隊伍的人，丟下他們的購物車，從沒有開放的結帳出口走了出去，想看看是否看得見那年輕人所說的。一個戴了頂遮陽帽（那種只在啤酒廣告中出現的帽子，而且背景一定是烤肉）的大個子推開出口大門，另有十來個人跟在他後面。那個年輕小夥子也跟了出去。

那個年輕的士兵打趣道：「別讓冷氣都散出去了。」激起了一些笑聲。我沒笑。那團濃霧是如何滾過湖面，我是親眼瞧見過的。

諾登說：「比利，你怎麼不去看看？」

也不知為了什麼，我立刻斬釘截鐵地說：「不行。」

隊伍再度前移。人們伸長脖子，尋找那小夥子提到的濃霧，但此時此地能看到的只有碧藍如洗的晴空。我聽到有個人說，那年輕人一定是在開玩笑。另一個人即刻回應道，他不到一個鐘頭前曾在長湖上看到一條奇怪的霧線。消防車的聲音尖銳地響起。我感覺一陣悚然，那聽起來像是敲響厄運的喪鐘。

更多人出去了。有幾個人離開隊伍，使得隊伍的移動速度加快了。接著在加油站當技工的老強恩‧李‧方文跑了進來，叫道：「嘿！有沒有人有照相機？」他左右張望一下，隨即又跑了出去。

這下排隊的人有些蠢蠢欲動了。如果那景象值得拍照，一定值得一看。

突然間，卡莫迪太太以她嘶啞卻有力的蒼老聲音喊道：「不要出去！」

大家都轉頭看她，原來秩序井然的隊伍開始亂了，不斷有人脫隊跑出去看霧，站在卡莫迪太太周圍的人也想離她遠點，也有些人開始尋找熟人。一個身穿紫紅色T恤、墨綠色休閒褲的年輕女人，以深思的目光端詳著卡莫迪太太。有幾個機會主義者乘機插向前幾個位置。巴德‧布朗手下那個結帳員又回頭張望了。布朗用一隻手指敲敲她的肩膀說：「專心做妳的事，莎莉。」

「不要出去！」卡莫迪太太喊著：「那是死亡！我感覺得到外面就是死亡！」

巴德和奧利都認識她，露出不耐的神色，但站在她四周那些來避暑的人都紛紛避開她，無暇顧及他們排了半天的隊，就像在城裡遇到遊民時的反應，彷彿他們會傳染什麼病。誰曉得？或許他們真的會傳播疾病也說不定。

就在這時，事情一件接著一件發生，令人措手不及。一個男人搖搖晃晃地推開大門，走進賣場。他流著鼻血。「霧裡有怪物！」他尖叫道。

比利緊貼著我——我不知道是為了那人在流鼻血，還是為了那人所說的話。「霧裡有怪物！霧裡的怪物把老強恩抓走了！怪物——」他搖搖晃晃地退向一排靠窗的草地肥料包，順勢坐了下來。「霧裡的怪物把老強恩抓走了，我聽見他尖叫！」

情況變了。風暴、警笛、火警鈴，以及越來越多的怪事造成的不安，開始造成變化。人們開始集體行動。

他們並不驚惶。但如果我這麼說，可能會造成完全錯誤的印象。他們沒有奔跑，至少大部分人沒有。可是他們移動了。有些人只是走到另一側大玻璃窗旁向外眺望。有些則由入口大門走出去，有些還提著他們想買的東西。焦躁而又公事公辦的巴德·布朗急急叫道：「嘿！你們還沒付錢！嘿，你！把那些熱狗麵包拿回來！」

有人嘲笑他，那笑聲有點肆無忌憚，惹得別人也笑了起來。但他們即使面露笑容，卻仍顯得迷惘、困惑與不安。又有另一個人大笑起來，巴德不禁脹紅了臉。這時有個女士正巧擠開人群，經過他身旁，想去站滿人的窗口眺望外面，巴德把她手上的一盒洋菇一把搶了下來，她大叫道：「把我的小菇菇還給我！」她這種奇怪的暱稱使得站在鄰近的兩個人忍不住大笑出來。卡莫迪太太又一次嚷著要人別出去外面，消防車的警鈴聲尖得教人喘不過氣，宛如一個強壯的老婦，以為可以嚇走闖空門的小偷。比利哭了起來。

「爸爸，那個流血的人是誰？他為什麼流血？」

「沒事的，比利小子。他只是流鼻血而已。」

諾登問：「他說霧裡有怪物，那是什麼意思？」他雙眉緊鎖，那大概就是律師表達困惑的表情吧。

「爸爸，我好怕。」比利淚眼汪汪地說：「我們可以回家嗎？」

某個人粗暴地從我身邊擠過，差點把我撞倒，我連忙抱起比利。我也開始害怕了。四周越來越混亂。名叫莎莉的那個結帳員慌得想跑開，卻被巴德一把拉住她的衣領，領口應聲撕裂。她臉孔扭曲地伸手給了他一巴掌，尖叫道：「把你的髒手拿開！」

「喔，閉嘴！妳這小賤人。」巴德回她一句，卻聽得出他聲音裡的驚愕。

他又伸手抓她，但奧利喝阻道：「巴德，住手！」

又有個人尖叫出聲。先前還算穩定的狀況，此刻已漸呈驚慌失控。人們紛紛從出口和入口湧出。某片玻璃碎了，還有一罐打開的可樂滾過地面。

諾登嚷道：「這到底怎麼回事？」

就在這一刻，天色轉暗了……不，這樣說不太對。當時我的想法並不是天色轉暗，而是超市的燈熄了。我不假思索地抬頭看向日光燈，有這反射性動作的人不只我一個。因為我忘了早已停電，自然以為亮度的改變是電燈熄滅的緣故。然後我想起我們一進來時就已經停電了，但先前賣場裡並沒有這麼暗。於是我明白了；即使站在窗畔的人還沒開始尖叫、指指點點，我就知道了。

濃霧逼近了。

霧是從堪薩斯路那邊過來的，漸漸籠罩了停車場。即使相距如此之近，但它看來與我們最初在湖的對岸注意到時並無不同。

這團霧純白、明亮，但完全不反射光線。它移動快速，擋住了大部分陽光。原來日正當中的景象，現在只殘存著天上的一點光影，猶如被浮雲掩蔽的冬月。

霧團慢慢逼近。我想起昨晚的水龍捲。大自然中，有些巨大的力量是難得一見的，像是地震、颶風、龍捲風等等。我沒有全看過，但以我看過的經驗，足以讓我猜測，它們全是以同樣緩慢而有催眠效果的速度在移動。它們會讓你目瞪口呆，就好像昨晚站在大落地窗前的比利和黛芬那樣。

這團霧慢慢滾過雙線柏油路，將整條路從視象中抹除。麥肯家那棟漂亮的荷蘭殖民風建築整個被吞噬了。有一會兒，麥肯家隔壁那棟老公寓的二樓還固執地出現在那團白霧中，但下一瞬間也跟著消失了。停車場入口處的「靠右」標示，以及出口處指向公路的箭頭標示皆已消失。標示上的黑字在霧中漂浮了一會兒，仍逃不過葬身的厄運。停車場裡的車輛也一一消失了。

「這到底是什麼鬼東西呀？」諾登又問了一句，聲音中透著緊張。

霧繼續向前滾動，從容不迫地吞掉藍色的天空。即使距離只有二十呎，它的邊界仍像尺劃出來的一樣清晰。我覺得自己像在觀看某種超級視覺特效、電影導演的奇特夢想。它來得真快。蔚藍的天空先是剩下一塊，接著是一長條，接著只剩鉛筆劃出般的一條細線，然後便完全消失。一片白茫茫壓向賣場的大玻璃窗。我還能看到窗外大約四呎的垃圾桶，但此外便什麼也看不見了。我看得見我的越野車擋泥板，但僅此而已。

一個女人發出淒厲的長聲尖叫。比利更是緊靠著我，他的小身體不住顫抖，猶如一團鬆脫卻不斷有高壓電流過的電線。

有個男人大吼一聲，一個箭步跳過沒有開放的結帳通道，往大門衝去。這個舉動引發了集體奔逃；人們開始混亂地衝向霧裡。

「嘿！」巴德·布朗大吼一聲。我不知道他是出於生氣還是害怕，或是二者兼具。他的臉幾乎變成紫色，脖子上青筋突起，看起來和電線一樣粗。「嘿，你們，你們不能把東西拿走，把東西拿回來！你們這樣是偷竊！」

他們還是繼續向前衝，但有幾個人把東西丟回店裡。有些人興奮地大笑起來，但畢竟是極少數。他們一窩蜂湧進霧裡之後，我們這些留在賣場裡的人就再也沒見過他們了。敞開的店門外飄進一絲微酸的氣味，門口已經擠得水洩不通了。不少人又推又擠，唯恐落於人後。我的肩膀因為抱著比利而開始發痠，這孩子壯得很，有時候黛芬會叫他「我的小牛」。

諾登也隨著人群邁出腳步，一臉著迷的神情往大門走去。

我換隻手抱比利，及時伸手拉住還未走遠的諾登：「別去，換了我就不會去。」

他回過頭。「你說什麼？」

「最好等一下。」

「等什麼？」

「我不知道。」我說。

「你不認為——」一聲尖叫從霧團中傳來。

他驀然住口。本來擠著要出去的人流大亂，開始往回擠。原來興奮的談話聲和叫嚷聲也都忽然停息。站在門邊的人們臉色驀地轉白，而且看來扁平可怖。

尖叫聲持續不斷，和火警鈴聲相互呼應。一個人能有這麼大的肺活量，發出如此之久的尖叫聲，似乎是不可能的事。諾登舉起雙手揪著頭髮，喃喃說了句：「上帝啊！」

那尖叫聲猝然而止，不是漸漸低微，而是突然中斷。又有個人往外跑去；是個穿著工作褲，身材高壯的男人。我猜他大概是去救那個尖叫的人。有一會兒，隔著玻璃門，我可以看見他在濃霧中穿行。不一會兒（就我所知，我是唯一一個目睹此景的）在他前方似乎有什麼東西動了起來，一片白茫中的一團灰色陰影。在我看來，那個穿工作褲的男人並非自行跑進濃霧裡，而是被抓進去的，他的雙手高舉，彷彿不知所措般的前後揮動。

超市裡一下子變得鴉雀無聲。

外頭忽然現出了一群月亮般的燈光。那是停車場的鈉氣燈，剛剛亮了起來，無疑是由地下電纜供電。

「不要出去。」卡莫迪太太以她最沙啞的聲音說：「不要出去，出去就是死。」

這回，似乎沒人有心爭辯或嘲笑了。

外頭傳來另一聲尖叫，聲音模糊，聽起來似乎發自遠處。比利身子僵硬地靠向我。

「大衛，到底怎麼回事？」奧利問道。他已離開崗位，圓臉上佈滿大顆汗珠。「這是什麼？」

我說：「我要知道才怪。」奧利顯然嚇壞了。他是個單身漢，一個人住在高地湖畔的一棟精緻小屋，喜歡在「歡喜山」的吧台前喝兩杯。他的左小指戴了個星形藍寶石戒指。去年二月他中了樂透，便用一部分獎金買了那枚戒指。我總覺得他好像有點怕女孩子。

「我不懂。」他說。

「我也不懂。比利，我要你下來。我會握著你的手，只是現在我的手很痠，沒辦法再抱你了，好吧？」

「媽咪。」比利低語了一句。

「她沒事。」我說。總得說點什麼才行。

在鍾氏餐廳附近開了家舊貨店的老頭走過去，身上是他經年穿著的一件舊大學運動衣。他大聲說：「那是污染雲。都是藍佛和南巴黎的那些工廠。化學品。」說完他便擠向第四走道，經過放置各種藥品和衛生紙的架子。

「我們離開這裡吧，大衛。」諾登沒什麼主見地說：「你說我們——」

頓時轟然一聲巨響。一聲扭曲而怪異的「砰」，那似乎是從腳下傳來的，好像整棟建築物突然向下掉了三呎。好幾個人驚叫出聲。玻璃瓶發出互相碰撞的悅耳聲音，隨即掉出架子，落到瓷磚地面撞了個粉碎。一大塊三角形玻璃自店面的大玻璃窗上脫落，我看見玻璃窗的木框已彎曲變形，有些地方已經碎裂。

火警鈴猝然中止。

在沉默中，人們屏息等待新的發展。我愕然無語，腦海中奇怪地浮現了一幕往事。當時橋墩鎮還只有一個十字路口。我爸爸會帶我進鎮裡，站在櫃台前聊天，而我就透過櫥窗呆望著一分錢一個的糖果和兩分錢一個的泡泡糖。那時是一月融雪時，融化的雪水會沿著錫排水管往下流，滴到店鋪兩側的大木桶裡。我呆望著水果糖、鈕釦和紙風車。當頭照下的暈黃燈光，神秘兮兮地投射出前一個夏天留下的死蒼蠅黑影。一個名叫大衛・戴敦的小男孩，呆望著糖果和泡泡糖卡片，微微感覺必須去小便。外頭，是一月融雪時籠罩不去的大團黃霧。

這幕回憶消退了，很慢很慢地。

「你們大家！」諾登高喊道：「你們大家都聽我說！」人們回頭看。諾登兩手高舉，十指張開，像個接受歡呼的候選人。

「到外面去可能很危險！」諾登叫道。

「為什麼？」一個婦人尖聲反駁：「我的孩子在家裡！我得回到孩子身邊！」

「出去就是死！」卡莫迪太太適時接口。她站在大玻璃窗下一袋二十五磅裝的肥料堆旁，一張臉鼓鼓的，彷彿整個人在不住地膨脹。

一個少年突然用力推了她一下，使她發出驚訝的喘息，整個人坐在肥料包上。「住嘴，妳這老太婆！少在那裡胡說八道！」

「各位！」諾登又喊道：「我們不妨等等，等濃霧過後，我們再看看——」

他的話引起一陣沸騰的叫嚷。

「他說得對。」我大聲喊道，企圖蓋過鬧烘烘的人聲。「我們必須冷靜下來。」

「我想剛才那是地震。」一個戴眼鏡的男人說。他的聲音很低柔，左手拿了一盒漢堡和一袋小麵包，右手牽了一個大約四歲的小女孩。「我想八成就是地震。」

「四年前在拿波里鎮也有一次。」一個住在本地的胖子說。

「是蓋斯克鎮。」他太太立刻糾正他，一聽她的口氣便知她是個反駁老手。

「拿波里鎮。」那胖子堅持道，但已不再像第一次那麼肯定。

「蓋斯克鎮。」他太太更加堅決，使他不得不認輸。

不知在何處，一個剛才被那聲「砰」響或地震，或不管是什麼震到的架子最邊緣的罐頭，終於「哐啷」一聲掉到地上。比利哭出聲來。「我要回家！我要媽咪！」

「你不能叫那孩子住嘴嗎？」巴德·布朗問道。他的眼睛快速地看來看去，無法鎖定目標。

「你想要我打掉你的牙嗎，馬達嘴？」我問他。

「算了，大衛，兇也沒用。」諾登沒精打采地說。

「對不起。」先前尖叫的那個婦人說：「對不起，但我不能待在這裡。我得回家看看我的孩子。」

她看著大家。她有一頭金髮、一張美麗而疲憊的臉龐。

「婉妲在照顧小維多，你知道。婉妲才八歲，有時候她會忘記……忘記她應該……呃，看著他，你知道。小維多……他喜歡打開爐火，看紅色的爐火跑出來……他喜歡火光……有時候他又會把插頭拔掉……小維多……婉妲……一會兒就沒耐心看著他了……她才八歲……」她停住口，只是望著我們。

我想像在她眼裡，我們必定只是一排無情的眼睛；不是人，只是眼睛。「沒有人肯幫我嗎？」她喊著，嘴唇不自禁地顫抖。「難道……沒有人願意送一位女士回家嗎？」

沒人回答。人們磨著雙腳。她神情痛苦地看過一張臉又一張臉。剛才說話的那個胖子猶豫地向前邁出一步，但他的妻子立刻把他拉了回去，一隻手如手銬般緊緊扣住他的手腕。

「你？」那金髮婦人問奧利。

他搖搖頭。

「你呢？」她又問巴德。

巴德伸手按住櫃台上那台德州儀器製造的電子計算機，沒有吭聲。

「你呢？」她問諾登。

諾登開始用他的律師聲音，聲明此時不宜離開等等，但她顯然無心聆聽，諾登只有住口。

最後她看向我，「你呢？」

我再度抱起比利，緊緊抱著他，彷彿想以他作擋箭牌，擋住她那張痛苦的臉。

「我希望你們全都下地獄去。」她說。

她沒有尖叫，只是聲音裡透著無比疲憊。她走向出口，用雙手拉開大門。我想對她說話，叫她回來，但我口乾舌燥。

剛才推倒卡莫迪太太的那個少年伸手拉住她，開口說：「呃，太太，聽我說——」她低頭看他的手，他只有一臉愧疚地鬆開手。

她走出門、走進霧裡。我們望著她走，沒人開口說話。我們眼看著霧一層又一層罩住她，使她的身形越來越模糊，不再像個真人，而像是在全世界最白的一張紙上用鉛筆素描畫出的人形，還是沒人說話。

有一會兒，那景象與剛才停車場標示牌上「靠右」的黑字浮在虛無中相似；她的手腳和金髮都不見了，只有一身紅色衣裙依然模糊地現在霧中，彷彿在白色的煉獄中舞動。然後，連她的衣服也消失了。

誰都沒有發出一點聲音。

4. 倉庫‧發電機‧一名年輕員工的遭遇

比利開始歇斯底里地發脾氣，心智狀態立刻倒退回兩歲，淚眼汪汪吵著要他媽咪，聲音嘶啞而固執，鼻涕往下直流到他的嘴唇。我把他帶開，摟著他走到中間的一條走道，試著哄他。我帶他走到賣場最後面的肉品冷凍櫃。切肉的馬威先生仍堅守崗位。我們對彼此點點頭，在當前的狀況下，我們也無心交談。

我席地而坐，將比利抱在膝上，讓他的小臉靠著我的胸前，輕搖著他，對他說話。我對他說盡了為人父母的在惡劣情況下所能說的一切謊言，那些小孩會聽信的話，極力地用最鎮定的語氣說出來。

比利說：「那不是普通的霧。」他抬頭看我，兩眼哭得腫腫的。「對不對，爸爸？」

「是的，我想那不是普通的霧。」關於這點我不想說謊。

大人會抗拒震驚，小孩卻不會；他們會接受它，和震驚共處。或許那是因為在他們十三歲之前，多半都處於半驚恐狀態中吧。

比利開始打瞌睡了，我抱著他，以為他或許一下就會驚醒過來，但他卻漸漸睡沉了。也許是因為前一晚他沒睡好；那是自他脫離嬰兒期後，我們三個人第一次同睡在一張床上。也許他察覺到有什麼不幸的事要發生了，這想法使我不覺打了個寒顫。

等到確定他已睡沉，我便輕輕將他放到地板上，想去找什麼東西來幫他蓋一下。大多數人仍站在前方向外望著濃霧。諾登已吸引了一小群聽眾，正忙著發表演說。巴德‧布朗站在他的崗位上，但奧利・魏克不在原處。

走道裡有不少面露驚惶的人，失魂落魄地晃來晃去。我從肉品冷凍櫃和啤酒冰櫃間的雙扇門走向倉庫。

夾板隔間後面仍舊持續傳來發電機的低吼聲，但事情有些不大對勁。我聞到強烈的柴油煙味，越來越重。我盡量屏著氣往隔間走去，但最後我不得不解開襯衫鈕釦，用襯衫衣角掩住我的口鼻。

倉庫長而窄，只有兩排緊急照明燈發出微弱的光芒。到處都堆著箱子。這一側是漂白粉，裡頭還有汽水、通心麵和番茄醬。有瓶番茄醬摔破了，在箱子上染上血一般的顏色。

我打開發電機隔間的門，踏了進去。發電機籠罩在油膩的藍色煙霧中，排氣管由牆上的一個開口通往室外。外頭必定有什麼東西堵住了排氣管口。我找到開關，即刻將發電機關掉。那機器發出一陣咳嗽與喘息聲，停了半晌，又響起一串與諾登那具豪華鏈鋸相似的噗噗聲，才終於完全停息。

緊急照明燈都熄了，四周頓成一片漆黑。我立刻感到心驚肉跳，連方向也摸不準。我的呼吸聽起來猶如翻動稻草堆的風聲。我的鼻子撞上隔間的夾板門，一顆心噗通直跳。雙扇門的門板上鑲有小玻璃窗，但不知為何玻璃都塗黑了，因此倉庫裡還是伸手不見五指。

我摸黑亂走，撞上一落漂白粉。紙箱搖晃了一下，一個個掉下來，其中一個差點打到我的頭，幸好我及時後退。但立刻又絆到另一個掉在我身後的紙箱，結果我摔倒在地、撞得眼冒金星，真是精采。

我躺在地上暗罵了兩句，揉著頭告訴自己不要緊張，只要站起身來，走出去，回到比利身旁。我告訴自己不會有什麼軟軟的、滑溜溜的東西爬上我的足踝或溜進我的手心。我告訴自己不要失控，不然我會轉來轉去，緊張兮兮的，結果只是撞倒更多東西，製造更多障礙，半天也出不去。

我小心翼翼地站起身，想找到由雙扇門縫透進來的一線光。我找到了；在黑暗中，一絲模糊卻無可置疑的光芒。我起步朝那光線走去，但隨即又停下腳步。

因為我聽到一個聲音，一種緩緩滑動的聲音。它停了一下，又更詭譎地響了起來。我全身發軟，心智倒退回四歲。那聲音並不是賣場裡傳來的，而是來自我的背後、來自室外、來自濃霧之中。某種物體正悄然滑過外面的柏油路邊，也許正想要鑽進來。

或者「它」已經進來了，正在找我。或許下一秒鐘我就會感到那發出聲音的東西爬上我的腳，或是我的頸背。

那聲音又響起了。這次我肯定它還在外面，但我也沒有比較放心。我想走，但我的腿卻不聽使喚。就在這時那響聲起了變化。那原來慢慢滑行的東西，加快了速度，帶著嗄嗄聲響急速地穿過黑暗。我的心跳到了喉嚨口，整個人不由自主衝向門縫的光，伸手推門而出，撞進賣場裡。

倉庫的雙扇門外站了三、四個人，包括奧利·魏克在內。我一衝出來，他們全都嚇了一大跳。奧利捂住胸口。「大衛！」他驚魂未定地說：「耶穌基督，你想害我少活十年——」他看見了我的臉色：「你怎麼了？」

我問：「你聽到了嗎？」我的聲音聽起來很奇怪，幾近於尖叫。「你們有人聽到嗎？」

不用說，他們什麼也沒聽到。他們是要來看看為什麼發電機停了。就在奧利對我說明時，一個在超市裡工作的年輕人走了過來，兩手捧了一堆手電筒。他好奇地看看奧利，又看看我。

「我把發電機關掉了。」我說道，並加以解釋。

「你到底聽到了什麼？」有個男人問。他叫吉姆什麼的，在鎮上的公路管理處上班。

「我也不清楚。一種滑行的沙沙聲。我不想再聽一次。」

「你太緊張了。」另一個人說。

「不，絕不是太緊張。」

「照明燈熄滅前，你就聽到了嗎？」

「沒有，熄燈以後才聽到的。可是……」沒什麼可是。從他們的表情我看得出來。他們已經聽夠了壞消息，不願再聽任何可怕的事。看來只有奧利相信我的話。

「我們進去，再重新開動發電機吧。」那名年輕的員工開口說道，並把手電筒傳給我們。奧利遲疑地接過一支。那年輕人也遞給我一支，眼中閃現一抹輕蔑的神色。他大概才十八歲。我想了一下，接過手電筒。我還是得找條毯子什麼的給比利蓋。

奧利打開倉庫門，把門卡住，讓光線進去。夾板隔間的門半開著，四周散了一地漂白粉紙箱。

叫吉姆什麼的那個人嗅了兩下說：「這裡味道真差，怪不得你把倉庫門關起來。」

一束束手電筒燈光上下跳動，照過裝在紙箱裡的罐頭、衛生紙、狗食。由於排氣管不通，手電筒的光束中盡是排不出去的煙氣。那個年輕員工照向最右邊的卸貨門。

奧利和另外兩個男人走進發電機的隔間裡。他們的手電筒不安地前後照射，使我聯想到什麼男孩的冒險故事。我還在唸大學時，為這類故事畫了一系列插圖。像是海盜在午夜時分埋下血腥的黃金，或是瘋狂醫生和他的助手正在盜墓。在光束下扭曲而又巨大的影子，層層疊疊投射在牆上。正在冷卻中的發電機不時發出一些聲響。

年輕的員工舉著手電筒照路，朝卸貨門走了過去。我說：「換了我就不會到那裡去。」

「我知道你不會。」

「試試看吧，奧利。」有個人說。發電機噓了一聲，隨即隆隆作響。

「耶穌！快關掉！老天，臭死了！」

發電機又停了。

奧利與另外兩個人走出隔間，那名年輕員工也從卸貨門那裡走了回來。一個男人說：「排氣管被堵住了，沒錯。」

「我去看看。」年輕人說。他的眼睛映著手電筒的亮光閃動，臉上有種不顧一切的表情，那正是我在畫探險故事插圖時畫過無數次的表情。「開一下發電機，讓我把卸貨大門打開。然後我繞過去，把堵住排氣管的東西清掉。」

「諾姆，我覺得不太好。」奧利懷疑地說。

名叫吉姆的那個人問道：「那是電動門嗎？」

「是的。」奧利答道：「不過我覺得讓諾姆到——」

「沒關係。」另一個男人說著，把頭上的棒球帽往後轉。「我去好了。」

「不，你不明白。」奧利又開口道：「我覺得任何人都不該——」

「別擔心。」那人寬容地對奧利說。

那個超市的年輕員工忽然覺得很沒面子。「聽著，那是我的主意。」他說。

忽然間，也不知著了什麼魔，他們不談該不該去，卻爭論起究竟誰要出去了。自然，他們誰也沒聽過那可怕的滑動聲。

「停！」我大叫一聲。

他們轉頭望著我。

「你們好像不明白，或者故意不想明白。這場霧可不是普通的霧；這場霧來了之後，就再也沒人進來過賣場。要是你們打開那扇卸貨門，結果有什麼東西跑進來——」

「譬如什麼東西呢？」諾姆的聲音裡透著典型十八歲年輕人的輕蔑。

「製造出我聽到那種噪音的東西。」

「戴敦先生，」吉姆說。「對不起，但我不相信你聽見了任何聲音。我知道你是個大畫家，在紐約和好萊塢都很有名氣，可是那不表示你在這裡就有多了不起。據我想，你因為一個人在這黑漆漆的地方，免不了就有些……神經過敏罷了。」

「也許我是神經過敏。」我說：「但如果你們想跑到外面去逞強，剛才就該先送那位女士回家找她的孩子。」吉姆、他朋友和諾姆的態度不但令我生氣，同時也令我更覺得害怕。他們眼裡有種光芒，彷彿黑道分子要去貧民區射殺告密者一樣。

「嘿，」吉姆的朋友說：「如果我們想聽你的話，自然會開口問你。」

奧利躊躇地開口說：「其實，發電機也沒那麼重要。冷凍櫃裡的食物，即使沒電，也可以保存至少十二個小時——」

「夠了，小夥子，你去。」吉姆打斷他的話：「我來開動馬達，你把門拉開，這地方就不會這麼臭了。我和麥隆會站在排氣管旁，你清理乾淨了就喊我們一聲。」

「當然。」諾姆說完，興奮地邁步走開。

「這太瘋狂了。」我說：「你們讓那位女士自己回家——」

「我也沒聽見你開金口說要護送她吧。」吉姆的朋友麥隆說。他已經有些臉紅脖子粗了。

「——可是你們要讓這小夥子冒生命危險，只為了一部根本不重要的發電機？」

諾姆吼道：「你不能閉上你的狗嘴嗎?!」

「聽著，戴敦先生，」吉姆冷笑道：「我告訴你吧。要是你還有別的話說，我想你最好先數數你有幾顆牙，因為我已經聽膩了你的狗屎連篇。」

奧利看著我，顯然嚇壞了。我聳聳肩。他們都瘋了，就這麼簡單。他們已經失去理智。面對濃霧，他們恐懼、迷惑、無助；但這裡只是個簡單的機械問題：一部故障的發電機。這問題是可以解決的。解決這問題可以使他們不再感到那麼困惑無助。因此他們非要解決它不可。

吉姆和他的朋友麥隆認為已經把我擺平了，轉身走進機房裡。「準備好了嗎，諾姆？」吉姆問。

諾姆點點頭，隨即意識到他們看不見他點頭，急忙應了聲：「好了。」

「諾姆，」我說：「別拿生命開玩笑。」

「不該這麼做。」奧利補上一句。

諾姆看看我們兩人。他的臉忽然顯得比十八歲還小，變成一張孩子的臉。他的喉結不住跳動，臉色也因懼怕而變綠。他張口想說話，我猜他要叫停了。但就在這時，發電機吼了起來開始發電。諾姆一個箭步衝向卸貨門，鐵捲門便在刺耳的吱嘎聲中向上開啟。發電機一開，倉庫裡的緊急照明燈也都亮了，但因為電力不足，光芒比剛才晦暗。

燈光一出現，黑影向後跑，隨即消融不見。倉庫裡已透進模糊的白光，猶如嚴冬陰雪天那樣的微明。我又聞到那股怪異的微酸味了。

卸貨門向上開了兩呎，繼而四呎。在門的那一側，我看到一塊方形水泥地，四周劃有黃線。很快地，那圈黃線便被霧氣吞噬了。霧濃得不可思議。

「我去了！」諾姆喊道。

一縷縷的霧，白細如游絲的緩緩滲了進來。空氣是冰冷的，一整個早上天氣都很涼，在經過三個星期以來的酷熱後，尤其教人感到涼快，但那是夏天的一種清涼。這卻不同。這像三月時料峭的寒意。我打了個冷戰，不由自主地想到了黛芬。

發電機停了。諾姆由鐵門下鑽出去時，正好吉姆從隔間裡走出來。他看見了，我也看見了，奧利也看見了。

在卸貨水泥地的邊緣，自濃霧中伸出一團觸鬚，不偏不倚地揪住了諾姆的小腿，我愕然地張大了嘴。奧利發出短短一聲驚呼——「呃」，那條觸鬚末端厚度大約一呎、約有一條蟒蛇粗細，而緊緊裹住諾姆小腿的部位更粗，約有四、五呎，然後便沒入那團濃霧中。觸鬚頂端是灰色的，以下漸漸轉為皮膚色，並有好幾排吸盤，不斷扭曲、蠕動，好似幾百張噘起的小嘴。

諾姆低頭一看，看清了纏住他的是什麼東西，兩個眼珠都凸了出來。「不！把牠弄開！耶穌基督！把這可怕的東西弄開！」

「哦，上帝！」吉姆呻吟了一聲。

諾姆緊抓著鐵捲門底部，想借力將自己拉回門裡去。那觸鬚鼓起來，就像我們手臂用力時一樣。諾姆用力把自己拉回捲門邊，一頭撞了上去。觸鬚鼓脹得更高了，諾姆的雙腿和身軀已漸漸向外滑去。鐵捲門的門底將他的襯衫衣角由褲腰扯出來。他拚命扳著門，像是拉著單槓在做引體向上運動一樣。

「救救我，」他哭喊道：「救救我，你們，求求你們！」

「耶穌、瑪利亞、約瑟。」麥隆喃喃唸著，他也走出機器間看到這番景象。

我站得最近，因此立刻伸手抱住諾姆的腰，用盡全身力氣將他往裡拉。有一會兒，我們往後移了一點，但只有那一剎那。

就好像拉開一條橡皮筋一樣。那觸鬚雖暫居下風，但絕不放棄牠的獵物。這時，又有三條觸鬚從霧團中浮現，向我們伸了過來。

一條圈住諾姆的工作圍裙，將它扯了下來，捲著那塊紅布又縮回霧裡。

我想起小時候，我和弟弟如果向母親要什麼，像是糖果、漫畫、玩具什麼的，而她又不想給我們的時候，她就會說：「你們不需要這個，就像母雞不需要國旗一樣。」

我想到母親的話，又想到將諾姆的紅圍裙捲走的那條觸鬚，不禁放聲大笑。只不過，我的笑聲與諾姆的尖叫聲聽起來沒兩樣。也許除了我自己以外，沒有人知道我在笑。

另外兩條觸鬚漫無目的地在卸貨水泥台上來回滑行，發出先前我聽到的那種刺耳擦磨聲。接著其中一條掃向諾姆的左臂，捲過他的身子，也碰到了我的胳膊。

我可以感覺到牠的溫度、跳動和光滑質感。我心想，要是被那些吸盤揪住，我也會隨著諾姆被抓進霧裡去。

誰知道這條觸鬚並不理我，只是緊緊捲住諾姆，第三條則伸向他的另一隻腳踝。

現在我已抱不住諾姆了。「幫我！」我叫道：「奧利！你們哪一個！快幫幫我！」

可是他們沒一個人過來。我不知道他們在做什麼，但他們都沒有過來。

我低下頭，看見那條捲住諾姆腰身的觸鬚已勒進他的皮膚。在他的襯衫衣角被扯出褲頭的地方，那些吸盤正貪婪地吃著他。鮮血漸漸由那條勒緊的觸鬚兩旁滲了出來，顏色就和他的工作圍裙一樣鮮豔。

我的頭「砰」的一聲撞上捲起一半的鐵捲門。

諾姆的兩腿又被拉到外面去了，一隻鞋子掉在地上。又有一條觸鬚從霧團裡伸了出來，牢牢鉗住那隻鞋，捲著它縮了回去。諾姆的手指仍緊抓著鐵門下緣，他死死抓著，手指已呈鉛灰色。他已不再呼救，一顆頭不住地搖來晃去，像是一直在搖頭似的，一頭黑髮蓬鬆散亂。

我看到他的肩膀後方有更多的觸鬚伸過來，好幾十條，一大叢觸鬚。大部分都很小，但有幾條相當肥大，簡直就像早上倒在我們車道上的那棵老樹樹幹一樣粗。

那些老觸鬚的肉色吸盤，每一個都跟下水道的人孔蓋一樣大。其中一條甩到卸貨區的水泥地，又「嘶嘶」地朝我們的方向蠕動，猶如一條盲眼的巨大蚯蚓。

我用盡全身力氣一拉，捲住諾姆右腿的那條觸鬚滑脫了一點。但僅此而已。在牠再度抓牢之前，我看見這怪物已經在吃他了。

一條觸鬚輕刷過我的面頰，停在空中，似乎在考慮。這時我想到了比利。比利還在賣場裡，睡在馬威先生的白色肉品冷凍櫃旁。我到倉庫來原是為了找條毯子蓋住他的。要是那玩意兒揪住我，那就沒人照顧比利了，也許只剩下諾登。

這樣想著，我不覺鬆手放開了諾姆，雙腿一軟跪了下去。

我的身子一半在裡、一半在外，恰恰在捲起的鐵門下。一條觸鬚自我的左側伸過，似乎用吸盤在爬行。牠勾住諾姆鼓起的右上臂，頓了一秒，隨即一圈又一圈地繞緊。

眼前的景象就像個狂人的惡夢，不斷擺動的觸鬚自四面八方裹緊了諾姆，也在我周圍蠕動。我笨拙地向後一個蛙跳回到裡面，肩膀著地滾了一圈。

吉姆、奧利和麥隆都呆立在原處，真如杜莎夫人蠟像館的蠟像一般，面色慘白，眼睛發出異樣的亮光。吉姆和麥隆分別在機房門口兩側。

「開動發電機！」我對他們吼道。

他們誰也沒動，中邪似的瞪視著卸貨區。

我在地上摸索，撿起手摸到的第一樣東西，一盒雪花牌漂白粉，將它扔向吉姆。漂白粉打中他的腹部，恰好在皮帶上方。他呻吟了一聲，抱住肚子，眼睛眨了眨，回復正常的目光。

「快去開動那該死的發電機！」我扯著嗓子叫，喉嚨都發疼了。

他沒動，卻開始為自己說話，顯然認為諾姆既然被霧中怪物活活吃掉了，現在有人要責怪他了。

「對不起。」他哭喪著說：「我不曉得，我怎麼會曉得？你說你聽到某種聲音，可是我不明白你的意思。你該說清楚一點才對。我以為，我不曉得，也許是隻鳥，或什麼的——」

這時奧利動了，側身把吉姆撞開，搶進機房。吉姆踉蹌後退時絆到一個紙箱，跌倒在地，一如我剛才在黑暗中一樣。

「對不起。」他又說了一句。他的紅髮亂糟糟地覆在額上，兩頰灰白、眼神猶如受驚的小男孩。幾秒鐘後，發電機咳了兩聲，隆隆地開始運作。

我回頭望向卸貨門。諾姆幾乎已被完全捲走了，只有一隻手仍固執地抓緊門緣。他的身軀滿是纏捲的觸鬚，一滴滴如硬幣大小的鮮血濺落在水泥地上。他的頭前後晃動，兩眼瞪向迷霧裡，恐懼得凸了出來。

這時其他觸鬚已悄悄爬進倉庫地板上。控制卸貨門的按鈕旁已爬滿一堆觸鬚，我根本無法碰到按鈕。

有條觸鬚捲住一瓶百事可樂之後縮回霧裡；另一條滑繞住一個大紙箱後將它用力勒扁。那紙箱裂開了，一捲捲包在玻璃紙內的金百利捲筒衛生紙如噴泉般射向空中，然後掉到地上四處亂滾。一條條觸鬚立即迫不及待地擒住它們。

有條大觸鬚滑了進來，尖端高高舉起，似乎在嗅著空氣。牠慢慢地朝麥隆爬去。麥隆狂亂地退開，兩顆眼珠在眼窩裡瘋狂亂滾。

從他張開的嘴裡，發出一聲幾近尖叫的呻吟。

我四處張望，想找個長一點的東西，可以越過那些搜尋的觸鬚，碰到鐵捲門按鈕。我看見一堆啤酒木箱上有柄掃把，毫不猶豫地伸手抓過來。

諾姆的那隻手已經鬆脫。他摔落在水泥地上，狂亂地想要抓住什麼。這一剎那，我們的目光相遇。他的眼睛清亮無比，完全知道自己的處境。然後他被拉走了，又拖又滾地被捲進霧裡。一聲尖叫和著哽咽聲傳來，諾姆失去了蹤影。

我用掃帚柄頂端碰觸按鈕，馬達開始動了。

鐵捲門慢慢向下滑動，最先碰到的便是往麥隆方向移動的那條碩大觸鬚，鐵捲門壓破了觸鬚的外皮，毫不放鬆地繼續切下去，一股黑色黏液湧了出來。觸鬚翻騰扭動，有如一條惡狠狠的馬鞭，來回掃過卸貨區的水泥地，但後來似乎放棄了。下一秒鐘，牠已縮回霧裡，其他觸鬚也跟著撤退了。

有條觸鬚抓了一袋五磅重的金尼牌狗食，不肯放手。降下的鐵門毫不留情地將牠割成兩半，然後完全關上。

被割斷的那截觸鬚在地上抽搐了幾下，勒破了紙袋，使得袋裡的棕色方塊狗食撒了一地。然後那觸鬚癱在地上，就像條離水的魚，東扯西捲，越來越乏力，終於完全靜止。

我用掃帚頂端撥撥牠，那截長約三呎的觸鬚先是緊緊揪住掃帚柄，接著又鬆開了，無力地躺在滿地的衛生紙、狗食和漂白粉的紙箱中。

倉庫裡倏地變得闃靜，只聽到發電機的隆隆聲，和奧利在機房裡痛哭的聲音。我可以想像他坐在裡面的一張凳子上，把臉埋進雙手掌心裡哭著。

然後我突然又意識到還有另一種聲音，那是我先前在黑暗中已聽過的，緩緩蠕動的聲響。只不過現在那聲音伴有許多相同的和音。那是一條條觸鬚在卸貨門外爬動，想要找路爬進屋裡來的聲音。

裡。

麥隆朝我跨近兩步。「聽著，」他說：「你一定要明白——」我一拳往他臉上揮去。他錯愕得來不及阻擋，因此挨個正著，血從他的上唇湧出，流進他嘴裡。

「你害死了他！」我吼道：「看清楚了吧？看清楚你幹了什麼好事了嗎？」

我又揮動拳頭，左右開弓。我在大學學過拳擊，但此刻亂打一氣，完全不照章法。他向後退躲過了幾拳，但也麻木而認罪似的挨了幾拳。他的認罪使我更加光火。我揍得他流鼻血，一隻眼睛也浮現黑圈。我又用力一拳擊中他的下顎，這拳使他眼神變得恍惚，幾乎暈了過去。

「聽著，」他不斷說：「聽著，聽著！」我又揍他的下腹，使他嘶喘一聲，再也說不出「聽著、聽著」來。我不知道自己到底揍了他多久，但有人抓住我的胳膊。我用力掙脫，回頭怒視。我希望抓住我的人是吉姆，那樣我也可以順便賞他幾拳。

然而那人不是吉姆，而是奧利。他的圓臉一片死白，兩眼都有黑圈，眼裡仍噙著淚水。「不要，大衛。」他說：「不要再打他了，那於事無補。」

吉姆遠遠站在一旁，一臉茫然。我用力把一箱東西踢向他，那紙箱擊中了他的靴子，又彈開了。

「你和你的朋友是對蠢貨。」我說。

「得了，大衛。」奧利不快地說：「夠了。」

「你們兩個蠢貨害死了那孩子。」

吉姆低頭看著靴子。麥隆坐在地上，兩手捧著他的啤酒肚。我喘著氣，耳鳴不止的全身顫抖。我在兩個紙箱上坐下，把頭埋在兩膝之間，兩手緊緊握住足踝上方。我就這樣披頭散髮的坐了一會兒，覺得自己大概會昏倒或嘔吐什麼的。

等我平靜點後，我抬頭望向奧利。在緊急照明燈的微光下，他的戒指閃著粉紅色光芒。

「好。」我木然說道：「我出夠氣了。」

「很好。」奧利說：「我們得想想接下來該怎麼辦。」

倉庫又充滿了廢氣。「把發電機關掉，這是第一件事。」

「對呀，我們離開這裡吧。」麥隆說。他用請求的眼光看著我。「我為那孩子難過，可是你一定要明白——」

「我什麼也不必明白。你和你的朋友回到賣場裡，但你們待在啤酒冷藏櫃旁邊就好，不要對任何人提一個字。還不到時候。」

他們毫無怨言地走了，有點爭先恐後地走出雙扇門。奧利關了發電機，就在燈光熄滅前，我看到一條搬家工人用來墊東西的拼花棉毯，蓋在一疊玻璃汽水瓶上。我走過去拿了那條毯子，可以給比利蓋。

奧利拖著沉重的腳步走出了機房。他和許多胖子一樣，呼吸時會發出一點低微的噓聲。

「大衛，」他的聲音有些顫抖：「你還在這兒吧？」

「我在這兒，奧利。你小心，別絆到那些漂白粉紙箱。」

「好。」

我用聲音引導他，不到半分鐘，他便在黑暗中伸手抓了我的肩膀。他長長地嘆了口氣。

「老天，我們快離開這兒吧。」我聞得到他常在嘴裡嚼的去口臭藥片味。「這黑暗……真可怕。」

「是的。」我說：「不過你忍耐一分鐘，奧利。我要跟你談談，但不要那兩個混蛋聽到。」

「大衛……他們沒有強迫諾姆出去。你該記住這點。」

「諾姆只是個孩子，但他們是大人。不提也罷，反正事情都發生了。但我們必須告訴他們，奧利，那些在賣場裡的人。」

「要是他們慌了——」奧利的聲音有些遲疑。

「也許他們會，也許不會。可是他們會好好考慮該不該離開；現在大多數人都想往外衝。那是可以理解的，因為不少人都有親人留在家裡，我自己也是。我們必須讓他們明白，他們走出去的話，冒的是怎樣的危險。」

他的手緊緊握著我的臂膀。「好吧。」他說：「是的，我不斷問自己……那些觸鬚……就像大魷魚似的……大衛，牠們連在什麼身上呢？那些觸鬚長在什麼東西上呢？」

「我不知道。但我不要那兩個傢伙對別人胡說八道，那會引起大亂的。我們走吧。」

我四下張望，很快便找到雙扇門中間那道透光的門縫。我們小心翼翼避開四散的紙箱，朝那方向走去。奧利的一隻胖手毫不放鬆地鉗住我的手臂，我突然想到我們的手電筒不知何時都丟了。

走到門口時，奧利茫然地說：「我們看到的……那是不可能的，大衛。你也知道，對吧？即使從波士頓海洋館開輛大卡車，運出一隻像《海底兩萬哩》那樣的巨大魷魚，離了海水牠也會死的。牠活不成的。」

「是的。」我說：「沒錯。」

「那到底是怎麼回事呢？吭？怎麼回事？那團霧到底是什麼鬼東西呢？」

「奧利，我不知道。」

我們推門而出。

5.與諾登爭吵．啤酒櫃旁的討論．證實

吉姆和他的好友麥隆就站在門外，兩人手裡各握著一罐百威啤酒。我細看比利，看到他還在睡，便用那件搬家工人的棉毯輕輕蓋住他。他動了一下，發出幾聲囈語，隨即又靜了下來。我看看錶，才中午十二點十五分。這似乎完全不可能，我覺得從我走進倉庫裡去找毯子，到現在至少已經過了五個鐘頭，然而自始至終只過了大約三十五分鐘而已。

我回到奧利、吉姆和麥隆身邊。奧利已經拿了一罐啤酒，並遞給我一罐。我接過來，一口吞下半罐，就像早上鋸樹幹時一樣，這一大口酒使我振作了點。

吉姆姓高汀，麥隆有個法文姓「拉福勒」（LaFleur），就是花朵的意思，聽起來很滑稽。麥隆的嘴唇、下顎和面頰上都有漸乾的血漬，還真像一朵花，那隻被打黑的眼睛也腫了起來。

穿紫紅色運動衫的那個女孩從我們身邊走過，對麥隆投以提防的一眼。我本想告訴她，麥隆只對想逞強的年輕小夥子有危險，但想想還是省省力氣算了。畢竟奧利說得沒錯——他們只是做了他們自以為最正確的事，雖然那是基於盲目和恐懼，而不是為大家好。

現在我需要他們做我認為最正確的事。我想這不成問題，因為他們兩個已經被嚇壞了。想必有好一陣子他們還會餘悸猶存、自責自疚——尤其是麥隆那朵小花。他們派諾姆出去清排氣孔時，那種不可一世的神氣，此刻已蕩然無存了。

我開口說：「我們必須跟這些人說清楚。」

吉姆開口想要抗議。

「奧利和我都不會說你和麥隆叫諾姆出去的事，只要你們支持他和我所要說的……關於諾姆被什麼東西抓住的事情。」

「當然。」吉姆忙不迭地說：「當然，要是我們不說，也許有人會出去……就像那個女人……那個要回家去看孩子……」他用手背在嘴上一抹，又灌了一口啤酒。「老天，真可怕。」

「大衛，」奧利說：「萬一——」他頓了一下，又強迫自己往下說：「萬一那些觸鬚伸進來呢？」

「怎麼會？」吉姆問道：「你們不是把門關了嗎？」

「沒錯。」奧利說：「但是超市正面是整片的玻璃。」

我的胃忽然如坐電梯猛降二十層的感覺。玻璃這件事我自然知道，但到目前為止都還不曾正視這個問題。我望向沉睡的比利，想到那些擁上諾姆全身的觸鬚，我想像那些觸鬚正要爬過比利小小的身體。

「玻璃窗。」麥隆喃喃說道：「耶穌基督。」

他們三人開始狂飲第二罐啤酒，我走開去找諾登。他正站在二號出口處和巴德·布朗說話。諾登長相不差、灰髮很有型，和一板正經、標準新英格蘭神情的布朗，兩人湊對站在一起，看來很像《紐約客》裡的漫畫。

有二、三十個人不安地散在結帳出口處和店面的玻璃窗之間。不少人站在玻璃窗旁，向外眺望濃霧。讓我想起一群聚在工地的人群。

卡莫迪太太坐在一個結帳台面的輸送帶上，用戒菸濾嘴抽百樂門淡菸，斜眼瞟我，認定我不是她說話的對象，又別過頭，神情像在夢遊似的。

「布倫。」我叫道。

「大衛！你跑哪裡去了？」

「我正想跟你談談。」

「有人站在冰櫃前喝啤酒。」布朗不高興地說。他說話的口吻，聽起來就像在指控長老教會播放X級電影。「我從監視鏡裡看得見，這非阻止不可！」

「布倫？」

「我告退一下，好吧，布朗先生？」

「當然。」布朗雙手交疊在胸前，面色陰沉地望著凸面鏡。「這非阻止不可，我跟你們保證。」

諾登和我朝賣場另一頭的啤酒冷藏櫃走去，經過家庭用品和服飾配件。我回頭看了一眼，注意到大玻璃木框已有不少變形及破裂處，不禁感到憂心忡忡。我還想起來，有面窗子甚至已經不完整：在那怪異的「地震」聲傳來時，一小片楔形玻璃從窗子左上角龜裂脫落。也許我們可以用布或什麼的把那個破洞塞住——也許可以用剛才我在酒架旁看到的，一件三塊五毛九的女用運動衫——

我的思緒猝然中斷，而且我得用手背捂住嘴，彷彿制止自己打嗝。其實我要制止的是差點溜出口的笑聲，用一大團布塞住破洞，來阻止那些把諾姆捲走的觸鬚，這想法簡直荒謬之至。我親眼看到一條小小的觸鬚勒緊一袋狗食，袋子就迸破了。

「大衛？你沒事吧？」

「什麼？」

「你的臉色——看你好像想到一個好主意或是壞主意的樣子。」

這時我突然想到一件事。「布倫，那個走進店裡來，說霧裡有怪物抓走老強恩的人，他怎麼樣了？」

「流鼻血那個？」

「對，就是他。」

「他昏倒了，後來布朗先生從急救箱裡拿出嗅鹽來讓他嗅，他才醒過來。怎麼？」

「他醒來後，還有沒有再說什麼？」

「他又開始胡說八道，所以布朗先生把他帶到辦公室去了。有些女人被他嚇壞了。他似乎很高興躲開，好像跟玻璃有關吧。布朗先生告訴他說，經理辦公室裡只有一扇小窗，而且外面還加了鐵絲網時，他似乎很樂於待在裡面。我想他大概還在那裡。」

「他說的是真的。」

「才怪。」

「你記得我們聽到的那聲砰響嗎？」

「可是，大衛——」

他很害怕。我不住提醒自己，別對他發火。今天早上你已經生過一次氣，那就夠了。他現在的態度就跟那愚蠢的屋界之爭一樣；他先是自視甚高，然後出言相譏，最後當他發現大勢已去時，便惡言相向。別對他生氣，因為你會需要他。他也許沒法起動自己的鏈鋸，但他長得一副西方世界的父親形象，因此只要他告訴人們不要驚慌，他們就不會驚慌。所以別對他發火。

「你看見啤酒櫃後面那道雙扇門嗎？」

他皺著眉望去。「那幾個喝啤酒的人，其中一個不就是另一位經理嗎？姓魏克的？要是布朗看見了，我敢說那傢伙不久就得另謀高就了。」

「布倫，你到底聽不聽我說？」

他心不在焉地又看向我。「你說什麼，大衛？抱歉。」很快地，他會連抱歉也說不出口了。「你看見那兩扇門嗎？」

「當然。那兩扇門怎麼樣？」

「那兩扇門通往倉庫，也就是這整棟建築的西側。剛才比利睡著了，所以我到裡面去，看看能不能找件毯子什麼的讓他蓋……」

我一五一十對他說了，只隱瞞了關於諾姆是否該出去的那番爭吵。我告訴他有什麼東西爬進來……以及最後的尖叫聲。布倫・諾登拒絕相信。他想都不肯想一下。我把他帶去吉姆、麥隆和奧利那裡。他們三人都證實了我所說的，雖然吉姆和麥隆已經差不多半醉了。

然而諾登仍舊拒絕相信，只是企圖逃避事實。「不，」他說：「不，不，不。原諒我，但這實在太荒謬了。你們要不是尋我開心——」他釋然一笑，以表示他絕對開得起玩笑——「就是得了某種集體妄想症。」

我的怒氣又冒了上來，這回我好不容易才壓住它。我不認為自己是個脾氣暴躁的人，不過眼前的情況終究非比尋常。我得顧慮比利，以及黛芬會怎麼樣——或者已經怎麼樣了，這些思慮不住啃蝕著我的心。

「好。」我說：「我們回到倉庫裡去。地板上有一截斷掉的觸鬚，那是被鐵捲門切斷的。而且你可以聽見牠們的聲音，牠們就在門邊爬來爬去，聽起來很像風吹藤蔓的聲音。」

「不要。」他沉著地說。

「什麼？」我以為我聽錯了。「你說什麼？」

「我說不要，我不要到那裡去。這玩笑已開得過火了。」

「布倫，我發誓這不是什麼玩笑。」

「當然是。」他回嘴道，目光溜過吉姆、麥隆，在奧利臉上停了一下。奧利面無表情地迎視他。最後目光又回到我身上。「這是你們本地人說的『如假包換的玩笑』。對吧，大衛？」

「布倫……聽著——」

「不，你才聽著！」他拉高聲音，像在法院裡辯護一樣。有幾個在附近閒逛的人立刻轉頭觀看。諾登伸手指著我說：「這是個玩笑。那裡有香蕉皮，要讓我滑一跤。你們誰都不喜歡外地人，對吧？你們都很團結。我為了理應是我的東西和你打官司的時候就已經領教過了。那場官司你打贏了，沒錯。當然了，你父親是名畫家，而且這是你的故鄉。我只是付我的稅，並且在這裡花錢而已！」

他不再是排演法庭秀了。他的聲音幾近尖叫，而且幾乎完全失去自制力。奧利轉身走開，手裡抓著一罐啤酒，麥隆和吉姆則驚訝地瞪著諾登。

「你要我到那裡面去，看個價值九毛八的橡皮玩具，讓這兩個鄉巴佬站在這兒笑掉褲子嗎？」

「嘿，你罵誰是鄉巴佬？」麥隆說。

「我很高興那棵樹倒在你家船屋上，坦白說，非常高興。」諾登對我獰笑。「一頭栽個正著，對吧？妙極了。現在別擋我的路。」

他想要推開我。我揪住他的臂膀，將他推向啤酒櫃。一個女人驚愕地叫了出來，兩盒六罐裝啤酒掉在地上。

「你給我好好聽清楚，布倫。這裡多少人的生命有危險，我的孩子只是其中一個。所以你好好聽著，否則我發誓要揍得你屁滾尿流。」

「你動手呀！」諾登依然發狂似地獰笑著。他的兩眼佈滿血絲，眼珠凸了出來。「讓大家看看你有多強壯、多勇敢，打個年紀大得可以當你父親、又有心臟病的人。」

「揍他！」吉姆喊道：「去他媽的心臟病。我根本不相信像他這種無聊的紐約騙子還有什麼心。」

「你少理這檔子事。」我對吉姆說罷，又轉向諾登。我逼近他，越來越近。冷藏櫃雖然沒電，但仍然冰冰的。「少裝瘋賣傻，你明知我說的都是真的。」

「我……不知道。」他喘息道。

「如果是別的地方或別的時間，我就算了。我才不在乎你現在有多怕，也不是為了要報仇。我也很怕。但我需要你，他媽的！你聽清楚了嗎？我需要你！」

「放開我！」

我抓住他的襯衫，用力搖他。「你什麼都不懂嗎？他們會開始離開這裡，走到外面的怪物那裡去！基督在上，你都聽不懂嗎？」

「放開我！」

「除非你和我到那裡去，你自己親眼瞧瞧。」

「我跟你說了，不要！這只是開玩笑，我可沒你想的那麼笨——」

「那我要把你拖進裡面去。」

我揪住他的肩膀和領子。他的一隻衣袖縫線裂了，發出「唰」的一聲輕響。我拉著他往雙扇門走去。諾登可憐兮兮地尖叫出聲。這會兒已經有十幾、二十個人圍攏過來，但他們都保持距離，沒有跡象顯示有任何人想插手。

諾登喊道：「救我！」他眼鏡後方兩眼微凸，時髦的灰髮亂了，從兩耳後方突出兩小撮。人們磨蹭著腳，靜靜觀看。

「你尖叫什麼勁？」我湊近諾登耳旁說：「這只是個玩笑，對吧？所以你跑來借車時我才會載你一起進城，我才會放心讓你帶比利過停車場，因為我製造了這團霧，我從好萊塢租來製霧機，花了一萬五千塊錢，又另外花了八千塊錢把機器運來，這一切都只為了尋你一次開心。你少臭美了，睜開眼睛瞧瞧吧！」

「放……我……走！」諾登怒吼道。我們已經快到倉庫門口了。

「好了，好了。幹什麼？你想幹什麼？」

說話的是巴德•布朗。他推開旁觀人群擠了過來。

「叫他放了我。」諾登嘶聲說：「他瘋了。」

「不，他沒有瘋。我倒希望他是瘋了，可是他沒有。」這是奧利，我真想擁抱他。他繞過我們身後的走道，面對布朗站住。

布朗的目光落向奧利手中的啤酒罐。「你在喝酒！」他的聲音透著驚訝，但不無歡欣。「你會丟了工作的。」

「得了，巴德。」我放開諾登說：「眼前情況特殊。」

「規定就是規定。」布朗自以為是地說：「我要向公司報告，這是我的職責所在。」

這會兒，諾登已溜到一旁，忙著拉整襯衫、梳理頭髮。他的眼睛不安地在布朗和我身上來回掃射。

「嘿！」奧利突然拉高嗓門，發出一聲低沉如響雷的叫喊；我從來沒想過這個溫和又不太有自信的大個子能發出這麼大的聲音。「嘿！店裡的每個人！你們靠過來聽好！這件事關係到你們每一個人！」他看看我，對布朗置之不理。「我這樣說還好吧？」

「很好。」

人們開始聚攏過來。原來駐足觀看我和諾登爭吵的一小群人增加了一倍，又一倍。

奧利開口道：「有件事情，你們最好都知道——」

布朗插嘴道：「你現在就把啤酒給我放下。」

「你給我閉嘴。」我吼了一句，朝他跨近一步。

布朗防衛地後退一步。「我不知道你們這些人想幹什麼。」他說：「可是我告訴你們，我一定要向聯邦食品公司報告！每一個人！而且你們要搞清楚——你們也許會吃上官司！」他緊張地撇著嘴，露出一口黃牙，我不禁有點同情他。他只是想應付局面罷了。諾登拒絕相信事實，無非也只是他的應對之法。麥隆和吉姆的辦法則是故作大丈夫的樣子——只要能把發電機修好，霧就會散了。而布朗的方法則是保護公司。

「那你不妨開始把我們的名字登記下來。」我說：「只要你別開口就行。」

「我會記下很多姓名的。」他回嘴道：「你的名字會列在第一個，你……你這個波希米亞人！」

「大衛‧戴敦先生有話告訴大家。」奧利接口道：「我想你們最好都仔細聽，尤其是那些想要回家的人。」

於是我把發生在倉庫裡的事源源本本說了出來，與我說給諾登聽的大致相似。起初還有人訕笑，但等我說完時，店裡的氣氛已經變得肅穆凝重。

「這是騙人的！」諾登率先發言，聲音因為急於強調而近乎尖銳。這竟是我最先說明，希望能求助的人，真教人吐血。

「對，一定是騙人的。」布朗應和道：「瘋了。請問你，戴敦先生，你認為那些觸鬚是從哪裡來的？」

「我不知道，但當前這不是個重要的問題。牠們在這裡，這才是——」

「我猜牠們是從啤酒罐跑出來的，這是我的猜測。」這句評論引起一陣笑聲，而平息笑聲的則是卡莫迪太太嘶啞有力的叫聲。

「死亡！」她一喊，發笑的人立刻噤聲。

她邁步走向圍聚的群眾中間，橙黃色褲裝閃閃發光，手上的大提袋貼緊她的胖腿。她傲然環顧四周，眼光銳利閃爍有如喜鵲。兩個年約十六、穿著印有「樹林營地」白T恤、長得很好看的女孩急忙閃身避開她。

「你們有聽卻沒聽進去！你們聽進去了卻不相信！你們誰想到外面去，親眼去瞧瞧？」她的目光掃過人群，落在我身上。「大衛·戴敦先生，你有什麼打算？你認為你能怎麼辦？」

她咧嘴一笑，好像黃褲裝上裝了個骷髏頭。

「這是末日，我告訴你們。一切的末日，世界的終點。聖意的手指不在火中，卻在迷霧中揭示。大地已裂開，吐出它的憎恨——」

「你們不能叫她住嘴嗎？」一個少女忍不住喊出聲，淚水緊跟著湧出眼眶。「我被她嚇死了！」

「妳害怕嗎，親愛的？」卡莫迪太太轉向她說：「不，妳現在不怕。但是等到惡魔之子放到地表上的怪物來抓妳時——」

「夠了，卡莫迪太太。」奧利說著，抓住她的胳膊。「請妳別說了。」

「你放開我！這是末日，我告訴你！這是死亡！死亡！」

「鬼話連篇！」一個戴著釣魚帽和眼鏡的男人厭惡地說。

「不，先生。」麥隆開口道：「我知道這聽起來很像夢話，但這是千真萬確的事實。我親眼看到的。」

「我也看到了。」吉姆說。

「還有我。」奧利接口。他已成功地讓卡莫迪太太住嘴，至少是眼前這一刻。但她就站在一旁抓著她的大提袋，邪門地咧嘴而笑。沒人願意和她站得太近。他們竊竊低語，對我們的說法半信半疑。有幾個人回過頭去，不安而深思地看著店面的大玻璃窗，我很高興他們開始關心了。

「騙人。」諾登說：「你們全都在騙人。」

「你們所說的叫人難以置信。」布朗說。

「我們不必站在這裡反覆爭論。」我說：「你們不妨跟我一起到倉庫去看看、去聽聽。」

「我們不允許顧客到——」

「巴德，」奧利說：「跟他一起去，結束這場爭論。」

「好吧。」布朗說：「戴敦先生，我們了卻這樁蠢事吧。」

我們推開雙扇門，走進黑暗中。

那聲音委實刺耳，甚至邪惡。

巴德也有同感。就算他再怎麼有北佬的死硬派頭，他的手還是立刻抓緊我的胳膊。他深吸一口氣，然後呼吸轉為急促。

那是種低沉的颯颯聲由卸貨門方向傳來，似乎在撫摩什麼。我輕輕用一腳在地上來回掃，終於碰到一支手電筒，於是彎身撿起手電筒將它打開。布朗的臉色很難看；他還只是聽到而已，還沒看到那些觸鬚。但是我看過，我可以想像牠們匍匐在那扇鐵門上，扭曲爬動，就像有生命的藤蔓似的。

「你現在怎麼說？還是難以置信？」

布朗舔舔嘴唇，望著散了一地的貨品和紙箱。「這是牠們弄的？」

「有些是，大部分是。你過來。」

他很不情願地跟上來。我藉著手電筒找到那截皺縮蜷曲的斷鬚，仍躺在那柄掃帚旁。布朗彎身細看。

「別碰。」我說：「說不定牠還活著。」

他急忙站起身。我抓起掃把，用帚柄碰碰那段觸鬚。三、四下之後，牠終於軟軟鬆開，露出兩個完整的吸盤，和半個破裂的吸盤。然後這觸鬚又倏地蜷縮起來，一動不動地躺著。布朗厭惡地噁了一聲。

「看夠了？」

「是的。」他說：「我們出去吧。」

我們用手電筒照著路走回雙扇門，推門而出。每張臉都轉向我們，嘁嘁喳喳的談話聲也立刻停止。諾登的臉如乳酪般雪白。

卡莫迪太太的黑眼閃閃有神。奧利還在喝啤酒，臉上仍滴著汗，雖然店裡冷得出奇。兩個穿著印有「樹林營地」T恤的女孩緊緊靠在一起，猶如面對暴風雨來襲的小馬。

眼睛，許多隻眼睛。

我打了個冷戰，卻不禁想著我可以把這些眼睛畫下來。沒有臉，只有在暮色中張望的眼睛。我可以畫下它們，只是沒人會相信它們是真的。

巴德・布朗緊緊將雙手抱在胸前。「各位，」他說：「看起來我們面臨了一個很嚴重的問題。」

6. 進一步討論‧卡莫迪太太‧防禦工事‧地平協會的下場

接下來的四小時如在夢中。經布朗證實後，開始一番為時極久且半歇斯底里的討論。或許這番討論也沒那麼久，只是人們非要對同樣的資訊反覆思索，試著從每個可能的觀點著眼，像狗撥弄一根骨頭般，非要咬到骨髓不可。大家終於慢慢相信了。任何一個新英格蘭鄉鎮的三月會議都會有同樣的情形。

以諾登為首的十個人左右，形成了一個「地球是平的協會」，簡稱「地平協會」，對觸鬚之說採取完全不信的態度。

諾登一再指出，看到年輕員工諾姆被他所謂「來自X星球的觸鬚」（此說初時引起一陣笑聲，但此後便無人覺得好笑，只是狂熱而激動的諾登並未注意到）帶走的人證，一共只有四個。他又說他個人對這四個人證皆不信任。

接著他更指出這四個證人中有一半現在已醉得不像話。這話倒是真的。吉姆和麥隆待在啤酒櫃和酒架邊不走，兩人喝得胡言亂語。想想諾姆的遭遇，以及他們做過的事，我不怪他們，他們寧願醉得不省人事。

奧利繼續喝酒，對布朗的抗議不加理會。過了一會兒，布朗放棄了，只是偶爾威脅說要向公司報告。他似乎沒想到，在橋墩鎮、北溫德翰與波特蘭開設連鎖超市的聯邦食品公司，這會兒說不定已經蕩然無存了。誰知道？整個東岸也許都已不存在了。奧利喝了不少酒，卻沒有喝醉。他喝下的酒精都隨著汗水蒸發了。

最後，當大家和地平協會的爭論越來越激烈時，奧利開口了，「諾登先生，你不相信沒關係。這樣吧，你從前門出去繞到後面去，那裡有一大堆啤酒和汽水的空瓶子。那是我和諾姆、巴迪今早一起搬出去的。你帶兩個空瓶回來，讓我們知道你真的去過那裡了。只要你辦得到，我立刻脫下我身上的襯衫，當面吃掉。」

諾登開口想加以駁斥。

奧利以同樣平緩、低沉的聲音遏止了他。「我告訴你，你這種態度對大家有害無益。這裡有很多人都想回家，看看他們的家人是否安然無恙。我妹妹和她的一歲女兒現在還在拿波里的家裡，我也很想去看看她們是否沒事。但如果人們開始相信你的話，出門回家，他們也會遭到和諾姆一樣的下場。」

他沒有說服諾登，但他說服了幾個猶豫不決的人——與其說是由於他的話，還不如說是因為他的眼神，那著魔般的眼神。我想諾登如果現在相信奧利，大概會精神崩潰，所以他仍堅持不信，但他也沒有接受奧利的提議，到外頭去取兩個空玻璃瓶回來。沒有人去，他們不想出去，至少現在還不想。諾登和他的一小群地平說成員（現在已經少了一、兩個人）遠遠離開我們，站到熟食區去了。其中一個經過我兒子比利時，踢到了他的腿，使他醒了過來。

我走過去，比利立刻抱緊我的脖子。我試著放下他時，他反而摟得更緊，並說：「別這樣，爸爸，求求你。」

我找到一輛購物推車，抱他坐進車裡的嬰兒座。他坐在車裡，看來已嫌年紀太大，若非他臉色蒼白、眼神悲慘，加上覆在額前的蓬亂黑髮，這或許顯得有些滑稽。他至少已有兩年不曾坐進購物推車裡了，這些小事的流逝最初往往令人不覺，等你終於意會到已成事實的改變時，便難免驚愕。

這時，地平說的人一撤退，爭論又找到另一個對手——這回是卡莫迪太太，而且可以理解的是，她是孤軍奮戰。

在暗淡陰森的光線中，她那身橙黃色褲裝，滿手鏗鏘作響的銅環、玳瑁和掛在臂上的大提袋，使她看來很像個巫婆。她的老臉上刻著深深的皺紋，亂蓬蓬的灰髮上夾了三個角梳，向後扭成髮髻，她的嘴猶如一小條打結的繩子。

「誰也別想抵抗上帝的意旨。這早就開始了，我早已看過許多徵兆。這裡有些人已經聽我說過了，但不肯看清事實的人最是盲目。」

「妳到底要說什麼？妳有什麼建議嗎？」麥克・哈倫不耐煩地插嘴說道。他是鎮民代表，只是他現在戴著遊艇帽又穿著百慕達短褲，看來實在很像遊客。他手裡拿了罐啤酒，現在有不少人都在喝酒了。巴德・布朗已不再抗議，卻真的拿著紙筆在記名字。

「建議？」卡莫迪太太重複一句。「建議？啊，我建議你準備好去見上帝吧，麥克・哈倫。」她環顧我們全體。「準備去見你們的上帝了！」

「準備見妳的狗屎。」麥隆醉醺醺地自啤酒櫃旁吼了過來。「老太婆，我相信妳的舌根一定是長在中間，才會兩頭都能說話。」

不少人應聲同意。比利倉皇地左右張望，我立刻伸手攬住他的肩。

「我說的是對的！」卡莫迪太太喊道。她的上唇向後撇、露出參差不齊的一排尼古丁黃牙，讓我想到她店裡那些灰撲撲的動物標本，永遠在充作小溪的鏡子旁假裝喝水。「不信的人至死都不信！然而一個惡魔確實帶走了那個可憐的小夥子！霧裡的怪物！來自惡夢的每一絲憎恨！沒有眼睛的怪物！蒼白的恐懼！你不信嗎？那你出去吧！出去打個招呼吧！」

「卡莫迪太太，請妳別說了。」我說道：「妳嚇到我的孩子了。」

帶著小女兒的那個男人立即同聲應和。那個有著小胖腿的小女孩把臉埋在父親的懷中，用手摀著耳朵。比利還沒哭，但也差不多了。

「只有一個機會。」卡莫迪太太說。

「請問是什麼機會呢，太太？」麥克·哈倫禮貌地問。

「一次獻祭。」卡莫迪太太露出笑容。「血祭。」

「血祭」兩個字飄在空中，慢慢轉著。即使到現在，我仍告訴自己，她當時指的只是某人的愛犬罷了——儘管違規，但當時的確有幾隻小狗被帶進店裡來跑來跑去。即使到現在，我仍這麼告訴自己。在幽暗的光線中，她看來猶如新英格蘭清教徒的餘黨……但我懷疑她的動機來自比清教徒更陰沉的心思。清教徒自有其黑暗的祖先：血染雙手的老亞當。

她張嘴想再往下說，但一個個子矮小，穿著紅褲子和網衫的男人伸手給了她一耳光。他儀表整潔，頭髮左分，分線如尺般平直，戴了副眼鏡，無疑是到這裡來避暑的觀光客。

「妳少再胡說。」他面無表情且語調平靜地說。

卡莫迪太太伸手摀著嘴，接著便對我們舉高那隻手，做出無言的指控。在她的掌心中有血漬。然而她的黑眼似乎在無比喜悅地舞動著。

「妳活該！」有個女人喊道：「我也想賞妳一耳光！」

「牠們會抓住你們的。」卡莫迪太太說著，展示她的血手。一絲血由她癟癟的嘴角流向下顎，猶如滑向排水溝的一滴雨水。「也許不是今天。今晚，今晚當夜色降臨，牠們會隨著黑夜而來，抓走另一個人。牠們會在晚上襲擊，你們會聽到爬行、蠕動的聲音。等牠們來時，你們就要反求卡莫迪媽媽告訴你們該怎麼辦了。」

穿紅褲的男人緩緩抬起手來。

「你來打我呀。」她低聲說著，露出一個帶血的笑。他的手遲疑了。「你敢的話就打我好了。」他把手放下。卡莫迪太太自顧自走開了。這時比利才哭出聲來，一如那個小女孩般，把他的臉埋在我身上。

「我要回家。」他哭鬧道：「我要媽咪。」

我儘可能地哄他——事實上我也束手無策了。

人們的話題終於轉成沒那麼嚇人的方向。大家開始討論超市的明顯弱點，也就是大玻璃窗。麥克・哈倫問說店舖還有哪些入口，奧利・魏克和巴德・布朗立即說明：除了諾姆打開的那扇卸貨門外，另外還有兩扇卸貨門。還有店前的正門，以及經理辦公室的那面窗子（厚玻璃外加鐵柵，並且上了鎖）。

談論這些事有種矛盾的效果，一方面使得危險似乎更形真實，一方面也使我們放心了些。就連比利也有同感。他問我可不可以吃根棒棒糖，我告訴他只要他別走近大玻璃窗，他可以吃棒棒糖。

等他走遠後，一個站在麥克・哈倫身旁的男人說：「好，現在我們對那些玻璃窗有什麼措施呢？那個老太婆雖然瘋言瘋語的，但她說天黑後會有怪物進來倒可能沒錯。」

一個婦人說：「說不定到時霧已經散了。」

「也許。」那男人說：「也許不會。」

「有什麼主意嗎？」我問巴德和奧利。

「等一下。」站在麥克身旁那個人說：「我叫唐尼・米勒，是麻州林恩郡人。你們都不認識我，這是應該的，不過我在高地湖岸有間房子，今年才買的。」有人咳了幾聲。「總之，我看到窗子下堆了一包包的草地肥料，多半都是二十五磅裝的。我們可以把它們當作沙袋堆起來，留幾個監視孔……」

現在有不少人點頭稱是，並興奮交談。我想說話卻又忍住了。唐尼說得沒錯。把那些肥料包堆起來不會有害，說不定還有用。但我立刻又想到觸鬚勒破狗食袋那一幕。一條肥大點的觸鬚大概可以輕而易舉勒破一包二十五磅的肥料。不過揭發這事實既不能解危，也不能振作士氣。

人們開始三五成群，七嘴八舌談著怎麼堆放那些肥料包。唐尼又喊道：「慢著！慢著！既然大家都集合了，我們不妨好好談一下應對之策。」

大家又聚攏過來，約五、六十個人的群眾，散在啤酒冷藏櫃、倉庫門前的角落，以及左側至馬威先生的肉品櫃。比利以一個五歲孩童的靈敏，如在巨人群中一般穿行過人群，舉起一根賀喜巧克力棒，「你要嗎，爸爸？」

「謝謝。」我接過來咬了一口，很甜很好吃。

「這大概是個笨問題，」唐尼開口道：「不過我們得有所防備。有人帶了任何武器嗎？」

一陣短暫的沉默。人們面面相覷，聳聳肩。一個有頭白髮的老人自我介紹，他叫安柏·康乃爾，說他的後車廂裡有把獵槍。「必要的話，我可以試著到外面拿來。」

奧利說：「目前我不認為那是個好主意，康乃爾先生。」

康乃爾嘟囔道：「目前，我也不以為然，小夥子。我只是想至少應該說說。」

「呃，我想你也不會出去的。」唐尼說：「不過我認為——」

「請等一下。」有個女人開口了。就是那個穿紫紅色運動衫和墨綠色長褲的少婦。她有一頭沙金色頭髮，身材婀娜動人，一個相當漂亮的女人。她打開皮包從裡面拿出一把中型手槍。圍觀的人群發出「啊——」的一聲驚呼，彷彿他們剛看到一個魔術師表演了一套高妙的把戲。那個少婦原已緋紅的臉脹得更紅了。她又一次在皮包裡搜尋，掏出一盒史密斯—威森牌子彈。

「我叫亞曼達‧杜弗瑞。」她對唐尼說：「這把槍……是我丈夫的意思。他認為我該帶著它，以防萬一。我帶著這把空槍已經兩年了。」

「妳丈夫也在這兒嗎，這位太太？」

「不在，他在紐約出差。他常到外地出差，所以他才要我帶著這把槍。」

「那麼，」唐尼說：「要是妳會用，妳該留著。那是什麼型號的槍，點三八口徑嗎？」

「是的，而且除了一次練靶之外，我從沒用過。」

唐尼接過那把槍，把玩了兩下，不一會兒便開了槍膛。他檢查一下，確定槍膛裡確實沒裝子彈。「好。」他說：「現在我們有一把槍。誰會用槍？我是蹩腳得很。」

人們再度面面相覷。起初沒人開口說話，然後，奧利很勉強地說：「我常打靶。我有一把科特點四五和一把拉馬點二二五。」

「你？」布朗說：「哈。等天黑時，你早就醉得什麼也看不清楚。」

奧利口齒清楚地說：「你何不閉嘴，好好記你的名字就好？」

布朗瞪著他，嘴巴張開隨即又決定閉嘴，依我看那是個聰明的決定。

「讓你來。」唐尼把槍拿給奧利，眨了眨眼。奧利再次檢查槍，顯得更為老練。他把槍放到右前方褲袋，把那盒子彈塞到襯衫的前胸口袋裡，鼓鼓的一塊，看起來很像一包菸。然後他才靠向啤酒櫃，又開了一罐啤酒，圓臉上仍是汗水淋漓。

「謝謝妳，杜弗瑞太太。」唐尼說。

「別客氣。」她答道。我心想，假使我是她丈夫，擁有那雙碧綠眼眸和那副豐滿的身軀，我大概不會那麼常出差。給你太太一把槍，這似乎是種荒唐的象徵行為。

「這或許也是個蠢問題，」唐尼轉向拿著寫字板的布朗和拿著啤酒罐的奧利又說：「不過，這地方沒有噴火器之類的東西吧？」

「喔，狗屎！」巴迪·伊格頓低呼一聲，整張臉隨即脹紅，就跟亞曼達一樣。

「怎麼了？」麥克·哈倫問道。

「呃……上星期我們還有一整箱小型噴火器。家庭用，焊接水管或排氣管的那種。你記得那些吧，布朗先生？」

巴德·布朗點點頭，一副愁眉苦臉的樣子。

「賣光了嗎？」唐尼問。

「沒有，賣得不好，只賣出三、四個。我們把剩下的全退了回去。真他媽的。我是說……真可惜。」巴迪臉紅得快發紫了，又一次退回人群裡。

我們有火柴，當然，還有鹽（某人含糊地說他聽說過用鹽可以驅走水蛭或其他吸血蟲）；以及各種牌子的掃把和拖把。多數人都振作起精神，吉姆和麥隆則醉得無法提出任何異議。但我迎視奧利時，發現他眼裡有著鎮定卻絕望的神色，那是比恐懼更糟的。他和我都親眼瞧見過那些觸鬚。對牠們撒鹽或想用拖把柄將牠們打走，實在是異想天開。

「麥克，」唐尼說：「你指揮一下好吧？我要和奧利與大衛談談。」

「沒問題。」麥克拍拍唐尼的肩膀。「總得有人負責指揮。你幹得不錯。歡迎你到本鎮。」

唐尼問道：「這是不是表示我有退稅可拿？」他是個短小精幹型的人，有頭微禿的紅髮。他看來像那種乍看之下不可能喜歡，但熟識之後不可能不喜歡的人。那種什麼事都做得比你好的人。

「沒得談。」麥克笑著答道，轉身走開了。

唐尼垂眼望向我兒子。

「不用擔心比利。」我說。

「說真的，我這輩子從沒這麼擔心過。」唐尼說。

「可不是。」奧利同意道，並把一個空罐丟進啤酒冷藏櫃裡，又拿出一罐新的打開，發出「嘶」的一聲。

唐尼說：「我看到你們兩人交換的眼神。」

我吃完巧克力糖，又開了罐啤酒解渴。

「告訴你們我怎麼想。」唐尼說：「我們應該找五、六個人，把一些拖把柄用布裹起來，然後用繩子將它們綁在一起。接著我們應該準備好兩罐煤油，把瓶蓋打開，這樣我們隨時都能很快地點起火把。」

我點點頭。好主意，也許不夠好，如果你看過諾姆怎麼被拖走的話。但比撒鹽好多了。

奧利說：「至少可以讓他們忙上一陣子。」

唐尼緊抿著唇，「真的那麼糟嗎？」他說。

「就那麼糟。」奧利點點頭，繼續灌他的啤酒。

下午四點半左右，草地肥料包已經堆放好，大玻璃窗整面被擋了起來，只留下幾個觀測孔。每一個觀測孔旁安排一名守衛，每個守衛身旁都放了一罐已開的煤油，以及由拖把柄紮成的火把。觀測孔共有五個，唐尼並安排由大家輪流守衛。四點半一到，輪到我坐在一個觀測孔旁。比利也陪在我旁邊，和我一起向外望著濃霧。

隔著窗玻璃是張紅色長椅，專給買了食品等人開車來接的顧客坐的。再過去就是停車場了。霧慢慢滾動、又濃又深。霧裡有濕氣，但看來毫無生氣，陰森可怖。只是望著它看，便足以令我虛脫無力。

「爸爸，你知道這是怎麼回事嗎？」比利問。

「我不知道，親愛的。」我說。

他沉默了半晌，低頭看著攤在兩膝上的小手。「為什麼沒有人來救我們呢？」最後他又問道：「警察，或聯邦調查局，或別的人？」

「我不知道。」

「你想媽沒事吧？」

「比利，我真的不知道。」我說著，伸手摟住他。

「我好想她。」比利忍著眼淚說：「有時候我對她很壞，我很對不起她。」

「比利。」我叫他一聲卻沒法往下說。我覺得喉嚨鹹鹹的，聲音也忍不住顫抖。

「這會過去吧？」比利又問：「爸爸？會不會？」

我說：「我不知道。」他把臉埋向我的肩窩，我抱著他的頭，可以摸到在他頭髮下曲線纖弱的頭蓋骨。我不由自主想起新婚的那一夜。看著黛芬脫下她在結婚典禮後換上的棕色洋裝。她的臀部因為前一天撞到一扇門而留下一大塊紫色瘀血。我記得看著那塊瘀血，想著：她撞上門板時，還叫做史黛芬妮・史班呢，心裡不免有些驚奇。然後我們做愛，窗外是十二月的雪天，雪花飄飄。

比利又哭了。「噓，比利，噓。」我哄著他，輕輕搖著他，但他仍嚶嚶哭著。這種哭泣，只有母親才知道如何勸止。

聯邦超市裡暗了下來。唐尼、麥克和布朗把店裡所有大約二十支的手電筒，分配給眾人。諾登為了他那一小群人大聲吵嚷，結果分到兩支。手電筒的燈光在各個走道裡到處游移，猶如死不瞑目的幽靈。

我摟緊比利，透過觀測孔往窗外望去。室外那乳白不透明的光沒什麼改變，使賣場裡變暗的是那些堆高的肥料袋。有好幾次我以為窺見了動靜，但那都只是我在疑神疑鬼。另一個守衛也誤報了一次，讓大家虛驚一場。

比利又看到杜曼太太，迫不及待地跑去找她，雖說她整個夏天都不曾過來帶他。她分到一個手電筒，很好心地遞給比利。不一會兒，比利已在冷凍食品櫃的玻璃面上用光束寫自己的名字。她看到他的高興，似乎不亞於他看到她時。過了幾分鐘他們一起走了過來。海娣‧杜曼是個高瘦的婦人，有一頭間雜幾縷灰絲的漂亮紅髮，她的眼鏡連有一條鍊子掛在胸前；我相信這種鍊子只有中年婦人才適用。

「黛芬也來了嗎，大衛？」她開口問道。

「沒有。她在家裡。」

她點點頭。「亞倫也在家。你要在這裡守多久？」

「到六點。」

「有看到什麼嗎？」

「沒有，就是霧而已。」

「那我就陪比利到六點吧，如果你願意的話。」

「比利，你想跟杜曼太太在一起嗎？」

「好啊，我想。」比利說著，慢慢將手電筒高舉過頭，看著燈光劃過天花板。

「上帝會保護黛芬的，還有亞倫。」杜曼太太說完，牽著比利的手走開了。她的語氣堅決肯定，眼神卻毫無信心。五點半左右，賣場後方傳來激烈的爭辯聲。有人嘲弄另一個人說的話，還有個人（我猜是巴迪·伊格頓）叫道：「你們瘋了不成，想到外面去！」

好幾道手電筒燈光不約而同射向這場爭辯的位置，但光束隨即又轉往賣場前側，因為卡莫迪太太尖銳而瘋狂的笑聲劃破了幽暗，就像劃過黑板的指甲那樣難聽。

在一片人聲中，傳來諾登凜然的高喊：「請讓我們過去！請借過！」

守在我左鄰觀測孔的男人離開他的崗位，過去看這片叫囂起因為何。我決定待在原處，因為不管這群人在吵什麼，他們正朝我的方向而來。

「不要這樣。」鎮民代表麥克·哈倫說：「我們好好談談。」

「沒什麼好談的。」諾登斷然說道。他的臉從幽暗中浮現，神情堅決卻憔悴不堪。他手上拿了支手電筒，那兩綹自耳後翹出的頭髮依然翹著，很像兩支角。跟在他後面的地平協會成員，已由原來的九到十個減為只有五個。「我們要出去。」他說。

「別這麼固執。」唐尼·米勒說：「麥克說得對。我們可以談談，是不是？馬威先生正在瓦斯烤爐那裡準備烤雞，我們不妨坐下來，吃點烤雞——」

他擋在諾登身前，諾登伸手把他推開。唐尼不悅地脹紅了臉，換上一副嚴厲的表情。「那就隨你的便吧。」他說：「但是你會害死這些人。」

諾登以下定決心或是中邪已深的聲音，面不改色地說：「我們會去找人來救你們。」他的一個同伴低聲應和一句，但另一個卻悄無聲息地開溜了。現在這群人只剩諾登和另外四個。或許這不算太差吧，耶穌基督也不過只有十二個門徒。

「聽我說，」麥克又開口說道：「諾登先生……布倫，至少留下來吃烤雞吧，你一定餓壞了。」

「這樣你才好繼續說話吧？我在法庭見過的場面多了，沒這麼好騙。你們已經把我的人騙走了六、七個了。」

「你的人？」麥克難以置信地說：「你的人，耶穌基督，你這是什麼話？他們是人，不是誰的。這不是玩遊戲，更不是在法庭裡。在外頭，有些我們不知道的什麼，可能是怪物吧，你們何必出去送死呢？」

「你們說有怪物，」諾登嗤之以鼻：「在哪裡？你們已經守了兩個多小時，誰看到怪物了？」

「這個，呃，在後面。在──」

「不，不。」諾登搖搖頭。「你們講很多次了。我們要出去──」

「不。」有個人低聲說了一句。這一聲引起回響，慢慢地傳佈開來，彷彿十月傍晚颯颯作響的枯葉。不，不，不……

「你們想限制我們的自由嗎？」一個尖細的聲音問道。那是諾登的「人」之一（以他的話說），一個戴著老花眼鏡的老太太。「你們想限制我們的自由嗎？」

那一聲輕淺如微浪的「不」消失了。

「不。」麥克說：「不，我不認為有人能限制你們的自由。」

我湊近比利的耳朵低語兩句，這孩子愣然而疑問地看看我。「去吧。」我說：「快點。」

他一溜煙地跑走了。

諾登用手梳理頭髮，有如百老匯明星表演般的姿勢。早上看他徒然無功地拉扯著鏈鋸，以為沒人看見而低聲咒罵時，我還有點喜歡他。但當時（甚至到現在也一樣）我真的弄不清他是否相信自己。我想，他心底深處其實明白究竟會發生什麼事。但他畢生掛在嘴邊的理性邏輯就像頭兇殘的猛虎，到最後反噬了他。

他不安地張望四周，似乎希望還有什麼可說的。然後他領著四位門徒，走過一個結帳出口。除了那位老太太外，還有一個年約十二歲的胖男孩、一個少女和一個穿著牛仔褲、頭上反戴一頂高爾夫球帽的男人。諾登與我四目相接，他的眼睛瞪大了些，隨即避開我的目光。

「布倫，等一下。」我說。

「我不想再討論了，更別說是和你討論。」

「我知道你不願意，我只想請你幫個忙。」我環顧四下，看見比利朝結帳出口跑來。諾登看著比利跑來，交給我一包用透明膠帶包住的東西，懷疑地問：「那是什麼？」

「曬衣繩。」我隱約意識到這會兒超市裡的人都在望著我們。「大包裝，三百呎長。」

「幹嘛？」

「我希望你在出去之前，把繩子綁在你的腰上。等你覺得拉緊了，就找個東西把它綁好。什麼東西都行，車門把也行。」

「看在上帝分上，這是為什麼？」

「這樣我就可以知道，你至少走了三百呎。」我說。

他的目光閃爍一下，但稍縱即逝。「我不幹。」他說。

我聳聳肩。「好吧。還是祝你好運。」

戴著高爾夫球帽的那個男人忽然開口說：「我可以幫這個忙，先生。沒什麼好拒絕的。」

諾登轉向他，彷彿想厲聲喝止，那人卻只是沉著地望著他，他眼裡並沒有閃爍的光芒。他已下定決心，心中不存一絲懷疑。諾登也看出來了，因而無話可說。

「謝謝。」我說。我用小刀割開包裝，拿出綑繞成圈的曬衣繩，找到繩子的一端，將它鬆鬆地綁在這戴高爾夫球帽的男人身上。他立刻將繩子解開，重新打了個俐落的平結。超市裡鴉雀無

聲，諾登不安地磨蹭著雙腳。

我問戴高爾夫球帽的男人：「你要我的小刀嗎？」

「我也有一把。」他以同樣泰然自若的神情看著我。「你只管放繩子，要是太緊，我會把它砍斷的。」

「我們好了嗎？」諾登很大聲地說。那個胖男孩像被捅了一刀似地驚跳起來。沒人回答，諾登轉身要走。

「布倫，」我伸出手，說道，「祝好運。」

他細細端詳我的手，像是看什麼沒見過的可疑物體似的。「我們會找人來救你們的。」他說了最後一句，便推開出口的大門。那股噁心的微酸味又飄了進來。另外四個人都跟在他後面走出門去。

麥克走過來在我身旁站定。諾登一行五人站在迷離的乳白色霧氣中，諾登不知說了什麼，因為濃霧有種怪異的濕潤效果，我聽不清楚。我只聽見他的聲音和兩、三個獨立的音節，就像聽不清楚的電台，然後他們走遠了。

麥克將門微微打開，我放出曬衣繩，小心不要太緊，否則恐怕那人會把繩索給切斷了。四下一片寂靜。比利挨著我站，雖然沒有動作，但想像得出他小腦袋裡的澎湃起伏。

我又一次有種怪異的感覺，覺得他們五人並非沒入霧裡，而是變成隱形。有一會兒，他們的衣服隱約可見，但很快就消失了。只有親眼看到他人在幾秒內便被吞噬無蹤，才能領悟到那霧氣濃得有多可怕。

我放著繩索，四分之一、而後二分之一。這時繩子停止不動，由活的變為死的。我屏息等待。然後繩子又向外動了。我放著繩索，突然憶起父親帶我去看葛雷哥萊・畢克演的「白鯨記」，我想我暗自微笑了一下。

現在繩子已放出四分之三了。我看見繩索末端躺在比利腳邊。接著繩子再次在我掌心靜止下來，動也不動地躺了大約五秒鐘，而後又被猛拉出五呎。緊跟著它突然用力扭向左側，砰然打到出口的門邊。

繩子一下滑出二十呎，使得我握繩的掌心微微發熱。這時，從霧中傳來一聲淒厲的叫聲。誰也聽不出叫喊出聲的是男是女。繩子再度左右亂扭，先滑向大門右側，接著又回到左側。又有幾呎滑了出去，緊跟著是一聲來自霧中的哭號，使得我兒子也不禁呻吟了一聲。麥克目瞪口呆、兩眼瞪得老大、嘴角顫抖不止。

那哭叫聲戛然而止，接下來的寂靜彷彿持續了一世紀之久。然後那老婦人的叫聲傳來了。

「走開！不要纏著我！」她喊道：「喔，上帝，上帝，不要──」

這時她的聲音也戛然中斷。整條繩索幾乎同時從我掌中溜出，燒得我掌心微感疼痛，接著它便完全鬆脫了。霧中傳來另一個聲音：一聲低沉的咕嚕聲，使我覺得口乾舌燥。

那聲音我前所未聞，有點像非洲草原或南美沼澤的聲響。那是隻碩大的動物。聲音低沉、粗暴而野性。它再度響起……然後退為低低的呢喃聲，繼而消逝無聲。

「關門。」亞曼達·杜弗瑞顫聲說道：「請關門。」

「等一下。」我說著，開始將繩子拉回。

繩子由霧中收回，在我腳邊盤成一堆，末端三呎被染成血紅色。

「死亡！」卡莫迪太太嘶喊道：「出去就是死！現在你們明白了吧？」

曬衣繩末端被嚼爛了，露出鬆散的棉線，線上濺著小滴小滴的鮮血。

無人反駁卡莫迪太太。麥克把門關上。

7. 第一夜

從我十二、三歲以來，馬威先生便在橋墩鎮切肉，我只知其姓而不知其名，也不知他的年紀。他在一個通風口下設了瓦斯烤架，不到六點半，賣場裡便充滿烤雞的香味。巴德・布朗居然沒有反對。或許是出於驚嚇，但更可能是他了解到他的生鮮肉品很快就要不新鮮了。烤雞雖香，但沒有多少人想吃。瘦小而整潔的馬威先生穿著白色制服，依然照烤不誤，每兩塊放在一個紙盤上，排在肉品櫃台上，就像自助餐一樣。

杜曼太太端了兩盤來給我和比利，盤裡還放了些現成的馬鈴薯沙拉。我儘可能吃了些，比利卻不肯動他的烤雞。

「你得吃點東西，比利小子。」我說。

「我不餓。」他說著放下紙盤。

「如果你不吃東西，你就不會長高長大——」

坐在比利後方的杜曼太太對我搖搖頭。

「好吧。」我說：「至少去拿個桃子吃，好吧？」

「萬一布朗先生罵人呢？」

「他要是罵你，你就回來告訴我。」

「好，爸爸。」

他慢吞吞地走開了。不知為何，他看起來更小了，看得我十分心疼。馬威先生仍繼續烤雞肉，似乎不管有沒有人吃，他都樂在其中。正如我說過的，面對這樣的情況，人人各有一套應付之法。想來很離奇，但事實就是如此，人心難測。

杜曼太太和我坐在成藥區走道上。人們三三兩兩坐在店內各個角落，只有卡莫迪太太落單，就連麥隆和他的朋友吉姆也還在一起——兩人都醉倒在啤酒櫃旁。

六個新輪班的守衛守在觀測孔旁，奧利是其中一個，自顧自地啃著雞腿、喝著啤酒。每個觀測站都配有一把拖把柄綁成的火把和一罐煤油……但我想已經沒有人對火炬有先前的信心了。在聽過那低沉而駭人的咕嚕聲，看過那被嚼爛而染血的曬衣繩後，眾人的士氣大為低落。不管室外有什麼怪物，牠或牠們一旦決定要我們的命，我們就別想活著。

杜曼太太問：「今晚會有多糟呢？」她的聲音沉穩，眼神卻流露著驚悸。

「海娣，我真的不知道。」

「你讓比利陪著我吧。我……大衛，我想我很怕死。」她乾笑一聲。「是的，我很怕。但只要比利陪著我，我會沒事的。為了他，我會撐下去。」

她的眼眸閃著淚光。我靠過去拍拍她的肩。

「我很擔心亞倫。」她又說：「他死了，大衛。在我內心深處，我確定他已經死了。」

「不，海娣。妳根本不知道。」

「可是我就是這樣覺得。難道你對史黛芬妮沒感覺到什麼嗎？至少有一種……一種感覺？」

「沒有。」我咬牙扯謊。

一聲哽咽自她喉間發出，她連忙用手捂著嘴。她的眼鏡反映著陰鬱而黝暗的光。

「比利回來了。」我低聲說。

比利正在吃桃子。杜曼太太拍拍她身旁的地板，說等比利吃完桃子，她就教他怎麼用果核和棉線做個小人。比利報以虛弱的微笑，她也回他一笑。

八點鐘，觀測孔又換了六名新守衛。奧利朝我所坐之處走過來。「比利呢？」

「在後面，和杜曼太太在一起。」我說：「他們在做勞作。他們已經做了桃核人、購物紙袋面具和蘋果娃娃，現在馬威先生在教他怎麼做煙囪工人。」

奧利喝了一大口啤酒說：「外頭有動靜了。」

我立刻望著他，他淡然地迎視。

「我沒有醉。」他說：「我想醉卻醉不了。我真希望我能喝醉，大衛。」

「你說外頭有動靜是什麼意思？」

「我也不敢肯定。我問華特，他說他也有同感，一團團的霧一下子會變暗——有時候只是一小團髒污，有時候是一大團陰暗，很像瘀血。然後那陰暗又會褪為灰白，而且那霧氣不停翻滾。就連厄尼‧西姆也說他覺得外頭有動靜，你知道厄尼是出了名的遲鈍的。」

「其他人怎麼說呢？」

「他們都不是本地人，我不認識他們。」奧利說：「我沒問他們。」

「說不定你們只是疑神疑鬼吧？」

「可能。」他說著，朝一個人坐在通道盡頭的卡莫迪太太點點頭。這場災難並未減低她的胃口，她的紙盤裡堆了小山般的雞骨頭。她喝的果菜汁紅得像鮮血。「有件事她說得沒錯。」奧利說：「我們會知道的。等天黑以後，我們會知道的。」

然而我們無需等到天黑。事情發生時，比利因為跟杜曼太太在後頭，所以沒看到什麼。奧利仍和我坐在一起，突然一個守在觀測孔旁的人發出一聲尖叫，步履不穩地退開他的崗位，兩手像風車一樣亂轉。時間將近八點半，外頭乳白色的霧氣已轉暗，變成十一月向晚時的灰色天空。

有個東西降落在觀測孔外的窗玻璃上。

「我的天啊！」那個原先守在觀測孔旁的人尖叫道：「我不要！讓我走！」

他慌亂地轉過身來，兩眼瞪得老大，唇角銜著一絲唾沫，不由分說地衝過冷凍食品區，直往賣場後方去了。

他的舉動引起了幾聲驚叫。有些人跑到前面，想看看究竟發生了什麼事。大部分人則往後退，既不管也不想知道爬在玻璃窗上的究竟是什麼東西。

我舉步往那個觀測孔跑去，奧利緊跟著我，一手緊緊握著口袋裡那把杜弗瑞太太的槍。這時又有另一個守衛叫喊出聲——與其說是恐懼，不如說是厭惡。

奧利和我奔過結帳出口。現在我看得到使那傢伙退離崗位的是什麼了。我說不上來那是什麼，但我看得見「牠」。這東西看來像是中世紀荷蘭畫家博斯（Bosch）畫中的地獄怪物。牠也有種可怖的滑稽，因為牠也很像那種你花幾塊錢就能買到，可以用來嚇人的橡膠或塑膠怪物……就是先前諾登指控我放在倉庫裡的那種東西。

牠大約兩呎長，有環節，顏色是略帶粉紅的肉色，猶如燒傷後新長出的膚色。球狀的眼睛接在兩根短莖上，同時看向兩個不同的方向。牠用肥胖的吸盤黏在玻璃窗上。在牠的另外一面，有塊肉突了出來，如非性器便是刺針。在牠背上長了碩大的翅膀，看似奇大無比並緩慢地搧著的蒼蠅翅膀。

在我們左邊的那個觀測孔，也就是第二個發出呼喊聲的守衛所在，有三隻這樣的怪物爬在窗上。牠們像蛞蝓般蠕動，爬過的玻璃留下一道黏膩的痕跡。牠們的眼睛（如果那是眼睛的話）在指頭般粗細的短莖末端，不安分地轉來轉去。最大的一隻大概有四呎長。有時牠們還會爬到同伴身上。

「看那些天殺的怪物。」湯姆．史麥利噁心地說。他站在我們右方的觀測孔。我沒吭聲。這些巨蟲現在已佈滿所有觀測孔外，想來很可能已佈滿在整棟建築物外表……就像爬滿一塊肉上的蛆。這景象令人作嘔，使我覺得剛吃下的雞肉在胃裡作怪，直想往上衝。

有人啜泣出聲。卡莫迪太太又在叫著什麼來自地心的憎恨。有個人啞著聲叫她最好住口，沒完沒了。

奧利從口袋裡掏出杜弗瑞太太的手槍，我連忙抓住他的臂膀。「不要衝動。」

他甩開我的手說：「我知道我在幹嘛。」

他用槍膛敲敲窗子，臉上掛著一副憎惡的表情。那些怪物的翅膀越揚越急了，最後變成模糊的影子——若非事先知道，此刻真看不出牠們是有翅膀的——然後牠們便飛走了。

有些人看到奧利的行動，恍然大悟地拿起拖把，用拖把柄敲著窗玻璃。怪蟲飛開了，但立刻又飛了回來。顯然牠們並不比蒼蠅聰明多少。先前的一片驚慌現已化為七嘴八舌的交談。我聽見一個人問另一個人說，如果那些怪物飛到你身上，你想牠們會做什麼。我對這問題毫無興趣。

敲窗的聲音漸漸停了，奧利轉向我，開口想說什麼。但他才張開嘴，就有個東西從霧裡浮現，攫住一隻爬在窗上的巨蟲。我想我大叫了一聲，但我也不確定。

那東西會飛。除此之外，我也看不真切。霧氣就像奧利描述的那樣變暗，只是這回陰暗的色澤並未消褪，反而越變越明顯，終於浮出一隻像白化症似的怪物，通體白皙、翅膀堅韌，而且有紅眼睛。牠用力撞向玻璃，使得整面窗子抖動起來。牠張開大嘴把粉色的怪蟲吃掉後便飛走了。整個事件前後不過五秒鐘。我的最後印象是那粉紅色怪蟲抖著、顫著，落進那白色怪鳥的口裡，猶如一條小魚拍打扭動，落進海鷗的嘴裡一樣。

窗子傳來一聲又一聲撞響。人們開始連聲尖叫，爭先恐後往賣場後方跑去。在一聲痛苦的哀號聲後，奧利說：「喔，天啊！那老太婆跌倒了，他們卻不顧一切地踏過她的身體。」

他從結帳出口跑回賣場。我轉身想跟過去，卻被另一個景象驚得呆立原處。

在我右側上方，一包草地肥料正慢慢向後滑。湯姆·史麥利就在正下方，正透過觀測孔窺視窗外的霧。

另一隻粉紅色怪蟲落在窗玻璃上，就在剛才我和奧利所站的觀測孔外。一隻白色飛行怪物俯衝下來，把那隻巨蟲攫走。被人群踩過的那個老太婆以尖銳、喑啞的聲音嘶叫不止。

那袋肥料。向後滑落的肥料。

「湯姆！」我大叫：「小心！上面！」

在這一切混亂中，他根本沒聽到我的叫喊。那袋肥料終於滑落，不偏不倚打在他頭上。他昏了過去，下巴撞到玻璃窗下的架子上。

一隻白子似的怪鳥找到了窗玻璃上那塊缺口，正從那裡擠進室內。由於有些人已停止尖叫，我聽得到牠發出的細碎摩擦聲。牠的三角頭略偏向一側，頭上的紅眼閃動著光芒。一張前突而勾起的嘴貪婪地一開一闔。這怪鳥外型有些像恐龍書上的翼龍圖片，但更像從瘋子的惡夢中跑出來的怪物。我抓起一支火把，將它浸到一罐煤油裡，並傾斜油罐，灑了一地。

那隻會飛的怪物停在堆高的肥料袋上，帶鉤的腳可怖地動著、不慌不忙的環顧四周。我很肯定這怪鳥沒什麼智商可言，牠兩次想張開翅膀，但翅膀卻碰到牆壁，只好收回牠彎曲的背上，就像獅鷲獸一樣。

牠第三次嘗試展翅時失去了平衡，笨拙地從肥料袋上掉了下來。牠降落在湯姆的背上，爪子一勾，撕裂了湯姆的襯衫，血流了出來。

我就站在不到三呎外的地方，手裡拿著滴著油的火把。我滿心想奔過去燒死牠……卻意識到我身上沒有火柴。我的最後一根火柴已在一個小時前，為馬威先生點雪茄時用掉了。

賣場裡現在有如地獄首府般混亂不堪。人們看到棲息在湯姆背上的怪鳥，一隻前所未見的怪物。牠詢問似地抬起頭，爪子一勾便從湯姆的頸背上撕下一塊肉。既然無法點燃，我打算將火把當成棍子用，上前攻擊。此時火把的布頭突然點燃了。為我點火的是唐尼・米勒。他手裡拿了一個刻有海軍徽章的Zippo打火機，硬如石頭的臉上寫明了恐懼和忿怒。

「殺掉牠！」他嘶聲說：「盡力試試。」奧利站在他身旁，手裡牢握杜弗瑞太太的點三八口徑手槍，但怕傷及湯姆而難以開槍。

那怪鳥張開翅膀，搧動一下。但顯然牠並不想飛走，只想把獵物抓得更穩當。牠那白膜狀的堅韌翅膀裹住了湯姆的整個上半身。緊跟著便是撕肉的聲音，慘不忍聞。

這一切都在幾秒鐘內發生。我掄起火炬，往那東西刺了過去。我感覺似乎並未觸到任何實體，只像一個虛有其表的匣形風箏。下一瞬間，那怪物已浴身在火海中。牠張開翅膀，發出刺耳的摩擦聲。牠的頭在抽動、紅眼睛滾來滾去，我真心希望那表示牠十分痛苦。接著牠飛了起來，彷彿掛在曬衣繩上的床單在強風中颯颯作響。接著牠又發出難聽的尖叫聲。

人們全都仰頭注視牠垂死前的燃燒飛行。我想，在這整個事件中，我印象最深刻的，莫過於看著那渾身是火的怪物在聯邦超市裡上下亂飛，到處留下焦黑的碎片。

最後終於掉了下來，撞上義大利麵醬的架子，打翻了瓶瓶罐罐，墨西哥莎莎醬濺了一地，猶如血塊。牠燒得只剩骨頭，燒焦味濃烈而噁心，同時霧氣的微酸味也透過玻璃窗的破洞，一陣陣捲了進來。

賣場裡一時鴉雀無聲。那焚燒的死亡飛行像是施了魔法，讓大家看得出神。然後某個人嚎叫出聲，另一些人也開口響應。我聽到我兒子的哭聲隱約由賣場後方傳來。

一隻手攫住我。是巴德·布朗；他兩眼凸出，嘴唇向後撇。「又一個來了。」他說著，伸手一指。又一隻怪蟲從破洞飛了進來，停在肥料包上，翅膀不停鼓動，發出嗡嗡聲，兩眼自短莖上鼓起，粉肉色的胖身體不住冒汗。

我朝牠移近，舉著火雖減弱卻並未熄滅的火炬。但在小學裡教三年級的雷普勒太太卻搶先我一步。她年約五十五，也許六十吧，身形瘦而有力，幾乎使我聯想到牛肉乾。

她兩手各拿一罐雷達殺蟲劑，發出一聲如穴居人敲碎敵人腦袋時的怒吼。接著她兩手齊伸向前，用力按下噴藥鈕。一層濃濃的殺蟲液立刻罩在那怪物身上，使得牠痛苦扭動，瘋狂地翻身，最後終於從肥料包上掉了下來，先撞到湯姆（他無疑已一命嗚呼了），繼而落到地板上。牠的翅膀狂亂地搧動，卻因為沾滿殺蟲液而毫無作用。一會兒之後，翅膀的動作減慢，隨即停止。那怪蟲死了。

現在可以聽到哭聲，還有呻吟聲。那個被人踩踏的老婦呻吟不止。甚至還有笑聲，是那種什麼都已不在乎的笑聲。雷普勒太太站在那死去的怪蟲前，瘦削的胸脯劇烈起伏。

麥克和唐尼找到一架搬貨用的推車，兩人合力將它抬到堆高的肥料袋上，擋住窗玻璃上那塊楔形的破洞。看來那至少可以擋一陣子。

亞曼達·杜弗瑞像夢遊般晃了過來，一手拿了個塑膠水桶，另一手拿了支還沒拆封的掃把。她彎腰把地上那隻粉紅色怪蟲屍體掃進水桶，眼睛還是茫然而無表情。然後她走到出口大門旁。門上沒有任何怪蟲。她將門打開一點，把水桶扔到外面去。那水桶側身落地，來回滾動了幾次，在地上劃著越來越小的弧形。一隻粉紅色怪蟲從夜色中飛出，停在那水桶上，慢慢爬過去。

亞曼達哭出聲來，我走過去伸手攬住她的肩膀。

凌晨一點半，我背靠肉品冰櫃而坐，昏昏沉沉打著瞌睡。比利頭靠在我的膝上睡得很沉。亞曼達・杜弗瑞睡在離我們不遠處，頭枕著某人的夾克。

在那隻怪鳥燒死後不久，奧利和我曾走回倉庫，找了五、六條運貨墊毯，也就是先前我讓比利當棉被的那種。不少人就睡在這些毯子上。我們也扛出好幾箱水梨和橘子，四人合力將這些滿是水果的板條箱抬上堆高的肥料袋上，為玻璃窗上的破洞加添一層阻擋。那些鳥形怪物想撞開這些箱子可不容易，它們每一個都有九十磅重。

但是，外頭並不只有怪鳥和怪蟲而已，還有那些把諾姆捲走的觸鬚，被咬碎的曬衣繩也有得好想。還有我們雖然還未目睹，卻會發出低沉咕嚕聲的東西。我們不時聽到那種咕嚕叫聲由遠處傳來——可是透過濃霧的濕潤效果，誰說得出所謂「遠處」到底有多遠呢？有時那吼聲近得震動了整棟建築，使人覺得一顆心好像突然被灌滿了冰水。

比利在我懷中驚跳起來，並呻吟不止。我梳理他的頭髮，他卻哼得更大聲了。然後他彷彿又發現睡眠畢竟不比現實危險，又沉沉睡去。我自己的睡意被嚇走了，因此又清醒地瞪著兩眼。

自天黑以後，我斷斷續續大約只睡了一個半小時，而且惡夢連連。其中一個夢又回到前一晚，比利和黛芬站在客廳的大觀景窗前，向外眺望黑灰色的湖面，以及風暴前的銀色水龍捲。我怕強風會吹破窗子，把致命的玻璃碎片射向客廳各處，因此想上前護住他們。然而無論我跑得多快，卻都無法拉近和他們母子間的距離。

接著一隻巨鳥從大雨中飛了出來，一隻赤紅色的巨大史前鳥，雙翼一張便遮住整個湖面。牠張開鳥嘴，露出與紐約荷蘭隧道等長的嗉囊。當那隻鳥俯衝下來攫住我的妻兒時，一個惡毒而低啞的聲音一次又一次低聲重複道：箭頭計畫……箭頭計畫……箭頭計畫……

不是只有比利和我睡不穩而已，其他人也在睡夢中囈語尖叫，有些人甚至醒來後還繼續尖叫。冷藏櫃裡的啤酒以驚人的速度消失。巴迪·伊格頓已悶聲不響地從倉庫搬來一批存貨，補過一回貨了。麥克·哈倫告訴我說，店裡賣的鎮靜劑都被拿光了，一點存貨都不剩。他猜某些人可能已服下六、七瓶了。

「奈多安眠藥倒還剩下一點。」他說：「你要不要一瓶，大衛？」我搖搖頭謝了他。

在五號結帳台旁的最後一條走道上，有幾個喝醉的。他們共是七人，除了經營「松樹洗車站」的路·泰亭傑外，都是外州人。路喝酒是不用藉口的，這些「酒鬼」個個都被酒精麻醉得差不多了。

哦，是的——也有六、七個發瘋了。

「發瘋」不是最適切的詞彙，只是我也想不出有什麼更好的形容詞。這些人沒有藉啤酒、酒精或安眠藥之助，便進入一種完全恍惚的狀態。他們以茫然而空洞的眼神瞪著你看。現實的堅硬地表在難以想像的大地震中裂開了，而這些可憐人摔進地縫裡。也許過段時間，有幾個會恢復知覺吧，如果我們還有時間的話。

其餘的人則各自設法調適，有些人的方法委實奇怪。例如雷普勒太太，她說她相信這一切都只是一場夢，而且說的時候沒有半點懷疑。

我望向亞曼達。我對她萌生一種強烈而不適的情感——不適，但並非不悅。她的眼珠碧綠如玉……有一陣子我一直注意她，想著她會不會取下染色的隱形眼鏡，但顯然那顏色是與生俱來的。我想和她做愛。

我的妻子在家，也許還活著，但更可能已經死了。無論如何，我愛她，我最希望的事就是帶著比利回到她身旁，但我也想和這個叫亞曼達·杜弗瑞的女人親熱。我告訴自己，這種不正常的慾望出自我們所處的不正常狀況。也許是吧，但慾望並不因此而消退。

我時睡時醒，直到三點左右才一個抽動，整個清醒過來。亞曼達已換了睡姿，像胎兒一樣，兩膝抬高到胸前，兩手貼緊在大腿之間，看來睡得很沉。她的運動衫有一側微微拉高，露出一截白皙的肌膚。我望著她，開始無助地勃起。

我試著轉移心神，想著昨天我曾想畫布倫•諾登那件事。不，沒有什麼比一幅畫重要的，只是……讓他坐在一段木頭上，手裡拿著我的啤酒，畫他疲倦而冒汗的臉，和兩綹從他耳後翹起的頭髮。那可能會是張好畫。

我和父親住了二十年後，才接受了所謂的「好畫」可能就夠好了。

何謂天賦？就是期望的詛咒。小時候，你必須不負眾望。假如你能寫作，你會以為上帝讓你降生是為了讓你凌駕莎士比亞。假如你能畫，或許你就會想上帝生你是為了讓你贏過父親——我小時候就是這麼想的。

結果證實了我比不上他。我不停嘗試。我在紐約開畫展，卻沒什麼好成績——畫評家拿我父親把我比了下去。一年後，我接了廣告畫以維持生計。黛芬懷了孕，我只有說服自己，生活比較重要，此後藝術對我而言將只是嗜好。

我畫了「黃金女郎洗髮精」的廣告。黃金女郎騎腳踏車、黃金女郎在海灘擲飛盤、黃金女郎手拿飲料站在公寓陽台上，那幾張都是我畫的。我為不少知名雜誌的短篇小說畫過插圖，但最初我是為男性雜誌畫插畫才入行的。我也畫過電影海報。錢財滾滾而來，應付我們的生活綽綽有餘。

去年夏天，我在橋墩鎮舉行了最後一次個展。我展出五年裡畫的九幅油畫，賣出了六幅。我絕對不肯出售的一幅，畫的就是聯邦超市，想來還真是巧合。畫面是由停車場盡頭看過來的遠景。在我的畫中，停車場是空的，只放了一排湯廚茄汁焗豆罐頭，由遠而近排過來，一罐比一罐大，最後一罐看似有八呎高。這幅畫的標題為「焗豆與假象」。一個來自加州，在某家製造網球及球拍的大公司擔任高級主管的男人，似乎很想要這幅畫，不肯因畫框下掛了「非賣品」的牌子而放棄了事。他從六百元起價，一直抬高到四千元，說要把畫掛在他的書房裡。我不肯賣，他大惑不解地走了。儘管如此，他仍不死心，他留下一張名片，要我若是改變主意的話就打電話給他。

那筆錢我倒用得上。去年我們整修了宅邸，又買了新的四輪傳動車，可是我就是不能賣那幅畫。我不能賣，因為我覺得那是我最好的一幅畫，所以我要留著它，看有沒有人會來問我什麼時候才要正式從事嚴肅的藝術工作。去年秋天某日，我把那幅畫拿給奧利·魏克看。他問我是否可以拍下來，當廣告展示一個星期。這問題也結束了我自己的「假象」。奧利一眼就看清了我的畫，也強迫我看清了：我畫的是件完美的廣告作品。僅此而已，但也確實是傑出的廣告畫。

我讓奧利拍了照，然後我打電話到加州給那個高級主管，主動降價到兩千五百元。他買了，我用優比速快遞將畫送到西岸去。我本來像個受騙的孩子，永遠無法滿足於一個不痛不癢的「好」。但經過此事之後，我多少認了份。雖然偶爾還是有些咕嚕雜音，就像霧中不知名的生物傳來的聲音一樣，但基本上是沉寂了。也許你可以告訴我，為什麼那孩子氣的自大聲音一旦沉寂下來，就和垂死十分相似？

四點左右，比利醒了，以迷茫不清的神情環顧四周。「我們還在這裡嗎？」

「是的，寶貝。」我答道。

他開始無助地哭泣，看起來很慘。亞曼達也醒了，望著我們。

「嘿，孩子。」她說著，輕輕把比利拉靠向她。「等天亮以後，情形就會好一點了。」

「不。」比利說：「不會的。不會的。」

「噓。」她摟著他，目光越過比利的頭與我的目光相遇。「噓，你好好再睡一會兒吧。」

「我要我的媽媽！」

「是的，」亞曼達說：「是的，當然。」

比利在她膝上扭動，一直扭到他能看見我的角度。他看著我半晌，然後又睡著了。

「謝謝。」我說：「他需要妳。」

「他還不認識我呢。」

「他還是需要妳。」

「那你怎麼想呢？」她的碧綠眼眸定定地望著我。「你有什麼想法呢？」

「天亮時再問我吧。」

「我現在問你。」

我張開嘴正要說話，奧利・魏克卻從幽暗中現身，有如恐怖故事中的鬼魂。他手握一支覆著衣服的手電筒，向上指著天花板，使他憔悴的臉上爬著奇怪的黑影。「大衛。」他低喚。亞曼達嚇了一跳，害怕地望向他。

「奧利，怎麼了？」我問。

「大衛，」奧利又低語道：「請你跟我來。」

「我不想離開比利。他剛剛才又睡著。」

「我會陪著他的。」亞曼達說：「你去吧。」接著她壓低聲音說：「上帝，這簡直沒完沒了。」

8. 兩名士兵的下場・亞曼達・與唐尼・米勒的對話

我隨著奧利離開。他往倉庫走去。經過冷藏櫃時，他順手抓了罐啤酒。

「奧利，怎麼回事？」

「我要你看看。」

他推開雙扇門。我們一走進倉庫，門便自動關上，搧起了一點風。很冷。我不喜歡這地方，尤其是在諾姆出事之後。我的腦子不斷提醒我，不知道什麼地方有一小段被切斷的死觸鬚。

奧利移開蓋住手電筒的衣服，將手電筒高舉過頭。最初我以為有人把兩個人體模特兒掛在天花板上的熱水管上，可能是用鋼琴弦什麼的，就像小孩在萬聖節時玩的把戲。

然後我注意到吊在離地約七吋左右的腳，腳旁有兩堆被踢翻的紙箱。我抬頭看臉，覺得一聲尖叫自喉間升起，因為那兩張臉並不是人體模特兒的假臉。兩個頭都傾向一側，彷彿在聆聽一個非常爆笑的笑話，使他們笑得臉色發紫。

他們的影子，影子拖得老長，投射在後側牆上。還有他們的舌頭，舌頭伸得老長。

他們都穿著制服，正是我先前注意到，後來就不見蹤影的兩個士兵——

我想尖叫，一陣呻吟爬上我的喉頭，逐漸升高如警笛，但奧利迅速抓住我的手肘。「別叫，大衛。除了你、我之外，沒人知道。我不想聲張開來。」

我強忍叫聲，好不容易開口說：「那兩個士兵！」

「從箭頭計畫來的。」奧利道：「當然了。」他把啤酒罐塞進我手裡。「喝一點。你需要的。」

我一下就把那罐啤酒喝到一滴不剩。

奧利說：「我回來找找看是不是還有多的瓦斯罐，就是馬威先生用來烤肉那種，結果看到這兩個。據我猜想，他們一定套好了繩結，站到那兩堆紙箱上。然後他們互相幫忙把手綁到身後，你看兩人手腕間是同一條繩子，然後兩人一起維持平衡走上紙箱。所以……你看，兩手都綁在身後，你知道。接著──我猜，他們把頭伸進繩結裡，用力伸向一側拉緊繩結。說不定其中一個數到三，兩人就一起跳。我不知道。」

「不可能的。」我口乾舌燥地說。但他們的手的確綁在身後。我目不轉睛地盯著。

「有可能的。如果他們非常想死，大衛，那是可能的。」

「可是為什麼呢？」

「我想你明白為什麼。像唐尼·米勒那些外州來度假的人可能想不透，但本地人差不多都猜得出來。」

「箭頭計畫？」

奧利說：「我整天站在結帳櫃台邊，聽到的可多了。一整個春天，我一直在聽人們談論那該死的計畫，沒什麼好話。湖上的黑冰──」

我想到畢爾·喬提靠在我的車窗上，一口酒氣猛對著我的臉吹。不只是原子而已，而是不一樣的原子。現在這兩具屍體吊在天花板上。臉側向一邊。吊在半空的鞋子。伸出來的舌頭像香腸一樣。

我驚恐地意識到，內心深處，有某種感官的新門打開了。新的嗎？不，其實是舊的。是那種尚未學會自衛的孩子所擁有的感官之門。因為孩子還沒學會以管窺天的保護之道，還不知道如何排除百分之九十的宇宙。小孩什麼都看得到、什麼都聽得到。但是，假使生命是意識的成長（就像是我太太高中時做的刺繡，不斷加上圖案），輸入也不斷減少。

而恐懼讓視野變寬，重啟感官大門。我的恐懼來自知道自己正游向一個地方，而這地方是我們多數人在脫下尿布、穿上褲子時便已脫離的。

從奧利的臉上我看到相同的認知。當理性開始崩潰，人腦迴路會負荷過重，神經細胞的軸突變得明亮熾熱。幻覺轉為真實，感官接收的平行線似乎交錯了，死人會走路、說話，玫瑰會唱歌。

「我至少聽過二十來個人談論。」奧利又說：「賈斯汀·羅巴、尼克·杜采、班·麥可森。在小鎮裡是沒有秘密的，什麼事都藏不住。就像泉水——就這樣從地下冒出來，誰也不曉得它的源頭。你也許在圖書館裡聽到什麼，再告訴別人。或在哈森鎮碼頭上，天曉得還有什麼地方。但是一整個春天和夏天，我聽到的都是箭頭計畫、箭頭計畫。」

「可是這兩個，」我說：「老天，他們只不過是孩子呀！」

「在越南戰場上也有這麼年輕的孩子。我在那裡，親眼看到的。」

「可是……是什麼逼死他們呢？」

「我不知道。或許他們曉得什麼內幕，或許他們猜到什麼。他們一定明白，這裡的人遲早會找他們問話。如果有那個時間的話。」

「假如你是對的，」我說：「那就大事不妙了。」

「那場風暴，」奧利以低沉而木然的聲音說：「說不定吹垮了基地裡的某些東西。也許出了點意外。他們不知在搞什麼鬼。有些人說他們在弄什麼高密度雷射和分子增幅器，還有人提過什麼核融合。假設……假設他們弄開一個洞，通往另一度空間呢？」

「那是無稽之談。」我說。

「他們呢？」奧利說著，指指兩具屍體。

「他們倒是真的。問題是：我們該怎麼辦？」

「我想我們應該把他們解下再藏起來。」他立刻說：「把他們藏在一堆沒人要的東西下面——狗食、洗碗精之類的東西。這消息一旦走漏，對情況只是有損無益的。所以我才找你來，大衛，我覺得你是唯一一個可靠的人。」

我喃喃地說：「這就像納粹戰犯在戰敗之後，在監牢裡自殺一樣。」

「是的，我也這麼想。」

我們都沉默下來，突然間那低沉的沙沙聲又從鐵門外傳來了——觸鬚摸索鐵門的聲音。我們一起向後退，我的雞皮疙瘩都浮起來了。

「好吧。」我說。

「我們盡快弄好。」奧利說。他的手電筒移動時，藍寶石戒指無聲地閃著光芒。「我要盡快離開這裡。」

我抬頭注視繩索。他們用的也是曬衣繩，與那個戴高爾夫球帽的男人讓我綁在他腰上的繩子相同。

繩結箍進他們腫起的頸子，我不禁想著會是什麼逼使他們走上絕路。奧利說萬一這兩人自殺的消息走漏，情況會更糟。我完全明白。對我來說，情況的確已變得更糟了。（我本以為這是絕無可能的，不是已經到谷底了嗎？）

打開刀子的聲音。奧利的刀子本來就是用來切割紙箱和繩子的，十分合用。

「你上還是我上？」他問。

「一人一個。」我嚥了口口水。

我們就這麼辦了。

我回到賣場裡時，亞曼達已不在那裡，陪伴比利的是杜曼太太。他們兩個都沉沉睡著。我走過一條走道，聽見一個聲音說：「戴敦先生。大衛。」那是亞曼達，站在通往經理辦公室的樓梯旁，眼眸像翡翠一樣晶亮。「發生什麼事了？」

「沒什麼。」我說。

她走向我。我聞到一絲淡淡的香水味。喔，我真想要她。「你說謊。」她說。

「真的沒什麼，虛驚一場。」

「隨你怎麼說吧。」她拉住我的手。「我剛上樓去。經理辦公室沒有人，而且門可以上鎖。」她的臉色鎮定無比，目光卻不安地閃動，頸部可見跳動的脈搏。

「我不——」

「我看見你看我的樣子。」她說：「如果我們必須把話說開，反而不好。杜曼太太正陪著你的兒子。」

「是的。」我不禁想著，假如我因為剛才和奧利所做的事而受詛咒的話，這正是解開詛咒唯一的方法。或許不是最好的，卻是唯一的方法。

我們走上狹窄的樓梯，進了辦公室。正如她所說，辦公室裡空無一人，而且門可以鎖。我上了鎖。

在黑暗中什麼都看不清楚，她只是個影子。我伸出手，碰到她，將她拉向我。她在發抖，我們蹲下身跪在地板上親吻，我伸手覆住她堅挺的胸部，透過她的運動衫可以感覺到她劇烈的心跳。我想到黛芬告訴比利不要碰觸落地的電線。

我想到我們的新婚之夜，她脫下棕色洋裝時，浮在臀上的瘀血。我想到我第一次看到她，她騎著腳踏車馳過奧蘭諾緬因大學的廣場，我手夾著自己的作品集，正要去上繪畫大師文森・哈德臻的課。我興奮得難以名狀。

然後我們躺了下來。她說：「愛我，大衛，給我溫暖。」她興奮起來時，用指甲戳我的背，並忘情地叫著另一個人的名字。我不在乎，這下我們算是扯平。

我們下樓時，黎明已悄悄掩近。觀測孔外的漆黑不情願地褪為深灰，繼而暗紅，最後是那明亮而毫不反光的一片白，就像露天電影院的白幕似的。

麥克・哈倫睡在他不知從哪裡找來的一張躺椅上。唐尼・米勒坐在不遠處的地板上，吃著一個甜心牌甜甜圈，上面撒滿糖粉的那種。

「坐下吧，戴敦先生。」他邀請道。

我四下張望找亞曼達，但她已走過半條走道，而且沒有回顧。我們在黑暗中的做愛彷彿已是一種幻想，即使在這怪異的日光中也難以相信。我坐了下來。

「吃個甜甜圈。」他遞過紙盒。

我搖搖頭。「這些糖粉會害死人，比香菸還糟。」

他不禁大笑。「那樣的話，吃兩個吧！」

我很意外地發現自己還保有一點幽默感——他將這份幽默感激發了出來，我因此而喜歡上他。我真吃了兩個甜甜圈，而且吃得津津有味。然後我又抽了支菸，雖然我並沒有早上抽菸的習慣。

「我得回我兒子那裡。」我說：「他大概快醒了。」

唐尼點點頭。「那些粉肉色的巨蟲，」他說：「牠們都飛走了。那些怪鳥也一樣。漢克・韋勒說，最後一隻大約四點左右撞了玻璃窗。很顯然的……野生動物……在夜裡比較活躍。」

「可惜布倫・諾登不知道。」我說：「諾姆也不知道。」

他又點點頭，半晌沒有開口。最後他點上一支菸，望著我說：「我們不能守在這裡，大衛。」

「這裡有食物，也有足夠的飲水。」

「與這不相干，你也明白。萬一外頭某隻巨獸決定不再守候，而要闖進這裡來，那我們怎麼辦？我們難道還想用拖把柄和打火機油把牠趕開嗎？」

他說得沒錯。也許霧對我們有種保護作用，將我們隱藏起來，但或許霧並不能將我們隱藏太久。我們困在超市裡已大約十八個小時了，我開始感到有氣無力，就是游泳游太久後會有的那種感覺。我想安全至上，只要待在這裡，守著比利（一個小小的聲音說，也許半夜再和亞曼達打一炮），等著看霧會不會消散，使一切又恢復舊觀。

我在其他人臉上也看到同樣的想法，這點醒了我，現在或許有不少人無論如何也不肯走出超市。在經歷這一夜後，光想著走出去，就能把他們嚇昏了。

唐尼注視著這一切思緒在我臉上流過。他說：「霧剛來襲時，這裡大約有八十個人。八十個減掉員工諾姆，布倫・諾登，四個和諾登一起出去的人，還有湯姆・史麥利。還有七十三個。」

再減掉那兩個現在躺在一堆普瑞納幼犬營養狗食下的士兵，剩下七十一個。

「然後你再減掉那些完全不管用的人，」他又往下數：「大概十或十二個，算他十個好了，那就剩六十三個。但是——」他舉起一隻沾滿糖粉的手指，「這六十三個人中，大約有二十個人是絕不肯離開的。你得拖走他們，而且他們會又踢又叫。」

「這證明什麼？」

「證明我們必須出去，如此而已。我要走，大概中午的時候吧。我計畫帶走所有願意走的人，我希望你和你兒子也能一起走。」

「在諾登出事之後還出去？」

「諾登像是羊入虎口。但那並不表示我或和我一起走的人，也得出去送死。」

「你如何預防呢？我們只有一把槍。」

「那還算運氣哩。不過如果我們想法子通過十字路口，也許我們就可以到得了大街上的『狩獵之家』，那裡有很多槍。」

「一個『如果』，再加上一個『也許』，未免太多了吧。」

「大衛，」他說：「眼前這情形，只怕有更多如果吧。」

這句話他說得很慢，只是他可沒有一個孩子必須設想。

「聽著，我們暫時先別談這個，好吧？昨晚上我沒怎麼睡，但總算想了幾件事情。你要聽聽嗎？」他又說。

「當然。」

他站起身來，伸伸懶腰。「和我一起走到窗邊去吧。」

我們從最靠近麵包架的結帳出口走出，站在一個觀測孔旁。守在那觀測孔旁的男人說：「蟲都飛走了。」

唐尼拍拍他的背。「你去喝杯咖啡吧，朋友，有我守著。」

「好。謝謝。」

他走開了。唐尼和我站到觀測孔前。「告訴我你看到外面有什麼吧。」他說。

我看了。前晚被撞翻的那只垃圾桶，撒了一地垃圾、廢紙、空罐頭和「奶品皇后」的奶昔紙杯。垃圾再過去，我看得見最接近超市的一排車子，褪進蒼茫中。我看得到的就是這些，因此我照實對他說了。

「那輛藍色雪佛蘭小卡車是我的。」他說著，用手指了指。我看到的只是霧中的一抹藍。

我望向我的越野車，想起我之所以能停到這麼近的地方，是因為有人正好駛離。我點點頭。

「你回想一下，昨天你開車來時，停車場裡相當擁擠，對不對？」

唐尼又說：「現在你記住這事實，再來想想另一件事，大衛。諾登和他的四個……你怎麼叫他們的？」

「地平說會員。」

「是的，叫得好，他們的確固執己見。他們出去了，對吧？整條曬衣繩幾乎都放出了。然後我們聽見那些怒吼聲，聽起來像是有群大象在那裡。對吧？」

「我不覺得那聲音像大象。」我說：「聽起來像——」像遠古沼澤的聲音是浮上我腦際的句子，但我沒對唐尼說出口，尤其是在他拍拍那人肩膀，叫他去喝杯咖啡之後。簡直就像教練在重大比賽時拍拍球員一樣。我或許會對奧利說，但不會對唐尼說。「我不知道聽起來像什麼。」最後我虛弱地說。

「不過那聲音聽起來很大吧？」

「是的。」的確大得嚇人。

「那麼，為什麼我們沒聽見汽車被撞毀的聲音？金屬撞擊聲？玻璃碎裂聲？」

「呃，因為——」我停住口。他問倒我了。「我不知道。」

唐尼說：「因為受到那不知名怪物攻擊時，車子不在停車場裡。告訴你我怎麼想的吧。我想我們之所以沒聽到汽車撞擊的聲音，是因為大部分車子都不在了……消失了。掉進地裡、蒸發了，隨你怎麼說。強到足以使樑木碎裂、將窗框扭曲變形，並震得貨品紛紛落地，而且火警鈴聲也同時停止。」

我試著想像半個停車場消失了，想像走到外面，看到一滴雨落到柏油路面上劃了黃線的停車格。一滴、一陣……或者甚至是一場疾雨，落到白茫茫的霧裡……

停了兩秒後，我說：「如果你是對的，你想等你坐進你的卡車後，可以走多遠呢？」

「我想的不是我的卡車，而是你的越野車。」

這我得好好想想，但不是現在。「你還有什麼別的想法呢？」

唐尼迫不及待地往下說：「隔壁的藥局，那就是我想的。怎麼樣？」

我張嘴想說我不懂他到底在說什麼，但又隨即閉上嘴巴。昨天我們進城時，橋墩藥局還在營業。洗衣店關了，但藥局是開的；自動門還用橡膠門檔擋著，好讓空氣流通——當然，因為停電，他們的冷氣機派不上用場。聯邦超市的大門離藥局的大門大概不到二十呎遠。那麼為什麼

——

「為什麼藥局裡的人沒半個跑到這裡來呢？」唐尼為我提出疑問。「已經十八個鐘頭了。他們不餓嗎？他們在那裡總不能拿感冒藥或衛生棉當飯吃吧？」

「那裡也有食物。」我說：「他們也兼賣一點現成食品，動物餅乾，小點心什麼的，還有糖果。」

「我不相信他們會待在那裡吃餅乾、糖果，而不會想過來這裡吃雞肉。」

「你到底想說什麼？」

「我想說的是，我要出去，可是我不要當B級恐怖片裡那些難民的晚餐。我們可以派四、五

個人到隔壁查看藥局裡的情形。就像放出一個觀測氣球吧。」

「就這樣？」

「不，還有一件事。」

「什麼事？」

「她。」唐尼簡明地說著，並翹起拇指指向店鋪中央的一條通道。「那個瘋老太婆。那一個巫婆。」

他指的是卡莫迪太太。她不再單獨一人了。有兩個女人加入了她的陣營。由她們的鮮明衣著看來，我猜她們可能是觀光客或是來避暑的，也許離開家人「只是到城裡買幾樣東西」，現在卻為丈夫和孩子擔心不已。

她們需要任何慰藉，甚至卡莫迪太太也好。

卡莫迪的褲裝明亮而突出。她在比手劃腳地說話，一張臉正經而嚴厲。那兩個穿著鮮豔（自然比不上卡莫迪太太的褲裝和她掛在胖手上的那只大提袋）的女人則專注地聆聽。

「她是我要離開這裡的另一個原因，大衛。天黑之前，她會招攬到六個人左右。如果那些巨蟲和怪鳥今晚再來，天明之前她會召集到一大群人。那時我們就得擔心她指定應該犧牲哪個人了。也許是我、也許是你，或者是麥克。說不定是你兒子。」

「那太荒謬了。」我說。真的嗎？一股寒流竄過我的背脊。

卡莫迪太太的嘴一開一闔地動著。兩個女人的目光盯著她皺縮的雙唇。那真的荒謬嗎？我又想到那些喝著鏡子小溪的動物標本。卡莫迪太太自有其力量。就連平常理性實際的黛芬，說到這老太婆的名字時也會感到不安。

那個瘋老太婆，唐尼這樣叫她。那個巫婆。

唐尼又說：「在這個超市裡的人，正經歷一種精神錯亂的經驗。」他指指扭曲變形、已經部分碎裂的紅色窗櫺。

「他們的腦袋可能就像那框子一樣。我的就是。昨晚我想了半夜，覺得自己八成是瘋了。我必定是在丹佛的瘋人院裡，幻想那些巨蟲、史前怪鳥和觸鬚，但只要護士來幫我打一針鎮靜劑，那些幻象又會消逝無蹤。」他的臉繃緊、泛白。他看看卡莫迪太太，又看看我。

「我告訴你可能會發生什麼事。人們越昏亂，越會相信她的胡言亂語，到那時我希望我不在這裡。」

卡莫迪太太的唇動個不停，舌頭在參差不齊的老人牙齒間飛舞。她看來的確像個巫婆。為她再戴上一頂黑色尖帽子就十全十美了，她對她捕獲的兩隻毛色鮮豔的鳥兒在說些什麼呢？箭頭計畫？黑色春季？地獄發出的憎恨？活人血祭？

狗屎不通。

全都一樣——

「你怎麼說？」

「走一步算一步。」我說：「我們試著到藥局去。你，我，奧利——如果他願意去的話，再找一、兩個人。其餘的到時再說。」即使僅此而已，也讓我感到有如空中走索般的不可能。我死了對比利可沒好處。另一方面，我光坐在這裡，坐以待斃，對他照樣沒有幫助。二十呎到藥局，想來不算太糟。

「什麼時候？」他問。

「給我一小時吧。」

「當然。」他說。

9. 遠征藥局

我先告訴杜曼太太，然後告訴亞曼達。最後才跟比利說。今早他似乎好了一點，吃了兩個甜甜圈和一碗家樂氏早餐麥片。

吃完早餐後，我和他在走道上賽跑了兩回，他甚至露出了笑容。小孩的適應力實在強得嚇人。他的眼睛因前一夜流淚而有些浮腫，臉色蒼白，甚至有種蒼老的神情，彷彿經歷太久的情緒波動，而變得像老人的臉。可是他依然活潑、依然能笑……至少在他記起身在何處，以及一切經歷之前。

賽跑後，我們和亞曼達及杜曼太太同坐，用紙杯喝運動飲料，就在這時我告訴他，我要和幾個人到隔壁藥局去。

他的小臉立刻呈現一片陰霾。「我不要你去。」他說。

「不會有事的，比利小子。我會幫你帶幾本《蜘蛛人》漫畫回來。」

「我要你留在這裡。」現在他的小臉已由一點陰霾轉為烏雲滿佈。我握住他的手，他立刻把手抽開，我再度握住。

「比利，我們遲早得離開這裡。這點你明白的，對吧？」

「等霧散了……」他的語氣缺乏信心。他慢慢喝著運動飲料，卻好像食而無味。

「比利，已經過了幾乎一天一夜了。」

「我要媽咪。」

「呃，也許這是回到她身邊的第一步。」

杜曼太太開口說：「不要給孩子太大的希望，大衛。」

「管他的。」我反駁道：「他總得抱著什麼希望吧。」

她垂下眼睛。「是的。我想你說得對。」

比利不理我們的對話。「爸爸……爸爸……外面有怪物。怪物。」

「是的，我們知道。但是牠們有些——不是全部，但大多數——只有天黑以後才會出來。」

他說：「牠們會等的。」他的眼睛瞪得很大，直望向我的眼睛。「牠們會等在霧裡……如果你沒辦法進來，牠們就會把你吃掉。就像童話故事裡一樣。」他驚慌而用力地抱我。「爸爸，請你別去。」

我儘可能輕輕撥開他的手，並告訴他我非去不可。「不過我會回來的，比利。」

「好吧。」他啞著聲說，卻不肯再看我了。他不相信我會回來。他臉上不再是陰鬱，而是哀傷。我不禁又懷疑自己要做的事，那樣冒生命的危險是不是對的。我瞟向中央走道，又看到卡莫迪太太。

她已經找到第三個聽眾，一個鬍鬚斑白、眼睛細小的男人。由他充血的眼睛、瘦削的臉頰和顫抖的手，看得出他前一夜一定喝了不少酒。他就是麥隆•拉福勒，把一個男孩員工送出去找死的男人。

那個瘋老太婆，那個巫婆。

我親親比利，緊緊地摟住他。然後我往賣場前方走去。不過我避開了家庭用品走道，因為我不要卡莫迪太太看見我。

走過大約四分之三的路後，亞曼達趕了上來。「你真的非出去不可嗎？」她問。

「我想是的。」

「請不要見怪，不過我覺得那不過是逞英雄的愚蠢行為。」她兩頰酡紅、眼眸更加翠綠。她很生氣，帶著一種對我的忠誠。

我握住她的手，把我和唐尼·米勒的對話重述給她聽，汽車之謎以及沒人從藥局過來的事實，她都無動於衷。但卡莫迪太太的事卻說動了她。

「他可能是對的。」她說。

「妳真的相信嗎？」

「我不知道。那女人讓人渾身不舒服。人們一旦擔驚受怕太久，自然會轉向任何一個答應提供解答的人。」

「可是用活人來獻祭，亞曼達？」

「阿茲特克人就來這套。」她不動聲色地說：「聽我說，大衛。你得回來。不管發生什麼事……任何事……你都要回來。殺人、逃跑我都不管。不是為了我。昨晚發生的事是很好，但那已是過去了。為你的兒子回來。」

「是的，我會的。」

「我懷疑。」她說了一句。現在她看起來有點像比利，憔悴而蒼老。我突然想到，大多數人大概都有相同的神情，只有卡莫迪太太不然。卡莫迪太太反而顯得年輕了些，而且更有活力，彷彿她找到了生命目標，藉這次事件來滋養身體。

我們一直等到早上九點半才動身，一行七人：麥克、奧利、我、唐尼、麥隆的前好友吉姆（他也喝多了酒，但似乎決心要找到某種方式贖罪），還有巴迪·伊格頓。第七個是小學老師雷普勒太太。唐尼和麥克試著說服她不要來，她卻執意不肯聽從。

我連試也沒試。我猜，不算奧利的話，說不定她比我們每個人都更有用。她帶了個帆布購物袋，裡面裝了好幾罐雷達殺蟲劑和黑旗牌殺蟲劑，而且瓶蓋皆已取下，隨時等著派上用場。在她的另一隻手裡，是支斯柏丁網球拍；那是她從二號走道的運動用品架上拿下的。

吉姆問她：「妳拿那個有什麼用呢，雷普勒太太？」

「我不知道。」她的聲音低沉、粗糙而有力。「可是我拿在手裡覺得很好。」她以冷冷的目光打量他。「吉姆・高汀，對吧？你上過我的課吧？」

吉姆不安而窘困地咧嘴笑著。「是的，老師。我和我妹妹寶琳。」

「昨晚喝多了？」

人長得高大，體重至少比她重一百磅的吉姆，小平頭的髮根都脹紅了。「呃，沒——」

她轉開身子，不再答理他。「我想我們準備好了。」

我們每個人都帶了各式各樣的自衛工具。奧利帶了亞曼達的槍，巴迪從倉庫找來一根鐵鉗，我拿的是掃帚柄。

「好。」唐尼略微提高聲音說：「你們大家可不可以聽我說一下？」

有十來個人已三五成群站在出口大門旁觀望，在他們右側，站著卡莫迪太太和她的新門徒。

「我們要到隔壁藥局去看看那裡的情況，希望可以帶藥回來協助柯萊翰太太。」她就是昨晚怪蟲來襲時被人踩踏的那位老太太。她斷了條腿，苦不堪言。

唐尼望向我們。「我們絕不會冒任何危險。」他說：「一有威脅跡象，我們就立刻折回這裡。」

「而且把所有地獄惡魔帶回來！」卡莫迪太太喊道。

「她說得對！」響應的是兩個度假婦人中的一個。「你們會驚動牠們！你們會把牠們帶來！

現在不是好好的嗎？」

那些聚在大門旁看我們行動的人，有不少人紛紛贊同。

我開口說：「這位太太，妳覺得現在是『好好的嗎』？」

她茫然地垂下眼睛。

卡莫迪太太上前一步，兩眼炯炯發光。「你會死在外面的，大衛・戴敦！你要你兒子變成孤兒嗎？」她用目光掃射我們。巴迪立刻垂下頭，同時舉起鐵鉗似乎想將她擋開。

「你們全都會死在外面！你們還不明白世界末日已經來了嗎？惡魔被放出來了！《啟示錄》裡的苦艾星已亮起，你們每個人一踏出那扇門就會被撕成兩半！而且牠們還會來抓我們這些剩下的人，就如這位女士所說的！你們願意讓這種事情發生嗎？」她現在是向旁觀者訴請，他們紛紛低聲議論。「看看昨天那些不信邪的人有什麼下場吧！死亡！死亡！死——」

一個燉豆罐頭突然飛過兩行的結帳台，擊中卡莫迪太太的右胸，使她驚叫一聲，搖搖晃晃向後退了兩步。

亞曼達站上前來。「閉嘴！」她說：「閉嘴，妳這長舌婦。」

「她是魔鬼的使者！」卡莫迪太太尖叫道，臉上掛著一抹獰笑。「妳昨晚和誰睡在一起呢，太太？昨晚妳和誰睡覺？卡莫迪媽媽看得很清楚，喔，是的，卡莫迪媽媽都看到了。」

不過她創造的那陣迷咒已經消散，亞曼達的目光也不曾動搖。

「我們是要去呢，還是要整天站在這裡？」雷普勒太太問。

於是我們出發了。上天幫助我們吧，我們出發了。

唐尼・米勒領頭，奧利緊跟著。我走最後，雷普勒太太在我前面。我一輩子從沒這麼害怕過，握著掃帚柄的手掌汗淋淋的。

四處飄著由濃霧傳來不自然的微酸味。我走出門外時，領頭的唐尼和奧利已沒入霧中，而列隊第三的麥克也已模糊難辨。

只有二十呎，我不斷地告訴自己。只有二十呎。

雷普勒太太在我前頭走得又慢又穩，網球拍在她右手裡輕輕晃著。我們左側是一道紅色空心磚牆；在我們右邊，第一排車子如鬼船般自霧中浮現。另一個垃圾桶從一片白茫中現形，接著是讓人坐下等公用電話的長椅。只有二十呎，唐尼說不定已經走到了，二十呎只不過是十來步而已，所以——

「喔，天啊！」唐尼的叫聲傳來：「喔，上帝啊！看看這個！」

他的確已經走到了，沒錯。

巴迪・伊格頓走在雷普勒太太前面。他轉身想跑，兩眼瞪得極大。雷普勒太太用網球拍輕拍一下他的胸口，以嚴厲而略微沙啞的聲音問：「你想到哪裡去？」

其他人立刻趕上唐尼。我回頭望了一眼，看見聯邦超市已被霧氣吞沒。紅色空心磚牆變成粉紅色，緊跟著便消逝無蹤。能見度大概只有橋墩藥局出口五呎左右。我覺得前所未有地孤立，甚而寂寞。感覺就像失去了子宮。

藥局裡是一片屠殺後的慘狀。

我和唐尼看得很清楚，幾乎踩到了屍體。在霧中的一切怪物，全是靠嗅覺行動。這自然有其道理。視覺幾乎無用，至於聽覺，一如我說過的，霧有扭曲音響的作用，有時使近處的聲音聽起來像發自遠處，有時使遠處的聲音聽起來像是很近。因此霧中的怪物依賴最真實的感覺——嗅覺。

我們困在超市裡的人，是因停電而僥倖逃過一劫。自動門不能開啟。換句話說，大霧來時整個超市是被封死的。

但是藥局的自動門……是手動打開的。由於停電使得空調停止運轉，因此他們把門打開通風。只是除了風以外，別的東西也進去了。

一個穿著咖啡色T恤的男人臉朝下趴在門口。

確切地說，是我以為他的T恤是咖啡色的；接著我看見衣角的幾抹白色，才意識到他的衣服原來是全白的，那咖啡色是已乾的血。

而且他看來有點不大對勁。我半天看不出什麼端倪；甚至當巴迪·伊格頓轉身作嘔時，我還沒弄懂。我想，當某種致命的慘事發生到某人身上時，你的腦子最初會拒絕接受……除非你是在戰場上。

他的頭不見了，就是這樣。他兩腿張開地癱在藥局門裡，照說他的頭該探到門前的台階上，但卻不然。

吉姆·高汀忍不住了。他轉過身子用兩手掩著嘴，充血的兩眼直愣愣地盯著我，然後他蹣跚地朝超市走了回去。

其他人強自鎮定。唐尼跨進藥局，麥克緊隨其後，雷普勒太太拄著網球拍在大門一側站定，奧利站在另一側，手舉亞曼達的槍指向馬路。

他小聲說道：「我覺得好像沒有希望了，大衛。」

巴迪虛弱地靠著公用電話亭，彷彿剛聽到家中傳來的惡耗。他啜泣不止，寬肩劇烈抖動。

我對奧利說：「還不要絕望。」我踏進門口一步。我不想進去，但我答應過比利要帶本漫畫回去。

橋墩藥局裡一片狼藉。廉價小說和雜誌散了一地。我腳邊就有一本《蜘蛛人》漫畫和一本《綠巨人浩克》，因此我不假思索地彎身撿書，把兩本漫畫都塞進後褲袋內。瓶子、盒子散在各個走道上，一隻手從一個架子上垂掛下來。

我覺得自己像在不真實的夢境裡。屠殺後的慘象已經夠糟了……但這裡也很像剛舉行過一場狂歡會。

天花板上垂掛著看起來像是彩帶的東西，只是它們不像紙條般扁平，卻圓滾如粗線或細電纜。我注意到這些「彩帶」的顏色都和霧氣本身一樣白，一股寒流即刻如冷霜般竄過我的背脊。不是縐紗。是什麼呢？有些書和雜誌黏在這白帶子上，吊在半空中。

麥克用一隻腳撥著一個奇怪的黑色物體。那玩意兒長長的，且滿是剛毛。「這是什麼鬼東西呀？」麥克納悶道。

我忽然明白了。我知道當濃霧襲來時，是什麼東西殺死了藥局裡這些不幸的人。這些倒楣的人被聞到味道——

「出去。」我說。我的喉嚨乾澀，因此發出這兩個如子彈般斷然的字。「快走。」

奧利看向我。「大衛……？」

「這些是蜘蛛網。」我才說了一句，便聽到兩聲尖叫自霧中傳來。第一聲或許出於驚恐，第二聲無疑出於疼痛。那是吉姆。如果真有報應這回事，他是遭到報應了。

「出去！」我對唐尼和麥克吼道。

這時某個東西自霧中浮現。由於背景一片純白，想看清牠是不可能的，但我聽到了牠的聲音。那聽起來像揮動皮鞭的「嗖嗖」響聲。當牠纏到巴迪穿著牛仔褲的大腿時，我看得更真切了。

巴迪尖聲號叫，順手抓起就在身旁的電話。話筒飛了出去，隨即又跟著電話線彈了回來。「喔，耶穌啊，痛死人了！」巴迪嘶喊道。

奧利伸手抓他，我則看清了一切。這一瞬間，我領悟到何以躺在門口的那個男人會身首異處。那條扭住巴迪大腿、如絲繩般的白索，正陷入他的肉裡。

牛仔褲腿已被割破，沿著他的腿向下割。那條白索繼續深陷，使他的肉上霎時滲出一圈血痕。

奧利用力拉他。在「啪」的一聲輕響後，巴迪掙脫了那條白索，他的嘴唇因驚嚇而發紫。

麥克和唐尼往這邊跑來卻嫌慢了些，緊跟著唐尼撞進幾條垂掛下來的絲線，立刻被困住了，猶如飛到蒼蠅紙上的一隻小蟲。

他用力一扯擺脫束縛，只留下襯衫的衣角掛在網上。

突然間四處都響起那牛鞭般的「咻咻」聲，白色細索也自各個方向朝我們伸來。每根白索上都有一層腐蝕性物質。我閃開了兩條，與其說是靠技術，不如說是靠運氣。

有一條落到我腳上，我立刻聽到「嘶」的一聲微響。

另一條從空中浮出，雷普勒太太泰然自若地對它揮著網球拍。那白索纏住球拍，腐蝕層立即浸穿球拍線，使得球拍線一根接一根斷裂，發出「叮！叮！叮！」的響聲，聽似拉小提琴弦的聲音。

一會兒過後，另一條白索纏住了球拍把手，迅速將球拍拉進霧裡。

「後退！」奧利大喊。

我們步步為營。奧利一手扶著巴迪，唐尼和麥克自兩側護住雷普勒太太。蜘蛛網的白線繼續從霧中飄出，只有靠紅色空心磚建築的背景才能勉強看見。

一條白線糾纏住麥克的左臂，另一根立刻跟進，「嗖」的一聲繞住他的脖子。

麥克逐漸被拉了過去，咽喉被割裂、頭偏到一側。他的一隻休閒鞋掉了下來，落在地上。

巴迪突然俯身向前，差點沒讓奧利也跟著下跪。

「他昏倒了，大衛。快來幫我。」

我一手環住巴迪的腰，和奧利合力拖著他前進。

巴迪人雖昏迷不醒，手裡卻仍緊緊抓著那把鐵鉗。被蜘蛛絲纏住的那條腿，以扭曲的角度可怖地垂掛在軀幹下面。

雷普勒太太回過頭。「小心！」她啞聲叫道：「小心後面！」

我正想回頭，一條蜘蛛絲往唐尼的頭上飄了過來，唐尼伸起雙手撕扯。

一隻蜘蛛從我們後方現形了。牠大小如一頭大型犬，顏色漆黑、帶有黃色條紋（「好像賽車車身上漆的那兩條飾帶」，我忽然瘋狂地想到），眼睛是紫紅色的，宛如石榴。

牠高視闊步，踩著十二或十四隻多關節的腳朝我們爬來——這不是隻普通的蜘蛛被放大成恐怖電影裡的尺寸，而是完全不一樣的東西，說不定根本就不是蜘蛛。

麥克要是看到牠，大概就會明白剛才他在藥局裡用腳撥弄的黑色物體是什麼了。

這「蜘蛛」朝我們逼近，由上腹一個橢圓形的孔不斷吐出絲線來，那些線以扇狀向我們飄來。

這是場夢魘，就像在我們船屋的陰暗處，看著蜘蛛走向死蒼蠅或死蟲一樣。我覺得整個腦子越來越空洞。

現在唯有想到比利，才使我保有僅存的一點理智。我在發出某種聲音，但究竟是笑、是哭還是叫，我卻不知道。

然而奧利·魏克卻像塊巨石般堅毅。他舉起亞曼達的手槍，如打靶般鎮定的將子彈水平地射向那怪蜘蛛。不管那怪物來自何處，還好牠並不是刀槍不入。

一股黑膿從牠身上噴了出來。牠發出一種低微的「咪咪」叫聲，低到似乎不是聽到，而是感覺到的，就像從電子合成器發出的低音吉他聲。接著便爬回霧裡，失去了蹤影。若非牠流下一攤黑色黏液，一切經過簡直像是一場吃過迷幻藥後的惡夢。

「鏘」的一響，巴迪終於鬆開了握在手裡的鐵鉗。

「他死了。」奧利說：「放開他吧，大衛。那鬼東西割斷了他的大動脈，他死了。我們快離開這兒吧。」他的臉上再度汗水涔涔，眼睛在圓臉上向外凸出。一條蜘蛛絲飄然落到他手背上，奧利一揮手便弄斷了它，但他的手背也留下一道血痕。

雷普勒太太又尖叫一聲：「小心！」我們聞聲轉向她。

另一隻怪蜘蛛從霧中爬出，幾隻腳一起抓住唐尼，唐尼掄拳對抗。我彎身拾起巴迪的鐵鉗時，蜘蛛已開始用致命的白線包裹唐尼，使他的掙扎變得有如死亡之舞。

雷普勒太太手握一罐黑旗牌殺蟲劑，朝那蜘蛛走去。蜘蛛的腳向她伸了過來，她用力按殺蟲劑，一股霧狀藥液立即射進蜘蛛的一隻眼裡。

那蜘蛛也發出一聲低頻的咪咪聲，全身戰慄的開始向後退，毛茸茸的腳刮過路面，卻不肯放開唐尼的身體。雷普勒太太把整罐殺蟲劑都朝牠丟了過去。

那罐子從蜘蛛的身體彈開，哐啷啷地滾落在柏油路上。那蜘蛛用力撞向一輛小型跑車，使得車子彈跳了兩下，然後蜘蛛便隱入霧裡了。

我走向雙腿發軟，臉色死白的雷普勒太太，伸手扶住她。「謝謝你，年輕人。」她說：「我覺得有點暈。」

「沒關係。」我的聲音嘶啞。

「我是想救他的。」

「我知道。」

奧利也過來了。我們拔腿向超市大門狂奔，蜘蛛絲由四面八方向我們襲來。有一條落在雷普勒太太的購物袋上，立刻陷進帆布裡。雷普勒太太拚命想將屬於她的袋子拉回來，卻輸了這場拔河比賽，那袋子一路沒著地的被拖進濃霧裡。

我們到達超市大門時，一隻像可卡幼犬大小的小蜘蛛，沿著這棟建築的側面由霧中爬了出來。牠沒有吐絲；也許是牠還不夠大吧。

奧利用厚實的肩膀頂開大門，讓雷普勒太太入內時，我用力將手裡的鐵鉗擲向那隻蜘蛛。鐵鉗刺進蜘蛛身體，使牠瘋狂地扭動，十幾隻腳一起在空中亂抓，紅色的眼睛彷彿死死地盯著我

……

「大衛！」奧利仍頂著門。

我跑進門內，他隨後跟進。

蒼白而驚恐的臉孔瞪視著我們。我們出去時一行七人，回來的卻只有三個。奧利靠向厚玻璃門，胸膛劇烈起伏。他開始在亞曼達的槍裡重新裝上子彈，超市經理的白色制服黏在他身上，腋下有明顯的兩團汗漬。

「什麼東西？」有人用沙啞的聲音低問。

「蜘蛛。」雷普勒太太不動聲色地說：「那些該死的畜生把我的購物袋搶走了。」

這時比利推開人群，哭著投進我懷裡。我緊緊摟著他。

10.卡莫迪太太的迷咒·超級市場裡的第二夜·對決

輪到我睡覺了，整整四個小時，我什麼也不記得。亞曼達說我囈語連連，甚至還尖叫了一、兩聲，但我不記得什麼夢。我醒來時已是下午，口乾舌燥。有些牛奶酸掉了，但有些還好，我喝了一大紙盒。

亞曼達走過來加入比利、杜曼太太和我。那個自願試著回車子拿獵槍的老頭和她在一起，我記得他叫安柏·康乃爾。

「你還好吧，孩子？」他問道。

「還好。」但我仍然口渴，而且頭隱隱作痛。更糟的是，我很怕。我伸手摟住比利，看看康乃爾，又看看亞曼達。「什麼事？」

亞曼達說：「康乃爾先生很擔心卡莫迪太太，我也是。」

「比利，你和我到那邊散散步吧？」杜曼太太開口問道。

「我不要。」比利說。

我說：「去吧，比利小子。」他很不情願地走了。

「卡莫迪太太怎麼樣？」我回頭問道。

「她想作怪。」康乃爾以老人家的嚴肅望著我說。「我想我們必須阻止她，盡一切可能阻止她。」

亞曼達說：「現在大概有十幾個人聽她的了。簡直像某種瘋狂的教堂禮拜。」

我想起和一個作家朋友的談話。這個朋友住在奧提斯菲爾，靠養雞及每年寫一本平裝間諜小說養活他的妻子和兩個孩子。

我們談到最近與超自然有關的書籍大受歡迎。高特指出，在四〇年代，神怪故事的讀者極其有限，到了五〇年代時更無人問津。他又說，但當機器失敗（他說話時，他妻子透過光線檢查雞蛋，外頭的公雞咯咯直叫），科技失敗，傳統宗教系統也失敗時，人們必須抓住某種東西。想到一百萬罐體香劑的氟化物，竟能使臭氧層溶解，真不知是喜劇還是恐怖。相較之下，連在黑夜中跳出的殭屍也顯得相當可愛了。

我們困在這裡已經二十六小時，到現在仍束手無策。唯一出外的一次探險，折損率高達百分之五十七。也許卡莫迪太太能在這麼短的時間內吸引這麼多人，並非沒有理由。

「她真的有十幾個聽眾了？」我問。

「呃，只有八個。」康乃爾說：「可是她講個不停！就像以前卡斯楚可以連講十個小時，真是夠了。」

八個人。不算多，還不夠湊成一個陪審團。可是我了解他們臉上的憂慮。八個人足以形成賣場裡最有力的政治集團，尤其是唐尼和麥克已經不在了。想到我們這個封閉的社區裡，人數最多的一個集團竟在聽她瞎扯地獄和七宗罪什麼的，使我感到有點幽閉恐懼症。

「她又開始講用活人祭祀了。」亞曼達說：「巴德．布朗上前叫她不要在他的店裡胡說八道，結果兩個和她在一起的男人——其中一個是那個麥隆．拉福勒——卻告訴他該住嘴的人是他，因為這是個自由國家。他不肯住嘴，所以，呃……他們就動手推人了。」

「巴德．布朗的鼻子流血了。」康乃爾接口說：「他們是玩真的。」

我說：「還不到真的殺人的地步吧？」

康乃爾輕聲說：「要是霧還不散，我不曉得他們會過分到什麼地步。我不想知道，我打算離開這裡。」

「說比做容易。」我突然靈光一現。

氣味，這就是關鍵。我們在超市裡幾乎沒受到什麼侵擾。巨蟲可能和普通的蟲子一樣是被燈光吸引，而巨鳥只是追隨牠們的食物而已。但是較大型的怪物卻沒找上我們，除非我們為了某種理由自己送上門。

橋墩藥局的屠殺肇因於刻意打開的大門——這點我很肯定。抓走諾登和地平說會員的怪物，由其發出的聲音聽來，可能大如房屋，但是牠或牠們都未挨近市場。這表示或許……

我忽然想和奧利·魏克說話。我必須和他談談。

「不論死活，我都要出去。」康乃爾又說：「我可不打算在這裡度過整個夏天。」

「已經有四個人自殺了。」亞曼達沒來由地插上一句。

「什麼？」我有點心虛，因為我所想到的第一件事是，那兩個士兵的屍體被發現了。

「安眠藥。」康乃爾簡短地說：「我和另外兩、三個人把屍體抬到後面去了。」

我忍住笑，想不到倉庫已成了停屍間。

「霧好像小了點。」康乃爾又說：「我要走了。」

「相信我，你走不到你的車子的。」

「連第一排都走不到嗎？那比藥局還近呀！」

我沒有答腔，當時沒有。

大約一小時後，我找到了奧利。他站在冷藏櫃旁還在喝啤酒。雖然他面無表情，卻好像正看著卡莫迪太太。顯而易見的，她一點也不疲倦。她真的又在談用活人祭祀了，只是這回沒人再叫她住口了。昨天叫她閉嘴的人，今天不是加入了她，就是安靜聆聽，其他人則勢孤力單。

「明天天亮前，她可能就會說服他們。」奧利說：「或許不會……只是萬一她真說服了他們，你想她會把血祭的榮譽派給誰呢？」

巴德．布朗冒犯過她，亞曼達也是，還有那個伸手摑她的男人。然後，不用說，還有我。

「奧利，」我說：「也許我們可以找六個人出去。我不知道我們可以走多遠，但我們至少出得去。」

「怎麼出去？」

我對他說明了。其實很簡單。只要我們全速衝過停車場，盡快坐進我的斯柯達四輪傳動車，牠們就不會聞到人的氣味，尤其是把車窗搖上後。

「可是，萬一牠們被別的氣味吸引呢？」奧利問：「比如廢氣味？」

「那我們就慘了。」我同意道。

「還有動作。」他說：「車子在霧中穿行的動作也可能吸引牠們，大衛。」

「我想不會，除非有獵物的氣味引導，我真的相信這就是逃走的關鍵。」

「但你不敢肯定。」

「是的，我不敢肯定。」

「你想去哪裡呢？」

「先回家去，接我太太。」

「大衛——」

「好吧，去探探情況。確定一下。」

「外頭那些怪物可能無處不在，大衛。你一下車還沒進家門，牠們也許就把你逮個正著。」

「要是這樣，我那輛車就給你了。我只求你儘可能照顧比利一段日子。」

奧利喝完啤酒，把空罐丟回冰櫃裡，打到其他空罐發出哐啷響聲，亞曼達的槍從他的褲袋裡突了出來。

「往南？」他望向我。

「是的，我會往南。」我說：「往南走，試著走出濃霧，盡全力試試。」

「你有多少油？」

「幾乎是滿的。」

「你有沒有想過，也許永遠走不出去？」

我想過，假設箭頭計畫將整個區域弄進另一度空間，如你我將襪子由正面翻到反面那樣容易呢？「我想過。」我說：「可是我不願等在這裡看卡莫迪太太把血祭的榮譽派給誰。」

「你想今天走？」

「不，已經下午了，那些怪物在夜裡會變得很活躍。我想明天清早走。」

「你想帶誰一起走？」

「我、你和比利、杜曼太太、亞曼達、那個老先生康乃爾還有雷普勒太太。或許還有巴德・布朗吧。一共八個人，但比利可以讓大人抱著，我們可以擠一擠。」

他思索了一下。「好吧。」最後他說：「我們試試，你對其他人提起過這想法嗎？」

「沒有，還沒有。」

「我奉勸你暫時不要提，等到明早大約四點。我會把兩袋食品放在最靠近大門的結帳台下。如果我們幸運，也許可以在神不知鬼不覺的情況下溜出門去。」他的目光又一次移向卡莫迪太太。「一旦她知道了，很可能會想辦法阻止我們。」

「你真這麼想嗎？」

奧利又取出一罐啤酒。「毫無疑問。」

當天下午（事實上就是昨天下午）過得特別慢，像慢動作似的。黑暗悄悄挨近，把霧從白茫再度變為暗紅色。八點半不到，外面僅剩的世界已慢慢融進黑暗中。

那些粉肉色怪蟲又回來了，接著是怪鳥，俯衝下來銜走爬在窗子上的巨蟲。夜色中，偶爾傳來巨大的吼聲，還有一次，在午夜時分響起一長聲的「啊——嚕——！」使得許多人驚駭地向外眺望，面面相覷。在我的想像中，沼澤大鱷可能就是這樣叫的。

唐尼的預言差不多應驗了。凌晨時分，卡莫迪太太又招攬了六、七個聽眾。切肉的馬威先生也是其中一個，他雙臂交疊、目不轉睛地望著她。

她充滿活力，似乎不需要睡眠，源源不斷地佈道，旁徵博引，創造不少高潮。她的群眾開始喃喃應和，不自覺地晃動身子，就如參與帳篷復活儀式的真誠信仰者。他們的眼神空洞而發光，他們都被她蠱惑了。

凌晨三點左右（佈道仍繼續進行，不感興趣的人都退到後方睡覺去了），我看見奧利把一袋食品放到最靠近大門的結帳台下，半小時後他又放了第二袋。除了我以外，似乎沒人注意到他的行動。比利、亞曼達和杜曼太太一起睡在已空無一物的肉品冷凍櫃旁。我和他們坐在一起，不一會兒就昏亂地打起盹來。

奧利把我搖醒時，我手錶上的時間是清晨四點十五分。安柏・康乃爾和他在一起，隔著眼鏡片可看見他眼神閃亮。

「差不多是時候了，大衛。」奧利說。

我肚子一陣緊張的抽痛，但又隨即消失。我把亞曼達搖醒。亞曼達和黛芬同在車裡可能發生什麼狀況？這問題閃過我腦際，但一閃即逝。今天最好隨機應變就是。

那雙懾人的碧綠眼眸睜開，迎向我的注視。「大衛？」

「我們要悄悄離開這裡。妳要來嗎？」

「你在說什麼？」

我一面解釋，一面喚醒杜曼太太，以免我得再費一番口舌。

「你這關於氣味的理論，」亞曼達說：「只是個理論性的猜測而已，對吧？」

「是的。」

「我不在乎。」杜曼太太說。她的臉色慘白，而且雖然睡過一覺，她的眼下仍有兩團黑眼圈。「我願意做任何事、冒任何危險，只要能再看到陽光就好。」

只要能再看到陽光就好。我不覺一陣寒顫。她的話觸動了我的恐懼核心，觸到了自從眼看諾姆被觸鬚拖走後，便讓我幾乎心灰意懶的感覺。透過濃霧看去，太陽還不如一個銀幣大小，簡直像金星一樣。

潛藏在霧裡的生物倒不那麼可怕，我用鐵鉗那一擊，已證實了牠們並非恐怖小說中的不死怪物，而只是有弱點可擊的一般生物罷了。令人意志消沉的是濃霧本身。只要再看到陽光就好。她說得對，僅只這點就值得人穿過一層層地獄。

我對杜曼太太笑，她也不太肯定地回我一笑。

「是的。」亞曼達說：「我也一樣。」

我開始輕輕地把比利搖醒。

「我去。」雷普勒太太簡短地說。

我們都聚在肉品櫃台旁，只差巴德・布朗一個。他謝絕了我們的邀請。他說他不會離開超市裡的崗位，但以少見的溫和聲音說，他不會怪奧利離開。

現在白色的肉品冷凍櫃已開始散發出一種略帶酸甜、不好聞的氣味了；有一次我們到鱈角度假一星期，回到家時打開冰箱也有相同的氣味。也許，我心想，是腐肉的味道驅使馬威先生加入卡莫迪太太的吧。

「——贖罪！我們現在該想的是贖罪！鞭子和蠍子便是我們遭到的天譴！我們因探詢上帝禁止的秘密，才會遭到責罰！我們看到大地的雙唇開啟了！我們看到夢魘的猥褻！岩石不會摒擋它們，死亡之樹也不會遮蔽我們！世界如何結束？有什麼能阻止末日來臨？」

「贖罪！」麥隆・拉福勒喊道。

「贖罪……贖罪……」他們疑惑地低喃。

「你們要誠心誠意地說啊！」卡莫迪太太吼道。她的頸子上青筋突起，她的聲音已沙啞卻依然有力。我突然想到，是霧給了她這樣的力量，這種迷惑人心智、巧辯善喻的力量，正如霧從其他人身上取走了陽光的力量一樣。霧來之前，她不過是個有點怪異的老太婆，在鎮上擁有一家古董店。鎮上的古董店也還有好幾家，沒什麼特別。不過是個老太婆，在後面房間裡塞了幾隻標本動物，並且知道各種

（那個巫婆……那個老太婆）

民俗偏方。據說她可以用一根蘋果樹枝找到水源，可以治好皮膚疣，並且賣給你一種可以祛除雀斑的藥膏。我甚至聽說過——是老畢爾・喬提說的嗎？——卡莫迪太太可以解決愛情問題

（而且完全保密）；如果你有床笫間的麻煩，她會給你一種飲料，使你立刻再度雄赳赳氣昂昂。

「贖罪！」他們齊聲高喊。

「贖罪，對了！」她入神地叫道：「只有贖罪才能使霧氣消散！贖罪才能驅走這些惡魔和憎恨！贖罪才能驅除我們眼前的迷霧，讓我們看清楚！」她的聲音降低一個音階。「《聖經》上說贖罪是什麼呢？在上帝的眼裡和心裡，唯有什麼東西可以洗刷罪惡呢？」

「血！」

這回，寒流竄過我全身，直冒上頸窩，使我寒毛倒豎。應答的人是馬威先生。自我小時候仍握著父親的手時，便在橋墩鎮當屠夫的馬威先生。穿著濺血的白制服，為客人切肉的馬威先生。善於操刀，還有切肉鋸和切肉刀的馬威先生。他比任何人都明瞭，只有從軀體傷口流出的東西才能洗滌靈魂。

「血……」他們低低應和。

「爸爸？我好怕。」比利說。他緊緊抓著我的手，一張發白的小臉皺得緊緊的。

「奧利，」我說：「我們快點離開這個瘋人院吧。」

「立刻走。」他說：「我們走。」

我們七個人——奧利、亞曼達、康乃爾先生、杜曼太太、雷普勒太太、比利和我——分散開來走過二號走道。此時是清晨四點四十五分，霧的顏色又開始轉淡了。

「你和康乃爾先生拿食物。」奧利對我說。

「好。」

「我先走。你那輛斯柯達是四門的，對吧？」

「是的。」

「好，我會打開駕駛座車門，還有同一側的後車門。杜弗瑞太太，妳可以抱比利嗎？」

亞曼達把比利抱了起來。

「我會不會太重？」比利問。

「不會，小乖。」

「好。」

「你和比利從前座進去。」奧利又往下說：「移到最右邊。杜曼太太也坐前面，中間。大衛，你開車。我們其他人就——」

「你們想到哪裡去？」

說話的是卡莫迪太太。

她站在奧利藏食物的結帳櫃台前，那身橙黃褲裝在昏暗的光線中誇張地突出。她的頭髮狂亂地散向各處，令我聯想起電影「科學怪人的新娘」裡那個女主角。

她的眼神灼灼逼人。大約有十到十五個人站在她身後，擋住「出口」和「入口」兩扇大門。他們的神情看來像是遭逢一場車禍，或是曾看過幽浮降落，或是看過一棵大樹自己拔出根來走路似的。

比利緊抱著亞曼達，把臉埋到她頸窩裡。

「我們要出去，卡莫迪太太。」奧利的聲音出奇的輕柔。「請你們讓開。」

「你們不能出去，出去就是死，難道你們還不知道嗎？」

「沒有人干涉過妳，」我說：「我們所要的只不過是同樣的自由。」

她彎下腰，毫不躊躇地找到那兩袋食物。她必定早就看穿我們的計畫了。她把袋子從奧利放的架子上拉出；一只被拉開了，掉出幾罐罐頭滾來滾去，另一只被她用力一丟，隨著碎玻璃的聲響裂開，汽水滋滋作響地流了滿地，而且濺到隔壁的結帳櫃台。

「就是這種人將末日帶來的！」她吼道：「不肯屈服於上帝意旨的人！他們是罪人，高傲且頑固！他們必須作為祭品！我們必須從他們得到贖罪的血！」

紛紛贊同的低喃鼓舞著她。她已經瘋了，口沫橫飛地對聚在她後方的群眾發號施令：「我們要那個孩子！抓他！抓住他！我們要那個孩子！」

他們一擁而上，領頭的是麥隆・拉福勒，兩眼喜悅發光。馬威先生緊隨其後，一張臉蒼白而沒有表情。

亞曼達向後退，緊緊抱著比利。他的雙手牢牢地圈住她的脖子。她驚恐地望向我。「大衛，我該怎麼——」

「兩個都抓！」卡莫迪太太尖叫：「把那個蕩婦也抓起來！」

她是橙黃和黑暗的啟示錄現身。她開始跳上跳下，手臂上仍掛著那只大提袋。「抓那孩子，抓那蕩婦！抓住他們每個人！抓——」

一聲槍響。

一切都靜止了，彷彿我們是一班調皮搗蛋的學童，而老師剛剛進了教室，並用力把門關上。麥隆・拉福勒和馬威先生呆立在十步外。麥隆茫然地回頭看馬威先生，馬威先生卻目不斜視，似乎根本不曉得麥隆就在他前方。他臉上的表情是我在這兩天來已見過太多的，他瘋了，他的心智已停止運作。

麥隆向後退，恐懼地瞪著奧利・魏克便開始拔腿狂奔，轉過走道踢到一個罐頭後跌倒在地，接著又爬了起來，搖搖晃晃失去了蹤影。

奧利以標準的打靶射擊姿勢站立不動，兩手握著亞曼達的槍。卡莫迪太太仍站在結帳櫃台前，兩隻佈滿老人斑的手緊抱著腹部。鮮血自她的指縫中流出，濺在她的橙色褲裝上。

她的嘴一開一闔，一次、兩次。最後她終於說出口。

「你們全會死在外面。」她一說完，便慢慢倒向前，她臂上的大提袋滑開了，掉在地上後摔出裡面的東西。一個紙包的東西滾過地面，敲到我的鞋子。我不假思索彎身撿起，那是一條已用了一半的除口臭劑。我立刻將它丟開，我不願碰觸任何屬於她的東西。

她的「信徒」都四散退卻，顯然已群龍無首。他們的眼睛都死盯著倒在地上、血流滿地的卡莫迪太太。「你們殺了她！」有個人忿怒又害怕地尖叫，卻沒人指出她死前也想殺我兒子。

奧利仍以射擊姿勢僵立不動，只是嘴角微微顫抖。我輕輕碰他一下。「我們走吧，奧利。謝謝你。」

「我殺了她。」他啞著聲音說：「我不殺她，我們就完蛋了。」

「是的。」我說：「所以我才謝你。現在我們走吧。」

我們再次往前走。

這回沒有食物要拿了，多虧了卡莫迪太太。因此我可以自己抱比利。我們在門口停了一下，奧利低聲、壓抑地說：「要是有別的選擇，大衛，我是不會殺她的。」

「是的。」

「你相信嗎？」

「是的，我相信。」

「那我們走吧。」

我們推門而出。

11. 結局

奧利右手持槍，跑得很快。我抱著比利才剛踏出門，他已經跑到我的斯柯達四輪傳動車旁了，他的身形模糊，有如電視電影裡的幽靈。他先打開駕駛座的門，接著開後門。這時由霧中浮出某種怪物，一下就將他切成兩半。

我沒有機會看清那怪物，為此我暗自慶幸。牠好像是紅色的，煮熟的龍蝦那種憤怒的紅色。牠有鉗子，發出低沉的咕嚕聲，就像諾登和他的地平會同伴出去後聽到的那種聲音。

奧利開了一槍，接著那怪物的鉗子向前一剪，奧利的身體便隨著噴泉般濺出的鮮血完全斷成兩截。亞曼達的槍從他手中落下，掉到地面時又發射了一槍。我倉卒地瞥見了那雙黑色的眼睛，就像一串巨大的海葡萄，然後那怪物夾著奧利的半截屍體回到霧中。多環節、如蠍子般長長的軀體，刷刷地拖行過地面。

我面臨了剎那間的抉擇。或許抉擇一直都得面臨，無論時間長短。半個我想抱緊比利跑回超市裡，另一半卻主張衝向車子，把比利丟進車裡，自己也跳進去。這時亞曼達尖叫出聲，一聲尖銳無比的叫聲，彷彿不斷盤旋向上，直高到超音波的範圍。比利緊緊摟著我，把臉埋進我胸前。

一隻蜘蛛抓住了杜曼太太。牠體型碩大，先將她擊倒在地，使她的洋裝裙子向上捲起，露出瘦削的膝蓋，然後便爬到她身上，毛茸茸的腳按住她的肩膀，開始吐絲。

卡莫迪太太說得對，我心想。我們會全部死在外面，我們眞的會死在外面。

「亞曼達！」我嘶聲高喊。

她沒有回答，她已經嚇呆了。那隻蜘蛛橫跨著比利的保姆，那個生前喜歡玩拼圖的善良婦人，吐出的白絲一再纏繞她的身體，絲上的腐蝕性物質浸入她的身體，使她流出的鮮血將白絲都染紅了。

康乃爾慢慢向後退回超市，眼鏡後方的眼睛瞪得像餐盤那麼大。他驀地轉身跑了起來，用力推開大門，跑回賣場裡面。

雷普勒太太解決了我的猶豫不決。她一個箭步跨上前，用力摑了亞曼達一巴掌，反手再一巴掌。亞曼達停止尖叫。我走向她，將她的身子轉過來面對斯柯達，接著對著她的臉大叫一聲：「跑！」

她跑了。雷普勒太太也奔了過去，先是把亞曼達推進後座，然後自己也爬了進去，「砰」地關上車門。

我扯下比利，把他丟進車裡。正當我上車時，一條蜘蛛絲飄了過來，落在我的腳踝上。我的腳踝立刻灼熱發痛，就像釣魚線快速劃過掌心的感覺一樣。它強韌有力，我的腳用力一拉將它扯斷，整個人才得以坐進駕駛座。

「關門，喔，快關門，親愛的上帝啊！」亞曼達嘶喊道。

我才關上車門，就有隻蜘蛛輕輕撞上車門。我離牠那對惡毒的紅眼睛不過才幾吋而已。牠的每一隻腳都粗如我的手腕，來回刷著斯柯達的車頭。亞曼達不停尖叫，簡直和火警鈴聲一樣。

「小姐，閉嘴。」雷普勒太太告訴她。

那隻蜘蛛放棄了。牠聞不到我們的氣味，就以為我們不在了。牠揮動十幾隻毛腳邊爬回霧裡，變成模糊的影子，很快地消失不見。

我望向窗外，確定牠已經走了，便把車門打開。

「你幹什麼？」亞曼達嚷道，但我很清楚我在幹什麼。我想奧利也會這麼做的。我半傾身子，把槍從地上撿了起來。有隻怪物迅速朝我爬來，但我看也不看便抽身退回，用力關緊車門。

亞曼達忍不住啜泣，雷普勒太太伸手環住她的肩膀，簡短地安慰她。

比利說：「我們要回家了嗎，爸爸？」

「比利小子，我們要試一試。」

「好。」他小聲地說。

我檢查過手槍，將它放進儀表板下的置物箱。從藥局回來後，奧利重新裝上過子彈。其餘的子彈都隨著他一起消失了，不過沒關係。他向卡莫迪太太開了一槍，又對那有鉗子的怪物開了一槍，接著槍落地時也因走火而發出一顆子彈。我們有四個人上了斯柯達，但萬一事態急迫時，我總得設法自行逃生。

我找不到鑰匙圈，整個心都慌了。

我搜過每一個口袋，都沒找到，只有從頭再搜一遍，強迫自己鎮定下來慢慢找。鑰匙圈最後在我的牛仔褲袋裡，被銅板擠到下面去了。車子平順地起動。引擎一發出穩定的怒吼聲，亞曼達便哭了出來。

我耐心坐在駕駛座上，等著看有什麼東西會被引擎聲或汽油味吸引過來。整整五分鐘，我這一生中最漫長的五分鐘過去了，毫無動靜。

「我們是要坐在這裡，還是要走啊？」雷普勒太太終於忍不住開口問。

「走。」我說著，將車倒出停車位，開了近光燈。

出於某種或許可說是低劣的衝動，我儘可能靠近聯邦超市旁邊駛過。車子右側擋泥板撞翻了一只垃圾桶。除非貼著觀測孔，要不然根本看不見裡面，堆高的肥料袋使這地方看來像正在舉辦什麼肥料大拍賣似的，但在每個觀測孔裡都有兩、三張蒼白的臉往外望向我們。

我將車向左轉，霧氣立刻在我們後方聚攏。我不知道那些人最後會有什麼下場。

我以時速五哩摸索著駛回堪薩斯路。但即使開了車頭大燈，最遠仍不能看到七或十呎之外。地表經歷過大幅震動；這點唐尼沒說錯。有些地方只有地面龜裂，但有些地方是整片地表下陷，使得路上劇烈凸起。

還好這輛斯柯達是四輪傳動，我們得以平安駛過，真是謝天謝地。然而我很怕不久就會碰上一個連四輪傳動車也無法通過的障礙。

平常只要七、八分鐘的一段路，我整整開了四十分鐘。最後標明我們私有小路的牌子在霧中浮現。五點不到便被叫醒的比利，已在他熟悉如家的車子裡睡著了。

亞曼達不安地望向小路：「你真要開上這條路嗎？」

「我要試試看。」我說。

但那是不可能的。暴風鬆動了不少樹根，而那陣怪異的震動則讓它們一一倒下。我好不容易輾過頭兩棵落木，這兩棵都還算小。第三棵卻是一棵橫躺過路面的老松樹。離我們的屋子還有四分之一哩路。比利睡在我身旁，我停下車子，以手掩面，試著想下一步該怎麼辦。

現在，我坐在緬因公路三號出口處的霍華•強生旅館，用旅館的信紙把這一切經過記下來。我猜想雷普勒太太，這個能幹而強硬的老太太，只要幾句話就可以把整個情況講完了，不過她很好心地讓我一個人靜靜地想。

我沒有出路，我無法擺脫它們。我甚至不能開玩笑地告訴自己說，那些恐怖電影裡的怪物都回到聯邦超市去了，當我向窗外窺視，我可以聽見牠們在樹林裡走動摧殘。濕氣自樹葉上一滴——一滴——一滴地滴落。在隱約可見、如惡夢般的怪鳥飛過我們時，頭上的霧就會暗下來一會兒。

我不斷告訴自己，只要她手腳夠快，只要她把自己反鎖在屋裡，只要她有足夠吃十天、半個月的食物，那就沒問題了。這自我安慰沒什麼幫助。一直閃進腦海中的，是最後一次看著她的記憶，她戴著那頂大大的草帽和園藝手套，往我們的小菜圃走去，而迷霧就在她身後的湖面上滾動。

現在我該想的是比利。比利，我告訴自己。比利小子、比利小子……我也許該在這張紙上寫這名字一百次，就像被罰寫「我再也不在課堂上亂丟紙團」的學生一樣，而外面是陽光晴朗的三點鐘，老師坐在位子上改作業，可以聽到她的筆在紙上發出的刷刷聲，遠遠還傳來小孩在為臨時棒球賽挑選隊員的聲音。

總之，最後我做了我唯一能做的一件事，把車子小心倒回堪薩斯路上，然後我哭了。

亞曼達怯怯地碰碰我的肩說：「大衛，我很難過。」

「是啊。」我想止住哭泣，卻不怎麼成功。「是的，我也很難過。」

我把車開上三〇二號公路，然後左轉朝波特蘭駛去。這條路也是凹凹凸凸的，但大致上比堪薩斯路好走一些。我擔心的是橋樑。緬因州處處是溪流，因此大小橋樑隨處可見。還好拿波里大橋沒斷，從那裡到波特蘭一路都還順利，只是慢了點。

霧依然濃密。有一次我以為路上橫躺了好幾棵落木，因此不得不停車，結果那些樹竟然上下動了起來，我才意識到原來牠們是觸鬚。我停車等候，不久牠們便縮走了。有一次，一隻有綠色身體，透明長翅膀的怪物飛到車蓋上。這怪物看來有點像是變形的噁心蜻蜓。牠在車蓋上盤旋了一會兒後便振翅飛走了。

比利在我們駛離堪薩斯路大約兩小時後醒了過來，問我是不是接到媽咪了。我告訴他，因為有落木擋在路上，我無法駛進通往我們家的小路。

「她沒事吧，爸爸？」

「比利，我不知道。但我們會再回來找她的。」

他沒有哭，卻又昏昏沉沉打起瞌睡來。我倒寧願看他哭。他睡得太多了，不免教人擔心。

我的頭開始劇痛。我想是由於我們以時速低於十哩的速度在霧中開了好幾個小時的關係，而且一直等著下一秒鐘會碰上什麼意外——橋樑沖失、土石流或是三頭怪獸。這實在令人萬分緊張。我想我祈禱了。我祈求上帝保佑黛芬平安，不要把我的通姦罪報應到她身上。我祈求上帝讓我將比利送到安全之處，因為他已走了這麼遠了。

濃霧來襲時，不少人都把車停到路旁。中午之前，我們便駛抵北溫德翰。我先走河岸公路，但走了四哩後，架在一條湍急小溪上的橋已被沖垮，掉進河裡。我只得倒車駛了大約一哩路，才找到一個空曠到能掉頭的地方，所以我們還是走三〇二號公路開向波特蘭。

我們到達波特蘭後，我抄近路駛上收費公路。公路入口處的一整排收費亭就像沒有眼睛的骷顱頭一樣，空無一人，其中一座的滑門上掛了件破掉的夾克，袖子上有「緬因收費公路」臂章，上面染了已乾的血漬。自從離開聯邦超市後，我們還未碰上一個活人。

雷普勒太太說：「大衛，試試收音機。」

我恍然大悟，拍了一下額頭，想著我怎麼笨得把車上的收音機都忘了。

「別傻。」雷普勒太太說：「你不可能樣樣都想到。誰要想那麼多，一定會瘋掉的。」

在調幅波上，我只收得到一連串尖銳的靜電聲，調頻則連靜電的雜音也沒有，跟沒開時一樣安靜。

「那表示所有電台都停止播送了？」亞曼達問。我知道她在想什麼。我們已經向南駛了相當的距離，應該可以接收到波士頓的電台了——WRKO、WBZ、WMEX。但是如果波士頓已經沒了——

「那也不一定代表什麼。」我說：「調幅波上的靜電聲純粹是干擾。霧氣太濕也會影響無線電訊號。」

「你確定是那樣？」

「是的。」其實我並不確定。

我們向南行駛，哩數指標不斷減少，由四十哩往下數。等哩數到達一時，我們就該在新罕普夏州界了。在收費公路上行駛比較慢，因為有不少開車的人沒有及時棄車，好幾個都撞了車，有幾次我不得不駛上中央分隔島。

過了二十哩指標時，我開始覺得有點餓，這時比利抓住我的手臂。「爸爸，那是什麼？那是什麼？」

一團黑影由霧中浮現，把霧遮暗了。牠高如山崖，且筆直地向我們移近。我用力踩煞車。原本在打盹的亞曼達，隨著緊急煞車往前衝。

某種東西向我們逼近，這是我唯一能確定的事實。雖然霧中只容許我們短暫一瞥，但我們的腦子還是可以看出這東西的不合情理。這樣黑暗、恐怖的東西，就像絕美的事物一樣，完全超越我們渺小人類的經驗之門。

牠有六條腿，這我看得出來。牠的皮膚是石板灰色，有幾處雜著暗棕色。那些棕色斑紋令我

無端想起卡莫迪太太手上的老人斑。

牠的皮膚發皺，且有深深的紋路，數以百計的粉肉色巨蟲爬在牠身上。我不知道牠確實有多大，可是牠筆直地從我們上頭經過，其中一條滿是皺紋的灰腿不偏不倚踩在我的車窗旁邊。

事後，雷普勒太太說，雖然她拉長了脖子看，卻看不到那東西的下腹，只看到兩條如高塔般巨大的腿走入霧裡，直到消失不見。

當那怪物越過車頂的剎那，我只想到跟這麼巨大的生物比起來，藍鯨可能只有鱒魚那麼小吧——換句話說，這東西大得令人難以想像。即使在牠走了以後，牠的腳步仍震得地面動個不停。牠在州際公路上留下了腳印，深到我幾乎看不見底。每一個腳印都大到足以讓我這輛斯柯達掉下去之後上不來。

半晌無人說話，除了呼吸聲和那巨獸漸去的腳步聲外，四周一片沉寂。

然後比利開口問道：「爸爸，那是不是恐龍？就像飛進超市裡的那隻鳥一樣？」

「我想不是的。我想歷史上還沒有過那麼大的動物，比利。至少在地球上沒有。」

我想到箭頭計畫，又一次納悶他們究竟在那裡搞什麼鬼。

「我們走吧？」亞曼達怯怯地問：「牠說不定會再折回來。」

是的，而且前頭也許還有更多隻等著。可是說出來也於事無補。我們總得到某處去。我繼續向前行駛，在那些可怕的腳印間彎進彎出，直到它們自路面上消失。

事情的經過就是這樣。差不多是這樣——只有最後一件事。但你不能期望有什麼斷然的結尾。這故事沒有「於是他們逃出了迷霧，迎接陽光璀璨的一天」；或是「我們醒來時，國家警衛隊終於來了」；或者甚至是老套的一句：「原來一切不過是一場夢」。

我想，這比較像我父親老皺著眉頭說的，「希區考克式的結尾」，也就是讓讀者或觀眾自己去猜想的不明確結尾。我父親對這樣的故事十分輕視，說它們是「騙錢的」。

我們到達這間三號出口旁的霍華・強生旅館時，暮色已漸起，這使得開車成為自殺式的冒險。在那之前，我們也曾賭命開過橫跨沙寇河上的長橋。這座橋的橋身扭曲得厲害，但在霧裡也看不出它是不是完整，而我們贏了這場賭博。

問題是，我還得考慮明天，對不對？

我寫到這裡時，已是凌晨十二點四十五分了，今天是七月二十三日。造成這一切災難的那場暴風雨，不過是四天前的事。我從房間裡拖了個床墊出來，讓比利睡在大廳。亞曼達和雷普勒太太就睡在他附近。我靠著一支大型手電筒寫下這些。窗外，粉肉色的巨蟲不斷衝向窗玻璃，發出「砰砰砰」的響聲，偶爾夾雜一隻怪鳥啄蟲的更大聲響。

斯柯達的汽油大約可再走九十哩。我也可以試試在這裡加滿油，旅館對面就有一處加油站，雖然停電了，但我想我可以用虹吸管吸些油出來。不過——

不過這表示我必須到外面去。

只要我們能得到汽油，不管是在這裡或更遠一點的地方，我們就能繼續前進。你瞧，我心裡是有個目的地的，這就是我要說的最後一件事。

我不確定。這是最要命的一件事。或許那只是我的想像，一種希望。就算沒那回事，我們也得賭很久的命。有多少哩路？有多少座橋？有多少怪物會不顧我兒子痛苦的慘叫聲而將他撕裂、吃掉？

由於希望渺茫，我覺得這幾乎就像一場白日夢，所以到現在我也還未對任何人提起。

我在經理室裡找到一部裝電池的大型多波段收音機。收音機背面有條天線直通窗外。我轉開收音機，撥了撥指針，結果還是什麼也收不到，只有靜電聲和死寂。

然後，當指針撥到最左側，就在我伸手想關掉收音機時，我想我聽到了一個字，或是我夢見我聽到了。

就那麼一個字。我聽了一個小時，但再也沒聽到了。如果真有那麼一個字，它必然是偶然透過潮濕的霧裡某種微小的轉變，一條接通但立刻又中斷的通道。

一個字。

我得睡一下才行……如果我可以入睡，而不會一夜被惡夢糾纏，看著奧利、卡莫迪太太、諾姆的臉團團轉……還有黛芬那一半被寬邊草帽遮暗的臉。

這家霍華・強生旅館有間餐廳，除了用餐的地方之外，還有個馬蹄形的午餐吧台。我要把這些筆記留在吧台上，說不定有天某個人會找到，會從頭看過。

一個字。

萬一我真的聽見了。萬一。

現在我要睡了，但我要先親親我兒子，並在他耳畔輕聲說兩個字，使他有能力抵禦惡夢。

兩個聽起來很像的字。

一個是哈特福（Hartford）❷。

另一個是希望（Hope）。

❷Hartford是康乃迪克州首府，故事最後，主角一行人應是在緬因州與新罕普夏州交界附近，從新罕普夏州再往南穿過麻薩諸塞州，便是康乃迪克州，與下個字「希望」對照，意思是希望已近在眼前。

廁所裡有老虎

Here There Be Tygers

查理迫切地想到洗手間去。

騙自己說還能再忍已經沒用了。他的膀胱在嘶喊，而白德小姐已經看到他在座位上亂動。

在櫟子街小學裡，三年級共有三個老師。柯妮小姐年輕活潑，有著一頭金髮，還有個放學時開一輛藍色卡默路來接她的男友。柴珂太太體型如摩爾枕頭，頭髮老編著髮辮，笑聲大得驚人，另外還有這個白德小姐。

查理老早就知道他會被派到白德小姐這班。他早就知道了。那是無法避免的，因為白德小姐顯然要毀滅他，她不准學生到地下室去。白德小姐說，地下室裡有熱水爐，乾乾淨淨的紳士淑女都不該到那裡去，因為地下室是骯髒、黑暗的老地方。她說，淑女和紳士不會到地下室，他們到盥洗室去。

查理又動了一下。

白德小姐瞟向他。「查理，」她的戒尺仍指著地圖上的波利維亞，以清晰的聲音說：「你是不是得上盥洗室呢？」

坐在他前面的凱西·史考特咯咯笑了起來，鬼靈精地用手摀著嘴。

肯尼·葛芬吃吃竊笑，用腳踢查理的桌子。

查理的臉一下子脹紅起來。

「說話呀，查理。」白德小姐大聲說：「你是不是得——」

（小便，她會說小便，她總是那樣說。）

「是的，白德小姐。」

「是什麼？」

「我必須到地——到盥洗室去。」

白德小姐嫣然一笑。「很好，查理。你可以到盥洗室去小便了。那就是你必須做的吧？小便？」

查理像被判了刑似的垂著頭。

「好，查理，你可以去。下一次請別等著要人問。」

全班都在笑。白德小姐用戒尺敲敲黑板。

查理畏畏縮縮地朝門口走去，三十雙眼睛盯著他的背，而每個孩子，包括凱西・史考特在內，都知道他要到盥洗室去小便。門起碼在一個足球場外那麼遠。白德小姐沒繼續上課，卻保持沉默，直到他開了教室門，走到空無一人（幸好！）的走廊上，又把門關上。

他朝男盥洗室走去。

（地下室，地下室，我想去。）

他的手指一路擦滑過牆上涼涼的瓷磚，跳過釘了圖釘的佈告板，又輕輕滑過紅色防火箱，箱蓋上寫了：

「緊急情況時打破玻璃」

白德小姐就喜歡讓他臉紅，讓他當眾出醜，當著凱西・史考特（她從來不必到地下室，這公平嗎？）和全班同學的面。

老ㄆㄛˊ ㄈㄨˋ，他心想。他用拼音的，因為去年他就決定了，只要用拼音的，上帝不會說那樣罵人是犯罪。

他走進男盥洗室。

盥洗室裡很涼快，空氣中飄著微微的氣味，並不難聞。現在，早上過了一半，這裡乾淨無人，寧靜且相當怡人，一點也不像鎮上的星星電影院裡到處是煙又臭得要命的廁所。

盥洗室。

（地下室！）

盥洗室是L形，較短的一側掛了一排方形鏡子，還有白瓷洗手台和紙巾丟棄孔。長的一側有兩排小便斗，和三間有馬桶的小隔間。

查理在一面鏡子前站了一會兒，懊惱地望著他那張瘦削而相當蒼白的臉，然後才繞過轉角。

那頭老虎躺在盡頭，就在白窗子下。這是頭大老虎，皮毛上有黃黑相間的條紋。牠警覺地抬頭望向查理，瞇了瞇綠色的眼睛。自牠的喉間發出咕嚕咕嚕的低吼聲。光滑的肌肉伸縮，現出皺摺，那頭老虎站了起來，搖晃的尾巴打在最後一個小便斗的白瓷邊上，發出輕微的撞擊聲。

這頭老虎看起來又餓又兇。

查理很快從原路退回。盥洗室的門似乎等了一世紀後，才在他身後自動關上，一旦門關上，他就覺得自己安全了。這扇門只能往裡推，他不記得讀過或聽說過，老虎聰明到能夠把門打開。

查理用手背抹抹鼻子，他甚至聽得到自己劇烈的心跳。他還是需要上地下室，而且是前所未有的迫切。

他苦著臉，扭著身子，一手緊緊壓按著小腹。他真的必須到地下室去。只要他能確定沒人進來，他甚至敢用女廁。那就在走廊對面而已。查理渴望地望向女盥洗室，心知再過一百萬年他也不敢。萬一凱西·史考特來了呢？或者——嚇死人！——萬一來的是白德小姐呢？

也許那頭老虎是他想像出來的吧。

他打開一條門縫，偷偷往男洗手間裡窺探。

那頭老虎從L形的轉角望向他，眼眸是閃亮的碧綠。查理幻想在那明亮的翠綠中，看得見一抹藍，彷彿那老虎的眼睛已經吃掉了他的一隻眼睛。彷彿——

一隻手滑過他的脖子。

查理低喊一聲，覺得五臟六腑統統湧上了喉嚨。有一瞬間，他以為自己要尿在褲子上了。

那是肯尼・葛芬，得意地獰笑著。「白德小姐要我來看看，因為你已經去了六年那麼久。你有麻煩了。」

「是的，可是我不能上地下室。」查理說。被肯尼這一嚇，他覺得頭有點昏。

「你便秘！」肯尼咯咯大笑：「等我告訴凱西吧！」

「你不能！」查理急切地說：「我才沒有。只是那裡面有隻老虎。」

「牠在幹嘛？」肯尼問：「小便嗎？」

「我不知道。」查理轉頭面對著牆壁。「我只希望牠走開。」他哭了起來。

「嘿，」肯尼頓時感到困惑，又有點害怕。「嘿。」

「萬一我一定得去呢？萬一我忍不住呢？白德小姐會說——」

「得了。」肯尼一手揪住他的胳臂，一手推開門。「你亂說的吧。」

在驚恐的查理還未來得及掙脫前，他們已在盥洗室裡了。

「老虎。」肯尼不以為然地說：「哼，白德小姐會殺了你。」

「牠在另一邊。」

肯尼開步走過洗手台。「貓咪！貓咪！貓咪？貓咪？」

「不要！」查理失聲叫道。

肯尼繞過轉角。「貓咪！貓咪？貓咪！貓咪？貓——」

查理又一次衝出門，緊緊挨著牆等待，兩手摀著嘴，眼睛閉得緊緊的，等待，等待尖叫聲。

沒有尖叫聲。

他不知道自己究竟站了多久，他僵在那裡，膀胱快爆炸了。他望向男盥洗室的門。門上沒有任何線索。那不過是扇門。

他不要。

他不能。

但最後他還是進去了。

洗手台和鏡子都很乾淨，氯味也沒變。但在氯的氣味中，似乎夾雜著一絲別的味道。一股微微的、不好聞的氣味，很像鐵鏽味。

他憋著氣，躡手躡腳走到轉角處，偷偷望向另一邊。

那頭老虎趴在地上，用粉紅色的長舌舐著爪子。牠漠不關心地望向查理，一隻爪子下按著一塊從襯衫上撕下的碎布。

他的需要已經變成痛苦的折磨了，他忍不住了，他非去不可。查理躡腳走回最靠近門的白瓷洗手台。

就在他拉上拉鏈時，白德小姐「砰」地推門而入。

「啊，你這骯髒、亂來的小男孩。」她幾乎反射似的脫口而出。

查理一直警戒地望著轉角。「對不起，白德小姐……老虎……我會把洗手台清洗乾淨……我會用肥皂……我發誓我會……」

「肯尼在哪裡？」白德小姐平靜地問。

「我不知道。」

他是真的不知道。

「他在後面嗎？」

「不！」查理叫出聲來。

白德小姐朝轉彎處走去。「過來！肯尼。馬上。」

「白德小姐——」

然而白德小姐已經繞過轉角，她預料著肯尼將衝撞過來。查理想著，白德小姐很快就會發現撞上她的是什麼了。

他又跑出門外。他在飲水機旁喝了幾口水，注視掛在禮堂入口上方的國旗，又看向佈告板。小貓頭鷹說：「不要污染環境。」友善的警察說：「不要和陌生人交談。」查理把每張佈告都讀了兩遍。

然後他回到教室，低著頭走向他那排，在他的座位靜靜地坐下。差十五分就十一點了。他拿出一本漫畫書，開始看了起來。

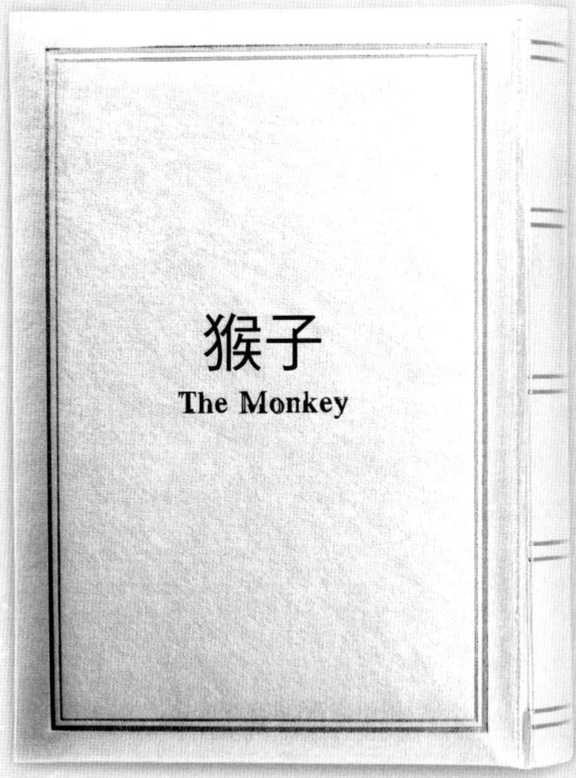
猴子
The Monkey

當哈爾·薛朋看到「它」，當他兒子丹尼將「它」從閣樓最後面一口發霉的木箱裡拉出來時，一股恐懼和慌亂的感覺襲向他，以致有一剎那，他以為自己要尖叫出聲了。

他伸手壓住嘴巴，彷彿硬把那叫聲堵了回去……然後他只是咳了幾聲。泰莉和丹尼都沒注意，只有彼特有點好奇地回頭看了看。

「嘿，很正。」丹尼虔敬地說。這虔敬的口吻是連當他老爸的哈爾都很少得到的。丹尼今年十二歲。

「這是什麼呀？」彼特說著，又回頭看父親一眼，但他的目光立刻又被他哥哥找到的那東西吸引住。「這是什麼呀，爸爸？」

「是隻猴子，笨蛋。」丹尼說：「難道你從來沒看過猴子？」

「別叫你弟弟笨蛋。」泰莉機械式地說著，開始檢視一箱窗簾，那堆窗簾都發霉了，因此她立刻又丟下。「噁！」

「可以給我嗎，爸爸？」彼特問。他今年九歲。

「你說什麼？」丹尼叫道：「是我找到的！」

「孩子們，拜託。」泰莉說：「我頭快痛起來了。」

哈爾聽而不聞。那隻猴子在他大兒子手中向他凝望，嘴角仍掛著那抹熟悉的獰笑。他小時候不斷出現在惡夢中的那抹獰笑，糾纏著他，直到他——

室外起了一陣冷風，發出嗚嗚低鳴。彼特朝父親走近一步，兩眼不安地移向破舊的閣樓屋頂。

「那是什麼呀，爸爸？」當嗚嗚的嗚聲退為低沉的呼嚕聲時，他問道。

「只是風。」哈爾回答，目光仍落在那隻猴子身上。猴子手中相隔約一呎的半月形銅鈸在一只赤裸燈泡的照射下，不動聲色地閃爍了一下。他又木然地說：「風可以製造口哨般的呼嘯聲，但吹不出曲調。」他立刻意識到這句是威利叔叔常說的話，全身不覺打了一陣寒顫。

嗚嗚的鳴聲再次響起，吹過水晶湖的風長嘯了一聲，然後又轉弱了。

十月的冷空氣隨著風鑽進閣樓，吹到哈爾臉上——天啊，這地方真像哈特福那棟老屋的後衣櫥，簡直就像他們一下子被轉送到三十年前了。

我不要想。

可是他卻不由自主地想著。

在後衣櫥裡，我就在同一口木箱裡找到那隻該死的猴子。

泰莉已經移到另一邊，檢視一只裝滿小飾品和小玩具的木箱。

「我不喜歡。」彼特摸摸哈爾的手說：「丹尼想要就給他好了。我們可以走了嗎，爸爸？」

「膽小鬼，你怕鬼是不是？」丹尼問道。

「丹尼，你別亂說。」泰莉心不在焉地說，拿起一只有中國式圖案的茶杯。「這杯子不錯。這個——」

哈爾看見丹尼已經找到猴子背上的發條，立刻一陣恐慌。

「不要轉！」

他的聲音比他預想的要急切，同時不由自主伸手奪過丹尼手中的猴子。丹尼驚愕地轉頭看他。泰莉也回頭看，彼特則抬起頭。有好半晌，他們全都默然無語。風又嗚嗚吹起，這回聲音極低，宛如一個不愉快的邀約。

「我是說，這可能已經壞了。」哈爾說。

它本來是已經壞了……除非它自己不想故障的時候。

丹尼說：「呃，你用不著搶呀。」

「丹尼，住口！」

丹尼眨眨眼，有一會兒似乎有點不安。自從兩年前他失去在加州那份國家重航空器協會的工作，舉家遷到德州來後，哈爾已經很久不曾這麼嚴厲地對他說話。丹尼決定暫時忍一忍。他轉回那口木箱又開始翻找，但其他物品都是些沒用的廢物。破玩具之類的。

風吹得更大了，由嗚嗚的口哨聲轉為呼嘯。閣樓開始吱嘎輕響，發出有如腳步般的嘈雜聲。

「拜託，爸爸？」彼特提高聲音好讓爸爸聽到。

「好。」哈爾說：「我們走吧，泰莉。」

「我還沒看完這箱——」

「我說我們走吧。」

這回輪到泰莉面露驚愕了。

他們在一家旅館租下兩間相連的套房。當晚十點時，兩個男孩已經在他們的房間裡睡了，泰莉也在另一間套房裡就寢。在開車離開蓋斯克鎮的老家後，她就服了兩顆鎮靜劑，以免神經緊張引起的偏頭痛。

最近她常吃鎮靜劑。她開始服藥，大約就從國家重航空器協會將哈爾遣散的那段期間。過去兩年，他在德州儀器公司工作——每年年薪少了四千元，但畢竟是份工作。

他告訴泰莉，說他們很幸運。她也同意。他說：有很多程式設計師找不到工作，她也同意；他說：在阿奈特的公司宿舍，一點也不輸在弗諾的房子，她也同意。但他覺得她的同意實在是違心之論。

而且他快失去丹尼了。他能感覺到那孩子正在遠離他，發展出一種過度早熟的逃脫速度。再見，丹尼，陌生人，有機會和你共乘一列火車實在不錯。泰莉說她覺得那孩子在抽大麻。有時候她聞得出來。你得和他談談，哈爾。他同意了，但到目前為止他還沒和丹尼談。

兩個男孩睡了，泰莉也睡了。哈爾走進浴室，鎖上門後在馬桶蓋上坐下來，注視那隻猴子。他恨摸它的感覺，那棕色軟毛，好幾處毛已脫光了。他恨它的笑——那猴子笑得跟黑鬼一樣，威利叔叔曾經這麼說過。可是它的笑並不像黑人或任何人類所能有的笑。它笑得露出整整兩排牙齒，如果你上了發條，它的唇還會動，牙齒就顯得更大了，變得像吸血鬼的牙齒。嘴唇會後翻、鐃鈸會敲撞。笨猴子、笨發條猴子、笨、笨——

猴子掉了，他的手抖得厲害，把猴子弄掉了。發條敲到浴室的瓷磚，發出「卡」的一響。在寂靜中，這聲音聽起來很響。猴子睜著綠色假眼對他咧嘴而笑，充滿白癡式的喜悅，手裡高舉鐃鈸，彷彿準備敲響，和來自地獄的樂隊一起遊行。在它的底部印有「香港製」這幾個字。

「你不能在這裡。」他低聲說：「我九歲時就把你丟到井裡了。」

猴子對他咧嘴而笑。

室外，一陣陣強風搖撼著旅館。

第二天，他們在威利叔叔和愛達嬸嬸的家裡見到哈爾的哥哥比爾和他太太珂蓮。比爾面帶一絲苦笑問哈爾：「你有沒有想過，因為一個親人的死亡而讓家人重聚，實在很差勁？」比爾這小名是威利叔叔取的。威利叔叔常說：「威利和比爾，一對好牛仔。❸」並摸摸比爾的頭。那是他

❸Willie與Bill，都是英文名William的暱稱。

常說的話之一……就像那句「風可以吹口哨，但吹不出曲調」。威利叔叔六年前死了，之後愛達嬸嬸便一個人住，直到上星期因中風而死，死時身邊沒半個親人。非常突然，比爾打長途電話通知哈爾時這麼說。彷彿他能了解，彷彿任何人都能了解。

「是的。」哈爾說：「我想過。」

他們一起注視那地方，他們長大的家園。他們的父親是個商船船員，在他們還很小的時候便突然失蹤了，宛如直接從地表上消失不見。

比爾說他對父親還有點模糊的記憶，哈爾卻一點印象也沒有。

當比爾十歲，哈爾八歲時，他們的母親過世了。

愛達嬸嬸帶著他們搭上一輛從哈特福開出的灰狗巴士到這裡來，於是他們就在這裡成長，從這裡離開上大學。這是他們害思鄉病時想念的地方。比爾一直留在緬因州，現在在波特蘭市有家業務頻繁忙的律師事務所。

哈爾看見彼特朝屋子東側的黑莓叢走去，那些黑莓藤亂糟糟地糾纏在一塊兒。

「別到那裡去，彼特。」他喊道。

彼特不解地回頭看。哈爾覺得一股父愛之情自心底油然而生……忽然間，他又想到那隻猴子。

「為什麼呢，爸爸？」

「古井就在那後面。」比爾說：「不過我要是還記得在哪裡才怪。你爸爸是對的，彼特——最好別去那地方，黑莓叢會刺得你渾身是傷。對吧，哈爾？」

「對。」哈爾機械式地回答。

彼特走開了，沒再回頭看，接著他往通向湖邊木屋的堤防走去，他哥哥正在那裡對著水面打水漂。哈爾覺得心情放鬆了點。

比爾或許忘了那口古井的所在，但那天下午哈爾卻毫不躊躇地朝它走去，一路側身穿過黑莓叢，身上那件舊法蘭絨外套都被勾破了。

他走到古井邊，氣喘吁吁地站定，望著蓋在井上已經彎曲腐爛的木板。片刻猶豫後，他跪了下來，將兩塊木板移到旁邊。

在那潮濕的岩石井底，一張溺在水中的臉向上瞪著他，兩眼睜得極大、嘴唇緊緊抿著。他發出一聲呻吟，聲音不大，但在心中卻有如一聲嘶喊。

在黑暗的水中看他的，是他自己的臉。

不是那隻猴子的。有一剎那，他還以為是那隻猴子的臉。

他在發抖，渾身發抖。

我把它丟進井裡。我把它丟進井裡。上帝，請別讓我發狂，我把它丟進井裡了。

強尼・麥卡畢去世那年夏天，這口井就枯了。那是在比爾和哈爾搬來和威利叔叔及愛達嬸嬸同住後的一年。威利叔叔向銀行貸款新鑿了一口噴水井，於是黑莓叢便長滿在這口古井四周。這口枯井。

只不過後來水又回來了。就像那隻猴子一樣。

這一次，湧起的回憶無法再抑止了。哈爾無奈地坐在那裡，任記憶湧上，試著隨它的波潮而流，如衝浪者坐在一道一旦失去平衡就會被沖走的巨浪上，只要試著度過這次難關，然後那股巨浪就會再次退去。

那年夏末，他帶著猴子偷偷跑到這裡來，黑莓已經成熟，發出陣陣濃膩的甜味。沒有人會到這裡摘黑莓，雖然愛達嬸嬸有時會站在黑莓叢邊緣摘些黑莓，用她的圍裙兜著。

在這裡，黑莓已由成熟到過熟，有些發爛了，冒出膿汁般的白色液體。蟋蟀在腳下的長草裡發狂似地高唱，無止境地吼著：吱——

荊棘不停刺著他，使他雙頰和光禿禿的胳臂上滲出幾點血跡。他無意迴避荊棘的戳刺。他年輕氣盛，什麼也不怕——以至於差點就跌到蓋住古井的爛木板上，也許差點就掉進三十呎下，古井的爛泥底部。他上下揮動兩臂維持平衡，卻不免招惹更多的刺。就是這回憶使他出聲叫喚彼特回來。

他的好朋友強尼・麥卡畢就是那天死的。

強尼在他家後院裡，爬著木梯要到樹屋上去。那年夏天，他們兩個在樹屋裡度過不少時光，玩海盜遊戲，假裝在湖面上看到滿載金銀財寶的大帆船，發砲，收帆，準備登船搶劫。

強尼爬梯子上樹屋至少也有一千次了，然而那天，樹屋底部活門下的腳蹬橫木卻突然在強尼抓住它時斷了，強尼登時摔到三十呎下的地面，摔斷了頸子。

那全是猴子的錯，猴子，該死的，可恨的猴子。

電話鈴響時，愛達嬸嬸聽著她的朋友蜜莉說出這個噩耗，嘴巴驚恐得張成一個O字。當愛達嬸嬸說：「到陽台上來，哈爾，我有個壞消息要告訴你——」他立刻恐懼地想著：猴子！這回猴子又幹了什麼？

他把猴子丟到井裡那天，井底只有碎石和發臭的爛泥，並沒有水反射出他的臉。他望著猴子躺在長在黑莓叢間的雜草中，舉著鐃鈸，翻著唇露出兩排牙齒，眼睛閃閃發光。

「我恨你。」他嘶聲對它說。他用力抓住它可憎的身體，覺得它的毛皮在手中皺縮。他把猴子舉到眼前，猴子咧嘴對他獰笑。「你笑呀！」他恨恨地激它，那天第一次哭出聲來。他搖它，那對分開的鐃鈸輕輕顫動。這猴子破壞了每一件好事。每一件事。「來呀，你敲呀！敲呀！」

猴子只管咧嘴笑。

「你快敲呀！」他歇斯底里拉高嗓門。「你敲呀！你敲呀！你敢敲給我看！你敢敲給我看看！」

它的棕黃色眼睛。它的大牙齒。

於是他將它丟進井裡。在驚悸和哀慟中，他看著它在下墜時翻滾了一次，猴子特技家耍把戲，陽光最後一次照在那對鐃鈸上。它掉到井底，發出一聲悶響，震動了發條，使得鐃鈸果真敲了起來。持續、從容、小小的敲擊聲傳到他耳中，在枯井的石頭間發出垂死的回響：「鏘——鏘——鏘——鏘——」

哈爾雙手摀嘴，有一會兒他可以望見躺在井底的猴子，或許只是眼睛的想像吧……躺在爛泥裡，眼睛向上瞪視在井口往下窺視的小男孩，在那兩排牙齒四周是翻捲的唇，敲著鐃鈸，自得其樂的猴子。

鏘——鏘——鏘——鏘，是誰死了？鏘——鏘——鏘——鏘，是不是強尼．麥卡畢，瞪大眼睛掉下來，兩手抓著一截腳蹬橫木，用特技翻滾摔過暑假明淨的半空，掉在地上，發出可怕的一聲斷折聲，於是鮮血從他的口、鼻和瞪大的兩眼噴出？是強尼嗎，哈爾？還是你呢？

哈爾呻吟一聲，把木板推回洞口，兩手都被碎木片刺到，卻絲毫不以為意，甚至到後來才意識到。

然而他仍舊聽到，甚至因為透過木板，那聲音變得模糊卻更透著邪氣：它在井底的黑暗中，敲著鐃鈸，身體抽動，那傳到耳際的聲響猶如在夢中聽到的聲響。

鏘——鏘——鏘——鏘，這回是誰死了？

他踉踉蹌蹌穿過纏繞的黑莓叢往回走。荊棘在他臉上刮出新的血痕，牛蒡纏著他的牛仔褲管，有一回他整個人摔倒在地，耳邊仍響著鏘鏘聲，彷彿那聲音一直跟隨著他。後來威利叔叔發現他坐在車庫的一只舊輪胎上啜泣，威利叔叔以為他在哭他死去的朋友。他是的，但也是因為飽受驚恐而忍不住哭泣。

那天下午他把猴子丟到枯井裡。那天傍晚，當暮色透過貼地的霧氣悄悄地挨近時，一輛速度過快的車輾過愛達嬸嬸的曼島貓，並直駛而去，腸胃內臟噴了一地，比爾忍不住吐了，哈爾卻只是別開臉，一張蒼白、木然的臉，聽著彷彿從幾哩外傳來的愛達嬸嬸的哭聲（貓被車撞死，加上麥卡畢家那男孩摔死的噩耗，引起一陣近乎歇斯底里的哭泣，幾乎整整兩個鐘頭後，威利叔叔才勸得她停止哭泣）。

在他心裡，有種冷然卻狂歡的喜悅。沒有輪到他。死的是愛達嬸嬸的貓，不是他，不是哥哥比爾或叔叔威利。

現在猴子已經不在了，它在井底，失去一隻小耳朵的曼島貓並不算太高的代價。如果猴子現在想敲它令人毛骨悚然的鐃鈸，隨它去敲好了。

它可以敲給在古井的石縫裡爬來爬去的甲蟲和臭蟲。它會在井裡爛掉。它會死在那裡。在爛泥和黑暗中。蜘蛛會在它上面吐絲結網。

但是……它回來了。

哈爾慢吞吞地又把井口木板蓋上，就如同他在那天所做的一樣，在他耳際，彷彿聽得到猴子的鐃鈸回響聲：*鏘——鏘——鏘，誰死了，哈爾？是泰莉、丹尼、還是彼特呢，哈爾？他是你最疼愛的，對不對？是不是？鏘——鏘——鏘——*

「把那東西放下！」

彼特一驚，手中的猴子便掉了下去。有一瞬間，哈爾恐懼地想著，那一摔就會震動發條，使得那對鐃鈸又鏘鏘鏘地響起。

「爸爸，你嚇了我一跳。」

「對不起。我只是……我不要你玩那東西。」

其他人都看電影去了，他原以為他會比他們更早回到旅館。但他在老家待得比預期中久。那古老、可恨的回憶似乎使時光永恆地凍結了。

泰莉坐在丹尼旁邊，正在看「豪門新人類」（Beverly Hillbilles）影集。她的眼神專注、聚精會神，一看就知道她已經服過鎮靜劑。

丹尼正在看一本用文化俱樂部合唱團當封面的搖滾樂雜誌。彼特盤坐在地上，玩著那隻猴子。

「反正這玩意兒已經壞了。」彼特說。這就說明了爲什麼丹尼會讓彼特擁有它，哈爾心想，隨即對自己感到生氣而羞愧。他越來越常對丹尼感到這種不由自主的敵意了，但事後他往往自覺愧恨……而且無奈。

「是的。」他說：「它太舊了。給我吧，我丟了它。」

他伸出手，彼特有點勉強地把猴子交給他。

丹尼對母親說：「流行音樂已快變成一種他媽的精神分裂症了。」

在他還未意識到自己要走向哪裡之前，哈爾已大步走過房間，一手抓著咧嘴竊笑的猴子。他揪住丹尼的襯衫，將那孩子拉出座椅。襯衫某處縫線裂了，發出隱約的撕裂聲。丹尼驚嚇的樣子看來有點荒謬，手上那本搖滾雜誌掉到地上。

「嘿！」

「你跟我來。」哈爾板著臉說，將他兒子拉往通向隔壁房間的門。

「哈爾！」泰莉幾近尖叫。彼特只是目瞪口呆。

他把丹尼推進門內，把門關上，然後用力將丹尼撞向房門。丹尼露出驚恐的神情。「你嘴巴有問題，丹尼。」哈爾說。

「放開我！你撕破我的襯衫，你——」

他再度推那孩子撞向房門。「是的，」他說：「問題很嚴重。你是在學校學來的嗎？或者是在吸菸區裡？」

丹尼脹紅了臉，露出愧疚的表情。「要是你沒被開除，我也不會上那間爛學校！」他叫道。

哈爾又推丹尼撞門。「我沒被開除，我是被遣散，你知道，而且我不需要你來批評我，你有問題？歡迎到這世上來，丹尼。只是別把那些問題都往我身上推。你有得吃有得穿，你十二歲，才十二歲，所以我……不需要……你的任何批評。」

他強調每一個句子，將那孩子慢慢拉近，直到兩人的鼻子都快要相碰了，然後再次推丹尼撞門。

他的力氣倒沒有大到足以造成傷害，但丹尼怕了——從他們搬到德州後，父親從未打過他——這會兒他以一個健康少年的音量大哭了起來。

「來呀，打我好了！」他對哈爾嚷道，臉孔扭曲而沾滿淚痕。「你儘管打我吧，我知道你恨透我了！」

「我不恨你，我很愛你，丹尼。但我是你父親，所以你對我要表示點敬意，否則我只好教訓你。」

丹尼試著掙脫，但哈爾將那孩子拉近並摟住他。丹尼抗拒了一會兒，然後把臉靠在哈爾胸前，好像已筋疲力竭地哭著。哈爾已有多年不曾自兩個兒子口中聽見這種哭法了。他閉上眼，覺得自己也十分疲倦。

泰莉開始在另一側敲門。「住手，哈爾！不管你在對他做什麼，住手吧！」

「我不是在殺他。」哈爾說：「妳走開。泰莉。」

「你不能——」

「沒事的，媽。」丹尼靠在哈爾胸前，模糊地說了一聲。

他感覺得出她困惑的沉靜，一會兒之後她便走開了。哈爾再次注視著兒子。

「很抱歉我對你說那些話，爸爸。」丹尼勉強說道。

「好。我謝謝你的道歉。下星期我們回家後，我要等兩、三天，然後我要檢查你的每個抽屜，丹尼。如果你的抽屜裡藏了什麼不要我看到的東西，你最好先拿走。」

又是一陣愧疚的臉紅。丹尼垂下眼睛，用手背擦掉鼻涕。

「現在我可以走了嗎？」他的口氣又快快不快了。

「當然。」哈爾說著，鬆開了手。春天時一定要帶他出去露營，就我們兩個。像威利叔叔以前帶比爾和我去釣魚一樣。一定要和他接近。一定要試試看。

他在這間空房間裡的床上坐下，望著那隻猴子。你再也不能和他親近了，哈爾，它的獰笑似乎這麼說著。相信我。我又回來料理一切了。你一直知道，有天我會回來的。

哈爾將猴子丟到一旁，舉手遮住眼睛。

那晚哈爾站在浴室裡刷牙，思潮起伏。它在同一口箱子裡，它怎麼可能在同一口箱子裡呢？牙刷向上一翻，撞痛了牙齦，他不覺皺了皺眉。

他第一次看到那隻猴子時才四歲大，比爾六歲。他們失蹤的父親曾在哈特福買了棟房子，在他去世或掉進地洞或不管跑到哪裡去之前，他們就住在那房子裡，自由而快樂。

他們的母親在西維爾的霍姆直升機廠當秘書，兩個男孩托過不少保姆照顧，不過當時需要整天看顧的只有哈爾，比爾已經上小學一年級。

所有保姆都待不久。她們不是懷孕，或是和男友結婚，就是在霍姆找到了工作，再不然就是薛朋太太會發現她們偷喝燒菜用的雪利酒，或是她收在酒櫃裡的白蘭地。大多數都是似乎只想吃或睡的笨女孩。沒有一個願意唸故事給哈爾聽，如他母親做的那樣。

那年冬天的保姆是個又胖又壯的黑女孩，名叫碧拉。

他母親在時，她就拚命逗哈爾玩，他母親不在時，她有時候會擰他。然而，哈爾還是喜歡碧拉，因為她偶爾會從她的八卦雜誌或犯罪實錄雜誌裡唸一篇可怕的故事給他聽（「死神來抓紅頭禿鷹」，在起居室白天的靜默中，碧拉會怪聲怪氣地唸著，然後在嘴裡又塞顆巧克力，而哈爾則靜靜地看著畫報上的圖片，一邊喝牛奶）。他的喜歡碧拉，使後來發生的事更教人難受。

在三月一個寒冷的陰天，他找到了那隻猴子。冰雹嗶嗶剝剝打在窗上，碧拉躺在沙發上睡覺，一本《我的故事》攤在她的大胸脯上。

哈爾偷偷爬進後衣櫥裡去看他父親的東西。

後衣櫥其實是個小倉庫，占據整個二樓左側一長條空間。在男孩房間比爾的那邊有扇小門——一扇跌進兔子窩裡的那種門——可以通往衣櫥裡。

他們兩個都喜歡爬到那裡面去，儘管那裡冬天寒冷，夏天又熱得使人直冒汗。但長而窄又有點舒適的後衣櫥裡，裝滿了令人感興趣的東西。

不管你看過多少東西，但想全部看完似乎是不可能的。他和比爾每星期六下午都待在這裡，連說話的時間也沒有，忙著把箱子裡的東西一樣樣拿出來看，正面看、反面也看，直到他們的手吸收了每一項獨特的事實後，才又把東西放回去。現在哈爾不禁想著，當時他和比爾是否在盡力試著要與他們失蹤的父親取得連繫。

他父親是個有領航員執照的商船船員，在櫥子裡有一疊又一疊的航海圖，有些上面還畫了圓圈，每個圓圈中心都有圓規腳留下的針點。

有二十冊名叫《拜倫航海指南》的書。一副歪斜的望遠鏡；如果你用那望遠鏡看得太久，會覺得眼睛發熱，而且怪怪的。

有從十幾個海港來的觀光特產——橡皮草裙舞娃娃、一頂黑色硬紙禮帽，上面有塊破商標寫著：「你挑個女孩，我要倫敦的皮卡迪里（You pick a girl, and I'll Piccadilly）」，一個裡面有小艾菲爾鐵塔的玻璃球。

有很多裡面放有外國郵票和銅幣的信封；有從夏威夷茂伊島採來的岩石樣本，和許多可笑的外國唱片。

那天，在冰雹催眠似的敲著他頭上的屋頂時，哈爾翻翻看看，一直移到後衣櫥的盡頭，將一口箱子搬開，看到後面還有一口箱子。他探頭去看那口箱子，看見一雙光亮的榛色眼睛瞪著他瞧，他嚇了一跳，向後退了兩步，彷彿剛發現了一個死去的侏儒，一顆心怦怦地直跳。等他壯起膽子又挨過去時，他看清楚了，那東西默然無聲，不過是個玩具。他小心翼翼地把它從箱子裡拿了起來。

在黃色的燈光下，它咧著嘴露出永恆的笑，手裡舉著分開的鐃鈸。

呢？

哈爾高興地把玩它，摸它茸茸的皮毛，它那滑稽的笑容很有意思。不過，是不是還有點什麼

幾乎在他意識到之前，一股本能的厭惡感一閃而逝？或許是吧，但像這東西一樣古老的回憶，你必須小心，別太相信，古老的回憶會騙人的。然而……在老家的閣樓上，他是不是在彼特的臉上看見了同樣的表情？

他看見猴子背上的發條便伸手轉它。發條已經太鬆了，沒有轉緊的卡卡聲。壞了。壞了，但還是很棒。

他把猴子拿出去玩。

碧拉從午睡中醒來，問他：「你拿著什麼東西，哈爾？」

「沒什麼。」哈爾說：「是我找到的。」

他把猴子放在臥室他那邊的架子上，它站在他的萊西著色畫本上，咧著嘴傻笑、瞪視前方、舉著鐃鈸。它壞了，卻仍露出笑容。那晚哈爾從惡夢中醒來，下床到走廊對面的浴室去。比爾睡在另一張床上，被蓋下隆起一塊。

哈爾小便後回到房裡，差不多又快睡著了……忽然間那猴子開始在黑暗中敲它的鐃鈸。

鏘——鏘——鏘——鏘——

彷彿臉上被人用濕冷的毛巾打了一記似的，他驀然驚醒，一顆心訝異地震了一下，喉間發出老鼠般低低的一聲吱叫。他雙唇顫抖、瞪大眼睛地望向那猴子。

鏘——鏘——鏘——鏘——

它的身體在架子上前後搖動。它的唇一開一闔、一開一闔，歡喜異常地露出肉食動物的大牙。

「停。」哈爾低聲說。

他哥哥翻了個身，發出很大的鼾聲。其他一切都靜悄悄的……除了那隻猴子。那對鐃鈸又敲又撞，一定會吵醒他哥哥、他母親和全世界的人。那聲音會把死人也吵醒的。

鏘——鏘——鏘——鏘——

哈爾走近想制止它，或許把手放到鐃鈸之間，直到發條轉完，沒想到這時它卻自動停了。鐃鈸最後一次互撞——鏘！——接著慢慢分開，回復原來高舉的姿勢，銅質在陰影中閃閃發光。猴子露出髒黃牙獰笑。

屋裡又是一片沉寂。他母親在她床上翻了個身，伴隨著比爾的一聲鼾聲。哈爾回到自己的床上，拉上棉被，心跳飛快。他想著：明天我要把它放回櫥子裡。我不要它。

可是隔天早晨他把這回事全忘了，因為他母親沒去上班。

碧拉死了。他們的母親不肯告訴他們究竟發生了什麼事，她肯說的只是：「一個意外，只是個可怕的意外。」

但那天下午比爾放學回家時買了份報紙，並偷偷把第四版藏在襯衫下帶進他們的臥室。趁著他們的母親在廚房裡做飯，比爾時停時頓地唸那篇報導給哈爾聽，不過哈爾自己看得懂標題——公寓槍殺案造成兩人死亡——在經過一番誰該出去拿回已訂的中國菜的爭執後，十九歲的碧拉·麥卡菲和二十歲的莎莉·杜蒙，被麥卡菲小姐的男友——二十五歲的李歐納·懷特——槍殺。杜蒙小姐經送哈特福醫院後傷重不治。碧拉·麥卡菲則當場死亡。

這就像碧拉跑進她的一本犯罪實錄雜誌裡了，哈爾·薛朋心想。同時感到一股寒氣竄上脊柱，接著又循環到他的心臟。這時他想到槍殺發生的時間，大約和那猴子敲擊鐃鈸的時候差不多——

「哈爾？」泰莉含著濃濃的睡意喚他。「上床吧？」

他把牙膏吐進水槽裡，漱了口。「來了。」他說。

先前他已經把猴子放進行李箱，並把行李箱上了鎖。再過兩、三天他們就要搭機回德州了。在他們離開前，他會先將那猴子甩掉，永遠的。

可能的話。

「你今天下午對丹尼很兇。」泰莉在黑暗中說。

「我想，丹尼需要有人開始對他兇一陣子。他的行為越來越脫軌。我只是不希望他墮落。」

「從心理學上，打那孩子不會有什麼用的——」

「我沒打他，泰莉——老天——」

「——那不能保障父母的權威——」

「喔，別再對我說教了。」哈爾生氣地說。

「我看得出你不想討論這件事。」她的聲音冰冷。

「我也叫他別在屋裡藏大麻了。」

「是嗎？」現在她的口氣轉為憂慮。「他有什麼反應？他怎麼說？」

「得了吧，泰莉！他能怎麼說？說『你被開除了』嗎？」

「哈爾，你是怎麼了？你以前不是這樣的——怎麼回事？」

「沒事。」他想著鎖在行李箱裡的猴子。假如它又開始敲擊鐃鈸，他聽得見嗎？會的，他一定聽得到。模糊，但聽得到。為某人敲出厄運，一如它為碧拉、強尼·麥卡畢，威利叔叔的狗黛西所敲出的。鏘——鏘——鏘，是你嗎，哈爾？「我只是累了。」

「希望只是那樣。因為我不喜歡你這樣。」

「不喜歡？」接著在他還來不及制止前話已溜出口，其實他根本不想制止。「那妳就再吞顆鎮靜劑，一切看起來就沒事了。」

他聽見她倒抽一口氣，又顫抖地呼出，然後她哭了。他原本可以安慰她（也許），但他似乎無心安慰別人。他很怕。等那猴子離開——永遠離開後，事情就會好轉了。上帝，請讓它永遠離開。

他睜眼躺了很久，直到黎明曙光乍現時才睡去，但他覺得自己知道該怎麼辦。

第二次是比爾找到那隻猴子。

那是在碧拉・麥卡菲被宣布當場死亡約一年半後。時值夏季。哈爾剛唸完幼稚園。他在外玩耍後回家，他母親喚道：「把手洗乾淨，先生，你髒得像隻小豬。」她坐在陽台上喝冰茶，膝上放了本書。她正在休假期間，她有半個月的休假。哈爾象徵性地用水沖了一下手，把手上的泥巴印在毛巾上。「比爾在哪裡？」

「樓上。你叫他把他那半邊房間清理一下。亂七八糟的。」

喜歡傳達諸如此類之不愉快消息的哈爾，一溜煙跑上樓去。比爾坐在地板上，通向後衣櫥的那個小門半開著，他手裡拿著那隻猴子。

「那東西壞了。」哈爾立刻說。

他很擔心，雖說他不很記得那晚上完廁所回來，猴子突然開始敲擊鐃鈸的事。那事發生大約一週後，他作了個惡夢，夢裡有猴子和碧拉——究竟如何他記不清了——後來他尖叫驚醒，有一瞬間以為猴子壓在他胸口，以為只要他一睜開眼就會看到它的獰笑。

但當然壓在他胸口的只是枕頭，被他在驚慌中抱得緊緊的。他母親進來安慰他，讓他和水吞下兩顆兒童用的阿斯匹靈。她以為他作惡夢是因為碧拉的死。或許是吧，但和她想的不盡相同。

這一切現在他都記不清了，但那猴子還是讓他害怕，尤其是它的鐃鈸和它的牙齒。

「我知道。」比爾說著，把猴子往旁邊一丟。「這笨猴子。」它掉在比爾的床上，眼睛向上瞪著天花板，鐃鈸高高舉起。哈爾不喜歡看見它在那裡。「你要不要到泰迪的店裡去買冰棒吃？」

「我的零用錢已經花完了。」哈爾說：「而且，媽說你應該把你這半邊房間清理一下。」

「我可以等一下再清理。」比爾說：「而且我可以借你五分錢，如果你要的話。」比爾偶爾會毫無理由地絆倒哈爾或揍他兩拳，但大致上他還算不錯。

「好呀。」哈爾感激地說：「我先把那壞掉的猴子放回櫥子裡，好吧？」

「算了。」比爾起身說：「我們走吧。」

哈爾跟他去了。比爾的心情變幻莫測，如果他停下來把猴子放回去，他說不定會失去吃冰棒的機會。他們到泰迪的店裡買了冰棒，而且不是普通的冰棒，是少有的藍莓冰棒。然後他們到公園去和別的孩子一起打棒球。

哈爾太小，還不能打棒球，所以他遠遠坐在界外區吃著藍莓冰棒，追著大孩子所謂的「中國全壘打」。他們一直到天快黑才回家。

他們的母親打了哈爾的屁股，因為他弄髒了毛巾，又打了比爾的屁股，因為他沒清理房間，吃過晚餐後又看電視。在這一堆事情之後，哈爾已經把猴子忘得一乾二淨了。它不知怎麼的上了比爾的架子，端坐在棒球明星比利‧鮑德（Billy Boyd）的簽名照旁，它就在那裡待了將近兩年。

等到哈爾七歲時，雇用保姆已經變成一件奢侈的事，因此薛朋太太每天早上上班前的話別是：「比爾，好好照顧你弟弟。」

然而那天，比爾放學後必須留校，所以哈爾一個人回家，在每個轉角都停下來，看清兩側都沒有來車後，才弓身溜過馬路。他用藏在墊子下的鑰匙開門入內，接著立刻跑到冰箱去倒杯牛奶。他取出牛奶瓶，兩手一滑，瓶子摔到地上，碎玻璃四處紛飛。

鏘——鏘——鏘——從樓上傳來，在他們的臥室裡。鏘——鏘——鏘，嗨，哈爾！歡迎回家！對了，哈爾，是你嗎？這回輪到你了嗎？他們會發現你當場死亡嗎？

他呆立不動，低頭望著灑了一地的碎玻璃和牛奶，充滿一種難以名狀的恐懼。他不明白這份恐懼，但它卻在那裡，彷彿從他的毛孔向外流散。

他轉身跑上樓衝進他們的房間。猴子站在比爾的架子上，似乎瞪視著他。猴子把比利‧鮑德的簽名照面朝下推到比爾的床上了。猴子前後搖動地咧嘴而笑，一下一下敲著鐃鈸。哈爾接近時，可以聽到在猴子身體裡轉動的發條。

他發出恐慌與嫌惡兼有的一聲驚叫，驀地伸手將猴子從架子上揮落。猴子先掉到比爾的枕頭再反彈落到地上，仍繼續敲響鐃鈸，鏘——鏘——鏘！仰身躺在四月底的一簇陽光中，嘴唇一掀一掀的。

哈爾用盡全身力氣踢它，這回他發出的是憤怒的叫聲。發條猴子蹦過地板，碰到牆壁反彈回來後靜靜躺著。哈爾握拳呆立在原地瞪著它，一顆心突突直跳。它傲慢地對他獰笑，一隻玻璃眼珠映著陽光閃亮。

你要踢儘管踢吧，它好像在對他說，我不是真的，只是個發條玩具，你愛踢就踢吧，我什麼也不是，只是隻可笑的發條猴子，誰死了呢？

在直升機工廠發生一次爆炸！那像個血腥的保齡球，眼睛嵌在原來是指洞的地方，升到空中的是什麼東西呢？那是你母親的頭嗎，哈爾？哇！你母親的頭正在做次有趣的旅行呢！

或者是在布魯克街轉角！你看！那輛車開得太快了！駕駛人喝醉了！世上又少了一個比爾！

你聽得見車輪輾過他腦殼和他腦漿從兩耳噴出的聲音嗎？聽見了？沒有？也許？

別問我，我不知道，我不可能知道，我知道的只是如何敲這對鐃鈸，鏘——鏘——鏘，誰當場死亡呢，哈爾？你母親？你哥哥？或者是你呢，哈爾？是你嗎？

他又衝向它，想要踹它、踩它，將它踩爛，直到它的發條飛濺出來、它的玻璃眼珠滾到地上。

但就在他跑到它旁邊時，它的鐃鈸再度碰擊，很輕微的一聲……鏘……它體內的某個彈簧最後一次輕彈……一塊銀冰似乎對著他的心低語，刺穿它，平息它的憤恨，留下他又一次感到噁心的恐懼。那隻猴子好像什麼都知道——他的笑容看起來多愉快！

他把它撿起來，用右手拇指和食指捏捏它的一條胳臂，嘴角撇向下方，彷彿他手裡拿的是具屍體。

它骯髒的假毛貼著他的皮膚似乎又熱又燙。他打開通向後衣櫥的小門，並開了燈。他爬過堆高的箱子，經過那套航海書、相簿、紀念品和舊衣服，猴子一直咧嘴而笑。

哈爾心想：如果它現在開始敲那鐃鈸，在我手裡動起來，我會尖叫的。而如果我尖叫，它就不會只是咧嘴笑而已，它會放聲大笑、笑我，然後我會發瘋，他們會在這裡找到我，淌著口水、瘋狂大笑，我會發瘋。喔，親愛的上帝，親愛的耶穌，請不要讓我發瘋——

他走到盡頭，把兩口箱子推到一旁，也不管其中一口有些東西掉了出來，心慌意亂地把猴子塞進放在最角落的那口木箱。它舒適地靠向箱內，彷彿終於回到家，舉著鐃鈸，面露笑容。

哈爾往回爬，汗如雨下，一陣冷一陣熱，如火似冰，等著聽那鐃鈸響起；等鐃鈸一響，猴子就會從箱子裡跳出來，像甲蟲一樣趕向他，轉動發條，敲著鐃鈸，然後——

——那一切都沒有發生。他熄了燈，用力關上小門，靠在上面喘息。他終於放鬆點了。他拖著鬆軟的兩腿下樓，找到一個空紙袋，小心撿拾破牛奶瓶的玻璃碎片，納悶地想著他會不會被玻璃割到而流血至死，想著那是否就是鐃鈸聲的意義。然而那也沒有發生。他找了塊抹布，將地上的牛奶擦乾淨，然後坐下來等著看母親和哥哥會不會回家。

他母親先回到家，問他：「比爾呢？」

哈爾現在確定會「當場死亡」的人一定是比爾了，開始用木然而低啞的聲音解釋學校話劇社開會的事，明知就算那是個很長的會議，比爾也早該在半小時前就到家了。

他母親好奇地看著他，問他有什麼不對勁，就在這時大門開了，比爾走了進來——只不過他不是平常活潑調皮的比爾，而是蒼白、沉默，像鬼一樣的比爾。

「怎麼了？」薛朋太太開口問著：「出了什麼事，比爾？」

比爾哭了起來，一把眼淚一把鼻涕地說出一切。有一輛車，他說。他和他的朋友查理．席弗曼開完會後一起走路回家，那輛車超速轉過布魯克街口，查理呆住了，比爾用力拉查理的手卻滑掉了，於是那輛車——

比爾開始大哭，歇斯底里地啜泣，他母親伸手摟住他、搖著他，哈爾向外望向陽台，看到兩個警察站在那裡。他們用來送比爾回家的巡邏車停在路邊。這時哈爾也哭了……但他的淚卻是放鬆的淚。

這回輪到比爾作惡夢了——在夢裡，查理．席弗曼死了一次又一次，紅色牛仔靴飛脫而出，掉到那醉酒的駕駛人開的暗紅色車蓋上。查理．席弗曼的頭和那輛車的擋風玻璃以爆炸的力量相撞。兩者都碎裂了。

那個醉酒的駕駛，在密福鎮開了家糖果店，在被警察拘留不久之後，便心臟病突發（也許是看見查理．席弗曼的腦漿沾在褲子上）。

而他的律師在審判時以「這個人已受到足夠的懲罰」的論調，成功為他開脫了重罪。這酒鬼被判緩刑兩個月，並失去在康乃迪克州開車的權利五年……這五年來比爾‧薛朋的惡夢不斷。猴子又一次被藏到後衣櫥裡。比爾從未注意到它從他的架子上消失……或者他注意到了，只是從沒說出口。

哈爾暫時覺得安全了。他甚至又開始忘了那猴子，或者相信那不過是場惡夢而已。可是在他母親去世那天下午，他放學回家時，猴子又回到他的架子上，舉著鐃鈸，咧嘴對著他笑。

他慢慢走向它，好像化成另一個人——彷彿一看到猴子，他的身體也被變成了一個發條玩具。

他看見自己伸出手將它拿下，摸著它發皺的皮毛。他能聽到自己的呼吸聲，又急又乾，如風吹過稻草的沙沙聲響。

他將它轉過身，抓住發條。多年後，他會覺得當時那昏沉的入迷，很像一個人將一把裝有一顆子彈的左輪手槍對準一隻緊閉的眼睛扣動扳機。

不，不要——不要摸它，將它丟開，不要碰它——

他轉動了發條，在寂靜中，他聽到很清楚的上發條卡卡響聲。他一放開發條，猴子便敲起了鐃鈸，而他能感覺到它的身體彎著扭著，彎著扭著，好像是活的，它是活的，如某種可憎的小侏儒般在他手裡扭動，而透過它的皮毛傳來的震動並不是轉動的齒輪，而是它的心跳。

哈爾呻吟一聲，讓猴子掉在地上，慢慢向後退，手掌緊壓著嘴，指甲掐進眼下的肉裡。他絆到某個東西，差點失去平衡（那樣他也會摔倒在地，鼓起的藍眼珠剛好和猴子的棕綠色玻璃眼球相對）。

他跌跌撞撞退出房門，用力關上，再次靠著房門。緊接著他猝然衝進浴室，開始嘔吐。

傳達惡耗的人是直升機廠的史塔基太太。她並陪著他們度過漫長無止境的頭兩夜，直到愛達嬸嬸從緬因州抵達。他們的母親那天死於腦栓塞。

她正站在飲水機旁，一手拿了杯水，突然像中了一槍似的癱倒在地，手裡仍緊握著紙杯。她的另一手抓住飲水機，使得放蒸餾水的大玻璃瓶因而傾倒，跟著她一起摔落。

玻璃瓶碎了……不過工廠的醫生後來說，他相信在蒸餾水浸濕她的衣服、內衣和皮膚前，薛朋太太就已經死了。

沒人把這些細節告訴兩個男孩，但是哈爾知道。

在他母親死後的長夜裡，他不只一次夢見那慘狀。

你還是睡不好嗎，小弟？比爾曾問他。

哈爾猜，比爾大概以為他的失眠和惡夢都與母親的驟死有關，那是對的……但只對了一部分。最重要的是他感到愧疚；他知道，在那陽光明媚的下午，放學後他轉動了猴子的發條，也因此害死他的母親。

當哈爾終於睡去，他必定睡得很沉，他醒來時已是中午。彼特盤著腿坐在房間另一頭的椅子上，一邊剝著橘子細嚼慢嚥、一邊看電視上的益智節目。

哈爾伸腿下床，覺得彷彿有人將他推入睡夢中……又將他推了出來。他的頭隱隱作痛。「你媽呢，彼特？」

彼特回過頭來。「她和丹尼去買東西了，我說我要留在這裡陪你。你常說夢話嗎，爸爸？」

他警醒地望著兒子。「不常，我說了什麼了？」

「我說不上來，只是覺得有點嚇人。」

「呃，現在我又正常無比了。」哈爾勉強笑了一下。彼特回他一笑，哈爾又感覺到對這孩子的愛，一種簡單、明淨，而且強烈的情感。他奇怪為何自己對彼特總有這麼好的感覺，覺得他了解彼特，也可以幫助他，而丹尼卻為何好像一扇暗得無法看透的窗子，生活和習慣都教人不解，是那種他無法了解的男孩，因為他自己從來不是那種男孩。如果說是搬離加州改變了丹尼，那未免太簡單了，或者是——

他的思緒凍結了。那隻猴子。那隻猴子就坐在窗台上，高舉著鐃鈸。哈爾覺得一顆心在胸腔中猛然停止，緊接著又忽然狂跳了起來。他的視線模糊動盪，他的頭痛由輕微轉為劇烈。

它從行李箱裡逃了出來，現在就站在窗台上，咧著嘴對他笑。你以爲擺脱我了，是不是？以前你就這麼想過了，對不對？

是的，他不舒服地想著。是的，我想過。

雖已知道答案，他仍然問道：「彼特，是你把那猴子從我行李箱裡拿出來的嗎？」他把行李箱上了鎖，並把鑰匙放在大衣口袋裡。

彼特看看猴子，臉上閃過某種——哈爾認為那是不安——的神情。「沒有。」他說：「是媽放在那裡的。」

「你媽放的？」

「對。她從你身上拿開的，而且還大笑。」

「從我身上拿開？你在說什麼？」

「你帶著它一起上床。我在刷牙，可是丹尼看見了。他也大笑。他說你看起來像個抱玩具熊的嬰兒。」

哈爾看看猴子，嘴乾得沒有口水可以嚥下。他帶著猴子一起上床？上床？那可怕的毛貼著他的面頰，也許貼著他的嘴，那雙怒視的眼睛瞪著他沉睡時的臉，那兩排獰笑的牙齒挨著他的脖子？挨著他的脖子？親愛的上帝啊！

他驀地轉身走向衣櫥。他的行李箱還在原處，上了鎖，鑰匙仍在他的大衣口袋裡。在他身後，電視關掉了。他慢吞吞地走出衣櫥，彼特一本正經地看著他。「爸爸，我不喜歡那隻猴子。」他用低得幾乎聽不見的聲音說。

「我也不喜歡。」哈爾說。

彼特仔細端詳他，彷彿覺得他在開玩笑，但看出來他並不是。他走向父親，緊緊摟住他。哈爾可以感覺到他在顫抖。

緊跟著彼特覆在他耳邊說了幾句話，說得很急，似乎害怕也許沒有勇氣再說一遍……或者怕被那猴子聽到他的話。

「它好像在看著你，不管你在房間裡的什麼地方，它都在看著你。如果你到另一個房間去，它就好像可以透過牆壁看到你。我總覺得它好像……好像在向我要什麼東西。」

彼特一陣戰慄，哈爾緊緊抱住他。

「好像它要你為它上緊發條吧。」哈爾說。

彼特拚命點頭。「它不是真的壞了，是不是，爸爸？」

「有時候它是。」哈爾越過兒子的肩膀望向那猴子。「但有時候它會動。」

「我一直想走過去為它上發條。房子裡靜悄悄地，所以我想我不能去，我會吵醒爸爸，可是我還是很想，所以我走過去，我……我碰了它，我恨它摸起來的感覺……可是我也喜歡……而且它好像在說，為我上發條吧，彼特，我們玩一玩，你爸爸不會醒來的，他永遠不會醒來，為我上發條，為我上發條……」

這孩子突然放聲哭泣。

「它很壞，我知道，它有點不大對勁。我們把它丟出去好吧，爸爸？拜託？」

猴子咧嘴對哈爾無止盡地獰笑。他可以感覺到彼特淌下的淚。近午的陽光照在猴子的銅鐃鈸上——那光線向上反射，將陽光一道道照向旅館單調的白色灰泥天花板上。

「你媽有沒有說她和丹尼大概什麼時候回來，彼特？」

「大概一點鐘吧。」彼特用衣袖擦著發紅的眼睛，好像對自己放聲哭泣覺得有點不好意思。然而他不肯望向那隻猴子。「我開了電視。」他低聲說：「而且聲音開得很大。」

「那沒關係，彼特。」

這次將是什麼死法呢？哈爾不禁想著。心臟麻痺？栓塞，像我母親一樣？什麼呢？其實這無關緊要，對吧？

想到這裡，另一個更可怕的思緒浮起：扔掉它，他說。把它丟出去。然而它有可能被甩掉嗎？

猴子嘲諷地對他笑著，鐃鈸分開約一呎遠。愛達嬸嬸去世那晚，它是不是曾經突然活過來呢？哈爾突然想到。她臨終前聽到的聲音，會不會是猴子在黑暗的閣樓裡敲著鐃鈸的鏘——鏘——鏘響，伴隨著風沿著排水管吹的口哨聲？

「也許沒這麼瘋狂吧。」他緩緩對兒子說：「去拿你的旅行袋，彼特。」

彼特猶豫地的望著他。「我們要幹嘛？」

也許它是可以甩掉的。也許永遠，也許只是一陣子……很長的一段日子，或者只是一段短暫時間。也許它會再回來，回來，而一切就是這麼回事……但也許我——我們——可以久久不再見到它。這回它隔了二十年才回來，它費了二十年時間才離開那口枯井……

「我們要出去兜風。」哈爾說。他覺得十分平靜，卻也有幾分沉重。連他的眼球都好像增加了重量。「不過首先我要你拿著你的旅行袋到外面停車場邊找三、四顆大石頭。把石頭放在袋子裡帶回來給我。聽懂了？」

彼特的眼神中透出了解的光彩。「好的，爸爸。」

哈爾看看錶。已經十二點十五分了。「快點。我要在你媽回來之前離開。」

「我們到哪裡去呢？」

「到威利叔叔和愛達嬸嬸的房子。」哈爾說：「到老家去。」

哈爾走進浴室，看看廁所後面，在那裡找到馬桶刷。他拿著馬桶刷回到窗邊，向外眺望穿著呢夾克的彼特拿著他的旅行袋走過停車場，藍色袋子上清清楚楚印了「達美航空」幾個字。一隻蒼蠅在玻璃窗左上角嗡嗡撞飛，又慢又笨。哈爾知道牠的感覺。

他看著彼特找了三顆相當大的石頭，然後穿過停車場往回走。一輛車繞過旅館轉角駛來，車速極快，太快了，哈爾不假思索，有如一個好游擊手對右邊飛球的反射動作一樣，將手裡的馬桶刷用力往下一揮，彷彿空手道的一剁……然後隨即停住。

猴子的鐃鈸無聲地合攏了，正好夾著他揮向下方干涉的手，他覺得空中浮著一股怒氣。

那輛車的煞車吱吱尖叫，彼特連忙向後退了幾步。開車的人不耐煩地對彼特伸手示意，彷彿不管發生什麼事都是彼特的錯。

彼特拔腿跑過停車場，衣角在空中飛舞，接著他跑進旅館後門。

汗水從哈爾胸前淌下，他也感覺到額上冒出的汗如一陣油膩膩的急雨。鐃鈸冷冷地壓著他的手，使他的手有些麻木。

你壓吧，他倔強地想著，你壓好了，我可以等一整天，等到地獄結冰，如果有必要的話。

鐃鈸驀然分開，停在半空。哈爾聽見「卡」的一聲輕響從猴子身體內部傳來。他抽回刷子，仔細看了看。有一部分白色硬毛像被燒過似的變得焦黑。

蒼蠅仍舊嗡嗡撞著窗子，想要找到那彷彿在極近處的十月陽光。

氣喘吁吁、兩頰通紅的彼特衝進房間。「我找了三顆大的，爸爸，我——」他停住口。「你沒事吧，爸爸？」

「很好。」哈爾說：「把袋子拿過來。」

哈爾用腳把沙發旁的茶几勾到窗邊，就在窗台下，然後把旅行袋放在上面，並將袋口打開。他看得見彼特撿的石頭在裡面迎光閃亮。他用馬桶刷將猴子勾向前，猴子搖擺了兩下，隨即掉進袋子裡。鐃鈸敲到石頭上，傳來一聲低微的「鏘」！

「爸？爸爸？」彼特的聲音透著懼怕。哈爾回頭看他。有什麼東西不一樣了。有什麼東西變了，是什麼呢？

他望向彼特的視線，一下意會過來。蒼蠅已不再嗡嗡撞窗，牠死了，掉在窗台上。

「是那隻猴子弄的嗎？」彼特低聲問。

「走吧！」哈爾拉上旅行袋的拉鍊說道：「我們開車到老家的路上，我會告訴你。」

「我們怎麼去？媽和丹尼把車開走了。」

「別擔心。」哈爾說著，揉揉彼特的頭髮。

他把駕照拿給櫃台職員看，外帶一張二十元鈔票。在收下哈爾的德州儀器石英錶作為抵押後，那職員把自己的車鑰匙交給哈爾，一輛AMC的老舊精靈款轎車。

他們在三〇二號公路上往東駛往蓋斯克鎮時，哈爾開始說話，起初說說停停，後來就不再那麼遲疑。

他先告訴彼特，那猴子可能是他父親從海外帶回來，給兩個兒子當禮物的。它不是什麼特別的玩具——既不稀奇，也沒什麼價值。全世界總有成千上萬隻發條猴子吧，有些是香港製、有些是台灣製、有些是韓國製。但在轉運過程中——也許是在兩個男孩最初成長時的康乃迪克州宅邸黑暗的後衣櫥裡——那猴子發生了奇妙的變化，惡劣的變化。

很可能是，哈爾說著，試著將這輛老車開到時速四十哩以上，某種壞東西——也許甚至是大多數壞東西——沒有真正醒來並意識到它們的存在。

他就此打住，沒再往下說，因為彼特所能聽懂的最多就是這樣。然而他的思緒卻沒有中斷。他想著大多數邪惡可能就像一隻充滿齒輪的猴子。

你上發條，齒輪就會轉動，鐃鈸開始敲響，露齒獰笑，愚蠢的玻璃眼珠發亮……看來也帶著幾分嘲笑……

他告訴彼特自己是怎麼找到猴子，但有點輕描淡寫——他不想讓已受驚嚇的彼特更害怕。於是他的敘述不免零亂而不連續，不甚清楚，但彼特不曾發問。或許他在自己填補那些空白吧，哈爾心想，就像他以前一再夢見母親的死狀，雖然他從未到過現場。

威利叔叔和愛達嬸嬸都參加了葬禮。

葬禮後，威利叔叔回緬因州——時值收割期間——愛達嬸嬸留下來半個月幫忙料理一切後事，然後才帶著兩個男孩回緬因。而且不只那樣，她花了很多時間讓兩個男孩熟悉她——母親的猝死使他們無比驚愕，以致兩人幾乎都在半昏迷狀態中。

當他們睡不著時，她會拿著熱牛奶出現，當哈爾凌晨從惡夢中醒來（在惡夢中，他母親走到飲水機旁，卻沒看到猴子浮在蒸餾水瓶裡，咧嘴獰笑、敲著鐃鈸，每一次敲擊就造成一串泡沫），她會在那裡，當比爾在葬禮過後三天先是發高燒、繼而喉嚨痛，接著出了蕁麻疹時，她照顧他。

她讓兩個男孩熟悉她，而在他們隨她坐巴士到波特蘭之前，比爾和哈爾皆已分別找過她，在她懷裡哭泣，讓她摟著他們、搖著他們，建立起牢不可破的感情。

他們離開康乃迪克州到「下緬因」（當時的說法）的前一天，收買舊貨的人開著他的舊卡車過來，把比爾和哈爾從後衣櫥裡搬到人行道上那一大堆沒用的東西都收了去。

當所有廢物都被放到路邊等卡車來收時，愛達嬸嬸要他們再到後衣櫥去檢查一次，把他們特別想要的任何紀念品留下來。我們沒有空間可以容納所有東西，孩子們，她對他們說。哈爾猜想，比爾一定會聽她的話，最後一次翻尋他們的父親留下的那些箱子。

哈爾沒有加入哥哥的行動，他對後衣櫥已經失去興趣。在母親過世後的頭兩個星期，一個可怕的想法浮現在他腦際：也許他父親並沒有失蹤，或許是發現婚姻生活不適合他而逃跑。

也許是那猴子把他抓走了。

當他聽到收舊貨的卡車隆隆聲響地從街口駛過來時，哈爾壯起膽子從他的架子上抓起猴子跑下樓去，從他母親去世那天起，猴子就在那架子上，他一直不敢碰它，甚至不敢將它丟回衣櫥，直到現在。

比爾和愛達嬸嬸都沒看到他。在一個裝滿舊書和破紀念品的木桶上，放了一口木箱，箱裡也裝了類似的廢物。

哈爾用力把猴子扔進它原來的那口箱子裡，歇斯底里地激它再敲響鐃鈸，（你敲呀，你敲呀，你敢敲給我看，你敢，你敢敲敲看！）然而猴子只是等在那兒，舒適地向後仰靠，彷彿在等巴士來接它，露出那無所不知的可怕笑容。

收破爛的是個義大利人，戴了條耶穌受難像的項鍊，吹著口哨邊開始把箱子、木桶搬進他的舊卡車裡。哈爾站在一旁，有個穿了花布長褲和布鞋的小男孩，看著他舉起木桶和那口裝有猴子的木箱放到車上。

他看著猴子消失在卡車車廂裡，他看著收破爛的義大利人爬進車裡，用手捏著鼻子大聲擤了擤鼻涕，再用一條紅色大手帕擦手，接著發動卡車引擎，使卡車發出隆隆巨響，又冒出一串充滿汽油味的濃煙。

他看著卡車駛離，他的心情立刻放鬆——他感覺到心上的重壓驟然消失。他高興地跳了兩下，跳得很高，張著雙臂、攤開手掌，要是有任何鄰居看到他，他們一定會覺得很奇怪，甚至不以為然。他們一定會想，他母親入土還不到一個月哩，那孩子為什麼跳得那麼愉快？

他歡跳，是因為那猴子已經離開，永遠離開了。

或者只是他那麼以為。

不到三個月後，愛達嬸嬸叫他到閣樓上去拿裝聖誕節飾物的盒子，他在地板上爬著找那盒子，褲子都弄髒了，突然間他再一次與它正面相對。他驚恐愕然，不得不用力咬著手以防止自己尖叫……或昏倒。

那隻猴子就在閣樓裡，露齒而笑、鐃鈸舉高分開約一呎遠，舒適地仰靠著那該算是它的家的木箱，彷彿在等巴士，似乎在說：你以爲甩掉我了，是不是？但我沒那麼容易擺脫，哈爾。我喜歡你，哈爾。我們是天生一對，就是一個男孩和他心愛的猴子，一對好搭檔。

在這裡南方某處，有個愚蠢的義大利收破爛商，躺在一個老式浴缸裡，兩眼突起，一副假牙半脫出他的嘴，他尖叫的嘴。

一個收破爛的，身上有舊電池的氣味。他留著我要給他的孫子，哈爾，他把我放在浴室的架子上，和他的肥皂、刮鬍刀、刮鬍泡，還有他聽棒球賽的小收音機放在一起，於是我開始敲鐃鈸，我的一面鐃鈸撞到那部老收音機，使它掉進澡盆，然後我就來找你了，哈爾。

我在夜裡沿著鄉間小路爬行，月光在凌晨三點照到我的牙齒上，我讓很多人都當場死亡。

我來找你，哈爾，我是你的聖誕禮物，所以幫我上發條吧，誰死了？是比爾嗎？是威利叔叔嗎？還是你呢，哈爾？是你嗎？

哈爾苦著一張臉向後退，眼珠狂亂地滾動，差點沒摔下樓梯。他告訴愛達嬸嬸，說他找不到那個裝聖誕裝飾品的盒子——這是他第一次對她說謊，她從他的臉色看出他在說謊，卻沒問他為什麼，真是謝天謝地。後來比爾回來了，她要比爾上去找，比爾就把那盒子拿了下來。

事後，只有他們兄弟兩人時，比爾斷聲說他是個用手電筒照也找不到自己屁眼的笨瓜。哈爾沒說話。

哈爾蒼白而沉默，沒胃口地撥著晚餐。那一夜他又一次夢到猴子，它的一面鐃鈸撞到收音機，收音機正播著狄恩·馬丁唱的：「月亮照著你的眼睛，就像一塊披薩。」被這麼一撞便掉進澡盆，而猴子卻獰笑著，一次又一次敲著鐃鈸，發出鏘——鏘——鏘響，只不過躺在澡盆裡被電死的，並不是那個義大利收破爛商人。

而是他自己。

哈爾和他兒子爬上老家後面通往船屋的堤防，船屋是棟古舊木屋，突出在水面上。哈爾右手拿著旅行袋，喉嚨乾燥，耳中有種不自然的嗚聲，而旅行袋十分沉重。

哈爾放下旅行袋。「不要碰！」他說著，從口袋裡摸出比爾給他的鑰匙圈，找到一根上面用一小塊膠帶標明「船屋」的鑰匙。

天氣清爽寒涼，風很大，天空卻是燦爛的藍。擠在湖邊的樹，樹上的葉子已經染上各種秋天的顏色，從血紅到銘黃，它們在風裡交談。彼特焦慮地站在一旁，任落葉隨風繞著他的腳打轉。哈爾在下風處聞得到十一月的氣味，後面潛藏著逼近的冬天。

鑰匙轉開掛鎖後，他推開門。記憶是強烈的；他不用看便記得把橫木踢過來擋住門。這裡的氣味總是屬於夏天：帆布和色澤亮麗的木頭，一股徘徊不去的暖意。

威利叔叔的划艇還在這裡，划槳收得好好的，彷彿昨天下午他才把它們和他的釣魚用具及一打啤酒一起收好。

比爾和哈爾曾多次隨威利叔叔出去釣魚，但從未兩人一起去。威利叔叔堅持划艇太小，載不動三個人。然而每年春天威利叔叔都重新上漆的紅邊，現在已經褪色、脫落，船頭還掛有蜘蛛絲。

哈爾鬆開繫船索，將划艇拉下木板坡面，推向湖邊的小木屋。釣魚之旅，是他和威利叔叔與愛達嬸嬸共同生活的童年中最美好的回憶之一。

他覺得比爾也有同感。威利叔叔平常是個沉默寡言的人，不過一旦把船拉出，離岸約六、七十碼後，放下釣魚線，讓浮標在湖水中浮沉，他會為自己開罐啤酒，又開一罐給哈爾，（他最多只能喝下半罐，聽著威利叔叔耳提面命地告誡他絕不能讓愛達嬸嬸知道，因為「要是她知道我讓你們喝啤酒，她會開槍打死我的。知道嗎？」）很快就變得活潑而歡快。

他會說故事、回答問題，為哈爾的釣鉤重新上餌，而划艇就隨著風和輕漾的水飄蕩。

有次哈爾問道：「為什麼你從來不到湖心去呢，威利叔叔？」

「你看看那邊。」威利叔叔回答。

哈爾看了。他看見藍色的湖面，和他的釣魚線向下沉入黑暗中。

「你看的是水晶湖最深的地方。」威利叔叔說著，一手捏扁空啤酒罐，另一手又挑出一罐新的。「起碼有一百呎深。阿莫·古利根的老司舵號就沉在下面某處。那笨蛋竟在十二月初湖水結冰前把它划到湖上。他活著從船上逃出來可真夠幸運。他們永遠不可能撈出那艘老司舵號，也不可能再見到它。這個湖是個變幻莫測的婊子。大魚就在這裡，哈爾，不必再划得更遠了。我們來看看你的蟲子怎麼樣了，咱們給這婊子一點顏色看。」

哈爾聽話地拉回釣魚線。當威利叔叔從他的錫罐裡又拉出一條蚯蚓時，他著迷地望進湖水，想看看自己能不能看見阿莫·古利根的老司舵號。也許鏽跡斑斑，並在阿莫最後一刻爬出逃生的駕駛窗內漂出一叢叢水草。但他看見的只是藍色漸漸化為黑色，還有威利叔叔的蚯蚓，鉤子藏在牠的環節裡，吊在水裡。有一瞬間，哈爾有種昏迷的幻象，覺得自己被吊在一個大海灣上空。他閉上眼等待幻象消逝。那天，他似乎記得，他喝下整罐啤酒而且醉了。

……水晶湖最深的地方……至少有一百呎深。

他停了一下，喘著氣地抬頭望向彼特。彼特仍焦慮地看著。「要我幫忙嗎，爸爸？」

「待會兒。」

他平息了呼吸，將划艇拖過入水前的一小段沙地，在地上留下一道凹槽。油漆剝落了，但由於有布蓋覆著，小船仍然保存得十分堅固。

當他和威利叔叔出去時，威利叔叔會把船拉下木坡，等船頭浮起時，他會爬上划艇，抓住一支槳推開船，並說：「幫我推船，哈爾……以後你才能幫我結帆！」

「把旅行袋給我，彼特，然後幫我推船。」哈爾說著，微微一笑，又說：「以後你才能幫我結帆。」

彼特並未回他一笑。「我也去嗎，爸爸？」

「這次不行。下次我帶你去釣魚，但是……這次不行。」

彼特猶豫了。風拂亂他的棕髮，幾片乾脆的黃葉轉著揮過他的肩，落在湖水邊緣，像小船般晃盪。

「你應該把袋子塞滿的。」彼特低聲說。

「什麼？」但是他想他明白彼特的意思。

「在鐃鈸上塞棉花，塞緊，這樣它就不能……敲響了。」

哈爾突然記起黛西如何向他走來，踉踉蹌蹌地，以及突如其來的，血如何從黛西的兩眼噴出，浸濕了牠的胸毛並流到穀倉的地上，以及那隻狗如何癱倒在前爪上……在那沉寂且下著雨的春天，他聽到了那聲音，並不模糊，反而意外地清晰，由五十呎外的主屋閣樓裡傳了出來：鏘——鏘——鏘——鏘！

他開始歇斯底里地尖叫，抱在手上的柴火全掉了。他跑到廚房去找威利叔叔。威利叔叔正在吃炒蛋和烤麵包，連褲子吊帶都還沒拉到肩上。

牠年紀大了，哈爾，威利叔叔說。他的面容憔悴而不悅，似乎蒼老了許多。牠十二歲了，對狗來說那已經算老了。你不要太傷心——老黛西不會喜歡的。

老了，獸醫也這樣說，可是他仍舊困惑，因為狗不會死於爆炸性的腦出血，即使是十二歲大的狗。（「好像有人在牠腦袋裡塞了串鞭炮。」哈爾無意間聽到獸醫對威利叔叔說。威利叔叔正忙著在穀倉後面挖個洞，離一九五〇年他埋葬黛西的母親之處不遠。「我從來沒碰過這種事，威利。」）

事後，雖然害怕已極卻忍不住好奇的哈爾，爬到閣樓上。

嗨，哈爾，你最近好嗎？猴子在陰暗的角落中微笑。鐃鈸舉高，相隔約一呎。哈爾放在它們之間的沙發墊已被移到閣樓另一頭去了，不知什麼東西——或什麼力量——將沙發墊用力摔過去，使得布套破裂，裡面的泡棉露了出來。不必擔心黛西，猴子在他腦子裡低語，棕綠色的玻璃眼球緊盯著哈爾．薛朋的藍色眼眸。不必擔心黛西，牠老了，哈爾，連獸醫都那麼說。對了，你看到血從牠眼裡噴出來嗎，哈爾？爲我上發條，哈爾。爲我上發條，咱們玩玩。誰死了，哈爾？是你嗎？

他彷彿被催眠似的朝那猴子爬去，伸出一隻手要扭發條。緊接著他卻突然向後爬，匆忙間差點沒摔下樓梯——如果不是樓梯太窄，大概早就摔下去了。一個小小的呻吟聲自他喉間發出。

現在他坐在船裡，望著彼特。「用棉花塞住鐃鈸沒有用。」他說：「我試過一次。」

彼特不安地瞥了那袋子一眼。「怎麼樣呢，爸爸？」

「我現在不想說。」哈爾說：「你也不會想聽的。來幫我推船吧。」

彼特彎身推船，船尾滑過沙地。哈爾用槳將船撐開岸邊，突然間被困在土裡的感覺消失了，划艇輕輕動著，在多年躲在陰暗的船屋裡後又得到了自由，在微波中搖晃。哈爾放下另一支槳，扣上了槳鎖。

「小心，爸爸。」彼特說。

「不會太久的。」哈爾允諾道，但當他望向旅行袋時卻不免懷疑。

他開始划船，彎身用力，背部和肩胛骨間又傳來熟悉的痠痛。湖岸漸漸遠離。彼特奇蹟似的又變成八歲、六歲、四歲的孩子，站在水邊，用一隻小手擋著陽光。

哈爾任目光溜過湖岸，卻不肯讓自己細看。已經快十五年了，假如他仔細看湖岸，不會看到太多熟悉之處，反而會看到許多變化，那樣他會迷失的。

陽光直射到他頸背上，他開始流汗了。他又望向旅行袋，一下變得有些手忙腳亂。那袋子好像……好像脹大了，他加快划槳的速度。

風陣陣吹來，吹乾了汗水、吹冷他的皮膚。船浮上來又沉下去時，槳也自兩側探進水裡。不是剛剛才因風吹而清醒嗎？彼特是不是在喊著什麼？是的。在逆風下，哈爾聽不出他在叫什麼。那不重要，只要再把這猴子甩掉二十年——或者也許

（上帝保佑，讓它是「永遠」吧）

永遠——那才是最重要的。

船身盪了盪。他望向左邊，看見一波波小浪。他朝湖岸望去，看見獵人角和一棟坍塌的木屋。那一定是他和比爾小時候屬於貝登家的船屋。那麼，就快到了。就快到阿莫・古利根著名的司舵號在許久前的一個十二月天下沉的地方了。就快到湖的最深處了。

彼特在嘶喊著什麼，邊叫邊指。哈爾仍然聽不見。划艇搖呀晃呀，在船首兩側盪出陣陣水波。水波上出現一道斷斷續續、小小的彩虹，陽光和陰影一條條在湖上競逐，現在波浪已不再輕緩，小白浪澎湃起來。他的汗乾了，身上反而起了雞皮疙瘩，浪花更濺濕了他上衣的背部。他皺著眉用力划槳，目光在湖岸與旅行袋間游移。船又向上浮，這回高得使左槳向下揮時竟打在空中而不是水中。

彼特指著天空，他的叫喊聲現在變成只是模糊的聲浪。

哈爾回頭看。

湖上波浪大作，藍色的水面已轉為致命的深藍色調，夾著一波波白濤。一抹黑影迅速劃過水面，朝划艇而來，它的形狀令哈爾覺得十分熟悉，因此他抬起頭來，緊接著便感到喉嚨鎖著一聲尖叫。

太陽已躲到雲層後，將雲層變成一團凹凸有致的黑影，兩個鑲著金邊的新月形分開在兩側。雲層一頭破開了兩個洞，陽光自那兩個破洞投射出兩道光束。

那團雲自划艇上方浮過時，猴子的鐃鈸，並不因旅行袋的阻隔而聲音模糊，開始敲響。鏘——鏘——鏘，是你，哈爾，終於是你了，你現在在湖的最深處，這次輪到你了，輪到你了、輪到你了——

所有必要的湖岸地形都在對的地方。阿莫·古利根的司舵號就躺在下面某處，大魚就在這裡，就在這個地方。

哈爾用力一拉，縮起船槳，不理會劇烈搖晃的船，傾身抓起旅行袋。鐃鈸瘋狂響著，袋子兩側都鼓了起來。

「就在這裡，你這婊子養的！」哈爾大叫：「就在這裡！」

袋子很快下沉，有一會兒，他看見它沉向下方時兩側鼓動，在那永恆的一瞬間，他仍聽到鐃鈸的響聲。

有一剎那黑水似乎變得清澄，他可以看見在深水中游來游去的大魚，還有阿莫·古利根的司舵號，而掌舵的是哈爾的母親，一具獰笑的骷髏，無肉的眼窩內有隻鱸魚探頭向外看。威利叔叔和愛達嬸嬸搖搖晃晃地站在她旁邊，愛達嬸嬸的灰髮向上漂，而旅行袋繼續往下落，在水中一再翻滾，冒出幾團水泡：鏘——鏘——鏘——

哈爾用力把槳伸回水中，把指關節都刮破了，冒出血來。（啊，天啊，在阿莫·古利根的司舵號後側載滿了死去的孩子！查理·席弗曼……強尼·麥卡畢……）他開始划船。

在他兩腿間，傳來一聲如槍響般的乾裂聲。突然間，清澈的水從兩片木板間湧了上來。這艘船已造了有些時候了，毫無疑問，船身的木頭縮了。這只是個小洞而已，但是他划船出湖時並沒有這個破洞，他可以發誓。

湖岸和湖水在他的視線中調換了位置。彼特現在在後面了。頭頂上方那團可怕的烏雲已有散開的樣子。哈爾用力划槳，二十秒已足夠讓他相信他是為自己的性命而划。他的泳技不怎麼樣，而在這突然發怒的水中，就連泳技特佳的人也將面臨考驗。

又有兩塊木板忽然裂開，發出同樣如槍聲般的爆響。更多的水湧進船裡開始浸著他的鞋子，幾聲小小的金屬聲告訴他鐵釘已斷開了。一個槳鎖突地鬆開，掉進水裡——轉環會不會跟著一起掉進去呢？

風又從他背面吹來，似乎想讓他的速度減慢，或甚至再將他吹回湖中。他驚恐萬分，卻覺得恐懼中有種瘋狂的欣喜。

這回猴子永遠離開了。他知道，不管他會發生什麼事，猴子已不能再回來威脅丹尼或彼特的生命了。

猴子離開了，也許棲息在沉在湖底的司舵號船頂上，永遠離開了。

他划著槳，向前傾身再向後划，那破裂聲又再響起，現在那只原來在船頭的空啤酒罐已漂在約三吋高的水中。

浪花濺到哈爾的臉上。更大的一聲裂響，船頭的座位裂成兩半，漂到魚餌箱旁。船身左側一塊木板脫落，接著是另一塊，這回是在右側吃水線處。

哈爾拚命划槳，熱而乾的呼氣自他口中吐出，他的喉嚨嚐到因疲憊而引起的銅味，他汗濕的頭髮在空中飛舞。

這時划艇底部裂開一條縫，彎彎曲曲劃過他兩腳之間，直向船頭竄去。水湧了進來；淹過他的腳踝，繼而升到小腿。

他划著，但船速不但減慢，而且近乎停滯了。他不敢回頭看自己離岸有多遠。另一塊木板鬆落，竄過整個船底的那道裂縫已漸漸張開，像樹枝……像一棵樹。水直驅而入。

哈爾開始打著木槳，氣喘得很急。他用力拉一次……兩次……第三次時兩個木槳環都斷了。他失去一根木槳，緊緊握著另一根。

他站起身，用那根木槳輪流在兩側打水。船身劇烈晃動，差點沒有翻覆，使他猛地坐回位子上。

過了一會兒，更多木板脫落了，座位塌下，他躺在浸滿船艙的水中，為水的寒冷感到震驚。他試著跪起身，心裡狂亂地想著：一定不能讓彼特看到這個，不能讓他親眼看著父親被淹死，你必須游泳，就是狗爬式也行，但一定要盡力——

又一個碎裂聲響，他已浸在水裡，以全身力氣朝岸邊游泳……但湖岸卻意外的近。不到一分鐘，他已站在及腰的水面，離沙灘只有五碼。

彼特向他奔來，叫著、喊著、笑著地張著雙臂。哈爾走向他，在水中掙扎前進。彼特在及胸高的水中，一樣掙扎前進。

他們彼此相擁。

喘著大氣的哈爾抱起孩子，抱著他走上沙灘，然後兩人都倒在沙灘上喘息。

「爸爸，它離開了嗎？那隻噁心的壞猴子？」

「是的，我想它離開了。這次是永遠地離開了。」

「整艘船都裂開了，就……就在你四周都裂開了。」

哈爾望向四十呎外，漂在水上的木板。那些木板與他拉出船屋的那艘堅固的船，委實令人難以聯想在一起。

「現在沒事了。」哈爾說著，仰身躺在手肘上，閉上眼睛，任陽光舒暖他的臉。

「你看見那團黑雲了嗎？」彼特低聲問。

「看見了。但現在已經散了……你呢？」

他們仰視晴空，空中有幾縷飛散的白雲，但沒有大團的黑雲。黑雲已散去，正如他所說的。

哈爾拉著彼特起身。「屋裡有毛巾，來吧。」但他停了一下，注視他的兒子。「你瘋了，那樣跑過湖水。」

彼特正經八百地望著他。「你好勇敢，爸爸。」

「是嗎？」他從未想過「勇敢」這兩個字。只有恐懼。巨大無比，使他看不見其他一切的恐懼，如果真還有其他任何情緒的話。「走吧，彼特。」

「我們要怎麼對媽說呢？」

哈爾笑笑。「我不知道，小子。我們得好好想想。」

他又停住半晌，注視漂在水上的木板。湖水再次平靜無波，只有淡淡的粼粼波光。

哈爾突然想到那些他並不認識，到這裡來避暑的人——一個男人和他兒子，也許，在釣大魚。我釣到了，爸爸！那男孩大叫。那就快捲線瞧瞧吧！那父親說。接著從深水中拉出，鐃鈸上掛著水草，猙獰地露齒而笑、歡迎的笑……那隻猴子。

他渾身一陣戰慄——但那只是可能會發生的事情。

他又對彼特說了一聲：「走吧！」於是他們走向小徑，穿過十月火紅的樹林，朝老家走去。

橋墩日報

一九八〇年十月二十四日

神秘的死魚——貝西·莫瑞提報導

上週末，數百條死魚浮現於蓋斯克鎮的水晶湖面上。這是在獵人角所能發現最大的一群死魚，雖然湖水潮流似乎難以造成這種情況。這些死魚包括各種湖水魚——藍鰓、梭魚、鯉魚、鯰魚、棕鱒及虹鱒，甚至還有淡水鮭魚。魚類專家表示，這些魚的死因離奇……

眾神的電腦

Word Processor of the Gods

乍看之下，這玩意兒很像王安個人電腦——鍵盤和外框都與王安電腦極其相似。等到仔細端詳後，理查‧哈隆看出它的外框是裂開的（而且不只是一點裂縫而已。在他看來，那很像是鋼鋸的傑作），以便容下較大型的ＩＢＭ陰極管。隨機附帶的磁碟也不是軟的，和理查小時候聽的四十五轉唱片一樣硬邦邦的。

莉娜和諾荷先生幫著他把機器一點一點地拖到書房去時，忍不住問：「這到底是什麼東西呀？」諾荷先生是理查‧哈隆的哥哥羅傑、貝琳妲和他們的孩子強納森的鄰居。

「強納森做的。」理查說：「諾荷先生說，他是要送我的。看起來倒像一部個人電腦。」

「哦，是的。」諾荷說。他到底年紀大了，這會兒喘氣喘得像頭牛一樣。「他是那麼說的，可憐的孩子……你想我們可以歇歇嗎，哈隆先生？我累壞了。」

「當然。」理查說著，想叫兒子塞茲來幫忙。塞茲在樓下調他的電吉他絃——樓下的房間原本是理查最初想像中的「家庭室」，但現在早已成為他兒子的「練團室」了。

「塞茲！」他吼道：「過來幫忙！」

樓下，塞茲還在繼續撥弄那無調的電吉他和絃。理查看看諾荷先生，聳聳肩，無法隱藏他的羞愧。諾荷也對他聳聳肩，彷彿在說：小孩子！這年頭你還能希望他們怎麼樣？只是他們兩人都知道，強納森——可憐的強納森，他那瘋大哥的兒子——比塞茲好多了。

理查說：「真謝謝你來幫忙。」

諾荷聳聳肩。「像我這樣的老頭子，還有什麼辦法可以殺時間呢？而且這是我僅能為強納森做的一點事。他以前常常免費幫我割草，你知道嗎？我要付他錢，可那孩子不肯拿。真是個好孩子。」諾荷仍舊氣喘吁吁。「我可以喝杯水嗎，哈隆先生？」

「當然。」他親自去倒了水來。他太太卻沒有動，坐在廚房餐桌旁，一邊看著平裝羅曼史小說，一邊吃餅乾。「塞茲！」他又喊道：「上來這裡幫幫忙好吧？」

但塞茲依然裝聾作啞地撥著那把現在理查還在付款的電吉他。

他邀諾荷留下吃晚餐，但諾荷禮貌地回絕了。理查點點頭，再次覺得尷尬，但這回掩飾得比較好。他的朋友柏尼•艾斯坦曾問他：像你這種好人，怎麼會有這樣一家人？理查只能搖頭以對，感覺到與現在同樣的困窘。

他是個好人，然而他也不知道怎麼會有這樣的回報——一個肥胖、壞脾氣的太太，覺得自己運氣不佳，失去人生一切應有的報償（但她絕對不會直截了當地說出來），和一個性情孤僻的十五歲兒子，在理查任教的學校裡功課奇差，每天從早到晚（甚至徹夜）都在撥弄吉他絃，而且似乎認為那好像就能幫助他應付一切。

「那麼，喝杯啤酒吧？」理查問。他不想讓諾荷就這樣離開——他想多聽聽強納森的事。

諾荷說：「啤酒倒不錯。」理查感激地點點頭。

「好。」他說著，走向冰箱拿出兩罐啤酒。

他的書房是個小倉庫般的建築，和主屋並不相連——就像那間「家庭室」一樣，也是他設計的。但和家庭室不同的是，這是他專屬的個人地盤——一個他可以將他所娶的陌生人，以及她所生的陌生人關在門外的地方。

當然，莉娜並不贊成他有自己的地方，但她也無法阻止——這是他少數的幾次小小勝利之一。他想，就某方面來說，她的運氣是不太好——十六年前他們結婚時，兩人都相信他會寫出暢銷的好小說，他們很快就會開著賓士車滿街跑，然而他出版的唯一一本小說並不暢銷，而且書評也很快指出，那本小說的內容也不怎麼樣。莉娜接受了書評的說法，從那時候起，他們的婚姻就如同貌合神離了。

於是，原來被他們視為邁向財富與名聲的踏腳石的中學教職，在過去十五年來成了他們的主要收入！這真是個超大的踏腳石，有時他會這麼想。但他並未完全放棄夢想。他寫短篇小說、偶爾也寫寫散文。《作家指南》上有他的名字，每年他用打字機賺來大約五千元的外快，因此不管莉娜如何埋怨，他總算保住了他的書房……尤其在她拒絕出去工作的情況下。

諾荷環顧這四壁有著老式印花的小房間說：「你這地方不錯。」那部造型奇特的電腦放在書桌上，電線塞在下面。理查的老打字機暫時被放到檔案櫃上。

「正合我用。」理查說著，對著那部電腦點點頭。「你想那東西真的可以用嗎？強納森不過才十四歲。」

「看起來怪怪的，對不對？」

「可不是。」理查同意道。

諾荷大笑。「你知道的還不夠呢！」他說：「我看了映像管後面，有些線路印有ＩＢＭ，有些線路是在音響器材店買的。那裡面有具西方電器的電話拆下來的零件，而且信不信由你，還有部伊萊克牌❹的小馬達。」他喝了口啤酒，想了想。「十五歲。車禍前幾天他剛滿十五歲。」他停住口，看著手上的啤酒罐，又低聲說了句：「十五歲。」

「伊萊克牌？」理查對那老人眨眨眼。

「沒錯。伊萊克牌也出產電器模型，強納森從……六歲吧，就有一部了。那是有一年我給他的聖誕禮物。那孩子從小就迷機械，任何機械他都愛，我猜他一定很愛那一小盒馬達組。他把那模型保存了將近十年。沒幾個孩子做得到的。」

「的確。」理查想到塞茲的玩具箱。這些年來那些玩具卻不是被丟棄、遺忘，就是壞掉或者破損了。他望向那部電腦。「這麼說，那是不能用的了。」

「要等你試了才知道。」諾荷說：「那孩子幾乎可說是個電器天才。」

「我想那樣說也沒錯。我知道他對機械很在行，而且他小學六年級就得過全州科學獎了——」

「而且參賽的孩子年紀都比他大得多——有些還是高中生。」諾荷說：「他母親是那麼說的。」

「那倒是真的。我們都以他為榮。」這不盡然是真話。理查以他為榮，強納森的母親也是。但那孩子的父親卻根本不屑一顧。「但是科學獎計畫，和自己製造的拼裝電腦——」他聳聳肩。

諾荷放下啤酒。「五〇年代的時候，有個孩子，」他說：「用兩個鐵罐頭和大約價值五塊錢的電器設備製造出核子分裂器。那是強納森告訴我的。他還說一九五四年，在新墨西哥州某個小鎮，有個孩子發現了超光子——一種可以讓時光倒流的反物質。在康乃迪克州華特堡鎮，有個十一歲的孩子用撲克牌背面刮下的賽璐珞做出一個炸彈。他用那炸彈把間空狗屋給炸了。孩子們有時候很難說的，尤其是那些特別聰明的孩子。你可能會很驚訝呢。」

「也許。也許我會的。」

「不管怎麼說，他是個好孩子。」

「你算是很愛他，對吧？」

「哈隆先生，」諾荷說：「我非常愛他。他是個了不起的孩子。」

④Erector。美國著名的玩具模型品牌。

理查想著，那實在很奇怪——他哥哥，從六歲起就是狗屎一堆，卻娶了個好女人，生了個聰明的好兒子。他自己，總是盡量溫厚、盡量當個好人（不管「好」在這瘋狂的世界裡有什麼意義），卻娶了莉娜。後來變得沉默寡言、好吃懶做的胖莉娜，還得到她生的塞茲。望著諾荷誠實而疲倦的臉孔，他發現自己正納悶著怎麼會有這種事，而這未嘗不是他自己的錯，他自己沉默的弱點造就的必然結果。

「是的。」理查說：「他真是個好孩子，不是嗎？」

「那玩意兒如果能用，我是不會意外的。」諾荷說：「我一點也不意外。」

諾荷走了以後，理查・哈隆將那部「電腦」插上電源，開了開關。一陣嗡嗡聲響起，他等著看螢光幕上會不會跳出ＩＢＭ字樣。但是沒有。然而，從黑暗中跳出來的是這些字，令人悚然，宛如從墳中發出聲音般的綠色幽靈：

理查叔叔，生日快樂！強

「老天！」理查低吟一聲，重重坐下。

兩星期前的那場車禍，使他哥哥、嫂嫂，和他們的兒子當場死亡——他們正從郊外回家，而羅傑喝醉了。喝醉酒在羅傑・哈隆一生中是件很平常的事，但是這回他的運氣用完了，因此他把那輛風塵僕僕的老貨車駛出九十呎高的懸崖。車子當場撞毀起火。強納森才十四歲——不，十五歲。那老人說，車禍前幾天他才剛滿十五歲。再過三年，他就可以擺脫那愚蠢、酗酒的父親了。他的生日……而我的生日也快到了。

下星期的今天。這部個人電腦是強納森送他的生日禮物。

這讓他更難過了。理查說不出究竟是如何難過，又是為了什麼，但他就是很難過。他伸手想關掉電腦，卻又縮了回來。

有個孩子用兩個鐵罐和價值五塊錢的電器設備做出核子分裂器。是的，紐約市的下水道系統還爬滿鱷魚，而美國空軍在內布拉斯加州某處冰凍了一具外星人的屍體。再多說一點吧。全都是狗屎。但也許那只是我自己不想去查證。

他站起身，繞到電腦後面，透過縫隙往裡看。是的，正如諾荷所說。有些電線印有「無線電城，台灣製」，有些電線印有「西方電器」和「伊萊克牌」，還有個小圓圈商標。他又看見另一樣東西，這是諾荷沒提過或沒看到的。那裡面有個電動火車變壓器，像科學怪人的新娘一樣插滿電線。

「老天。」他說著突然大笑，笑得眼淚都快流出來了。「老天，強納森，你到底在幹什麼？」

但他知道。他夢想著並談論一部個人電腦已經好幾年了，當莉娜的笑聲變得太譏誚時，他對強納森提起他的夢想。「這樣我可以寫得快一點，修改得快一點，生產更多的故事。」他記得，去年夏天他對強納森這麼說。那孩子正經八百地望著他，眼鏡後面那雙聰明卻總是謹慎的淺藍色眼眸閃閃發光。「那會很棒……真的很棒。」

「那你為什麼不買一台呢，理查叔叔？」

「那玩意兒可不便宜。」理查笑笑。「無線電城的三千美元起跳，最貴的要一萬八千塊美元。」

「那麼，也許我可以做一台給你。」強納森說。

「也許這樣也好。」理查說著，拍拍他的背。但直到諾荷打電話來之前，他根本就忘了這回事了。

從電器模型器材店裡買到的電線。

一個電動火車變壓器。

老天。

他又走回電腦前，想把它關掉，似乎他要是真的試著用它寫作卻失敗了，會褻瀆他那真誠、脆弱的

（可悲而不幸的）

姪兒。

然而他卻按了鍵盤上的執行鍵。但他按鍵時，卻感覺一陣寒意竄上脊髓——仔細想想，「執行」這個詞實在用得奇怪。這個詞不會讓他聯想到寫作，卻會想到毒氣室、電椅……還有灰撲撲的老車駛出路面。

執行。

CPU的嗡嗡響比他看過的任何電腦發出的聲音都要大。事實上，那聲音幾近吼叫。*那麼記憶體裡有什麼呢，強納森？*他想著。*床墊彈簧？一排電動火車變壓器？湯罐頭？*他又一次想到，強納森那張沉靜清秀臉上的眼睛。嫉妒另一個人的兒子，這是不是很不正常？

*可是他應該是我的兒子。我知道……我想他也知道。*還有羅傑的太太，貝琳妲。貝琳妲太常在陰天戴太陽眼鏡。而且是很大的，只因為她眼睛四周的瘀血總會漫開來。但有時候他看著她，在羅傑喧嘩的笑聲中安靜而警戒地坐在那裡時，他也會有同樣的想法：*她應該是我的。*

那是個可怕的想法，因為他們兄弟倆都是在高中時認識貝琳妲，也同時追求她。他和羅傑差兩歲，而貝琳妲正好和他們各差一歲。她比理查大一歲，比羅傑小一歲。事實上，先追求這日後成強納森母親的女孩的，是理查。但後來羅傑介入他們之間。那個個子比較高大、年紀較長的羅

傑、總是得到一切的羅傑、如果你擋了他的路，他就傷害你的羅傑。

我害怕了。我怕了，於是我放她離開。就那麼簡單嗎？親愛的上帝。幫幫我，我想是的。我希望有不同的答案，但對於如此懦弱、如此羞恥的事，也許最好還是別騙自己。

如果那是真的——如果莉娜和塞茲屬於他那一無是處的哥哥，而貝琳妲和強納森屬於他，那又能證明什麼？一個人又該如何面對這樣錯誤的組合？你笑得出來嗎？你能叫嗎？你會為隻黃狗舉槍自殺嗎？

那玩意兒能用的話，我是不會意外的。我一點也不意外。

執行。

他的指頭迅速按著字母鍵。他望著螢光幕，看見這些綠字在螢幕上浮了出來：

我哥哥是個沒用的酒鬼。

那些字浮在那裡。理查突然想到他小時候曾經有過的一個玩具，那玩具叫神奇八球。你問它一個可以用「是」或「否」回答的問題，然後轉那顆神奇八球，看它對那問題有什麼答案——那些可笑但也有點神秘的回答包括：「差不多是」，「我不會那麼做」，和「等會兒再問一次」。

羅傑很嫉妒他那個玩具，有一天，在他強迫理查把那玩具給他後，他用力把那玩具摔向人行道，把它摔破了。然後他開始大笑。此刻理查坐在這裡，聽著強納森製造的電腦發出奇怪的嗡嗡吼聲，想起那天他傷心地跪在人行道上哭泣，難以相信他哥哥竟會做出這種事。

「寶貝——球，寶貝——球，看看那個寶貝球。」羅傑這麼嘲笑他：「那不過是個便宜的爛玩具，理查。你看，那裡面什麼都沒有，只有一堆小牌子和一攤水。」

「我要跟媽講！」理查用盡肺活量叫道。他的頭發熱，鼻子因為氣憤的淚水而塞住。「我告訴你，羅傑！我要跟媽講！」

「你敢說，我就折斷你的手。」羅傑說道。從他的獰笑中，理查看得出他不只是說空話威脅。於是他沒去跟媽媽告狀。

我哥哥是個沒用的酒鬼。

嗯，不管這電腦的組合有多奇怪，至少它讓你打的字在螢幕上出現。不管這CPU會不會儲存資料，但強納森這個王安電腦的鍵盤和IBM螢幕的組合，無疑是可行的。雖然它剛好喚起一段頗不愉快的童年往事，但這不算強納森的錯。

他環顧書房，目光正好落在屋內的一張照片上。這張照片既不是他選的，也不是他喜歡的。那是莉娜在照相館拍的照片，兩年前她送他的聖誕禮物。她說：我要你掛在書房裡。而他自然照做了。根據他的揣測，這是她就算人不在時，也能監視他的方法。別忘了我，理查。我在這裡。也許我騎錯了馬，但我還在這裡。你最好記住這點。

那張光影並不自然的相片，和書房裡的一些複製名畫一點也不相稱。莉娜的眼睛半閉，厚厚的嘴唇撇出一個不太像微笑的笑容。還在這裡，理查，她的嘴在對他說：你最好別忘了。

他打上：

我太太的照片掛在書房的西牆上。

他望著那排字，卻和厭惡那張照片一樣的不喜歡，他按了「刪除」鍵。那排字消失了。現在螢幕上什麼也沒有，只有不斷跳動的橫線。

他抬頭望向那面牆壁，看見他太太的照片也消失無蹤了。

他在那裡坐了很久——至少感覺很久——呆呆望著牆上原來掛著相片的地方。最後讓他從這難以置信的驚愕中清醒過來的，是CPU的氣味——一種清晰印在他記憶中的氣味，一如他清晰記得羅傑摔破的那個神奇八球。那是電動火車變壓器的氣味。一聞到那氣味，你就知道該把那機器關掉，好讓它冷卻下來。

他會關的。

再過一會兒。

他站起來，邁開麻木的雙腿，走向那面牆。他用手指摸摸牆板。那張照片原本是掛在這裡的，沒錯，就在這裡。但現在它不見了，連掛著它的鉤子也一併消失了，牆板上甚至沒留下他釘上鉤子的小洞。

都不見了。

他眼前的世界變成灰色，整個人踉踉蹌蹌地向後退，模糊地想著他快昏倒了。他勉力撐著，直到焦距再度集中。

他看看原來掛著莉娜照片的空白牆面，又望向他已死的姪兒拼裝的那台電腦。

你可能會很驚訝。他彷彿聽見諾荷這麼說。你可能會很驚訝呢，你可能會很驚訝呢，喔，是的，如果在五〇年代就有個孩子能夠發現可使時光倒流的物質，你可能會很驚訝，你那天才姪子能用一堆被丟棄的電腦零件和一些電線與電器設備做出什麼東西來。你可能會非常驚訝，驚訝到以為自己快發瘋的程度。

變壓器的味道更強更濃了，他看見螢幕後面冒出幾縷煙。CPU的嗡嗡聲也更大了。該把它關掉了——強納森雖然聰明，但顯然沒時間把這部瘋機器裡的零件調校好。

但是他知道這台電腦的功能嗎？

在想像力的馳騁下，理查又在螢幕前坐了下來，打上：

我太太的照片在那面牆上。

他望著這排字，又望向鍵盤，按下「執行」鍵。

莉娜的照片回來了，好端端地掛在原來的地方。

「老天啊！」他低呼道：「耶穌基督！」

他抬手擦著臉頰，再度望向鍵盤（現在螢幕上又只有跳動的橫線了），打上：

我的地板上沒有東西。

接著他按了「插入」鍵，打上：

只有十二個二十元金幣裝在一個小棉布袋裡。

他按下「執行」鍵。

他望向地板一看，只見地板上出現一個有著繫繩的小棉布袋。袋子上印有一排褪色的字：「威爾·法哥銀行」。

「天啊！」他聽見自己用不屬於他的聲音說：「老天，親愛的上帝——」要不是電腦開始發出持續的嗶嗶聲，他可能會繼續唸救世主的名字，唸上幾分鐘或幾小時。此時螢幕上方跳出幾個綠字：「過度飽和」。

理查急忙關掉一切，彷彿有魔鬼在背後追他似的逃出書房。

但在他離開前，他撿起那個有繫繩的小布袋，塞進他的口袋裡。

那晚他打電話給諾荷時，十一月的冷風在窗外的樹上吹著無調的風笛。塞茲和他朋友在樓下彈唱鮑伯·席格的歌，沒比牛叫好聽，卻比牛叫聲吵上一百倍。莉娜到「悲愁女郎」俱樂部玩賓果去了。

「那機器管用嗎？」諾荷問。

「很管用。」理查說道。他伸手從褲袋裡掏出一個金幣。這金幣沉甸甸的——比一只勞力士錶還重，一面印了隻老鷹，並印有日期：一八七一。「你不會相信它有什麼功用。」

「我也許會相信，」諾荷淡然地說：「他是個非常聰明的孩子，而且他很愛你，哈隆先生。但你千萬要小心。孩子畢竟只是孩子，不管他聰不聰明，而且他的愛有可能會被誤導。你明白我的意思嗎？」

理查完全不明白。他只覺得全身興奮得發燙。當天報紙印了目前黃金的市價是一盎司五百一十四元。他在郵件磅秤上量過，那些金幣每個重達四點五盎司。以目前的市價算來，它們總價兩萬七千七百五十六元。再加上歷史價值，他相信這數字不過是他可能賣到的四分之一而已。

「諾荷先生，你可以到這裡來嗎？現在？今晚？」

「不行。」諾荷說：「不行，我想我不能去，哈隆先生。我認為這是你和強納森兩個人的事。」

「可是——」

「只要記住我的話。看在老天的份上，千萬要小心。」「喀嗒」一聲，諾荷掛了電話。

半個鐘頭後，他發現自己又回到書房，盯視著那台電腦。他摸著開關，但沒有把它打開。諾荷第二次說起時，理查聽進去了。看在老天的份上，千萬要小心。是的。他務必要小心。一台可以有這種功能的機器——

一部機器怎麼會有這種功能呢？

他完全沒概念……但從另一方面說來，這能讓他較容易接受這整件瘋狂的事。他是個英文老師兼職作家，不是機械技師，而且他這輩子一向不了解任何機械運作：電唱機、汽油引擎、電話、電視或抽水馬桶的設計。他的一生是一部了解操作程序而非原理的歷史。這不只是程度上的差別嗎？

他開了電腦。螢幕上出現同一排字：理查叔叔，生日快樂！強。他按下「執行」鍵，他姪兒的問候便消失了。

他突然想到：這台機器用不了多久的。他確信強納森去世前必定還在進行研究，以為自己還有時間；畢竟，理查叔叔的生日是三個星期後的事情——

然而強納森的時間卻用完了，因此這台驚人的電腦雖然明顯可以在現實世界中插入新事物，或刪除舊事物，但在用了幾分鐘後就會開始冒煙，發出電動火車變壓器的燒焦味。強納森沒有這個機會讓它變得完美。他——

相信有足夠的時間？

可是錯了。全錯了。理查知道。強納森那沉靜、謹慎的臉，在厚重鏡片後方那雙澄澈的眼眸……其中並不包括自信，不相信時間的慰藉。他下午怎麼想他的？可悲而不幸，對了，「不幸」正是對強納森最好的形容。

「不幸」清清楚楚地寫在那孩子臉上，這讓理查有許多次想緊緊抱住他，告訴他快樂點，有時候這世上也會有快樂的結局，而且好人並不見得都不長命。

接著他又想到羅傑用盡全身力氣，將他的神奇八球摔向人行道。他聽到塑膠碎裂聲，看見八球的神奇液——其實不過是水——流過人行道。這幅影像和羅傑的舊貨車混在一起。那輛貨車側身印有「哈隆批發送貨」，衝過鄉間某個碎石處處的斷崖，正面摔落，發出轟然聲響。他看見——雖然他並不想——貝琳妲的臉只剩血和骨頭。他看見強納森在車裡全身燃燒，嚎叫不止，變得焦黑。

沒有自信，沒有希望。他常給人一種時間不夠的感覺。而事實證明他是對的。

「那是什麼意思？」理查喃喃說著，望向空白的螢幕。

那個魔術八球會怎麼回答這個問題？「等會兒再問一次」？「結果不明」？或者「必然如此」？

ＣＰＵ的響聲又開始變大，比下午時還快。他已能聞到強納森放在螢幕後機械裡的電動火車變壓器過熱的氣味。

神奇的夢幻機。

眾神的電腦。

就是這東西吧？那就是強納森打算送給叔叔的生日禮物嗎？太空時代的神燈或許願泉？

他聽到主屋的後門「砰」地一聲打開，接著便傳來塞茲和他的樂團團員的聲音。他們的聲音很大，很吵，想必不是喝了酒就是抽過大麻。

「你老頭呢，塞茲？」他聽到有個人問。

「關在他書房裡吧，我想，跟平常一樣。」塞茲說：「我想他——」這時風聲變大，蓋過了塞茲的話，卻蓋不住他們惡毒的笑聲。

理查坐在書桌前聽著他們，腦袋微微偏向一側，突然打下：

我兒子是塞茲．哈隆。

他的手指在「刪除鍵」上游移。

你在幹什麼？他的心對他尖叫。你是當眞的嗎？你打算謀殺你兒子嗎？

「他一定在那裡面做什麼事吧？」另一個團員說。

「他是個蠢蛋。」塞茲說：「你問我媽好了。她會告訴你，他——」

我不是要謀殺他？我是要……刪除他。

他的手指摸著那按鍵。

「——什麼事也不會做，只會——」

「我兒子是塞茲・哈隆」幾個字從螢幕上消失了。

屋外，塞茲的話也隨著那排字一起消失。

外頭靜悄悄地，只有十一月的冷風呼呼吹著，為冬天做預告。

理查關掉電腦，走到外面。車道上空空如也。樂隊的主吉他手，諾姆什麼的，開一輛巨大而有點邪惡的老LTD房車，用來載運樂團的設備和音響。現在那輛車已從車道上消失了。也許那輛車還在世上某處，風馳電掣地飛過公路，或停在什麼漢堡店的停車場上，而諾姆也仍在這世上某處。還有貝斯手大衛，那孩子的眼睛可怕的慘白，一邊耳垂上還掛了支安全別針；還有掉了顆門牙的鼓手。他們還在這世上的某個地方，但不在這裡。因為塞茲不在這裡，塞茲從來不曾出現在這裡。

塞茲已被刪除。

「我沒有兒子。」理查低聲說道。他曾多少次在三流小說裡看過這種無聊的句子？一百次？兩百次？他以前總覺得那句子聽起來很虛假。但現在那卻是真實的。是的，現在那是真的了。

風陣陣襲來，理查突然覺得胃部一陣抽痛，痛得他彎腰開始喘氣。

等這陣胃痛平息之後，他走回屋裡。

他注意到的第一件事是，塞茲穿爛的網球鞋——他共有四雙，卻拒絕丟掉任何一雙——已經從玄關消失了。他走向樓梯，用手指劃過一段樓梯扶手。塞茲十歲時（他早該懂事了，可是莉娜卻不肯讓理查動塞茲一根寒毛修理他）在扶手欄杆上刻下他的名字，那些欄杆是理查花了一整個夏天打磨擦亮的。塞茲在上面刻字之後，他又磨又擦，重新上漆，卻還是無法把那些字完全抹掉。

現在那幾個字全不見了。

樓上塞茲的房間，裡面乾乾淨淨，沒有任何人住過的痕跡，整潔而缺乏個性，音響喇叭和麥克風都不見了；塞茲每次說他會「修好」的散了一地的錄音機零件也不見了（他沒有強納森的巧手或耐心）。然而這房間裡處處可見莉娜的痕跡（也許不見得愉悅）——厚重而華麗的家具，暖色的天鵝絨窗簾（一幅畫著「最後晚餐」，畫上的耶穌長得很像某個電視明星，另一幅是阿拉斯加黃昏時的鹿群），如血般鮮紅的地毯。沒有一點跡象顯示曾有一個名叫塞茲・哈隆的男孩住在這房間裡。這個房間，或是這棟屋子裡的任何一個房間。

理查仍站在樓梯口，環顧四周時，聽到一輛車子駛上車道。

莉娜，他想著，立刻被一股罪惡感所侵襲。是莉娜，玩完賓果回來了。她看到塞茲消失時會說什麼呢？什麼……什麼……

兇手！他彷彿聽見她在尖叫。你謀殺了我兒子！

可是他沒有謀殺塞茲。

「我只是刪除了他。」他低喃了一句，便上樓到廚房裡去等她。

莉娜變胖了。

他送出走去玩賓果的那個女人大約一百八十磅重。但這個進屋來的女人至少重三百磅，或許不止。她必須微微側身才進得了後門。大象般的臀部和大腿在綠色尼龍長褲下呈波浪狀動著。她那身在三小時前只是有點太白的皮膚，現在病態似的蒼白。他雖然不是醫生，但也能從那皮膚看出嚴重的肝臟受損，或初期的心臟病。那雙眼瞼極厚的眼睛輕蔑地望向理查。

她的一隻肥手上拿了隻巨大的冷凍火雞，那火雞在塑膠紙包內怪異地扭曲，像是自殺後的軀體。

「你在瞪什麼呀，理查？」她問。

妳，莉娜，我在瞪著妳看。因爲在一個我們不會生育的世界裡，妳就會變成這副德行。在一個沒有任何東西讓妳愛的世界裡，妳就會變成這樣，儘管妳的愛是有毒的。這就是在一個只進不出的世界裡變成的莉娜。妳，莉娜。我在瞪的就是妳。

「那隻火雞，莉娜。」最後他勉強說：「那是我見過最大的火雞。」

「呃，別光站在那裡看呀，白癡！幫我拿呀！」

他接過火雞，放到櫃台上，感覺到冷凍肉冒出的冷氣。火雞碰到櫃台，聽起來像塊木頭。

「不是那裡！」她不耐煩地喊著，指指餐具室。「那裡哪放得下！放到冷凍庫裡呀！」

「對不起。」他喃喃說著。在有塞茲的世界裡，他們是沒有冷凍庫的。

他拿著火雞走進餐具室，那裡面放了個長形冷凍庫，在白色的日光燈下，看起來像副白色的棺材。他把火雞連塑膠包裝一起塞到冷凍庫裡，和其他冷凍的鳥肉或其他動物放在一起，然後又走回廚房。這時莉娜已經從櫃子裡取出一盒巧克力，正津津有味地一個接一個往嘴裡塞。

「那是感恩節賓果。」她說：「我們提前一星期玩，因為下星期菲利神父得進醫院去拿膀胱結石。我贏了最難的那種。」她得意地微笑，牙齒上沾著溶化的巧克力。

「莉娜，」他問道：「妳會不會很遺憾我們沒有孩子？」

她看著他的神情，似乎認為他瘋了。「我要個爛猴子做什麼？」她說著，把剩下半盒的巧克

力放回櫃子裡。「我要睡覺去了。你要跟我一起去呢，還是要再回那裡摸你的打字機？」

「我想再到書房去一下。」他的聲音出奇鎮定。「不會太久的。」

「那玩意兒可以用嗎？」

「什麼——」但他還沒問出口就會意過來，不禁感到一陣歉疚。她知道那台電腦，她當然知道。塞茲的刪除並未影響羅傑和他一家人的軌道。「噢。哦，沒用。那東西一點用也沒有。」

她滿意地點點頭。「你那個姪兒，總是滿腦子霧水。就像你一樣，理查。」她粗啞有力地大笑出聲——一個年華老去的老鴇笑聲——使他有一剎那幾乎要撲向她。但接著，他發覺自己的唇上也浮出微笑——一絲冷酷的笑，就像那個代替了塞茲的冷凍櫃。

「不會太久的。」他說：「我只是要記下幾件事。」

「你為什麼不寫一篇可以拿諾貝爾獎的故事或什麼的呢？」她漠然地說，晃著肥胖的軀體走向樓梯，大廳的地板吱嘎作響。「我配的老花眼鏡還沒付錢，我們的錄影機分期付款也已經落了一期。你為什麼就不能多賺點該死的錢？」

「這個，」理查說：「我不知道，莉娜。不過我今晚很有靈感，真的。」

她轉身瞄他一眼，似乎想要開口譏諷——說他的靈感到現在還是沒能讓他們生活寬裕些，但她這輩子只能跟定他了——結果她沒說。也許是他的笑容阻止了她。她上樓去，理查站在樓下，聽著她如雷的腳步聲，覺得前額冒汗，既高興又噁心。

他轉身走回書房。

這次當他打開電腦時，ＣＰＵ沒有嗡嗡作響了，卻發出不規則的低吼聲。那個電動火車變壓器幾乎立刻傳出焦味，而當他按下「執行」鍵，消去理查叔叔，生日快樂！這排字時，整部電腦便開始冒煙。

沒多少時間了，他心想。不對……這樣說不對，是根本沒時間了。強納森知道，現在我也知道了。

他有兩個選擇：用插入鍵讓塞茲重現（他確定這是可行的，就像先前創造那些西班牙金幣一樣簡單），或是完成他心裡所想的。

焦味更濃了。再過一會兒，螢幕上就會閃現「負荷過重」的字樣。

他打下：

我的妻子是亞德莉娜·梅寶·華倫·哈隆。

他按了「刪除」鍵。

他再打上：

我是個獨居的人。

這時螢幕右上角不斷閃現：「負荷過重」、「負荷過重」、「負荷過重」。

拜託，請讓我打完，拜託，拜託，拜託……

從螢幕後冒出的煙變得更濃、更灰了。他低頭看著尖叫不止的ＣＰＵ，看見連那裡都開始冒煙……在濃煙中還有紅色的火花。

神奇八球，我會健康、富裕、有智慧嗎？或者我會孤獨一生，然後悲哀地自殺身亡？時間還夠嗎？

現在看不見。等會兒再試一次。

只不過再也沒有「等一下」了。

他按下插入鍵，螢幕登時變成空白，只剩不斷急速閃現的「負荷過重」。

他打上：

和我的妻子貝琳妲，我的兒子強納森。

拜託，拜託。

他按了執行鍵。

螢幕整個變成空白，似乎整整過了一世紀之久，只有「負荷過重」幾個字以飛快的速度閃現，在螢幕上留下模糊的鬼影，彷彿電腦接收了重複循環的指令。在CPU裡，不知什麼零件爆炸而開始滋滋冒煙，理查不禁呻吟起來。

螢幕上浮現綠色的一排字，在黑底的反襯下，顯得神秘難測：

我是個獨居的人，和我的妻子貝琳妲，我的兒子強納森。

他用力按了兩次執行鍵。

現在，他心想。現在我會打：在諾荷先生把這部電腦送來之前，這機器的所有設計已達完美。或者我會打：我有至少寫出二十本暢銷小說的靈感。或者我會打：我的家人將與我快樂地一起生活。或者我會打——

但他什麼也沒打。他的指頭遲緩地在鍵盤上方游移，整個腦子的思路似乎都塞住了，猶如紐約曼哈頓區有史以來最嚴重的交通阻塞。螢幕上突然現出一排又一排的字：

負荷過重負荷過重負荷過重負荷過重負荷過重負荷過重……

又一個輕微的爆破聲傳來，接著CPU整個爆炸，冒出一陣火焰，隨即熄滅。理查靠向椅背，甩手遮著臉，以防連螢幕也跟著爆炸。可是沒有。只是這下螢幕完全變暗了。

他坐在書桌前，瞪著暗黑的螢幕。

現在無法確定。等會兒再問一次。

「爸爸？」

他猛地轉過身，心跳劇烈，覺得一顆心似乎就要跳出胸膛。

強納森站在那裡。強納森・哈隆，同樣的一張臉，只是有點不一樣——很微妙但看得出來的差異。

或許，理查心想，這差異是來自不同的父親吧。或者只是因為強納森的眼睛已失去了戒備謹慎的神色，隔著厚厚的眼鏡稍微放大了些。（他注意到強納森現在戴的是金屬細框眼鏡，而不是羅傑為了能便宜十五美元而老是買給那孩子的醜陋角框眼鏡。）

也許原因其實更簡單，那孩子的眼眸已不再顯得可悲而不幸。

「強納森？」他啞著嗓子叫了一聲，想著自己的願望是否過度奢求了。他想過嗎？這似乎很荒謬，但他知道自己想過。人總是不知足的。「強納森，是你，對吧？」

「還會是誰呢？」強納森說著，對那台電腦點了點頭。「那寶貝衝向資訊天堂的時候，你沒受傷吧？」

理查笑了。「沒有。我很好。」

強納森點點頭說：「很抱歉它不能用。我也不曉得怎麼會想到用那些亂七八糟的零件。」他搖搖頭。「真的，我發誓。好像有人非要我用不可，真是荒唐。」

「呃。」理查走向他兒子，伸手摟住他的肩膀。「也許下一次你會成功的。」

「也許。不然我就要轉移目標了。」

「那樣也好。」

「媽說她幫你泡了熱巧克力，如果你要的話。」

「我要。」理查說著，和兒子一起走出書房，往從來沒出現過賓果遊戲的冷凍火雞獎品的屋子走去。「我現在正需要一杯熱巧克力。」

強納森說：「明天我會把那部機器有用的零件留下來，其他的丟到垃圾桶去。」

理查點點頭說：「把它從我們的生活中刪除。」他們走進洋溢著熱巧克力奶味的屋子，兩人不約而同歡笑出聲。

of this date a few mo

since in which you

the honour to apply to

Excellency to restore to

the Commission of Br

General of Brigade by

which I had the honour

resign, and which y

-cellency accepted

me great pleasure to

it and the order which

given to that effect

陶德太太的捷徑

Mrs. Todd's Shortcut

「陶德太太過來了。」我說。

荷馬·貝克藍看著那輛捷豹駛過，點了點頭。車裡的女人舉手對荷馬揮了揮。荷馬對她點點他頭髮凌亂的大頭，卻沒舉手回應。陶德太太一家在城堡湖畔有棟避暑別墅，荷馬不知從多久以前就是他們的管理員。我總覺得他不喜歡渥茲·陶德的第二任太太；至少不像他以前那麼喜歡「奧菲莉亞」——第一任陶德太太。

這不過是兩年前的事，我們坐在貝爾市場前的長凳上，我喝著一罐橘子汽水、荷馬喝著一瓶礦泉水。城堡岩的十月，是相當寧靜的一段時光。湖岸許多房子週末仍有人住，但吵鬧、喝酒的夏季社交活動那時已經結束了，而攜帶獵槍及昂貴的非本州居民狩獵許可證，且戴著橘紅鴨舌帽的獵人還沒開始進鎮來。農作物多已收割，夜裡很涼爽，適合睡眠，而且所有像我這種老骨頭也還沒開始抱怨。十月裡，籠罩著湖面的天空常是晴朗的，飄著一大朵一大朵白雲，我喜歡它們底部看起來扁扁的，又有點灰灰的，似乎在預告著黃昏。我也可以整天盯著在湖面上跳躍的陽光，卻一點也不覺得無聊。在十月裡，坐在貝爾市場前的長凳上遠眺湖面時，我常希望自己還會抽菸。

「她開車沒有奧菲莉亞快。」荷馬說：「以前我真的常想，像她車開得那麼快的女人，真讓人想不到會有個那麼老式的名字。」

對終年住在緬因小鎮的居民來說，像陶德一家那種只是來避暑度假的人，實在沒什麼好談的。長住這裡的人喜歡他們自己的愛恨故事和蜚短流長的醜聞。

從安柏里來那個在紡織業做事的傢伙舉槍自殺時，伊絲朵妮·柯布里發現大約一星期後，就沒人邀她去吃午餐，聽她講如何在發現他時，看到他的槍還握在一隻僵硬的手裡。但人們到現在還是時常談起被狗咬死的喬·康柏❺。

呃，那無關緊要。只不過他們的跑道跟我們不同而已。避暑的人慢跑，我們這些工作時不打領帶的人卻是慢走。

即便如此，一九七三年當奧菲莉亞・陶德失蹤時，還是在本地激起相當的興趣。奧菲莉亞真是個很好的女人，她為本鎮做了不少事。她為史龍圖書館募款，又幫忙整修戰爭紀念館等諸如此類的事。不過每個避暑的人都喜歡募款這主意。你一提募款，他們的眼睛就亮起來，並開始閃光。

你一提籌款，他們就可以立刻組成一個委員會，並指定秘書做開會記錄。他們喜歡這個。但你一提時間（除了兼具雞尾酒會及委員會議的大盛會之外），可就沒那麼運氣了。時間似乎是避暑的人最需要的。他們珍藏時間，如果時間可以像果醬般放在玻璃罐裡保存的話，他們一定會那麼做。可是奧菲莉亞・陶德卻似乎願意花時間——去圖書館工作，或為圖書館募款。當戰爭紀念館必須擦洗打蠟時，奧菲莉亞就在那裡，和鎮上在三次戰爭裡失去兒子的婦女一起穿著工作服，把頭髮綁起來。當孩子為了參加夏季游泳訓練班需要有車接送時，你就會看見她開著渥茲・陶德閃亮的新貨車駛過蘭汀路，車上載滿小孩。一個好女人。

不是鎮上的女人，但是個好女人。因此當她失蹤時，自然不免會引起關切。也說不上哀慟，因為失蹤並不等於死亡。那不像用把刀子砍掉什麼，倒像是某樣東西被水慢慢沖到水槽裡，只有等過了很久以後，你才知道那東西不見了。

「她開的是賓士。」荷馬自顧自地說：「雙人座跑車。我猜是陶德六四或六五年買給她的。你記不記得她那些年總開貨車載孩子到湖邊去？」

❺見《狂犬庫丘》一書。

「記得呀。」

「她載過的人數不下四十個，他們都坐在後面。可是她不能開快車，因此總有些無精打采。」

以前荷馬從不講那些避暑者的閒話，尤其是他的僱主。但後來他太太過世了。那是五年前的事，她在犁一塊坡地，結果耕耘機翻倒在她身上。荷馬為了她的死十分難受，傷心了大約兩年，後來似乎好了點，然而他已不是原來的荷馬了。他好像在等著某件事發生，等著下一件事。某些黃昏時刻，你經過他那間整齊的小屋，他會在陽台上抽菸斗，陽台欄杆上放杯礦泉水，夕陽會照進他的眼眸，而菸斗的煙會繞著他四周裊裊上升，那時你會想——至少我想了——荷馬在等待下一件事。雖然我不願承認，但這實在令我困擾，最後我想，那是因為如果是我的話，我就不會等待下一件事。這就像一個新郎穿上禮服，又終於打好領帶後，卻只是坐在樓上房間的床上，先看看鏡子裡的自己，再看看壁爐架上的時鐘，等著到十一點時才能結婚。換作是我，我就不會等著下一件事，我會等著最後一件事。

可是在等待期間——這期間終於在一年後荷馬到佛蒙特州去時結束了——他有時會對我和另外幾個人談起那些人。

「就我所知，和她丈夫在一起時，她從不開快車。但我坐她的車時，她卻讓那輛跑車物盡其用。」

一個傢伙開車進入加油站，開始加油。那輛車的車牌是麻州的。

「她的車可不是這些吃無鉛汽油、一踩油門就會震動的新型跑車。那是輛舊型跑車，速度表刻度高達一百六十哩。那車有種奇怪的棕色，有次我問她為什麼要訂那個顏色，她說那叫香檳色。我說，那可好，結果她大笑起來。你知道的，我喜歡懂得欣賞笑話的女人。」

那人已為他的車加滿了油。

他走上階梯，一邊說道：「午安，兩位先生。」

我說：「你好呀！」他已進屋去了。

「奧菲莉亞常在找捷徑。」荷馬繼續說，彷彿我們不曾被打斷。「那女人是個捷徑迷。我從不覺得有什麼道理。她說只要你能節省距離，你就能節省時間。她說她父親誓死力行這句格言。他是個推銷員，總在路上跑，只要可能她都會跟著他去，而他總在找最短的路。因此她也有了這個習慣。

「有一次我問她，那不是有點可笑——一方面她花時間刷洗廣場那座老雕像，又接送孩子去上游泳課，而不像一般避暑的人打網球、游泳、參加宴會。另一方面她又非要從這裡到福來堡之間節省十五分鐘，而光想著為了省這十五分鐘，可能就讓她傷了幾夜的腦筋。我總覺得這兩回事互相矛盾，你懂我意思吧。她只是看著我說：『我喜歡幫助別人，荷馬。我也喜歡開車——至少有時候，當那是一項挑戰的時候——可是我不喜歡開車所花的時間。那就像補衣服，有時候你會打褶，有時你又得鬆開褶子。你明白我的意思嗎？』

「我有點疑惑地說：『我想我大概明白，太太。』

「她說：『如果我認為坐在駕駛座後方是真正的好時光，那我就不會找捷徑，我會找長路。』我被她這話逗笑了。」

那個麻州來的傢伙走出店門，一手拿著六罐裝啤酒，另一手拿著幾張彩券。

「祝你有個愉快的週末。」荷馬說。

「我會的。」那個麻州人說：「我只希望能整年住在這裡。」

荷馬說：「呃，我們會好好照顧這地方，等到你能來的時候。」那傢伙哈哈大笑。

我們望著他開車離去，那麻州的牌照分外耀眼。那是綠色的。我家的瑪西說，在那奇怪、憤怒、烏煙瘴氣的州裡，只有開車兩年不曾有過一次肇事紀錄的駕駛，才能從麻州監理所領到綠色牌照。如果你有肇事紀錄，她說，那你的牌照就是紅色的，這樣當人看到你的車時，才知道要特別警覺。

「他們是本州人，你知道，他們兩個都是。」荷馬說，彷彿是那個麻州人提醒了他這個事實。

「我想我知道。」我說。

「陶德夫妻大概是我們這裡唯一在冬天時向北飛的鳥。新的那個，我想她不怎麼喜歡向北飛。」

他喝了口礦泉水，若有所思地沉默了一會兒。

「可是她卻不介意。」荷馬又說：「至少，我判斷她不介意，儘管她常常抱怨。她的抱怨只是種解釋為何她總在找捷徑的方式。」

「你是說，她丈夫不在乎她在從這裡到班格爾之間的每條小路漫步，只因為這樣可以看看是不是能省下零點九哩的路？」

「他一點也不在乎。」荷馬答了一句，站起身走進店裡。我說，歐文，我告訴自己，你明知在他有興致說話時問問題是不安全的，這下你可別想聽故事了。

我坐在原處，將臉轉向陽光，過了大約十分鐘後，他拿了一顆黃蛋走出來，坐了下來。他吃著蛋，我小心翼翼保持緘默。城堡湖的水面瑩瑩發光，猶如童話故事中的寶藏。荷馬吃完黃蛋、喝了口礦泉水後，又開口說話了，我很驚訝，卻依舊悶聲不語。這時開口可就太不聰明了。

「他們有兩、三輛不同的車。」他說：「那輛凱迪拉克、他的貨車、還有她的賓士小跑車。

有兩年冬天，他把貨車留下，以備他們想來這裡滑雪。多半在夏天過後，他會把凱迪拉克開回去，她則開走小跑車。」

我點點頭沒作聲。真的，我不敢再妄加評論。後來我常想著那天大概得發表很多意見才能叫荷馬・貝克藍閉嘴。他早就想和人說說陶德太太找捷徑的故事了。

「她的小跑車裡有種特別的里程表，可以告訴你每開一趟走了多少哩路。每次她從城堡岩開車到班格爾去時，她就把里程表歸零，到時再看它跑了多少哩。她把這當作做一種遊戲，而且常說給我聽。」

他頓了一下，想了想。

「不對，這樣說不對。」

他又停了停，前額皺出幾條橫紋，看來很像圖書館的梯子。

「她讓人以為她當那是種遊戲，可是她其實覺得那是件正經事。至少和別的事情一樣正經。」他揮了一下手，我猜他指的是她丈夫。「小跑車的置物箱裡塞滿地圖，後面一般汽車設有後座的地方還有更多地圖。有些是加油站地圖，有些是從公路地圖集上撕下來的。她還有從阿帕拉契山登山捷徑書中撕下的，和一大堆地形學測量圖。倒不是因為她有那麼多地圖，我才說那不是遊戲，而是她在所有地圖上都畫了很多線，標明了她已開過或準備試開的路線。

「有幾次她開到無路可走，只有找農夫用曳引機和鐵鍊幫她拖車。

「有天我在她家浴室裡鋪瓷磚，坐在那裡用水泥鋪填每道磚縫——那天晚上我夢見一大堆磚，磚縫裡填的都是血紅色的泥漿——她走過來，站在門口和我談了一會兒。我工作時不喜歡別人找我聊天，不過那回我倒很感興趣，因為我哥哥弗林以前就住班格爾，所以她對我說的那些路我差不多都走過。我之所以感興趣，也因為一個像我這樣的人總想知道最短的路，儘管不見得要走那條路。你明白嗎？」

「明白。」我說。知道最短的路自是吸引人，雖然你會因為岳母在你家裡，故意走比較長的路回家。然而知道有條短路可走——或者當你知道一條捷徑，而坐在你旁邊的人卻不知道時……這就是種力量。

「呃，她對那些路之熟悉，就像童子軍熟悉繩結。」荷馬說著，咧嘴一笑。「她說：『等一下，等一下。』像個小女孩一樣。接著我隔牆聽到她在書桌抽屜裡翻找，不一會兒她回來了，手裡拿了本好像用了很久的筆記本。封面破破爛爛的，有幾頁脫出線圈，露了一點出來。

「『渥茲走的是大多數人走的路線——走九十七號公路到梅肯瀑布，然後轉十一號公路到路易斯敦，再轉上高速公路到班格爾，全長一五六點四哩。』」

我點點頭。

「『如果你想省點距離，不走高速公路，你會到梅肯瀑布，走十一號公路到路易斯敦，二〇二號公路到奧古斯塔，然後轉上九號公路經中國湖、猶尼堤、海汶到班格爾。那是一四四點九哩。』

「『這樣省不了時間的，太太，』我說：『走路易斯敦到奧古斯塔卻不走高速公路。雖然我得承認，開舊德里路到班格爾，一路上風景的確很美。』

「『省了十幾哩路，不久你也會省下時間的。』她說：『我沒說我會走那條路，雖然我已經走過好幾次，我只是找出人們所走的路線。你要我往下說嗎？』

「『不要。』我說：『讓我一個人在這間浴室把這些該死的縫都填滿，直到我累得胡說八道吧。』

「『一共有四條路。』她說：『走二號公路這條全長一六三點四哩。我只試過一次，太長了。』

「我低聲說：『要是我太太打電話來說晚上吃的是昨天的剩菜，我就會走那條路。』

「『你說什麼？』她問。

「『沒什麼。』我說：『只是在說這些軟泥漿。』

「『噢。總之，第四條——沒多少人知道這條路線，雖說這段路都是柏油路——是走二一九號公路穿過斑鳥山轉二〇二號，開過路易斯敦。然後，你再走十九號公路繞過奧古斯塔，再取道舊德里路。這段路長一一二九點二哩。』

「我半晌沒說話，她大概以為我懷疑她的算術，因為她等了一會兒，便有點不高興地說：『我知道這讓人很難相信，可是真是這樣。』

「我說我猜那大概沒錯，因為我哥哥弗林還在世時，我就是走那條路到班格爾看他。不過我已經好幾年沒走那條路了。你想，一個人可能——呃——忘了路嗎，戴維？」

我說是有可能，高速公路比較容易記，過了不久你想的就只有怎麼從這裡通往那裡的高速公路，而不再是怎麼從這裡到那裡去了。這讓我想到也許到處都有許多被人棄置不用的路。兩旁有石牆的路，沿路長有黑莓叢的真正道路，可是那些黑莓已被人遺忘，只有鳥會吃它們，而在道路入口有碎石坑，上面掛著低垂生鏽的鐵鍊，那些坑洞也已被人遺忘，就像孩子的舊玩具一樣，四周長滿野草。這些路，只有住在路段上的人才記得，但他們一心只想著如何及早離開這段路，轉上高速公路。我們緬因人喜歡開玩笑說，你不能從這裡到那裡，但或許這是開我們自己的玩笑，事實是，做一件事總有一千種不同的方法，人們卻不願多想。

荷馬又繼續說道：「我一整個下午都在那間悶熱的浴室裡填瓷磚縫，而她就一直站在門口，一隻腳在另一隻腳後交叉，穿著條卡其裙子、一件暗色毛衣和雙便鞋，頭髮向後紮成一束馬尾。

她那時總有三十四、五歲了，但她說話時臉上閃著光彩，我得說她看起來就像個回家過暑假的大學女生。

「過了一會兒，她八成想到她站在那裡說話已經多久了，因為她說：『你一定被我煩死了，荷馬。』

「『可不是嘛，太太。』我說：『我不是跟妳說過，讓我一個人留在這裡跟這爛泥漿說話的嗎？』

「『別耍嘴皮子，荷馬。』她說。

「『不，太太，我一點也不覺得妳煩。』我說。

「因此她微微一笑，又回頭講她的路線，一邊翻著那本小筆記本，就像推銷員查看訂貨單一樣。她有那四條主要路線——呃，其實應該算是三條，因為她放棄了二號公路那條——但她至少有四十條不同的岔路。有些路有號碼，有些沒有；有些路有名字，有些沒有。我被搞得暈頭轉向的。最後，她對我說：『你準備好聽藍帶獎得主了嗎，荷馬？』

「『我想是的。』我說。

「『至少目前為止，這條路線是藍帶獎得主。』她說：『荷馬，你知不知道有個人在一九二三年的《今日科學雜誌》裡寫了篇文章，證明沒有人可以在四分鐘內跑一哩路嗎？他以男性大腿肌肉的最大長度、跨越的最大長度、衝刺的最大極限、心跳的最大極限，以及其他種種精密計算加以證明。我被那篇文章迷住了！因此我把它交給渥茲，要他轉交給緬因大學數學系的莫瑞教授。我要將那些數字再核算一次，因為我確信它們是以錯誤的假定為基準。渥茲大概以為我很傻氣——他喜歡說：『奧菲莉亞帽子裡有隻蜜蜂。』——但他還是答應了我的請求。呃，莫瑞教授很仔細地查對那人提出的數字，結果……你知道怎麼樣嗎，荷馬？』

「『不知道，太太。』

「『那些數字是對的。那個人的數據是確實的。他在一九二三年就證明了一個人不可能在四分鐘內跑完一哩路。他證明了。但人們卻一直在打破他的理論。你可知道這表示什麼嗎？』

「我雖然猜得到一點，卻仍答道：『不知道，太太。』

「『這表示沒有一個藍帶獎是永遠的。』她說：『有一天——如果這世界到時還沒爆炸的話——有人會在奧運會創下兩分鐘跑完一哩路的紀錄。也許這得等上一百年或一千年，可是這會發生的，因為沒有終極的藍帶獎。有零，有永恆，有生命的腐朽，但沒有終點。』

「她就站在那裡，一張乾乾淨淨的臉閃著光彩，深色頭髮紮在腦後，彷彿在說：『你儘管不同意好了。』可是我不能。因為我相信那種事，就好像牧師在談神的恩寵。

「『你準備好聽目前的藍帶獎得主了？』她問道。

「『是呀！』我說著，暫時停下填泥漿的工作。反正我已填到澡盆邊了，剩下的就是那些麻煩透頂的角落而已。她深吸一口氣，接著便一鼓作氣說給我聽。速度之快，簡直像在主持拍賣，所以我也記不全她都說了什麼，只記得她滔滔不絕地說了一大串。」

荷馬閉上眼睛，兩隻大手動也不動地平擺在他的長腿上，仰面朝天對著太陽。半晌後他又睜開眼睛，那一瞬間，我發誓他看起來就像她，是的，一個七十歲的老人，看起來卻像個三十四歲，但其實看來更像二十歲大學女生的女人。我不很記得他所說記不全她的話究竟是些什麼話，不只因為那實在很複雜，也因為我被他的神情迷住了。但那段話大致上是這樣：

「『你從九十七號公路出發，然後轉丹騰街到老城屋路，直繞過城堡岩鎮中心，又回到九十七號上。走了九哩路後，你轉上一條老樵夫的小路走一哩半，到六號鎮道，直開到塞德蘋果酒廠旁的大安德森路。那裡有條以前人稱為熊路的捷徑，從那條路可以走到二一九號公路。一旦過了斑鳥山，你就走史丹豪斯路，左轉到牛松路——這段路是沼澤區，但只要你在碎石路上加足速度，便可全速衝過去——這樣你就到了一〇六號公路。一〇六號穿過亞登的農莊到舊德里路——這裡有兩、三條林間道路可走，出了林子就到德里醫院後面的三號公路了。從這裡走四哩路後，在艾德納鎮轉上二號公路到班格爾。

「她停下來喘氣，然後看看我說：『你知道我說的這段路，總共有多長嗎？』

「『不知道，太太。』我說，心裡卻想著少說也有一百九十哩長。

「『這段路長一一六點四哩。』她說。」

我笑了。在我還沒來得及警告自己想聽完故事最好別笑之前，我就笑了出來。但荷馬自己也咧嘴一笑，點了點頭。

「我知道。而且你也曉得我不喜歡和任何人爭論，戴維。但有人拉你的腿，和有人像搖蘋果樹般搖你的腿，那可是不同的兩回事。

「『你不相信我的話。』她說。

「『呃，這實在教人很難相信，太太。』我說。

「『你讓那些泥漿自己乾了，我帶你去看。』她說：『明天你再把澡盆後面的補完就好。走吧，荷馬。我會留張紙條給渥茲——反正他今晚大概不會回來——你可以打電話跟你太太說一聲！我們會在領航員燒烤餐廳吃晚餐，從現在算起——』她看看錶——『兩小時四十五分後。要是超過一分鐘，我就買一瓶愛爾蘭霧牌威士忌讓你帶回家。你瞧，我父親是對的。省路就是省時間，就算你得走過坎尼貝克郡的每一個沼澤。現在你怎麼說？』

「她望著我，兩隻棕眼猶如燈籠，露出一種詭異的光芒，彷彿在說：戴上帽子，荷馬，爬上車吧！我一定先到、你一定後到，誰後到誰遭殃。她臉上的笑容也在說著同樣的話，真的，戴維，而且我告訴你，我想去。我甚至等不及把那罐水泥給蓋上。而且我絕對不想開她那輛著魔的跑車。我只想坐進乘客座，看她上車，看她裙子拉高一點點，看她要不要把裙子拉回膝蓋下，看她閃亮的頭髮。」

荷馬停住口，突然發出一聲嘲諷的咯咯笑聲。他的笑聲聽起來很像裝了粗鹽的獵槍。

「只要打電話給梅根說：『妳知道奧菲莉亞・陶德，那個妳現在嫉妒得要命，因此不能看清事實，對她沒半句好話說的女人，呃，她和我打算開她那輛香檳色賓士小跑車衝到班格爾去，所以妳不必等我回家吃飯了。』

「只要打電話跟她那麼說就行了。喔，是的，喔，是的。」

他又大笑起來，兩手仍自然地擺在腿上，但我卻在他臉上看到一抹近乎憎恨的表情。一會兒過後，他從欄杆上拿起他那杯礦泉水，結果濺了一點出來。

「你沒去。」我說。

「當時沒有。」

這次他的笑溫和了些。

「她必定在我臉上看出了什麼，因為那就像她又一次找到自己。才一瞬間，她看起來便不再像個大學女生，而又是地地道道的奧菲莉亞・陶德了。她低頭看筆記本，幾乎像是忘了她手上拿了什麼東西。然後她垂下手，把筆記本藏到身後。

「我說：『我很想這麼做，太太，可是我得弄完這裡的事，而且我太太已準備了晚餐。』

「她說：『我明白，荷馬——我只是有點太興奮了。我常這樣，渥茲說我老是得意忘形。』然後她挺了挺身子，又說：『可是任何時候你想去，我的提議仍然有效。如果我們被困在某處的話，你甚至可以掉頭就走，那樣我還可以省下五塊錢呢。』說完她笑了。

「『我會記得妳的話，太太。』我說。她看得出我是真心的，而不只是出於禮貌。

「『還有，在你認定從這裡到班格爾只要一一六哩是不可能的事之前，把你的地圖拿出來，看看烏鴉得飛多少哩。』

「我鋪好瓷磚，回家去吃剩菜。等梅根上床後，我取出碼尺和一枝筆，以及我的州地圖，照她說的測量……因為我老想著她的話，你知道。我畫了條直線，根據地圖的比例尺算出距離。我倒有點驚訝。因為如果你可以像隻烏鴉在晴空裡飛翔，不必理會湖泊或林木公司鍊在一起的木材，或沼澤，或越過沒有橋的河流，嘿，從城堡岩到班格爾原來竟只有七十九哩，信不信由你。」

我是真的很意外。

「你要是不信我的話，自己量量看。」荷馬說：「在我看清這事實前，我從不知道緬因州原來這麼小。」

他喝了口水，然後轉頭看我。

「第二年春天，當梅根到新罕普夏州去探望她兄弟時，我得到陶德家去，取下防風雪的玻璃門再換上紗門，卻看見她的賓士小跑車停在那裡，她一個人來的。

「她為我開了門，說道：『荷馬！你來換紗門嗎？』

「我不假思索地說：『不是的，太太，我是來看妳願不願意載我走捷徑到班格爾去。』

「呃，她面無表情地望著我，讓我以為她大概已經忘了這回事了。我覺得自己像是犯了什麼錯，臉開始發燙。就在我想開口道歉的當兒，她卻綻出笑容說：『你站在那兒別動，等我去拿車鑰匙。而且別改變主意，荷馬！』

「一會兒之後她拿著鑰匙回來了。『要是我們被困住，你會看見像蜻蜓一樣大的蚊子。』

「『我在西部看過麻雀那麼大的蚊子哩，太太。』我說：『再說我們兩個大概都太重了，蚊子扛不動我們的。』

「她笑道：『嗯，我可是警告過你了。走吧，荷馬。』

「『假如我們兩小時四十五分內到不了那裡的話，』我有點狡猾地說：『妳說過要買瓶愛爾蘭霧牌威士忌給我。』」

「她有點驚奇地看看我，打開小跑車的駕駛車門，一腳踏進車內。『見鬼，荷馬。』她說：『我告訴過你那條路徑只是當時的藍帶獎。我又找到一條更短的路了。我們在兩個半鐘頭內就會到班格爾。上車吧，荷馬。我們要上路了。』」

他又一次停頓，兩手舒適地躺在大腿上，眼神模糊，或許正想像著那輛香檳色小跑車駛下陶德家陡斜的車道。

「開到車道盡頭，她停下車，又問了一句：『你確定？』

「『讓它跑吧！』我說。她一踩油門，車子就衝出去了。我無法告訴你那以後發生的一切，只除了過一會兒後我幾乎難以將目光從她身上移開。她臉上有種狂野的神情，戴維——狂野而且自由，那讓我的心不由自主地縐縮。她很美，我不由自主地愛她，任何人都會的，任何男人，也許女人也一樣，但我也很怕她，因為她看來像是能夠殺了你，只要她的眼睛離開路面，轉移到你身上，而決定回報你的愛。那天她穿著藍色牛仔褲和一件舊的白襯衫，袖口向上捲起——我猜我到她家時她大概正好想油漆什麼東西——但是等我們走了一段路後，我覺得她身上好像只穿了一件隨風飄飛的白袍，就如同那些書上畫的女神一樣。」

他望著湖面，若有所思，臉色十分肅穆。

「就像駕著月亮飛過天空的狩獵女神。」

「黛安娜？」

「對。月亮就是聽她駕馭的車輛，那就是我眼中的奧菲莉亞，而且我坦白告訴你，我對她的愛萬分真誠，因此我當時雖然比現在年輕，卻絕無輕舉妄動的想法。即使我才二十歲，我也不會輕舉妄動的，也許如果我十六歲的話就會，然後會因此而死——只要她看我一眼。那就是我的感覺。

「她就像那個駕著月亮飛過天空的女神，高踞在擋泥板上方，紗袍隨風翻飛，如絲的頭髮飄向後方，露出微凹的太陽穴、鞭著馬匹，叫我別管風吹得多猛，只要快點跟上來，快點、快點、快點！

「我們駛過許多林間小路，頭兩、三條我還知道，以後的我就毫無概念了。對那些只看過載木大卡車和雪車的樹木而言，看到我們必然挺新奇的。那輛放在日落大道遠比穿過樹林合宜的小跑車，在下午的陽光中如子彈般飛上一個又一個山丘——她放下車篷，因此我聞得到林中的一切氣味，你知道那氣味既古老又新鮮，令人寧謐靜逸、飄然出塵。我們駛過鋪在沼澤路面上的木頭，木頭間的黑泥漿被壓得噗噗作響，她樂得像個孩子般歡笑。有些木頭已經老朽脆爛了，因為有一、兩條路至少已有五年或十年沒人走過——當然，除了她以外。一路上，除了看見我們的鳥獸，就只有我們兩個。那輛小跑車的聲音，先是嗡嗡直鳴，然後她一踩離合器換檔，便拔高為有力的隆隆聲……那是我聽見僅有的汽車聲。雖然我知道我們必定離某處不遠——這年頭到處都有人住的——我卻開始覺得時光似乎倒流到蠻荒時代。我想如果我們停下來，我爬到一棵很高的樹上，極目四望，一定什麼也看不到，只有連綿不盡的樹林。而這同時，她只是猛踩油門，驅馳著那輛車，頭髮向後飛揚，臉上掛著笑容、兩眼晶亮。於是我們出了林子，駛在斑鳥山路上，有一會兒我知道我們在哪裡了，接著她轉個彎，不久後我以為我知道，然後我甚至不再自作聰明了。

我們開上另一條林間道路，又開了出來——我發誓——竟已上了柏油路，路旁有塊牌子標明了二號汽車公路。你從來沒聽說過，在緬因州有條路叫『二號汽車公路』吧？」

「沒有。」我說：「聽起來像在英國。」

「是呀。看起來也像在英國。這些樹像柳樹般垂掛在道路兩旁。『現在你小心了，荷馬。』她說：『一個月前就有樹枝揪住了我，差點沒讓我掛彩呢。』

「我不知道她說的是什麼，正想開口告訴她時，卻看見了當時雖沒有風，那些樹枝卻往下彎——搖搖擺擺地盪動。在它們綠色的外表下，它們看來又黑又濕，我不敢相信自己的眼睛。這當兒，其中一枝抓走了我的帽子，讓我知道我不是在作夢。『嘿！』我大叫：『還我帽子！』

「『現在太遲了，荷馬。』她說著，大笑出聲。『前頭就出了林子了……我們沒事的。』

「這時又有一根樹枝勾了過來，在她那邊，揪住了她——我發誓。她一個彎身，那樹枝只抓住她一綹頭髮，扯了下來。『哎喲，痛死人了！』她喊著，卻邊喊邊笑。她彎身時，車子也隨著彎了一下，我乘機望進那林子裡——天啊，戴維！那林子裡每樣東西都在動。青草波動不止、植物都糾結在一起，它們看起來就像在做鬼臉一樣。我看見在一棵被砍了的樹木的木樁上頭，坐了一隻像蟾蜍的東西，只不過那隻蟾蜍可比一隻貓還大。

「不久我們便駛出林蔭，到了一個山丘頂上。她開口道：『好了！那很刺激吧，對不對？』彷彿她指的只是嘉年華會上的鬼屋。

「大約五分鐘後，我們又彎進另一條林間道路。那時我可真不想再看到樹林了，我告訴你，好在這林子有的只是普通的老樹而已。又過了半小時後，我們已駛進班格爾鎮領航員燒烤餐廳的停車場了。她指指小跑車上的里程表說：『你看看吧，荷馬。』我看了，表上標明了一一一點六哩。『現在你怎麼說？相信我的捷徑了吧？』

「她臉上狂野的表情幾已退褪盡，使她又一次只是奧菲莉亞·陶德了。但那表情並未全然消退。她好像是兩個人，奧菲莉亞和黛安娜，而當她開車駛過剛才那些路時，她被黛安娜的那一部分主宰，以致奧菲莉亞的一部分毫不曉得她的捷徑帶她穿過那些地方……那些在緬因地圖上，甚至在測量圖上都找不到的地方。

「她又說：『荷馬，你覺得我的捷徑怎麼樣？』

「我說了第一句浮現腦際的話，雖然那是你平常不會對像奧菲莉亞·陶德那樣的淑女說出口的。『那真他媽是條捷徑，太太。』我說。

「她樂得大笑，那時我清清楚楚地看出：她根本就不記得那個怪異的林子了。那些柳枝——只不過它們根本不是柳枝，根本什麼都不是——我的帽子被抓走，那『二號汽車公路』的牌子，和那隻特大號蟾蜍，她全都不記得了。若非我夢見那個怪異的林子，便是她夢見沒什麼怪異的林子。我確知的只是，戴維，我們只開了一百一十一哩路就到了班格爾，而那可不是白日夢；就在小跑車的里程表上，寫得清清楚楚的。

「『呃，是的。』她說：『那真他媽是條捷徑。我只希望我能讓渥茲也走上一趟……可他是個墨守成規的人，除非有泰坦二號飛彈逼他，他是不可能有絲毫改變的。走吧，荷馬，我們好好餵你一餐。』

「她請我大吃了一頓，戴維，只是我吃不下太多。我不住想著現在天都快黑了，等一下開車回家不知會是什麼樣子。然後吃到一半時，她向我說了聲對不起，便去打電話。等她回來時，她問我是否介意替她把小跑車開回城堡岩。她說她剛才打電話給同在學校委員會的一個女人，那女人說他們不知有什麼問題。她說如果渥茲不能來接她，她會租輛車開回去的。『你可介意在夜裡開車回去？』她問我。

「她面帶笑容望著我，於是我知道她畢竟是記得的——天曉得她記得多少，只是她所記得的，使她知道我不會在天黑之後試她那條捷徑，不管怎麼樣……雖然從她的眼光中，我看出她根本一點也不在意。

「於是我說沒問題。我的胃口變得比剛開始吃飯時好些了。等我們吃完，天也差不多全黑，她開車載著我到剛才和她通話的那個女人家去。等她下車後，她望著我，眼眸閃著同樣的光彩，說道：『荷馬，你真的不願意等等嗎？今天我又看到幾條小路，雖然在我的地圖上找不到這些路，我想它們可能省得下幾哩路呢。』

「我說：『太太，我願意等，不過我發現，我這把年紀只睡得慣自己的床。我會把妳的車開回去，絕不傷它分毫……雖說我大概會比妳多走幾哩路吧。』

「她輕柔地笑了起來，上前親了我一下。那是我這輩子得過最好的一吻，戴維。她吻的是我的面頰，那是一個已婚婦人貞潔的吻，但那一吻成熟得像顆桃子，或者像在黑暗中開放的鮮花。當她的唇觸到我的皮膚時，我覺得好像……我也說不上來好像什麼，因為一個男人很難抓住當世界年輕時，一個成熟的女人給他的那種感覺——我說得有點夾七夾八的，但我想你明白的。類似這樣的回憶總有一層紅色的光暈，讓你看不清也看不透。

「『你是個很甜的男人，荷馬，我愛你，因為你聽我說話，陪我開車。』她說：『好好開車回家吧，安全第一。』

「然後她走了，走進那女人的房子。我，我開車回家。」

「你走哪條路呀？」我問道。

他輕笑了起來。「走高速公路，你這笨瓜。」他說。以前我從未在他臉上看過那麼多皺紋。

他坐在那兒，凝望著天際。

「那年夏天她就失蹤了。我很少看到她……就是發生火災的那個夏天，你該記得吧，後來又有一場大風暴把所有的樹都吹倒了。那時可把當管理員的人忙壞了。哦，我常常想起她，想起那天，那一吻，慢慢的那一切都好像只是一場夢。就像有一回，當時我才十六歲，滿腦子想的都是女孩。我在喬治·巴肯的西側麥田裡犁田，夢想著每個少年夢想的一切。接著我用耙刃耙出這顆石頭，石頭裂開了，而且流出血來。至少，在我看來它像在流血。紅色的東西從石頭的裂縫中流了出來，浸濕了土壤。我從沒告訴任何人，只對我母親說了，但我從未告訴她那對我有什麼意義，或者我有什麼感受，雖然她大概曉得，因為是她幫我洗的內衣褲。總之，她建議我祈禱。我祈禱了，卻從未得到任何啟示。久而久之，我開始覺得那只是一場夢。有時候，事情就是那樣。中間往往有洞，戴維，你明白嗎？」

「是的。」我應道，想到我疑神疑鬼的那一晚。

那是一九五九年，對我們來說是個壞年頭，但我的孩子並不知道那是個壞年頭；他們只知道張口就是要吃。我在亨利·布格的田野裡看過一群白尾鹿，於是在八月裡有天天黑後，我手拿著照明燈到那裡去。夏季裡牠們正肥，你可以打上兩隻，因為第二隻會回來嗅第一隻，彷彿在說：怎麼回事？已經秋天了嗎？你就可以像打倒一只保齡球瓶般將牠放倒。

你可以得到足夠的肉餵你們全家人一個半月，還有剩下的可以醃起來。那樣的兩頭鹿是十一月來的獵人獵不到的，可是孩子總得吃。

就像那個麻州人說的，他希望他能負擔得起經年住在這裡，而我能說的只是，有時候你得為天黑後的特權付出代價。於是我在那片田野中，我看見天空有一大團橘紅色的亮光，那亮光向下飄墜，我就站在那裡看得兩眼發直，下巴直掛到我的胸骨前。

當那一大團亮光碰到湖面時，整個湖面充滿了一種紫色帶橙紅的光芒，呈放射狀直射天際。

沒人跟我提起過那亮光，我自己也沒跟任何人說過，一來因為我怕他們會笑、二來也因他們會奇怪我天黑後跑到人家的田野裡去幹什麼。

過了一段日子，就像荷馬說的，那就像作了場夢，而且那對我毫無意義，因為我不能拿它當飯吃。那就像一道月光，既無手把也無利刃。我既不能加以利用，只有把它丟到一旁，照樣過我的日子。

「事物的中間總是會有漏洞。」荷馬說著，好像生氣似的坐直了身子。「就在正中央，不偏不倚。你大可說：『唉，管他的——』漏洞在那裡，你只好繞過去，就如路上的壺洞，連斧頭都會砍壞。你懂嗎？然後你就忘了。或者像你在犁田，你可以掘得很深。但假如地上出現裂縫，如地洞般黑暗而深不可測，你會說：『繞過去吧，老傢伙。別理那個洞！反正我這邊犁得差不多了。』因為你所要的並不是地洞，或大學生的刺激，而是犁好一整片田地。」

「事物中間的漏洞。」

說罷，他呆坐了好半晌，我也識相地不打擾他。我懶得催他，最後他又開口說：「她是八月失蹤的。我在七月初時看到她一次，她看起來……」荷馬轉向我，一字一字的，以強調的速度說出：「戴維‧歐文，她看起來動人極了！動人、狂野，幾乎難以馴服。我曾注意到她眼角的魚尾紋似乎都消失了。渥茲‧陶德，他在波士頓開會什麼的。她站在陽台上，我在院子裡打著赤膊

——她說：『荷馬，你絕對不會相信。』

「我說：『是的，太太，不過我會試試看。』

「『我又找到兩條新路了。』她說：『上回我開到班格爾只走了六十七哩。』

「我記起了她以前的話，立刻說：『那是不可能的，太太。對不起，但我計算過地圖上的哩數，最短的路徑是七十九哩……烏鴉飛的路徑。』

「她大笑，看起來前所未有的美麗。就如太陽中的一個女神，佇立在只有綠草及噴泉的山丘上，一點也不想對人類惡作劇。『沒錯，』她說：『而且在四分鐘內不可能跑完一哩路。那也曾經有數據證明過的。』

「『那不一樣。』我說。

「『那是一樣的。』她說：『把地圖摺起來，再量量看有幾哩吧，荷馬。假如你把地圖摺一點點起來，那距離就會比直線少一點，或者假如你把地圖摺多一點起來，那距離可能更短。』

「那時我想起和她一起開車到班格爾去的那趟，如夢境般的旅程，因此我說：『太太，妳可以把紙上的地摺起來，可是妳不能把地面摺起來呀。或者至少妳不該去嘗試，應該隨它去。』

「『不，先生。』她說：『那是現在在我生活中，我絕對不會隨它去的一件事，因為它在那裡，而且它是我的。』

「三個星期後──這該是她失蹤前半個月吧──她從班格爾打電話給我。她說：『渥茲到紐約去了，我一個人來。我把鑰匙不知放哪兒去了，荷馬，所以我要你幫我開門，這樣我才能進屋裡去。』

「呃，那通電話是八點時打來的，正是天快黑的時候。我吃了三明治，又喝了罐啤酒，大約二十分鐘後才離開家門。接著我開車到那裡去。這一切，我說，大概是四十五分鐘左右吧。等我到陶德家時，我一開上車道，便注意到餐具室裡的燈亮著，而我上回離開時並沒留下那盞燈。我只顧著看那燈光，差點沒撞上她那輛小跑車。那輛車停得有點歪歪的，就像一個喝醉的人停的車那樣，而且車身上濺滿泥漿，和在泥漿裡有些看起來很像海草的東西……只不過當我的車燈照到那些東西時，它們似乎都動了起來。

「我把卡車停在那輛小跑車後，下了車。那玩意兒並不是海草，但確實是草，而且它們是在動……慢慢地蠕動，好像快死了似的。我碰了其中一根，它想捲住我的手。那東西摸起來又髒又噁心。我把手縮回，在褲腿上擦了幾下，接著便繞到車前去。從那輛跑車的外觀看來，似乎它剛在泥漿和沼澤裡跑過九十哩路。那車顯得很疲累。

「擋風玻璃上沾滿了死蟲──只是牠們都是些我看也沒看過的蟲。有隻飛蛾總有麻雀那麼大吧，兩片翅膀仍在有氣沒力地搧著，做垂死前的掙扎。還有些飛蟲很像蚊子，只不過牠們有真正的眼睛，你看得出來──而那些眼睛像在盯著我看。我聽得見那些草搔扒著車身的聲音，垂垂欲死，急於想抓住什麼。而我所能想到的只是她到底去過什麼地方？她怎麼能在四十五分鐘內抵達這裡？

「這時我看見另一樣東西。有隻動物被撞死在冷卻器格架上，就在賓士車標誌下面──就是看來像是一顆星星被圈在圓圈裡的那個標誌，你知道。大部分小動物被車子輾死，都是死在車子下面，因為車子撞上牠們時，牠們都是蹲伏在路上，希望車子可以就那樣開過，而牠們能逃過一劫。但偶爾有隻會跳起來。不是跳開，而是跳向衝撞過來的那輛車，彷彿在臨死前要狠狠地咬那致命的汽車一口──這不是沒發生過。這隻動物很可能就是那樣，而且牠的樣子兇惡，像是可以跳上一輛坦克。

「牠像是隻土撥鼠和鼬鼠的混種，只是身上還有更猥瑣的部分，是你連看也不想看的。那會傷害你的眼睛，戴維。或許更糟，那會傷害你的心靈。牠的毛皮上都是血，牠的四隻腳上還有張開的爪子，很像貓爪，只是更長些。牠的眼睛又大又黃，而且閃閃發光。我小時候曾有顆瓷彈珠，就像那個樣子。

「還有牠的牙齒。長而尖細，幾乎像縫衣針一樣，從嘴裡突了出來，有些直插進冷卻器格架裡。那也是牠仍然吊在那裡的原因。牠用牙齒把自己吊在那裡。我一看清牠，就知道牠像響尾蛇一樣含有劇毒，而牠一看到跑車過來便撲上車子，想一口把它咬死。我可不願把牠從格架上拉下來，因為我手上有稻草的割傷。如果牠的毒滲進我的傷口，我想我非當場死翹翹不可。

「我繞到駕駛座旁，打開車門。車內的燈亮了，我看看車上那個計算哩數的里程表……我看到的數字是三一點六。我不相信地多看了兩眼後，才走到後門。她扯開了紗門上的紗網，敲破門鎖旁的玻璃，把手探進裡面為自己開門入內。

「門上夾了張紙條，寫著：『親愛的荷馬——我比我預計的還要早到了點。我又找到一條捷徑，棒極了！因為你還沒來，所以我像個小偷一樣爬了進來。渥茲後天來。你可以在他來以前把玻璃和紗門修好嗎？希望你能。這種事總會惹他生氣。如果我沒出來和你打招呼，你就知道我已經睡了，開這趟車非常累人，但我沒花多少時間就抵達這裡了！奧菲莉亞。』

「累人！我又瞥了死在冷卻器格架上的那隻動物一眼，心想，是的，太太，那必定非常累人。老天，是的。」他又停下，不安地扳了扳指關節。

「後來我只再見過她一次。大約一星期後。渥茲在那裡，但他在湖裡游泳，來來回回地游來游去，像塊浮木或張漂在水上的紙。

「『太太，』我說：『這雖不關我的事，可是妳一個人的時候總得當心點才好。那天晚上妳回來，敲破門上玻璃進屋去，我看見有隻東西吊在妳的車前——』

「『噢，那隻土撥鼠呀！我已經處理掉了。』她說。

「『老天！』我說：『我希望妳很小心！』

「『我戴了渥茲的園藝手套，』她說：『那又不是什麼怪物，荷馬，只是隻有點毒的土撥鼠而已。』

「『可是太太，』我說：『有土撥鼠的地方就有熊。而且如果在妳那條捷徑上的土撥鼠都長成那樣，等到有熊出現時妳可怎麼辦？』

「她望著我，我在她身上又看見那另一個女人——那個黛安娜。她說：『荷馬，你不妨這麼想吧，如果在那些路上的事物都與眾不同，那麼或許我也是與眾不同的。』

「她的頭髮綰到腦後別了起來，看來有點像被一根棍子插過的蝴蝶。她放下頭髮，她那頭秀髮會讓男人想到，不知它散在枕上會是什麼樣子。她說：『我的頭髮已經快變灰色了，荷馬。你看到什麼灰色的頭髮嗎？』說著她用指頭把頭髮梳開，好讓陽光映照著。

「『沒有，太太。』我說。

「她看看我，眼光晶亮，然後說道：『你太太是個好女人，荷馬‧貝克藍，可是她在店裡和郵局裡碰過我，我們也聊過幾句，我看見她用一種只有女人明瞭的滿足神情看著我的頭髮。我知道她說什麼，還有她又怎麼對她朋友說的……說那個奧菲莉亞‧陶德開始染髮了。但我沒有。我在找捷徑時不只一次迷路……迷路……也失去了我的灰髮。』她說完大笑，那樣子不像個大學女生，倒像高中女生。我仰慕她並欣賞她的美，但那時我在她臉上又看出另一種野性美……於是我又感到害怕了。為她害怕，也怕她。

「『太太，』我說：『妳不只是失去一小綹灰髮而已。』

「『是的，』她說：『我告訴你，我在那裡是不同的……在那裡我恢復了自我。我開車走那些路時，我已不再是奧菲莉亞‧陶德，渥茲‧陶德的妻子，一個不會生育的女人，或是個想寫詩卻寫不出來的女人，或是個坐在委員會議裡記筆記的女人。當我在那條路上時，我只是我自己，我覺得像——』

「『黛安娜。』我接口說道。

「她驚訝而好奇地看看我，隨即笑了起來。『哦，我想是像某個女神吧。』她說：『她會比平常能幹些，因為我是個夜貓子——我喜歡熬夜看完書，或者直到電視播放國歌，而且因為我很白——像月亮——渥茲總是說我需要進補，或者驗血，或者類似的蠢話。但在每個女人心裡，她想要的就是某個女神，我想——男人撿起這個想法的回音，試著把她們安放在神壇上——但男人察覺到的並不是女人想要的。一個女人要的是自由。想站就站、想走就走……』她望向停在車道上的那輛小跑車，瞇了瞇眼睛，又粲然一笑。『或者想開車就開車，荷馬。男人不會明白這點。他們以為女神只想在奧林帕斯山的山坡上悠遊，吃著水果，但那並不需要由神或女神來做。女人想要的不過就是男人想要的——女人想要開車。』

「我說：『可是太太，妳也得當心自己把車開到哪裡去呀。』她大笑，在我的額頭印上一吻。

「她說：『我會的，荷馬。』但那是無心之言，我曉得，因為她那語氣就像一個男人對他太太或女朋友說他會當心，而事實上他卻不會……不能。

「我回到我的卡車上，對她揮手道別。一星期後，渥茲便報警說她失蹤了。她和她那輛小跑車都失蹤了。渥茲等了七年，等到她被宣布法律上的死亡，接著他又等了整整一年，這才娶了第二任陶德太太，剛才開車經過的那個。我也不期望你相信這整個故事的任何一個字。」

在天空中，那些大朵大朵的雲快速飄著，現出鬼影似的月亮——半圓形的，慘白如牛奶。我的心為那景色跳動，半是懼怕、半是喜愛。

「我相信。」我說：「每一個字。而且就算那不是真的，荷馬，它也應該是真的。」

他用前臂摟了我的脖子一下。這是每個男人僅能做的表示，因為這世界只准女人相互親吻。

然後他笑了笑，站起身來。

「就算它不應該是真的，它還是真的。」他說著，從褲袋裡掏出錶來看了看。

「我得到史考特家看看。你要一起來嗎？」

「我想我還要在這裡多坐一會兒。」我說：「想一想。」

他走到石階前，又轉過身來，半帶笑容望著我。「我相信她是對的。」他說：「在她找到的那些路上，她是與眾不同……任何東西都不敢碰她。你或我，也許，但絕不敢碰她。」

「而且我相信她很年輕。」

然後他便上了卡車，出發去檢查史考特的別墅。

那已是兩年前的事，而今荷馬搬到佛蒙特州去了，我想我已經說過了。有一晚他來看我。他的頭髮梳得很整齊，剛刮過臉，聞起來香香的。他的臉很乾淨，眼神清亮。那晚他看來不像七十歲，倒像六十歲，而我為他高興之餘，忍不住嫉妒起他，也有點恨他。關節炎是個兇狠的老漁夫，但那晚的荷馬卻不像我一樣，被關節炎的魚鉤勾住某些地方。

「我要走了。」他說。

「是嗎？」

「是的。」

「好。你把新地址通知郵局了吧？」

「我不要郵局轉寄任何信件。」他說：「我的帳單都付清了。我要走得乾乾淨淨。」

「呃，把你的地址給我吧。我偶爾會寫封信給你，老傢伙。」我已經能感覺到孤寂有如一件罩袍般向我罩下……我望著他，明白事情沒有表面上那麼簡單。

「我還沒有新地址。」他說。

「好吧。」我說：「你真的要到佛蒙特去吧，荷馬？」

「呃，」他說：「對於想知道的人，那是個答案。」

我本來不想說出口，後來還是說了：「她現在看起來是什麼樣子？」

「像黛安娜。」他說：「可是比較善良。」

我說：「我嫉妒你，荷馬。」這句話完全發自內心。

我送他到門口。

那是仲夏黃昏，田野裡處處開遍野花。一輪滿月在湖面上投下一道燦爛的光影。他走過前廊，下了台階，一輛車等在路旁，引擎懶懶地響著，聽起來像是那種可以全速衝刺、超過魚雷的舊式跑車。

現在回想起來，那輛車看起來就像魚雷。雖然車身舊損，但似乎不費吹灰之力便可衝上百哩時速。荷馬在台階前停下，拿起某個東西──他的油桶，可以裝十加侖的那種大油筒。

他走過車道，繞到乘客座門旁。她傾身為他開了車門。車裡的小燈亮了，那一剎那，我看見了她，長長的紅髮盤在臉部四周，前額光亮如燈，就像月亮。他上了車，她便開走了。

我站在前廊，目送她那輛小跑車的尾燈在黑暗中閃著紅光……逐漸變淡變小，如餘燼、如螢火蟲，然後消失不見。

佛蒙特，我告訴鎮上的人，他們也相信他到佛蒙特去了，因為那是他們腦袋裡能看到最遠的地方。

有時我自己也幾乎相信了，但那多半是我疲累的時候。不過其他時候我會想著他們──譬如這整個十月我都在想。只因十月時人最容易想起遠方，以及可以到達遠方的路。

我坐在貝爾市場前的長凳上，想著荷馬・貝克藍，想著當他搬著十加侖的汽油走過車道後，那傾身為他開門的女孩──她看起來不過十六歲，一個只有學習駕照的女孩，而她美得驚人。但我相信那美是殺不了人的。有一瞬間，她的目光投向我，我沒被殺死，雖說有一部分的我的確已死在她腳下。

奧林帕斯山對許多人來說必然是個榮耀之地，而且有許多人景仰它，並找到路徑爬了上去。然而我知道，我對城堡岩就像我的手背一樣熟悉，所以我永遠不會離開去找通往任何地方的捷徑。

十月裡，罩著湖面的天空沒什麼榮耀，可是碧藍如洗，飄著一大朵一大朵白雲。我坐在這張長凳上，想著奧菲莉亞·陶德和荷馬·貝克藍，卻不希望自己在他們所在的地方……我只希望自己仍是個可以抽菸的人。

水道
The Reach

「那年頭水道比較寬。」史黛拉‧法蘭德斯告訴她的曾孫。這是她一生中最後一個夏季，也是她開始看見鬼魂的前一個夏季。孩子們瞪大眼睛、無聲地望著她，而她的兒子，艾登，從陽台上的座位轉過身來。這天是星期天。不管龍蝦的價格有多高，艾登都不願在星期天出海。

「您說什麼呀，曾祖母？」湯米問。但是老婦人沒有回答。她坐在冰庫旁的搖椅上，腳上的拖鞋一下一下輕敲著地板。

湯米回他母親說：「她說的是什麼意思？」

露薏絲搖搖頭，微微一笑，叫孩子拿著小鍋出去摘野莓。

史黛拉心想：她忘了。或者她根本不知道吧？

那年頭水道比較寬。如果有任何人知道這個事實，那人一定就是史黛拉‧法蘭德斯。她生於一八八四年，是山羊島上最年老的居民，她這輩子從來沒到美洲大陸。

「你愛嗎？」這問題開始糾纏她，但她甚至不明白那是什麼意思。

秋天來了。不必有雨水，一個寒涼的秋就能為樹葉帶來真正美好的顏色，在山羊島上也好，在水道對面的浣熊角也一樣。那年秋天寒風呼嘯，每一次吼聲都在史黛拉心裡迴盪。

十一月十九日，當第一陣冰雪從灰白色的天空席捲而下時，史黛拉慶祝她的生日。大半村人都來了。海娣‧施托達來了。她母親在一九五四年死於肋膜炎，而她父親在一九四一年便已隨「舞蹈號」一起失蹤。

李察和瑪莉‧道奇來了，李察拄著枴杖，慢吞吞地走向小徑，關節炎就像個隱形乘客般跨騎在他身上。莎拉‧哈洛自然也來了，莎拉的母親安娜貝兒曾是史黛拉最好的朋友。她們一起上島上的小學，從一年級到八年級，爾後安娜貝兒嫁給了五年級時曾經扯她頭髮，讓她放聲大哭的湯米・弗林，同時史黛拉也嫁給有一次把她手上的筆記本統統撞掉在泥地上（但她忍著沒哭出來）的比爾・法蘭德斯。

現在安娜貝兒和湯米都已過世，莎拉是他們七個孩子中唯一還在島上的。她的丈夫喬治・哈洛，人人稱之為大喬治，於一九六七年在美洲大陸上慘死，那年沒有漁獲。一把斧頭滑出大喬治的手，當場血流如注——好多的血！——三天後葬禮在島上舉行。當莎拉到史黛拉的宴會上，喊道：「生日快樂，曾祖母！」史黛拉緊擁著她，閉上眼睛。

（你愛嗎？你愛嗎？）

但她沒有哭。

他們為她準備了一個大型生日蛋糕。那是海娣和她的好友薇拉・史璞一起做的。這群人合聲高唱「祝妳生日快樂」，聲音大到蓋過了強風……至少有幾秒鐘吧。就連艾登也跟著唱了起來。平常在類似的場合裡，他只會唱〈基督精兵前進〉與教會的讚美詩，而且唱歌時總是垂著頭，兩片招風耳跟番茄一樣紅。史黛拉的生日蛋糕上插了九十五支蠟燭，即使在唱生日快樂歌時，她還是聽到了風聲，雖說她的聽力已經不比從前。

她覺得那風是在呼喚她的名字。

「我不是唯一的一個。」可能的話，她會這樣告訴露薏絲的孩子。「我這一輩子，在島上看過不少生生死死。那年頭沒有郵船，有郵件時，布爾・西姆會把它們帶過來。那時也沒有渡輪。要是妳有事得到浣熊角去，就要讓妳的男人用龍蝦船載妳過去。就我所知，在這個島上一直要到一九四六年才有抽水馬桶。布爾的兒子哈羅是第一個裝設的，而他父親卻在前一年出外佈陷阱時死於心臟麻痺。我記得看見他們把布爾扛回家。我記得他們用防水油布將他埋起來，他的一隻綠靴子卻蹺了出來。我記得……」

然後他們會問：「什麼？曾祖母？妳記得什麼？」

她會怎麼回答呢？她還記得別的嗎？

冬季的第一天，也就是生日宴會過後約一個多月，史黛拉打開後門要拿些木柴進來，結果在後門階梯上發現一隻死麻雀。她小心翼翼彎下身子，捏著鳥腳將鳥撿起來，仔細看看牠。

「凍死了。」她宣布道，而她內心深處卻說出另外幾個字。她上次看到一隻凍死的鳥已是四十年前的事了──一九三八年。那年水道凍結了。

她打了個冷顫，連忙將外套拉緊些，在經過生鏽的舊焚化爐時便把死麻雀丟了進去。天氣很冷。天空是清澄的深藍色。在她生日那晚，下了四吋的雪，然後又融了，從那以後就沒再下過雪。「一定很快就會來了。」山羊島商店的拉利·麥金很有把握地說，彷彿拿準了冬天不敢跑遠。

史黛拉走向木柴堆，挑了幾根，用雙手抱著回到屋裡，她的影子俐俐落落地拖在身後。

她走到那隻死麻雀掉落的後門時，比爾對她說話了──可是比爾在十二年前就已死於癌症。

「史黛拉！」比爾叫道。她看見他的影子落在她旁邊，比較長，但一樣清楚，影子裡的便帽斜向一邊，就像他以前習慣的方式。

一聲尖叫鎖在史黛拉的喉嚨裡，那聲音卻無法湧到嘴邊。

「史黛拉，」比爾又開口說：「妳什麼時候要到本土來呢？我們向諾姆·喬利借那輛老福特，開車到自由港去看雲雀。妳說好不好？」

她一個轉身，差點沒把抱在手裡的木柴掉了，卻沒看到任何人。只有斜向山坡下的後院，以及銀白色的野草，而在最遠處，一切景物的邊緣，便是那清晰而壯觀的，水道……以及水道另一邊的大陸本土。

「曾祖母，水道是什麼呀？」蘿娜可能會問……雖然她沒有問。但她會給他們任何一個漁夫都熟知的答案：水道是兩塊陸地中間的海水，是兩頭都能通行的海峽。捕龍蝦的人有個老笑話是這麼說的：霧來的時候，要怎麼看指南針呢，孩子，從咱緬因州的瓊斯港到倫敦之間，整個就是條很長的水道啊。

「水道是島嶼和大陸之間的那條海峽。」她或許會再說明，並給孩子糖蜜餅乾和加糖的熱茶。

「我很熟悉的，就像對我丈夫的名字……還有他喜歡怎麼戴帽子那麼熟。」

「曾祖母，」蘿娜會問：「爲什麼您從沒渡過水道呢？」

「寶貝，」她會說：「我從來沒有需要渡過水道的理由。」

一月，生日宴會過後兩個月，水道自一九三八年以來第一次凍結。收音機警告島民及本土沿岸居民不可對冰層掉以輕心，但史杜伊・馬利蘭和羅素・鮑威在喝了一下午蘋果酒後，還是駕著史杜伊的滑冰橇到冰上去了。不用說，那輛滑冰橇陷進水道裡。史杜伊想辦法爬了出來（雖然凍瘡使他失去了一條腿），水道卻把羅素・鮑威和滑冰橇給一起帶走了。

一月二十五日，島上的人為羅素辦了個追悼會。史黛拉在她兒子艾登的扶持下也去參加了。艾登在祝禱前便用他那無調的聲音唱出讚美詩和頌歌。追悼會後，史黛拉和莎拉・哈洛、海娣・

施托達和薇拉·史璞一起坐在小鎮禮堂地下室明亮的爐火旁。這是為羅素舉行的歡送會，包括雞尾酒和切成小三角形的乳酪三明治。

當然，男人不時得到外面去喝點比雞尾酒還烈的東西。羅素·鮑威的新寡婦紅著眼呆坐在愛威·麥奎金牧師旁邊。她懷了七個月身孕——這是她的第五個孩子。在爐火的暖熱下半打著盹的史黛拉心想：我猜，她很快就會過水道去了。我猜她會搬到自由港或路易斯敦，找個女服務生的工作。

她望望薇拉和海娣，看看她們在聊些什麼。

「沒有，我沒聽到。」海娣說：「佛萊迪說什麼？」

她們說的是佛萊迪·丁摩，島上最老的男人（比我還小兩歲，史黛拉頗得意地想著）。他在一九六〇年把商店賣給了拉利·麥金，過著退休的清閒日子。

「說他從沒看過這樣的冬天。」薇拉說著，把她正在織的東西拿出來。「他說這個冬天會讓人生病。」

莎拉·哈洛望向史黛拉，問史黛拉有沒有見過這麼惡劣的冬天。自從第一陣小雪之後，就沒再下過雪了。地面光禿禿的，一片棕色。昨天，史黛拉在後院走了三十步遠，那裡的草輕易地齊聲斷折，發出玻璃碎裂的聲音。

「沒有。」史黛拉說道：「一九三八年的時候，水道也凍結了，可是那年有雪。妳可記得布爾·西恩嗎，海娣？」

海娣笑了起來。「一九五三年的新年派對上，他在我屁股上用力捏了一把，我想上面的瘀血現在都還在呢。他怎麼樣？」

「那年布爾和我丈夫走過水道到本土去。」史黛拉說：「那是一九三八年二月。穿上雪鞋後步行到浣熊角的多麗酒館去，各喝了一杯威士忌後又走回來。他們要我一起去，就像兩個夾著平底雪橇要出去滑雪的小男孩一樣。」

她們都望著她，被她的話吸引住。連薇拉也瞪大眼睛看著她，但薇拉以前一定已經聽過這故事了。如果你相信的話，布爾還跟薇拉一起玩過家家酒，雖然此刻看著薇拉，實在很難相信她曾那麼年輕。

「妳沒去嗎？」莎拉問道，或許在心中想像著當年的水道。在冬天無熱的陽光中如許潔白得近乎湛藍，雪晶體的閃光，隨著步行而漸漸接近的本土，是的，就那樣走過海洋，一輩子僅有的一次，步行離開島嶼——

「沒有。」史黛拉說。她突然希望自己也有帶編織品來。「我沒跟他們去。」

「為什麼不呢？」海娣有點不以為然地問。

「那天是洗濯日。」史黛拉乾脆地回答。這時，羅素的寡婦突然放聲啜泣。史黛拉望過去，看到比爾・法蘭德斯就坐在那裡，身穿他那件紅黑格子夾克，斜戴著帽子，抽著一支小雪茄，耳後還插了另一支，以便待會兒接著抽。史黛拉覺得一顆心快跳出胸腔，差點連氣都不敢喘了。她發出一種聲音，但就在同時，壁爐裡的一根木柴爆裂開來，發出有如來福槍的聲響，因此完全沒人聽到。

「可憐的女人。」莎拉哀嘆道。

「他走了倒好。」海娣嘟囔道。她搜尋著關於已故的羅素・鮑威的事實：「那傢伙比流浪漢好不到哪去。現在她至少得了點遺產。」

史黛拉對她們的話恍若未聞。比爾就坐在那裡抽菸，近得足以讓麥奎金牧師皺起鼻子。他看起來還不到四十歲，眼角幾乎沒有年老後陷得極深的皺紋，穿著法蘭絨長褲，灰色的羊毛襪整齊地從橡膠靴上緣摺了下來。

「我們在等妳呢，史黛拉。」他說：「妳過來看看大陸本土。今年妳不必穿雪鞋的。」

他就坐在這小鎮禮堂的地下室，真真實實的，接著壁爐裡又傳來一聲爆響，然後他就不見了。麥奎金牧師仍舊繼續安慰鮑威太太，彷彿什麼事都沒發生過。

那晚薇拉打電話給安妮‧菲利普，閒聊之際對安妮提起史黛拉‧法蘭德斯的氣色不太好，一點都不好。

「要是她病了，艾登就得費盡心血才能送她離島了。」安妮說。安妮喜歡艾登，因為她兒子托比跟她說過，艾登不喝比啤酒更烈的東西。安妮自己是個極度節制的人。

「除非她昏睡不醒，否則別想叫她離島。」薇拉說：「只要史黛拉說『青蛙』，艾登就會跳。妳知道的，艾登並不聰明，史黛拉又很會控制他。」

「噢，是嗎？」安妮說。

就在這時，電話線裡傳來一聲金屬喀嚓聲。薇拉聽見安妮‧菲利普的聲音持續了一下——聽不到說了什麼，只有喀嚓聲背後的模糊聲響——然後就什麼都聽不見了。風颳得很猛，把電話線颳了下來，或許落入高林家的池塘，或許落在巴洛海灣旁，包著橡膠外殼掉在水道上，也可能落在另一邊，浣熊角上……也許有人還會說（半開玩笑地）羅素‧鮑威從地獄伸出一隻冰手抓住了電纜。

不到七百呎外，史黛拉‧法蘭德斯躺在棉被下，傾聽艾登在另一個房間發出的鼾聲。她聽著艾登，這樣就不一定會聽到風聲了……可是她仍舊聽見了風聲，喔，是的，吹過凍結的水道，一哩半的水面現在都覆著冰，冰下還有龍蝦、鱸魚，也許還有羅素‧鮑威扭動狂舞的軀體。以往每年四月，他都會開著他那輛老舊的羅傑牌翻土機來為她的花園翻土。

今年四月誰來翻土呢？她寒冷地蜷縮在棉被下禁不住想著。彷彿身在夢中之夢，她的聲音回答了自己：你愛嗎？

風呼嘯吹起，震得窗子嘎嘎作響。那窗子像在對她說話，但她轉開臉不肯聽它。而且她沒有哭。

「可是曾祖母，」蘿娜會追問（她從不放棄，這孩子就像她母親，以及她已過世的外婆）：「您還沒說爲什麼您從來沒有渡過水道。」

「孩子，山羊島上就有我要的所有東西了呀。」

「可是這裡這麼小。我們住在波特蘭。那裡有公共汽車呢，曾祖母！」

「城市裡的東西，我在電視上看看就夠了。我想我會一直待在這地方。」

哈爾比較小，但直覺比較強。他不會像他姊姊那樣追問，可是他的問題會更接近核心：「您從來不想渡過水道嗎，曾祖母？從來沒有？」

她會前傾向他，握住他的小手，告訴他，她的雙親如何在結婚不久後就到這島上來，接著布爾・西姆的祖父如何讓史黛拉的父親在他船上見習。她會告訴他，她母親如何四度懷孕，但是一個嬰兒流產了，另一個出生一星期後就死了——假如大陸上的醫院可以救回那嬰兒的命，她會願意離島的，可是他們甚至還沒想到這點，小嬰兒就死了。

她會告訴他們，比爾親自接生了琴，他們的外婆，但她不會說出，等接生完後，他立刻跑進浴室，先是吐了一場，接著就像個因爲經痛而歇斯底里的女人一樣放聲哭泣。當然，琴在十四歲時離島去唸中學了。那時的女孩子已經不流行十四歲就結婚。當史黛拉送她上了布雷德利・麥斯威爾的渡船，她心裡明白，琴這一走就不會回來住了，雖然她會不時回島上探望。她會告訴他們，十年後，當他們已經放棄再有孩子的念頭時，艾登出世了，而且彷彿爲了補償他的遲來，艾登直到現在還陪著她，打了一輩子光棍。說起來，史黛拉倒是十分爲此感激，因爲艾登並不特別聰明，而這世上有許多女人會占一個頭腦簡單、心地善良男人的便宜（雖然這點她也不會對孩子說）。

她會說：「路易和瑪格莉特·高林生了史黛拉·高林，然後史黛拉變成史黛拉·法蘭德斯；比爾和史黛拉·法蘭德斯生了琴和艾登·法蘭德斯，而琴·法蘭德斯變成琴·魏克菲爾；理查和琴·魏克菲爾生了露薏絲·魏克菲爾，後來她成了露薏絲·皮洛；大衛和露薏絲·皮洛生了蘿娜、湯米和哈爾。那些就是你們的姓氏，孩子：你們是高林——法蘭德斯——魏克菲爾——皮洛。你們的血在這個島上的石頭裡，而我待在這裡，是因爲大陸遙不可及。是的，我愛；我曾經愛過，或者至少試著愛過，但是回憶又廣又深，所以我無法渡過。高林——法蘭德斯——魏克菲爾——皮洛……」

這是自國家氣象局開始記錄以來最寒冷的二月，因此到了二月中旬，覆蓋在水道上的冰便已安全無虞了。

雪車在水道上飛馳，有時要是誤判冰紋就會翻倒。孩子試著滑冰，結果發現冰紋太多不太好滑，便都回高林池塘去了，但那是在牧師的兒子小賈斯汀·麥奎金把溜冰鞋卡到一道裂縫裡而摔傷腳踝以後的事。他們把他送到本土的醫院，那個有輛跑車的醫生告訴他：「別擔心，孩子，你的腳會完好如初。」

在賈斯汀·麥奎金摔傷腳踝三天後，佛萊迪·丁摩突然死了。

他在一月底感染上流行性感冒，不肯去看醫生，跟每個人說那「不過是沒戴圍巾出門拿郵件時受了點寒」，在床上躺了幾天，在任何人能帶他過水道到本土去鉤上那些專等著像佛萊迪這種人的機器之前，便溘然長逝了。

他那上了年紀（對酒鬼來說）、已經六十八歲卻仍耽溺杯中物的兒子喬治，發現佛萊迪一手拿著班格爾日報，而他未上膛的手槍就在離另一手不遠處。顯然在死前還想要擦拭手槍。喬治・丁摩參加了一個為期三週的旅行團，因為他知道他老頭的人壽保險金快寄來了。

海娣・施托達因此到處跟任何願意聽的人說喬治・丁摩是個罪人，是個恥辱，比流浪漢好不到哪去。

流行性感冒來勢洶洶。這年二月，學校關閉了兩個星期，因為許多學童都請了病假。「就是沒下雪，才會傳染病菌。」莎拉・哈洛這麼說。

到了二月底，當人們開始想望三月可能到來的慰藉時，艾登・法蘭德斯也染上了流行性感冒。他帶著病四處走動了將近一週，最後因為發高燒到三十八度半才倒在床上。他和佛萊迪一樣，拒絕看醫生，因此史黛拉雖然燉了雞湯照料他，卻免不了擔心驚惶。艾登雖然不像佛萊迪年紀那麼大，但到了五月他就滿六十了。

雪終於下了。情人節那天下了六吋，二十號時又下了六吋。二月二十九日那天，整整下了一呎。雪在海灣和大陸之間鋪上一片怪異的純白，像片牧羊的草地，但由於時間的不經心，因而現在只是一片灰色的冰面。許多人走路到本土去又走回來。今年不需要穿雪鞋，因為雪已凍成一層堅硬的雪冰。他們或許也喝了杯威士忌，史黛拉心想，只是他們不會在多麗酒館喝，多麗在一九五八年就已付之一炬了。

她又看見比爾四次。有一次他對她說：「妳應該快一點來的，史黛拉。我們一起去跳舞，好不好？」

她說不出話來，用拳頭緊緊塞住自己的嘴。

「我想要或需要的一切都在這裡。」她會告訴他們。「以前我們有收音機，現在我們有電視機，這就是在水道之外我想要的世界。我每年種花種菜。龍蝦？是呀，以前我們在火爐上總燉著一鍋龍蝦，當牧師來訪，我們會把那鍋龍蝦端下來藏到食品儲藏室的門後，以免他看見我們在喝『窮人湯』。

「我看過好天氣和壞天氣，假如有時候我想去席爾斯百貨公司來代替郵購，或者去我在電視上看到的那些市集，而不在這裡的店舖買東西，或者叫艾登過去買些聖誕節閹雞或復活節火腿等等特別的東西……或者如果我曾經想過，只要一次，站在波特蘭的國會街，看人們坐在車子裡，走在人行道上；只要一眼就能看到比我這輩子在島上看過更多的人……如果我曾想過以上那些，那我會更想要現在這一切。我並不奇怪，也不特別，對一個像我這把年紀的女人來說，甚至一點也不怪異。以前我母親有時會說：『世上最大的差異，無非是工作和需求。』我相信這句至理名言。我相信耕田耕得深，比耕得廣要好。

「這是我的地方，我愛它。」

三月中旬某一天，白色的天空壓得低低的，史黛拉·法蘭德斯最後一次坐在廚房裡，最後一次把靴子拉上她瘦削的膝蓋，最後一次把她的紅色羊毛圍巾（三年前海娣送她的聖誕禮物）圍到脖子上。她在洋裝下穿了一套艾登的衛生衣褲。衛生褲的褲腰直拉到她扁垂的胸部下緣，衛生衣的下襬直垂到她的膝蓋。

室外，風又颳大了，收音機說下午之前會下雪。她穿上大衣，戴上手套。躊躇了一會兒之後，她在自己的手套外又加戴一雙艾登的手套。艾登的感冒已經好了，今天早上他和哈利·布勒到鮑威寡婦家去修理一扇門。鮑威寡婦剛生了個女嬰。史黛拉看過那嬰兒了，這不幸的小東西長得就像她父親。

她在窗口站了一會兒，向外眺望水道。果然不出她所料，比爾就在那裡，站在本島和浣熊角之間，站在水道上，對她招手，似乎在告訴她，如果她想在這輩子踏上本土一步，那時間已不多了。

「或許這是你要的，比爾。」她生氣地默想：「可是天曉得，我才不要。」

然而風卻說出她心裡的話。她要的。她想要冒這麼一次險。這個冬天對她來說是痛苦的——來去不定的關節炎猛烈地侵襲。以紅色的火和藍色的冰撲向她的手指和膝關節。她的一隻眼睛變得模糊不清了（那天莎拉才不安地提到，史黛拉六十歲時出現在那隻眼睛裡的小紅點突然變大了）。更糟的是，劇烈難忍的胃痛又回來了，兩天前，她在清晨五點醒來，蹣跚走過冰冷的地板到浴室去，在馬桶裡吐了一攤鮮紅色的血。今天早上她也吐了血，滋味可怖的東西，像鐵鏽一樣。

這五年來，胃痛時來時去，時好時壞，而她幾乎從一開始就知道那是癌症。她父母和外公都死於癌症。他們都沒活過七十歲，因此她想，她已經算是一大突破了。

「您的食量像匹馬一樣。」艾登笑著對她說。那是在胃痛又開始，而她首次在早上大便時注意到鮮血不久之後。「您不曉得您這樣的老太婆吃東西該像小鳥一樣嗎？」

「少管閒事，不然我就揍你！」史黛拉回答，並對她灰髮的兒子舉起一隻手。艾登開玩笑地閃身躲開，喊道：「不要，媽！我把話收回來就是了！」

是的，她吃得很多。倒不是她想吃，而是她相信（和她那一輩的許多人一樣）只要餵飽癌症，它就不會騷擾你。或許這招真的有效，至少暫時有效。她大便時不再出血了，有好長一段時間不再出現過。艾登也習慣了她這樣的飲食，可是她一磅也沒再增加過。

現在，看來癌症終於回轉過來，到了法國人稱為「不可抗拒」的階段了。

她舉步想出門去時，看見艾登那頂有鑲皮耳罩的帽子，掛在玄關的一根掛鉤上。她把帽子戴上——帽簷直覆到她灰白的眉毛上——然後最後一次環顧，看看她是否遺忘了什麼。爐火很低，艾登又忘了把格柵推進去一點——她不知對他說過多少次了，可是這點他老記不住。

「艾登，等我走了以後，你每年冬天要多燒好幾噸煤了。」她喃喃說著，打開爐子。她一望進火爐裡，便不覺驚恐地倒抽一口氣。她用力關上爐門，用顫抖的手指調整格柵。有一瞬間——只是一瞬間——她看到她的老友安娜貝兒・弗林出現在炭火之間——那是張活生生的臉，連臉上的痣都清清楚楚的。

安娜貝兒是不是對她眨眼了？

她想到該留張紙條給艾登，解釋她到哪裡去了，但她又想，也許艾登會慢慢領悟的。她仍在腦子裡寫著紙條——從今年冬天的第一天起，我就常常看到你父親。他告訴我死亡並不壞。至少我想他是這麼說的——史黛拉走出門。

風搖撼著她，使她不得不重新把艾登的帽子戴好，以免帽子被調皮的風開玩笑地偷走。寒冷似乎找到她衣服的每一個縫隙，拚命往裡面鑽……帶雪的三月濕冷彷彿自有意志。

她走下坡，朝海灣走去，謹慎地走在喬治・丁摩所鋪的碎木和煤碴上。喬治曾在浣熊角找到一份駕鏟雪機的工作，但在一九七七年，他喝純麥威士忌喝得爛醉，駕著鏟雪車撞倒了不只一根、二根，而是三根電線杆，捅了個大樓子。浣熊角因此五天沒有燈火。史黛拉現在都還記得那景象有多奇怪，望過水道，卻只見一片漆黑。她早已習慣看到一片燦爛的燈火了。現在喬治在本島工作，由於島上沒有鏟雪機，他無法造成太多傷害。

她走過羅素·鮑威家時，看到臉色蒼白的鮑威寡婦正向外望著她。史黛拉揮揮手。鮑威寡婦也對她揮揮手。

她會這麼告訴他們：

「在島上，我們總是同心協力，互相幫忙。那回葛德·韓瑞胸腔血管破裂時，我們一整個夏天縮衣節食，好支付他在波士頓動手術的費用——葛德活著回來了，謝天謝地。當喬治·丁摩撞倒那些電線杆，電力公司要他把房子抵押賠償時，大夥兒爲他湊錢賠了電力公司，又設法讓喬治有份工作，好讓他菸酒無缺……有何不可？他在工作完後無所事事，但他工作時可像匹馬一樣賣力。那次他惹上麻煩是因爲那是晚上，而晚上是喬治喝酒的時間。現在鮑威太太一個人要撫養另一個嬰兒。也許她會待在這裡領社會福利金和救濟金，但那些錢可能不夠，可是她會得到需要的幫助。說不定她會離開，只是，她要是留下來，是絕對不會餓死的。聽著，蘿娜和哈爾：假如她留下來，或許她會保有水道這邊這個小世界的本質，這本質是在路易斯敦討生活，或在波特蘭吃甜甜圈，或在班格爾北方的納許維爾喝酒時很容易失去的。我年紀大了，不想叫你們旁敲側擊，這個本質就是：一種生存，生活的方式，一種感覺。」

他們也用其他方式過他們的生活，可是她不會告訴他們這個。孩子不會了解的，露薏絲和大衛也不會，但琴曾經體會到這個事實。諾曼和艾蒂·威爾森的嬰兒生下來便患了蒙古症，可憐的小腳向內彎，光禿禿的頭殼凹凸不平，手指有蹼連在一起，彷彿在母親的內水道裡游泳時做了太久也太深沉的夢。麥奎金牧師來爲孩子洗禮，隔天瑪莉·道奇來了，即使在那時候，她也已經接生過上百個嬰兒了。於是諾曼帶艾蒂去坡下看法蘭克·查爾的新船。艾蒂雖然還虛弱得難以走動，但沒有一句怨言，儘管她在門口停住腳步，回頭看向坐在那白癡嬰兒搖籃旁編織的瑪莉·道奇。瑪莉抬起頭來看她，當她們目光交會時，艾蒂的淚水湧了出來。「走吧，」諾曼煩躁地說：「走吧，艾蒂，走吧。」等他們一個鐘頭後回到家裡時，那嬰兒已經死了，毫無原因地死在搖籃裡，他沒受苦也算是一種祝福。

在那之前的許多年，在戰前，經濟大蕭條時，有三個小女孩放學回家時遭到侵犯。不是嚴重的侵犯，至少沒有你看得見的傷口或疤痕。她們都說有個男人說要給她們看一疊紙牌，每張紙牌上都印有不同的小狗。那男人說，他會讓她們看這疊紙牌，只要小女孩跟他到樹叢裡去。一進了樹叢，這男人就說：「但是妳得先摸摸這個。」那三個小女孩中的一個是葛蒂·西姆，一九七八年時在布倫斯威高中被選為該年度緬因州模範教師。當年才五歲的葛蒂對她父親說，那個男人的一隻手上少了幾個指頭。另一個小女孩同意她的說法。第三個什麼也不記得。

史黛拉記得那年夏天一個雷聲隆隆的陰天，艾登出門去，雖然她問了他要去哪，他卻沒說。她在窗畔看著，看見艾登在路口和布爾·西姆會合，接著佛萊迪·丁摩也加入他們。在海灣旁，她看見當天早上她一如往常送出門的丈夫，手裡拿著晚餐桶，更多男人前來會合了。等他們終於啓程時，她數清楚一共是十一人，包括麥奎金的前任牧師。那天晚上，一個叫丹尼的男人被發現陳屍在史列德角下突出的岩石上。這個丹尼是大喬治·哈洛請來幫他在屋子下放新的基石，並為他的卡車安裝新引擎的人。他是新罕普夏人，說話很討人喜歡，幫哈洛家做完事後便找些零星的活兒幹……在教堂裡，他的歌聲頗為雄壯！很顯然的，他們說，丹尼走到史列德角上，結果失足跌落，摔死在下面的礁岩上。他的頸子折斷了，頭殼裂了開來。沒人知道他有任何親人，因此他被埋在這個島上，麥奎金牧師的前任還在墓園致了悼辭，說這個丹尼儘管右手少了兩個指頭，但仍是個好工人、好幫手。他做完祝福式後，參加葬禮的人便回到小鎮禮堂的地下室去，喝雞尾酒、吃乳酪三明治。而史黛拉從來不曾問她丈夫和兒子，丹尼摔落史列德角那天，他們到哪裡去了。

「孩子，」她會告訴他們：「我們總是同心協力，互相幫助。我們必須，因為那年頭水道比較寬，因此起風時大浪翻騰，天黑得也快。是的，我們覺得自己很渺小——在上帝的心裡不比一顆微塵大。因此我們很自然地併肩攜手，同心協力。

「孩子，我們併肩攜手，即使有時候我們會懷疑目的何在，或者這世上是否眞的有愛存在，那是因為在漫漫冬夜裡聽到的風聲和水聲讓我們害怕的緣故。

「是的，我從來不覺得需要離開這個島。我的一生都在這裡。那年頭水道比較寬。」

史黛拉走到了海灣。

她左右張望，風將她的洋裝吹得向後翻飛，如同揚起一面旗子。如果有人在那裡，她會走得更遠些，冒險踏向那些結了冰的礁岩上。但她沒看到什麼人，因此她沿著堤防往前走，經過老西姆的船屋。她走到底，在那裡佇立半晌，高昂著頭，聽著透過艾登那頂帽子的耳罩下傳來的風聲。

比爾站在水道上，對她招手。在他後方，在水道那頭，她能看見浣熊角的康果教堂。在白色的天空下，很難看清楚教堂的尖塔。

她咕噥一聲，在堤防盡頭坐了下來，隨即踩上下面的冰雪。她的靴子微微陷落，但不太深。她再次把艾登的帽子戴好——風真想把它揪走呢！——開始向比爾走去。有那麼一會兒，她想要回頭，但她畢竟沒有回頭。她不相信自己的心臟能受得了。

她走著，靴子踩在冰雪上喀嚓作響。比爾在前方，往後退到更遠處，但仍在對她招手。她咳嗽了，把鮮血吐在覆在冰上的皚皚白雪上。

現在水道向兩側延伸，而她有生以來，第一次不必藉助艾登的望遠鏡，便看到了對岸那塊「史丹頓魚餌及租船」的招牌。她能看見浣熊角的大街上來來往往的車子，驚奇地想著：他們可以到要去的任何地方……波特蘭……波士頓……紐約。想想看！而她幾乎能想像出一條漫無止境的大路，世界的界限變寬了。

一片雪花自她眼旁飄過，接著又是一片，又一片。不久雪一陣陣飄落，而她便在這一片白茫茫的世界中前行。

透過有時幾乎完全清晰的雪白簾幕，她看得見浣熊角。她舉起手，再次把艾登的帽子拉好，結果雪從帽簷落進她的眼裡。風將新下的雪捲成漩渦狀。在其中一個漩渦中，她看到了卡爾·艾柏山；他和海娣·施托達的丈夫一起隨「舞蹈號」沉到海裡了。

然而，沒多久，雪更大了，明亮的雪白立刻變得晦暗。浣熊角的大街越來越模糊，最後終於從她的視野中消失。有一段時間，她還看得到教堂頂端的十字架，但不久連那十字架也消褪了，有如一場虛假的夢。最後消失的是那塊黃底黑字的招牌：「史丹頓魚餌及租船」，那裡也可以買到引擎機油、黏蠅紙、義大利三明治和百威啤酒。

這時史黛拉已走在一個完全無色的世界裡，一個灰白色的雪夢中。她回頭看，但是現在島也已消失了。她看得見自己一路行來的腳印，在遠處漸漸變得模糊不清，只有腳跟後半圈微微可見……再遠一點便什麼都沒了。一切都消失不見。

她心想：那是因雪白反光的緣故。妳得當心呀，史黛拉，不然妳永遠都到不了本土的。妳會繞圈而行，直到筋疲力盡，最後凍死在這裡。

她記得比爾曾對她說過，如果在樹林裡迷了路，得假裝你習慣依賴的那隻腿是跛的。要不然，那隻腿會開始引導你，你就會繞圈子，而且直到繞回原路後才會發現。史黛拉相信，她的身體不容許這情況發生。

收音機說，今天、今晚，和明天都會下雪，而在這樣的白茫下，她甚至不會知道自己是否繞回原路了，因為風和新雪會在她走回之前，便把她的足跡掩蓋。

儘管戴了兩雙手套，她的雙手仍舊漸漸覺得麻痺，而她的腳早已沒有知覺了。事實上，這幾乎是種解脫，至少麻痺遏阻了關節炎的侵擾。

史黛拉開始跛行，讓左腿多用點勁。她膝蓋的關節炎還未沉睡，不久後它們將會開始對她尖叫。她的白髮向後飛，她忍不住齜牙咧嘴（她仍有一口好牙，只有四顆假牙）。她直視前方，等著那塊黃底黑字的招牌從飛舞的白茫中現形。

那招牌並未出現。

過了一會兒，她注意到所有的白茫幾乎一致轉成黯淡的灰色。雪下得更大了。她的雙腳仍踩在冰雪上，但此時積雪已達五吋高。她看看錶，卻發現錶已停了。史黛拉意識到，今天早上她一定忘了上發條，這是二、三十年來她第一次忘記。或者是這只錶永遠地停了？這只錶原本是她母親的，她曾經兩次叫艾登把錶拿到浣熊角去，讓杜提先生驚歎一番再加以清洗。至少，她的錶曾經到過大陸本土。

在她注意到天色轉灰約十五分鐘後，她第一次跌倒。有一會兒，她聽任四肢貼地，想著或許待在這裡，蜷縮身子傾聽風聲會容易得多，但接下來，幫助她經歷過無數次的決心恢復了，於是她又皺著眉站起來，站在風裡，直視前方，極力想看……卻什麼也看不到。

很快就天黑了。

呃，她一定走錯了。她走彎了路，要不然她現在該已走到本土了。然而她不相信自己會錯到和陸地平行前進，或甚至彎回山羊島的方向。她心裡的領航者低聲說她轉過頭，彎到左邊了。她相信自己仍在接近大陸本土，只是走了較長的斜對角路徑。

這個導航的聲音要她右轉，可是她不肯聽。反之，她繼續直行，但停止假裝跛腳。她一陣咳嗽，將鮮紅的血吐到白雪中。

十分鐘後（現在四周已轉為深灰，她發現自己置身在暴風雪的幽暗中）她又摔倒了，起初掙扎了半天也爬不起來，但最後終於站了起來。她搖搖欲墜地站在風雪中，在強風狂吹下幾乎無法挺直身子，一陣陣暈眩襲來，讓她感覺頭重腳輕。

或許在她耳邊怒吼的不盡然是風，但狂風的確成功地從她頭上剝下艾登的帽子。她伸手想抓，可是風輕易讓它舞出她伸手可及的範圍，因此她只能眼睜睜望著那帽子輕快地向濃密的灰色中翻滾，成為醒目的一點橙紅色。它滾過白雪，飛了起來，又向前滾，不一會兒便消失不見。現在她的頭髮自由地在頭部四周飄飛。

「沒關係，史黛拉。」比爾說：「妳可以戴我的帽子。」

她驚喘一聲，在昏茫中倉皇四顧，雙手自然地覆在胸前，覺得尖銳的指甲從心上劃過。她什麼也沒看見，只看見翻滾、變動的雪——接著，在那昏灰蒼茫中，隨著尖聲吼叫如魔鬼般的風聲，她丈夫出現了。

最初他只是在雪中移動的顏色：紅、黑、墨綠、淡綠，然後那些顏色化為一件有翻領的法蘭絨夾克，一條法蘭絨長褲，和綠色長靴。

他對她舉起帽子，那姿態幾乎是荒謬得有禮。那張臉是比爾的臉，沒有後來將他帶走的癌症痕跡，（這就是她害怕的嗎？她丈夫那飽受折磨的身形會走向她，一個枯瘦如柴，如在集中營待過的軀體，皮膚緊繃在頰骨上，兩眼深陷在眼窩裡？）她感到如釋重負。

「比爾？真的是你嗎？」

「當然。」

「比爾。」她又喚了一聲，高興地向他邁進一步。但她的腿不聽使喚，使她以為自己又要摔倒，穿過他的身子——畢竟他只是個鬼魂——但他卻抱住了她，雙臂完整而強壯，一如當初抱她跨過那棟這些年來她與艾登同住的屋子門檻。他抱住了她，不久後，她感覺到一頂帽子端端正正地戴到她頭上。

「真的是你嗎？」她又問一次，抬頭看他，看他那還未深陷的眼角皺紋，看他那格子夾克上的雪，看他那頭飛揚的棕髮。

「是我。」他說：「我們都來了。」

他半轉過她的身子，讓她看到在漸濃的黑暗中，從越過水道吹來的風雪裡走出的其他人。一聲半是喜悅半是驚悸的叫聲自她口中發出，因為她看到海娣的母親梅琳‧施托達，穿著一件在風中飄動如鐘的藍色洋裝，而握著她的手的，是海娣的父親，不是和「舞蹈號」沉在海底某處的骷髏，而是完整而年輕的軀體。站在他們兩人後面的——

「安娜貝兒！」她大叫：「安娜貝兒‧弗林，是妳嗎？」

那真是安娜貝兒。即使在大雪紛飛的暮色中，史黛拉仍認得出安娜貝兒穿去參加她婚禮的那件黃色洋裝。當她拉著比爾的手，勉力朝她的故友走去時，她覺得似乎聞到了玫瑰花香。

「安娜貝兒！」

「我們就快到那裡了，親愛的。」安娜貝兒說著，握住她另一隻手。那件當年被認為新潮的洋裝（但，還好，不至於大膽得過火），使她的肩膀裸露出來，只是安娜似乎不覺寒冷。她那頭赭紅色秀髮，長長地在風中飄舞。「只剩一小段路了。」

她握住史黛拉另一隻手，然後他們再次一起前進。其他人一個接一個自雪夜中浮現（現在已經入夜了）。史黛拉認出了許多人，但不全都認得。湯米・弗林加入了安娜貝兒；大喬治・哈洛走在比爾後面；還有那個在浣熊角守了近二十年燈塔的男人，每年二月他都會到島上來參加佛萊迪・丁摩主辦的撲克牌比賽——史黛拉怎麼也想不起他的名字了。還有佛萊迪本人！跟在佛萊迪後面，獨自走著，表情迷惘的人，便是羅素・鮑威。

「妳看，史黛拉。」比爾說。她看見陰暗中浮現的黑影，有如許多艘船裂開的船頭。但那黑影並不是船，而是崢嶸且有裂溝的岩石。他們已經到浣熊角了。他們已經走過了水道。

她聽見許多人的聲音，卻不確定他們在說什麼：

握著我的手，史黛拉——

（你）

握著我的手，比爾——

（你你你）

安娜貝兒……佛萊迪……羅素……約翰……艾蒂……法蘭克……握著我的手，握著我的手……我的手……

（你愛嗎）

「握著我的手好嗎，史黛拉？」一個新的聲音說。

她回過頭，看見說話的人是布爾・西姆。他和善地對她笑著，然而他的眼神讓她驚恐，因此她猶豫了一下又退開了，緊緊抓住比爾的手。

「是不是——」

「時間到了？」布爾說：「哦，是的，史黛拉，我想是的。但那並不痛苦。至少，從以前到現在，我從來沒聽過。」

她突然哭了——那是她從未流出的所有淚水——然後伸手握住比爾。「是的。」她說：「是的，我會，是的，我確定，是的，我願意。」

他們在暴風雪中站成一圈，這些山羊島的死者，風繞著他們呼嘯，夾帶著雪花，史黛拉開始歌唱。歌聲傳入風中，隨風飄逝。他們都高聲唱了起來，如在夏季的黃昏轉為夜晚時，孩子以他們高亢甜美的聲音歌唱。他們唱著，史黛拉覺得自己走向他們，加入他們，終於渡過了水道。疼痛是有一點，但並不劇烈；她失去童貞時痛得多了。他們在黑夜中圍圈而立。白雪在他們四周隨風打轉，他們高聲歌唱。他們高聲唱——

——艾登不能告訴大衛和露薏絲，但在史黛拉死後那個夏天，當孩子照例每年到這裡來度兩週暑假時，他告訴了蘿娜和哈爾。他告訴他們，上一個冬天那場暴風雪來襲時，風聲中似乎夾著許多人的歌聲，有時他彷彿還聽得出歌詞：「讚美上帝，祂給我們祝福，讚美祂，下界的生靈們……」

可是他沒告訴他們，（想像遲鈍而缺乏想像力的艾登．法蘭德斯要如何大聲說出這些話，即使只是對他的孫輩！）有時當他聽到那聲音，就算坐在壁爐邊也會覺得寒冷；有時他會把修理到一半的陷阱放到一旁，想像由風唱出歌聲是屬於那些已經過世的人……彷彿他們站在水道某處，像孩童般高歌。

他似乎聽見了他們的聲音，而在這些夜晚，他有時會睡著，夢見在自己的葬禮中唱讚美詩，沒人聽得見他，也沒人看得見他。

有些事永遠說不出口，也有些事——不盡然是秘密——永遠無法和人討論。在暴風雪後隔天，他們在大陸本土那邊找到史黛拉凍死的屍體。

她坐在浣熊角鎮界以南約一百碼外的一張天然石椅中，整個人都被冰凍住了。有輛跑車的那個醫生說，他非常驚訝。從山羊島的海灣走到那裡足足有四哩路，而法律要求對不尋常、孤獨死亡所做的解剖則顯示出末期癌症——的確，這位老婦留下了一個不解的謎。

艾登要怎麼告訴大衛和露薏絲，說史黛拉頭上那頂帽子不是他的？拉利·麥金認出了那項帽子。約翰·班生也認出來了。

他在他們眼裡看了出來，而他猜，他們也在他眼裡看了出來。他還不夠老，不會忘記那是他父親生前戴的帽子，帽簷和帽舌破損之處，在在都是證實。

「這些是要讓人仔細回想的事。」假如他知道該怎麼說，他會告訴兩個孩子：「讓人兩手忙著工作，身旁放著一杯咖啡時，慢慢地，仔細地想。或許這些是水道的問題：死人會唱歌嗎？他們還愛活人嗎？」

在蘿娜和哈爾隨著他們的父母親搭乘艾爾·柯利的船回大陸本土去，兩個孩子站在船尾揮手道別後，那晚艾登思索著這個問題，以及別的問題，還有他父親的帽子。

死人會唱歌嗎？他們愛嗎？

在母親史黛拉·法蘭德斯已在墳中長眠安息，在他一人獨守的漫漫長夜中，艾登時常覺得，死人不但會唱歌，也會愛。

婚禮
The Wedding Gig

一九二七年時，我們在伊利諾州摩根鎮南端的一家地下酒吧演奏爵士樂。摩根鎮離芝加哥七十哩，是個名副其實的鄉下地方，方圓二十哩內沒有別的城鎮。

不過這裡有不少莊稼漢，在田裡幹了一天活後想望比烈酒更烈的東西，還有不少夢想當爵士歌星的小姑娘，手挽著「藥店牛仔」❻男友到酒吧來。

當然還有些已婚男人（這些人你總看得出來的，朋友。就像身上掛了牌子似的），大老遠跑到這個沒人認得他的地方來，和不很合法的女友約會。

那時候的爵士樂是真正的爵士樂，而不是亂糟糟的噪音。我們樂團共有五人——鼓、短號、伸縮喇叭、鋼琴和小號——而且我們相當不錯。但又過了三年我們才灌了第一張唱片，四年後才開始上脫口秀表演。

我們正在演奏〈竹子灣〉這首曲子時，一個壯漢走了進來。他穿著白色西裝，抽著一根比法國號還彎的菸斗。這時整個樂團已奏得有點有氣無力了，不過酒吧裡的客人都很盲目，仍快活地手舞足蹈。但他們心情都很好，一整晚還沒人打過架。

我們幾個都汗如雨下，而酒吧老闆湯米·殷格蘭，則不斷送啤酒上來。殷格蘭是個好雇主，而且喜歡我們的音樂。光憑這點就夠讓我在本子裡為他標上星號了。

穿白西裝那個大塊頭在吧台前坐了下來，不久我就忘了他。我們以〈海迦嬏藍調〉結束那段演奏，那支當時頗熱門的曲子為我們贏得不少掌聲。

梅尼放下小喇叭時咧嘴而笑，我拍拍他的背，和大夥兒一起下了舞台。有個穿著綠色晚禮服，看來頗為寂寞的女郎，對我送了一整晚的秋波。她有一頭紅髮，而我一向偏愛紅髮女郎。她用眼神和一個點頭向我示意，因此我邁步擠過人群，想看看她要不要喝一杯。

我走到半路時，那個穿白西裝的男人卻一個跨步擋在我身前。走近時，看得出他可真壯得很。他的頭髮雖然聞起來像抹過一整瓶草根牌髮油，但頸背上仍如剛毛般豎立，而且他的眼睛很像一些深海魚，細小呆板，卻閃著怪異的亮光。

「我要跟你到外邊談談。」他說。

那個紅髮女郎噘著嘴別開目光。

「等一下吧。」我說：「讓我過去。」

「我姓史柯利。麥可・史柯利。」

我知道這名字。麥可・史柯利是夏鎮的不法商人，用從加拿大偷運私酒進來賺的錢付他喝的啤酒錢。他偷運的烈酒是從蘇格蘭來的。他的照片上過幾次報，上一回是另一個私酒販想用槍把他放倒的時候。

「你離芝加哥相當遠哩，朋友。」我說。

「我帶了幾個保鑣來。」他說：「別擔心。外面。」

那紅髮女郎又瞄了我一眼。我指指史柯利，聳聳肩。她哼了一聲，轉過身去。

「看，」我說：「你把那妞弄走了。」

「在芝加哥，那種妞一分錢就能買上一打。」他說。

「我不要一打。」

「到外面。」

我跟著他走到外面。在酒吧的烏煙瘴氣之後，吹在我身上的晚風似乎特別清涼，而且夾著新割苜蓿草的甜味。星星出來了，在夜空中輕輕眨著眼睛。幾個保鑣也出來了，他們看起來可一點

❻drugstore cowboy，意指終日流連藥房外的吸毒者。

也不輕柔，手裡的菸閃著幾點紅光。

「我有件差事給你。」史柯利說。

「是嗎？」

「報酬兩百元。你可以和樂團平分，或是自己先扣下一百。」

「什麼差事？」

「婚禮呀，還有什麼?!我妹要結婚了，我要你們在婚宴上演奏，她喜歡紐奧良爵士樂。我的兩個手下說，你們的紐奧良爵士樂玩得不錯。」

我剛才說殷格蘭是個好雇主，他每週付我們八十元。但這傢伙給我們的錢超過兩倍，卻只為了一場婚禮。

「時間是下星期五，五點到八點。」史柯利說：「葛洛弗街的艾林廳。」

「這價碼太高了。」我說：「為什麼？」

「兩個理由。」史柯利說，抽著他的菸斗。在這鄉下地方，那菸斗可真和周遭景物不大搭調。他該叼根Lucky Strike才對，或是Sweet Caporal，總之就是那種流氓抽的菸。抽菸斗讓他看起來不像流氓，有點滑稽，也有點悲哀。

「兩個理由。」他重複道：「也許你聽過那個希臘仔想放倒我吧。」

「我在報上看過你的照片。」我說：「你就是想爬上人行道的那個。」

「那傢伙很精。」史柯利對我吼道，但那不是真的憤怒。「他見不得我發達。那希臘仔老了，心眼也小了。他該回那個老國家去，喝橄欖油、看看太平洋。」

「我想應該是愛琴海吧。」我說。

「就算是芝加哥旁邊的休倫湖我也不管。」他說：「重點是，他不服老，還想扳倒我。這老頭根本不知道誰是下個大人物。」

「顯然就是你？」

「你他媽說話小心點！」

「換句話說，你付兩百塊，是因為我們很可能被恩菲爾獵槍打死囉。」

他的臉因發怒而脹紅，但還有點別的。當時我不知道那是什麼，但現在我知道了。我想那是悲傷。「我說，朋友，我的錢能夠買到最好的保護。要是有人敢把鼻子探進來，他沒那機會打兩次噴嚏的。」

「另一個理由是什麼？」

他低聲說：「我妹妹要嫁個義大利人。」

「一個像你這種好愛爾蘭天主教徒呀！」我譏諷道。

他氣得臉上又是一陣紅、一陣白，有那麼一會兒，我想我大概逼人太甚了。「一個好愛爾蘭佬！愛爾蘭狠角色，小鬼，你最好別忘了！」說完他又以低得幾乎聽不到的聲音加了句：「雖然我頭髮快掉光了，但它可還是紅的。」

我開口想說話，他卻不給我機會。他一把揪住我，一張臉壓了下來，直到我們的鼻頭幾乎相觸。我從來沒在任何人臉上看過這種忿怒、屈辱和決心。這年頭你根本不會在白人臉上看到這種表情，這種飽受傷害且被人渺視，總之是愛恨交織的表情。但那晚我在他臉上看到時，立刻明白：我要是再多說幾句俏皮話，一定會丟了小命。

「她很胖。」他低聲說。我聞得到他呼吸中的鹿蹄草薄荷味。「很多人在我背後笑我。不過我要告訴你，先生，當著我的面他們可不敢，因為這個義大利佬可能是她唯一的機會。但你別想笑我或她或那義大利佬。任何人都別想。因為你們得大聲演奏，沒人可以笑我妹妹。」

「我們演奏時從來不笑，一笑就沒辦法噘嘴吹奏了。」

這句話讓緊張氣氛鬆弛下來，他放聲大笑——那笑聲短促而喧囂。「你們五點給我準時到場，葛洛弗街艾林廳。我也會付你們來回車費。」

他可不是在問我們肯不肯去。我猶豫不決，但他不會給我時間討價還價。他已跨步走開，他的一個保鑣更已開著那輛別克的車門在等他。

他們開車離去。我在外頭又待了半晌，抽了根菸。這一夜無比清爽溫柔，使得史柯利的出現越來越像一場夢。我正希望能將舞台搬到外面停車場來演奏時，畢弗拍拍我的肩膀。

「時間到了。」他說。

「好。」

我們回到酒吧裡。那個紅髮女郎已經搭上一個頭髮半灰的水兵，看樣子足足有她兩倍年紀。我不知道一個美國海軍在內陸的伊利諾州幹什麼，但就我看來，如果她的鑑賞力這麼差，那她可以儘管和他在一起。我覺得不大舒服，啤酒湧上我的腦袋，而且回到酒吧裡，史柯利的出現就顯得真實多了。

「有個聽眾要我們演奏〈康城賽馬〉。」查理說。

「絕不！」我沒好氣地說：「午夜前我們不玩黑鬼的歌。」

我看得出比利在鋼琴前坐下時身體很僵，但不到一會兒他的臉色又放鬆下來。我真該用力踢我自己屁股，可是，他媽的，人就是沒辦法在一夜、一年或十年間為自己換個嘴巴呀。在那段日子，我最恨卻又說個不停的兩個字就是「黑鬼」。

我走向他。「對不起，比利——我今晚有點心不在焉。」

「沒關係。」他說，但目光越過我的肩膀，因此我知道他沒接受這個道歉。這真糟糕，但我告訴你，還有更糟的——就是知道他對我很失望。

下一次休息時，我把婚禮演出的事告訴他們，坦白說出報酬的數目，以及史柯利是個怎樣的流氓（但我沒告訴他們另一個流氓想放倒他）。我也對他們說了史柯利的妹妹很胖，而他對這個事實非常敏感。任何人要是敢用內陸駁船說笑，兩個鼻孔的上面一點很可能就會多出第三個呼吸孔。

我說話時不住望向比利小子・威廉，可是從他的表情什麼也看不出來。去看核桃殼上的縐紋，並猜那顆核桃在想什麼可能還容易點。

比利是我們有過最好的鋼琴手，在巡迴表演途中，我們都對發生在他身上的一些小摩擦非常過意不去。這種情形在南方最糟，當然——就是黑白不同車，或是電影院裡的黑鬼天堂❼這套——但在北方也不見得多好。可是我又能怎麼辦？呃？你告訴我吧。在那個年頭，你也只能和這些異見妥協。

星期五下午四點鐘，我們提前一小時出現在艾林廳。我們開卡車上來，那輛卡車是畢弗、梅尼和我一起拼裝成的，後面載貨區掛了帆布，並裝上兩張便床。我們甚至還有個可用電池發電的電碗，卡車外側還漆了樂團的名字。

那天天氣宜人，陽光明媚，還有小團小團的夏日白雲在田野中投下陰影。不過我們一進鎮上就覺得悶熱，鎮上熙來攘往的景象，是你在摩根那種小地方看不到的。等我們到達艾林廳時，我的衣服已經濕答答地黏在身上，讓我很想到哪個酒吧坐坐，我需要來杯湯米・殷格蘭的啤酒。

❼nigger heaven，美國早年南方的種族隔離措施之一，就是規定黑人在電影院裡只能坐最高樓層的座位。

艾林廳是棟極寬敞的木造建築，附屬在史柯利的妹妹舉行婚禮的教堂名下。你也知道這種地方——星期二是社區會議，星期三玩賓果，星期六晚上是小鬼的社交活動。

我們走上走道，各人一手帶著自己的樂器，另一手拿著畢弗的鼓組零件。一個毫無胸部可言的瘦女人正在指揮室內交通。兩個男人滿頭大汗地掛著縐紋紙。大廳前方有座舞台，台上掛了綵帶和兩個很大的粉紅色結婚鈴鐺。綵帶上用錫箔紙剪貼了一排字：「美麗和李哥，百年好合」。美麗和李哥，要是這樣還看不出為什麼史柯利緊張又過敏才怪。美麗和李哥。可真是絕配。

那個瘦女人快步走向我們，好像有很多話要說，但我搶先開口。「我們是樂隊。」我說。

「樂隊？」她不信任地對著我們的樂器眨眼。「噢，我還希望你們是辦外燴的呢。」

我笑了笑，彷彿辦外燴的本來就該帶著鼓和伸縮喇叭盒。

「你們可以——」她話還沒說完，有個年約十九、氣勢洶洶的小夥子走了過來。他嘴角叼了根菸，但在我看來那菸對他的形象並沒有幫助，只不過讓他的左眼有點淚汪汪的。

「把那玩意兒打開。」他說。

查理和畢弗看看我。我聳聳肩。我們把樂器盒打開，他拿起喇叭瞧了瞧。看清楚這些樂器不可能藏進一支槍並輕易發射後，便走回他的角落，在一張摺椅上坐了下來。

「你們可以立刻把樂器架好。」那瘦女人像是沒被打過岔一樣繼續說：「另一個房間有台鋼琴。我們這邊佈置完後，我會叫人推過來。」

畢弗已經拖著他的鼓組走上那個小舞台。

「我還以為你們是辦外燴的。」她似乎心有未甘地說：「史柯利先生訂了個結婚蛋糕，還有開胃小點心、烤牛肉和——」

「他們會來的，夫人。」我說：「他們得把貨送到才能收錢。」

「——兩種烤豬肉和閹雞。史柯利先生一定很生氣，如果——」說到這裡，她看見一個掛縐紋紙的男人丟下一截飄在空中的縐紋紙，取出菸來點上，立刻尖叫一聲：「亨利！」那男人像中了槍一樣驚跳起來。我乘機溜上舞台。

四點四十五分，我們已經把樂器都架好了。吹伸縮喇叭的查理「叭——叭——」地吹著啞音，而畢弗也在忙著調鼓。辦外燴的四點二十分抵達，吉布森小姐（就是那個瘦女人）只差沒撲向他們。

四張長桌已排設妥當，上面鋪了白桌布，四個戴小帽、穿圍裙的黑女人走來走去地擺餐具。史柯利訂的蛋糕被推進大廳中央，人人看得瞠目結舌。這個蛋糕共有六層，最上面站了一對小小的新人。

我到外面抽菸，才抽到一半，就聽到他們來了——人聲喧嘩，好不熱鬧。我站在原處，直到看見領頭的車輛繞過轉角，這才把菸踏熄進屋裡去。

「他們來了。」我告訴吉布森小姐。

她臉色立刻變白，腳步也有些搖搖晃晃。這女人實在應該轉行才對——做室內設計，也許，或者圖書館管理員。「番茄汁！」她大叫：「快把番茄汁拿進來！」

我回到舞台上，和團員準備好開始演奏。我們以前也在婚禮上演奏過——哪個鳥樂團沒有？——因此當大門一被推開，我們立刻奏起快活的散拍節奏版的〈結婚進行曲〉，是我編的曲。

如果你覺得這聽起來像檸檬汁雞尾酒，我得同意你的看法，不過我們參加過的婚宴都欣賞這首曲子，這次當然也不例外。人人鼓掌叫好，大吹口哨，接著他們便開始瞎聊。但從他們有些人邊說話邊踏著拍子看來，我看得出我們的表演很上道——我想這會是場成功的婚禮演出。

我知道大家都怎麼說愛爾蘭人，而且這些閒話多半是真的，可是，管他的，只要氣氛對，他們不可能不進入狀況。

然而，我得承認當新郎和新娘走進來時，我差點沒吹走調。穿著禮服和條紋長褲的史柯利狠狠瞪了我一眼，你別以為我沒看見。我強裝出正經八百的樣子，樂團其他成員也是——沒人笨到不會看臉色，算我們運氣。參加婚禮的人——看來多半是史柯利的手下和他們的女人——都很識相。他們既然已去過教堂，自然知道該怎麼辦。不過你不妨說，我見過的場面不多就是了。

你一定聽過傑克·史普雷和他的醜老婆。我告訴你，這可比那還要糟上一百倍。史柯利的妹妹有一頭快掉光的紅髮，又長又鬈。但可不是你想像的那種發亮的赭褐色，而是正牌的紅色——像胡蘿蔔一樣鮮亮、且像床墊彈簧一樣糾結。

她的自然膚色應該是乳白色，但因為臉上蓋滿雀斑，很難看出來。史柯利說過她很胖吧？我的天，那可真是輕描淡寫。她根本是頭恐龍——起碼有三百一十磅重。她的體重都在胸部、臀部、腰和大腿上，就像一般胖女孩一樣，這使得本來應該性感迷人的地方全都變得有點駭人。

有些胖女孩臉蛋倒還滿漂亮，但史柯利的妹妹一點也不美。她的兩眼長得太近、嘴巴太大，一對招風耳加上還有雀斑。就算她身材苗條，她也醜得足夠讓時鐘停擺——而且是整個櫥窗裡的每個時鐘！

光是新娘，還不足以讓任何人發笑，除非他們夠愚蠢或夠低級。不過當你在這畫面上再加上新郎李哥，你會笑到連眼淚都流出來。他就算再戴頂高禮帽，還是高不過她的半個影子。我看他就算全身浸了水，體重也不會超過九十磅。他瘦得像竹竿，膚色是深橄欖色。當他緊張四顧地咧嘴而笑時，他的牙齒就像貧民窟的籬笆，處處漏風而且參差不齊。

我們繼續演奏。

史柯利吼道：「新娘、新郎，上帝祝福他們永遠快樂！」他齜牙咧嘴的表情其實更像在說：

如果上帝不祝福他們，你們在這裡的最好讓他們快樂——至少今天要是這樣！

人人大聲叫好，拚命鼓掌。我們誇張地結束了第一支曲子，立刻接著演奏第二支。史柯利的妹妹美麗露出笑容。天啊，她的嘴可真大。李哥訕訕地笑著。

有段時間，每個人都只在大廳裡走動，吃乳酪和餅乾，喝史柯利私運的上等蘇格蘭威士忌。我自己在換曲之間喝了三杯，這玩意兒讓湯米‧殷格蘭的啤酒相形見絀。

史柯利看起來好像也快樂了點——至少一點點。

有一次，他來到舞台前說：「你們演奏得相當好。」這話出自像他這樣的樂迷之口，我認為是相當真誠的讚美。

就在人人坐下用餐前，美麗自己走向舞台。近看時她顯得更醜了，那襲白紗衣（裹在她身上的紗綢至少可鋪三張床）也無法讓她有絲毫改善。她問我們可不可以演奏〈皮卡迪里玫瑰〉，因為她說，那是她最喜歡的曲子。雖然她又胖又醜，態度卻不像某些點歌的人那麼輕浮傲慢。我們演奏了〈皮卡迪里玫瑰〉，但演奏得不怎麼好。不過她還是給了我們一個幾乎讓她變得漂亮的甜美笑容，且在曲子結束後用力鼓掌。

他們在六點十五分左右坐下用餐，吉布森小姐僱了幫手把食物用推車推到每個人面前。他們像一群動物似的大嚼大吃，並且不斷舉杯乾杯。

我忍不住看美麗吃東西。我曾試著看向別的地方，但目光卻偏偏不斷溜回去，似乎想證實它們沒有看錯。那些食客吃相可觀，但她使那些人看起來都像喝下午茶的老太婆。她沒時間再微笑或聽〈皮卡迪里玫瑰〉了，你大可在她面前立個「工作中」的牌子。這女人不需要刀叉，她需要的是把鏟子和輸送帶，看她吃東西真教人覺得悲哀。

而李哥（在新娘那桌，你只能看到他的下巴，還有一雙羞怯如小熊的棕眼）不斷把食物遞給她，臉上一直掛著那不安的訕笑。

進行切蛋糕儀式時，我們休息二十分鐘，吉布森小姐親自在廚房裡招待我們。由於爐子開著，廚房裡熱得要命，我們沒一個有食欲。婚宴剛開始時，一切似乎都很順利，但現在好像有些不大對勁了。我在團員臉上看得出來……吉布森小姐的臉色也透出一點端倪。

等我們回到舞台時，每個人都已開始狂喝。這些面貌兇惡的傢伙搖搖晃晃滿廳亂走，臉上露出癡傻的笑容，要不就站在角落爭論。

有幾個人要求我們奏卻爾斯登舞曲，因此我們奏了〈海迦嬸藍調〉，和〈我要跳查勒斯登舞回到查勒斯登〉之類的曲子。這些流氓在地板上扭動，露出下捲的襪子，手指在臉旁搖動，喊著「嗚——嘟——嘀——哦——嘟」，直到今天，我只要想到這句，都會覺得剛吃下的晚餐就要吐了出來。室外天色已漸昏暗，有幾扇窗子紗窗掉了，飛蛾飛了進來，繞著電燈團團轉飛。我們繼續演奏。新郎和新娘站在角落，幾乎完全被忽略了，只是他們倆好像都沒有提前開溜的意思。似乎連史柯利也忘了他們，他已喝得爛醉如泥。

將近八點時，那個小個子溜了進來。我立刻注意到他，因為他很清醒，而且看起來有點慌。像隻近視眼的貓進了狗窩一樣驚惶。他走向正在舞台邊和一個妖媚女人說話的史柯利，拍拍史柯利的肩膀。史柯利轉過身去，他們接下來的對話，我每個字都聽得清清楚楚。但相信我，我寧願沒聽見。

「你是什麼東西？」史柯利粗暴地問。

「我叫狄米，」那小個子說：「狄米·卡諾，希臘仔派來的。」

地板上的動作猛然停止。上裝的鈕釦鬆開了，一隻隻手伸到衣襟下。我看見梅尼面露不安。媽的，我自己也鎮定不下來。不過我們仍舊繼續演奏。

「是嗎？」史柯利極其平靜地說。

那小個子衝口喊道：「我並不想來呀，史柯利先生！那希臘仔，他扣住我太太。說如果我不來傳話給你，就把我太太殺掉！」

「什麼話？」史柯利吼道。他的前額又一次佈滿積雲。

「他說──」那小個子痛苦地頓了一下。他的喉結像是要被說的話掐住似的，困難地骨碌碌移動著。「他說你妹妹是隻肥豬。他說……他說……」他的眼珠子狂亂地滾動，史柯利卻面無表情。我瞟了美麗一眼，她看起來像剛挨了一巴掌。「他說她發癢。他說胖女人背癢時，就買根抓背的耙子。他說女人那裡發癢時，就買個男人。」

美麗低喊一聲，哭著跑出去。地板微微震動。李哥追在她後面，一臉困惑地絞扭著雙手。

史柯利的臉脹成豬肝色。我想他的腦漿大概快從兩耳噴出來了。他臉上那痛苦的表情，是我那晚在殷格蘭的酒吧外就見過的。也許他只是個下流的黑道，可是我很同情他。換了你，你也會的。

他開口說話時，聲音平和得近乎溫柔。

「還有別的嗎？」

那個小希臘人崩潰了，聲音痛苦而嘶啞。「求求你別殺我，史柯利先生！我太太──那個希臘仔，他扣住我太太！我並不想說這些話！他扣住了我太太，我的女人──」

「我不會傷害你。」史柯利更加平靜地說：「你告訴我他還說了什麼。」

「他說全鎮的人都拿你當笑話。」

我們已經停止演奏，這時全場鴉雀無聲。接著史柯利仰頭注視天花板，他雙手掄拳伸出，不停發抖。他的拳頭握得之緊，以至於我都能看見他的手筋從襯衫下鼓了出來。

「好！」他大聲嘶吼：「好！」

他衝向大門。他的兩個手下想阻止他，想告訴他那是自殺，是那希臘仔故意設計的，可是史柯利卻像個瘋子。他甩開他們後奪門而出，衝進黑暗的夏夜。

在緊接著的死寂中，我只聽見那傳話的小個子痛苦的呼吸聲，以及大廳後方某處傳來新娘的啜泣聲。

就在這時，我們剛來時找我們麻煩的那個小夥子低聲咒罵，走向大門。他是全場唯一有動作的人。

他還沒走到掛在前廳的紙花下，戶外便傳來汽車輪胎吱吱輾過人行道，和引擎噗噗作響的聲音——好多的引擎。那聲音聽起來簡直就是國慶日遊行。

「喔，天啊！」那小夥子在門口尖叫：「他們來了一整個車隊！蹲下，老闆！蹲下！蹲下——」

槍響聲轟碎了寧靜的夜。外頭如世界大戰般持續了一分鐘，或兩分鐘。子彈飛過大廳敞開的門，其中一顆把天花板的頂燈打碎了，屋外的夜亮得如放煙火。接著一輛輛車怒吼馳去。一個女人忙著刷掉沾在假髮上的碎玻璃。

現在危險既已過去，其他流氓便紛紛往外衝。通往廚房的門「砰」的一聲大開，美麗又跑了出來。她身上的一切都在晃動，一張胖臉比先前更臃腫。李哥像個不知所措的侍從般跟在她身後，他們先後出了大門。

吉布森小姐出現在空洞的大廳裡，眼睛驚愕地瞪得老大。惹起這一切麻煩的那個小個子男人已落荒而逃。

「那是槍聲。」吉布森小姐喃喃說道：「出了什麼事了？」

「我想那希臘仔剛擺平了主計官。」畢弗說。

她迷惑地望向我，但我還來不及翻譯，比利便以他低柔而有禮的聲音說：「他的意思是，史柯利先生剛剛被槍殺了，吉布森小姐。」

吉布森小姐瞅著他，眼睛越瞪越大，隨即便昏倒在地。我自己也覺得有點頭昏。

就在這時，外頭傳來我這輩子聽過的最痛苦的尖叫聲，而且這嘶號聲持續不斷。你不必看外面就知道是誰讓她心碎，在警察和新聞記者還沒到之前，美麗跪在她哥哥的屍體旁號哭。

「我們走吧。」我低聲說：「快！」

我們花了五分鐘把樂器收好。有幾個流氓已回到廳裡，但酒醉和驚恐使他們無暇顧及我們。我們從後門出去，每個人都帶著畢弗的鼓組零件。要是有人看見我們帶著樂器在街上走，一定覺得我們頗為壯觀。

我夾著短號、兩手拿著鐃鈸，領頭走在前面。然後我讓團員們站在街尾角落等候，自己回去開卡車。警察還沒到場。那胖女孩仍蹲在大街中央她哥哥的屍體旁，哭得肝腸寸斷，而她那矮小的新郎則在她周圍團團轉，猶如繞著一顆大行星運轉的月球。

我把卡車開到街角，讓團員上車後，一行人便呼嘯離去。一路上，我們以時速四十五哩直駛回摩根，不管走的是大路還是小路。也許史柯利的手下沒對警方說出我們在場，也許警方根本不管這件事，總之這件事就這麼不了了之。

當然，我們也從沒拿到那兩百塊錢報酬。

十天後，她走進湯米•殷格蘭的酒店，一個穿著黑色喪服的愛爾蘭胖女孩，她穿黑衣的效果與白紗綢沒什麼兩樣。

殷格蘭一定曉得她是誰（她的照片上了芝加哥各大報，和史柯利的照片並列），因為他親自領她到一張桌位，並對坐在吧台旁望著她竊笑的兩個酒鬼噓聲示意。

我為她難過，正如有時我為比利難過一樣。而且她那晚對我們很好，雖然我和她沒說上幾句話。外面的世界不是好混的，你不需要混過才知道這點，雖然我得同意，你只有真正混過才能確切明白。

休息時間一到，我便走向她的桌子。

「我為妳哥哥的事感到遺憾。」我尷尬地開口說：「我知道他是發自內心關心妳，而且——」

她說：「我覺得開槍打死他的好像就是我。」她低頭看著雙手；現在我一注意到她的手，便覺得它們是她身上最美好的一部分，娟秀合宜。「那個小個子說的一切都是真的。」

「哦，別傻了。」我答道，這聽起來很可笑，但我又能說什麼呢？我很後悔過來這裡，因為她說話的口吻很奇怪，彷彿發了瘋的人在自言自語。

「但我不會跟他離婚。」她又說：「我會先自殺，讓我的靈魂下地獄去。」

「不要這麼說。」我說。

「你從沒想要自殺嗎？」她激動地望著我：「當別人惡劣地利用你，然後又取笑你的時候，你沒有過這種感覺嗎？或者從來沒人對你那樣？你可以這麼說，可是請別怪我不相信。你可知道一直吃、吃、吃，恨自己吃個不停，卻又繼續吃，是什麼樣的感覺嗎？你知道因為自己胖而害死哥哥又是什麼樣的感覺嗎？」

人們轉頭看過來，吧台邊的醉鬼又吃吃笑了起來。

「對不起。」她低聲說。

我想告訴她，說我也很遺憾。我想告訴她……喔，說什麼都行，只要能讓她好過些。說她錯了，說她不該那樣想。可是我什麼也說不出來。

因此我呆了半晌，只好說：「我得走了。我們還得再演奏一節。」

「當然。」她輕聲說：「當然你得走了……不然他們會開始笑你。但我到這裡來是為了──請你們演奏〈皮卡迪里玫瑰〉好嗎？我覺得你們在婚禮上演奏得很好。請你們再奏一次好嗎？」

「當然。」我說：「我們樂於從命。」

我們奏了那支曲子。但樂曲奏到一半時她就離開了。由於這曲子在殷格蘭酒吧這種地方太感傷了些，所以我們也沒把它奏完，就換了支快節拍的〈大學船〉。這曲子每次總能帶起高潮。但後來我喝了太多酒，到酒吧關門時，我已經把她忘了。呃，幾乎忘了。

離開酒吧後，我便又想起來，我該對她說什麼話才對。我該說──日子還是要過。當人們失去所愛時，你就得對他們這麼說。不過，再仔細思索一會兒，我倒慶幸自己沒這麼告訴她。因為也許那就是她害怕的。

當然現在人人都曉得美麗‧羅曼和她丈夫李哥。李哥活得比她久，後來被請到伊利諾州州立監獄去當納稅人的客人。但人人都知道她如何接管史柯利的組織，把它變成運私酒的帝國。她如何擺平北區兩幫的老大，併吞了他們的地盤，她如何教人把那希臘仔帶到她面前跪下，用一根鋼琴琴絃插過他的左眼，刺進腦部而死，毫不理會他的苦苦求饒。李哥，那不知所措的侍從，成了她的第一副手，有十幾場火併還是由他主持的。

我得知美麗的這些功績時，人已遠在西岸，和樂團灌了幾張成功的唱片。可是，其中沒有比利。我們離開殷格蘭的地下酒吧不久後，他便自組一個樂隊，全是黑人，演奏紐奧良爵士樂和散拍爵士樂。他們在南方相當成功，我很為他們高興。那樣也好。有很多地方根本不給我們試演的機會，只因為我們團裡有個黑人。

不過我要說的是美麗。她成為重要的新聞人物，而且不只因為她是個有頭腦的黑社會頭目。她胖得不得了，也狠得不得了，因此全美從東岸到西岸人人對她都有種奇怪的情感。一九三二年她死於心臟麻痺時，有些報紙說她重達五百磅。但我很懷疑。沒有人能長到那麼胖吧？

總之，她的葬禮上了頭版新聞，可比她哥哥風光多了。史柯利在他一生可悲的事業中，從未上過第四版之前的新聞。她的棺材要十個人才抬得動。在一份小型畫報上，登了那些人抬棺的照片。

那照片叫人怵目驚心，她的棺材就像個肉品冷凍櫃一樣大——不過話說回來，那也算得上個肉品冷凍櫃吧。

李哥沒她能幹，無法操縱整個王國，第二年他便以蓄意謀殺罪遭到起訴。我無法將她從記憶中抹除，也總是記得史柯利在那第一晚談起她時，那痛苦而兇狠的表情。不過現在回想，我無法太同情她。胖子總可以不吃，但像比利這樣，就只能停止呼吸了。我還是看不出我對他們兩人能幫上什麼忙，但偶爾還是會覺得有點難過。也許只因為我已經老了，再也不像小時候睡得那麼安穩了。就這樣而已，對不對？

對不對？

收割者的影像

The Reaper's Image

「去年我們把它搬走了，而且費了不少工夫。」卡林先生在他們上樓梯時說道：「必須用手搬運，當然，沒別的法子。我們將它從展示間的箱子取出前，便向洛德保險公司保了意外險。只有洛德肯保我們所提出的數目。」

史賓沒有吭聲。這人是個傻子。很久以前，強生·史賓便已學會，和傻子說話的唯一方法就是置之不理。

「保了二十五萬美元。」卡林先生又說。他們已經走到二樓。他的嘴往下撇，看起來既埋怨又得意。「那可花了我們不少錢呢。」他的身材矮小，不算胖，戴了副無框眼鏡，一顆禿頭像擦亮的排球那麼亮。一套盔甲佇立在二樓長廊桃花心木的陰影中，不動聲色地注視著他們。

這條走廊相當長。史賓以冷靜的專業眼光打量著牆壁和掛在牆上的東西。山繆·柯拉格買進大量的物品，但品質就不怎麼樣了。

就像十九世紀末許多白手起家的工業家一樣，他跟個開當舖的沒什麼差別，卻穿著收藏家的衣著，以二流油畫，濫竽充數的古玩，和以數量取勝的雕刻品，就自認為是個藝術鑑賞家。

在二樓的牆上，掛著——不如說是「點綴」——仿摩洛哥掛氈、無數個聖母抱著無數個聖嬰，還有無數個天使在背景飛來飛去。大型燭台和一個華麗而庸俗、被一個笑得春意蕩漾的半神少女高高舉起的大吊燈。

當然這個老海盜也買到幾樣有趣的東西；這是平均法則使然。如果說山繆·柯拉格私人博物館（每小時皆有嚮導介紹，門票是大人一美元，小孩五角——令人作嘔）裡有百分之九十八是垃圾，那也總有百分之二值得一看，例如廚房壁爐架上的坤氏長槍，中庭裡那個奇特的小「變形相機」，當然，還有——

「荻福鏡在一次相當不幸的……事件後，被移到樓下。」卡林先生突然說，顯然是為了一幅掛在下一個樓梯口的不知名畫像駭人的瞪視而這麼做。「各種流言和揣測紛紛傳出，不過這其實是一次嘗試毀壞那面鏡子的舉動。那個女人，珊卓・貝特小姐進入博物館內，口袋裡藏了顆石頭。幸好她沒瞄準，只打破了箱子一角。鏡子安然無損。那個貝特小姐有個弟弟——」

「你不必為我做導覽。」史賓漠然地說：「我很熟悉荻福鏡的歷史。」

「很迷人，是不是？」卡林怪異地瞟了他一眼。「先是一七〇九年的英國公爵夫人……接著是一七四六年那個賓州地毯商人……不用說——」

「我對它的歷史很熟悉。」史賓冷冷地重複道。「我感興趣的是作品本身。當然，還有它是否為真品——」

「真品！」卡林先生沙啞地叫出聲來。「它可是經過許多專家鑑定的，史賓先生。」

「史特拉底瓦里小提琴，還不是有許多人鑑定過。」

「沒錯。」卡林先生輕嘆一聲。「可是沒有一把史特拉底瓦里小提琴能有荻福鏡那種……不穩定的效果。」

「是的，不錯。」史賓以略帶輕蔑的口吻說。他已明白要阻止卡林說話是不可能的，他已經到了嘮叨不休的年紀。「不錯。」

他們默默無語地爬上三樓和四樓。越靠近這棟古宅屋頂，陰暗的畫廊裡就越是悶熱。隨著悶熱，一股臭味也如游絲般浮現，這氣味是史賓熟悉的，因為他成年後在這種氣味中工作了一輩子——死在昏暗角落裡很久的蒼蠅，濕爛、腐朽和爬在嵌木板後的木蝨，古老的氣味，只有在博物館和陵墓裡才有這種氣味。

他想像著一個死了四十年的處女，墳墓裡也大概會有同樣的氣味。

在這上面的東西，都像廉價商店一樣隨意堆放。卡林先生領著史賓走過散亂的雕像、畫框破裂的肖像、金漆鳥籠和一台已不完整的老式雙座腳踏車。他帶他走到盡頭，在盡頭的牆上架了一個通往天花板活板門的摺梯，活板門上掛了一把滿是灰塵的掛鎖。

左側，一座阿多尼斯的雕像以沒有瞳孔的空白眼睛冷然地注視他們。在雕像伸長的一隻手臂上，掛了一面黃色的牌子，寫著「嚴禁擅入」。

卡林先生從上衣口袋掏出鑰匙圈，選出一把鑰匙，然後爬上摺梯。他在第三階停住，禿頭在幽暗中閃著微光。「我不喜歡那面鏡子。」他說：「我從來就不喜歡。我怕看那面鏡子。我怕也許有一天我一看鏡子，會看到……其他人看到的。」

「他們看到的不過是他們自己。」史賓說。

卡林先生張口欲言，卻又止住，他搖搖頭，仰頭在天花板上摸索，想把鑰匙插進鎖孔內。「該換了。」他喃喃說：「這鎖——該死！」那把掛鎖突然一震，滑出了鐵釦。卡林先生想抓住它，卻差點摔下摺梯。史賓敏捷地接住鎖，抬頭望去。卡林先生巍巍顫顫地站在摺梯頂端，在半黑暗中可以看出他一張臉嚇得慘白。

「你很緊張，是不是？」史賓以有些好奇的口吻問道。

卡林先生沒答腔，彷彿已經癱瘓了。

「下來吧。」史賓說：「請下來，免得你跌倒。」

卡林慢條斯理地爬下摺梯，緊緊抓住每一段橫木。等他的腳一碰到地板，他又開始嘮叨了，似乎地板藏著什麼電流，可以像開燈似的將他開啟。

「二十五萬美元。」他說：「投保二十五萬美元，只為了把那……東西從樓下搬到這上面來。那天殺的東西，他們還得裝一個特製滑車，把它推進上面貯藏室的山形牆裡。我還希望——幾乎是祈禱——有人的手指一滑……或者繩索突然斷了……讓那東西掉下來，碎成幾萬片——」

「事實。」史賓說：「事實，卡林。不要廉價的平裝小說，不要廉價的畫報故事或同樣廉價的恐怖電影。事實。事實。第一：約翰・荻福是個諾曼人後裔的英國工匠，在我們於英國史上稱為伊莉莎白時期之時以製造鏡子為業。他平靜地過了一生，沒有在地板上畫必須讓管家刷洗掉的驅魔五芒星，也沒有留下蘸有血跡且有硫磺味的文件。第二：他製造的鏡子之所以成為收藏家的愛好，主要是因為他的手藝精緻，以及因為使用一種水晶體，使照鏡子的人眼睛會有略微放大扭曲的效果——這是個很明顯的註冊商標。第三：據我們所知，當今世上僅存有五面荻福鏡——其中兩面在美國，它們都是無價之寶。第四：這面荻福鏡和另一面在倫敦布利茲博物館被毀的荻福鏡，都有不真實的名聲，主要來自繪聲繪影的謠傳、誇張的敘述，和巧合——」

「第五項事實，」卡林先生接口道：「你是個妄自尊大的混蛋，對不對？」

史賓略微嫌惡地望向那無眼的阿多尼斯。

「珊卓・貝特的弟弟在參觀博物館，望進你那面珍貴的荻福鏡裡時，我就是導遊，史賓。他大概才十六歲，和學校同學一起來的。我正在說明鏡子的歷史，講到你會喜歡的一部分時——極力稱讚工匠無瑕的技藝，鏡子本身的完美——這孩子舉手發問。『可是左上角那團黑影怎麼說呢？』他問道：『那看來像是個錯誤。』

「他的一個同學問他指的是什麼。他正要開口卻又停住，非常仔細地注視那面鏡子，全身靠向圍繞在鏡箱四周的紅色天鵝絨護衛索——接著他轉頭看身後，似乎他在鏡子裡看到一個人的影像——一個穿黑衣服的人——站在他正後方。『我看到一個男人。』他說：『可是我看不清楚他的臉。現在又不見了。』就是這樣。」

「繼續說吧。」史賓說：「你急著要告訴我那就是那個收割者——我相信這是一般的解釋，對吧？那些偶爾中選的人，在鏡子裡看到收割者的影像？你要說就說吧。《國家詢問報》這種八卦報會很喜歡的！告訴我那可怕的後果，並污蔑我的解釋吧。後來他被車撞了嗎？他從窗口跳出去嗎？還是什麼呢？」

卡林冷笑了幾聲。「你該知道的，史賓。你不是跟我說了兩次，說你……呃……熟悉荻福鏡的歷史。沒有什麼可怕的後果。從來就沒有。那也是為何荻福鏡不像英國女王皇冠上的一〇八克拉『光之山』鑽石或圖坦卡門王陵墓的詛咒那樣，被編到週日特刊上。比起那些，它平凡多了。你以為我是個傻子，對吧？」

「是的。」史賓說：「我們現在可以上去了嗎？」

「當然。」卡林先生激動地說。他爬上摺梯，推開活板門。門被推向上方的陰暗中時，發出「喀啦——砰」的響聲，接著卡林先生沒入黑暗中。史賓緊隨其後。瞎眼的阿多尼斯面無表情地望著他們。

山形室裡奇熱無比，只有一面掛滿蜘蛛絲的多角形窗子，將室外的陽光篩成陰暗、灰白的光線，照進室內。鏡子靠放的角度正好對著光線，由鏡內反射出來的光線，在另一頭的牆面上映出乳白色的一塊，鏡子被安全地鑲在一個木框裡。卡林先生沒有看它，他非常明顯地將目光避開。

「你們甚至沒在上面罩塊防塵布。」史賓的聲音中第一次透出怒氣。

「我把它想成一隻眼睛。」卡林先生的聲音空洞乏力。「如果讓它一直睜開，總是睜開，也許它就會變瞎。」

史賓不理他。他脫掉外套，謹慎地摺好衣角，無比輕柔地把鏡子上的灰塵擦掉。接著他退後一步望向鏡子。

這是真品，毫無疑問。荻福的特殊天分在這面鏡子上展露無遺。這間晦黯的房間，他自己的影像、卡林的側影——全都清晰、醒目，幾乎呈現出三度空間效果。鏡子的輕微放大效果，使每樣東西都呈現出一點曲線，增加了近似於第四度空間的扭曲。這是——

他的思緒中斷了，另一股怒火勃然而起。

「卡林。」

卡林沒有答腔。

「卡林，你這個笨蛋！我以為你說那女孩沒有弄壞鏡子！」

沒有回答。

史賓冷冷瞪著鏡子裡的他。「左上角貼了塊膠布。她打破鏡子了嗎？老天，你說話呀！」

「你看見的是收割者。」卡林的聲音平板而無表情。「鏡子上沒有什麼膠布。你用手摸摸看吧……老天。」

史賓用外套衣袖慎重地把手包住，往前伸出，輕輕碰觸鏡面。「你看？沒什麼好迷信的。不見了。我的手把它蓋住了。」

「蓋住了？你摸得到膠帶嗎？你何不把它撕下來？」

史賓小心翼翼把手移開，望向鏡子。每樣東西都有點扭曲，房間奇怪的角度似乎在瘋狂地搖動，彷彿快要滑進永恆之境。鏡子上沒有什麼黑團，而是完美無瑕。一股不健康的恐懼向他襲來，使他開始蔑視自己竟有這種感覺。

「看起來很像他，對不對？」卡林先生問道。他的臉色蒼白，眼睛直視地板。他的脖子上有塊肌肉正不住扭動。「承認吧，史賓。那看起來像個人，頭戴兜帽，站在你後面，對不對？」

「那看起來像塊貼住裂縫的膠布。」史賓固執地說：「沒別的了——」

「貝特家的男孩塊頭很大。」卡林的說話聲在這悶熱、靜止的氣氛下，猶如丟進黑水中的石頭。「像個足球隊員。他穿著一件寫了字母的毛衣和一條暗綠色長褲。我們正往樓上走時——」

「這裡熱得教人受不了。」史賓有點情緒不穩地說。他抽出一條手帕擦汗，瞪大眼睛在鏡面上搜尋。

「——他說他要喝水……喝水，老天！」

卡林轉身直視史賓。「我怎麼會知道？我怎麼會知道？」

「這裡有盥洗室嗎？我想我要——」

「他的毛衣……我只瞥見他的毛衣下了樓梯……然後……」

「——吐。」

卡林搖搖頭，似乎想澄清思緒，接著他又望向地板。「當然。二樓，左邊第三個門。」他茫然地抬起頭。「我怎麼會知道呢？」

可是史賓已爬下摺梯。摺梯承受著他的體重時有點搖晃。有一會兒卡林以為——或希望——他會摔下去。但他沒有。透過地板上的活門，卡林望著他下樓，一手微微按住嘴巴。

「史賓——？」

但他已經走了。

卡林聽著他漸漸遠去、消失的腳步聲，等腳步聲完全消失後，他不由自主地劇烈顫抖。他試著移動腳步，走向活板門，可是他的腳凍住了。只是最後那倉卒的一瞥，瞥見那男孩的毛衣……天啊！……

彷彿有隻隱形的大手在拉他的頭，強迫他把頭抬起。卡林雖然滿心不願，卻仍瞪向那面深不可測的荻福鏡。

鏡子上什麼也沒有。

這房間忠實地反映在上面，灰撲撲的局限化為燦亮的永恆。他突然模糊地記起一句丁尼生的詩，便大聲朗誦出來：「『我已厭倦了陰影。』夏洛夫人說……」

他仍舊無法移開目光，並感受到那緊迫的寂靜。在鏡子一角，有顆被蠹蟲蝕蛀的水牛頭正睜眼望著他。

那男孩想要喝水，而飲水機在樓下。他下了樓，然後——

然後再也沒回來過。

再也不曾出現。

在任何地方。

就像參加晚宴前攬鏡整裝的公爵夫人，決定回起居室去拿她的珍珠。就像那個駕馬車出遊的地毯商人，只留下一輛空馬車和兩匹啞口無言的馬。

這面荻福鏡從一八九七年至一九二〇年間都在紐約，那時柯雷特法官⑧——

卡林彷彿被催眠似的瞪著那面鏡子。在活板門下，瞎眼的阿多尼斯仍守在那裡。

他等待史賓，一如貝特一家等待那個兒子，一如公爵等待他的妻子從起居室回來。他凝望鏡子，等待。

等待。

等待。

⑧Joseph Crater為美國紐約市法官，於一九三〇年八月六日神秘失蹤，至今仍為美國史上著名懸案。

... received ...

of this date a few mo...

Service for which you ...

the honour to apply to ...

Excellency to restore to ...

the Commission of Br...

General & Brigade ...

which I had the honour ...

resign, and which ...

-cellency accepted ...

me great pleasure to ...

it and the order ...

given to that effect ...

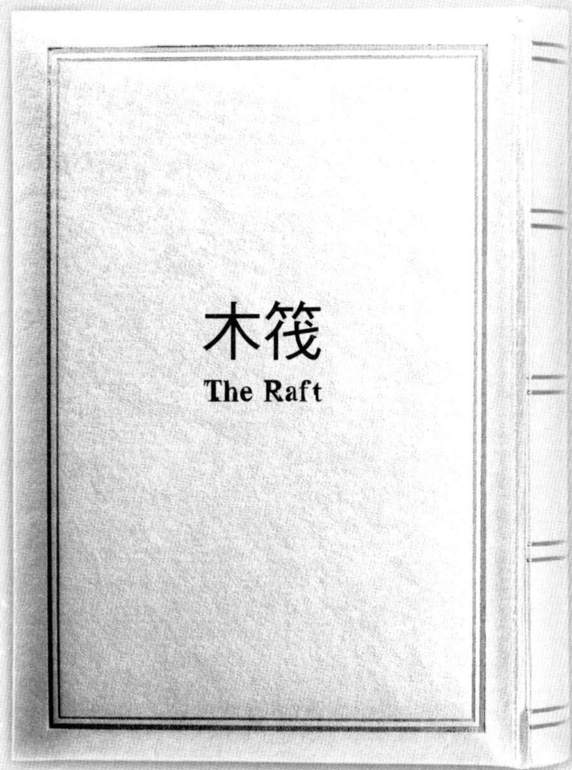
木筏
The Raft

由匹茲堡的何立克大學到瀑布湖之間相距四十哩。儘管十月的時候，那裡天黑得早，儘管他們一直到下午六點才出發，但他們到達時，天空還有點亮光。他們開的是戴克的車。戴克清醒時絕不浪費時間，但只要喝下兩罐啤酒，他就會放慢車速，開始滔滔不絕地說話。

在停車場和沙灘間的圍籬旁，他一停下車子，便立刻跳下來並脫掉襯衫。他的眼睛在水面上搜尋木筏。藍迪有點勉強地也下了車。沒錯，這本來是他的主意，可是他沒想到戴克會當真。兩個女孩在後座動了動身子，準備要下車。

戴克的目光在水面上來回掃射（狙擊兵的眼神，藍迪不安地想著），隨即定在一點上。

「在那裡！」他喊著，拍了一下車篷。「就跟你說的一樣，藍迪！好傢伙！最後上去的是臭雞蛋！」

「戴克——」藍迪推推鼻梁上的眼鏡，沒把話說完，因為戴克已跳過圍籬，跑下沙灘，沒有回頭看藍迪或瑞秋或黎妮一眼，只看著五十碼外湖裡的木筏。

藍迪回過頭，似乎想向女孩為了將她們拉進這檔子事而道歉。但兩個女孩都望向戴克——瑞秋看他倒無所謂，她是戴克的女友，可是黎妮也看著戴克，這就讓藍迪一陣妒火中燒，也加入了行動。

他脫掉身上的運動衫，丟到戴克的襯衫旁邊，也跳過圍籬。

「藍迪！」黎妮叫他。他抬高臂膀，在十月灰色的暮光中比了一下跟上來的手勢，但他有點恨自己這麼做——她現在不確定，或許想打退堂鼓了。這個十月天裡在無人湖中游泳的主意，已不再只是在他和戴克共租的公寓裡輕鬆閒聊的一部分了。他喜歡黎妮，可是戴克比他強。而且她要是不喜歡戴克才怪，而他要是不因此心煩才怪。

戴克邊跑邊解開牛仔褲鈕釦，將長褲再拉下精瘦的臀部。他一步也沒停就脫了褲子，這招藍迪再過一千年也學不會。戴克繼續向前跑，只穿著三角內褲，背部和臀部肌肉結實地展示著。藍迪比平常更覺得自己的兩隻小腿瘦削無肉。他拉掉牛仔褲，笨拙地將長褲從腳上甩掉——戴克像在跳芭蕾舞，他卻像在跳低級的脫衣舞。

戴克跳進水裡，大喊：「老天！冷死人了！」

藍迪猶豫了一下，但只是在他心裡——那水是攝氏八度，頂多十度，他在心裡告訴自己，你的心跳可能會停止的。他是醫學院預科學生，因此他知道那是有可能的……但在肉體的世界裡，他卻一點也不猶豫。他跳進湖水中，有一瞬間，他的心跳真的停了一下，或者好像停了一下，他的呼吸鯁在喉間，以致他不得不逼自己深吸一口氣。真是瘋狂，他心想。可這是你的主意，豬腦袋。他開始跟在戴克後頭划水。

兩個女孩面面相覷了一下。黎妮聳聳肩，粲然一笑。「他們能，我們也能。」她說著脫下襯衫，露出幾乎透明的胸罩。「女生的脂肪不是比男生厚嗎？」

說完她也跳過圍籬，跑向湖水，一路解開長褲鈕釦。一會兒後，瑞秋跟上她，就像藍迪跟上戴克一樣。

兩個女孩是中午時到公寓去的——她們星期二下午一點以後就沒課了。戴克已經領了他的每月津貼——一個美式足球迷校友（球員都叫這些校友「天使」）讓他每月能領到兩百元現金——因此冰箱裡有一箱啤酒，藍迪的破音響裡也放著一張「夜行者」的新唱片。

他們四個聊了一會兒，話題便轉到他們所享受的漫長小陽春已近尾聲。收音機預測週三會有一場小雪。黎妮更進一步主張，預測十月會下雪的氣象人員應該被槍殺才對。沒人反駁她的意見。

瑞秋說她小時候總覺得夏天沒完沒了，但現在她長大了（戴克打趣說她是個「十九歲的老太婆」，結果腳踝被她踢了一下），夏天卻逐年變短。

「以前我覺得好像一天到晚都是在瀑布湖度過夏天。」她說著，走過廚房的破油氈，拉開冰箱門。她看看裡面，在一堆藍色的塑膠保鮮盒（其中一個放了幾乎算是史前時代的辣椒醬，現在已經長了一層厚厚的黴菌——藍迪是個好學生，戴克是個好球員，但兩人都不擅理家）後面找到一罐汽水，很高興地打開喝了。「我還記得我第一次一口氣游到木筏那邊，在木筏上待了將近兩小時，怕得不敢再游回來。」

她在戴克身旁坐下，戴克順勢攬著她的肩。她面帶笑容追憶往事。藍迪覺得她長得有點像個名人，卻想不起像誰，也許以後在不這麼愉快的情境下他會想起來的。

「後來我哥只好游泳過來，用游泳圈把我拖回去。老天，他氣死了。你們一定不會相信我那天曬得多黑。」

「那個木筏還在湖裡。」藍迪只是沒話找話講。他注意到黎妮又開始看著戴克，最近她好像常常注意戴克。

這時她卻望著他。「快要萬聖節了，藍迪。勞工節之後，瀑布湖的沙灘就要關閉了。」

「到時木筏很可能還在原地。」藍迪說：「大約三個星期前，我們到野外上地質學課，就在湖岸另一邊，那時候我就看到它還在。好像……」他聳聳肩。「……好像有人忘了把剩下的一點夏天清掉，收在櫃子裡，等待明年。」

他以為他們會嘲笑他的說法，但沒有人笑——連戴克也沒有。

黎妮說：「只因為它去年在那兒，不表示它還會在那兒。」

「我跟一個人提過那木筏。」藍迪說著，喝完他的啤酒。「比利・狄洛，你記得他吧，戴克？」

戴克點點頭。「他受傷前是候補足球隊員。」

「是的，我想是吧。總之，他每天都得從那邊經過。他說擁有那沙灘的人一直要等到湖水快結冰時，才會把木筏收回去。他只是懶——至少他是這麼說的。他還說有幾年他們等得太久，木筏就會被冰凍住。」

他停住口，想著那繫在湖中的木筏——白色木頭在靛藍的秋水中。他想著木筏下的木桶發出的聲音——那愉快的「喀啦——喀啦」響——如何從水中傳上來。那聲音極輕柔，但在寧靜的湖區卻清晰可聞。那木桶聲，再加上烏鴉在某個農夫已收割過的田裡啄拾殘麥的聲音。

「明天會下雪。」瑞秋說著站了起來。戴克摟著她的手順勢滑過她的胸部。她走到窗畔，向外眺望。「真討厭。」

「這樣吧，」藍迪說：「我們到瀑布湖去。我們游泳到木筏上，向夏天說再見，然後再游回來。」

要不是已經喝得半醉，他不會有這種提議，何況他也沒期望有人會把這建議當真。可是戴克卻舉雙手贊成。

「好！太棒了！真是好點子！」黎妮跳起來，手上的啤酒濺了出來。但她嫣然一笑——她的笑讓藍迪微感不安。「我們走！」

「戴克，你瘋了。」瑞秋說著，臉上也帶著笑——但她的笑看起來有點試探意味，有點擔心。

「不，我要去。」戴克起身拿他的外套。在興奮和恐慌的情緒交織下，藍迪注意到戴克的笑容——魯莽無畏，也有點瘋狂。他們兩人已當了三年室友，因此藍迪認得這種笑。戴克不是開玩笑，他真的要去。在他的腦袋裡，他已經在半路上了。

算了吧，我才不去。這句話溜向他的唇間，可是還來不及說出口，黎妮已經站起身，眼神閃著同樣快活而瘋狂的光芒（也許只是喝了太多啤酒）。「我贊成！」

「那我們走吧！」戴克望著藍迪，「你怎麼樣，藍迪？」

他瞄了瑞秋一眼，看見她的眼神透著一絲狂熱──對他來說，戴克和黎妮大可一起到瀑布湖去，在湖裡來回游上一整晚。他們兩個乾柴烈火燒在一起，他是不會高興，但也不意外。但瑞秋那著魔般的眼神──

「喔，戴克！」藍迪喊道。

「喔，藍迪！」戴克也喊道。

他們相互擊掌。

藍迪游向木筏的途中，看見水面上那黑黑的一片。那團黑色的東西在木筏左後方，很靠近湖心。再過五分鐘，光線就會變得太弱，會讓他誤以為那不過是團陰影……如果他還看得見的話。那是漏油嗎？他想著，仍舊賣力划水，微微意識到兩個女孩游在他後方。可是在十月裡這荒棄無人的湖上，哪有汽油可漏？而且那黑色團塊是圓形的，很小、直徑不超過五呎──

「哇！」戴克又叫了一聲。藍迪望向他，看見他已爬上木筏側邊的踏板，並像條狗似的抖掉身上的水。「你怎麼樣，藍迪？」

「很好！」他回了一聲，更賣力向前游。其實湖水沒有想像中冷，尤其在下水之後。他的身體微微發熱、心跳急促，他不禁開始喘氣。他父母在鱈魚岬有間別墅，在那裡，連七月中的水都比這裡要冷。

「你以為現在算糟的話，藍迪，等你出來就知道了！」戴克開心地對他喊著。他正上下跳著、揉搓身體，讓木筏不停晃動。

藍迪一時忘了那片漏油，直到他兩手抓住木筏的白漆踏板。這時他又看到那團黑。那是湖面上又圓又黑的一團，猶如一顆大黑痣，隨著水波載浮載沉，似乎漂近了些。他第一次看到這團黑時，它離木筏大約四十碼遠，現在距離卻只剩一半了。

那怎麼可能？怎麼——

想到這裡，他已爬出水面。冷空氣咬嚙著他的皮膚，感覺比他剛跳進湖裡時的水還要銳利。「哦——狗屎！」他吼著、笑著，只穿著內褲的身體不住發抖。

「藍迪，你這臭小子。」戴克快樂地說，把藍迪拉了上來。「夠不夠冷？你清醒了沒？」

「我清醒了！我清醒了！」他開始像戴克剛才一樣跳上跳下，兩手交叉環抱在胸口及腹前。他們轉身望向兩個女孩。

瑞秋已經游到黎妮前面，黎妮則像隻狗，憑著本能用狗爬式慢慢往前划。

「兩位女士還好吧？」戴克喊道。

「下地獄去吧，臭男人！」黎妮叫道，聽得戴克哈哈大笑。

藍迪眼睛往旁邊一瞟，看見那奇怪的黑色團塊漂得更近了——現在只有十碼遠，而且還在繼續拉近。它漂在水上，很圓而且形狀規則，像面大鐵鼓的鼓面，但只見它隨水浮沉波動，就知道那不是什麼物體的表面。一股無名但猛烈的恐懼突然向他襲來。

「快游！」他對兩個女孩吼了一聲，隨即彎身抓住瑞秋已靠向木梯的手。他用力將她拉上木筏。她的膝蓋猛地撞上筏面——他清楚聽到一聲悶響。

「哎喲！嘿！你——」

黎妮還在十呎外。藍迪再度望向旁邊，看見那圓圓的黑團已快接觸到木筏另一側。這片黑影暗如石油，但他肯定那絕不是石油——太黑、太厚，也太平了。

「藍迪，痛死我了！你在幹什麼，開玩笑嗎——」

「黎妮，快游！」現在他不只是恐懼，而是驚悸了。

黎妮抬頭看，或許沒聽出他聲音中的驚惶，卻聽出了他的急切。她一臉迷惑，但仍加快狗爬式的速度，拉近與木梯之間的距離。

「藍迪，你怎麼啦？」戴克問。

藍迪再度望向旁邊，看見那東西繞住木筏的一個直角。有一會兒看起來很像電視廣告裡的卡通人物張嘴吃餅乾一樣，但不到一會兒，那黑團順著木筏的直角向前滑，它的一側已經順著木筏的邊變得平直了。

「幫我拉她上來！」藍迪對戴克低喊，並朝她伸手。「快點！」

戴克好脾氣地聳聳肩，拉住黎妮的另一隻手。他們將她拉上木筏，不過幾秒鐘後，那黑色團塊已滑到木梯旁，團塊邊碰著木梯微微漾起漣漪。

「藍迪，你是不是瘋了？」黎妮氣喘吁吁、有點受驚，透過胸罩她的乳頭清晰可見。

「那東西，」藍迪指著，說道：「戴克？那是什麼？」

戴克瞄了一眼。那黑色團塊已滾到木筏左邊角落，微微向一側漂開，又恢復了圓形。它浮在那裡。他們四個都盯著它看。

「漏油吧，我想。」戴克說。

「你害我把膝蓋撞破皮了。」瑞秋說著，注視水上那團黑影，又望向藍迪。「你——」

「那不是漏油。」藍迪說：「你看過圓形的漏油嗎？那東西看起來像個棋盤。」

「我從來沒看過漏油。」戴克說。他說話的對象是藍迪，眼睛卻瞄向黎妮。黎妮的內褲幾乎和她的胸罩一樣透明，那女性的三角洲雕在絲綢般的肌膚上，臀部是堅挺的兩輪半月。「我甚至不信會有什麼漏油，我是密蘇里人。」

「我會瘀血的。」瑞秋說道，聲音中卻已無怒意。她看見了戴克偷瞄黎妮的神情。

「天，我冷死了。」黎妮全身劇烈顫抖著。

「那東西是朝兩個女孩漂過去的。」藍迪說。

「得了吧，藍迪。你不是說你已經清醒了?!」

「那東西是漂向兩個女孩的。」藍迪固執地重複一次，這時他突然想到：沒人知道我們在這裡。沒人知道。

「你看過漏油嗎，藍迪？」戴克伸手攬住黎妮的裸肩，彷彿他早先碰觸瑞秋的胸部一樣漫不經心。他沒碰黎妮的胸部——至少還沒有——但他的手靠得很近。藍迪發現自己不怎麼在乎。隨他去碰好了。那漂在水面的黑色團塊。他在乎的是那個。

「我在鱈魚岬看過一次，那是四年前。」他說：「那時候我們都把船拉上岸邊，試著把油漬清掉——」

「生態保護，藍迪。」戴克讚許地說：「人人都該注意生態保護。」

藍迪說：「整個水面都是黑黑、黏黏的一大片。也有一團團，也有一條條的。但不像那樣。你知道，不是完整的。」

那次漏油看起來像個意外，他想道。但這東西看起來可不像意外。它看起來帶著惡意。

瑞秋說：「我想回去了。」她仍舊看著戴克和黎妮。藍迪在她臉上看到受傷的神情。他懷疑她知不知道自己臉上的表情。

「那妳就走呀。」黎妮說。她的臉上也有表情——勝利者的威風凜凜，藍迪心想。她的表情倒不完全是針對瑞秋……但也沒有隱瞞的意思。

她向戴克靠近一步，他們之間原本也就只有那麼一步距離。現在他們的腰輕輕碰在一起。有一剎那，藍迪的注意力從漂在水上的黑色團塊上移開，帶著一絲微妙的憎恨集中在黎妮身上。

他沒打過女孩，但這一刻他卻很樂意出手。並不是因為他愛她（他是有點迷戀她，沒錯，也很被她的肉體吸引，當她在公寓裡開始對戴克下功夫時，他也確實很嫉妒。是的，他不會把自己眞正所愛的女孩帶到戴克所在的方圓十五哩內），而是因為他了解瑞秋的表情——了解她內在的感受。

「我怕。」瑞秋說。

「怕一片漏油？」黎妮難以置信地說著，並哈哈大笑。藍迪又有打她的衝動了——只要在空中用力摑下一掌，就能抹掉她臉上那討人厭的傲慢，在她臉上留下指痕。

「那妳游回去給我們看吧。」藍迪說。

黎妮不屑地對他笑笑。「我還不想走呢。」她說，像在對小孩解釋事情。她抬頭看看天色，又對戴克說：「我要看星星出來。」

瑞秋個子嬌小，長得很漂亮，但有種流浪、沒有安全感的氣質，這讓藍迪想到紐約的女孩——她們每天早上趕去上班，穿著剪裁合宜的開衩裙，臉上的神情總是有點神經質的美。瑞秋的眼睛經常發出晶亮的光芒，但很難說那晶亮是出於歡欣，還是出於焦慮。

戴克平常喜歡的類型是身材高瘦、黑髮再加上睡眼惺忪的女孩，藍迪看得出來，不管戴克和瑞秋曾經有過什麼，他們之間都已經結束了。對他來說，這件事可能簡單又有點無聊。但對她而言卻是深刻、複雜，甚至痛苦的。那是完了，如此俐落而突然，藍迪幾乎可以聽到「啪」的斷裂聲，像根乾柴在膝上折斷的聲音。

他生性羞怯，但此刻卻轉向瑞秋，伸手攬住她。她抬頭看他一眼，臉上是不快樂但帶著感激的表情，他很高興自己為她扭轉了一點劣勢。他又開始覺得她很像某人了。她的五官吧，還是神情——

他先想到電視上的益智節目，然後是餅乾或什麼食品的廣告。接著他想到了——她長得有點像珊蒂•鄧肯（Sandy Duncan），那個在百老匯演「小飛俠彼得潘」舞台劇的女演員。

「那是什麼東西？」她問道。「藍迪？那是什麼？」

「我不知道。」

他望向戴克，看見戴克正盯著他看，臉上那抹熟悉的笑容中所含的友愛多於輕蔑……但終究帶著輕蔑。

或許連戴克自己都不知道，可是那表情是輕蔑的，彷彿在說：膽小鬼藍迪又開始憂心忡忡了。平常藍迪會因此嘟囔幾句——「那大概沒什麼」或是「別擔心，那會漂開」之類的話。但他沒說。讓戴克笑去吧。那水面上的黑塊讓他害怕，這是事實。

瑞秋從藍迪身旁走開，俐落地在最靠近那黑色團塊的木筏角落跪了下來，這一刻她更清楚地喚起他的聯想：廣告中的女孩。廣告中的珊蒂•鄧肯，他在心中修正。她的短髮是有點粗糙的金色，濕濕地貼在她形狀姣好的頭上。在她白色的胸罩肩帶上方，他能看見她肩胛骨上的雞皮疙瘩。

「別掉下去，瑞秋。」黎妮帶著惡意說。

「別說了，黎妮。」戴克仍然笑著說道。

他們站在木筏中央，互相攬著對方的腰，臀部輕輕碰在一起。藍迪不再看他們，將目光移向瑞秋。一陣警覺竄過他的脊柱，如火般燒過神經。那黑色團塊與瑞秋所在的木筏一角距離又拉近了。原來它漂在大約六呎或八呎外，現在已經相距不到三呎了。他看見她的眼睛變得很奇怪，那黑色圓形的瞳孔，就像水裡那團黑塊。

現在是珊蒂·鄧肯坐在白色岩石上，假裝被納斯貝克蜂蜜餅乾的滋味催眠了，他呆呆地想著，一顆心卻跳得猛烈無比，接著他便喊出聲來：「走開，瑞秋！」

之後的一切發生得極為迅速——以煙火閃滅般的速度進行。然而他清楚地看見也聽見了一切。每件事都清楚得似乎自成一體。

黎妮大笑——在晴天午後的校園裡，那聽起來可能只是任何一個大學女生的笑，但在湖上的暮色中，她的笑聲就像正在攪動鍋中魔藥的女巫。

戴克說：「瑞秋，也許妳最好——」可是她打斷了他。這大概是空前，也確然是絕後的一次。

「它有顏色！」她的聲音因為驚喜而有點顫抖。她的眼睛狂喜地瞪著水中那黑塊。有一瞬間，藍迪以為自己看見了她說的——顏色，是的，許多顏色，捲在向內轉的漩渦中。但不過一剎那，那些色彩就消失了，只剩下單調無趣的黑黑一團。「好美的顏色！」

「瑞秋！」

她對那黑色團塊伸出手——她那起著雞皮疙瘩的雪白臂膀，她的手，向它伸出，想要碰觸。他看見她顯然有咬指甲的習慣。

「瑞——」

隨著戴克走近，木筏微微傾向水中。這時藍迪已將手伸向瑞秋，想把她拉回，隱約意識到自己不想要戴克插手。

同時瑞秋的手碰到水面——只有她的食指，碰出一圈細緻的漣漪——而那黑色團塊立刻向她的手湧來。藍迪聽到瑞秋驚喘一聲，她眼中的黑暈突然消失了，取而代之的是痛苦。

那可怖的黑色物質如爛泥般爬上她的手臂……在黑泥下，藍迪看見她的皮膚被溶蝕。她張嘴尖叫出聲，同一剎那，她的身體也向外傾斜。她盲目地對藍迪揮著另一隻手，他立刻伸出手抓它。他們的手指刷過彼此。她的目光與他相觸，她看來還是像極了珊蒂・鄧肯。然後她跌向前方掉進湖水中，濺起水花。

那黑色團塊湧到她落水的地方。

「怎麼回事？」黎妮在他們後方尖叫：「怎麼回事？她掉下水了嗎？她怎麼了？」

藍迪想跳進水裡救她，戴克卻用力將他往後拉。「不行！」他的聲音嚴厲而斷然，不像平日的戴克。

他們三個看著她在水面上揮打。她的手臂往上伸起、揮動——但只有一隻。另一隻則蓋滿層層黑膜，還有糾結的紅色捲鬚，看起來有點像生牛肉。

「救命！」瑞秋嘶叫。她的眼睛憤怒地瞪著他們，然後移開，又瞪向他們，再移開——她的眼睛如在黑暗中飄搖的燈籠。水面被她打得處處浮沫。「救命，好痛，救命，好痛，好痛——」

戴克把他拉回來時，藍迪跌倒了。這時他從木筏上起身，踉蹌地再次往前撲，只因為無法對那叫痛聲視而不見。他正想再往水裡跳時，戴克又抓住他，兩隻壯碩的手臂抱住藍迪瘦削的胸口。

「不要。她死了。」他啞著聲說：「老天！你看不出來嗎？她已經死了，藍迪。」

濃膩的黑色團塊突然如簾幔般披蓋瑞秋的臉，她的尖叫聲先轉為含糊，然後便完全被掩蓋了。現在那黑色物質似乎如繩索般將她交叉綑綁。藍迪看得見那黑色的東西如酸性物質般蝕進她的肌膚。當她的大動脈被切斷，噴出暗色血漿時，他看見那東西伸出一隻偽足，追著那噴逃的鮮血。他無法相信自己的眼睛，也難以明瞭……然而毫無疑問，眼前的一切都是真實的，既非幻覺也不是夢境。

黎妮尖叫不止。藍迪回頭看她，正好看到她戲劇化地用手遮住眼睛，就像默片裡的女主角。他以為他會笑出來，把自己的想法告訴她，可是他發現自己完全無法發出聲音。

他又轉過頭來看瑞秋，瑞秋已幾乎完全消失了。她的掙扎已經減弱到只能稱為痙攣。那黑色團塊蓋滿她全身——*而且現在變大了，藍迪心想*。毫無疑問，它變大了——以肌肉般的力量收縮著。

他看見她的手在打它，那隻手像被黏蠅紙黏住般難以抬起，而且被黑泥一吋吋溶蝕。這時她所剩的只是個形體，不是在水中，而是被包在那黑色物質中，轉著轉著，再過不久便難以辨認，只剩白白的一團——骨頭，他噁心地想著，把頭轉開，無奈地在木筏側邊吐了起來。

黎妮還在尖叫。接著「啪！」一聲悶響，她停止嘶喊，開始哭泣。

他打了她，藍迪心想。*我本來想打她的，記得嗎？*

他往後退，抹著嘴，覺得虛弱而疲憊。害怕。他的驚恐使他只能作最單純的思考。再過不久，他也會開始尖叫，然後戴克就只好甩他耳光，戴克是不會驚慌的，哦，他不會，戴克是個物質世界的英雄。你有個足球英雄……漂亮女孩都喜歡他，他的心會愉悅歡唱。接著他聽見戴克在對他說話，他抬頭看天，想釐清亂七八糟的思緒，想甩開瑞秋被那黑色物質吃掉，變成一團黝黑的非人形象，他不想讓戴克像打黎妮一樣打他。

他抬頭看天，看見星星已經露臉——北斗七星已明顯擺出一個杓子，最後一抹日光已在西方退盡。現在快七點半了。

「哦，戴克，」他費力地說：「我想，這回麻煩可大了。」

「那是什麼？」戴克的手落在藍迪肩上，用力之大，抓得他發疼。「它吃了她，你看見沒？它吃了她，它把她吃掉了！那是什麼東西？」

「我不知道。我剛才不是說了嗎？」

「你應該知道的，你他媽聰明得很，每一門科學課程你他媽全選了！」這會兒戴克近乎尖叫，這讓藍迪的自制力增強了些。

「在我讀過的科學書上，沒看過像那種東西。」藍迪告訴他：「上次我看過最接近的東西，是我十二歲在紐約百老匯劇場看的萬聖節恐怖秀。」

這時那黑色物質已恢復它的圓形，漂在離木筏十呎外的水面上。

「它變大了。」黎妮呻吟著。

藍迪剛開始看到它時，估計它的直徑大約五呎，但現在它的直徑已增長到至少八呎了。

「它變大了，因為它吃了瑞秋！」黎妮喊了一句，又開始尖叫起來。

「別再叫了，不然我打爛妳下巴。」戴克說道。她停了下來——她不是突然停止，而是慢慢降低音量，就像播放唱片的唱機，突然被拔掉插頭一樣。她兩眼瞪得老大。

戴克回頭望向藍迪。「你沒事吧，藍迪？」

「我不知道，大概還好。」

「很好。」戴克試著微笑，藍迪有點警覺地注意到——難道一部分的戴克覺得興奮嗎？「你完全不知道那可能是什麼東西嗎？」

藍迪搖搖頭。或許那畢竟只是漏油吧……或者曾經是，卻發生了某種變化。也許宇宙射線不知怎麼擊中了它，誰知道？誰會知道這種事？

戴克搖著藍迪的肩膀，不肯罷休地問：「你覺得我們可以游泳繞過它嗎？」

「不！」黎妮驚叫。

「跟妳說別叫了，不然我真的揍妳，黎妮。」戴克再度抬高了聲音。「我可不是開玩笑。」

藍迪說：「你也看見它抓走瑞秋的速度有多快了。」

「說不定它那時候很餓。」戴克說：「也許現在它吃飽了。」

藍迪回想瑞秋跪在木筏的角落，穿著胸罩和內褲，那麼寧靜又那麼美，一股怒氣不由得往上衝。

「你試試看好了。」他對戴克說。

戴克皮笑肉不笑地說：「喔，藍迪。」

「喔，戴克。」

「我要回家。」黎妮無助地低語道：「好吧？」

他們兩人都沒答腔。

「我們只能等它走開。」戴克說：「它既然漂過來，也會再漂開的。」

「也許。」藍迪說。

戴克注視著他，臉上充滿了蠻橫的專注。「也許？什麼也許？」

「我們來了，它才漂過來的。我看見它過來的——就像它聞到我們的氣味一樣。如果它飽了，像你說的，它會走開的。我猜。但如果它還想再吃——」他聳聳肩。

戴克垂著頭，若有所思。他的短髮還在滴水。

「我們等。」他說：「讓它吃魚吧。」

十五分鐘過去了。沒人說話。天氣變得更冷了，氣溫約華氏十度，而他們三人都只穿著內衣褲。最初十分鐘過去後，藍迪可以聽到自己的牙齒打顫的聲音。黎妮曾試著靠近戴克，但他把她推開了——動作很輕，但很堅決。

「別煩我。」他說。

因此她坐下來，雙臂繞過胸部，兩手抱肘，全身發抖。她望向藍迪，以眼神示意他可以過來伸手攬住她。

然而他卻將目光轉開，望向水面上那團黑色圓圈。它只是浮在那裡，沒再漂近，但也沒有走開。他望向湖岸，雪白的半月形沙灘似乎也在漂動。沙灘後方的樹林在地平線劃出黑暗而隆起的陰影。他覺得好像能看見戴克的車，但不敢確定。

「我們說來就來了。」戴克說。

「沒錯。」藍迪說。

「沒告訴任何人。」

「沒有。」

「所以沒人知道我們在這裡。」

「沒有人。」

「閉嘴！」黎妮吼道：「閉嘴，你們嚇壞我了！」

「妳才閉嘴。」戴克漫不經心地說。藍迪忍不住笑了。「如果我們得在這裡過上一夜，就只能忍耐。明天早上就會有人聽到我們的叫聲。我們又不是在澳洲內陸，對不對，藍迪？」

藍迪沒吭聲。

「對不對？」

「你知道我們在哪兒。」藍迪說：「你跟我一樣清楚。我們下了四十一號公路，在小路上開了八哩——」

「每隔五十呎就有木屋——」

「避暑木屋，現在是十月，木屋是空的，全部都是。我們到了這裡之後，你又偏偏繞過大門，每隔五十呎就有一塊『不准入內』的牌子——」

「那又怎樣？總有管理員——」戴克的語調有點洩氣。有點害怕？今晚第一次，這個月第一次，還是今年，也許是他這輩子第一次感到害怕？這是個可怕的想法——戴克失去膽量了。藍迪不確定是否真的如此，但他猜有可能是……而且還暗自高興。

「沒什麼可偷的，也沒什麼可破壞的。」他說：「假如真有什麼管理員，他可能每兩個月才來這裡瞧瞧。」

「獵人——」

「下個月，是的。」藍迪說完便把嘴閉上，他也嚇到自己了。

「也許它會放過我們。」黎妮說著，露出可悲的笑容。「也許它會……放過我們。」

戴克開口道。「也許豬會——」

「它在動了。」藍迪說。

黎妮跳了起來。戴克移到藍迪所在的地方，有一瞬間，木筏傾斜了，藍迪的心臟嚇得猛跳了一陣，也讓黎妮又尖叫出聲。戴克連忙退後一步，使木筏穩住，只有左前角稍稍下沉了一點。

那黑色團塊以驚人的速度漂近。它移動時，藍迪看見了瑞秋見到的色彩——美妙的紅、黃和藍在黑色表面上呈漩渦狀轉動，在水波的起浮中變幻顏色，使得每個顏色旋轉、交融。藍迪意識到他正倒向前方，向水面傾斜，倒向那團彩色——

他用最後一股力量掄起右拳擊向自己的鼻子——那姿勢就像一個人想要止住咳嗽，只是用力了點。他的鼻子一陣疼痛，他感覺到暖暖的鮮血流過臉頰，緊接著，他已經能向後退，喊道：「別看它！戴克！別直視它，那些色彩會把你催眠！」

「它想鑽到木筏下面。」戴克繃著臉說：「這是什麼鬼東西，藍迪？」

藍迪看了——非常仔細地看著。他看見那東西往木筏的一側推進，形狀扁平得就像半個披薩。有一下子，它似乎在木筏邊堆疊、增厚，他驚恐地想像著，它會疊高到可以流上木筏的表面。

然後那黑色團塊擠到了木筏下面。那一瞬間，他覺得好像聽到什麼聲音——一個粗礪的聲響，彷彿一扇窄窗的帆布簾被拉開的聲音——但那可能只是他神經過敏。

「它鑽到下面了嗎？」黎妮的聲音中帶著一絲奇怪的淡漠，似乎她想盡力加入談話，但仍同時也在尖叫。「它鑽到木筏下面了？它在我們下面了嗎？」

「是的。」戴克說著，抬頭看向藍迪。「我現在要游到岸上去。既然它在下面，這是個好機會。」

「不！」黎妮失聲叫喊：「不，不要把我們留在這裡，不要——」

「我游得很快。」戴克還是望著藍迪，對黎妮置之不理。「但我得趁它在下面的時候走。」

藍迪的思緒紊亂——它以一種噁心而油膩的方式感到興奮，就像在嘉年華會上坐廉價的雲霄飛車後，嘔吐前的最後幾秒。在這幾秒內，他仍能聽到木筏下的木樁空洞撞擊的聲響，傾聽沙灘上的樹葉在微風中沙沙作響，他也仍能想著為何它要潛藏到木筏底下。

「是的。」他對戴克說：「但我不認為你能成功。」

「我會的。」戴克說著，朝木筏邊緣走去。

他才走兩步便停了下來。

他的呼吸加速了，他的腦子已命令他的心和肺準備游他這生中最快的五十碼衝刺，此刻他吸氣吸了一半卻猝然停止。他回過頭。藍迪看見他脖子上突起的青筋。

「藍迪——」他以極嘶啞的聲音喊了一聲，緊接著開始尖叫。

他的尖叫聲雄渾有力，由男中音直逼向花腔女高音。那叫聲大得足以製造出令人膽寒的回音。起初藍迪以為他只是在嘶吼，然後才意識到他是在重複叫著：「我的腳！我的腳！我的腳！我的腳！」

藍迪低頭看。戴克一隻腳奇怪地沉了下去。原因很明顯，但剛開始藍迪的理智卻拒絕接受——這不可能、太怪異了。他看著時，戴克那隻腳已被拖下木筏表面的兩塊木板之間。

接著，他看見在腳跟和腳趾後的黑色物質，那旋轉著色彩，彷彿具有生命的黑色物質。

那東西抓住了戴克的腳（「我的腳！」戴克一次又一次地叫喊，「我的腳，喔，我的腳，我的腳！」）。剛才他不知怎的，踩到兩塊木板間的縫隙，而那東西就等在下面。那東西——

「拉！」藍迪突然吼道。「拉，戴克，他媽的，往後拉呀！」

「怎麼了？」黎妮喊道。藍迪隱約意識到她不只在搖他的肩膀。她那鐽子般的指甲如利爪掐進他的肉裡。她絕對幫不上什麼忙的。他用手肘撞向她的腹部。她悶哼一聲，屁股猛力往後坐下。他跳向戴克，抓住戴克的一隻手臂。

戴克的臂膀硬如大理石，每一絲肌肉都如恐龍化石的肋骨般突出。想拉起戴克，就像想將一棵大樹從地上連根拔起。戴克的眼睛仰望上方深紫色的夜空，難以置信地瞪著，同時仍在不斷嘶喊。

藍迪低下頭，看見戴克的腳從腳踝以下都已消失在夾縫中。那縫隙大約只有四分之一吋，頂多半吋吧，可是他的腳卻被拉了下去。血液流過白色的木板。那黑色物質如熱塑膠黏漿般，在那縫隙中湧上又退下，湧上又退下，就像心跳。

一定要拉他出來，一定要快點拉他出來，不然我們就永遠不可能把他拉出來了……堅持下去，戴克，你一定要堅持下去……

黎妮已經站起來，遠離在木筏中央尖叫不止的戴克。她木然地搖著頭，兩臂交疊在剛才被藍迪撞了一記的腹前。

戴克用力靠向藍迪，兩手笨拙地摸索。藍迪低下頭，看見血從戴克的脛骨噴湧而出。他的脛骨就像削尖的鉛筆芯，只是鉛筆芯是黑的，他的卻是白的，那隱約可見的筆芯就是骨頭。

那黑色物質再度湧上來，吸著、吃著。

戴克悲鳴不止。

他再也不能用那隻腳踢足球了，好一隻腳，哈，哈。藍迪費盡全身力氣去拉戴克，但感覺卻仍像在拔一棵大樹。

戴克再度仆向前方，發出椎心刺骨的一聲悲號，藍迪不由得向後倒，兩手蓋住耳朵，也開始尖叫。血已開始從戴克的小腿毛孔和脛部噴出；他的膝蓋腫脹發紫，似乎想吸收因那黑色物質將戴克的腿一吋吋向下拉過縫隙時，所造成的巨大壓力。

我沒法幫他。那東西太強了！現在幫不了他了，我很抱歉，戴克，非常抱歉——

「抱我，藍迪。」黎妮又在尖叫，抓著他全身各處，把臉埋向他胸前。她的臉燙得簡直可以烙印了。「抱我，求你，請你抱著我——」

這次，他聽了她的話。

稍後，藍迪才後悔而驚恐地意識到，在那東西忙著吞噬戴克時，他們兩人幾乎就可以游上岸了——而黎妮如果拒絕嘗試，他可以儘管自己游上岸。戴克的車鑰匙在他的牛仔褲裡，躺在沙灘上。他本來可以做到的……但等他想到這點時，卻已經太遲了。

戴克在他的大腿開始消失在縫隙中時就死了，死前幾分鐘他便已停止叫喊，只發出低沉的咕嚕咕嚕聲，接著，連那聲音也消失了。他昏了過去，倒向前方時，藍迪聽到他的大腿骨啪然碎裂。

一會兒過後，戴克抬起頭，無力地東張西望，張開嘴巴，藍迪以為他又要尖叫，然而從他嘴裡噴出的卻是一柱鮮血，濃得幾乎像是固體。藍迪和黎妮都被那暖乎乎的鮮血噴濺到，黎妮又開始狂喊，但聲音已變得沙啞。

「喔！」她叫著，一張臉半瘋狂地扭曲。「喔！血！喔！血！血！」她全身亂擦，結果反而讓鮮血印得到處都是。

血從戴克的眼睛流溢出來，一股股湧流著，讓人幾乎要開始懷疑那不是真的。受到壓力的眼球隨即從眼窩裡凸了出來。藍迪心想：說什麼生命力！天啊！看看那個！他就像個人體消防栓一樣！上帝！上帝！上帝！

血從戴克的兩耳汩汩冒出。他的臉脹成可怕的紫紅色，在難以置信的壓力下腫脹變形。一個人要被大熊，或是某種巨大而未知的力量擁抱時，才會有這樣的臉。

就在這時，天可憐見，戴克終於死了。

戴克再度往前垮下，頭髮垂在木筏染血的表面上，藍迪驚訝並噁心地看見連戴克的頭皮都冒出了血。

木筏底下傳來聲音，吸吮的聲音。

就在這時，藍迪想到他本來可以游過去，而且大有機會回到岸上的。可是黎妮沉甸甸地賴在他身上。他注視她鬆垮的臉，一隻眼睛翻出眼白，便知道她並未昏厥，只是因受驚過度而失去知覺。

藍迪看看木筏的板面。當然，他大可放下她，讓她躺下，但板面只有一呎寬。夏天時木筏會連著一個跳水板平台，但那已經被取下收藏在某處了。現在除了木筏本身的表面外，再也沒有其他東西了：十四塊木板，每塊一呎寬，二十呎長。他要是放下她，她的軀體必定會橫過板面與板面間的縫隙。

只要踏上縫隙，你他媽就死定了。

閉嘴。

接著，他的內心深處低語著：放下她吧。放下她，然後游上岸去。

可是他沒有，他做不到。那樣想時，他感到一股深重的罪惡感。他抱著她，手臂和背部感覺到她柔軟的重量。她的塊頭可真不小。

戴克被拖下去了。

藍迪用發痛的手臂抱著黎妮，眼睜睜看著戴克一吋吋被拖下去。他並不想看，而且他一直把臉別開，但他的眼睛卻總是溜回去。

戴克一死，那過程似乎又快了些。

他的右腿先消失，左腿伸長在木筏上，讓戴克看來像個獨腳芭蕾舞者。他的骨盆傳來碎裂聲後，他的腹部便開始在新的壓力下惡毒地腫大，藍迪將目光移開許久，試著不去聽那濕漉漉的聲音，試著將注意力集中在手臂的痠痛上。也許他可以把她弄醒，但他想，目前還是讓手臂和肩膀一陣陣抽痛的好。這樣可以讓他分心。

在他身後，傳來一個聲音，彷彿牙齒正嚼著滿嘴的硬糖果。他回頭看時，戴克的肋骨已經崩解斷裂，兩手向外平舉伸出，就像尼克森用雙手做出V字勝利符號的樣子。

他兩眼睜開，舌頭也伸了出來。

藍迪再次轉過頭，望向湖面，尋找燈光吧，他告訴自己。他明知道這裡不會有什麼燈光，卻仍這麼告訴自己。看看那邊有沒有燈光，總有人會到別墅待上一夜吧，秋天的紅葉，不該錯過，帶著照相機來，家人親友會喜歡這些幻燈片的。

他又回頭看時，戴克的雙臂已經垂直向上，一點也不像尼克森了。現在的他，像個宣布再得一分的美式足球裁判。

戴克的頭坐在木筏上。

他的兩眼依舊圓睜。

他的舌頭仍吊在嘴外。

「喔，戴克。」藍迪低喃一聲，又把目光轉開。他的肩膀和手臂都已疼痛不堪，但還是抱著她，望向湖的彼岸。那邊的湖岸黑漆漆的。星星在整片黑色的天幕中鋪展開來，空中似乎有股冷牛奶的腥味。

又過了幾分鐘。他現在應該已經消失了。你可以看了。可以了，是的。但是別看。爲了安全起見，別看。好吧？好。一定。就這麼說定了。

但是他還是看了，正好看到戴克的手指被拉下去。它們在動——或許木筏下方的水波被傳到那抓住戴克的未知物質，然後那波動又傳到戴克的手指上。

或許，或許。但在藍迪看來，卻好像戴克在向他揮手告別，這時他首次覺得心裡噁心得糾結起來——突兀得就像他們四個站在木筏同一邊時，木筏會突然傾斜一樣。雖然他立刻恢復正常，但也隨即意識到，他離真正的瘋狂，也許已經不遠了。

戴克的一九八一年足球冠軍戒指，從他的右手無名指慢慢向上褪出，星光投射在戒指四周，鑲成一圈金影。戒指從他的手指上脫落。這戒指因為大了點，無法穿過裂縫，而且它當然也無法擠壓。

它躺在木筏上。現在這就是戴克僅有的遺物。戴克已經消失，再也沒有睡眼惺忪的黑髮女孩；而藍迪洗完澡後，也沒有人會用濕毛巾抽他屁股；再也沒有從球場中央出場的衝刺，沒有球迷起身歡呼，以及啦啦隊員在邊線歇斯底里地翻筋斗了。再沒有夜間開快車兜風，聽著車上音響的瘦莉西樂團（Thin Lizzy）唱著：「男孩回城來了」。再也沒有戴克了。

那微微的唰唰聲又傳來了——帆布簾被慢慢拉開的聲音。

藍迪赤腳站在木筏板面上。他低下頭，看見兩腳旁的木板間突然充滿了那油膩的黑色物質。他鼓著眼睛，想著從戴克嘴裡噴出的血柱，以及戴克的兩顆眼珠因為壓力而跳了出來。

它聞到我了。它知道我在這裡。它會上來嗎？它會穿過縫隙鑽上來嗎？會嗎？會嗎？

他往下瞪，完全忘了黎妮的重量，只是著迷地想著，一旦那東西捲住他的腳，侵蝕他的肌肉時，不知會有什麼感覺。

那閃亮的黑色物質幾乎直鑽到縫隙邊緣（藍迪在毫不自覺的情況下踮起腳尖），然後又沉了下去。那唰唰聲又來了。

藍迪突然看見它又現出在水面上，深黑的一團，現在它的直徑已大約有十五呎。它隨著水波浮沉，浮沉，當藍迪看見它又出現那鮮明的色彩時，便立刻將目光轉開。

他放下黎妮。當肌肉一鬆開，雙臂便開始瘋狂地發抖。他任憑它們發抖，在她身邊跪了下來。她的頭髮像一面不規則的黑扇子，散在白色木板上。他跪在那裡，望著水面上那顆大黑痣，等它一旦又開始漂動，就立刻再把她抱起來。

他開始輕輕打她，先是左臉頰，然後是右臉頰，來回地打，像個要把拳擊手打醒的助手一樣。但黎妮不願醒來，她已經看夠了。可是藍迪不能整晚守著她，等著每次那東西一動，就把她像麻布袋一樣抱起來（而且你不能一直看著那東西，這是另一點）。不過他學過一招，這招可不是在學校裡學的，是從他哥哥的一個朋友那裡學來的。這個朋友在越南當過軍醫，知道各種怪招——比如說，如何抓頭蝨，讓牠們在箱子裡賽跑，如何用瀉藥排出古柯鹼，如何用普通針線縫傷口。有天，他們談到，為了不讓喝醉的人被自己的嘔吐物嗆死，要用什麼方法把這些酒鬼弄醒。搖滾樂團AC／DC的主唱就是這樣死的。

「你要把一個人很快地弄醒嗎？」這個懂得許多奇門怪招的朋友說：「試試這個。」於是他告訴藍迪這個方法。

藍迪向前傾身，用力咬黎妮的耳垂。

澀澀的鮮血流進他嘴裡。黎妮的眼瞼如窗簾往上一翻。她用嘶啞的聲音大叫一聲，伸手打他。藍迪抬起頭，看到那東西的一邊，它以可怖、悚然，而且無聲的速度移動著，一大半的它又鑽進木筏底下了。

他猛力抱起黎妮，他的肌肉立刻嘶吼抗議，想拒絕承受那重量。她打著他的臉，一隻手敲到他敏感的鼻子，讓他頓時一陣頭昏眼花。

「住手！」他大吼著，奮力站起來。「住手，妳這潑婦，它又在我們下面了，妳住手，不然我就把妳丟下，我對天發誓我會的！」

她的雙臂立刻停止揮打，卻又變得像溺水的人般緊緊繞過他的脖子。在星空下，她的眼睛看起來是白色的。

「放鬆！」但她不放手。「放鬆，黎妮，妳要掐死我了！」

她勒得更緊了。他心裡一陣驚慌。空木桶的響聲現在變得含糊而不清晰──他心想，那是因爲那東西在底下。

「我不能呼吸了！」

她放鬆了點。

「現在，聽我說。我要把妳放下來。只要妳──」

只聽到「把妳放下來」就夠了。她的手臂立刻又死命箍緊。他的右手貼著她的背，彎起手指用力抓她。她用力踢腿，害他差點失去平衡。她也感覺到了。於是停止掙扎，但是出於恐懼而非疼痛。

「站到木板上。」

「不！」她呼出的熱氣如沙漠熱風般吹過他的臉頰。

「只要站在木板上，它就抓不到妳。」

「不，不要把我放下來，它會抓住我，我知道它會，我知道──」

他又用力抓她的背。她既氣又痛又怕地尖叫。「黎妮，妳下來。不然我就用力把妳甩掉。」

他慎重地放下她，兩人都微微喘氣。她的腳一碰到木板，又立刻猛地縮起來，彷彿那木板是滾燙的一樣。

「把腳放下！」他嘶聲對她說：「我不是戴克，沒辦法抱著妳一整夜！」

「戴克──」

「死了。」

她的雙腳碰到木板。他慢慢放開她，兩個人像跳舞一般面對面。他看得出，她在等待那東西的碰觸，她的嘴如金魚嘴般張開喘氣。

「藍迪，」她低聲問：「它在哪裡？」

「下面。低頭看。」

她低下頭。他也低下頭。他們看見那黑色物質充塞在縫隙間，現在已幾乎快湧到筏上來了。

藍迪能感覺到它的飢渴，他覺得，黎妮一定也感覺到了。

「藍迪，請——」

「噓！」

他們站立不動。

藍迪跳下湖水時忘了把錶摘下，因此他現在可以計時。過了八點一刻時，那黑色團塊再次滑出木筏底下，它漂了大約十五呎遠，然後就像上次一樣停在那裡。

「我要坐下。」藍迪說。

「不！」

「我累了。」他說：「我要坐下來，妳得看著它。只要記住每隔一會兒就得把目光移開。然後我站起來，換妳坐下。我們輪流。拿著。」他把錶拿給她。「每十五分鐘換班一次。」

「它吃了戴克。」她低聲說。

「是的。」

「它是什麼東西？」

「我不知道。」

「我好冷。」

「我也是。」

「那麼，抱著我吧。」

「我抱妳抱夠了。」

她退到一旁。

此刻，坐下的滋味如在天堂，不必時時刻刻盯著那東西更是美妙。他轉而看著黎妮，確定她會不時把目光移開。

「我們該怎麼辦，藍迪？」

他想了想。

「等待。」他說。

十五分鐘後，他站起來，讓她先坐後躺了三十分鐘。然後他叫她起來，讓她站十五分鐘。他們就這樣輪流站崗。將近十點時，一輪冷月升上半空，在水上投射出一條銀色路徑。十點半時，一聲尖銳、孤寂的叫聲響起，在水面上回響，黎妮也跟著尖叫出聲。

「閉嘴。」藍迪說：「那只是隻壁虎。」

「我快凍死了，藍迪──我全身都麻了。」

「我也無能為力。」

「抱著我。」她說：「你一定得抱我。我們可以抱著對方。我們可以一起坐著看守它。」

他遲疑不決，但此時咬嚙著肌肉的冰冷已侵襲到骨頭裡，因此他屈服了。「好吧。」

他們並肩坐著，伸手攬住彼此的肩，此時，一件既自然又反常的事情發生了。他發覺自己勃起了。他一手摸向她的胸部，覆住那濕漉漉的胸罩，用力扣緊。她低嘆一聲，手也摸向他的內褲。

他的另一隻手往下滑，找到她身上僅有的溫暖部位。他將她輕輕推倒。

「不。」她說，但伸進他內褲裡的手卻動得更快了。

「我看得見它。」他說。他的心跳又開始變得劇烈，血流加速，冰凍的皮膚也微微暖了起來。「我可以看著它。」

她低聲喃喃自語，他感覺到自己的內褲已被拉到大腿。他看著那黑色的東西，一邊滑向她身上，向前，進入她。溫暖。天啊，至少她那裡面好暖。她的喉間微微出聲，手指抓著他濕冷的臀部。

他看著那黑色團塊。它沒有動。他看著它，很謹慎地看著它。這觸感真是美妙，難以形容。他不算很有經驗，但也不是個處男。他和三個女孩做過愛，但從來不曾如此銷魂。她呻吟著，開始抬高臀部，木筏輕輕搖晃，彷彿這是世上最硬的水床。筏下的木桶發出空洞的碰撞聲。

他看著它。色彩開始旋轉——慢慢地，眩目地，感覺不帶威脅性。他看著它，看著那些顏色，眼睛瞪大。那些色彩映入他眼裡。現在他不冷了，他覺得熱，就像六月初第一次回到沙灘上那天，當你感覺太陽照在你藏了一整個冬天的皮膚上，摩挲它的蒼白，給它一些

（顏色）

顏色，曬紅它。第一天在海灘上，夏季的第一天，聽著「海灘男孩」唱的老歌，還有雷蒙斯樂團。雷蒙斯樂團對你說：席娜是個龐克搖滾歌手，雷蒙斯樂團告訴你：你可以搭便車到羅克威海灘。沙、海灘、色彩

（動，它開始動了）

和夏天的感覺。學校放假了、我可以在露天看台上看洋基隊打棒球、穿著比基尼的女孩在沙灘上，沙灘、沙灘、哦、你愛、你愛

（愛）

你愛沙灘

（愛，我愛）

擦著防曬油的堅挺胸部，而且比基尼的下半截如果夠小，你還可能看見

（頭髮，她的頭髮，她的頭髮浸在水裡，喔，老天，她的頭髮）

他猛力向後一仰，想拉她起來，可是那黑色團塊快速移動，像黝黑的黏膠抓住她的頭髮，因此當他拉她起來時，她已尖叫出聲，整頭髮絲都被扯住。那黑色東西從水面翻騰而出，扭曲黏膩，滾著核子燃燒般的色彩——猩紅，翠綠，赭黃。

它如浪潮般流向黎妮的臉，蓋住了她的臉。

她的腳不停踢動。那黑色物質在原本是她臉部的地方扭曲滾動。她的脖子血流如注。藍迪不由自主地尖叫跑向她，一腳踩住她的臀部，用力往前拉。她就地一滾，翻向一旁，兩腿在月光下如雪花石膏般白皙。在這似乎持續了永恆之久的幾秒鐘內，湖水翻滾冒泡，湧向木筏四周，彷彿有人把全世界最大的一條鱸魚勾在筏上，而那條魚正拚命掙扎不止。

大約半個鐘頭後，那瘋狂四濺的水花和掙扎早已停息之後，壁虎也回叫了幾聲。

這一夜似乎永無止盡。

將近四點四十五分，東方天際露出魚肚白，他的精神微微一振。但也只是一剎那而已。就和這黎明一樣虛假。

他站在木筏上，半閉著眼睛，下巴壓到胸前。直到一個鐘頭前，他還一直坐著，然後突然被無法形容的帆布唰唰聲驚醒過來——最可怕的是，在被驚醒之前，他甚至不知道自己睡著了。他

猛然跳起，只比那黑色物質從木板縫隙間湧向並吞噬他快了幾秒。他拚命深呼吸，用力咬著下唇，咬得血都流了出來。

睡了，你睡著了，你這個笨蛋！

大約半小時後，那黑色物質又在木筏下蠢動，想從縫隙間往上湧，但他沒再坐下。他害怕坐下，害怕自己再次睡著而來不及醒來。

他的兩腳仍穩穩站在木板上。這時東方已露出曙光，黎明真的來了，第一批晨鳥也開始歌唱。太陽升起，到了六點，天色已經大亮，讓他能再度看到沙灘。戴克的車，鮮黃色的，仍停在戴克昨天停車的地方，車頭向著圍籬。在沙灘上，散著幾件襯衫、毛衣，和四條扭成一小堆的牛仔褲。他能看見他的牛仔褲，一隻褲腿向外反摺，露出褲袋。他的牛仔褲看來無比安全地躺在沙上，只等著他過去將褲腿翻到正面，並抓著褲袋以免零錢掉出來。他幾乎能感覺到牛仔褲套上他的腿，感覺到他扣上了拉鍊上方的銅鈕釦——

（你愛嗎？是的，我愛）

他向左邊望去。它還在那裡，圓形的、黑黑一團。色彩開始從它的後側向前轉，因此他又連忙將目光轉開。

「走開。」他啞著聲說：「回家去，或者到加州參加恐怖片試演吧。」

遠處傳來一架飛機飛過的嗡嗡聲。

他開始睏倦地胡思亂想：我們被報失蹤，我們四個。人們展開地毯式搜索。有個農夫記得曾看見一輛黃色車子駛過，「速度快得像地獄飛出的蝙蝠」。搜索集中在瀑布湖地區。私人飛行員自願由空中搜尋，其中一人開著他的小飛機掠過湖區，看見一個小夥子裸身站在木筏上，只有一個小夥子，唯一的倖存者，一個——

他從半睡眠狀態中驚醒，再度掄拳打向自己的鼻子，痛得喊出聲來。

那黑色物質立刻如箭般衝向木筏，擠進木筏底下——它有聽覺，也許，或知覺……或某種感覺。

藍迪等著。

這回它在木筏下徘徊了四十五分鐘才出來。

隨著越來越亮的天色，他的思緒開始紛亂地飛轉。

（你愛嗎是的我愛在露天看台上看洋基隊和鯰魚你愛鯰魚嗎是的我愛

（六十六號公路記得那輛雪佛蘭卡威特跑車喬治・馬哈利開著那輛卡威特跑車你愛卡威特跑車嗎

（是的我愛卡威特跑車

（我愛你愛嗎

（太陽像燃燒的玻璃一樣好熱太陽在她頭髮裡那是最美好的亮光夏季的亮光光線

（太陽光）

下午。

藍迪在哭。

他在哭，因為現在又有新發現了——每次他一想坐下，那黑色團塊就滑進木筏底下。那麼，它並不笨。它要不是感覺到，就是算準了只要他坐下，它就能得到他。

「走開！」藍迪對著浮在水面上那黑色的一大團哭喊。五十碼外，一隻松鼠在戴克那輛黃色卡默路的引擎蓋上無憂無慮地跳來跳去。「走開，請你走開，到任何地方去，放過我。我不愛你。」

那東西沒動。顏色開始在它表面旋轉。

（你愛，你愛我的）

藍迪轉開頭，望向沙灘，尋找救援，可是沙灘上空空蕩蕩，一個人也沒有。他的牛仔褲還躺在原處，一隻褲腿向外翻，露出白色的褲袋。那褲子看來已不再像有人會過去把它撿起來了。它看起來像是遺物。

他想著：如果我有槍，我現在就舉槍自殺。

他站在木筏上。太陽西沉了。

三小時後，月亮升起。不久後，壁虎開始鳴叫。

不久後，藍迪轉頭，注視水面上那黑色團塊。他無法自殺，但或許那東西可以讓他死得毫不痛苦。或許那正是那些色彩的目的。

（你你你你愛嗎）

他望著那黑色的東西。它在水上漂著，隨著水波浮沉。

「跟我一起唱，」藍迪啞著聲說：「我可以在露天看台上看洋基隊……我不用擔心學校的老師……我很高興放假了……我要……高聲唱。」

色彩開始成形，轉動。這回藍迪沒再移開目光。

他輕聲問了句：「你愛嗎？」

某處，越過空蕩的湖面，遠遠的，一隻壁虎尖聲鳴叫。

該隱站起來⑨

Cain Rose Up

蓋瑞許走出明媚的五月陽光，走進陰涼的宿舍裡。他的眼睛過了一會兒才適應了光線的變化，所以對他來說，海狸哈利最初只是個從陰影中傳來的沒有形體的聲音而已。

「那題目真偏，對不對？」海狸問：「這科的題目出得太偏了，對吧？」

「沒錯。」蓋瑞許說：「是很難。」

他把眼睛轉向海狸。他用手揉著前額，眼下冒汗。他腳穿涼鞋，身穿一件T恤，前胸有顆鈕釦寫著「郝迪·杜迪心理變態⑩」。海狸的大齙牙在陰暗中浮現。

「一月時我本來想退選。」海狸說：「我不斷告訴自己趁還來得及時快退選吧。結果加退選的時間過了，我只好繼續上課。我想我這科是當掉了，蓋瑞許。真的。」

女舍監站在角落的信箱旁。她個子極高，長得有些像魯道夫·范倫鐵諾。她一手堆放宿舍床單，另一手試著把溜出的內衣肩帶拉回洋裝的袖孔裡。

「很難。」蓋瑞許重複了一句。

「我很想求你讓我看考卷，但我不敢，真的，那傢伙的眼睛利得跟老鷹一樣。你想你會得A吧？」

「我猜我可能也當掉了。」蓋瑞許說。

海狸喘了口氣。「你想你當掉了？你想你——」

「我要洗個澡，好吧？」

「好，當然，蓋瑞許。當然。那是你最後一科嗎？」

「是的。」蓋瑞許說：「那是我最後一科考試。」

蓋瑞許走過大廳，推門而入然後爬上樓梯。樓梯有股運動員護帶的氣味，同樣古老的樓梯。他的房間在五樓。

柯恩和三樓的另一個白癡——兩腿毛茸茸的那個——從他身旁走過，來回丟著一顆壘球。在四到五樓之間，一個戴著角框眼鏡、留著一撮稀疏山羊鬍的小個子走過他，像抱著《聖經》似的把一本《微積分》抱在胸前，嘴上喃喃地唸著對數，他的眼神空洞如黑板。

蓋瑞許停住腳步回頭看他，想著也許他倒不如死了的好，但這時那小個子只剩下在牆上移動、消失的一個黑影。那影子搖晃了兩下就消失了。蓋瑞許爬上五樓，走過長廊往他的房間前行。豬仔潘兩天前就走了。三天考完四科期末考，砰、砰，然後謝天謝地。豬仔潘知道如何安排一切，他只留下兩張釘在牆上的美女海報、兩只不成對的毛襪，還有一個仿羅丹「沉思者」、蹲坐在馬桶座上的小陶像。

蓋瑞許轉動那把插進門鎖的鑰匙。

「蓋瑞許！嘿，蓋瑞許！」

洛林，為了一次違例喝酒而將吉米・布洛迪送去見訓導長的宿舍顧問，正走過長廊而來，並對他揮手。他身型高大、肌肉勻稱，留了個中分小平頭。

「你都考完了？」洛林問。

「是呀。」

「別忘了打掃房間，並填寫損害報告，好吧？」

「好的。」

❾本篇書名與故事借喻出處為《聖經・〈創世紀〉》的故事。亞當與夏娃被逐出伊甸園後，生下兩個兒子該隱與亞伯，該隱務農為生，亞伯則牧羊為生。兩人各以其工作所得之農作物與頭生羔羊和羊脂獻祭耶和華，由於耶和華較中意亞伯的祭品，該隱心生不滿，便殺了弟弟亞伯。本篇即借喻該隱努力工作但收穫卻未成正比，因此憤而殺人的故事原型來發展情節。

❿Howdy Doody是美國國家廣播公司一九四七至一九六〇年間，一個極受歡迎的兒童節目木偶主角。

「如果我不在我房裡，只要把損害報告和鑰匙從門下塞進去就行了。」

「好。」

洛林抓住他的手很快地晃了兩下，洛林的手掌很乾、皮膚很粗，和洛林握手就像跟一把鹽握手一樣。

「好好過個痛快的暑假吧。」

「好。」

「別太用功了。」

「不會的。」

「利用時間，但也不要濫用。」

「我會的，也不會的。」

洛林面露迷惘，隨即大笑開來。「再見了。」他拍了一下蓋瑞許的肩，轉身往回走，又停了一下叫隆恩・弗倫把音響開小聲點。蓋瑞許想像洛林死在臭水溝裡，眼睛裡爬滿蛆的樣子。洛林不在乎的。蛆也不會。你不吃這個世界，這個世界就會吃掉你，怎麼都行。

蓋瑞許深思地站在房門口，望著洛林走遠後才推門入內。

少了豬仔潘的髒亂，房間顯得很空洞。豬仔潘那張常是被褥不整、東西亂堆的床，床單已被剝走了，只剩下床墊。兩個《花花公子》雜誌上的摺頁美女僵笑地看著他。

蓋瑞許那半邊房間倒沒什麼改變，因為本來就是乾乾淨淨的。在蓋瑞許床上的上層毯子上丟枚硬幣，它還會反彈跳起。他的整潔使豬仔潘很神經緊張。

他是英文系的，詞句用得很順口，他稱蓋瑞許為「巢中鴿」。在蓋瑞許床位上方的牆上，只有一幅亨弗萊・鮑嘉的巨幅海報，那是他在大學書店裡買來的。穿著吊帶的鮑嘉兩手各拿一把自動手槍，豬仔潘說手槍和吊帶是陽萎的象徵。蓋瑞許不相信鮑嘉會陽萎，雖說他沒看過任何有關鮑嘉的書。

他走向衣櫥，打開衣櫥門，取出他父親——一個浸信會牧師——去年聖誕節買給他的樺木柄大型連發手槍。三月時他自己買了望遠準星。

在宿舍裡不准有槍，獵槍也不准，但從來沒人嚴格檢查過。他先以一張偽造的取槍條把槍從大學的儲槍室裡取出，放在防水皮鞘裡，把它留在足球場後面的樹林裡。然後，凌晨三點左右他溜出房間，經過沉睡的走廊把槍枝帶上樓來。

他坐在床上，槍放在他膝上，但臉上的淚水卻流了下來。坐在馬桶座上的「沉思者」望著他。蓋瑞許把槍放到床上，走過房間，把那陶像從豬仔潘桌上揮落，掉到地上碎成片片。房門上傳來一聲輕響。

蓋瑞許把槍藏到床底下。「請進。」

門外站的是穿著內褲的貝禮，他的肚臍上有根線頭。貝禮沒什麼前途可言，貝禮會娶個笨女孩，和她生一堆笨孩子，然後他會死於癌症或腎衰竭。

「化學考得如何，蓋瑞許？」

「還好。」

「我只是想，我可不可以借你的筆記？我明天要考試。」

「今天早上我跟垃圾一起燒了。」

「噢。嘿，上帝！豬仔潘摔了他的陶像嗎？」他指著碎在地上的「沉思者」。

「大概是吧。」

「他幹嘛要那樣呀？我喜歡那陶像。本來要跟他買的。」貝禮的長相可說是獐頭鼠目。他的內褲有很多脫線處，而且鬆垮垮的。蓋瑞許想像得出，他若死於肺氣腫或必須躺在氧氣罩裡的疾病時會是什麼樣子。

「你想他會介意我拿走他的海報嗎？」

「我想不會吧。」

「好。」貝禮走過房間，謹慎地踩著赤腳越過陶像碎片，取下那兩張「花花公子」美女。「那張鮑嘉的相片也很正。沒有胸部，不過，嘿！你知道嗎？」貝禮瞥了蓋瑞許一眼，想看看蓋瑞許有沒有笑。看見蓋瑞許仍板著臉，他說：「我想你不會把它扔掉吧？」

「不會。我正想洗個澡。」

「好。如果我不再見到你，祝你有個愉快的暑假，蓋瑞許。」

「謝謝。」

貝禮往房門走去，內褲底一顫一顫。他在門口停下腳步。「這學期總成績又是A了吧，蓋瑞許？」

「至少。」

「好傢伙，明年見。」

貝禮走出去時帶上房門。蓋瑞許在床上坐了一會兒後取出了槍，拆下零件擦拭。他把槍口舉到眼前，望著盡頭小小的一圈亮光。槍膛裡很乾淨，他把槍又組合好。

在他的衣櫃第三個抽屜裡，有三盒重重的彈藥。他將這三盒子彈放到窗台上時把窗簾也拉上了。

操場上明亮翠綠，點綴著三三兩兩的學生。柯恩和他的白癡朋友互丟著壘球，像跛腳的螞蟻逃出破溝渠般奔來跑去。

「讓我告訴你一件事。」蓋瑞許對鮑嘉說：「上帝生該隱的氣，因為該隱以為上帝是個素食主義者。他的兄弟知道得清楚些。上帝依祂的形象創造世界，所以你如果不吃這世界，這個世界就會吃掉你。因此該隱對他的兄弟說：『為什麼你不告訴我？』他的兄弟說：『為什麼你不聽？』該隱說：『好，我現在在聽了。』於是他在他兄弟身上塗了蜜蠟，說：『嘿，上帝，祢要肉嗎？這裡！祢要烤排骨、肉排、還是碎肉什麼的嗎？』於是上帝叫他穿上他的舞鞋。於是……你覺得如何？」

鮑嘉一語不發。

蓋瑞許拉開窗子，將兩肘靠到窗架上，不讓點三五二口徑的槍膛伸進陽光中。他望進準星。他對準操場對面的卡敦紀念堂女子宿舍，眾人喜歡稱卡敦為狗屋。他將十字中心對準一輛福特房車。一個穿著牛仔褲和藍色運動衫的金髮女生正和她母親說話，她那紅臉禿頭的父親則忙著把皮箱裝進行李箱裡。

有人敲門。

蓋瑞許等著。

敲門聲又響起了。

「蓋瑞許？我想用五毛錢買你的鮑嘉海報。」

是貝禮。

蓋瑞許悶不吭聲。那女孩和她母親笑著，不知有一管槍正對準她們的腹部。女孩的父親加入她們，三人一起站在陽光中，左準星中的一幅家庭肖像。

「去他的。」貝禮低咒一聲，走開了。

蓋瑞許扣動扳機。

槍用力回撞到他肩上，那是把槍放對地方才會有的結實回震。那笑著的女孩頂著金髮的腦袋開花了。

她母親仍在笑著，半秒鐘後才以手掩口，卻擋不住尖叫聲。蓋瑞許對準她又開一槍，手和頭瞬間都在血肉四濺中消失不見。

原來還在裝行李的那個禿頭男人，開始踉踉蹌蹌跑了起來。

蓋瑞許對準他的背開槍，他抬起頭用死魚眼瞪著半空好一會兒。柯恩拿著壘球，望著那金髮女孩的腦漿濺在她趴倒的身體後那塊「不准停車」的牌子上。

柯恩呆立不動。操場上的人全都僵立在原處，有如在玩「一、二、三，木頭人」的一群孩子。

有人敲門，接著拉拉把手。又是貝禮。「蓋瑞許？你沒事吧，蓋瑞許？我想有人——」

「好酒，好肉，好上帝，我們吃吧！」蓋瑞許大叫，並對準柯恩開槍。這回他射偏了。柯恩跑了起來。沒問題。第二槍射中了柯恩的脖子，使他整個人飛出大約二十呎。

「柯特·蓋瑞許在自殺呀！」貝禮尖叫起來，「洛林！洛林！快來！」

他的腳步聲一下子去遠了。

現在人人都開始奔跑。蓋瑞許聽得到他們的尖叫聲。蓋瑞許聽得到他們的鞋子踏在人行道上的吱嚓聲。

他望向鮑嘉，鮑嘉舉著兩把槍回望著他。他望向豬仔潘那個「沉思者」陶像的碎片，想著不知豬仔潘今天在幹什麼，在睡覺、看電視，還是在吃什麼大餐。吃這個世界吧，豬，蓋瑞許心想，把這該死的世界整個吞掉！

「蓋瑞許！」現在叫的是洛林了，砰砰砰地拍打著房門。「開門，蓋瑞許！」

「門鎖住了。」貝禮喘著氣說：「他剛才神色就不太對。他一定自殺了，我知道。」

蓋瑞許又把槍口伸到窗外。一個穿著薄棉花襯衫的男孩隱在一排矮樹叢後，無比迫切地看著宿舍的窗子。他想跑進宿舍，蓋瑞許心想，可是他腿軟了。

「好上帝，我們吃吧！」蓋瑞許低喃一句，再度扣動扳機。

of this date a few mo

Service in which you

the honour to apply to y

Excellency to restore to

the Commission of Br

General of Brigade

which I had the honour

resign, and which y

-cellency accepted

me great pleasure to

it and the order sh

given to that effect

沙丘世界
Beachworld

飛船ASN／29從天空墜落撞毀。過了一會兒後，從它如腦殼般裂開的頂艙鑽出兩個人來。他們走了幾步後又站定，頭盔夾在腋下，望著他們墜毀的地方。

這是一片不需要海洋的沙灘——它就是它自己的海洋，一片有波有浪的沙海，一片如黑白底片般的海，永遠凍結在起伏的坡地間。

沙丘。

淺的、深的、平的、陡的。刀形的沙丘、鋸齒形的沙丘、不規則的沙丘，沙丘疊著沙丘——簡直就像沙丘骨牌。

沙丘。但沒有海洋。

在沙峰間的沙谷，佈成了一條條曲折錯綜的黑線。一個人若是望著這扭曲的線條太久，會覺得那些黑線似乎拼出了文字——在白色沙丘上盤桓的黑字。

「媽的。」沙皮洛說。

「彎腰。」藍德說。

沙皮洛準備吐口水，卻又臨時止住。看著這一望無際的沙，讓他改變了主意。也許這不是浪費液體的時候。半埋在沙裡的ASN／29看來已不再像是一隻垂死的鳥，倒像是個爛掉裂開的瓜。起了一陣火之後，星盤燃料艙便全都爆炸了。

「可憐的葛萊。」沙皮洛說。

「是呀。」藍德仍在眺望沙海，望向地平線，然後又看了回來。

可憐的葛萊，葛萊死了，葛萊現在只是船尾倉庫區的一堆肉塊。沙皮洛曾望進裡面，想著：那看起來就像上帝決定要吃葛萊，但又覺得他不好吃，於是把他吐了出來。那些屍塊，加上葛萊散了一地的牙齒，那景象讓沙皮洛噁心欲嘔。

沙皮洛現在等著藍德說點明智的話，但藍德卻沉默不語。藍德的目光在沙丘上來回梭逡，看著沙谷中那些扭曲的黑線。

「嘿！」最後沙皮洛開口說：「我們怎麼辦？葛萊死了。該你指揮了。我們怎麼辦？」

「怎麼辦？」藍德的眼睛看過來看過去，看過去看過來，淨在一動也不動的沙丘上轉。一股乾風飄拂著「環境保護」套裝的橡皮衣。「如果你沒有排球，那我也不知道。」

「你在胡說什麼呀？」

「在沙灘上不是該玩排球嗎？」藍德反問。

沙皮洛不知在太空中受過多少驚嚇，船艙起火時他更恐慌不已；但現在，他望著藍德，卻感到一股難以言喻的恐懼緩緩升起。

「真大呀。」藍德作夢似地說著。有一剎那，沙皮洛以為藍德是在形容他的恐懼。「真是個不得了的大沙灘，彷彿可以永恆地持續下去。你可以夾著衝浪板走上一百哩，卻還在起點，幾乎，而身後什麼也沒留下，只有六、七個腳印。如果你在同一個地點站上五分鐘，連那最後的六、七個腳印也會消失不見。」

「我們下來時，你有記得拿地形探測儀嗎？」沙皮洛確定，藍德一定是受了驚嚇。藍德雖受了驚，但沒發瘋。若有必要的話，他可以讓藍德吃藥。要是藍德還繼續這麼瘋言瘋語，他可以幫他打一針。「你看見了——」

藍德瞟他一眼。「什麼？」

綠洲。這是他想問的。聽起來像是從讚美詩上節錄出來的，因此他沒問出口。風讓他嘴裡含了一口沙。

「什麼？」藍德又問一次。

「探測儀！探測儀！」沙皮洛吼道：「你聽過探測儀沒有，笨蛋？這地方像什麼？在這片該死的沙灘盡頭，海洋在哪裡？湖泊在哪裡？最近的綠地在哪裡？哪個方向？沙灘的盡頭又在什麼地方？」

「盡頭？你別傻了。它沒有盡頭。沒有綠地，沒有冰帶，沒有海洋。這是找尋海洋——伴侶——的一片沙灘。沙丘和沙丘和沙丘，永不終止。」

「但我們到哪裡找水喝呢？」

「無法可想。」

「太空船……根本沒辦法修復了！」

「沒錯，天才。」

沙皮洛不再說話。現在只有沉默不語，不然就是變得歇斯底里。他有種感覺——他幾乎可以確定——如果他變得歇斯底里，藍德會像這樣一直望著一重又一重沙丘，直到沙皮洛想出辦法，或永遠想不出辦法。

一片沒有盡頭的沙灘應該要叫什麼呢？沒別的，就叫沙漠！宇宙間最大的一片沙漠，對吧？在他腦海中，他聽見藍德回答：沒錯，天才。

沙皮洛在藍德身旁站了半晌，等待藍德清醒過來，或有所行動。

過了一陣子，他沒耐性了，開始拖著腳滑下他們爬上觀望的那個沙丘。他感覺得到吸舐著他靴子的沙。

我要把你吸下來，沙皮洛，他想像沙正在這麼說，在他想像中，那是個蒼老但仍無比強壯的老婦聲音。*我要把你吸下來，好好地擁……抱你。*

這讓他回想起，小時候在沙灘上，他們常常輪流用沙將彼此埋到頸部。那時候沙埋遊戲是很好玩的——現在他卻覺得可怖。因此他推拒那個聲音——這不是回憶的好時刻，老天——他以踢騰的腳步走過沙地，不自覺地在沙丘對稱完美的斜坡和表面上留下痕跡。

「你到哪裡去呀？」藍德的聲音第一次含有些微的警醒和關切。

「信號儀。」沙皮洛說：「我要去把它打開。我們還在地圖的航線上。會有人接收到無線電信號的。這只是遲早問題。我知道可能性很低，但也許有人會經過——」

「信號儀早就撞毀了。」藍德說：「我們栽下來時，它就撞爛了。」

「說不定可以修復。」沙皮洛回頭喊道。他潛身穿過艙口後，就覺得好多了，儘管太空艙裡飄著電線燒焦和二氯二氟氣的味道。他告訴自己，他是因為想到信號儀才覺得好過些的。但他並不是因想到信號儀而振作起精神；藍德說它摔碎了，十之八九它是摔碎了。只是他不能再這麼看著沙丘——他不願再看那片永無止境的大沙灘了。

因此他才覺得進到艙裡時舒服多了。

當他氣喘吁吁再度拖著腳爬上第一個沙丘頂上時，他的兩側太陽穴因乾熱而跳動，藍德卻還在原處，凝望，凝望，凝望。已經過了一小時。太陽在他們正上方。藍德的臉都被汗浸濕了，一串汗珠還掛在他的眉毛上。汗珠如淚水般淌過他的臉頰，還有更多汗一顆顆滾進他的套裝領口，宛如無色的石油流進油管裡。

「藍德？」

沒有回答。

「信號儀沒壞。」藍德的眼睛亮了一下，但又立即呈現空茫，瞪著疊起的沙丘。沙皮洛原以為這些沙丘是一動也不動的，但現在他想，它們應該是會動的。乾燥的風不停吹著。它們會移動。

經過幾十年、幾百年後，它們會……呃，走動。人們不是把沙灘上的沙丘叫做「行走沙丘」嗎？他記得小時候曾經聽過。在學校裡，或別的什麼地方，但那又有什麼關係呢？

這會兒，他看見一小部分的沙從沙丘的坡上往下滑落。彷彿聽見了

（聽見我心裡想的話）

他的頸背上冒出新的汗水。沒錯，他的想法開始變得有點怪了。誰不會呢？他們的處境很惡劣，十分惡劣。而藍德似乎不知道……或者毫不在意。

「裡面進了點沙子，轉鳴器裂了，不過葛萊的零件盒裡至少還有六十個轉鳴器。」

他到底有沒有在聽？

「我不知道沙子是怎麼進去的——信號儀還在原來的地方，在睡舖後面的倉庫區，與外面隔了三層密閉艙，可是——」

「哦，沙會自己走的，什麼東西都進得去。沙皮洛，記不記得小時候到沙灘去？回家後媽媽會吼你，因為到處都是沙子？沙發上有沙、廚房桌上有沙，連床底下都有沙？沙灘的沙子是……」他的手微微一比，臉上再次浮現作夢般的笑容。「……無處不在的。」

「——可是它似乎沒有受損。」沙皮洛繼續說他的。「緊急電力系統開啟了，所以我把信號儀插進那裡，戴上耳機聽了一會兒，請求在一百六十光年範圍內做同值測讀。那聲音聽起來很像電鋸，比我們希望的好多了。」

「沒有人會來的。連海灘男孩合唱團也不會。海灘男孩都已經死了八千年了。歡迎到衝浪市來，沙皮洛。沒有海浪的衝浪市。」

沙皮洛望向沙丘，不禁想著這片沙究竟已經存在多久了。一兆年？一億兆年？這裡有過生命

嗎？甚至有智慧的生物？河流？綠地？使它曾經真的是沙灘而非沙漠的海洋？

沙皮洛站在藍德身旁思考。持續吹來的風拂著他的頭髮。他突然肯定那一切全都存在過，他甚至可以想像它們是如何結束的。

都市的水道和郊區先沾上沙粒，接著是厚厚一層沙，最後被不斷流進的沙所窒息。他想像著沖積扇的棕色泥土，最初如海豹皮般光滑，漸漸從河口向外擴散，變黑、擴散，直到擴張的泥漿匯成一片。他想像著光滑的海豹皮泥漿變成長滿蘆草的沼澤區，然後轉灰，變成靜止的砂礫，最後風化為白色的一片沙地。

他想像山峰如鉛筆尖般逐漸扁平，越來越多的沙所帶來的暖熱使山上的積雪融解。他想像最後的幾個山峰指向天空，有如被活埋的人露出手指，他想像山脈全被掩蓋，轉瞬間便被木然無覺的沙丘所淡忘。

藍德說沙子怎麼樣？

無處不在。

你只要想一想，沙皮洛，就知道那有多可怕。

哦，可是不對，沙子並不可怕；沙子是寧靜的。沙子靜得就像週日下午的午覺。還有什麼比沙灘更寧靜的呢？

他甩開這些起伏的思緒，回頭看向太空船。

「不會有任何騎兵出現的。」藍德說：「沙子會把我們掩埋，不久後我們會變成沙，沙會變成我們。衝浪市沒有海浪——你能感覺到沙浪嗎，沙皮洛？」

沙皮洛不覺悚然，因為他感覺得到。看著那層層疊疊的沙丘，是不可能沒感覺的。

「該死的笨蛋。」他啐了一句，走回太空船去。

並避開那片沙灘。

太陽終於西下。在沙灘上——在任何真正的沙灘上——這是收起排球，穿上毛衣，拿出香腸和啤酒的時候了。還不到談情說愛的時刻，但也快了。是盼望談情說愛的時刻。

但在ASN／29太空船裡，可沒有香腸和啤酒。

沙皮洛花了整個下午的時間——謹慎地將船上每一滴水貯存起來。船上的供給管破裂了，流出的水在地板上形成水灘；須使用吸塵器將這水吸起來。在撞毀的水箱底部，還剩下一點水，他也小心貯存起來。連循環倉庫區空氣的空氣淨化系統內部小導管他也沒疏忽。

最後，他走進葛萊的艙房。

葛萊在一個特別為無重力狀態建造的圓形水槽裡養了金魚。水槽是用防震透明聚合塑膠製成，因此輕易逃過了撞毀的厄運。然而，槽裡的金魚卻和牠們的主人一樣，並沒有防震系統。牠們碎成金黃色的團塊，漂在滾到葛萊床底下的魚缸上方，和三條很髒的內褲在一起。

沙皮洛捧起球狀魚缸，凝視缸裡好一會兒。「天啊，可憐的小游，我本來跟牠很熟的。」他突然說了一句，隨即大笑一陣。然後他把葛萊收在櫃子裡的小網取出，從魚缸裡撈出金魚的屍體，想著該如何處置才好。過了一會兒，他網著魚屍走向葛萊的床位，掀開枕頭。

枕頭下有沙子。

他不予理會地將魚埋在枕頭下，接著把缸裡的水倒進他準備好的五加侖裝油桶裡。這水必須經過淨化，但即使淨化器壞了，他猜想過兩天他就不會介意喝魚缸的水，也不會在乎裡面或許有幾片魚鱗和幾團金魚屎。

他將水淨化過後，分開存好，把藍德的一份帶上沙丘。藍德仍呆立在原處，似乎一直不曾移動過。

「藍德，我把你的水帶來了。」沙皮洛說著，拉開藍德前胸小袋的拉鍊，把一小包裝在塑膠袋裡的水塞了進去。他正想用拇指把拉鍊頭扣緊時，藍德卻揮開他的手，取出塑膠袋。袋子上印了：ＡＳＮ級太空船貯存袋，袋號：二三一九六七五五，封口未拆開時無效。現在封口當然已經拆開，沙皮洛必須用它們裝水。

「我淨化了——」

藍德將袋子丟到沙地上，發出「噗」的一聲微響。「我不要。」

「不要……藍德，你怎麼回事？老天，你不要這樣行不行？」

藍德沒吭聲。

沙皮洛彎腰撿起編號二三一九六七五五的貯存袋，小心刷掉黏在袋子上的沙粒，彷彿那些沙粒是超大號的細菌。

「你怎麼回事？」沙皮洛重複說道：「是不是驚嚇過度了？你想是不是？因為我可以讓你吃藥……或者幫你打一針。不過我要告訴你，我的耐性是有限的。你這樣站在這裡望著綿延四十哩的空茫！那是沙！只是沙！」

「那是沙灘。」藍德如夢似幻地說：「要不要蓋一棟沙堡？」

「好，很好。」沙皮洛說：「我要進去拿針筒和一安培黃蜂油。你既然要說這些瘋言瘋語，我只好拿你當瘋子對待。」

「要是你想為我注射什麼東西，你偷偷摸摸靠近我時，最好別發出聲音。」藍德淡淡地說：「要不然，我會折斷你的手。」

他是有那股蠻力。身為星際飛航員的沙皮洛重一百四十磅、五呎五吋高。體能戰鬥不是他的專長。他低聲咒罵，轉身走開，拿著藍德的塑膠袋回太空船去。

「我想它是活的。」藍德說：「而且十分確信。」

沙皮洛回頭看他，又望向無垠的沙丘，夕陽在沙丘平滑的坡上披上一層金紗，極其巧妙地覆在黑色線條上的金紗。在較遠的沙谷間，那黑色線條俱已化為金色。金色又化為黑色、黑色又化為金色。金色化為黑色、黑色化為金色、金色化為——

沙皮洛急速眨眨眼，再用一手揉著眼睛。

「有好幾次，我感覺這個沙丘在我腳下移動。」藍德告訴沙皮洛。「它動得非常優雅，就像潮水一樣，我可以在空中嗅到它鹹鹹的氣味。」

沙皮洛說：「你瘋了。」他驚悸至極，覺得自己的腦子已經變成玻璃了。

藍德沒有答腔。他的眼睛在金色化為黑色，黑色化為金色的沙丘間搜尋。

沙皮洛大步走回太空船去。

藍德在那個沙丘上待了一整夜，還有次日一整天。

沙皮洛一往外望就看見他。藍德已脫下他的環境保護套裝。那身制服已快被沙子掩埋了，只有一隻衣袖突出在沙堆上，孤獨地哀哀求饒。在衣袖上面及下面的沙，使沙皮洛聯想到一雙沒有牙齒的唇，貪噬著一口美食。他有種瘋狂的渴望，想爬上那沙丘去拯救藍德的衣服。

但他沒去。

他坐在他的艙房裡，等待救援的太空船。二氯二氟的氣味已經消失，取而代之的是更令人作嘔的腐屍味。

那天和那一夜，救援船都沒有出現，第三天也沒有。

沙子不知怎的出現在沙皮洛的艙房裡，雖然艙口是緊閉的。他用吸塵器把一小堆一小堆沙子吸起來，就像他第一天將流在地上的水吸起來一樣。

他覺得開始嗅到空氣中的鹹味，當他睡覺時，他會夢見海鷗的聲音。

他不時口渴。他的水已快喝完了。

而且他可以聽到沙子。

不斷颳著的風把那第一座沙丘吹向太空船。他的艙房還好——多虧了吸塵器——但其餘各處皆已被沙子侵占。小沙丘從鎖孔間滲進來，接管了ASN／29號。沙子成絲、成縷地透過各種縫隙鑽進來。

沙皮洛的臉隨著增長的鬍子越來越粗糙，也越來越憔悴。

第三天太陽快下山時，他爬上沙丘去探望藍德。他想過帶針筒上來為藍德注射。現在他知道，那絕對不只是驚嚇過度。藍德發瘋了。讓他快點死是最好的；而那似乎是必然的。

沙皮洛是憔悴，藍德卻是枯槁。他的軀體已骨瘦如柴。他那雙原來肌肉結實的腿，現在已鬆弛無力，腿上的皮膚像鬆掉的襪子掛在那裡，而且繼續往下滑。他只穿著紅色尼龍內褲，鬆垮垮地像是大了幾號，看起來頗為荒謬。他臉上也長出鬍子，像絨毛般貼在瘦得下陷的臉頰和下巴上。他的鬍子是沙色的，而他原先較接近棕色的頭髮，也已曬成近似沙金色，垂在他額頭前方。只有他的眼睛仍是鮮活的，透過垂髮髮梢，閃著鮮明的深藍，注視著沙灘。

（沙丘，該死的！是沙丘）

專注而熱切。

現在沙皮洛注意到一件事，一件很駭人的事。他看出藍德的臉漸漸轉變成一個沙丘了，他的鬍子和頭髮幾乎將皮膚都遮住了。

「你，」沙皮洛說：「你會死的。如果你還不到船裡來喝點水，你會死的。」

藍德一語不發。

「這就是你要的嗎？」

他仍悶不吭聲。風傳來空洞的呼呼聲，但瞬間即逝。沙皮洛注意到藍德脖子上的皺紋已被沙填滿了。

「我要的唯一一樣東西，」藍德的聲音含糊而遙遠，就像剛才的風吹一般。「是我的海灘男孩合唱團錄音帶。那些錄音帶在我的艙房裡。」

「去你的！」沙皮洛忿怒地說：「你知道我希望什麼嗎？我希望一艘太空船在你死以前降落。我要看到你大嚷大叫，不肯讓他們將你拖離這寶貴的臭沙灘。我要看到時候會有什麼情形發生！」

「沙灘也會找上你的。」藍德的聲音空洞嘶啞。「你好好聽著，沙皮洛，聽那浪聲。」

藍德歪著頭。他的嘴半開，露出縐縮如乾海綿般的舌頭。

沙皮洛聽到了聲音。

他聽到了沙丘的聲音。它們唱著週日下午在海灘上的歌曲——在海灘午睡而不作夢。漫長的午睡。無牽無掛的寧靜。海鷗嘶叫的聲音。不斷改變形狀。沒有思想的物質。行走的沙丘。他聽到了……也被吸引了。被那些沙丘吸引。

「你聽見了。」藍德說。

沙皮洛舉起手，用兩隻手指用力挖鼻孔，直到流出鼻血。他這才能閉上眼睛，思緒又慢慢澄清了。他的心跳飛快。

我差點就變得像藍德一樣了。上帝！……它差點就抓住了我！

他又睜開眼睛，看見藍德已變成一個貝殼，在一片荒涼無人的沙灘上，掙扎地奔向神秘難測的海洋，眺望層層沙丘，重重沙丘，疊疊沙丘。

不可以再想了，沙皮洛的心在呻吟。

喔，可是聽聽這浪聲吧，沙丘對他低語。

沙皮洛沒有理會內心的警告，他側耳聆聽。

於是內心的警告聲消失了。

沙皮洛想著：我坐下來的話，就能聽得更清楚些。

他在藍德腳邊坐下，盤起雙腿，仔細傾聽。

他聽見海灘男孩合唱團的歌聲，他們在唱著樂趣、樂趣、樂趣。他聽見他們在唱沙灘上到處是性感女郎。他聽見——

——風的一聲空嘆，不在他耳裡，而在他右腦與左腦之間的峽谷——在連繫意識與永恆的黑暗之橋上，傳來了那嘆息聲。他不再感到飢餓、口渴、燠熱、懼怕。他所聽見的就是真空裡的聲音。

這時一艘太空船來了。

這艘船由空中俯衝而下，噴射引擎的再燃裝置由右至左劃出一道長長的橘紅色火焰。隆隆的如雷響聲在這三角波地帶迴響著，好幾座沙丘都給震平了。這隆隆聲將沙皮洛搖醒，有一下子，他的意識裂成兩半，從中裂成兩路思緒——

接著他跳起來。

「船！」他大叫：「老天！船！船！船！」

這是一艘空中貿易船，至少已有五百——或五千年——不曾清洗了，因此外表骯髒破舊。它在空中滑了一段距離，「砰」的一聲，筆直降落。艦長以噴射引擎將沙子溶成黑色玻璃。沙皮洛為此暗暗喝采。

藍德像是從一場深沉的睡夢中醒來似的，環顧四周。

「叫它走開，沙皮洛。」

「你不明白，」沙皮洛搖搖晃晃地站著，兩手握在空中揮動。「你很快就會沒事了——」

他邁開大步朝那艘髒貿易船走去，像隻逃離火場的袋鼠。沙子吸擒著他。沙皮洛用力將沙子踢開。去你的，沙。我在漢維城有個甜心。沙永遠沒有甜心，沙灘永遠不能勃起。

貿易船的艙口開了。一塊跳板如舌頭般伸了出來。一個男人和三個機器人領頭走出，後面跟著一個人，看來像是艦長，頭上斜戴了頂貝雷帽，帽上印有某黨派的標幟。

一個機器人對他揮動棍棒，沙皮洛擋開了。他在艦長身前跪了下來，擁抱艦長替代真腿的機器腿。

「沙丘……藍德……沒有水……活著……催眠了他……沙丘世界……我……謝天謝地……」

一條鋼手揮向沙皮若，將他抽身抱開。乾沙在他下方沙沙作響，彷彿在嘲笑他。

「放下他。」艦長說：「貝阿須！密！密！嘎特！」

那個機器人丟下沙皮洛，退了開來，有點困惑地喀喀作響。

「媽的，大老遠跑來就為了一個笨北佬！」艦長悻悻地說。

沙皮洛哭了。不只因為那話很傷人，也因為他的肝臟感到疼痛。

「達地！幾亞！嘎特！去拿水來給他——哭！」

那個領頭的男人丟給他一個奶瓶。沙皮洛撿起瓶子，貪婪地吸吮，將乾淨的冷水吸進嘴裡，流過下巴，變成黑色的髒水流到他的衣服上。他嗆到了，吐了幾下，再次喝水。

達地和艦長觀察著他。機器人仍舊喀喀作響。

最後沙皮洛抹抹嘴，站起身來，覺得既噁心又滿足。

「你叫沙皮洛？」艦長問。

沙皮洛點點頭。

「黨派。」

「沒有。」

「ASN號碼？」

「29。」

「船員？」

「三名，一名已死。另一名——藍德——在那上面。」他用手指了指，卻沒轉頭看。

艦長的臉色沒變，達地的臉色卻為之一變。

「他被沙灘迷住了。」沙皮洛說。他看見他們臉上的困惑與疑問。「驚嚇過度……也許。他好像被催眠了，不停地說著……海灘男孩合唱團……算了，你們不會明白的。他不肯喝、也不肯吃，身體已經快虛脫了。」

「達地，帶個機器人上去把他帶下來。」他搖搖頭：「老天，北佬船，一點甜頭也沒有。」

達地點點頭。一會兒後，他和一個機器人慢慢爬上沙丘。那個機器人看起來很像個二十歲的衝浪客，可以靠娛樂無聊的寡婦來賺錢，不過它的步伐比它的鋼手更容易讓人看出它的身分。它的步伐和一般機器人相同，慢吞吞地，若有所思，彷彿一個長痣瘡的英國老僕。

艦長的儀表板傳來一陣嗶嗶聲。

「我是高梅茲，艦長。我們已探到這裡的大略情況。由探測儀和表面遙感勘測，顯示這裡的地表非常不穩定。到目前為止，我們還未探查到任何床岩。我們是停在被我們燒黑的沙地上，目前那可能是整個星球最堅硬的部分。問題是，連燒黑的沙地也開始流失了。」

「有何建議嗎？」

「我們應該離開這裡。」

「什麼時候？」

「五分鐘前。」

「去你的，高梅茲。」

艦長一按鈕，關掉通訊器。

沙皮洛滾著眼珠。「聽我說，別管藍德吧。他已經沒救了。」

「我要把你們兩個都帶回去。」艦長說：「我不是趁火打劫，不過聯邦應該會為你們兩個付點酬勞……雖然就我看來，你們兩個都不值什麼錢。他瘋了，而你是個雞屎。」

「不……你不明白。你——」艦長狡猾的黃眼珠閃了閃。

「你有任何意見嗎？」

「艦長……聽我說……求求你——」

「因為要是你有意見，我們就不該這樣離開。你告訴我有什麼東西，在哪裡，我們可以三七分帳，這是標準的救難費用。沒有比這划算的吧，嘿？你——」

他們腳下焦黑的沙地突然傾斜，明顯傾斜了。在貿易船內某處，警報聲突然響起，模糊而持續不斷。艦長儀表板上的通訊器又亮了。

「你看！」沙皮洛尖叫：「你看，現在你知道你的處境了吧？你現在還要談交易嗎？我們必須離開這裡！」

「閉嘴，小子，不然我就下令叫個機器人讓你安靜下來。」艦長的聲音雖然依舊鎮定，眼神卻已變了。他敲敲通訊器。

「艦長，我查出十度傾斜，而且我們仍在繼續傾斜。電梯在下降，卻呈現某個角度。我們還有時間，但不多了。船會翻覆的。」

「支柱總可以撐住船身吧。」

「不，艦長。很對不起，它們撐不住。」

「發動噴射程序，高梅茲。」

「謝謝你，艦長。」高梅茲如釋重負地說。

達地和那個機器人已回頭爬下沙丘。藍德沒和他們在一起。機器人越來越落後了，接著發生了一件奇怪的事。那機器人臉朝下摔倒了。它的摔倒不像一般機器人——或者是人類——的摔倒法。那很像有人在百貨公司裡把一個木製模特兒推倒一樣。「砰」地倒地，在它四周撞出滾滾的沙塵。

達地走回去，在它身旁跪下。機器人的腿仍作夢似的動著、走著，但那行走的動作漸漸變得遲緩，最後終於停止。它的四肢在沙中抽搐，它的氣孔也開始冒煙。那就和看著一個人死去同樣可怖。從它體內發出劇烈的摩擦聲：嘎啦……！

「到處是沙子。」沙皮洛低語道：「這是海灘男孩的宗教。」

艦長不耐煩地瞅他一眼。「別荒謬了，朋友。那玩意兒可以走過暴風沙，而不會吃進一粒沙。」

「在這個世界可不一定。」

焦黑的沙地繼續流失。貿易船更加傾斜。由於承受更多重量，貿易船的支柱傳出低聲作響。

「丟下它！」艦長對達地吼道：「丟下它，丟下它！幾亞！聽令回來！」

達地轉身走回，丟下了那個陷在沙中的機器人。

「真他媽的。」艦長低咒了一句。

他和達地以快速的星球方言交談，沙皮洛有幾句沒有聽懂。達地告訴艦長，藍德拒絕跟他們來。機器人試著揪住藍德，但沒動用武力。即使當時它的動作已顯得笨拙，且有奇怪的摩擦聲從它體內傳出。而且，它開始複誦銀河的礦位數，夾雜著艦長的民謠音樂帶。達地只好親自動手，和藍德糾纏了一會兒。艦長告訴達地，如果一個在大太陽下站了三天的人都能勝過達地，也許他該另找一個助手才對。

達地的臉困窘地變得陰沉，但他的表情依然嚴肅而充滿關切。他慢慢轉過頭，顯示他臉頰上逐漸腫起的抓痕。

「他有大英地，」達地說：「大可叫。他溫比。」

「他溫比？」艦長臉色肅穆。

達地點點頭。「溫比。貝昔。溫比叫。」

沙皮洛一直皺眉傾聽。溫比，那表示發瘋。達地說的是：他很強壯，因為他瘋了，他的力氣很大，不准別人碰他。因為他瘋了。

溫比。

達地似乎還說了什麼大浪。他不確定。反正結論是一樣的。

他們腳下的地面又變動了，沙子滑過沙皮洛的靴子。

在他們後方，呼吸管口傳來空洞的「喀嗒喀嗒」聲。沙皮洛覺得這是他這輩子聽過最可愛的聲音。

艦長靜坐深思，半晌後，他抬起頭，敲敲通訊器。

「高梅茲，派蒙脫亞帶鎮靜槍到這裡來。」

「遵命。」

船長望向沙皮洛。「現在，最重要的一件事。我失去了一個機器人，它的價值足夠抵你十年的薪水。我不甘心，所以我一定要把你的夥伴抓來。」

「艦長。」沙皮洛忍不住舔舔嘴唇。他知道這不是明智之舉。他不想表現得發狂、歇斯底里或怯懦，而艦長顯然已經認定他三者兼有。舔嘴唇只會加深那樣的印象……可是他忍不住。「艦長，我無法向你強調盡快離開這個世界——」

「得了，笨頭。」艦長淡然說道。

一聲尖叫從最近的沙丘頂上傳來。

「別碰我！別靠近我！別理我！你們全都走開！」

「大英地格溫比。」達地嚴肅地說。

「馬他，是木。」艦長回了一句，又轉向沙皮洛。「他的確是不可救藥了，是不是？」

沙皮洛一陣戰慄。「你不明白。你只——」

焦黑的地面又下陷了。支柱的嘎吱聲越來越大。通訊器也響了起來。高梅茲的聲音細小而且不穩定。

「我們必須立刻離開這裡，艦長！」

「好吧。」一個膚色棕黑的人出現在跳板上。他戴著手套，手中握了把槍。艦長指向藍德。

「馬他，爲叫。能嗎？」

蒙脫亞不為傾斜的玻璃沙地（沙皮洛注意到，現在這片焦土已經出現裂縫了）困擾，也不理會支柱的響聲或那看來像在沙地上自掘墳墓的機器人，盯著藍德瘦削的身軀，研究了一會兒。

「能。」他說。

「嘎特！嘎特可叫！」艦長吐了口口水。「把他打得頭破血流吧，我不管。」他說：「只要他上船時還會呼吸就成。」

蒙脫亞舉起手槍。他的姿態顯然可見三分之二的隨意和三分之一的不小心，但是沙皮洛縱使在近乎驚慌的狀態下，也注意到蒙脫亞瞄準時頭傾向一側。就如許多黨人一樣，槍是他身體的一部分，就像他的手指。

他扣動扳機，發出「呼」的一響，鎮靜劑隨著飛出槍膛。

一隻手從沙丘裡伸出，把那顆鎮靜劑抓了下來。

那是隻棕色的大手，搖搖擺擺的，全是沙子。那隻沙手高高舉起，不受風吹影響，擋住了藍德。接著那沙團又落了下來，發出「啪」的一聲。沒有手了。很難讓人相信它曾經存在過，但他們全都看見了。

「吉地吭。」艦長以近乎平板的聲音說。

蒙脫亞雙膝落地，跪了下來。「安地梅可笑，比嘎特康，梭和可貝利嘎特叫！——」

沙皮洛含糊地意識到蒙脫亞是在以星球方言禱告。

在沙丘上，藍德跳上跳下，對著天際揮動拳頭，發出勝利的歡呼聲。

一隻手，那是一隻手。他是對的！沙灘是活的，活的、活的——

「英地！」艦長對蒙脫亞喝道：「康尼！嘎特！」

蒙脫亞閉上嘴。他的目光移向藍德跳動的身影，隨即又移開。他的臉上充滿中世紀時那種迷信的恐懼。

「好。」艦長說：「我受夠了。我放棄。我們走。」

他按下儀表板上的兩個按鈕。但應該使他轉身面對跳板的馬達，沒有發出嗡嗡聲，卻發出唰唰的沙響聲。艦長咒罵一聲。地面再度傾斜。

「艦長！」高梅茲慌了。

艦長又用力按另一個鈕，開始背對著跳板往後退。

「你引導我。」艦長對沙皮洛說：「我他媽的沒有照後鏡。那一隻手，對吧？」

「是的。」

「我要離開這裡。」艦長說：「我當艦長已經十四年了，這是我第一次覺得邪門。」

「唰啦」一聲，在跳板後方，一個沙丘突然倒了，只不過那並不是沙丘，而是一隻手。

「他媽的，喔，該死！」艦長咒道。

藍德在他的沙丘上不住歡聲高叫，手舞足蹈。

這會兒艦長的假腿開始摩擦作響，而且移動不穩。

「這是怎麼——」

兩隻機器腿都卡住了。沙子從它們之間湧了出來。

「把我抱起來！」艦長對剩下的兩個機器人咆哮道：「現在！馬上！」

機器人伸出鋼手抱住艦長的假腳。艦長拚命敲著通訊器。

「高梅茲！最後噴射程序！現在！現在！」

跳板末端的沙丘移動了。變成一隻手。一隻棕色的大手，慢慢爬上跳板。

沙皮洛尖叫出聲，從那隻沙手上跳開。

艦長在叫罵聲中被機器人扛開了。

跳板往回縮。那隻手瓦解了，落地後又變回沙子。艙門關上，引擎轟隆作響。沒時間彎身準備或多加思索了，沙皮洛身子一弓立刻衝向吊門，隨即被加速器震倒在地。在他完全失去知覺前，他似乎感覺到沙子用棕色的臂膀用力抓著那艘貿易船，想制止它離去——

接著那艘船擺脫了糾纏，騰空飛走。

藍德目送太空船飛走。他坐在沙丘上。當噴射器的橘紅色火焰終於消失在空中後，他回過頭，望向那無邊無際、重重疊疊的沙丘。

「我們有輛三四年的房車，我們叫它寶貝。」他對著空茫、移動的沙地，嘶聲唱道：「這車並不新穎，可是又舊又好。」

接著，他開始掬起一捧一捧的沙，慢慢往嘴裡塞。他吞嚥……吞嚥……吞嚥。不久，他的腹部腫大如汽油桶，沙子也開始漫過他的兩腿。

娜娜

Nona

你愛嗎？

我聽見她的聲音這麼說——有時在我夢裡，我仍會聽見。

你愛嗎？

是的，我回答。是的——而且眞愛永遠不死。

然後我便尖叫醒來。

我不知道該怎麼解釋，即使事到如今。我還是無法告訴你，為何我會這麼做。在審判時我也說不出口。這裡也有很多人問我。有個心理醫生問我。可是我默然不語，雙唇緊閉。除了在我這牢房裡，我在這裡就不沉默了。我會尖叫著醒來。

在夢裡，我看見她走向我。她穿著一件幾乎透明的白袍，表情混合著慾望與勝利。她在一個有石地板的黑暗房間裡走向我，而我可以聞到乾枯的十月玫瑰。她張開雙臂，我也張開雙臂迎向她，想要擁她入懷。

我感到迫切、厭惡，難以言喻的渴望。迫切與厭惡起因於我知道這是什麼地方，渴望則是因為我愛她。我會永遠愛她。有許多次，我希望本州還有死刑的刑罰。走過一條陰暗的走廊，一張有鋼製頭箍的直背椅，夾緊……然後快速一震，我就能和她在一起了。

當我們在夢裡擁抱時，我的恐懼不斷升高，卻不可能抽身退開。我的雙手緊緊壓著她光滑的背部，和她絲袍下的肌膚。她那雙深邃的黑眼露出笑意。她抬起頭，雙唇微微分開，等待著被親吻。

這時她開始變化，變得乾枯。她的頭髮變得粗糙，光澤褪盡，由烏黑褪為醜陋的灰棕色，披散在她雪白的兩頰旁。那雙眼睛縮小變得像珠子，眼白消失了，接著她用那像兩點烏玉般的小眼睛怒視著我。那小嘴變成血盆大口，還有兩排齙突的黃牙。

我想叫，我想醒來。

我不斷地尖叫。我又被抓住了。我總是被抓住。

抓住我的是隻吱吱叫的巨大墓園老鼠。光線在我眼前晃動。十月的玫瑰。某處傳來死亡的鈴聲。

「你愛嗎？」這怪物低語著：「你愛嗎？」玫瑰的氣味是它俯向我時的氣息，是藏骸所裡枯死的花。

「是的。」我告訴那隻老鼠般的怪物。「是的——而且真愛永遠不死。」然後我又尖叫出聲，醒了過來。

他們認為是我們一起做的那些事讓我瘋狂。但我的神志就某方面來說是清醒的，而且我從未停止尋找答案。我還是想知道為什麼，是什麼。

他們給我紙筆。我會把這一切寫下來。也許我會回答他們一些問題，也許我在寫下時會回答自己一些問題。但等我寫完後，還有另一件事。他們不知道我有一樣東西，那是我偷拿的，現在藏在床墊下，一把從監獄餐廳裡偷來的餐刀。

我得從奧古斯塔開始說起。

當我寫著這些事情時已經入夜，八月美好的一夜，天上繁星閃爍。透過鐵窗，我能看到星星。我的鐵窗能俯瞰運動場，和一小片用兩隻手指就能遮住的天空。這房間悶熱得很，不過我打赤膊、只穿內褲。我可以聽見蛙鳴和蟋蟀的唧唧聲，這些屬於夏季的聲音。但只要閉上眼，我就能把冬天帶回。那晚噬人的寒冷、黑暗，以及那不再屬於我的城市的，赤裸而不友善的燈光。那天是二月十四日。

瞧，我什麼都記得。

看我的手臂——全是汗水，凝成了雞皮疙瘩。

奧古斯塔……

我到奧古斯塔時，已經差不多快凍死了。我特別挑了個晴朗的日子告別大學校區，準備搭便車到西部去。不過看起來，我還沒出本州就會先凍死了。

有個警察把我從州際公路旁踢了下來，並威脅我說，要是他又逮到我在高速公路上豎拇指想搭便車，他就會逮捕我。我差點就想回嘴要他直接逮捕我。州際公路平坦的四線道很像機場跑道，風呼呼作響，吹著水泥路面上的雪花向前滾。對坐在擋風玻璃後的人來說，黑夜中每個站在公路旁招手的人都像強暴犯或殺人兇手，假如他還有一頭長髮，你更可把他當成同性戀或有戀童癖的人。

我在路上試了一會兒，可是沒用。大約七點四十五分時，我意識到要是再不快點到個溫暖的地方，我就要被凍死了。

我走了一哩半的路，才在二〇二號公路旁，正好進入奧古斯塔市界內找到一家兼營餐館的加油站，霓虹招牌寫著：「喬伊小吃」。碎石停車場上停了三輛大卡車和一輛新轎車。餐館門上掛了個沒人想過要拿下的聖誕花圈，門邊有個溫度計，顯示當時氣溫是零下五度。我的耳朵除了頭髮外，沒有任何遮蔽，而我的羊皮手套又有點裂開了，指尖就像木頭一樣，沒什麼感覺。

我開門進去。

我最先感覺到的是暖氣，又暖又舒服。其次我聽到自動點唱機播著梅爾・海格（Merle Haggard）的一首民謠：「我們不像舊金山的嬉皮，留著又髒又亂的長髮。」

我第三件感覺到的是「眼光」。那種一旦你讓頭髮長過耳垂，就會感受到的眼光。那時人們一望就知道你不是獅子會、麋鹿會⓫或海外退伍軍人協會的會員。你知道這種眼光，但永遠習慣不了。

那時給我這種眼光的，是四個坐在卡座裡的卡車司機，櫃台還有兩個司機，再加上兩個穿著廉價皮大衣的老太太，站在吧台後的廚子，跟個手上沾滿肥皂泡的瘦高小子。有個女孩坐在吧台遠端，但她只看著她的咖啡杯。

她是我察覺到的第四件事物。

我的年紀已經夠大，知道沒有一見鍾情這回事，那不過是流行歌詞作者為了配合月亮與六月的韻腳而想出來的。那是為了讓少男少女在舞會裡牽手用的，對吧？

可是看到她時，卻讓我有了這種感覺。你大可笑我，但要是換成你看到她，也一樣笑不出來。她美得逼人。我毫無疑問地知道，那家餐館裡的其他人和我也都有同感。就如我知道的，在我進來前，她也已接受過了注目禮。她的頭髮烏黑，黑得在日光燈下幾乎轉藍，自然地披在她茶色舊大衣的肩上。

她的肌膚雪白，微微透著點血色——她先前一定也被凍僵了。長而黑的睫毛、清亮的眼睛，眼角微微上翹。在挺直貴氣的鼻梁下是飽滿迷人的雙唇。我看不出她身材如何。我不在乎，我想你也不會。她只需要那張臉、那頭黑髮、那副神情。她優雅絕倫。這是我能想到的唯一一個形容詞。

娜娜。

⓫Elks，北美地區的慈善俱樂部。

我挑了和她相隔兩張凳子的座位坐下，廚子立刻走過來望著我。「要什麼？」

「黑咖啡，謝謝。」

他走開了。在我後方有人說：「呃，我猜是耶穌基督回來了，我老媽老說祂一定會回來的。」

那個洗碗的瘦小子「呀，呀」地像鴨子一樣大笑。坐吧台的兩個卡車司機也大笑起來。

廚子把我的咖啡端來，用力一放，有些咖啡濺到我手上。我猛地把手縮回。

「抱歉。」他漠然地說。

一個坐在卡座裡的卡車司機對這邊叫道：「別擔心，會自己痊癒的。」

兩個老太太付了帳，快步走出餐館。一個卡車司機大剌剌地走向點唱機，投下另一個一角硬幣。強尼·凱許（Johnny Cash）開始唱：〈一個名叫蘇的男孩〉（A boy named Sue）。我吹著咖啡。

有人拉拉我的衣袖。我轉過頭，看見了她——她已經移到我旁邊的空凳子上。近看之下，那張臉幾乎可說炫目，我又灑了些咖啡出來。

「對不起。」她的聲音很低，幾乎聽不到。

「是我的錯。我被凍得不知道自己在幹什麼。」

「我——」

她話說到一半，顯得很茫然。我突然意識到她很害怕。我對她的第一個反應再度湧了上來——保護她，照顧她，讓她不再害怕。「我需要有人載我一程。」她急促地把話說完。「我不敢問他們任何一個。」她微微指了一下卡座裡的司機。

我要如何才能讓你了解，我願付出任何代價，只要能告訴她：當然！把妳的咖啡喝完吧，我的車就在外面。才不過和她說上兩句話，就有了這種感覺，這實在很瘋狂，可是我的確那麼想。看看她，就像看著復活的蒙娜麗莎，或愛神維納斯。但還有另一種感覺。彷彿在我迷惘而黑暗的心靈中，突然出現一道強光。如果我能說，她是個隨便的女孩，而我風趣又能言善道，最擅長把馬子，那一切就簡單多了，然而她不是那種人，我也不是。我只知道，她需要的東西我沒有，而這個事實讓我心碎。

「我沿途搭便車來的。」我告訴她：「有個警察把我踢下州際公路，我是為了避寒才到這兒來的。真抱歉。」

「你是大學生嗎？」

「曾經是。在他們開除我之前，我主動退學了。」

「你要回家去嗎？」

「無家可歸。我受州政府監護。我上大學是因為有獎學金，現在我搞砸了，不知該上哪兒去。」只要五個句子，就能說完我一生的故事，這真讓人氣餒。

她笑了——她的笑聲讓我一陣熱一陣冷。「那我們算是一個袋子裡跳出來的貓——同病相憐了。」

我想她說的是貓（cats）。當時我真的那麼想。可是在這裡，我有更多時間回想後，我越來越相信她說的是老鼠（rats），同一個袋子裡跳出的老鼠。是的。還是不一樣，對吧？

我正想好好和她搭訕——說句「是嗎？」之類的——時，一隻手落到我肩上。

我轉過頭。是剛才坐在卡座裡的其中一個司機。他的下巴有金色鬍碴，嘴裡咬著根火柴。他全身都是機油味，看來就像從史提・戴科（Steve Ditko）的畫裡走出來的人物。

「我想你喝完咖啡了。」他說著，嘴唇一撇，露出獰笑。他的牙齒又多又白。

「什麼？」

「你把這地方弄臭了，小子。你是個小子吧？有點看不出來。」

「我看你也不是什麼玫瑰花。」我說：「你用什麼鬍後水，帥哥？曲軸箱潤滑油嗎？」

他用力甩了我一巴掌，打得我滿眼金星。

「別在這裡打架。」廚子說：「想揍他的話，到外面去。」

「來呀，你這該死的共產黨。」那卡車司機說。

該是那女孩出面說話的時候了。說句「放開他」或「你這個壞蛋」之類的。但她什麼也沒說。她只專注地望著我們兩個。那真有點可怕。我想那是我第一次注意到她的眼睛有多大。

「你要我再賞你一巴掌嗎？」

「不用。走吧，豬頭。」

我不知道那句話是怎麼跳出來的。我不喜歡打架，我不是打架高手，罵人更不在行。但我當時實在氣不過，那句話自然地就冒了出來，而且我想殺他。

也許那話正擊中了他的弱點，因為有一剎那，他臉上閃過猶豫的神色，不自覺地想著自己會不會挑錯嬉皮來修理了。但那絲猶豫一閃即逝，他絕對不會向個用國旗擦屁股的長髮臭嬉皮屈服——至少不能在同伴面前，尤其像他那麼一個虎背熊腰的卡車司機。

我的怒火又冒了上來。留點長髮就是同性戀了嗎？我覺得自己失控了，但那感覺其實很好。我的舌頭發麻，胃也糾成一團。

我們走向門口，那個卡車司機的同伴爭先恐後地起身準備看笑話。

娜娜？我想到她，但這時有點心不在焉。我知道娜娜會在那裡。娜娜會照顧我。我知道，正如我知道外頭會很冷。覺得自己了解一個五分鐘前才遇上的女孩，是件很奇怪的事。奇怪，但我直到後來才想起這點。我的心被憤怒盤據——不，不該說是盤據，而是遮蔽。我很想殺人。

那凍人的冷分外清明，感覺就像我們的身子如利刃般劃過它。停車場結霜的碎石子路在他的靴子和我的鞋子下刺耳地吱喳作響。天上掛著一輪滿月懶懶地俯瞰我們。月亮外圍有圈模糊的光暈，預告著接下來的壞天氣。天色漆黑得如在地獄。停車場上的一盞孤燈，在我們的腳後照出矮小的黑影。我們短促的呼氣在空中化成霧氣。那個卡車司機轉向我，戴著手套的手掄起拳頭。

「好啊，你這狗兒子。」他說。

我全身好像腫脹了起來。在麻木感中，我微微意識到體內有股從未察覺過的力量，那將會侵蝕我的理智。這感覺十分駭人——但同時我也很歡迎它、期望它、渴求它。

在那一瞬間，我的身體似乎變成一個石三角錐或圓柱，可以掃蕩眼前的任何東西。那個卡車司機顯得渺小、可笑得毫無意義。我對著他大笑，我大笑，那笑聲如頭上的天空一般黑暗、冷澀。

他對我揮出拳頭，我躲過他的右拳，毫無感覺地用臉接下他的左拳，接著便一腳踢向他的小腹。他喘了一大口氣，在空中化為一團白霧。他抱著肚子咳嗽，想要退開。

我跑到他身後，仍然笑得像某個農夫的吠月之犬，在他轉身前狠狠揍了他三拳——頸部、肩膀和一隻紅耳朵。

他嚎叫一聲，亂揮亂舞的手刷過我的鼻子。我怒不可遏，再次踢他，腳抬得又高又用力，就像撐篙的船夫。他對著夜空尖叫，我聽到一聲肋骨斷裂聲。他痛得彎下身子，我立刻撲跳上去。

後來在審判中，一名卡車司機作證說我當時像頭野獸。的確，詳細情形我記不大清楚了，但我記得我是像頭瘋狗對著他咆哮。

我跨騎在他身上，兩手揪住他油膩膩的頭髮，把他的臉壓向碎石子。在停車場那盞鈉汽燈的照射下，他的血像是黑色的，像甲蟲的血。

「天啊，住手！」有人喊道。

許多隻手揪住我的肩膀，把我拉開。我看到幾張晃動的臉，便握拳揮向它們。

那個卡車司機想要爬開。他的臉是張染血的面具，只看得出一雙圓瞪的眼睛。我開始踢他，同時閃躲其他人，每踢到一次便滿足地發出哼聲。

他根本無力還手。他只能想著設法逃開。我每次踢到他，他就緊閉眼睛，像烏龜一般，並暫時停下。然後他又會開始爬開。他看起來很蠢。我決定殺了他。我要踢到他死為止，然後再把其他人也統統殺掉——除了娜娜。

我又踢他，這回他一翻身，仰面躺著，茫然地望向我。

「叔叔。」他啞著聲說：「我叫你叔叔。求你，求你——」

我在他身旁跪下，覺得碎石子隔著牛仔褲刺進膝蓋。

「好，帥哥。」我低聲說：「你叔叔在這裡。」

我伸手掐住他的脖子。

三個人一起跳向我，將我從他身上拉開。我站起來時依然獰笑著朝他們逼進。他們齊步後退，三個大男人全嚇得臉色發青。

這時，我的怒氣消退了。

就這樣，所有怒火都熄了，我又變回了自己，氣喘吁吁地站在喬伊餐館的停車場上，覺得噁心而驚恐。

我轉身望向餐館。那女孩還在那裡，美麗的臉龐煥發著勝利的光彩。她一手舉拳，與肩膀同高，就像那些黑人在那次奧運會上的動作，向我致敬。

動。

我又回頭注視躺在地上的那個男人，他仍然試著爬開。當我走近他時，他的眼球恐懼地轉動。

「你別碰他！」他的一個朋友叫道。

我迷惑地望著他們。「對不起……我不是故意……要傷得他那麼重。讓我幫忙——」

「你滾吧，這就是你該做的。」廚子說。他站在娜娜前面，門前的台階下方，手裡抓了根木匙。「我要叫警察了。」

「嘿，挑釁的人是他呀！——」

「你少跟我耍嘴皮，你這爛玻璃。」他邊說邊向後退。「我只知道你差點殺了那傢伙。我要報警了！」他衝回餐館裡。

「好。」我不對特定的某人說：「好，很好，好。」

我把我的羊皮手套留在餐館裡了，但走進去拿似乎不是什麼好主意。我兩手插進褲袋，邁步往高速公路入口走去。我估計在警察逮捕我之前，我搭上便車的機率大概是一成。我的耳朵快凍僵了，而且胃部陣陣作嘔，真是多事的一夜。

「等等！嘿，等一下！」

我回過頭。是她，跑著向我追來，黑髮在腦後翻飛。

「你真棒！」她說：「真棒！」

「我傷得他很重。」我說：「我以前從來沒有這樣傷過人。」

「我倒希望你殺了他。」

我在昏暗的光線中對她眨眨眼。

「你該聽聽在你進來前，他們都對我說些什麼。下流、噁心的大笑——呵呵，看那小女孩，晚上一個人坐在那。妳要上哪兒去，甜心？要搭便車嗎？我可以讓妳上車，只要妳也讓我上。下流！」

她憤怒地回過頭，彷彿想從那雙黑色眼中打出一道閃電，把他們全都電死。接著她的目光轉向我，我的心似乎再次打開探照燈。「我叫娜娜，我要跟你一起走。」

「走去哪裡？去監獄嗎？」我用雙手拉拉頭髮。「有這頭長髮，第一個讓我們搭便車的人很可能會是警察。那個廚師說要報警不是唬人的。」

「我來找車，你站在我後面。他們會為我停車的。他們看到女孩會停車的，只要她夠漂亮。」

這點我無法和她爭辯，也不想和她爭辯。一見鍾情？也許不是。但那是種感覺。你了解那種震動嗎？

「拿著。」她說：「你忘了這個。」她把我的手套遞給我。

她沒有回餐館去。那表示她一直拿著我的手套。她早就知道會跟我一起走。這讓我有點悚然。我戴上手套，和她一起走向公路。

關於搭便車，她說得沒錯。第一輛開過的車便為她停了下來。

我們在等待時，一句話都沒說，但感覺卻像說了很多話。我不會說是什麼心電感應之類的狗屎，你知道我的意思。只要你曾經與某人極度親密，你一定也有過同樣的感覺。談話是多餘的，交流似乎是以一種高頻率的情感電波進行。只要手指的一個動作就夠了。

我們對彼此完全陌生。我只知道她的名字，而此刻我回想起來，我根本還沒把名字告訴她。但我們仍在沉默中交流。那並不是愛。我真痛恨得一直重複這點，可是我覺得非說不可。我不願以我們當時的感受污染那個字——直到我們做了那些事，直到回到城堡岩，直到作了那些夢以後。

一陣淒厲尖銳，時起時落的鳴叫聲劃破當夜的冷寂。

「我想那是救護車。」我說。

「是的。」

我們再次恢復沉默。月光被厚厚的雲層遮掩。我想那圈淡淡的月暈不會騙人，天亮前一定會再下雪。

有輛車的燈光爬上了彎道。

我照她說的站在她身後。她把頭髮往後梳，抬起那張美麗的臉。當我注視那輛車駛上入口彎道時，一種不真實的感覺向我襲來——這美麗的女孩選擇與我同行是如此不真實；我把一個人打到得叫救護車是如此不真實；想到天亮前我可能就會入獄是如此不真實。不真實。我好像被蜘蛛網黏住了。但誰是蜘蛛呢？

娜娜豎起拇指。那輛車，一輛雪佛蘭從我們身邊駛過，我以為它大概不會停了。想不到它的煞車燈開始閃爍，娜娜立刻抓住我的手。「走吧，我們找到便車了！」她以孩子氣的歡欣對我露出笑容，我也咧嘴而笑。

那男人很熱心地探身越過乘客座為她開門。車內的頂燈亮起時，我看見了他——一個身材頗高大的男人，穿著一件名貴的駝毛外套，帽子下露出漸灰的頭髮，清晰的五官因為多年的美食而顯得線條柔和。一個生意人或是推銷員，單獨一人。他看到我時吃了一驚，卻已來不及將車子換檔開走。這許這樣對他也好，以後他可以騙自己說是看到我們兩個，他是真的好心想幫一對年輕人。

娜娜坐進他旁邊，我跟在她後面上車時，那人說：「今晚好冷。」

「的確是。」娜娜甜甜地說：「謝謝你！」

「是的。」我說：「謝謝。」

「不客氣。」於是我們離開，把救護車、卡車司機和喬伊餐館拋在身後。

我在七點半時被踢下高速公路。這時不過八點半。一個人在這麼短的時間內能做或可能遭遇的事，實在是很驚人。

我們正往奧古斯塔收費站的黃色閃光標誌駛近。

「你們要到多遠呢？」那駕駛人問道。

我們倆一時都沒開口。

我原本希望可以搭便車到吉特里，去找個在那裡教書的熟人。

想來這是個很好的答案，我正想這樣答覆時，娜娜卻說：「我們要到城堡岩，那是南邊一個小鎮，就在路易斯敦西邊。」

城堡岩。那讓我覺得怪怪的。我曾是城堡岩的常客，直到艾斯・馬瑞爾把我的生活搞爛為止。

那人停下車，取了付費票根，然後我們又上路了。

「我只到加德納鎮。」他扯謊：「就在下個出口，不過這對你們也算有點幫助。」

「是的。」娜娜仍舊甜甜地說：「真謝謝你在這麼冷的夜裡停車。」她說話時，我可以從那情緒的高波段聽出她的怒意：赤裸而惡毒，讓我不寒而慄，就像包裹中傳出嘀嗒聲一般嚇人。

「我姓布蘭奇。」那男人說：「諾曼・布蘭奇。」他對我們伸出手。

「我叫雪柔・葛雷。」娜娜泰然自若地說。

我明白了她的暗示，也報了個假名。「幸會。」我喃喃說了一句。他的手又厚又軟，像個手掌型的熱水壺。這感覺讓我覺得噁心。想到我們不得不求這自以為施恩的男人載上一程，而他原以為自己有機會載到一個獨自搭便車的漂亮女孩，她可能會同意和他睡一晚，以回報為她省下的巴士車費，這想法讓我噁心。

我想到，如果我單獨一人，這個此時對我伸出胖手的男人就會直駛而去，根本不會停車，我覺得噁心。想到他會在加德納鎮出口拋下我們，又直接駛回高速公路，看也不看我們一眼地往前衝，暗自慶幸圓滿地解除了一個令他困擾的局面，這讓我覺得噁心。他所有的一切都讓我噁心。他的雙下巴，他那向後梳齊的頭髮，他的古龍水香味。

而他有什麼權利？什麼權利？

噁心的感覺開始凝固，怒火又逐漸增長。雪佛蘭車燈平順地衝過黑夜，我的怒火急於發洩，勒殺與他有關的一切——當他靠向躺椅，熱水壺似的胖手拿起晚報，我知道他會聽的音樂，他太太會用的髮網，我知道她會穿的內衣，孩子總是被打發去看電影、上學、到夏令營——只要他們能被打發到任何地方都行——他那些高傲的朋友和他們參加的不醉不歸的派對。

但他的古龍水——這是最糟的。他的車裡因此充滿噁心的甜香味，聞起來很像屠宰場用的除臭劑。

諾曼・布蘭奇用他的胖手握著駕駛盤，開車衝過黑夜。他那修剪整齊的指甲映著儀表板的亮光。我很想打開一扇車窗，逃離那古龍水的氣味。不，這不夠——我要把車窗整個打開，把頭伸到外面的冷空氣中，品嘗凍人的清新——但我凍僵了，在我沉默無言而難以形容的憎恨中凍僵了。

就在這時，娜娜把一把指甲銼刀塞進我手裡。

我三歲時得了重感冒，被送進醫院。我三歲時，父親在床上抽菸時睡著，於是整個家被燒毀，我父母和哥哥德瑞都葬身火窟。

我有他們的照片。他們看起來就像某部一九五八年聯美出品的恐怖電影演員，不是愛莉莎・庫克或莫拉・柯戴等容易記得的大明星，而是某個你記不大住的小演員或童星——例如布蘭・迪懷德之類的。

我沒有親戚可以投靠，因此我被送到波特蘭一家孤兒院待了五年。接著我成了州政府的被監護人。那表示有個家庭接受了你，而州政府每個月會為你支付他們三十美元。我想這種被監護人大概沒機會養成嗜吃龍蝦的習慣。通常一對夫妻會接受兩至三個被監護人——不是因為他們的血管裡流著仁慈之奶，而是他們把這視為一種生意投資。他們餵你，他們就能從州政府那裡得到三十美元，所以他們餵你。把一個孩子餵飽，他就可以靠著在附近打零工賺錢。於是那三十美元就變成四十、五十，甚至六十五美元。把資本主義運用在無家可歸的孤兒身上。世上最偉大的國家，對吧？

我的「養父母」姓霍利，住在哈洛鎮，和城堡岩隔著一條河。他們有棟三層樓的農舍，一共十四個房間。廚房裡的煤炭熱氣可以勉強傳到樓上。一月時你得抱著三條棉被上床，但早上醒來時，你得把腳放到地板上看看清楚，才能確定你的腳是不是還在。霍利太太很胖。霍利先生瘦巴巴的、沉默寡言，整年戴著一頂紅黑相間的獵帽。那棟屋子裡到處堆放著大型白色家具，清倉拍賣買來的舊貨，發霉的墊子，狗、貓和放在報紙上的汽車零件。我有三個「兄弟」，全是被監護人。我們只是點頭之交，就像一起參加三天巴士旅遊的遊客。

我在學校裡功課很好，高中時我還參加了棒球隊。霍利夫婦一直要我退出，但我堅持參加，直到艾斯・馬瑞爾事件發生為止。從那以後，我就哪裡也不想去，因為我的臉腫了起來，全身是傷，更不用說貝西・麥勒芬還到處跟人亂說。因此我退出球隊，霍利夫婦立刻為我找到一份工作，在一家雜貨店搬汽水。

我高三那年二月，參加了學力測驗，用我偷藏在床墊裡的十二美元支付測驗費。緬因大學接受了我，並給我一小筆獎學金和一份在圖書館的工讀。當我把獎學金文件拿給霍利夫婦看時，他們臉上的表情是我一生最佳的回憶。

我的其中一個「兄弟」科特，選擇了離家出走。但我不能那麼做。我太被動，不可能採取這種行動。我大概出去逛個兩小時就又回來了。學校是我唯一的出路，所以我選擇了大學。

我離家前，霍利太太說的最後一句話是：「可以的話就寄點什麼回來給我們吧。」從那以後我再也沒見過他們。我大一時成績很好，那年夏天並在圖書館全天工作。第一年我寄了張聖誕卡給他們，但就那麼一張。

我在大二上學期戀愛了。那是當時我一生中最重要的事。她漂亮嗎？她漂亮到能讓你倒退兩步。直到今天我還是不知道她看中我哪一點，我甚至不知道她愛不愛我。也許一開始她愛吧，但之後我就只是個很難戒掉的習慣，就像抽菸，或者開車時手肘探出窗外。

她跟了我一段時間，也許只是不想戒掉這習慣。也許她只是好奇，或是虛榮心作祟。好孩子，翻身，坐，去撿報紙。親吻道晚安。那無關緊要。有一陣子是愛，然後好像是愛，然後就結束了。

我跟她睡過兩次，兩次都不是為了愛。這使那習慣又維持了一陣子。接著她從感恩節假期返校後，說她愛上一個住在同一個小鎮的兄弟會男孩。我試著讓她回心轉意，有一次還差點成功，可是她已經有了以前沒有的——遠景。

不管我從家人葬身火窟後的這些年來成就了什麼，但她的胸前別著那傢伙的別針時，這一切全都崩潰了。

從那以後，我跟三、四個願意和我睡覺的女孩冷一陣、熱一陣。我可以把這歸咎於我的童年，說我從來沒有過性愛上的好榜樣，但事實並非如此。直到那女孩棄我而去前，我從來不曾為女孩煩惱。

我開始有點害怕女孩，而且能撩撥起我性慾的比無法撩撥我的更讓我害怕。她們讓我不安。我不斷自問，她們把斧頭藏在哪裡，她們何時會讓我嘗嘗斧頭的滋味。那並不新奇。

你給我一個已婚男人或有固定女友的男人，我就讓你看一個不停自問（也許只在清晨或週五下午她去購物時）我不在時她在幹什麼？她是怎麼想我的？或者還有，她有多了解我？她有多不了解我？的男人。一旦我開始想這些事，我就無時不刻都在想著。

我開始酗酒，成績跟著一落千丈。寒假前我接到一封信，說如果我的成績在六個星期內沒有進步，下學期我的獎學金支票就會被扣。而我和一票朋友整個寒假都醉醺醺的。最後一天我們上了一家妓院，我的表現良好，雖然那裡面暗得連臉都看不清楚。

我的成績沒什麼進步。我打過一次電話給那女孩，在電話上哭了。她也哭了，但我想她其實很得意。當時我不恨她，現在也是。可是她嚇壞了我。她真的嚇壞了我。

二月九日，文理學院的院長寄來一封信，說我當掉了三分之二的主修學分。二月十三日，我接到那女孩一封有點遲疑的信。她計畫在七月或八月時和那兄弟會男孩結婚，她希望我們之間的事不傷感情，因此我要是想參加婚禮，可以得到邀請。這實在有點好笑。我能給她什麼結婚禮物呢？把我的心紮上紅絲帶？我的頭？我的陰莖？

十四日，情人節那天，我決定該是另謀發展的時候了。接下來出現了娜娜，這你們已經曉得了。

你們必須明白我眼裡的她是什麼樣子，這也許會有點幫助。她比那女孩還美，但這並不重要。在一個有錢的國家裡，漂亮的臉孔是廉價的。重要的是內涵。她很性感，可是她散發的性感有點像植物──盲目的性，一種依附、不容被否定的性，出自直覺和光合作用。不像動物，而像植物。你懂嗎？我知道我們將會做愛，就像一個男人和女人那樣做愛，然而我們的結合會是空渺、遙遠、毫無意義，一如藤蔓在八月的太陽下攀上籬笆。

性是重要的，只因為它並不重要。

我想──不，我確信──暴力才是真正的動力。暴力是真實的，不只是一場夢。它又大又快又硬，就像艾斯•馬瑞爾那輛五二年福特。喬伊餐館的暴力，諾曼•布蘭奇的暴力。就連這個也帶有一點盲目和木然。或許她終究只是棵攀附的藤蔓，因為捕蠅草是藤蔓科，但這種植物是食肉的，而且把蒼蠅或一點生肉放到它的葉片上時，它還會出現動物的動作。這些全是真實的。芽胞藤蔓或許只會夢見自己通姦，但我確信捕蠅草闔上葉片時，能品嘗到蒼蠅的滋味。

最後一部分只是我的被動性，我無法填補這個漏洞。我指的不是那女孩說再見時留下的洞，我不願讓她覺得有深重的罪惡感──而是一個一直存在的洞，這個黑暗、困惑的漩渦，在我心裡轉動不休。娜娜填補了這個洞。她讓我採取行動。

她讓我變得高貴。

現在你也許有點明白了。為什麼我會夢到她。為什麼儘管有些厭惡與懊悔，但我依然對她著迷。為什麼我恨她，為什麼我怕她。以及為什麼我到現在依然愛她。

從奧古斯塔的高速公路入口彎道到加德納鎮有八哩路，我們在短短幾分鐘內就下手了。我木然地將那把銼刀握在身邊，望著窗外在夜色中眨眼的綠色反光標誌——十四號出口靠右行。月亮已經消逝，雪花絮絮捲落。

「可惜我只到這裡。」布蘭奇說。

「沒關係。」娜娜溫和地說。我能感覺到她的怒意滋長，像電鑽般鑽進我的腦殼。「只要在彎道上讓我們下車就行了。」

他開上出口，謹慎的在彎道上將時速減為三十哩。我知道該怎麼做。我的雙腿似乎變成暖暖的鉛塊。

彎道上有盞頂燈，我看得見左邊加德納鎮的燈火，背景襯著濃濃的烏雲。右邊，什麼也沒有，只有一片漆黑。在出入口的公路上兩方都無來車。

我下了車。娜娜滑出座位，給諾曼·布蘭奇最後一個甜美的笑容。我並不擔心。她是在指揮這齣戲。

布蘭奇露出令人冒火的蠢笑，因為擺脫了我們而感到放鬆。「呃，再——」

「哦，我的皮包！我的皮包在車裡！」

「我去拿。」我告訴她。我彎身探進車裡。布蘭奇看見我拿在手上的東西，臉上的蠢笑僵住了。

坡上有車燈照過來，但現在要停已經太遲了，任何事物都不能阻止我。我左手拿起娜娜的錢包，右手用那把指甲銼刀刺向布蘭奇的喉嚨。他大叫一聲。

我下了車。娜娜正揮手要那輛來車停止。在黑暗和飄雪中，我看不清那是輛什麼車，我看到的只是兩圈明亮的車頭燈。我在布蘭奇的車後蹲下，透過後車窗窺視。

他們的說話聲幾乎被夾雪的風聲掩住。

「……困難嗎，小姐？」

「……父親……風……心臟病突發！請你……」

我繞過雪佛蘭車的行李廂，彎身隱伏。現在我看得見他們了。娜娜苗條的身影，和一個較高的人形。他們站在一輛貨車旁。他們轉身朝雪佛蘭車的駕駛座走來；諾曼・布蘭奇就趴在駕駛盤上，喉嚨插著娜娜的銼刀。那個貨車駕駛是個年輕人，穿了一件像是空軍的防風外套。他彎身探進車內。我立刻竄到他身後。

「天啊，小姐！」他說：「這人身上有血！怎麼——」

我右手一勾，繞過他的脖子，用左手握住右手腕。我用力勒他。他的頭撞到車門頂，發出一聲空響，接著便癱軟過去。

我本來可在這時停手的。他並沒有看清楚娜娜，根本也沒看到我。我本來可以停手的。但是他愛插手、愛管閒事，是另一個擋住我們去路，想要傷害我們的人。我已經厭倦受傷，我勒死了他。

完事之後，我抬起頭來看見娜娜站在雪佛蘭和貨車交錯的燈光中，臉上交織著愛、恨、勝利與喜悅的表情。她對我伸開雙臂，我立刻投入她的懷抱。我們接吻。她的嘴唇冰冷，舌頭卻又暖又熱。我兩手插入她的髮間，風在我們四周呼嘯。

「現在趁別人來之前，」她說：「快點處理好。」

我處理了。那是件煩人的工作，但我知道我們非做不可。我們需要一點時間。在那之後，一切就不重要了。我們會沒事的。

那年輕人的屍體很輕。我用兩手將他抬起，扛著他走過馬路，將他丟向防護欄外的山谷中。他的屍體一路碰撞，直滾到谷底，頭和腳跟就像霍利先生每年七月要我放進玉米田裡的稻草人，我又走回去搬布蘭奇。

他比較重，而且像剛宰的豬一樣血流不止。我用力把他抬起來，搖搖晃晃後退了三步，接著他從我手中滑落掉到地上。我把他翻過來。新下的雪撲到他臉上，讓他的臉變成了滑雪面具。

我彎身抓住他的腋下，拖著他走向山谷。他的腳在雪地上劃出痕跡。我將他拋下去，望著他高舉兩手過頭，仰身滑向谷底。他雙眼睜開，著迷地瞪視撲落的雪花。如果雪繼續下，等剷雪車開到時，他們就只是隱約隆起的兩團白雪。

我穿過馬路走回。不必討論要開哪輛車，娜娜已經坐上那輛貨車。我能看見她白皙的臉，和漆黑如珠的兩眼，但僅此而已。我坐進布蘭奇的車，坐在積著鮮血的駕駛座上，把車駛向路肩。我熄了車頭燈，打開車前與車後的警示燈，然後下了車。對任何經過這裡的人來說，這看起來只會像是個駕駛人發現引擎出了毛病，所以下車走到鎮上去找救兵。我為自己的即興創作深感得意，好像我已經殺了一輩子的人一樣。我走向那輛貨車，坐上駕駛座，將它轉向高速公路的入口。

她坐在我身邊，身體沒有接觸，但靠得很近。當她移動時，她的頭髮有時會掠過我的脖子，那就像觸電一樣。有一次我伸手摸她的腿，以確定她是真實的。她輕聲笑了起來。這一切都是真的。風繞著車窗咆哮，將雪一陣陣打來。

我們往南方行駛。

從哈洛鎮過了橋，就是通往城堡岩高地的一二六號公路。路旁有棟重新裝修過的大農舍，上面掛了塊可笑的招牌：城堡岩少年聯盟。這裡有十二道保齡球球道，自動球瓶裝置一星期總有三天不能動，另外還有幾部古老的彈球機，一部播放一九五七年流行熱門歌曲的唱片點唱機，三張撞球檯，和一個賣可樂和馬鈴薯片的櫃台，同時也出租看起來像剛從死酒鬼腳上脫下的保齡球鞋。這地方的名字之可笑，是因為現在城堡岩的青少年夜裡喜歡到傑伊山的露天汽車電影院，或到牛津平原飆改裝房車。以前常到這裡的，多半是來自格雷納、哈洛和城堡岩三鎮的「不良」少年，每晚在停車場上至少會發生一起鬥毆事件。

我從高二開始到那裡晃蕩。我有個朋友，比爾・甘乃迪，每週有三天晚上在那裡打工。客人不多時，他會讓我免費打撞球。那沒什麼了不起，但總比回霍利家好。

我就是在那裡遇見艾斯・馬瑞爾的。沒人會懷疑他是這三個鎮上最兇狠的傢伙。他開著一輛傷痕累累的五二年福特車，根據傳言，他必要時可以把它飆到時速一百三十哩。他進門時像個國王，飛機頭後梳，油膩膩地閃著亮光，用一球一毛錢賭幾盤撞球（他厲害嗎？你猜猜看）。貝西來時為她買瓶可樂，然後他們便一起離開。當那斑痕累累的前車門關上時，你幾乎可以聽到在場的人鬆了口氣的嘆息聲。從來沒有人跟艾斯・馬瑞爾到過停車場。

從來沒有人，除了我。

貝西・麥勒芬是他的女友，我想她是全城堡岩最漂亮的女孩。我不覺得她有多聰明，但你要是有她那長相，聰不聰明並不重要。她的五官是我見過最完美無瑕的，而且是自然天成，沒有任何人工修飾。她的頭髮漆黑如炭，黑眼、闊嘴和一副可以迷死人的身材——而她也毫不吝惜展示。有艾斯在她身邊，誰敢把她拉到後巷動她手腳？除非那人瘋了。

我為她癡狂。這和那女孩不同，也和娜娜不同——雖說她和娜娜不無幾分相像——只是種迫切而執著的飢渴。如果你也有過最荒謬的情竇初開的時期，你就能明白我的感受。那年她十七歲，比我大兩歲。

即使是比爾不工作的晚上，我也開始越來越常到那裡去，就為了看她一眼。我覺得自己像個賞鳥人，只不過對我來說，這是場近乎絕望的遊戲。我會回家，向霍利夫婦謊稱我在另一個地方，然後上樓回到我房間。我會寫熱情的長信給她，告訴她我想和她一起做的事，然後把信撕毀。我會在學校的圖書室裡幻想向她求婚，然後我們兩人一起逃到墨西哥去。

她一定察覺到了我的情愫，而且為此有點得意，因為艾斯不在時，她就會對我很好。她會過來跟我說話，讓我為她買瓶可樂，坐在凳子上用她的腿在我的腿上輕輕磨蹭，那真快把我逗瘋了。

十一月初某個晚上，我又到那裡晃蕩，和比爾打了幾盤撞球，等著她出現。由於還不到八點，那裡沒什麼人，一股寂寞的風在外面噪響，預告著冬天的到來。

「你最好放手。」比爾說著，把九號球撞入底袋。

「放什麼手？」

「你知道的。」

「不，我不知道。」我把母球撞入袋裡，因此比爾在桌上又放了顆球。他在瞄六號球。趁他瞄準時，我在點唱機裡投下一毛錢。

「貝西・麥勒芬。」他仔細瞄準後，將六號球撞出，沿著桌邊往前滾。「查理・霍根跟艾斯說你對她有意思。查理覺得那很可笑，因為她比你大什麼的，但艾斯可沒笑。」

「她對我不算什麼。」我透過紙杯的邊緣說。

「最好是這樣。」比爾說。這時有兩個人進來了，他立刻到櫃台去拿母球給他們。

艾斯九點左右進來，單獨一個。以前他從沒注意過我，而我已經差不多把比爾的話全忘了。當別人看不見你時，你就會以為自己安然無恙。我正全神貫注地玩著彈球機，甚至沒注意到人們停止打保齡球或撞球，整個地方都靜了下來。我知道的下一件事，就是有人把我從彈球機拖開。我「砰」的一聲跌倒在地上。我站起來，覺得恐懼而噁心。他把彈球機拉歪了，讓我的三顆球無端消失。他站在那裡瞪著我，頭髮一絲不苟，軍用夾克的拉鍊半開著。

「你少動歪腦筋。」他低沉地說：「不然我就幫你換張臉。」

他走了出去。人人都盯著我看，我恨不得找個地洞往下鑽，直到我發現大多數人的臉上露出的是嫉妒的讚嘆。因此我若無其事地拍拍身子，在彈球機裡又投下一個銅板。燈亮了，有兩個人出門前過來拍拍我的背，沒說什麼。

十一點，店舖關門時，比爾提議要我搭他的便車回家。

「你不小心點的話，會吃不完兜著走的。」

「不用擔心我。」我說。

他沒答腔。

兩、三晚之後，貝西在七點左右一個人進來。店裡還有個小子，一個叫韋恩•泰修的四眼田雞，兩年前就已退學，是個比我還不起眼的傢伙。我根本沒注意到他。

她直接走向我的球檯，近到我能聞到她皮膚上乾淨的肥皂味。那味道讓我有點頭暈。

「我聽說艾斯對你做什麼了。」她說：「我不該再跟你說話，以後也不會了，可是我一定要給你這個。」她吻了我。然後在我還來不及把舌頭完全縮回來之前，她就走了出去。我暈眩地回頭打我的撞球，甚至沒看見韋恩跑出去傳話。我什麼也看不見，只想著她那雙烏黑的眼睛。

因此當晚稍後，我和艾斯•馬瑞爾在停車場正面相對，而他把我揍得死去活來。那晚很冷，冷到了骨子裡。到了最後我哭了起來，不管有誰在看、在聽——事實上每個人都在。停車場的鈉汽燈毫不憐憫地俯瞰我。我連一拳都沒碰到他。

「好。」他說著，在我身旁蹲下，連呼吸都依舊平順。他從口袋裡掏出一把彈簧刀，按了銅鈕。七吋長的銀色刀刃跳出來。「再有下次，你就會試試這個。我要把我的名字刻在你的鳥蛋上。」說完他站起來，給我最後一踢後轉身離開。我在地上躺了大約十分鐘，全身發抖。沒人過來扶我或拍我的背，連比爾也沒有。貝西根本沒露面給我任何東西。

最後我自己站起來，搭了陌生人的便車回家。我告訴霍利太太，說我搭上一個酒鬼的便車，結果他把車開出路面。從此以後，我不曾再回那家店。

據我所知，不久後艾斯就甩了貝西，從那時起，她便以加速度直走下坡。她染上幾次淋病。比爾說有一晚看到她在路易斯敦的酒吧外要幾個男人請她喝酒。她的牙齒差不多全掉光了，他說，連鼻子也爛了。他說我要是看到她，一定會認不出來。不過反正那時候我已經不在乎了。

這輛車沒裝雪鍊，因此在我們到達路易斯敦的出口前，我已經開始在新下的雪上打滑。才二十二哩路，我們卻開了四十五分鐘。

路易斯敦出口站的收費員接過我的付費卡和六毛錢，問道：「路很滑吧？」

我們倆都沒吭聲。我們已經快到目的地了。就算此時我和她沒有那種怪異而沉默的交流，光是看著她坐在貨車乘客座上的姿勢，她緊緊交握在皮包上的雙手，和那雙熱烈而專注、直視前方的眼睛，我也看得出我們已接近目的地。我覺得不寒而慄。

我們轉上一三六號公路，路上沒幾輛車。風讓人保持清醒，雪下得更大了。在哈洛鎮另一頭，我們經過一輛滑到路旁的大型別克車。車子的警示燈開著，使我彷彿看到諾曼·布蘭奇的那輛雪佛蘭。現在那輛車應該已經被雪蓋住，只是在黑暗中隆起的一塊慘白。

那輛別克車的駕駛人揮手向我求助，但我毫不減速地飛駛而過，濺了他一身雪泥。擋風玻璃雨刷上沾了一層厚重的雪，因此我伸出手，揮打幾下我這邊的雨刷，一些雪塊掉了下來，對我的視線不無幫助。

哈洛是個鬼鎮，店都關了，到處都是一片黑。我向右轉，以便過橋到城堡岩去。後輪幾乎滑出車道，但我勉力控制住車身。前面，在河流對岸，我能看見「城堡岩少年聯盟」那幢建築的輪廓。

那裡似乎已經倒閉，看起來冷清無比。我突然為了今晚的所有痛苦和死亡感到萬分難過。就在這時，從我們駛出加德納鎮的出口後，娜娜第一次開口說話。

「後面沒有警察在追你。」

「他是不是──？」

「不是。他的警示燈熄了。」

但是那讓我緊張，也許是因為這樣才出了事。一三六號公路在哈洛鎮這邊的河岸有個九十度的急轉彎，然後才筆直過橋進入城堡岩。我轉過第一個彎，但城堡岩那邊的路面上卻結了冰。

「該死──」

貨車後頭飛了起來，在我來得及掌穩方向盤之前，它已經撞上了一根巨大的鋼製橋柱。我們一路滑行，接下來我看到的就是從後方投射過來的警車車頭燈。他踩著煞車──我可以從飄雪中的紅色反光看出來──但他照樣在冰上打滑並直撞向我們。在驚慌中，我們再次撞到橋柱。我被震得撲倒在娜娜膝上，但即使在那惶惑的一瞬間，我還是意識到她大腿的光滑結實。接著一切停止了。現在那個警察打開車頂的警用燈，照在哈洛鎮與城堡岩間的鐵橋與貨車的車頂上，製造出轉個不停的藍色陰影。警察打開車門走出來時，車內的頂燈亮了。

如果他沒跟在我們後面，我們的貨車就不會出事。這想法不斷在我腦際浮現，有如唱針卡在有點瑕疵的唱片凹痕裡。我在黑暗中咧嘴而笑，並彎身在貨車地板上摸索可以敲擊他的工具。

貨車上有個打開的工具箱。我摸出一把螺絲扳手，放在娜娜和我之間。警察彎身探進車窗，一張臉在警車的閃光燈映照下，像魔鬼般不停得變幻。

「這種天氣，你開得快了點吧，小夥子？」

「你跟得也太近了點吧？」我問道：「在這種狀況下？」

他大概臉紅了，只是在閃動的燈光中實在看不清楚。

「你在耍嘴皮嗎，小子？」

「是的，如果你想把警車上的凹痕怪到我們頭上的話。」

「讓我看看你的駕照和行照。」

我掏出皮夾，把駕照拿給他。

「行照呢？」

「這是我哥的車，行照在他皮夾裡。」

「是嗎？」他用嚴厲的眼光瞪著想嚇我。當他看到嚇不倒我時，他把眼光轉向娜娜。他的眼神讓我很想當場把他的眼珠挖掉。「妳叫什麼名字？」

「雪柔·葛雷，警官。」

「妳在暴風雪中，跟他開著他哥哥的貨車幹嘛，雪柔？」

「我們要去看我叔叔。」

「在城堡岩。」

「是的，警官。」

「我沒聽過城堡岩有姓葛雷的。」

「他姓艾蒙。住在鮑溫丘。」

「是嗎？」他走到卡車後面去看車牌，並記下車牌號碼。他走回來時，我的身子仍舊探在車外，因而上半身在他的車頭燈照射下一覽無遺。「我要……你身上沾了什麼呀，小子？」

我不用低頭看也知道我全身上下沾了什麼。我以前總會想，當時我那樣把身子探出車外，實在是太不小心，但在我寫下這件事時，卻改變了想法。我想我完全不是不小心。我想，我是故意要他看見的。我的手上緊握著那根螺絲扳手。

「你說什麼？」

他上前兩步。「你受傷了——像是割傷了。最好——」

我對他揮出扳手。剛才撞車時，他的帽子掉了，因此他頭上什麼都沒有。我對準他額頭上方揮出致命一擊。我永遠忘不了那聲悶響，就像一磅牛油掉在硬木地板上一樣。

娜娜說：「快點！」她沉著地伸手摸著我的脖子。她的手十分冰涼，就像冷藏地窖裡的空氣。我養父母家裡就有這樣一個地窖。

奇怪的是，我竟然會想起地窖。冬天時，霍利太太會派我下去拿蔬菜。她會親自將蔬菜裝罐封存。當然，不是裝在真正的罐頭裡，而是厚玻璃罐，罐蓋上還有橡膠封條。

有天，我到地窖去拿罐豆子讓霍利太太做晚餐。所有罐子都放在紙箱裡，每一箱都由霍利太太親手標示。我記得她總是把覆盆子寫錯，那讓我有種說不出的優越感。

這天我走過標明「復盆子」的紙箱，走到她放豆子的角落。地窖裡陰冷而黑暗。黑土牆在雨天會釋發出濕氣，還有涓涓滴落的雨水。生物、泥土味和罐裝蔬菜混合的氣味，秘密而陰暗，像極了女人那裡的氣味。在地窖的某個角落，有部古舊而破爛的印刷機，從我到這裡來時就在了。

我小時候喜歡玩那印刷機，假裝它還能用。我喜歡冷藏地窖。在我九到十歲的那段日子裡，地窖是我最喜歡的地方。霍利太太拒絕到那裡去，而讓她丈夫下去拿蔬菜又有損他的尊嚴。因此最常下去的就是我，在那裡聞泥土味，享受彷彿藏身子宮裡的隱私。地窖裡只有一盞赤裸的燈泡，可能是霍利先生在波爾戰爭前就掛上去的。有時候我會扭動雙手，在牆上製造出巨大而延展的兔子黑影。

我拿了豆子，正想往回走時，聽到一個舊箱子下有窸窸窣窣的聲音。我走過去，把箱子掀起來。

在箱子下，有一隻側身躺著的棕色老鼠，牠抬起頭瞪著我。牠的腹部劇烈起伏，兇狠地露出牙齒。那是我見過最大的一隻老鼠，我傾身向前看到牠正在生產。有兩隻剛生出來，無毛而瞎眼的小老鼠已經靠著牠的腹部，第三隻已經有半個身子進入這世界。

母老鼠無可奈何地怒目瞪我，準備咬人。我很想殺掉牠，殺掉牠們，把牠們全都踩扁，可是我辦不到。我從來沒看過那麼可怕的景象。就在我看著時，一隻小蜘蛛快速爬過地板。母老鼠一爪抓過牠，把牠吃掉。

我轉身就逃。爬到樓梯的一半時，我摔了一跤，把那罐豆子摔破了。霍利太太揍了我一頓。從此以後，除非必要，我再也不到地窖去了。

我站在那裡，呆望著癱倒在地的警察，陷入回憶中。

「快點！」娜娜又說。

感覺起來，他比諾曼・布蘭奇輕得多，也或者是因為我的腎上腺素分泌得更快、更多了。我用雙手抱起他，走到橋邊。我看不見下游的瀑布，而上游的鐵路支架只是一團很像絞刑台的影子。那晚風聲蕭蕭，雪不斷打在我臉上。有一會兒，我像抱著新生嬰兒一樣把那警察抱在胸前，接下來，我想起了他的真實面貌，於是將他扔下橋，讓他落入黑暗中。

我們走回貨車，先後上了車，可是車子卻不肯發動。我拚命轉動鑰匙，直到一股汽油味傳來，才不得不停止。

「走吧。」我說。

我們走向警車。前座上散放著罰單存根、文件和兩塊寫字板。儀表板下的短波對講機喀嚓作響，接著便吐出話來。

「四號，回答。四號，你聽見了嗎？」

我伸手把它關掉。在搜尋右側的開關時，我的指關節撞上某樣東西。那是一把霰彈獵槍，大概是那警察個人的私槍。我拉出獵槍，把它交給娜娜。她把槍放在膝上。我把警車倒向後方。車子雖然有撞痕，但其他部分完好無傷。由於車子裝有雪鍊，因此駛過結冰的橋面時一路順暢。

我們進入城堡岩。屋宇都被紛飛的大雪掩蓋。未經剷雪的路面潔白而毫無痕跡，只有我們輾過後留下的轍痕。一排又一排樅樹，覆著沉甸甸的雪，聳立在我們四周，讓我覺得自己渺小而無意義，只是這黑夜中的一個小點。現在已經十點多了。

我在大學一年級時，沒參加什麼社交活動。我用功讀書，又在圖書館裡歸檔、裝訂破損書冊，並學習如何編目。到春天我又忙著看棒球賽。

當學年就要結束，在期末考前，體育館裡有場舞會。我的頭兩科考試已經讀得差不多了，因此需要鬆口氣。我散步到體育館去，身上正好有一塊錢入場費，所以我進去了。

體育館裡黑漆漆的，十分擁擠、汗味極濃，而且情緒熱烈，正是只有在大考前的舞會裡才有的情形。空中飄著性的氣味，不用聞，幾乎伸手就摸得到，就像一塊厚厚的濕布。你知道不久後會有人做愛，或是以愛為藉口採取行動。人們會在露天看台、實驗室停車場，以及公寓和學生宿舍裡親熱。男人或男孩很快就會接到徵召令，女孩則要退學回家組織家庭。他們會做愛、或哭或笑、或醉或醒、僵硬或者放蕩，但絕大多數很快就會結束。

有幾個男生沒舞伴，但只有幾個。今晚，沒有女友的人大可來這裡碰運氣。我向前擠到舞台邊。我越靠近那聲音，那節奏，就越覺得音樂是可以觸摸的。樂團後面放了半圈五呎高的音箱，因而隨著貝斯手的彈奏，你可以感覺到耳膜上下震動。

我靠著牆壁觀望。跳舞的人照著既定的舞步律動（彷彿是三人，而非兩人共舞，第三人是夾在兩人中間的隱形人，身體前後都被包夾著），腳在撒遍地板的鋸木屑上動來動去。我沒看到認識的人，開始覺得有點寂寞，但也樂在其中。我幻想著人人都在看著我，浪漫的陌生人，用眼角偷偷看過來。

大約半小時後，我走出來在大廳裡買了罐可樂。我又走進去時，有人開始圍著圈跳群舞，把我也拉了進去。我的手臂繞著兩個陌生女孩的臂膀。我們繞圈跳著，圈子裡大概有兩百人，占據了半個體育館。接著一部分的圓圈斷了，有二、三十個人在第一個圈裡自成一個小圈，往另一個方向轉動，這交錯的圓圈讓我頭昏。我看到一個長得很像貝西·麥勒芬的女孩，但我知道那只是幻想。當我再次尋找她時，我看不到她，也沒看到任何長得像她的人。

等群舞終於跳完後，我覺得虛弱而難過。我勉強走回沒女伴的男生那裡，坐了下來。音樂聲太吵，空氣太污濁。我的心思不斷飄散，腦子裡聽得見心跳聲；當你有過最嚴重的醉酒經驗後，也會有這種感覺。

以前我總以為接下來的事之所以會發生，是因為我累了，加上轉來轉去的而有點噁心，但就像我說過的，這篇紀錄讓我能更清楚地看清這一切。我不再相信以前的想法了。

我抬頭注視那些半黑暗中美麗而匆忙的人。我覺得所有男人看起來都很可怕，他們的臉拉長了，變成了以慢動作進行的醜惡面具，但這我能理解。女人——穿著毛衣、短裙的女生——全都變成老鼠。剛開始我並不害怕，甚至笑了起來。我知道自己看見的只是種幻覺，又過一會兒，我甚至以研究的眼光看著他們。

接著有個女孩踮腳親吻她的男伴，那我就看不下去了。毛茸茸、扭曲的臉，黑色凸起的眼珠，嘴唇向後掀，露出牙齒……

我離開了。

我精神渙散地在大廳裡站了一會兒，走廊盡頭有間盥洗室，但我走過那裡，上樓去。更衣室在三樓，因此最後一段樓梯我必須用跑的。我推開門，衝向洗手間。在外敷藥劑、汗臭制服、上過油的皮革等種種氣味衝擊下，我吐了。音樂聲從樓下遠遠傳來，這裡的寧靜純潔無垢。我開始覺得慰藉。

我們在西南彎道上看到一個停車標誌。舞會的回憶使我莫名興奮。我開始發抖。

她望著我，黑眼中透著一抹笑意。「現在？」

我無法回答，因為我抖得太厲害了，她代替我緩緩點頭。

我把車開向七號公路的一條支路，夏天時這大概是運木材的道路。我沒有開得太遠，因為怕被雪困住。我熄掉車頭燈，一片片雪花開始無聲地在擋風玻璃上聚集。

「你愛嗎？」她低柔地問。

我不斷發出某種聲音。我想那大概就像有隻兔子落入陷阱時會發出的聲音。

「這裡。」她說：「在這裡。」

那是一次銷魂的體驗。

我們差點就回不了主要道路。剷雪車駛過，橘紅色燈光在夜裡一閃一滅，在我們的路上堆起很高的積雪。

在警車行李廂裡有把鏟子。我花了半小時把雪剷開，那時已近午夜。我在剷雪時，她把警方的無線電打開，那讓我們知道了必須知道的事。布蘭奇和那開貨車的小子，兩具屍體都被發現了。他們懷疑我們搶了那輛警車，那個警察姓艾斯金，這是個奇怪的姓。有個職棒球員也姓艾斯金──我想是道奇隊的球員。我也許殺的是他的親戚。知道那警察的姓名，並沒有讓我覺得懊惱。誰要他跟得那麼近，擋住我們的路？

我們駛回主要道路。

我感覺得出她的興奮，高昂、熱烈、燃燒。我停車用手臂清掉擋風玻璃上的雪，然後我們又上了路。

我們駛過城堡岩西區。不用她告訴我，我就知道哪裡該轉彎。一個被雪侵蝕的標示指明了那是史塔波路。

剷雪車還沒開到這裡，但有輛車已經在我們之前駛過，車胎印清晰地劃過無瑕但飄動不止的雪地。

只剩一哩，接下來不到一哩。她的渴望和迫切感染了我，讓我也迫不及待。我們繞過一個彎道，看見那輛電力公司的卡車，鮮明的橘紅色車身和血色的警告燈，它擋在路上。

你無法想像她的憤怒──應該說是，我們的憤怒。因為，在發生過那一切之後，我們已合而為一。那種你無法想像的嚴重妄想症引發的感覺，讓你深信現在每一隻手都在對抗我們。

他們有兩個人，一個在前方的黑暗中是彎腰的黑影，另一個握著手電筒。他朝我們走來，手電筒的光上下飄動，有如一隻可怕的眼睛。他引發的不只是憎恨，還有恐懼——怕他會在最後一刻將我們的一切奪走。

他在大吼，因此我把頭探出窗外。

「你們不能從這裡走！走鮑溫路回去！這裡有段電線脫落了！你們不能——」

我下了車，舉起獵槍給了他兩槍。他往後退，倒向橘紅色卡車上，我踉蹌地後退靠向警車。他一吋吋往下溜，難以置信地瞪著我，隨即倒在雪地上。

「還有子彈嗎？」我問娜娜。

「有。」她把彈匣遞給我。我打開獵槍，把空彈殼拉出後裝進新的。

那人的夥伴已挺起腰，正無法置信地看著。他對我吼著，但聲音被風蓋過了。聽起來像是在問問題，但那並不重要。我要殺了他。我走向他，而他只是愣在原地瞪著我。甚至當我舉起獵槍時，他還是沒動。我想他根本猜不透發生了什麼事。我想他以為這一切只是一場夢。

我的第一槍打低了，使得地上的雪向四處飛濺，落在他身上。這時他發出一聲駭人的尖叫，開始逃跑，跳過掉在地上的電線。我又開了一槍，還是沒打中。接著他已跑進黑夜中，我只好算了。反正他已經不擋路了。我走回警車。

「我想我們得用走的。」我說。

我們走過倒在雪地上的屍體，跨過在地上閃著火花的電線，又走上公路，跟著那個逃跑的人留下的足跡。有些地方積雪高過她的膝蓋，可是她總是領頭走在我前面。我們兩人都在喘息。

我們過了一個山丘，滑下坡地。坡地另一邊有間傾斜的小草屋，荒棄無人，窗上也沒有玻璃。她停下腳步伸手抓住我的手臂。

「那裡。」她說著，伸手指向另一邊。她抓得非常用力，使我就算隔著外套也覺得痛。她的臉上燃燒著美豔而勝利的光彩。「那裡！那裡！」

那是一片墓地。

我們滑下坡，蹣跚地走向墓園，爬過一道覆雪的石牆。我也到過這裡，當然。我的親生母親就是城堡岩人，她和我父親雖然從未在這鎮上住過，但他們的墓地都在這裡。這是我外公外婆給我母親的禮物，他們都在城堡岩成長、去世。在迷戀貝西那段期間，我常跑到這裡來唸濟慈和雪萊的詩。我想你大概會認為那很傻氣，只有高中生才會那麼做，我卻不這麼想，即使到現在。我還是覺得和他們很接近，覺得十分安慰。在艾斯・馬瑞爾痛揍我一頓後，我就沒再來過這裡。直到娜娜再次領我前來。

我腳一滑，在雪地上摔了一跤，扭傷了腳踝。我爬起來繼續走，用獵槍當枴杖。四周的闃靜深濃得讓人難以置信。雪不停地下，堆在墓碑和十字架上，掩埋了一切，只有退伍軍人紀念日時才掛上國旗的旗杆還露出一截。這裡的寂靜有種讓人無法喘息的壓迫感。這是我第一次感到害怕。

她帶著我走向墓園後方建在小山丘上的一棟石屋——藏骸所。雪白的墳墓。她有鑰匙。我知道她會有鑰匙，她也真的有。

她把雪從門邊吹開，找到鎖孔。轉動制栓的嘎嘎聲在黑暗中回響。她往門上一靠，門就向內打開。

迎面撲來的氣息涼如秋季，涼如霍利的冷藏地窖。我只能看到前方一點去路。石板地上有乾枯的葉子。她走進去後停下腳步，回頭看我。

「不。」我說。

「你愛嗎？」她問我，然後大笑。

我站在黑暗中，覺得所有事都交織在一起——過去，現在，未來。我想跑，邊叫邊跑，飛快逃跑以收回我所做的一切。

娜娜站在那裡看著我，世上最美的女孩，唯一一樣曾經屬於我的東西。她用手在身上比了個姿勢。我不告訴你那是什麼姿勢。你看了就知道。

我進去了。她關上門。

藏骸所裡黑漆漆的，但我的視線卻很清楚。一盞緩緩飄動的綠火照亮了這地方。那火飄過牆面，潛過鋪著落葉的地板。房間中央放了一副空的棺架，上面撒滿枯萎的玫瑰花瓣，有如古代新娘的獻禮。她向我招手，指指後方的小門。一扇不明顯的小門。我開始感到驚恐。我想當時我意會過來了。她利用我、嘲笑我，現在她要毀了我。

但我無法停止，我走向那扇門，因為我必須這麼做。在一種難言的心情下，我感到可怖而瘋狂的喜悅和勝利。我的手發著抖伸向那扇門，門上全是綠色的火焰。

我打開門，看見放在門裡的東西。

那是個女孩，我的女孩。她的眼睛空洞地瞪著那間十月的藏骸所，瞪向我的眼睛。她的氣味有如偷來的吻。她全身赤裸，白皙的喉嚨到大腿分岔處都被割開，整個身體變成了一個子宮，而且裡面似乎住了某種東西。老鼠。我看不見牠們，但我能聽見牠們在她身體內搔抓的聲音。那一剎那，我知道她乾癟的嘴會張開，她會問我愛嗎？我向後退，全身麻木，腦子飄在一朵烏雲上。

我轉向娜娜。她在笑，對我張開雙臂。在那電光石火的一瞬間，我明白了，我明白了，我明白了。最後的試驗。最後最後的。我已經通過，我自由了！

我轉向門口，當然那裡什麼都沒有，只有空的棺架和地板上的枯葉。

我奔向娜娜，奔向我的生命。

她雙手攀住我的頸項，我將她拉近。就在這時她開始變化，如軟蠟般起伏、流動。那雙黑色的大眼變得小而凸出，黑髮變得粗糙，淡成棕色。鼻子變短了，鼻孔擴大。她的身體癱軟無力，向我靠來。

我被一隻老鼠抱住。

「你愛嗎？」那老鼠吱吱問道：「你愛嗎？你愛嗎？」

她那無唇的嘴向上仰，搜尋我的唇。

我沒有叫，我已沒有聲音可叫，我懷疑這輩子自己是否還能尖叫。

這裡真熱。

其實，我並不在乎熱。只要可以洗澡，我倒喜歡流點汗。我一直認為汗是好東西，一種「男性」的東西。但有時候，熱會招來咬人的蟲——例如蜘蛛。你知道雌蜘蛛會叮咬並把牠們的伴侶吃掉嗎？牠們會的，而且就在交媾之後。

還有，我聽過在牆壁裡搔扒的聲音。我一點也不喜歡。

我寫得夠多了，這枝筆的筆尖變得軟糊糊的。但我已經寫完了。我對許多事情的看法改變了，和原先完全不同了。

你知不知道，有一陣子他們幾乎讓我相信，那些可怕的事全是我一個人做的？那些卡車司

機、那個從電力公司卡車旁跑掉的人，他們說我只有一個人。

他們找到我時，我是只有一個人。在墓園裡，刻有我父親、母親和哥哥德瑞的那些墓碑旁，差點沒凍死。

但那只表示她離開了，你們要明白，任何傻子都明白。不過我很高興她離開了，我真的很高興。只是你一定要了解，在那一路上的每一個步驟，她都和我在一起。

現在我要自殺了，這樣會好得多。我已經對愧疚、痛苦和惡夢感到厭倦，而且我不喜歡牆壁裡的那些聲音，那裡面可能藏有任何人或任何聲音。

我沒瘋！我知道，我相信你也知道。

他們說，如果一個人說自己沒瘋，那就表示他瘋了。但我已經超越這些小把戲。她曾和我在一起，她是真實的。我愛她。真愛永遠不死。我在寫給貝西的那些信上，末尾總會附上這麼一句。那些被我撕掉的信。

可是我真正愛過的，只有娜娜一個。

這裡真熱得要命，而且我不喜歡牆壁裡的聲音。

你愛嗎？

是的，我愛。

而真愛永遠不死。

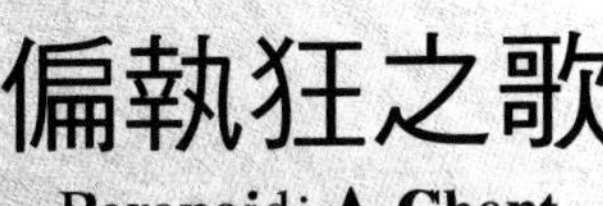

偏執狂之歌

Paranoid: A Chant

我不能再出去了。
門邊有個男人，
穿著防雨風衣，
抽著菸。

但是，

我已將他記在日記裡，
並在隔壁酒吧招牌的紅色幽光裡
寫好了，
床上的信封。

他知道如果我死了
（或者失蹤）
日記就會公布，人人都會發現
維吉尼亞州的中情局。

從五百家文具店
買到五百個信封
和五百本筆記本

每本都有五百頁。

我準備好了。

＊＊＊

我在樓上就能看見他
他的菸就在
雨衣領口上方眨眼
地鐵站有個人
坐在廣告招牌下想著我的名字。

人們在後側房間裡談論我。
電話鈴響時只會傳來死亡的呼吸聲。
在對街酒吧的廁所裡
一把裝了消音器的左輪手槍已經易手
每顆子彈上都有我的名字
卷宗裡，和
報紙訃聞上也有我的名字。

我母親被人調查，
謝天謝地她早就死了。

他們有我的字跡
並檢查了P的半圈
還有T的寫法。

我哥哥和他們是一國的，我告訴過你嗎？
他太太是俄國人，而他
不斷要我填寫資料。
我把這也記在日記裡。
聽——
　聽
　　仔細聽：
　　　你一定要聽。

在雨中，在公車站，
黑烏鴉撐著黑雨傘。
假裝看錶，可是
根本沒下雨。他們的眼睛是銀幣。

有些是聯邦調查局僱用的學者
在我們街上走動的
大多是外國人。我唬了他們
在二十五街與列辛頓大道口下車，
那裡有個計程車司機隔著報紙監視我。

我樓上的房間裡有個老太婆
在地板上放了個吸電杯，
透過我的燈放出射線。
因此我現在在黑暗中
藉著隔壁酒吧招牌的燈光寫字
我告訴你，我都知道。

他們送給我一隻有斑點的狗
牠鼻子上有無線電網
我在水槽裡淹死牠
然後記在伽瑪卷宗裡。

我不再看信箱了，
問候卡就是炸彈郵件。

（走開！去你的！
走開，我認識大人物！
告訴你我認識了不起的大人物！）

餐廳裡鋪著會說話的地板。
女服務生說那是鹽，但我知道是砒霜。
用我面前，黃色芥末的味道，
掩飾杏仁的苦味。

我在天上看到奇怪的光，
昨晚一個無臉的黑人爬了九哩
下水道，從我的馬桶中探出頭來，
用鉻鋼製的耳朵，聆聽
隔著廉價木板傳來的電話鈴響。
告訴你，朋友，我都聽到了。

我看見他留在瓷器上
的泥濘手跡。

我現在不接電話了。
我告訴過你沒？

他們計畫用爛泥淹沒地球
他們準備突襲。

他們有醫生
專門研究奇怪的做愛姿勢。
他們在製造強力瀉藥
以及會燃燒的肛門栓劑。
他們知道怎麼用吹箭筒
把太陽打掉。

我坐在冰裡——我告訴你了沒？
這樣他們就看不到我。
我會唸咒，也戴了幸運符
你或許以為能夠逮住我，但我也能毀滅你，
不管任何時刻。

任何時刻

任何時刻

你要來點咖啡嗎，親愛的？

我有沒有告訴你，我不能再出去了？
門邊有個
穿著防雨風衣的男人。

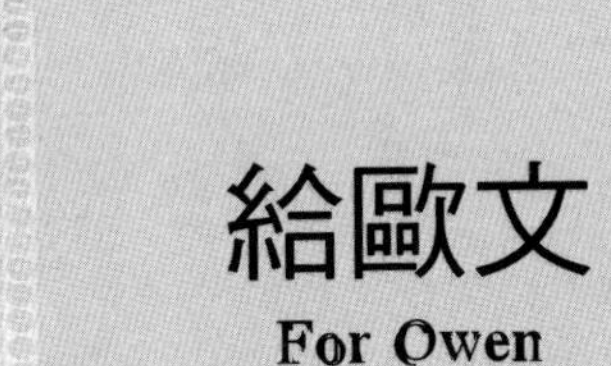

給歐文

For Owen

走路上學時你問我，
還有什麼學校有年級。

我走到水果街時，你的眼光溜開了。

我們從這些黃葉樹下走過，
你的軍用午餐盒夾在腋下，你
穿著軍用工作褲的短腿，
讓你的影子變成一把剪刀，
剪不斷在人行道上的任何東西。

你突然告訴我，所有同學都是水果。

人人都挑藍莓，因為它們很小。
香蕉，你說，是糾察隊員。
在你眼裡，我看見一整班的橘子，
和好幾個教室的蘋果。

全都有腳和手，你說。

西瓜常常慢吞吞的，
走路搖搖擺擺，而且很胖，
你說：「就像我。」

我可以說點別的，但最好還是不要。

西瓜小孩沒辦法自己繫鞋帶，
李子只好為他們代勞。
或者我怎麼偷你的臉——
偷來自己用，
很快就用完了。

只因為拉長作用。
我可以告訴你死是一種藝術，
而我正在快速學習。
在學校裡，我想你已經，
拿起鉛筆，
開始寫自己的名字。

我想有一天你可以蹺課，

我們開車駛過水果街，
我會把車停在十月的落葉雨中，
我們可以看著一根香蕉，
護送一個胖西瓜走出校門。

奧圖伯伯的卡車

Uncle Otto's Truck

把這一切寫下讓我如釋重負。

自從我發現奧圖伯伯死了以後，我一直睡不好，有時我還會想，我是不是瘋了——或者快要瘋了。說起來，如果在我這書房裡沒有那東西，那個我可以看到、拿起來，或將它舉起的東西，或許會好得多。我才不要碰那東西，但有時候還是會想。

如果我在逃出他那只有一個房間的小屋時，沒有把那東西順手帶來，就可以告訴自己，這一切不過都是幻覺——是工作過度或過度刺激腦神經的結果。可是它就在那裡。它有重量，可以用手舉起來。

所以你瞧，那一切全都是真的。

在看這份紀錄的你，大概不會相信，除非親身經歷過這樣的事。反正你相不相信，與我是否如釋重負沒有關係。不過我還是樂於把這件事告訴你，至於你愛信什麼，隨你的便。

任何恐怖故事都該有個源頭或秘密。我的故事兩者都有。讓我從源頭說起——告訴你我的奧圖伯伯何以會在一個小鎮的荒僻地帶，一棟只有一個房間卻沒水管的屋子裡生活了二十年。但事實上以城堡岩的標準來說，他相當有錢。

奧圖伯伯生於一九〇五年，是善克家五個孩子中最年長的。我父親，生於一九二〇年，則是最小的，我生於一九五五年，是我父親的孩子中最年幼的，因此我總是覺得奧圖伯伯似乎很老了。

就像許多勤勞的德國人一樣，我的祖父母帶了點錢到美國來。我祖父在德里定居，是因為他熟知木材工業。他的生意做得很成功，所以他的子女從小就在極安適的環境中生長。

我祖父於一九二五年逝世。當時二十歲的奧圖伯伯，是唯一一個可以繼承全部遺產的孩子。

他搬到城堡岩開始搞房地產。其後五年，他靠著轉手林地和土地賺了很多錢。他在城堡岩買了棟宅邸，僱了僕人，變成一個年輕、相當英俊（套上「相當」兩字，是因為他戴眼鏡），而且很有身價的單身漢。沒人覺得他奇怪。那是以後的事。

他在一九二九年的經濟大蕭條元氣大傷——情況沒有某些人嚴重，但畢竟受傷了。他在城堡岩的大宅住到一九三三年，為了很想買一片以極低價格出售的林地才把那房子賣了。那片林地屬於新英格蘭紙業公司所有。

新英格蘭紙業公司至今依舊存在，而且你若想買該公司的股票，我會說儘管買吧。但在一九三三年時，該公司在勉力維持下去的最後一絲努力下，將許多塊林地以極低的拍賣價出售。奧圖伯伯想買的那塊林地究竟有多大呢？那份經過簽名蓋章的契約原件已經遺失，而許多測量的結果又不盡相同……但不管怎麼測量，那塊地絕對大於四千英畝，大部分在城堡岩，但也有一小部分在哈洛鎮和水堡鎮。林地出售時，新英格蘭紙業公司要求每畝的價格是兩塊五毛……如果購買者願意全部承購的話。

照那樣算來，總價大約是一萬元。奧圖伯伯湊不出那筆錢，所以找了個合夥人——一個叫喬治・麥庫強的北佬。如果你住在新英格蘭，你大概聽過「善克與麥庫強公司」吧？公司很久以前就賣掉了，但如今在新英格蘭地區的四十個城市裡，還是有善克與麥庫強五金行，而從中央瀑布到德里，到處都可看到善克與麥庫強林場。

麥庫強粗壯結實，蓄著黑色大鬍子。他和奧圖伯伯一樣也戴眼鏡。和奧圖伯伯一樣，也繼承了一筆遺產。那筆遺產必然不是小數目，因為他和奧圖伯伯一合夥便湊齊了購買林地的錢，不再有任何困難。他們兩人骨子裡都是強盜，相處得還算融洽。他們的合夥關係持續了二十二年——

事實上，直到我出生那年──而他們只在乎利潤。

然而，一切都始於購買那塊四千英畝的林地。他們兩人開著麥庫強的卡車一起探索，駛過林間小路，多數時候都以一檔前進，輾過崎嶇的路徑和土壤流失的山區小路。麥庫強和奧圖伯伯輪流駕駛，兩個年輕人在經濟大蕭條的黑暗時期，成為新英格蘭的大地主。

我不知道麥庫強從哪裡弄來那輛卡車。那是輛克斯威爾（Cresswell）──現在已經消失的車型。它有個巨大的駕駛座，漆成鮮紅色，極寬的踏板，還有個電動起動裝置，但假如那起動裝置壞了，也可以用鑰匙發動引擎，只不過這樣發動常會有很強的反震，一不小心肩膀會被震得脫臼。加上防撞桿，車身長二十呎。但那輛卡車讓我印象最深的，是它的車頭。和駕駛座一樣，車頭也是血紅色的。要檢查引擎，必須左右各一地抬起兩片鐵板。冷卻器和一個成年人的胸口同高，那是件醜陋、有如惡魔般的東西。

麥庫強的卡車壞過又被修好，又壞了又被修好。那輛克斯威爾終於壽終正寢，它撒手得非常漂亮，就像霍姆斯詩中的那輛雙輪馬車。

一九五三年某日，麥庫強和奧圖伯伯駛上黑亨利路。奧圖伯伯承認，當時他們倆都喝得「酩酊大醉」。奧圖伯伯將車子換到一檔，以便爬上三一丘。上坡時一路都很順利，但是，由於他喝醉了，下坡時他沒想到再把檔數調高。克斯威爾的老引擎過熱了。奧圖伯伯和麥庫強兩人都沒看到儀表上的指針已跳過標示著「Ｈ」的紅色記號，直逼最右邊。到了坡下，卡車發出一聲爆響，車頭兩側如紅色翅膀般張開。冷卻器的蓋子像火箭般噴向天空，從車頭冒出的煙足可遮蔽半條路。機油湧了出來，濺濕擋風玻璃。奧圖伯伯用力踩煞車，但在過去一年來，那輛克斯威爾已經養成把煞車油到處亂噴的習慣，因此煞車板直沉到底。他看不清前面的方向，於是把車駛出路面，先撞進一道山溝裡，又撞了出來。假如那輛克斯威爾就此失速停止，那到目前為止還算無恙。可是引擎繼續動著，把火星塞一個接一個噴開，就像國慶日的鞭炮。奧圖伯伯說，有個火星塞直飛過早已被震開的車門，在門上留下一個拳頭大的洞。他們終於在一個長滿八月秋麒麟草的田野上停住。要不是擋風玻璃上滿是鑽石牌機油，他們還可以欣賞白頭山的景色。

那是麥庫強那輛克斯威爾的最後一趟旅程，此後它再也沒有離開過那片田野。地主沒有找上門來爭吵，因為他們兩個就是地主。這次驚險的經驗使他們倆都清醒了不少，因此下車檢查損害。他們都不是技師，但誰都看得出車子傷得非常厲害。

奧圖伯伯很難過——至少他是這麼告訴我父親的——提議賠償那輛卡車。麥庫強告訴他別傻了。

事實上，麥庫強有點興奮過度。他看了那田野一眼，瞄瞄白頭山，便決定將在那裡蓋他的退休住所。他以極虔誠的口吻，把他的決定告訴奧圖伯伯。他們一起走回路上，不久庫許曼・貝克利正好開著卡車經過，他們便搭他的便車回城堡岩。

麥庫強跟我父親說，那場車禍是上帝的安排——他一直在找個完美的地點，而那片田野他們每個星期會經過三、四次，他卻從來沒有瞥過一眼。上帝的安排，他重複說道，卻沒想到兩年後他會死在那片田野上，被他自己的卡車頭壓得粉碎。他死了以後，那輛卡車就成了奧圖伯伯的財產。

麥庫強找比利・杜德把他拋錨的卡車拖上路邊，正對著小路。他說這樣他每次經過時就可以看到它，也好想著等杜德把卡車永遠拖走後，蓋房子的人就可以來幫他挖地基了。麥庫強是個頗重感情的人，但談到賺錢，他絕對不會受感情影響。一年後，當一個以製紙漿為業、名叫貝克的人找上他，說要買那輛克斯威爾的四個輪胎，因他的機器正好合用時，麥庫強搶劫似的接過那人的二十塊錢。

別忘了，當時他已經是個百萬富翁。他也要貝克把那沒有輪胎的卡車架高。他說他不想要經過時，看見它被埋在牧草和秋麒麟草之間，像個沒人要的廢物。貝克接受了他的要求。一年後，那輛克斯威爾從架高的木台上滾下來，把麥庫強壓死了。喜歡說這故事的老一輩人，最後總會加上一句，說他們希望老喬治・麥庫強有把賣那四個輪胎的二十塊錢給好好花了。

我在城堡岩長大。我出生時，我父親已在善克與麥庫強公司做了十年的事，而那輛與麥庫強的其他一切同時被奧圖伯伯接收的卡車，在我的生活中成了一個地標。我母親總是上橋墩鎮的華倫市場買菜，總是走黑亨利路。因此每次我們去買菜時，就會看到佇立在田野中的那輛卡車，背襯著白頭山。它已經沒有木頭平台了——奧圖伯伯說，一次意外就夠了——但光想著曾經發生過的事，就夠讓一個小男孩嚇得兩膝發抖。

夏天時它在那裡，秋天時有在田野中豔紅如火炬的橡樹葉和榆樹葉伴著它，冬天時的大雪有時會將它直埋到凸出的車頭燈那麼深，讓它看起來猶如一頭在白色流沙裡掙扎的乳齒象。春天裡當田野滿是三月的爛泥時，你會奇怪為何它不會沉到泥漿裡去。若不是緬因州的地表鋪滿堅硬的岩石，只怕它早已沉到地心去了。反正，一年到頭，它總是在那裡。

有一次，我甚至爬到車裡去。有天，我們要去福來堡市集時，我父親把車停到路邊，拉著我的手走向田野。

那大概是一九六〇年或一九六一年吧。我怕極了那輛卡車。我聽說過它如何翻身滾落，把我伯父的合夥人壓死的故事。在理髮廳裡，我像隻小老鼠一樣坐著，氣也不敢喘一下，手裡拿著一本根本看不下去的《生活雜誌》，聽大人談論他是怎麼被壓死的，以及他們希望老喬治好好享用了那賣掉四個輪胎賺到的二十元。其中一人——可能是瘋子法蘭克的爸爸比利‧杜德——說麥庫強看起來「像個被曳引機輾碎的南瓜」。那影像在我腦中盤據了好幾個月……但我父親完全不知道這件事。

我父親只是以為我或許會想到那輛老卡車上的駕駛座上坐一坐，每次我們經過時，他都注意到我目不轉睛地瞪著卡車，將我的恐懼誤以為是想望。

我記得秋麒麟草，漂亮的鮮黃色已被十月的微寒轉為暗黃。我記得天空灰灰的，空氣中有股冷澀蕭索，還有銀灰的枯草。我記得我們窸窣的腳步聲。可是我記得最清楚的是那輛聳立在前方越變越大的卡車——它的冷卻器咧齒獰笑，車頭是血紅色的，擋風玻璃模糊地凝視。

我記得恐懼一波波向我湧來，當我父親伸手放到我腋下，將我放進駕駛座，說道：「開著它到波特蘭，昆丁……開吧！」的時候，那襲向我的恐懼比空氣的感覺更晦暗。

我記得隨著身子的舉高，空氣拂過我的臉，接著那股清新換成了機油、破皮革、老鼠屎和……我發誓……血……的氣味。

我記得當父親以為他讓我覺得受寵若驚（我的確是受了驚，只是和他想的不同），站在一旁對我微笑時，我是多麼努力壓住哭叫聲。那時我確信他會離開我，或至少轉過身去，然後那輛卡車就會吃了我——活活將我吃掉。而它會把咀嚼過的、碎爛的以及……類似爆炸後的東西吐出來，像個被曳引機車輪撞爛的南瓜。

我忍不住哭了，因此父親把我抱下來，安慰我，帶著我回到他的車上。

他把我抱高坐到他肩上。我回頭看著那輛浮現在田野中的卡車，那齜牙咧嘴的冷卻器，以及那原本應該有著引擎，現在看來卻如空洞眼窩的大黑洞。我很想告訴他，說我聞到了血，所以才會哭出來。但我不知該怎麼說。我想，就算我說了，他也不會相信的。

雖然我是個依然相信聖誕老人、牙仙，以及阿里巴巴與四十大盜的五歲小孩，我也相信當我父親將我抱進卡車駕駛座時，我所感受到的那股可怖、駭人的感覺，是來自那輛卡車。但直到二十二年後，我才確定，殺害了喬治·麥庫強的並不是那輛克斯威爾，而是我的奧圖伯伯。

那輛克斯威爾是我生命中的地標，但它也在整個地區所有人的意識中。如果你指示某個問路的人如何從橋墩鎮到城堡岩，你告訴他，只要他轉下十一號公路，走了大約三哩後，看見左手邊的田野中有輛紅色的大型舊卡車，那就是走對路了。

常有遊客會把車停到泥土地或路肩上（有時他們的車會陷在泥中無法開動，那總會讓我們大笑一場），以奧圖伯伯的卡車為前景，拍攝白頭山的風景照——有很長一段時間，我父親把那輛克斯威爾叫做「三一丘的觀光紀念卡車」，但後來他不再這麼說了。因為奧圖伯伯對那輛車著魔已深，讓這不再是件有趣的事。

我已經說了源頭，現在該說秘密了。

他殺了麥庫強，這是我十分確定的。

「像個撞爛的南瓜。」理髮店裡的大人說。

其中一個接口道：「我猜他正跪在那輛卡車前面，像那些暴發戶阿拉伯人對阿拉祈禱一樣。」

我能想像他那個樣子。他們都發瘋了，你知道，他們兩個。你要是不信，看看奧圖·善克的下場吧。就在那條路對面的小屋裡，他以為鎮上的人會把他的房子收去辦學校，簡直瘋得像隻糞坑裡的耗子。」

這番評論得到大家的點頭和會心的眼神，因為那時他們都已認為奧圖伯伯很奇怪——喔，是的！——但理髮店那些哲學家沒有一個認為麥庫強跪在卡車前面「像那些暴發戶阿拉伯人對阿拉祈禱一樣」的景象不但瘋狂，而且可疑。

在小鎮上，說長道短是生活方式之一，最微不足道的證據加上最大膽的推論，就會讓人被冠上小偷、通姦、盜獵和欺騙等等罪名。我想，大部分的流言都來自某些無聊的原因。而使這些流言免於惡毒的，是因為雜貨店、理髮店裡的閒聊都只是天真可笑的閒話——這些人期待著惡意和膚淺，但真正的與思想上的邪惡卻超出他們的認知，即使那邪惡就像那些暴發戶阿拉伯人神話裡的魔毯一般飄浮在他們眼前。

我怎麼知道是他幹的？你問。只因為那天他和麥庫強在一起嗎？不是的。因為那輛卡車。那輛克斯威爾。他著魔之後，就搬到路對面那棟小屋裡去住……雖然在他去世前的最後幾年，他怕極了那輛卡車會衝到對街來。

我想奧圖伯伯是藉著要和麥庫強談談他對房子的計畫，而讓麥庫強到那片停放克斯威爾的田野上的。

麥庫強總是熱切地談論他的房子和退休計畫。有家很大的公司已經向這對合夥人出價收購——我不說這家公司的名字——麥庫強想接受，奧圖伯伯卻不肯。自從春天以來，他們兩人就為了這件事冷戰不休。

我想，這次意見分歧就是奧圖伯伯決定除去他的夥伴的原因。

依我想，我的伯父以進行兩件事來等待時機成熟的一刻：第一，逐漸損壞架高卡車的木台。第二，在卡車正前方的地面或卡車頭上，反正是麥庫強可以看見的地方，放置某件東西。

什麼東西呢？我不知道。必須是明亮的。鑽石？只是塊碎玻璃？那無所謂，只要它能在太陽下眨眼、閃光。也許麥庫強看到了。他要是沒看到，奧圖伯伯也一定會指給他看。那是什麼？他指著問。不曉得，麥庫強說著，便立刻跑過去看個究竟。

麥庫強在卡車前跪了下來，就像個暴發戶阿拉伯人在對阿拉祈禱一樣，想把那東西從地上挖出來，同時奧圖伯伯若無其事地繞到卡車後面。用力一推，卡車便翻滾落地，把麥庫強撞得粉碎，像個被撞爛的南瓜。

我懷疑他的海盜本質，讓他沒那麼容易死去。在我想像中，我看見他倒臥在克斯威爾傾斜的車頭下，鮮血從他的鼻、口、耳中湧出，他的臉色像紙一樣白，眼睛烏黑，求我伯父快來幫他的忙。懇求……然後哀求……最後詛咒我伯父，誓言要報復他，了結他，殺了他……而我伯父就站在那裡旁觀，兩手插在口袋裡，直到麥庫強斷了氣。

麥庫強死後不久，我伯父的行徑便開始變得——根據理髮店裡那些哲學家的描述，先是「奇怪」……接著是「怪異」……然後是「他媽的怪透了」。而終於讓他被認為「瘋得像隻糞坑裡的耗子」，還是在過了一段相當長的時間後。然而，他從麥庫強死後不久開始變得怪異的事實，似乎並未引起任何爭論。

一九六五年，奧圖伯伯請人在卡車對面蓋了棟只有一個房間的小屋。人們對於老奧圖·善克在往三一丘的黑亨利路上的這個舉動議論紛紛，但是當奧圖伯伯最後請恰克·巴葛為房子漆上一層血紅的油漆，接著宣布那是一樣送給鎮上的禮物——一棟新的校舍，他說，他只要求他們以他過世的夥伴為名時，沒有人不大吃一驚。

城堡岩的鎮務委員大驚失色，其他人也是。鎮上大部分人都上過這種只有一間教室的小學，但是這些一間教室的學校在一九六五年前，便都已從城堡岩消失了。最後一所，城堡脊小學，已在一年前關閉，現在成了一一七號公路上的史蒂夫披薩店。那時本鎮已有一所現代化建築的小學，在卡賓街上也有一所極新的中學了。由於這慷慨的贈與，使奧圖伯伯從「奇怪」一躍成為「他媽的怪透了」。

鎮務委員寄給他一封信（沒有人敢親自登門去找他），謝謝他的好意，並希望他以後能繼續關心本鎮，卻以本鎮兒童的教育需要已不虞匱乏為由，婉轉地拒絕了那棟小屋。

奧圖伯伯怒不可遏。以後繼續關心本鎮？他對我父親大吼。

他會記得的，沒錯，但不會是他們想要的方式。他昨天可沒從一輛載乾草的卡車上掉下來，他分得出鋸子和獵鷹。要是他們想跟他比賽小便的話，他說，他們會發現他就像隻剛灌了一桶啤酒的野貓一樣。

「那現在怎麼辦呢？」我父親問他。

他們坐在我家的廚房餐桌旁。我母親帶著縫了一半的衣服上樓去了。她說她不喜歡奧圖伯伯。她說他聞起來像一個月才洗一次澡的人，不管他需不需要——「而他還是個有錢人。」最後她總會輕蔑地加上一句。

我想他的氣味的確讓她不舒服，但我也認為她很怕他。到了一九六五年，奧圖伯伯不只行徑怪異，連外表也變得怪異。他會穿著加了吊帶的綠色工人褲，一件衛生衣，和一雙黃色大號工作鞋到處亂走。他說話時，眼珠也開始會四處亂轉。

「呃？」

「那地方，你現在打算怎麼辦？」

「我搬到那裡住。」奧圖伯伯啐了一句，而且他說到做到。

他逝世前那幾年倒沒什麼好說的。就像在廉價八卦小報上常看到的杜撰故事一樣，他被一種迫切的瘋狂所苦。百萬富翁在天南公寓裡死於營養不良。乞丐婆原來是個富婆，存款高達百萬。被遺忘的銀行大亨，在隱密的住所去世。

過了一星期，他便搬進那棟小紅屋——後來那紅色褪成風吹雨打後的暗粉紅色。不管我父親怎麼說都勸不動他。

一年後，他賣掉他為了保有而殺人的事業。他的怪異行徑變本加厲，可是他的精明沒有離棄他，他對於當時脫手可獲得多麼驚人的利潤可是明白得很。

於是，財產至少高達七百萬的奧圖伯伯，就住在黑亨利路那棟小小的房子裡。他把鎮上那棟房子鎖起來，窗簾拉上。那時他已經從「他媽的怪透了」進步到「瘋得像隻糞坑裡的耗子」。至於下一步，是句比較平淡，卻更讓人悚然的描述：「可能有危險」。說這話的人通常都會再多加評論一番。

奧圖伯伯就這樣成了一種「傳奇」，和路對面的那輛卡車一樣，雖然我懷疑會有任何觀光客想拍他的照片。他蓄了鬍子，黃色多於白色，彷彿是被他香菸裡的尼古丁染黃的。他變得很胖，下垂的雙下巴皺摺裡藏著污垢。人們常看到他站在那棟小屋的門口，就那樣一動不動地站著，望向路面，和路的對面。

望向那輛卡車——他的卡車。

奧圖伯伯不再進城後，照顧他使他不致餓死的是我父親。我父親每個星期會送食物給他，並自掏腰包付錢，因為奧圖伯伯從來沒有還他錢——我想他根本沒想過這點。我父親比奧圖伯伯早兩年去世，而奧圖伯伯的錢最後都投入了緬因大學森林系。據我所知，他們非常高興。當然，那麼一大筆金額，他們是該高興。

我在一九七二年拿到駕照後，就換我經常把每週的食物送去。起初奧圖伯伯對我疑神疑鬼的，過了一陣子後，他就越來越放心了。三年後，也就是一九七五年時，他第一次告訴我那輛卡車正偷偷地往房子這裡爬過來。

當時我是緬因大學的學生，正回家過暑假，恢復了送貨給奧圖伯伯的老習慣。他坐在桌邊抽著菸，看著我把罐頭收起來，聽我說話。我以為他大概忘了我是誰了，有時候他會這樣……或是假裝自己忘了。有一次我走向房子去時，他站在窗口悶聲說：「喬治，是你嗎？」把我嚇得全身發冷。

一九七五年七月的那天，他打斷了我無聊的話題，猝然問道：「你對那輛卡車有什麼想法，昆丁？」

這問題來得太突然，於是我誠實地回答他：「我五歲那年坐進那輛卡車的時候尿濕了褲子。我想，要是現在再坐進去，一樣會再尿濕褲子。」

奧圖伯伯大笑了半天，我好奇地轉頭看他。我不記得以前聽過他笑。最後他的笑轉成咳嗽，咳得他兩頰都脹紅了。然後他望向我，眼睛閃閃發光。

「越來越近了，昆丁。」他說。

「什麼，奧圖伯伯？」我問道。我以為他突然改變了話題——也許他是說聖誕節快到了，或是耶穌基督就要重返人間了。

「那輛爛卡車。」他說著，鎮定而自信地看著我。「一年比一年靠近。」

「是嗎？」我謹慎地問，心想他又有讓人頭皮發麻的新點子了。我望向窗外立在路對面的野花叢中，背襯白頭山的克斯威爾……在那瘋狂的一瞬間，它的確像是靠近了點。接著我眨眨眼，那幻覺消失了。卡車還在原來的地方，當然。

「哦，是的。」他說：「每年都靠近一點。」

「呃，也許您需要配副眼鏡了。我看不出有什麼不同，奧圖伯伯。」

「你當然看不出來！」他啐道：「你也看不出手錶上時針的移動吧，對不對？那爛東西動得很慢，誰也看不出來……除非你一直看著它。就像我看著那輛卡車。」他對我眨眨眼，我不禁打了個寒顫。

「它為什麼會動呢？」我問。

「它要我。」他說：「它一直想著我，那輛卡車。有天它會衝進這裡，那時候一切就完了。它會壓死我，像它壓死麥庫強那樣，然後一切都完了。」

他的話嚇得我冷汗直冒——尤其是他那理智的口氣。而年輕人面對害怕的反應，便是說些自以為聰明的話，或者變得無禮。我說：「如果您為這件事心煩，奧圖伯伯，那您應該搬回鎮上那棟屋子去。」從我說話的語氣，你絕對猜不到我當時背上全是雞皮疙瘩。

他看看我……接著望向路對面的那輛卡車。「我不能，昆丁。」他說：「有時候一個人得待在同一個地方，等待它的來臨。」

「等待什麼呢，奧圖伯伯？」我問道，雖然我以為他指的一定是那輛卡車。

「命運。」他說著，又眨了眨眼……但他露出懼怕的神色。

我父親在一九七九年得了腎臟病。在他終於因此過世的前幾天，他的病情似乎漸有起色。我在那年秋天幾次到醫院去時，父親和我談到了奧圖伯伯。

我父親對一九五五年發生的事有點疑心——只是一點點，但後來演變成我對此事的嚴重懷疑。我父親並不知道奧圖伯伯對那輛卡車著魔著得多深。但我知道。他幾乎一整天都站在門口，望著那輛車。望著它，像一個人凝視手錶，好看出時針的移動一樣。

一九八一年，奧圖伯伯越發神志不清。要是窮一點的人，在幾年前就會被送到精神病院去了，但銀行的數百萬元存款，可以讓一個小鎮的居民原諒種種瘋狂行徑——尤其是，當不少人以為在那瘋子的遺囑裡可能有什麼有利本鎮的條款時。

儘管如此，到了一九八一年，人們還是開始認真談論，為了奧圖伯伯好，應該把他送到精神病院去。那平淡而可怕的句子：「可能有危險」，已經開始取代：「瘋得像隻糞坑裡的耗子」。有人看過他走到外面路邊小便，而不回他的私有林地去。有時他會邊小便邊對著克斯威爾揮拳，而不只一個人開車經過時，以為奧圖伯伯是在對他們揮拳。

以白頭山的美景當襯底的卡車是一回事，但奧圖伯伯任褲子吊帶垂在膝邊而在路邊小便，卻完全是另一回事。這可無法吸引觀光客。

當時我穿的已多半是整套西裝，取代了大學時送貨給奧圖伯伯時穿的牛仔褲——但我仍繼續送食品雜貨給他。我也試著勸他不要在路邊小便，至少在夏天，當來自密西根、密蘇里或佛羅里達州的遊客可能正好經過看見的時候。

但我從未說動他。他有卡車讓他擔心，哪有空管這種小事。他對克斯威爾的關注已達到瘋狂的地步。現在他說那輛卡車已經移到路的這邊——事實上，就在他的院子裡。

「昨晚我三點左右醒來，它就在那裡，就在窗外，昆丁。」他說：「我看見它在那兒，月光照在擋風玻璃上，離我不到六呎遠。我的心跳差點沒停了。差點沒停了，昆丁。」

我帶他到外面，指出克斯威爾還在原處，在路對面那片麥庫強曾計畫蓋退休住所的田野中。可是沒用。

「那是你看到的，孩子。」他以無限輕蔑的口吻說，搖搖手中的菸，眼珠轉了轉。「那只是你看到的。」

「奧圖伯伯，」我試著賣弄聰明：「你看到什麼，那就是什麼。」

但他置若罔聞。

「那爛東西差點逮住我了。」他低語道。我覺得全身一陣冰寒。他看起來不像瘋了。可悲，是的，驚駭，當然……可是並不瘋狂。有一會兒，我想起當我父親把我抱上那輛卡車時。我記得我聞到機油和皮革味，還有……血。「它差點逮住我了。」他重複了一句。

三個星期後，果真出事了。

發現他的人是我。那是星期三晚上，我把兩袋食品放到汽車後座，開車出門，就像每週三晚上一樣。那晚天氣悶熱，偶爾會從遠方傳來隆隆的雷聲。我記得當我開著龐蒂克轉上黑亨利路時，突然覺得一陣不安，覺得有什麼事快發生了，但我試著說服自己，那只是低氣壓帶來的影響。

我繞過最後一個彎，當我伯父的小屋遠遠在望時，我有了個最怪異的幻覺——有一剎那，我以為那輛卡車，那漆著紅漆、兩側已開始發爛的龐然大物真的在他門口。我想踩煞車，但在我的腳碰到煞車板前，我眨眨眼，那幻覺便消失了。然而我知道奧圖伯伯死了。我沒按喇叭、沒打閃

燈。就這麼簡單明瞭，就像在一個熟悉的房間裡知道家具擺在什麼地方。

我很快地把車開到他門前，下了車，連食品也沒拿便衝進屋裡。

大門開著——他從沒上過鎖。我為此問過他一次，他耐心地對我解釋，像在對個白癡解釋一件明顯至極的事實一樣，說鎖門並不能將克斯威爾擋在外面。

他躺在床上——床擺在房間左邊，廚房區在右邊。他躺在那裡，穿著綠色工作褲和衛生衣，兩眼睜開而且發亮。我相信他死去還不到兩小時。雖然那天燠熱異常，屋裡卻沒有蒼蠅，也無異味。

「奧圖伯伯？」我試探地叫喚，並未期待聽到回答——沒人會無聊到那樣瞪著眼睛躺在床上。如果當時我有任何感覺的話，那就是放鬆，一切都過去了。

「奧圖伯伯？」我向他走近。「奧圖——」

我停下腳步，第一次注意到他臉部下半奇怪的變形——腫脹而扭曲。第一次看到他的眼睛不只睜著，而是怒目瞪視。但並非望向門口或天花板，而是轉向他床鋪上方那扇小窗。

昨晚我在三點左右醒來，它就在那裡，就在窗外，昆丁。它幾乎逮住我了。

把他像個南瓜一樣撞爛。我聽見理髮店裡的一個哲學家說，而我坐在那裡假裝在讀《生活雜誌》，聞著刺鼻的髮油味。

幾乎逮住我了，昆丁。

這裡有種氣味——不像理髮廳的味道，也不只是個骯髒老人的臭味。

這氣味聞起來像機油，像在修車廠裡。

「奧圖伯伯？」我低喚一聲。當我朝他躺的床走去時，我覺得自己似乎在縮小，不只是身體，也是年齡……變回了二十歲、十五歲、十歲、八歲、六歲……最後只有五歲。我看見我顫抖的小手伸向腫脹的臉。當我的手碰到他，蓋住他的臉時，我抬起頭來，看見窗口外便是克斯威爾那發亮的擋風玻璃——雖然只是一剎那，但我敢對《聖經》發誓那不是幻覺。那輛克斯威爾確實在那裡，就在窗口，離我不到六呎遠。

我把手指放到奧圖伯伯的臉頰上，想要研究那奇怪的腫脹。我一看到出現在窗口的卡車時，忘了我的手正按在那死屍的下半張臉上，想把手緊握成拳。

在卡車像煙霧——或者該說像鬼魂——般消失在窗口的剎那，我聽見一聲可怖的噴濺聲。溫熱的液體噴到我手上。我的手並未碰到任何肌肉或濕氣，只摸到堅硬與稜角。液體噴出時，我低下頭。我低下頭看見了——就在這時，我尖叫出聲。我看見機油從奧圖伯伯的嘴和鼻子湧出，機油從他的眼角流出，一如眼淚。鑽石牌機油——你可以買到五加侖一塑膠桶的廉價再製機油，也是麥庫強餵那輛克斯威爾的機油。

可是不只是機油，還有什麼東西插在他嘴裡。

我不斷尖叫，過了一會兒我更無法動彈，無法將目光從插在他嘴裡那油膩的東西上移開——就是那東西讓他的臉扭曲變形的。

最後我擺脫了癱軟狀態，逃出那棟小屋，依然尖叫不止。我跑出門，奔向我的龐蒂克，衝進車裡，在尖叫聲中駕車離開。原本要帶給奧圖伯伯的食品由座位上被震落到地板上，蛋都摔破了。

我沒在一開始的兩哩路上出車禍真是奇蹟——我低頭看時速表時，才發現我以時速七十多哩飛馳過黑亨利路。於是我停下車，深呼吸，直到我終於控制住自己。我開始意識到我不能讓奧圖伯伯維持在我發現他時的樣子，那會惹人議論的，我得再回去。

而且，我得承認，一股強烈的好奇自我心底湧出。現在我真希望我沒那麼好奇，或者當初壓抑了我的好奇。事實上，我希望自己不要想那麼多，儘管讓人議論，可是我卻掉頭回去了。我在他的門口足足站了五分鐘——就像他經常佇立觀望那輛卡車一樣，我站在同一地點，也和他觀望的姿態相同。我站著，最後得到一個結論：在路對面的那輛卡車已經換了位置，雖然只有一點點。

然後我走進屋裡。

幾隻蒼蠅飛了進來，在他臉上盤旋。我看得見他雙頰上印著油膩的指紋，拇指在左臉，三根手指在右臉。我不安地望向曾經看到卡車浮現的那扇窗子……接著我走向他的床鋪。我掏出手帕，把我的指紋擦掉，然後我伸手扳開奧圖伯伯的嘴。

從他嘴裡掉出的是個老式冠軍牌火星塞，大得就像馬戲團裡特技演員的拳頭。

我把它帶了回來。現在我真希望自己沒那麼做，當然，我當時是在極度恐慌的狀態下。假如我這書房裡沒有那東西，那個我可以看到拿起來，或將它舉起的東西，或許會好得多——那個從奧圖伯伯嘴裡掏出的一九二〇年冠軍牌火星塞。

假如它不在那裡，假如我在第二次逃出他那只有一個房間的小屋時沒有把它順手帶出來，我就可以告訴自己說那一切——不只是轉過彎看見那輛克斯威爾像隻特大號獵犬般開向小屋旁，而是這一切——都不過是幻覺。可是那火星塞就在那裡，映著燈光閃亮。它是真實的。它有重量。他說過，那卡車每年都靠近一點，現在看來他說的一點也沒錯……但就連奧圖伯伯也沒想到那卡車可以靠得有多近。

鎮上的驗屍官判定奧圖伯伯是吞食機油自殺，這件事在城堡岩引起相當的震驚。承辦葬禮，且不是最啞口無言的卡爾·戴金，說當醫生把奧圖伯伯開膛剖肚驗屍時，在他體內發現多於三夸脫的機油……而且不只在他的腸胃裡。機油流灌了他的整個系統。

鎮上的每個人都想知道的是，他把裝機油的塑膠桶丟哪兒去了，因為沒有人找到任何容器。

正如我之前說過，在看這份紀錄的你，大概是不會相信的……除非你親身經歷過類似的事情。可是那輛卡車仍舊安然立在那片田野中……而不管它價值多少，這一切真的全發生過。

晨間運送

（牛奶工人——之一）

Morning Deliveries

(Milkman #1)

黎明慢慢降臨在庫佛街。

對屋裡每個清醒的人來說，夜仍是漆黑的，但事實上，黎明已躡手躡腳地盤桓了約有半個小時了。在庫佛街和巴福路交會口的那棵大楓樹上，有隻紅色松鼠眨眨眼睛，將牠那不眠的凝視轉向仍在酣睡的房屋。半條街外，一隻麻雀飛到梅肯家的鳥浴池裡，在身上撲了幾滴水。一隻螞蟻爬出排水溝，停在一張被丟棄的糖果紙上，舐著一點殘餘的巧克力糖。

輕拂樹葉，飄起窗幔的晚風已經斂翼。街角那棵楓樹在最後一陣嘩然顫抖後，靜靜站立，等著在這沉默的序曲後將出現的樂章。

東方的天際，出現一束微光。黑色的夜鷹卸下了職責，紅毛栗鼠試探地探出頭，仍躊躇不定，彷彿害怕獨自迎接天明。

松鼠消失在楓樹上一個突起的樹洞中。

麻雀飛到鳥池頂端，停在那裡。

螞蟻也停在牠的寶藏上，像——個正在欣賞一本古書的圖書館管理員。

庫佛街在天文學家稱之為「明暗界限」的旭日下沉默地顫抖。

一個聲音遠遠地自沉靜中浮出，越來越大，直到它彷彿始終存在，只是被剛剛才消退的黑夜之聲掩蓋。這聲音越來越清晰，最後變成一輛牛奶卡車模糊的引擎聲。

卡車從巴福路轉進庫佛街。這是輛淡褐色的卡車，兩側漆有紅字。松鼠像條舌頭般從樹洞中探出頭，看看那輛卡車，接著便東張西望地找尋築巢的材料。牠很快地頭朝下爬下樹幹。麻雀振翅飛起。螞蟻搬了牠所能搬動的巧克力，爬回牠的蟻丘。

紅毛栗鼠開始大聲歌唱。

在下一條街，有隻狗開始吠叫。

牛奶卡車側身的紅字寫的是：克萊乳品場。上面畫了瓶牛奶，畫下又有一行字：晨間特別運送！

送牛奶的人穿著灰藍色制服，並斜戴著一頂帽子。在他的衣服口袋上用金線繡了名字：史派克。他伴隨著卡車後面冰牛奶瓶的撞擊聲吹著口哨。

他把卡車開到麥肯錫家門前的路邊停住，從身邊的地板上拿起一箱牛奶，放到人行道上，他在人行道上站了一下，呼吸清新、乾淨且無比神秘的空氣，然後才邁步走向大門。

在信箱上，有張用番茄形磁鐵壓住的方形紙條。史派克仔細謹慎地看著寫在上面的字，如同一個人讀著一張在一個黏著鹽的舊瓶子裡找到的紙條。

一夸脫牛奶
一桶冰淇淋
一桶鮮橙汁
謝謝
妮拉·麥肯錫

送牛奶的史派克若有所思地看看手裡的箱子，把它放到地上，從裡面拿出牛奶和冰淇淋。他再次檢查單子，拿起那個番茄形磁鐵，以確定他沒有漏掉任何句號、逗點，或可能改變句法的破折號什麼的，點點頭，放好磁鐵，拿起箱子，回到卡車上。

牛奶卡車後方是潮濕、黑暗而且冰冷的，有股特殊的味道。鮮橙汁放在遮陽簾後。他從冰櫃裡拿出一桶，再次點點頭，走回大門口。他把鮮橙汁放下，和牛奶與冰淇淋放在一起，這才又回到卡車上。

距離不太遠的地方，工業洗衣廠五點的號聲響起。史派克的老朋友洛奇就在這裡工作。他想到洛奇在滿是煙霧的熱氣中啟動了洗衣輪，便不覺微笑。也許晚點他會見到洛奇。也許今晚……等運送工作結束後。

史派克發動卡車，繼續向前行駛。在駕駛座上方一個染血的肉鉤上，掛了一個附有塑膠假皮帶的小型電晶體收音機。他扭開收音機，低柔的音樂聲立刻傳出，與卡車隆隆的引擎聲恰成對比。他聽著音樂，往馬卡西家駛去。

馬卡西太太的紙條仍在老地方，塞在信箱那道送信的開口，簡短扼要：

巧克力

史派克掏出筆，在紙上寫了「已運送」三個字後，把紙塞進信箱開口。然後回到卡車上，巧克力牛奶放在最後面的兩個冷藏櫃裡，一開後門就拿得到，因為六月時銷路很好。史派克看看冷藏櫃，接著伸手越過它們，取出那個放在最角落的空巧克力牛奶盒。

這紙盒自然是棕色的，上面印著一個快樂的年輕人，下面加上幾排告知消費者的文字：克萊乳品飲料、新鮮美味、營養豐富、冷熱皆宜，兒童佳品！

他把空紙盒放到一箱牛奶上，接著把碎冰刷到一邊，直到他看到那個美乃滋罐子。他抓出罐子，看看罐子裡。罐裡的毒蜘蛛懶懶地動了一下，由於冰塊的冷氣，牠變得有些遲緩。史派克轉開美乃滋罐的蓋子，將罐口斜向空巧克力牛奶紙盒的盒口。蜘蛛想要爬回玻璃罐光滑的底部，卻徒勞無功。牠掉進空紙盒裡，發出「啪」的一聲。

史派克謹慎地把紙盒口合攏，把紙盒放進他的攜帶箱裡，又快步走上麥卡家的車道。蜘蛛是他最喜歡的動物，同時也是他最拿手的，就連他自己也得承認。能運送一隻蜘蛛的一天，對他來說就是快樂的一天。

他慢慢駛過庫佛街時，黎明的交響樂繼續不斷。東方天際的一點珍珠白，已被越來越深的粉紅色遮掩，剛開始很難看得出來，接著快速轉為緋紅，又幾乎立刻褪為夏日的天藍色。第一道陽光，漂亮得就像孩子在主日學作業簿上的畫，展現在天空中。

在韋伯家，史派克留了一罐奶油。在簡寧家他留下五夸脫牛奶。他們家有些成長中的男孩。他從來沒看過他們，但後院有個樹屋，而且有時前院裡會停著腳踏車和球。在寇林家是兩夸脫牛奶和一盒優格。在奧威小姐家，是盒摻了莨菪的蛋酒。

在街尾，一扇門「砰」的響起。必須進城工作的韋伯先生打開了車庫的金屬板門，甩著手裡的公事手提箱走進裡面。史派克等著韋伯先生發動他的小紳寶轎車，一等嗡嗡的引擎聲傳來，他便不覺微笑。

變化是人生的香料，史派克的母親──上帝祝她的靈魂安息！──以前總喜歡說，我們是愛爾蘭人，愛爾蘭人喜歡在平淡中品嘗人生，做什麼事都有規律，史派克，那樣你就會得到快樂。他駛著乾淨的棕色牛奶車走過人生之路，發現母親的話果真沒錯。

現在只剩三家了。

在金凱家，他發現一張寫著「今天什麼都不要，謝謝」的紙條，便留下一個看來是空的，實際上裝了致命氰氣的加蓋牛奶瓶。在渥特家，他留下兩夸脫牛奶，和一品脫鮮奶油。

等他到了街頭的莫敦家時，陽光已穿過枝椏，形成一條條斑紋似的黑影，投射到人行道上褪色的跳房子遊戲格子上。

史派克彎身撿起一顆看來很好踢的石子──一頭是扁的──將它丟進格子裡。那顆石子落地壓線。他搖搖頭，咧嘴一笑，吹著口哨走上莫敦家門前的小徑。

微風吹來，飄送著一股工業洗衣肥皂的氣味，使他又一次想到洛奇。他確信他會看到洛奇的。今晚。

這裡，紙條釘在莫敦家的報紙架上。

取消

史派克開門入內。

屋裡陰冷而且沒有家具，連牆上都光禿禿的。就連廚房裡的爐子也不見了，在油氈上留下顏色較鮮明的一個方塊。

客廳裡，牆上沒有留下一吋壁紙。頂燈的燈罩也消失了，燈泡都燒黑了。在一面牆上，印有一大塊乾血，看來很像心理醫生的墨漬測驗。在血塊中央，牆壁陷下一個凹口，凹口內黏了一綹頭髮和幾片碎骨頭。

史派克點點頭，退出屋子，在陽台上站了一會兒。這會是個晴天。天色已經比嬰兒的眼睛還藍，間而點綴著幾片無瑕的白雲……棒球隊員稱為「天使」的雲。

他從報紙架上拉下那張紙條，把它揉成一團紙球，塞進白色的牛奶工人制服褲袋裡。

他回到卡車上，把壓在跳房子格線上的那顆石子踢進下水道。牛奶卡車隆隆轉過街角，消失不見。

天色已變得明亮。

一個男孩從一棟屋裡跑了出來，抬頭對晴空粲然一笑，把牛奶拿進屋裡。

大輪子：洗衣廠的故事

（牛奶工人——之二）

Big Wheels: A Tale of the Laundry Game (Milkman #2)

洛奇和李奧，兩人都爛醉如泥，開車慢慢駛過庫佛街，轉上巴福路，朝新月鎮駛去。他們坐在洛奇的一九五七年克萊斯勒上，在他們中間，在克萊斯勒隆起的排檔座上，放了一箱鋼城牌啤酒。這是他們今晚的第二箱啤酒——他們的晚上其實從下午四點，也就是洗衣廠的下班時間就開始了。

「他媽的！」洛奇咒罵了一聲，在巴福路與九十九號公路交會口的閃光紅燈下停車。他並未注意雙向車流，卻不時狡猾地瞟向後方。在他膝上，放了罐喝了一半的鋼城牌啤酒。他灌了一大口啤酒，然後把車轉向九十九號公路。由於他們用二檔起動，車子發出一陣低沉的隆隆聲。這輛克萊斯勒在兩個多月前就已失去了第一檔。

「幾點了？」洛奇問。

李奧把錶舉到幾乎碰到他的香菸頭，接著猛吸了幾口菸，直到看清錶面。「快八點了。」

「媽的！」他們經過一個寫著「距匹茲堡四十四哩」的牌子。

「沒人會檢查這個底特律寶貝。」李奧說：「至少，神經正常的人不會。」

洛奇換到第三檔。車子呻吟了幾聲，開始痙攣，好不容易才停了下來。時速表上的指針疲倦地爬到四十，搖搖晃晃地懸在那裡。

他們駛到九十九號公路和狄凡路（狄凡路長達八哩，是新月鎮與狄凡鎮的鎮界）的交會口時，洛奇心血來潮地把車轉向狄凡路——也許是關於那「臭襪」的古老記憶攪動了洛奇的下意識。

自從下班後，他和李奧便漫無目的地開車亂走。這是六月的最後一天，洛奇這輛克萊斯勒的檢驗貼紙到明天凌晨十二點零一分時就失效了，也就是從現在算起四小時後。從現在算起，還不到四小時。洛奇覺得這最後期限讓人想到就痛苦，李奧卻不在乎。這又不是他的車。而且，夠多的鋼城啤酒已經讓他達到一種腦部嚴重麻痺的狀態。

狄凡路彎向新月鎮唯一的林區。道路兩側擠滿高大的榆樹和橡樹，茂盛豐沛，隨著夜色侵入賓州西南部而投下移動不止的陰影。

事實上，這區被稱為狄凡樹林。自從一九六八年一個少女和她男友被恐怖地謀殺後，狄凡樹林便享有相當的知名度。這對情侶把車停在這裡，後來兩人都陳屍在那男孩的一九五九年福特水星轎車裡。那輛水星有真皮座椅和引擎蓋上的鉻鋼飾物。他們兩人陳屍在後座。還有前座、行李箱和車前的置物箱裡，兇手一直沒被找到。

「條子最好別躲在這裡。」洛奇說：「我們現在時速九十哩。」

「棒！」最近這個字升格為李奧最喜歡的四十個單字之一。「新月鎮到了，就在那裡。」

洛奇嘆了口氣，又灌了口啤酒。前面的燈光並非鎮中心，但跟腦筋已呈麻痺狀態的李奧爭辯是沒用的。那是新的購物中心。那些高亮度的鈉汽燈可真夠亮的。

洛奇往那裡注視的時候，把車開上了左側對向車道，又立刻彎回右邊，差點沒撞進右側的山溝，好不容易才駛回右線道上。

「噓！」他說。

李奧心滿意足地打了幾個酒嗝。

自從九月李奧被聘為洛奇的洗衣室助手後，他們就在新亞當洗衣廠一起工作。李奧是個二十二歲的年輕人，長得獐頭鼠目，看起來他的未來歲月中，似乎會有一段頗漫長的監獄生活。

他說他每週從薪水裡存下二十塊美金，要用來買輛二手川崎摩托車。他說等到冬天，他要騎著這輛摩托車到西部去。李奧自從十六歲那年告別學校生涯以來，已經換過十二個工作了。對於洗衣廠這份差事，他還不討厭。

洛奇正在教他各種不同的洗衣循環，因此李奧相信他終於算是在學一技之長了，等他日後抵達西部時，這會對他非常有用。

洛奇算是個老手，他在新亞當洗衣廠已經待了十四年。這從他按著方向盤那雙漂白如鬼的雙手就足以證明。他在一九七〇年因為私藏武器被判刑四個月。

當時正懷著他們第三個孩子的妻子宣稱：一，那孩子並不是他洛奇的，而是送牛奶工人的；二，她要以精神虐待為由請求離婚。

從他的立場來看，有兩件事促使洛奇私藏武器：一，他戴了綠帽；二，讓他戴綠帽的是個牛奶工人，一個留長髮、死魚眼的傢伙，名叫史派克·米利根。為克萊乳品場開卡車的史派克。

牛奶工人，我的老天！牛奶工人，你不如死了算了！你不如摔到下水溝裡淹死算了！就算對閱讀範圍從來不超過口香糖包裝上的笑話的洛奇來說，這情況也未免太經典、太滑稽了。

結果，他適當地告訴他太太兩點事實：一，不離婚；二，他要讓大量的陽光照進史派克·米利根體內。

十年多前，他買了把點三二口徑的手槍，偶爾拿來射射瓶子、錫罐和小狗。那天早上他離開坐落在橡樹街的家，朝乳品場走去，希望能碰上完成晨間運送工作的史派克。

洛奇在途中的四角酒店停下來喝幾杯啤酒──四杯、八杯，也許二十杯。記不得了。他在喝酒的時候，他太太打電話報了警，他們就在橡樹街和巴福路的交會口等著他。洛奇被搜身，一名警察從他的腰帶裡掏出那把點三二口徑手槍。

那個找到槍的警察對他說：「朋友，我想你得離家一段時間了。」果不其然。接下來四個月，他為賓州政府洗床單和枕頭套。在這段期間，他太太拿到內華達州的離婚證書。等洛奇刑滿出獄時，她已經和史派克·米利根在德金街一家前院立有一隻塑膠紅鶴的公寓房子同居。除了他的兩個孩子外（洛奇仍舊相信這兩個孩子是他的），這對姦夫淫婦現在擁有一個與他老爸一樣有雙死魚眼的嬰兒，外帶每週十五元的贍養費。

「洛奇，我覺得有點暈車。」李奧說：「我們可不可以把車停到路邊喝點酒？」

「我得給我的車弄張新的檢驗貼紙。」洛奇說：「這很重要。一個人沒車就沒得混了。」

「沒有一個神經正常的人會檢查這——我跟你說過了。這車沒有方向燈。」

「我同時踩煞車的話就有，任何轉彎時不踩煞車的人一定會翻到車外去。」

「這邊的車窗裂了。」

「我會把它搖下來。」

「萬一檢驗人員要你把車窗搖上來讓他檢查呢？」

「橋到船頭自然直。」洛奇冷靜地說。他把空啤酒罐丟到車外，又換了一罐新的。他拉開罐口，啤酒立刻冒了出來。

李奧望著車窗外的黑暗說：「真希望我有個女人。」他詭異地笑了笑。

「要是你有個女人，你就絕對不會到西部去了。女人能讓一個男人不會往西走。那就是她們的功用，也是她們的任務。你不是跟我說你要到西部去嗎？」

「是呀，而且我真的要去。」

「你絕對不會去的。」洛奇說：「再過不久，你就會有個女人。接著你會有贍養費。你知道，女人總會要我們付贍養費。還是車子比較好。要車子，不要女人。」

「和車子親熱可難了。」

「那可不見得。」洛奇說完後咯咯直笑。

樹木變得稀疏，住宅區又出現了。燈光在左邊眨動，洛奇突然猛踩煞車。煞車燈和方向燈同時亮起。李奧一下子撲向前方，手中的啤酒濺到座位上。「怎麼？怎麼了？」

「看，」洛奇說：「我想我認識那傢伙。」

道路左邊，有家破破爛爛的修車廠兼加油站，立在店前的招牌寫著：

巴柏汽油及修車服務

巴柏·戴斯科經營

修車是我們的專長

請把你的車交給我們！

招牌底部另有一行小字：

州檢驗站第七十二號

李奧開口說：「沒有一個神經正常──」

「是巴柏·戴斯科！」洛奇叫道：「我跟巴柏·戴斯科是中學同學！這下可好，真夠運氣的！」

他把車歪歪扭扭地駛入，車頭燈照亮了修車廠敞開的門。他用力踩下離合器，使車子發出一陣怒吼。一個彎腰駝背，穿著綠色連身工作服的人跑了出來，狂亂地示意洛奇停車。

「那就是巴柏！」洛奇興奮地喊道：「嘿，臭襪！」

他們撞上修車廠的邊牆。克萊斯勒又一陣劇烈地痙攣，低垂的排氣管冒出小小的黃色火焰，接著是一團藍色煙霧，然後終於感激地失速停止。李奧向前一個傾身，濺出更多啤酒。洛奇轉動引擎鑰匙，一次又一次想再次發動車子。

巴柏・戴斯科跑了過來，揮舞著雙臂，一連串咒罵從他嘴裡生動地吐出：「——搞什麼，你以爲你在幹什麼，這天殺狗娘——」

「巴柏！」洛奇狂喜到近乎忘形。「嘿，臭襪！你怎麼樣，老朋友？」

巴柏透過洛奇的車窗往內看。他的臉扭曲而疲憊，一大半藏在工作帽簷投下的陰影中。「是誰叫我臭襪？」

「是我！」洛奇尖叫道：「是我，你這老混蛋！是你的老朋友！」

「哪個見鬼的——」

「我是強尼・洛克威爾啊！你是不是笨得瞎了眼了？」

他小心地說：「洛奇？」

「對，你這狗娘養的！」

「老天。」勉強的歡愉表情慢慢爬上巴柏的臉。「我多久沒見到你了，自從……呃……自從卡特蒙那場球賽以後，總之——」

「是呀！那真是場好球賽對吧？」洛奇用力拍了一下大腿，讓鋼城啤酒又濺出一點。李奧打了個酒嗝。

「可不是。我們班就贏過那麼一場，雖然那時候我們已經跟冠軍絕緣了。我說，洛奇，你可把我車廠的邊牆撞爛了。你——」

「沒錯，同樣的老臭襪。同一個老傢伙。你連根頭髮也沒變。」洛奇努力望著被工作帽遮住一半的那張臉，希望他沒說錯。不過，看起來老臭襪的頭不是禿了一點就是全禿了。「天啊！可真巧，這樣碰到你！你後來娶了梅西・德魯了吧？」

「是呀，一九七〇年的時候。那時候你在哪裡？」

「在牢裡，那是最有可能的地方。聽著，老朋友，你可不可以驗驗這寶貝？」

又是謹慎的語氣：「你是說，你的車？」

洛奇咯咯笑道：「不是——是我的老豬腿，當然啦，我的車！行嗎？」

巴柏張嘴想說不。

「這是我的一個老朋友，李奧・艾德華。李奧，我要你見見新月中學唯一一個四年裡沒換過一次襪子的棒球隊員。」

「幸會。」李奧說。這句話是他媽在一次偶爾不曾喝醉的狀態下教他的。

洛奇又咯咯直笑。「來罐啤酒吧，臭襪？」

巴柏張口想說不。

「這是抓螃蟹的秘密武器！」洛奇說著，拉開罐口。已在車上顛了半天的啤酒，從罐口湧了出來，流到洛奇的手腕上。洛奇硬把它塞進巴柏手裡，巴柏急忙喝一口，以免他的手也被啤酒侵襲。

「洛奇，我們已經關門——」

「等一下，等一下，讓我倒車。我這裡有點瘋狂。」

洛奇把排檔打到倒車檔，踩下離合器，加了點油門，接著便把克萊斯勒搖搖晃晃地駛進修車廠。他下了車，像個政客一樣和巴柏猛握了一陣手。巴柏目瞪口呆。李奧坐在車裡，正在喝一罐新開的啤酒，而且連連放屁。他每喝多了啤酒總會放屁。

「嘿！」洛奇蹣跚地繞過一堆生鏽的車輪蓋說：「你記得黛娜・雷可豪斯嗎？」

「記得呀。」巴柏說著，嘴角浮現一絲笑意。「她就是那個——」他用兩手罩在胸前比畫了一下。

洛奇吼道：「就是她！你說對了，老朋友！她還在鎮上嗎？」

「我想她搬到——」

「我猜也是。」洛奇接口道：「留不住的總會搬走。你可以在這隻豬身上貼張檢驗貼紙吧？」

「呃，我太太說她會等我吃晚餐，而且我們已經關——」

「老天，你要是能為它貼張檢驗貼紙，可真幫了我個大忙了。我會很感激的。我可以幫你太太洗點衣服。那是我的工作，洗衣服，在新亞當洗衣廠。」

「我正在學。」李奧插嘴說道，又放了個屁。

「洗她的好洋裝，或者隨便你想洗什麼。你說怎麼樣，巴柏？」

「這個，我想我們可以看看這輛車。」

「當然。」洛奇說著，在巴柏的背上用力一拍，又對李奧眨眨眼。「同一個老臭襪。好傢伙！」

「是呀！」巴柏嘆了口氣，喝了一口啤酒。「你的擋泥板撞得稀爛了，洛奇。」

「這輛車是要下點工夫，沒錯，下點工夫。不過這可是輛了不得的大車，你明白我的意思吧？」

「是的，我猜——」

「嘿！見見我的同事吧！李奧，這是新月中學唯一一個——」

「你已經為我們介紹過了。」巴柏無可奈何地笑笑。

「你好。」李奧又笨拙地摸起一罐啤酒，像鐵軌般閃亮的銀線已經一道道劃過他的視野。

「——四年裡沒換過一雙——」

巴柏問：「讓我看看你的車頭燈吧，洛奇？」

「當然。好燈。鹵素、氮氣，還是什麼鬼的。很有水準的好燈。李奧，把車頭燈打開。」

李奧開了雨刷。

「那很好。」巴柏耐心地說，又灌了一大口啤酒。「現在請開燈吧？」

李奧開了車頭燈。

「遠燈？」

李奧用左腳摸索開關。他肯定開關一定在下面某處，最後他終於踩到了。遠燈一亮，洛奇和巴柏不約而同鬆了口氣。

「很有水準的氮氣燈，我不是告訴你了嗎？」洛奇高興地笑道：「老天，巴柏！看到你比收到一張支票更讓人高興！」

「方向燈怎麼樣？」巴柏問。

李奧曖昧地對巴柏笑笑，沒有行動。

「讓我來吧。」洛奇說。他坐進駕駛座時，猛撞了一下頭。「這小子大概不大舒服，我想。」他踩下煞車，同時打開方向燈。

「好。」巴柏說：「但是不踩煞車也能亮嗎？」

「汽車檢驗手冊上有提到你轉彎時不能踩煞車嗎？」洛奇狡猾地問。

巴柏嘆了口氣。他太太已經做好晚餐。他太太有對豐滿的胸脯和髮根是黑色的一頭金髮。他太太喜歡買巨鷹食品店的甜甜圈，而且是成打成打的買。

當他太太星期四晚上到修車廠來拿玩賓果遊戲的錢時，她的頭髮總是上了綠色的大號髮捲，包在一條綠色絲巾下。這讓她的頭看起來很像一個未來的收音機。有一次，清晨快三點時，他醒了過來，就著臥室窗外的街燈投下的死白燈光，注視她那肌肉鬆弛的臉。

他曾想到那有多容易——只要用小刀在她脖子上一劃，只要用膝蓋抵住她的肺，讓她吸不到空氣又叫不出聲，只要用兩手掐住她的脖子。然後只要把她丟到澡盆裡，切成幾大塊，郵寄到某處去給巴柏・戴斯科。任何一個老地方。

印地安那州利馬市（Lima）、新罕普夏州北極鎮（North Pole）、賓州性交鎮（Intercourse）、愛荷華州昆科市（Kunkle）⑫。任何一個老地方。那是有可能的。天曉得，以前也發生過這種事。

「沒有。」他對洛奇說：「我想手冊上是沒提到必須單獨操作信號燈。沒錯。」他舉起啤酒罐，把剩下的啤酒灌進喉嚨。啤酒在修車廠內已變得溫熱，而他又還沒吃晚餐，他可以感覺到啤酒立刻湧上他的腦際。

「嘿，臭襪的啤酒喝光了！」洛奇說：「再來一罐，李奧。」

「不，洛奇，我真的……」

視線已模糊不清的李奧，終於摸到一罐啤酒，把它遞給洛奇。洛奇把酒交給巴柏。巴柏的手一觸到冰涼的啤酒罐，嘴便忘了抗議。他打開啤酒。李奧放了個響屁，結束了這場交易。

他們三人都仰頭灌啤酒。

過了一會兒，巴柏歉然地打破沉默，問道：「喇叭會響吧？」

「當然。」洛奇用手肘敲敲方向盤，喇叭發出微弱的吱吱聲。「不過電池有點沒力了。」

他們又在靜默中灌著酒。

「那隻老鼠跟隻長毛狗一樣大！」李奧叫道。

⑫以上四處均為美國確實存在的地名，因使用古怪的單字或與外國地名同名而著名。

「這小子喝多了。」洛奇解釋道。

巴柏想了想。「是呀。」他說。

這觸動了洛奇的笑神經，讓他含著一大口酒卻忍不住大笑。一點酒從他的鼻孔流了出來，這讓巴柏笑了出來。聽到巴柏笑，洛奇覺得輕鬆多了，因為他們剛把車開進來時，巴柏看起來一副憂愁的樣子。

他們又在沉默中喝了一會兒酒。

「黛娜·雷可豪斯。」巴柏若有所思地說。

洛奇噗哧笑了起來。

巴柏也咯咯笑著，伸出兩手覆在前胸。

洛奇大笑，把他的手伸到更突出的地方。

巴柏捧腹大笑。「你記不記得丁克·強生貼在費曼多老太婆佈告板上的那一張龐德女郎烏蘇拉·安德絲的照片？」

洛奇大笑。「而且他還加畫了兩個大奶——」

「——那老太婆差點心臟麻痺——」

「你們兩個儘管笑好了。」李奧愁眉苦臉地說著，又放了個屁。

巴柏對他眨眨眼。「呃？」

「笑。」李奧說：「我說你們兩個儘管笑吧。你們的背上都沒有洞。」

「別聽他的。」洛奇有點不安地說：「這小子喝太多了。」

「你背上有洞嗎？」巴柏問李奧。

「洗衣廠。」李奧笑笑地說：「我們有大型洗衣機，對吧？只是我們管它們叫輪子。它們是洗衣輪，所以我們管它們叫輪子。我裝進衣服，拿出衣服，又裝進衣服。把髒衣服裝進去，拿出乾淨的衣服來。那就是我的工作，而且我做得很有水準。」他無比自信地望著巴柏。「不過，我背後有個洞阻止我做。」

「是嗎？」巴柏入神地看著李奧。洛奇卻不安地動了動。

「屋頂上有個洞。」李奧說：「就在第三輪上面。它們是圓的，你瞧，所以我們管它們叫輪子。下雨時水會滴下來。滴、滴、滴，每一滴都會滴到我背上——噗。現在我背上有個洞。像這樣。」他用一手比出一個淺淺的凹洞。「要看嗎？」

「他才不要看那麼畸形的洞！」洛奇吼道：「我們在談以前的好日子，再說你背上也沒什麼洞！」

「我要看。」巴柏說。

「它們是圓的，所以我們管它們叫洗衣廠。」李奧說。

洛奇微微一笑，拍拍李奧的肩。「別再亂說話，我的小朋友，不然你就得走路回家了。現在，如果我們還有啤酒的話，你何不再拿一罐給我？」

李奧瞇眼回望那箱啤酒，不久後他又摸出一罐遞給洛奇。

「乾杯！」洛奇轉怒為喜。

一小時後，整箱啤酒都喝完了，因此洛奇叫步履不穩的李奧到街口的寶林超市再去買一箱來。這時李奧的兩眼已經佈滿血絲了，襯衫也已拉出褲子。他極力試著從捲起的衣袖裡抽出他的駱駝牌香菸。巴柏跑到廁所小解，一邊高唱校歌。

「我不要走路去那裡。」李奧喃喃說道。

「我知道，可是你他媽喝得太醉，不能開車。」

李奧醉醺醺地繞著圈子走，仍在試著把香菸從衣袖裡拉出來。「天黑了，而且很冷。」

「你到底要不要讓那輛車拿到檢驗貼紙？」洛奇對他嘶吼。他的視線邊緣已開始出現奇怪的東西，最常出現的是角落裡一隻被蜘蛛絲纏住的飛蟲。

李奧睜著紅眼睛瞪著他說：「又不是我的車。」

「而且你以後也別想搭了，如果你不去買啤酒的話。」洛奇說著，害怕地望向角落那隻死蟲。「你倒試試看我是不是當真的。」

「好。」李奧呻吟道。「好。你用不著生氣呀。」

他走路到街口去時，兩次走出了路面，回來時也犯了一次同樣的錯。當他終於再度抵達溫暖明亮的修車廠時，那兩人正在高聲大唱校歌。巴柏設法用鉤子把那輛克萊斯勒吊高。他在車子下面轉來轉去，檢查生鏽的排氣裝置。

「你的排氣管上有幾個破洞。」他說。

「那下面根本沒什麼排氣管。」洛奇答道。他和巴柏都覺得這句話非常好笑。

李奧宣布：「啤酒來了！」他放下啤酒，在一個輪胎鋼圈上坐下，立刻打起盹來。他在回程中已經自己喝掉了三罐。

洛奇遞了一罐給巴柏，自己也拿了一罐。

「比賽？跟以前一樣？」

「當然。」巴柏說。他微微一笑。在他腦海裡，他看見自己坐在一輛底盤低矮的流線形一級方程式賽車裡，一手斜斜按在方向盤上，等待裁判揮旗，另一手碰著他的幸運符——一九五九年福特水星的車蓋裝飾。他已忘了洛奇的排氣管，和他滿頭髮捲的邋遢妻子。

他們打開啤酒，一口灌下。一陣火熱傳來，讓兩人都丟下啤酒，同時豎起兩手的中指。他們的打嗝聲從牆壁反射回來，就像步槍的響聲一樣。

「就像以前一樣。」巴柏可悲地說：「一切都跟以前不一樣了，洛奇。」

「我知道。」洛奇同意道。他想了半天，終於想到該說什麼。「我們一天比一天老了，臭襪。」

巴柏嘆了口氣，又打了個嗝。李奧在角落裡放屁，並哼起滾石合唱團的〈滾出我的雲〉（Get off my cloud）。

「再試一次？」洛奇說著，拿起另一罐啤酒遞給巴柏。

「有何不可？」巴柏說：「有何不可呢？洛奇，老朋友。」

李奧買回來的那箱啤酒，在午夜前便喝完了，而一張新的檢驗貼紙也以有點瘋狂的角度貼在洛奇那輛克萊斯勒的擋風玻璃左側。

在貼上貼紙前，洛奇親自把個人及車子的資料填寫清楚，仔細抄寫著好不容易從置物箱裡找到的行照號碼。

他必須非常專心，因為他看到的是三重影像。巴柏像個瑜伽大師，交疊雙腿放在膝上，面前放了罐空的鋼城啤酒，兩眼空茫地瞪著前方。

洛奇說：「呃，你真救了我一命，巴柏。」他踢踢李奧的肋骨，想把他踢醒。李奧哼了一聲，嘟囔幾句，眼皮翻了幾下又闔上，等洛奇再踢一腳時又驀地睜開。

「我們到家了嗎，洛奇？我們——」

「我們會好好開車的，巴柏。」洛奇愉快地喊道。他用手指往李奧的腋下一勾，用力一拉。

李奧尖叫著站起來。洛奇半扶著他繞到克萊斯勒旁，把他推進乘客座。「我們會再回來讓你好好檢查它。」

「甜蜜的舊時光。」巴柏的眼睛濕了。「從那以後，一切都越來越糟了，你知道嗎？」

「我知道。」洛奇說：「一切都不比從前了。可是你好好過下去，別做任何我不會做的——」

「我太太已經一年半沒跟我睡覺了。」巴柏說，但他的話卻被克萊斯勒的引擎聲蓋過。巴柏站起來，望著那輛車倒出修車廠，撞擦到門的左邊。

李奧從車窗探出身子，像個白癡一樣笑著。「有空到洗衣廠來吧，瘦子。我讓你看我背上的洞。我讓你看我的輪子！我讓你——」洛奇的手臂突然像鉤子般伸過來，把李奧又拉回黑暗的車裡。

「再見，老朋友！」洛奇喊了聲。

克萊斯勒像醉鬼般繞過三個加油幫浦，然後便隆隆駛入夜色中。巴柏一直看到尾燈消失後，才慎重地走回修車廠。在他的工作檯上，放了一個從一輛舊車引擎蓋上取得的鉻鋼飾物。他拿起那東西摸了半晌，為了懷念舊時光而掉下眼淚。稍後，凌晨三點多時，他勒死他太太，然後燒掉房子，讓她看起來像是來不及逃出火場而被燒死。

「老天。」當巴柏的修車廠變成他們後方的一點亮光時，洛奇對李奧說：「真想不到，老臭襪。」洛奇已經醉到全身的每個部分似乎都已飄散，只剩一點清明像一點點炭火般在內心深處燃燒。

李奧沒有答腔。在儀表板淡綠色的燈光下，他看起來活像《愛麗絲夢遊仙境》裡茶會上的睡鼠。

「他可真淒慘。」洛奇繼續說。他把車開到對向車道，一會兒後才又彎回右線道。「還好——他大概不會記得你說的話。換了其他時候可就不一樣了。我得跟你說了多少次？不可以跟別人說你背上有個洞的事。」

「你知道我背上有個洞。」

「呃，那又怎樣？」

「那是我的洞，怎樣？只要我高興，我就可以談我的洞——」

他突然回過頭。

「有輛卡車跟在我們後面。剛從那條小路開出來。沒有車燈。」

洛奇抬頭看後視鏡。沒錯，是有輛卡車，而且它的外型清晰可辨。那是一輛牛奶卡車，而且他不必看車身的「克萊乳品場」就知道開車的人是誰。

「那是史派克。」洛奇驚恐地說：「是史派克・米利根！老天，我以為他只負責晨間運送！」

「誰呀？」

洛奇沒有回答，臉上浮現出因酒醉而緊張的笑，但那笑意卻沒擴散到他那雙又大又紅的眼睛。

他突然猛踩克萊斯勒的油門，車子冒出一陣濃煙，隨即不情願地將時速增加到六十哩。

「嘿！你喝醉酒，不該開這麼快！你……」李奧含糊地住口，似乎忘了他要說什麼。樹木和房屋從他們兩側飛逝，彷彿墓園的鬼影。他們衝過一個停車標誌，飛過一塊隆起的地面，結果駛離路面好一會兒。等他們駛過上坡路時，低垂的消音器敲在柏油路面上，冒出一點火花。在車後，啤酒罐互相碰撞，鏗鏘作響。

「我開玩笑的！」李奧尖叫：「後面沒有卡車！」

「是他，而且他殺人！」洛奇吼道：「我在修車廠裡看到他的蟲子！老天爺！」

他們從左線道駛上南山。一輛對向開來的房車急忙開到碎石路肩上，陷進山溝裡，不再擋住他們的去路。李奧向後看。路上空無一人。

「洛奇——」

「你來殺我好了，史派克！」洛奇嘶喊道：「你來殺我好了！」

克萊斯勒已經加速到八十哩，這速度是洛奇在清醒狀態下不可能相信的。他們繞過轉上強生路的彎道，四個老舊的輪胎吱吱直冒白煙。克萊斯勒如鬼般尖叫著駛入黑夜，車燈搜尋著前方的路面。

突然間，一輛一九五九年福特水星從黑暗中浮現，跨駛在中央雙黃線上。洛奇尖叫一聲，舉起雙手遮臉。在撞車前，李奧正好看見那輛水星的車蓋上少了鉻鋼飾物。

半哩路後，在一個十字路口有車燈閃動，接著一輛印有「克萊乳品場」的卡車駛來，朝路中央那熊熊燃燒的車體開近。卡車以平穩的速度前行，吊在肉鉤上的電晶體收音機正在播送節奏藍調歌曲。

「成了。」史派克說：「現在我們到巴柏·戴斯科家去。他以為他把汽油抬出車庫了，但我不那麼確定。這真是漫長的一天，你說是吧？」但是當他將卡車掉頭時，卡車後面是空的，就連那隻蟲也不見了。

適者生存

Survivor Type

每個醫學院的學生，遲早都會想到一個問題：病人可以承受什麼程度的衝擊休克？不同的指導教授會以不同的方式回答這個問題，但歸根結柢，回答總是另一個問題：病人的求生欲有多強？

一月二十六日

暴風雨把我沖到這裡來已經兩天了。今早我在島上繞了一圈。好一個島！最寬的地方不過一百九十步寬，由一頭到另一頭不過二百六十七步長。

到目前為止，我還沒看到什麼可吃的東西。

我的名字是理察·派恩，這是我的日記。如果我被尋獲（什麼時候呢？），我可以輕易將這日記毀了，我不缺火柴。火柴和海洛因，兩樣都多得很，在這裡卻都不值半毛錢，哈哈。所以我會寫，至少可以藉此消磨時間。

假如我該說出全部事實——有何不可？我有得是時間！——我該從頭說起。我出生於紐約市的小義大利區，出生時名叫理察·皮查提。

我爸是義大利人，我小時候想當外科醫生。我爸大笑，說我瘋了，叫我再去幫他倒杯酒。他四十六歲時死於癌症，我很高興。

我在中學時打美式足球，我是我們學校有史以來最好的球員，四分衛。後兩年我締造了全勝的輝煌紀錄。

我恨足球。但如果你是個義大利移民，而你又想上大學，就只能靠運動了。因此我打美式足球，最後拿到運動獎學金。

在大學裡我也打球，直到我的成績好到可以領全額學術獎學金，醫學預科。我爸在畢業典禮六週前死了。幸好。你以為我想走過講台拿文憑時，低頭看見那肥老頭坐在下面嗎？母雞會想要國旗嗎？我也加入一個兄弟會。雖然那沒什麼了不起，否則他們也不會接受義大利佬，但畢竟是個兄弟會。

我為什麼要寫這個？這好像很有趣。不對，我收回上面那句話。這很有趣。

偉大的派恩大夫，穿著睡褲和運動衫坐在一顆石頭上，坐在一個小得不能再小的島上，寫他一生的故事。我餓死了！算了，我若想寫一生的故事，自然可以寫。至少這能讓我比較少想到肚皮。

我在進醫學院前，把姓改為派恩。我媽說我讓她心碎。什麼心？我老頭下葬那天，她就跑出去找街口那個猶太雜貨商。對一個這麼愛這個姓氏的人來說，她可真以飛快的速度把自己的姓改成史坦布納。

我從中學時開始，就一直嚮往外科。就算在那時候每場球賽前我都會把兩手裹好，球賽後再泡熱水。想當外科醫生，就得好好照顧雙手。有些同學會為這笑我，罵我是膽小鬼，但我從不和他們爭辯。玩足球已經夠冒險了，但還有其他的危險。最愛找我碴的是霍威・普洛斯基，一個笨東歐豬，臉上長滿青春痘。

我送報，並在派報路上打聽消息。我有很多方法賺錢，你得有人脈，你要聆聽以取得連繫，想在街上混就得如此。任何笨蛋都知道怎麼死，該學的是怎麼活下去，你明白我的意思吧？因此我付了十塊美金給全校塊頭最大的李奇・貝茲，叫他讓霍威・普洛斯基的嘴巴消失。

我說，讓它消失。你帶給我一顆牙齒我就給你一塊錢。李奇帶給我三顆牙齒，用紙巾包著。為了這差事，他的兩個指關節還脫臼了。

這樣你就能了解，有時候我會捲入什麼樣的麻煩。

在醫學院裡，當別人忙著趁當服務生或賣領帶或擦地板的空檔死背書時，我以打賭維生。足球場、棒球場，加上一點策略。我和老鄰居保持良好情誼，而且一路順風地畢了業。

直到我當住院醫師，我才開始賣「藥」。我在紐約市最大的醫院工作，起初我從空白處方箋開始。

我將一本一百張的空白處方箋賣給一個老鄰居，而他會捏造出四、五十位醫生的名字簽在上面。他在街上賣空白處方箋，每張十元到二十元。有毒癮的都愛極了這種可以自己開藥方購買的方式。

過了不久，我發現醫院的藥劑室裡非常混亂，沒人知道藥品進出的狀況。有很多人堂而皇之地私下把藥品帶走。我可沒有那樣。我總是小心翼翼，我一直沒惹上什麼麻煩，直到因為疏忽——而且運氣不好。但我會安全著陸，我一向都會。

不能再寫了，我的手腕痠痛，鉛筆的筆芯也鈍了。其實，我真不明白我在這裡窮寫個什麼勁，也許很快就會有人來救我了。

一月二十七日

昨晚船漂走了。在離小島北岸約十呎的地方沉入水底。誰在乎？反正觸礁以後，船底已經破爛得就像瑞士乳酪，而且我已經把所有值得用的東西都拿下船了。四加侖的淡水，縫衣服的針線包，急救包。

我正在寫的這本書，照說應該是救生艇的航海日誌。這是個笑話。誰聽過救生艇上沒有食物的？這本日誌上的最後一篇報告寫於一九七〇年八月八日。

噢，對了，兩把刀，一把鈍的，一把相當銳利，還有一副刀叉。我今晚吃晚餐時可以用。烤石頭，哈哈。呃，至少我把鉛筆削尖了。

等我離開這堆鳥不生蛋的岩石後，我要控告天堂船運公司，叫他們吃不了兜著走。光是這點就值得我活下去。而且我會活下去。我會離開這裡。不會錯的。我會離開這裡。

（稍後）

我在記載我的所有物時，忘了一樣東西：兩公斤的純海洛因，價值約三十五萬元，紐約街頭市價。在這裡卻一文不值。有點可笑吧？哈！哈！

一月二十八日

呃，我吃了——如果你認為那算吃的話。有隻海鷗飛到島中央的一塊岩石上。那裡的岩石堆成一座小山——上面全是鳥糞。

我找到一塊正好合手的石頭，盡我所能地爬近那隻海鷗。牠就站在岩石上，睜著明亮的黑眼看著我。我的胃腸咕咕叫聲竟然沒把牠嚇走，實在讓我驚訝。

我用力丟出那塊石頭，打中了牠的側身。牠呱地叫了一聲試著飛走，但我已經打斷了牠的右翅。我爬向牠，牠卻跳開了，我看得見血流過牠白色的羽毛。

那隻臭鳥害我忙追了一陣。有一次，在那中央石堆的另一邊，我的腳卡到兩塊岩石中間，差點沒折斷腳踝。

最後牠累了，我終於在島的東岸抓住牠。牠竟還想跳進水裡游走。我一把揪住牠的尾羽時，牠轉頭啄我。於是我一手抓住牠的腳，另一手握住牠可憐的脖子一把扭斷。那斷折聲帶給我極大的滿足，要上午餐了，你知道嗎？哈！哈！

我把鳥帶回「營地」，但在我拔牠的毛並清除腸胃前，我先用碘酒擦拭被鳥喙啄破的地方。鳥身上帶有各種細菌，而現在我最不需要的就是受到感染。

清除內臟的手術進行順利，可惜我無法把牠煮熟。這個島上既沒花草也沒樹木，而船又已經沉了。因此我將海鷗生吃。

我的胃立刻想要反芻。我雖然同情但不允許。我倒著往回數數，直到作嘔的感覺消失。這招幾乎每次都有效。

你能想像那隻差點害我扭了腳踝，又用力啄我的鳥嗎？假如我明天能逮到另一隻，我要狠狠地折磨牠，我讓這隻死得太容易了。即使我這麼寫的時候，我仍能清楚地看到牠躺在沙上，斷了頸子，兩顆死不瞑目的黑眼珠彷彿還在嘲笑我。

海鷗有沒有一點腦袋呢？

海鷗可以吃嗎？

一月二十九日

今天沒食物，一隻海鷗飛到中央石堆頂端，但在我近得可以「傳球」給牠前，牠就飛走了，哈哈！我的鬍子長出來了，奇癢無比。假如那隻海鷗又飛回來，讓我抓到牠的話，我要先把牠的眼睛挖出來再殺了牠。

我是個傑出的外科醫生，我相信先前已經說過。他們開除了我。那真是個笑話。他們驅逐了我。而他們將你逮個正著時便自以為是聖人。滾你的蛋吧！我自有對策。這是醫師和偽善者宣誓文的第二條。

我在當實習醫師和住院醫師期間（照說他們可比軍官與紳士，但你別信這套），已經從我的探險賺到了夠多的錢，足夠在公園路開家診所。這對我來說是個了不得的成就，我不信我大部分的「同仁」有富裕的父親或監護人。我開業時，我爸在他的貧民墓地裡已經躺了九年，我媽在我的行醫執照被撤銷前一年死了。

我賺的是回扣。我的生意涉及東區六個藥劑師、兩家麻醉藥廠，和至少另外二十個醫生。病人被送來給我，我也把病人送走。我操刀動手術，並開正確的復元藥方。

雖然不是所有手術都是必須做的，但只有在病人同意下我才會動手。而且從來沒有一個病人會在看過我寫的藥方後說「我不要這個」。

你瞧，他們在一九六五年動過子宮切除術，或一九七〇年切除部分扁桃腺，但只要你讓他們服藥，五到十年後他們還在服止痛劑。

有時候我會，而且我不是唯一一個讓病人長期服用止痛劑的醫生。他們負擔得起這個習慣。有時候病人在小手術後難以入睡或沒辦法買到減肥藥時，這些都是可以安排的。哈！沒錯！他們若不能從我這裡買到，也會在別人那裡買到。

接著稅捐處的人逮到洛文，那個出賣朋友的黑羊。他們用五年徒刑在他面前晃，他就供出六、七個名字，其中一個是我。

他們監視了我一陣子，因此等他們出面逮捕我時，我的身價已經超過五年。我還有其他幾種交易，包括我尚未放棄的空白處方箋。真可笑，我其實已經不需要幹那個了，但那是種習慣，多餘的甜頭實在很難放棄。

呃，我認識一些人，我從中拉線，我也把幾個人丟給野狼吃。但他們都是我不喜歡的人。我丟給狼吃的都是真正的狗兒子。

上帝，我好餓！

一月三十日

今天沒有海鷗。使我想到在舊社區裡，有時可以在推車後面看到的牌子，今天沒有番茄。我走到及腰的水裡，手拿那把鋒利的刀子。

我一動不動地站在那裡，整整四個小時任太陽毒曬。有兩次我想我快昏過去了，但我倒著數數，直到昏眩的感覺消失。我沒看到魚。一隻也沒有。

一月三十一日

又殺了一隻海鷗，跟我殺第一隻的方式相同。我太餓了，沒法照我原先計畫的那樣折磨牠。我清掉牠的腸胃後把牠吃了，然後把牠的腸胃搓揉乾淨，一起吞下去。覺得生命力再次回復，這實在是種奇怪的感覺，這時我開始害怕了。

有一陣子，躺在中央石堆的陰影中，我會以為我聽到人聲。我爸，我媽，我的前妻。最糟的是，在西貢賣我海洛因的中國佬。他的口齒不清，可能與他有點兔唇有關。

「去呀。」他的聲音不知從哪傳來。「去吸一點，你就不會注意到你有多餓了，那是美麗的經驗……」

但我從未試過任何毒品，連安眠藥我都不吃。

洛文後來自殺了，我有沒有提過？那個出賣朋友的黑羊。他在他以前的辦公室裡上吊自殺。我對這件事的看法是，他為這世界除了一害。

我要取回我的開業執照，和我談過話的某些人說那是辦得到的——只是要花一大筆錢。比我能想像的還要多。

我在銀行裡有四萬元存款。我決定必須冒個險用錢滾錢，滾上兩倍或三倍。

因此我去找羅尼・海利。羅尼和我在大學裡一起玩足球。當他弟弟決定當內科醫師時，我幫他找到住院醫師的職位。

羅尼自己是法律預科，有趣吧？在我們長大的那條街，我們叫他「執法者羅尼」，因為不管什麼球賽他總是當裁判。如果你不喜歡他的判決，你有兩個選擇——閉嘴，或者吃拳頭。

波多黎各人叫他為羅尼兒，就那麼一個詞，羅尼兒。把他笑個半死。這傢伙卻上了大學，進了法學院，而且第一次參加律師考試就通過了，接著回到舊社區開業，事務所就設在「魚缸酒吧」樓上。我閉上眼就能想像他開著那輛白色歐洲大車奔馳過街口。

我知道羅尼會有門路。「那很危險。」他說：「但我知道你有辦法照料自己。只要你把那東西帶回來，我會介紹你認識兩個人，其中一個是州議員。」

他給了我兩個名字。一個是中國佬，全名是李亨利，另一個是越南人，叫阮梭龍，是個藥劑師。只要給他錢，他會檢驗中國佬的貨。據說中國佬喜歡偶爾「開開玩笑」。他的玩笑是在塑膠袋裡裝滿滑石粉、水管清潔劑或漂白粉。羅尼說，總有一天中國佬會因為他的玩笑把命送了。

二月一日

有架飛機從島的上方飛過。我試著爬到中央石堆上向它揮手。我的腳被洞卡住了。我想，那是我頭一天殺海鷗時不小心踩進去的同一個洞。

我扭傷了腳踝，複雜性挫傷。那就像中了一槍，痛得我椎心刺骨。我尖叫一聲後失去平衡，兩手如風車般亂轉，但還是摔下了石堆，碰到頭並昏了過去。

一直到天快黑時我才醒來。我的頭部撞傷處失了點血。

我的腳踝腫得像輪胎一樣，而且我被曬傷了。我想，假如再多曬一個小時，我身上一定會起水泡。

我爬回這裡，昨天一整晚在發抖和絕望的哭泣中度過。我的頭部傷口在右側太陽穴上方，我把它消過毒後，盡我所能用繃帶包紮起來。只是表面的腦殼受傷加上輕微腦震盪吧，我想。但我的腳踝……這挫傷可嚴重了，傷勢涉及兩個部位，也可能三個。

現在叫我怎麼追鳥呢？

那飛機一定是在搜尋凱拉號的倖存者。在黑暗和風暴中，救生艇必然會從它的沉沒處漂到幾哩外。他們也許不會再飛回這邊來了。

天啊！我的腳踝痛死人了。

二月二日

我在小島南端的碎石海灘上排出求救信號。這事費了我一整天，偶爾得到陰影中休息休息。即使如此，我還是昏倒了兩次。

我猜我大概已經瘦了二十五磅，主要是因為缺水。但是此刻，從我所坐之處，我可以看見那兩個我花了一整天用黑石頭排出的大字：「救命」，每個字有四呎高。再有一架飛機飛過，就不會漏掉我了。

如果再有一架飛機的話。

我的腳不斷抽痛，挫傷處不但繼續腫脹，而且嚴重變色。我用襯衫用力綁在傷處以稍稍減輕疼痛，可是傷勢依舊嚴重，使我時常昏迷，而那不能叫做睡眠。

我開始在想，也許我得自己將這隻腳截肢。

二月三日

腫脹和變色更厲害了。我會等到明天，假如有必要動手術，我相信我可以自己施行。我有火柴可以為那把利刃消毒，也有縫紉包的針線。我的襯衫可以當繃帶。

我甚至還有兩公斤的「止痛劑」，雖然不是我平常開給病人的那種。但病人要是拿得到，也會照用不誤。那些染藍髮的老太婆，就算叫她們嗅空氣芳香劑她們也會肯，只要她們認為那可以讓她們感覺舒服就行。信不信由你！

二月四日

我決定切除我的腳。已經四天沒有食物了。再等下去，我可能會在手術進行中因為驚嚇和飢餓而暈倒，結果失血而死。雖然我憔悴虛弱，但我還想活下去。我記得在基礎解剖學時，莫瑞是怎麼說的。我們叫他「老莫雞」。他說，每個醫學院的學生，遲早都會想到一個問題：病人可以承受什麼程度的衝擊休克？他會把棍子揮向人體圖表，敲著肝臟、腎臟、心臟、脾臟和腸胃。歸根究柢，各位，他會說，答案總是另一個問題：病人的求生欲有多強？

我想我承受得了。

真的。

我在這裡寫著，或許只是為了拖延無可避免的一刻，但我確實想到我還沒把如何會到這島上的經過說完。也許我該把話說完，以防萬一手術失敗。這只要花幾分鐘，而且我相信還會有足夠的日光可以讓我開刀，因為根據我的電子錶，現在不過是早上九點零九分而已。哈！

我以觀光客身分搭機飛到西貢。這聽起來奇怪嗎？不會吧。儘管有尼克森的戰爭，每年還是有數以千計的人到那裡觀光，人們到那裡去看撞車和鬥雞。

我的中國朋友有貨。我把貨拿給阮檢驗，阮說這批貨品質極高。他告訴我四個月前中國佬又開了一次玩笑，結果他太太一發動那輛歐寶車的引擎，便連人帶車被炸成碎片。從那以後，中國佬就不開玩笑了。

我在西貢停留了三個星期後，訂了一艘客輪的船位，準備把貨帶回舊金山。客輪的名字是凱拉號，頭等艙。帶貨上船沒出問題，付了筆錢後，阮便安排讓那兩位海關人員只是胡亂翻了一下我的行李箱，便揮手叫我過去。貨裝在一個航空公司旅行袋裡，他們連看也沒看一眼。

「通過美國海關就困難得多。」阮告訴我：「不過，那是你的問題。」

我無意帶貨闖美國海關。羅尼·海利已事先安排了一個願為三千元做某種工作的潛水伕。我預定（想起來該是兩天前了）在舊金山的一家廉價旅社——聖瑞吉旅社——和他碰頭。按照計畫，貨將被裝入一個防水鐵罐裡，罐頂上安放計時器和一包紅色染料。在輪船靠岸前，那鐵罐將被扔到海裡——但不是由我動手，當然。

當凱拉號沉沒時，我還在找尋一個需要一點現金，而且事後聰明得——或笨得——知道閉緊嘴巴的廚子或侍者。

我不明白為什麼船會沉沒，是有暴風雨沒錯，但那艘輪船似乎挺得過來。二十三日晚上大約八點左右，下艙某處傳來爆炸聲。那時我在大廳裡，而凱拉號幾乎立刻傾斜。斜向左側……他們叫作左舷吧？

人們尖叫、亂跑。酒瓶從吧台上滾下來落地撞碎。一個男人搖搖晃晃從下艙爬了上來，襯衫被燒焦了，皮膚像烤肉一樣。廣播系統告訴人們到開船時的訓練中事先指定好的救生艇位置去。乘客還是到處亂跑。在救生艇訓練時，根本沒幾個人出現。而我不只出現，而且還早到——我要排在前排，你瞧，這樣我才可以一覽無遺。只要事關我的利益，我一定全神貫注。

我回到艙房，取出裝著海洛因的塑膠袋，一邊一個放進我的口袋裡。然後我到救生艇八號站。我爬樓梯到甲板時，船上又有兩起爆炸，船身也斜得更厲害了。

甲板上一切都亂成一團。我看見一個女人手抱嬰兒尖叫著從我身邊跑過，在滑溜又傾斜的甲板上速度越來越快。她的大腿撞到欄杆，整個人翻出船外。我看見她在半空中翻了兩個觔斗，第三個還沒翻完，就消失在海裡了。有個中年男人坐在圓盤遊戲場裡，拚命拉扯頭髮。另一個穿著廚師白制服的人，臉和雙手嚴重燒傷，從一個地方撞到另一個地方，一面嘶喊著：「幫我！我看不到！幫我！我看不到！」

人人都驚慌失措，從乘客到船員誰也不例外。你必須記住，從第一聲爆炸聲傳來到凱拉號沉沒，這段時間不過才二十分鐘。有些救生艇站擠滿了號叫的乘客，另一些卻空無一人。我這第八站在輪船傾斜的一邊，因此沒人敢過來。除了我之外，只有一個臉色灰白的水手。

「我們把這個老婊子放下水吧。」他說著，眼珠在眼窩裡狂亂翻轉。「這個臭澡盆會沉到海底去的。」

救生艇裝置很容易操作，但他緊張地摸索時卻讓他那邊的船台和滑車裝置卡住了。救生艇落下六呎後，懸在半空，船頭比船尾低兩呎。

我正要繞過去想幫他時，他突然發出豬叫聲。他解開了卡住的地方，卻讓自己的手卡住了。滑溜的繩索在他手掌上磨得冒煙，磨破他的皮膚，他痛得彎向另一邊。

我把繩梯拋過船身，很快地往下爬去，把救生艇從降低的繩索中解開。然後我開始划。划船本來是我到朋友的避暑別墅時偶爾的消遣，現在我卻為了逃生而划。我知道如果我不在垂死的凱拉號沉沒前划到遠方，那艘沉船會把我一起捲下去的。

不到五分鐘後，凱拉號沉了，我並未完全逃離往下吸的漩渦。我得拚死命地划才得以待在原處。船沉得非常快，船頭欄杆上還掛著不少哀號的人。他們看起來很像一群猴子。

暴風雨變本加厲了，我失去了一支槳，但勉力保住另一支。那一整夜我像在夢中度過，先忙著汲水出艇，接著握緊那支槳拚命划，讓小艇得以安然挺過下一個巨浪。

二十四日黎明前不久，海浪在我後方增強了。救生艇直向前衝。那情況很駭人，但也很刺激。突然間我腳下的船板都被捲走了，幸好在救生艇還沒下沉時，它就被拋到這堆鳥不拉屎的岩石上。我甚至不知道自己身在何處，一點概念也沒有。航海術不是我的專長，哈，哈。

可是我知道我得做什麼。這也許是最後一次記錄了，但我總覺得我會捱過來的。我不是一直捱到現在嗎？而且這年頭的義肢幾可亂真。只有一隻哪，我照樣可以活得很好的。

現在該看看我是不是有自己想的那麼厲害的時候了。祝我好運。

二月五日

我捱過來了。

疼痛是我最擔心的部分。我受得了疼痛，但我以為在如此虛弱的情況下，疼痛加上飢餓可能會讓我在動完手術前就昏死過去。

然而海洛因圓滿地解決了這個問題。

我開了一袋，放了兩小撮在岩石表面上吸——先用右鼻孔，再用左鼻孔。那很像吸某種可以令人麻木的冰，從身體底部擴散到整個腦袋。我昨天一寫完日記，便吸了海洛因——那是早上九點四十五分。下一次我看錶時，日影已經移開，使我半身暴露在太陽下，那時是中午十二點四十一分。我打了一下瞌睡。我從來沒想過那經驗竟是如此美妙，讓我不明白以前為什麼會那麼鄙視它。痛楚、恐懼、悲哀……全都消失了，只留下平和的陶醉。

我就在這種狀態下操刀動手術。

事實上，劇烈的疼痛仍舊免不了，但那多半是在手術剛開始的時候。但那疼痛似乎與我不相干，彷彿痛的是另一個人。這讓我困惑，但也頗有趣。你能了解嗎？假如你服過摻有強烈嗎啡的藥劑，也許你能了解。它的功效不只是止痛而已。它會導致一種心靈狀態，一種平靜。我現在可以了解為何人們會對麻醉藥上癮，雖然「上癮」似乎是個太強烈的詞彙，而且不用說，這都是出自那些從未試過的人之口。

手術進行到一半時，疼痛開始變得越來越具體。一陣陣昏眩向我襲來。我飢渴地望向已開的那袋白粉，卻又強迫自己移開視線。假如我再打瞌睡，我一定會和昏倒一樣，因為失血而死，於是我從一百開始倒數。

失血是最致命的因素。身為一個外科醫生，我非常明白這點，在必要的情況下一滴血都不能浪費。如果在醫院裡，病人在手術進行時大量失血，你可以為他輸血。但這裡卻無血可輸。我失去的血就失去了——而在我動完手術後，我腿下的沙全都變成了暗紅色——直到我體內的工廠能再製造、補充為止。我沒有鉗子，沒有止血劑，沒有外科手術用的縫線。

我在十二點四十五分整開始動手術，在一點五十分時完成，接著立刻給自己一劑海洛因，比第一次的分量多一點。我漸漸沉入灰色、無痛苦的世界，在那世界裡盤桓，直到將近五點。當我從那世界走出來時太陽已經西斜，在藍色的太平洋上劃出一道金色的軌跡。我從沒看過如此迷人的景色……在那一剎那，所有疼痛都得到了報償。一小時後我又吸了一點，以便全心享受並欣賞日落。

天黑不久後，我——

我——

慢著。我不是說過我已經四天完全沒進食了嗎？而我失去的活力得到的補充只來自自己的身體？最重要的，我不是一再重複說過，求生的關鍵在於心靈？優越的心靈？我不會說你也能做出同樣的事來為自己平反。首先，你大概就不是個外科醫生。就算你知道切除肢體的步驟吧，你可能也會笨手笨腳地弄砸，讓自己失血而死。就算你捱過這次手術好了，你那已被定型的腦袋八成也不會想到這件事。算了，那都不重要了。沒有人必須知道。我在離開這小島前的最後一件事，就是把這本書燒毀。

我非常謹慎。

我將它徹底洗乾淨後才把它吃掉。

二月七日

斷肢處疼痛異常——常常痛得令人難以忍受。但癒合過程開始時引起的悶癢更教人難受。今天下午我一直想著那些對我發牢騷的人，說他們受不了肌肉癒合引起的癢，不但奇癢無比，而且抓也抓不著。我總是面帶笑容告訴他們明天就會好一點了，心裡卻想著這些人真愛抱怨，真軟弱，也真不知感激。現在我了解了。有好幾次我想要撕下用襯衫充當的繃帶，用力抓傷口，把手指挖進柔軟的生肉裡，拉掉粗糙的縫線，任血噴流到沙灘上，怎樣都行，只要能止住那可怕而令人發狂的癢。

那些時候我會從一百開始倒數，再吸點海洛因。

我不知道我已經吸了多少海洛因，但我知道自從開刀後，我幾乎是持續的「入神」。這讓我忘了飢餓，你知道。我差不多已不再意識到飢餓，只是腹部有種模糊而遙遠的咬齧感而已，這很容易可以置之不理。不過我還是需要食物。海洛因沒有任何熱量。我一直在測試自己，從一個地方爬到另一個地方，測量我的精力。我已經越來越沒力氣了。

上帝啊，我希望不會，可是……再動一次手術可能是必須的。

（稍後）

又有一架飛機飛過了。飛得太高，對我沒有幫助；我只看見劃過天空的飛行雲。不過我照舊揮手、揮手並喊叫。等飛機消失後，我哭了。

天色已黑，看不清楚了。食物。我想著各種各樣的食物。我母親的通心麵、大蒜麵包、蝸牛、龍蝦、牛排、水蜜桃、蔬菜湯，在第一街名仕餐廳為你送上蛋糕和自製冰淇淋的甜點，烤鮭魚烤火腿和鳳梨，洋蔥圈、馬鈴薯片，外加一大口一大口喝下的冰茶。

一百、九十九、九十八、九十七、九十六、九十五、九十四……

上帝上帝上帝

二月八日

今早又有一隻海鷗飛到石堆上了，又肥又大的一隻。我坐在營地的岩石陰影中，將包著繃帶的斷肢蹺高。那隻海鷗一飛下來，我就開始淌口水，就像隻餓狗。無助地淌口水，像個嬰兒，像個嬰兒。

我撿起一塊正好拿得動的大石頭，開始爬向牠。我並不抱什麼希望，心想牠一定會飛走的。但我總得試試看，如果我能得到牠，像那麼一隻又胖又大的鳥，我就可以將第二次手術無限期延遲。我爬向牠，斷肢不時碰到石頭，讓我痛得全身發麻，只等著牠飛走。

牠沒有飛走，只是來回高視闊步，挺著多肉的前胸，像檢閱部隊的空軍上將。

牠偶爾會用那雙黑色小眼注視我，而我會像塊石頭僵住不動，並從一百倒著數數，直到牠又開始來回踱步。每次牠撲振翅膀，我的胃就會像凝結的冰塊。我繼續流口水。我忍不住。我像個嬰兒般流著口水。

我不知道這樣爬近牠用了多少時間。一小時？兩小時？我越靠近，我的心就跳得越厲害，那海鷗也越顯得美味可口。牠似乎在嘲笑我，而且我越來越相信，一等我爬到可以丟石頭的距離，牠就會立刻飛走。我的四肢開始顫抖、嘴裡乾澀，斷肢不住抽搐。我想我一定有收縮痛。但這麼快嗎？我開始吸海洛因還不到一星期呀！

算了。我需要那玩意兒。我還有很多、很多。我開始瘋狂想著我一定會在最後一刹那錯失那隻鳥。我必須爬近一點。因此我必須往石堆上爬，仰著頭，任汗水流下我骨瘦如柴的身體。我的牙齒已經開始爛了，我寫過這點了沒？如果我是個迷信的人，我會說那是因為我吃了——

哈，我們沒那麼迷信，對吧？

我又停下來。我和牠距離之近，勝過我和以前的任何一隻海鷗。我還是沒辦法丟。我緊抓石頭，直到手指發痛，還是沒法將它丟出，因為我知道如果沒打中牠，結果會是什麼。

我把所有的貨都用完也不在乎！我要告得他們頭破血流！我這一輩子都會過著奢華的生活！漫長的一輩子！

若非那海鷗終於振翅欲飛，我想我會一直爬到牠跟前也不會丟出石頭。但牠張開雙翅飛了起來。我對牠喝叫一聲，雙膝跪起，用盡全身力氣扔出石頭。我擊中了牠！

那鳥呱的一聲摔落到石堆另一邊。我高興地大笑，胡言亂語，也不管傷口可能撞裂或撞傷，爬過石堆頂端到另一邊去。我失去平衡又摔到了頭，當時卻不加理會，雖說現在頭上隆起一個大包。但我想到的只是那隻鳥，我擊中了牠，多幸運啊，就在牠起飛時我擊中了牠！

牠撲著翅膀跳向另一邊海灘，折了一隻翅膀，下腹部染著鮮血。我盡快向牠爬去，可是牠爬得比我更快。跛子賽跑！哈！哈！我本來可以抓到牠的——我已經拉近距離——只是我得為我的雙手著想。我必須好好照料我的手。我也許還需要它們。儘管我很小心，但等我爬到狹窄的海灘時，我的掌心還是劃破了，而且我的錶面也因為撞到一塊尖起的岩石而破碎。

那隻海鷗撲進水裡。我甚至試著游泳追牠。斷肢上的繃帶鬆脫了。我開始下沉。好不容易掙扎著回到海灘，全身累得發抖又疼痛難忍。我哭著、喊著，詛咒那隻海鷗。牠在海上漂了很久，越來越遠。我記得有一會兒我甚至哀求牠回來，但等牠漂過礁石之後，我想牠死了。

這太不公平了。

我又花了將近一個鐘頭爬回營地。我吸了大量的海洛因，但心裡仍對那隻海鷗滿懷怨恨。如果我得不到牠，為什麼牠要那樣嘲弄我？為什麼牠不乾脆飛走算了？

二月九日

我切下我的左腳，用長褲將傷口包紮起來。奇怪！在開刀時我竟忍不住流著口水、流口水。就像我看到那隻海鷗時一樣，無助地流口水。但我強迫自己等到天黑。我從一百倒著數數，一共二、三十次！哈哈！

然後……

我不斷地告訴自己：冷牛肉，冷牛肉，冷牛肉。

二月十一日（？）

這兩天都下雨，風也很大。我設法從中央石堆搬下幾塊岩石，弄成一個可以爬進去的洞。找到一隻小蜘蛛，在牠逃走前用兩根手指捏死牠，然後把牠吃掉。很好吃。我想著遮在我上方的岩石很可能坍塌，把我活埋。我不在乎。

暴風雨來襲時，我一直在吸海洛因，或許雨已經下了三天而不是兩天，也許只下了一天，但我想天黑了兩次。

我喜歡打瞌睡。那時便沒有疼痛或搔癢。我知道我會活下去的。一個人既然已捱過這一切痛苦，總有個報償吧。

我小時候，教堂裡有位神父，一個身材矮小的傢伙，他最喜歡談論地獄和罪惡。那簡直是他的嗜好。犯下重罪就無法回頭了，這是他的論調。我昨晚夢到他，何理神父穿著黑色浴袍，對我搖著指頭說：「你真可恥，理察·皮查提……重罪……注定要下地獄……注定要下地獄……」

我對他大笑。如果這地方不是地獄，哪裡才是地獄？而唯一的重罪就是放棄。

有一半時間我在昏迷狀態中；另一半時間，我的斷肢發癢，潮濕更讓它們奇痛無比。

可是我絕不放棄。我發誓。絕不就此罷手。在我受過這萬般苦痛後，我不放棄。

二月十二日

太陽又出來了，晴朗的一天。我希望老家的人都被冰雪凍個半死。

對我來說，這是好的一天，和島上的任何一天一樣好。暴風雨來時我所發的高燒似乎退了，我爬出洞穴時虛弱而顫抖，但在太陽下的熱沙上躺了兩、三小時後，我又開始覺得有點像人了。

爬到島的南端，找到好幾塊被風暴打上岸的浮木，包括從我的救生艇上脫落的幾塊木板。木板上有海草，我抓起來就吃了。味道真差，就像吃塑膠浴簾一樣。可是今天下午我覺得強壯了許多。

我把木板拉上來，把它們曬乾。我還有一包防水火柴，若有人靠近時，木柴可以製造信號煙。若是沒有人來，我至少可以用它來當柴火。現在我要再吸點海洛因了。

二月十三日

找到一隻螃蟹。殺了以後在小火上烤熟。今晚我幾乎又可以相信上帝了。

二月十四日

今早我才注意到暴風雨把我用石頭堆起的「救命」信號沖掉了一大半。可是暴風雨已經過去……在三天前吧？我真的那麼昏沉嗎？我得當心，減少劑量。萬一有艘船駛過，而我正在昏睡怎麼辦？

我又一次把字堆好，但這費了我一整天，現在我累得要命，在我找到螃蟹的地方找找看還有沒有螃蟹，結果一無所獲。在搬石頭做求救信號時，我把手割傷了，但儘管我十分虛弱，還是立刻用碘酒制止傷口發炎。無論如何，我得照料我的手。

二月十五日

今天一隻海鷗飛到石堆上。我還沒爬近牠就飛走了。我希望牠下地獄，到那裡去，永遠地啄著何理神父充血的小眼睛。

哈！哈！

哈！哈！

哈！

二月十七日（？）

從右膝下切下小腿，但失血不少。儘管吸了海洛因，還是痛徹心肺。衝擊休克會使另一個意志較弱的人死亡。讓我用一個問題回答：病人的求生欲有多強？病人的求生欲有多強？

兩手在發抖。如果它們背叛我，我就完了。它們沒有權利背叛我。毫無權利。我照顧了它們一輩子。驕縱它們。它們最好不要，不然它們會後悔莫及。

至少我不餓。

從救生艇脫落的一片木板從中裂開，有一端較尖。我用了那一半。我一直在流口水，但仍強迫自己等待。接著我想到了……喔，我們以前常吃的烤肉。威爾·漢默在長島上的別墅有個大得足夠烤一整隻豬的烤肉架。我們會在黃昏時坐在陽台上，手裡拿著大杯飲料，談論外科技術或高爾夫球桿數或是別的。晚風迎面拂來，會讓陣陣烤肉香飄向我們。天啊，烤豬排的香味。

二月？

又從膝蓋處切下另一隻小腿。整天昏昏沉沉。「大夫，這個手術有必要嗎？」哈哈。顫抖不休的手，像老人一樣。我恨它們。指甲下有血。疥癬。記得在醫學院裡有玻璃肚子的那具模型嗎？我覺得我就像那個模型。只是我不要看。我怎麼曉得。我記得唐姆常這麼說。他穿著公路叛徒飛車黨夾克，跳華爾滋般走向站在街角的你。你會說：唐姆，你怎麼把得上那馬子？唐姆會說，他媽的我怎麼曉得。噓。老唐姆。我真希望我待在舊社區裡。唐姆會說，這真他媽痛死人。哈哈。

可是我知道，只要有適當的治療和義肢，我會完好如初的。我可以回到這裡來，對人們說：「這裡。一切就是在這裡發生的。」

哈哈哈！

二月二十三日（？）

找到一條死魚，又臭又爛。我還是把牠吃了。想吐，卻強迫自己忍著。我會活下去的。海洛因真好，美麗的日落。

二月

不敢但是必須。可是我要怎麼綁住那麼高的大腿動脈呢？它粗得像條高速公路一樣。必須。我在大腿上部做了記號，那裡還有肉。我用這枝鉛筆做了記號。

我希望我能不再流口水。

二

你……今天……該休息……所以……起來……到麥當勞……兩個漢堡……特殊調味料……生菜……小黃瓜……洋蔥……要有芝麻的……麵包……

的……的的……噹的的……

二月

今天看了映在水裡的臉，只是一個有皮膚的骷髏頭。我瘋了沒？我一定瘋了。現在我是個魔鬼，怪物。

我已沒有下肢了。只是個怪物。一個頭連著一個軀幹，用手肘在沙上拖行。一隻螃蟹。一隻染上毒癮的螃蟹。現在他們不都這麼叫自己嗎？嘿，朋友，我只是隻上了癮的可憐螃蟹，施捨一毛錢吧。

哈哈哈哈

他們說，你吃什麼就像什麼，這麼說來我一點也沒變！親愛的上帝，衝擊休克，衝擊休克，根本沒有衝擊休克這回事。

哈

二／四十？

夢見我父親。他喝醉時什麼英文都忘了。反正他是狗嘴裡吐不出象牙。笨豬。笨豬。我真高興離開你的房子，爸爸，你這一無是處、又肥又蠢的笨豬。我知道我辦得到，我離開了你，對吧？我憑我的雙手走開了。

可是現在已經沒有可以讓它們割除的部分了，昨天我割下兩隻耳朵。

左手洗右手別讓你的左手知道右手在幹什麼一個馬鈴薯兩個馬鈴薯三個馬鈴薯四個我們有個大冰箱。

哈哈哈

誰在乎。這隻手或那隻手。好食物好肉好上帝我們吃吧。

餅乾，它們的味道就像餅乾

外婆
Gramma

喬治的媽媽走到門口，又回過頭，不放心地摸摸喬治的頭髮。「別擔心，沒事的，外婆也一樣。」

「當然，我知道。叫巴迪涼快地躺著吧。」

「什麼？」

喬治笑笑。「叫他舒舒服服地待在醫院養病吧。」

「喔，好有趣。」媽媽心不在焉地一笑。「喬治，你真是——」

「沒事的啦。」

（你眞是什麼？你眞的不怕單獨跟外婆在一起？她要問的可是這句話？）

如果真是問這句話，答案是不怕。畢竟他現在已經不是六歲小孩，不再是當年剛來緬因州看外婆時的光景。

那時候，只要外婆從她那張白色的合成纖維座椅上伸出手臂抱他，他就會嚇得大哭大叫。外婆白塌塌的、又粗又大的手臂，總是混著水黃蛋和媽媽替她擦上的香粉味。外婆就愛伸出這兩截白象腿似的粗臂來摟他，摟他貼緊她那座大白象似的身體。

巴迪試過，他整個人埋進外婆可怕的懷抱中，居然還能活著出來……但那不一樣，當時巴迪比他足足大了兩歲。

這會兒，巴迪摔斷了腿，正躺在路易斯敦的一家醫院裡。

「萬一有事，你知道醫生的電話。不過，不會有事，對不對？」

「當然。」他的喉嚨突然像卡了塊東西，乾得發痛。他面露微笑。當然，他不再怕外婆，畢竟他已不是六歲的小毛頭了。媽媽要去醫院看巴迪，他要留在家裡，只要單獨跟外婆待一會兒時間。那有什麼問題。

媽媽再次走到門口，又回過頭。不放心又恍惚地笑著。「假如她醒了，要喝茶——」

「我知道。」喬治看到媽媽那副恍惚的笑容底下，藏著很大的恐懼和牽掛，她掛念著巴迪。小馬少棒聯盟的教練來電說，巴迪在跑壘時受傷了。喬治（剛放學回家正在餐桌旁啃餅乾，喝雀巢即溶奶粉）聽見媽媽滑稽地喘了半口氣，追著問：「受傷了？巴迪嗎？傷得多重？」

「我都知道啦，媽，我不怕，這又不怎麼辛苦。妳放心走吧。」

「好孩子，真的不用怕。喬治，你真的不怕外婆了，對不對？」

「當然。」他又笑了。笑得好坦然，笑得天不怕地不怕，笑得像個男子漢大丈夫。他嚥一口口水。這個笑容真是偉大，可是在這偉大的笑容背後，卻是個乾得要命的喉嚨。「替我向巴迪說一聲，我為他的腿傷很難過。」

「會的，」媽媽終於走近門口。下午四點的陽光從窗口斜射進來。「幸虧保了運動意外險。不然真不曉得該怎麼辦才好。」

這位年過五十的婦人，帶著兩個遲來的兒子，一個十三歲、一個十一歲，丈夫早已過世。她仍是一副恍惚的笑容，開了大門。十月的涼意立刻颼颼地湧進來。

「別忘了，阿林德醫生——」

「不會忘，媽，妳快去吧，不然他的腿都上好石膏啦。」

「外婆可能會一直睡著。我愛你，喬治。你是好孩子。」她關上了門。

喬治轉到窗口，望見她快步走向那輛六九年的老爺道奇車，從皮包裡挖出車鑰匙。她不曉得喬治在看她，恍惚的笑容雖然不見了，她整個人好像都恍恍惚惚——為了巴迪。喬治心裡很不是滋味，他才不會對巴迪有這種感覺。

巴迪經常捉弄他，把他壓在地上，用膝蓋頂他的肩膀，拿支湯匙不停敲他的額頭。（巴迪把這叫做湯匙虐待法，一面敲他、一面笑得像個瘋子，非要整到喬治大哭為止。）有時候又用印第安繩套勒他的手臂，勒到滴出血來。有天晚上，巴迪很好心地聽喬治說他如何喜歡海瑟·麥亞道。

結果第二天一早，巴迪像輛消防車一樣滿校園到處嚷嚷：「喬治和海瑟躲在樹上玩親親！談完戀愛又結婚，哇塞，快來看！這邊來了一輛娃娃車，推車的原來就是海瑟小媽咪！」這次摔斷腿對巴迪來說根本不礙事，要不是媽媽太緊張，喬治真希望他老哥一直住在醫院裡。

老爺車退出車道，暫停一會兒，媽媽仔細往兩邊望望，其實大可不必，從來也沒什麼車子出現過。現在媽媽要正式上路了，全程十九哩。

路面揚起一陣塵土，亮麗的十月午後，不久一切又歸於沉寂。

喬治一個人留在屋子裡。

跟他外婆在一起。

他嚥了口口水。

（嘿！不辛苦，涼快地躺著，對不對?!）

「對。」喬治低聲吐出一個字，然後穿過小小的、盛滿陽光的廚房。他是個挺好看的小男孩，一頭蓬蓬的黃髮，臉頰和鼻梁上橫過一道可愛的雀斑，深灰色的眼珠喜感十足。

牆上有具電話，緊靠著它的是塊留言板，留言板邊上還掛著一枝筆。板子上方一個角落畫著一位快樂的農家老奶奶：紅紅的臉蛋，一頭白髮梳向腦後束成一個髻。她嘴裡吹出好大一個氣球，氣球裡框著她說的話：「別忘啦，孩子。」

媽媽在板上留了字：阿林德醫生，６８１４３３０。這幾個字早在三個星期前就寫下了，因為外婆又犯「惡咒」的老毛病了。

喬治拎起話筒。「——所以我對梅寶說，如果他對妳那樣——」

喬治放下話筒。他們的電話是幾戶人家共用一條線路的裝置。平常他們最受不了漢妮・杜德的愛說話。

這簡直就是她每天下午的例行公事。媽媽說漢妮只要話匣子一開，五臟六腑全出來了。他們母子三個坐在飯桌上，為這句話笑得前俯後仰。直到外婆一聲接一聲的露絲！露絲！露——絲——媽媽才收住笑容，衝進外婆的房間裡。

今天不同，漢妮的聲音讓他大為鎮定。這證明電話線路暢通，一點問題都沒有。兩個星期前下過一場暴風雨，從那以後，電話曾經壞過幾次。

喬治發現自己老盯著留言板上那位快活的漫畫奶奶瞧。不曉得有這樣一位和藹可親的奶奶是什麼感覺。他的外婆又胖又呆又瞎。

高血壓是造成她癡呆的一個原因。有時候，她的「惡咒」一來，就亂喊亂罵，那副德行就像媽媽說的「像個窮兇極惡的韃靼人」。有一次媽媽忍無可忍地衝進去，叫外婆閉嘴，閉嘴！喬治特別記得這件事，倒不是為了這是媽媽頭一次對外婆吼，主要是這件事發生的第二天，有人發現楓糖路那邊的伯契墓園整個被人破壞了——墓碑全翻了過來，從十九世紀保存下來的大鐵門也給拆了，有兩個墳墓根本就被挖開了。

校長為這件事，很痛心地對全校同學演講，還特地用了「褻瀆」兩個字。喬治聽不懂，去問巴迪這是什麼意思。巴迪說意思就是把墳墓挖開，朝棺材上撒尿，喬治不信……除非天很晚，又很黑。

外婆在「惡咒」來的時候很吵，不過多半時間她都躺在床上。那張床她已經躺了三年，穿件睡袍，像小小孩似的包尿片，穿橡皮褲。臉上淨是皺皮，眼珠鈍鈍的什麼也看不見，就像兩朵枯萎的藍色鳶尾花飄浮在黃兮兮的角膜上。

起先外婆的眼睛還沒全瞎，只是必須有人一邊一個把她從椅子上撐起來，攙扶著走到臥房或浴室。在那時候，也就是五年前，外婆的體重足足有兩百磅。

就在那時候，她伸出兩隻肥手，八歲的巴迪勇敢地迎上去，喬治拚命往後退，嚇得大哭。

「我現在才不怕，」喬治自言自語著：「一點都不怕。她只不過是個老太婆，有時候會發發『惡咒』罷了。」

他裝了一壺水，擱在爐子上，再拿出一只茶杯，往裡頭放一包外婆專用的草茶包：萬一她醒來想喝一杯——天哪，最好不會，否則，他就得爬上那張高腳床，坐在外婆身邊，一口一口餵著她喝，看著她沒牙的嘴湊在杯沿上一撇一撇，還得聽著她咕嘟咕嘟吞茶水的聲音，而她的瞎眼就這樣直勾勾地瞪著你……

喬治舔了舔嘴唇，再走回餐桌。他吃剩的餅乾和半杯即溶牛奶還在那兒，他沒胃口了。他看看課本，千篇一律的封面，乏味。

他應該進去瞧瞧她。

他不想。

他吞口水，但喉頭卻還是乾得發痛。

「我不怕外婆，」他在心裡想，「要是她伸出手，我就投進她的懷裡，反正她只是個老太婆嘛。她太老了，所以會有『惡咒』，就這樣而已嘛。讓她抱我好了，就像巴迪一樣。」

他穿過走廊，到外婆的房間，他苦著一張臉，嘴唇抿得泛白，他往裡看，外婆躺著，花白的頭髮散開來，兩眼閉著，還在睡，沒牙的嘴開著，被單底下幾乎看不出胸口有起伏的感覺。

（上帝啊，要是媽媽還沒回來，她就死了呢？

不會的，不會的。

可，可是萬一會呢？

不會啦，別像個膽小鬼一樣。）

外婆的一隻手在被單上很慢很慢地動著，長指甲挨著被子發出一點聲音。喬治連忙往後一退，心跳得亂厲害的。

他退回廚房看看媽媽是不是已經去了一小時，或者一個半小時——假如是後者，他可以放心大膽地等她回來。一看鐘，想不到居然只過了二十分鐘。媽媽連城都還沒進，更別提回家了！他一動不動地站著，專心地聽著一屋子的沉默。很輕很輕的冰箱馬達聲，電時鐘的答答聲，微微的風聲，還有——皮膚跟衣服的摩擦聲……是外婆那隻滿是皺紋的手在被單上很慢很慢地磨蹭著。

他雙手合十，屏住呼吸，一口氣把禱告詞全部唸完：

「上帝保佑在媽媽回來前千萬別讓她醒過來阿門。」

禱告完畢他才坐下來，安心地把餅乾吃了，牛奶也喝了。他想打開電視看看節目，又怕吵醒外婆，更怕聽那一聲比一聲高的露絲！露絲！拿茶來！茶啊！露——絲！

他用發乾的舌頭舔舔更乾的嘴唇，一面對自己說別那麼膽小，躺在床上的不過是個老太婆，她又不能起來傷害他，她都八十三歲了，今天下午她不會死。

喬治走過去，再拿起話筒。

「——同一天欸！而且她還知道他結過婚的！天哪，我真恨這些賤貨！所以我就說啦——」

漢妮一定在跟蔻拉通電話。漢妮差不多每天下午一點到六點都霸著電話，先是天南地北瞎扯，再是東家長西家短的管閒事，蔻拉是她最忠實的聽眾之一。

他把話筒擱回去。和鎮上別的孩子一樣，他和巴迪最喜歡嘲弄又胖又嚕嗦的蔻拉，每次經過她家，他們兄弟倆就拉開嗓門唱，「蔻拉蔻拉來自波拉波拉，吃了狗屎還說好啊好啊！」這要是讓媽媽知道，不宰了他們才怪。

可是現在，喬治很高興聽見漢妮和她在電話裡聊個沒完，最好聊它一整個下午。其實，蔻拉人很好，有一次巴迪追他，他一跤摔在蔻拉門口，刮破了膝蓋，蔻拉好心地替他貼上ＯＫ繃，還請他們一人吃一塊蛋糕。喬治想到自己唱那種狗屎歌，還有一些其他的惡作劇，心裡真是亂不好意思的。

他拿起一本課本，看了一會兒就收起來，學校開學不過一個月，這些書早看過好多遍了。讀書他在行，運動是巴迪強。算了吧，他得意地想，腿都摔斷了，強不了多久啦。

他把歷史課本拿出來，才坐下，又心神不定地站起身，穿過走廊，探頭進房裡看，那隻蠟黃的手動也不動，外婆還在睡著。她的臉襯著枕頭，像個灰色凹陷的大圓圈。在喬治眼裡，她不像別的老人家在垂死前應該有的模樣。她看起來一點都不祥和，反而很瘋狂，很——

（很危險！）

……對對對，很危險——像頭老母熊，隨時還會張牙舞爪發出最後一記狠勁。

喬治還記得很清楚，那年外公過世，他們隨媽媽一起來城堡岩照顧外婆。以前媽媽都在史崔福鎮的史崔福洗衣店做事。外公比外婆小三、四歲，是個木匠，敲敲打打一直做到他死的那天為止。心臟病。

從那時候起，外婆漸漸變得癡呆，並不時出現「惡咒」。外婆脾氣火爆，她教過十五年書，在這中間，她生過九次孩子，也跟常去做禮拜的教堂吵過無數次。據媽媽說，外婆就在辭掉教書工作的同時退出公理教會。可是，一年前左右，芙洛姨媽從鹽湖城來看他們，那天晚上媽媽和芙洛姨媽聊得很晚，喬治和巴迪躲在冰箱後面偷聽，結果聽到一個完全不同的故事。原來外公和外婆是被教會趕出去的，連外婆的教書工作也是被學校開除的，因為她犯了錯。好像是跟書有關係的錯事。奇怪，怎麼會有人因為書的關係，同時被教會和學校一起開除？喬治搞不懂，兄弟倆爬上床以後，喬治問了哥哥。

「書有好多種，笨蛋。」巴迪小聲地說。

「我知道，可是哪一種呢？」

「我怎麼知道，快睡！」

一陣沉默。喬治在想。

「巴迪？」

「幹嘛？」很不耐煩的口氣。

「媽媽爲什麼跟我們說是外婆自己要離開教會跟學校呢？」

「因爲這是櫃子裡的骷髏，懂了吧！快給我睡覺！」

他睡不著。兩隻眼睛緊盯著衣櫃的門，掩映的月光下，只現出模糊的輪廓，他不斷在想，萬一門打開了，露出一個骷髏，墓碑似的牙齒，窟窿般的眼窩，鳥籠一樣的肋骨，他會不會慘叫？巴迪的話是什麼意思，櫃子裡的骷髏？骷髏跟書有什麼關係？想著想著，他睡著了。夢裡他又回到六歲，外婆向他伸出手臂，一對瞎眼不停在找他。尖細的聲音說著：「小的那個呢？露絲，他爲什麼哭啊？我只是想把他放進櫃子裡……跟骷髏放在一起。」

這件事喬治始終想不通。一個月後，芙洛姨媽走了，喬治迫不及待把那晚偷聽說話的事告訴媽媽。當時他已經懂得櫃子裡的骷髏是什麼意思了，他問過班上的老師瑞登巴赫太太，老師說那是家醜的意思，家醜，指的就是一些會被很多人議論的壞事。

他把這件事告訴媽媽，媽媽的臉色馬上凝重起來，手停在她正在打的單人撲克牌上。

「喬治，你覺得這件事這樣做對嗎？你跟哥哥兩個經常躲在冰箱後面偷聽人說話嗎？」

「我們喜歡芙洛姨媽，我們想多聽她說點話。」

這是實話。

「是巴迪的主意？」

的確是，可是喬治決定不說，他怕要是巴迪發現是他打的小報告，不知道會對他怎麼樣。

「不是，是我。」

媽媽靜靜坐了好久，才又開始玩牌。「唉，也許現在是時候了，」她說，「說謊大概比偷聽更壞吧。長久以來，關於外婆的事，我們一直在對小孩撒謊，也許也是對自己撒謊。」緊接著她既痛苦又激動，整張臉為之扭曲，彷彿將要說出的話是強酸或高熱，讓她無法忍受。「可是我得跟她住在一起，我再也承受不了這些美麗的謊言了。」

下面就是媽媽告訴他的故事。外公和外婆結婚以後，有了一個孩子，生下來就死了，一年後，他們又有了一個孩子，生下來也死了。醫生對外婆說她不可能正常地生下小孩，她只能不停懷孕，可是胎兒不是死在肚子裡就是一生下來就死掉。除非哪天那個死胎留在她肚子裡太久，爛了，結果連她也一起送命。

這是醫生親口說的。

不久後，那些書來了。

「是關於怎麼生孩子的書嗎？」

媽媽沒說——也許不願說。她也不說外婆從哪裡弄來這些書，或是怎麼知道有這些書。外婆又懷孕了。這次，孩子剛生下來之後沒死，呼吸了一段時間還是沒死。往後，外婆不停懷孕，不停生產。有一次，媽媽說，外公想叫她丟掉那些書，看看能不能靠自己做到，外婆不肯。喬治問為什麼，媽媽說：「我想那時候，外婆已經把這些書看得跟生小孩一樣重要了。」

「我不懂。」

「我也不大懂……那時候我還很小。我只知道那些書控制了她。她也不許別人再提這件事。因為家裡的一切都由外婆決定。」

喬治合上歷史課本，抬頭看鐘，快五點了。他覺得有點餓。他突然嚇得跳起來，萬一到六點媽媽還不回來，外婆一定會醒，她會吵著要吃晚餐。媽媽忘了跟他提這件重要的事，可能她太擔心巴迪的腿傷了。不過他大概會做一頓外婆的特別冷凍餐。所謂特別是指外婆不能吃鹽。另外她還要吃一千多種不同的藥丸。

至於他自己，只要把昨晚吃剩的通心麵熱一熱，再澆點番茄醬就行了。他從冰箱取出通心麵和起司，舀在平底鍋裡，爐灶上的茶壺還在待命，只等外婆醒來，會說：「來杯快活茶。」喬治的牛奶正倒到一半，他停下來，又拿起電話。

「——我簡直不敢相信自己的眼睛，就在……」漢妮突然收住話頭，一個勁的尖聲大吼：「誰一直在偷聽電話，我倒要看看是哪個傢伙！」

喬治飛快地擱下電話，臉上一陣臊熱。

（她才不知道是你，笨蛋。這條電話線一共有六户人家呢！）

偷聽總是不對的，就算只有你一個人，一個人跟外婆待在家裡，就算你媽媽進城去了，天也要黑了，而外婆在那個房間裡躺著，像隻——

像隻大母熊，隨時準備張牙舞爪，發出最後一記狠勁的大母熊，你好想聽見另一個屬於人類的聲音，可是，偷聽總是不對的。

喬治只好去喝牛奶。

媽媽生於一九三〇年，接下來是芙洛姨媽，一九三二，再來是富蘭克林小舅，一九三四。小舅一九四八年就死了，急性盲腸炎。媽媽每次提起這件事都會流淚，在兄弟姊妹中，她最喜歡小舅，她說，這麼好的人，不該那麼短命，她說上帝實在太不公平。

喬治望向窗外。夕陽餘下的一片金光，已經落得比小山頭還低了。要不是巴迪那條該死的腿，媽媽早就回家來做晚餐（包括外婆的無鹽特餐），然後大家一塊兒有說有笑度過愉快的一晚，說不定還可以玩一會兒撲克牌。

天還沒完全黑，喬治已經打開廚房的燈。再打開小火熱他的通心麵。他腦子裡仍舊裝滿外婆像條大胖蟲的身體蜷在白色塑膠椅上，穿著粉紅色睡袍，伸出兩隻粗胖的手臂等著他的影像。

「帶他過來呀，露絲，我要抱抱他。」

「他有點害怕，媽媽，他慢慢會過來的。」他媽媽也在怕。

「害怕？媽媽？」

「是啊。」媽媽說。

外婆的聲音抬高了：「別太寵孩子，露絲！帶他過來，我要好好地抱抱他。」

「不要。他在哭。」

外婆放下了手臂，臉上浮起一種癡呆的笑：「他眞的像富蘭克林嗎，露絲？我記得妳說他很像的。」

喬治慢慢攪著那鍋摻了起司和番茄醬的通心麵。他怎麼會想起這些。是太安靜吧，還有就是單獨跟外婆留在家裡的關係。

後來，外婆生了好多孩子，又開始教書，所有醫生都嚇傻了。外公的木匠工作也越做越順利，甚至在景氣最低迷的時候，他都不會失業，終於人家說話了。

「他們說什麼？」喬治問。

「沒什麼了不起的，」媽媽說。「他們只是說你外公外婆運氣實在太好了。」再後來，好像校董發現了什麼，還有一個僱來的人也發現了些什麼。於是謠言四起。外公和外婆就搬到巴克斯登去住。

孩子一個個長大，然後也有了自己的孩子。媽媽結婚後，隨爸爸遷居紐約，巴迪出世，他們又搬到史崔福，一九六九年生下喬治，一九七一年，爸爸被一個酒後駕駛的人撞上而死亡。

外公心臟病發的時候，幾位姨媽、舅舅之間的書信往來多得像雪片一樣。大家都不想把這位老太太送到療養院，她又不想住在任何養老院。

外婆不要的事，最好依著她。她只想跟定其中一個孩子安度餘年。問題是，他們大都已經成家，不管哪個都不願意讓這麼一個癡呆又不討人喜歡的老女人進家門。除了露絲，她丈夫死了，只剩兩個孩子。

又是書信來來往往好一段時間，最後喬治的媽媽認輸。她辭了工作，帶著兩個年幼的兒子到緬因州來照顧這位老太太。

兄弟姊妹合資在城堡岩鎮外買了一棟小屋，那裡地價最便宜。每個月大家會寄張支票過來，讓她可以無後顧之憂地幫外婆，還有她自己的兩個孩子做點什麼。

「結果是，我那些兄弟姊妹讓我成了佃農。」媽媽說這話的語氣好苦澀，不過喬治實在聽不懂這句話的意思。喬治知道媽媽為什麼最後會認輸（是巴迪告訴他的），因為每個人都向她拍胸脯保證，外婆不可能活得太久。外婆一身都是毛病——高血壓、尿毒、肥胖、心悸亢進。連芙洛姨媽在內，大家都說了不起八個月，最多最多一年。可是到今天，整整五年，喬治說這個「不太久」還真久。

的確，真久，她像一頭大母熊在等待……等什麼呢？

（露絲，妳知道怎麼對付她，妳知道怎麼叫她閉嘴。）

喬治正要查看冰箱上貼的無鹽食譜說明書，但突然停住，全身冰冷地僵在當場。這句話從哪來的？

他的肚子到胸口間突然冒起一排雞皮疙瘩。

喬治舅舅。喬治就是依他的名字取的。這是他的聲音。是他在兩年——不，三年前，帶著全家來過聖誕節時說的話。

（她現在癡呆以後，變得更危險了。）

（喬治，小聲點。孩子都在。）

喬治筆直地站在冰箱旁邊，一手搭在冰冰的鉻鋼把手上，想著，回憶著，專注地凝望越來越重的夜色。那天，巴迪不在場，巴迪早就到外面滑雪了。所以只有他在走廊上找一雙成對的厚襪子，碰巧聽見媽媽和喬治舅舅的對話，這能怪他嗎？他不這麼認為。上帝沒讓他耳聾也能怪他嗎？當然不能。

「妳懂我的意思。」喬治舅舅又說。

他太太帶著三個女兒到蓋茲瀑布做聖誕節前的最後採購。喬治舅舅十分篤定，就像那個撞死爸爸的醉鬼一定會坐牢一樣篤定。

（妳忘了富蘭克林礙著她的結果啦？）

（喬治，好啦，再說我就把剩下的啤酒統統倒掉！）

（她也不是故意的，只是一時管不住舌頭。腹膜炎——）

（喬治，閉嘴！）

也許，喬治心想，不是只有上帝才會作怪。

他打斷思緒，從冷凍庫取出外婆的晚餐。小牛肉。邊上配了些青豆。先把烤箱加熱，設定在三百度，烘烤四十分鐘，這個簡單。茶也有了，晚餐也有了，只等外婆的叫喚。阿林德醫生的電話就在留言板上，一有情況就撥電話。一切妥當，還怕什麼？

他從來沒有單獨跟外婆相處過，這就是他怕的事。

（帶他過來，帶他到我這裡來。）

（不要，他在哭。）

（她現在更危險了……妳懂我的意思。）

（關於外婆的事，我們都騙了這些孩子。）

他和巴迪都沒有單獨跟外婆留在家裡過。直到現在。

喬治忽然唇乾舌燥，他趕緊喝杯水，他覺得……很滑稽。這些念頭，這些記憶。幹嘛要想起這些亂七八糟的事呢？

外婆那間房間，突然發出一種噎到打嗝的聲音。

他轉身準備舉步，鞋子卻像釘在地板上動彈不得。他的心就像塊烙鐵，兩眼凸出，「快去啊！」他的腦袋在叫他的腳，他的腳卻立正說：「辦不到！」

外婆從來沒發過這種怪聲。

又來了，噎到的聲音，低低的，然後越來越弱，就像蚊子嗡嗡飛過。喬治總算能夠抬腳走出去，他穿過走廊，往外婆房間裡看，心撲通撲通地跳。喉嚨卡得死緊，連口水都過不去。

他的第一個想法是，還好，外婆還在睡，只是出了點怪聲而已，可能平常也有，只是他在上學沒聽過。

外婆很好，睡得很沉。

然後，他注意到露在被單外面那隻蠟黃的手，現在垂掛在床沿上，長長的指甲幾乎碰到地板。她的嘴開著，皺皺圓圓的，像爛掉水果上蛀出的一個洞。

喬治怯怯地、猶疑地，一步步上前。

他在她旁邊站了好久，只是看著她，但不敢碰。本來被單底下那一絲絲微弱的起伏好像都已經停止。

好像。

這可是關鍵字。好像。

那是因爲你自己疑神疑鬼，笨蛋，就像巴迪說的——這只是個遊戲，是你的腦袋對你的眼睛玩的把戲，她呼吸得好好的，她——

「外婆？」話一出口，他又趕緊跳開。這次他的聲音稍微大了點。「外婆？妳要不要喝茶？外婆？」

沒有回音。

眼睛閉著。

嘴巴開著。

手垂著。

外面，樹枝縫隙間只透出幾線泛紅的餘暉。

他看著外婆，他看到的不是躺在床上的外婆。他看見她坐在椅子上，唸著一連串像外國話似的「惡咒」——加金！加金！哈司德賴恩，喲索喔！——每逢這時候，媽媽就會聲色俱厲地把他們趕出去，兄弟倆一言不發站在車道上，兩手插在褲袋裡，想不通這到底是怎麼一回事。

過了一會兒，媽媽又像沒事一樣，再叫他們進來吃晚餐。

（妳知道怎麼對付她，妳知道怎麼叫她閉嘴。）

好久沒想起這幾句「惡咒」了。

外婆的「惡咒」。

女巫都會唸咒語。白雪公主裡的毒蘋果、王子變成癩蛤蟆、糖果屋、驅病符、快快變……都是咒語。

這些無解之謎在喬治的腦中盤旋，感覺就像魔術。

魔術，喬治喃喃唸道。

這表示什麼呢？是外婆，當然是外婆和她那些書，外婆被逐出小鎮，外婆先是沒辦法生孩子，後來生了一大堆，外婆又被逐出教會。是外婆，她沒牙的嘴含著一絲獰笑，她空洞的瞎眼藏著狡猾，她頭上還戴了閃著星月光輝的圓錐形黑帽，她腳邊蹲伏著幾隻大黑貓，眼珠黃得像尿液。還有黑色的蠟燭、黑色的星星……

外婆以前一定是女巫，就像「綠野仙蹤」裡的壞巫婆。現在她死了。那種噎到的聲音，喬治越想越怕，那一定是……是……是「死亡的訊號」。

「外婆？」他小小聲叫著，瘋狂地想著，哇噢，壞巫婆死啦。

沒有反應，他圈起手放在外婆的嘴上。沒有氣息噴上來。他的恐懼稍微減退了一部分，他記起弗雷舅舅教他如何沾濕手指測風向。現在他把整隻手掌全舔濕了，伸到外婆的嘴巴前面。

還是沒有半點氣息。

他準備撥電話通知阿林德醫生，但轉念一想又打消了。假如他撥了電話，外婆又沒死呢？他要弄個清楚。

把她的脈。

他停在走廊上，懷疑地看著那隻垂下的手。睡袍的袖子被扯上去，露出一截手腕。他以前曾經學過護士把手指按在自己的脈搏上試過，什麼也感覺不出來，要是照他的技術來把脈，那他自己也早就是死人了。

再說，他實在不想……不想去碰外婆。就算她已經死了，何況她只是好像死了。

他一時拿不定主意，到底要不要撥電話。他應該——

——拿面鏡子！

對呀！對著鏡子呼吸，鏡面上一定有霧氣。有一次在電影上，他看過一個醫生用這個方法檢查一個失去知覺的人。外婆的房間和浴室相連，喬治連忙進去取出外婆的雙面鏡。一邊是正常的，一邊是放大的。

喬治回到床邊，把鏡子舉到幾乎貼上外婆咧開的嘴上。他一面從一數到六十，一面注意外婆。毫無變化。鏡面上完全沒有霧氣。

外婆死了。

喬治的心情開始放鬆，可是對於自己竟有些難過而驚訝。也許她以前是女巫，也許不是。也許她只是以為自己是個女巫。不管是或不是，她現在已經死了。

他把鏡子放回浴室裡再出來，經過她的床前，忍不住又瞥向外婆的身體。落日為這老死的臉孔抹上一層野性的橘紅色彩，喬治立刻轉開視線。

他回到廚房，到電話機前，決定把每件事情都做到正確無誤。他心底已經勾勒出一幅很美的遠景：以後不論什麼時候，如果巴迪再取笑他，他只要撂下一句：外婆死的時候，就我一個人在家裡，我把每件事情都做對了。

撥電話給阿林德醫生，這是第一件。對醫生說：「我外婆剛剛死了。你可不可以告訴我應該怎麼辦？先蓋起來，還是怎麼樣？」

不對。

「我想我外婆大概剛剛死掉了。」

對，這樣比較好。沒人會相信一個小孩能確定這麼大的一件事，對，這個說法比較好。

或者：

「我確定我外婆一定是死了——」

棒！這個講法最好。

然後，說出鏡子和「死亡訊號」等等一切細節。然後，醫生很快會來，等他檢查完畢，就一定會說，「我宣布外婆已經確定死亡。」然後，他又會對喬治說：「喬治，這麼嚴重的情況，你應付得又冷靜又好，真難得，恭喜你。」再然後，輪到喬治說些謙虛的客套話。

喬治注視著醫生的號碼，在抓起話筒前，他先做兩三次深呼吸。他的心跳加速，不過胸口倒是沒有烙鐵灼燒的感覺。外婆死啦。最壞的事已經發生，這總比等她開口大叫媽媽端茶進去好得多。

電話斷了。

他無法置信地聽著無聲的話筒，他的嘴正要開口說：對不起，杜德太太，我是喬治·布克納，我要打電話給醫生說我外婆的事。沒有聲音，連嘟嘟聲也沒有。就像床上那個人，死靜、死靜的。

外婆她——

——她——

（哦，她——）

涼快地躺在那裡。

雞皮疙瘩又爬上他的身子。茶壺還在爐子上，放著草藥茶包的杯子還在流理台上。不必再倒茶給外婆：永遠都不必了。

（好涼快好涼快地躺在那兒！）

喬治打了個寒顫。

他的手指不停上下上下按著切線鈕，電話真的壞了，就像——

（就像她涼快地）

他狠狠甩下話筒，聽見微微一聲鈴響，他連忙提起話筒再聽，希望奇蹟出現，沒有，這次他好好地、慢慢地把話筒放回原位。

他的心又開始隱隱作痛。

我一個人跟她的屍體待在這幢屋子裡。

他穿過廚房，在餐桌前站了一會。

等吧。現在只有等媽媽回來。還是這樣比較好，眞的。電話壞了，外婆如果沒死，而是病情發作，或者口吐白沫，再不然滾下床來——

啊，那才糟糕。他本來可以把一切都做得很好，都是那種鬼念頭。

就像一個人坐在黑暗裡，胡思亂想——看著牆上的暗影，想到死亡，想到死人，想到他們會在暗中摸近你身邊，想這，想那——

反正在黑暗裡，思想就像個圓圈。不管你強迫自己去想——花、耶穌、棒球，或是奧運會上得金牌——結果總是兜回原位，只看到黑影中的一隻隻利爪和一對對眨也不眨的眼睛。

「搞什麼啊！」他暗罵一句，自己摑了一巴掌。他不再是六歲的小男孩。外婆死了，如此而已。

他心底泛起一個嚴厲的聲音。

夠啦！喬治，快去辦你的正事吧！

我知道，知道，可是——

他再回到她的房門口。

外婆還是老樣子，垂著手，張著嘴。現在她已經成為家具的一部分。你可以把她的手放回床上，你可以扯她的頭髮，你可以替她戴上耳機，隨你怎麼整都行，就像巴迪常說的玩完了。外婆已經玩完了。

突然，離喬治左邊不遠處，響起一種低沉的，很有節奏的拍擊聲。他克制住大叫的衝動，過去查看。原來是擋風門，上星期巴迪才剛裝上的。是擋風門的插鞘沒拴緊，在風中拍來拍去。

喬治探出身子，拉住擋風門。一陣風——不是微風，是大風——把他的頭髮都吹得豎了起來。他把門拴牢，一面奇怪哪來的這陣怪風。媽媽走的時候天氣還好好的。不過媽媽走的時候是陽光充足的下午，現在已經是黃昏。

喬治再瞄一眼外婆，便回廚房去試電話。還是沒聲音。他坐下，又站起來，在廚房裡來回踱步、想著。

一小時後，天完全黑了。

電話還是無聲。喬治猜可能是風把線路又吹壞了。外面的風吹得廊簷呼啦呼啦響。喬治想道，下次童子軍大露營的時候，他可有故事好講了，對……他獨自一人跟死了的外婆留在屋子裡，電話壞了，外面風聲呼號，颳得滿天的烏雲快速向前移動，烏雲夾帶著悽慘的白色，就像外婆雞爪般兩隻手的顏色。

簡直就像巴迪說的，經典。

他真希望現在就是講這段故事的時候，所有一切已經安全地拋在腦後。他坐在餐桌邊上，歷史課本攤在面前……風更大了，房子裡什麼怪聲都有，全都是零件忘了上油引起的聲響。

媽媽就快回來了，她一回來，一切就會平安無事了。一切平安無事。

（你沒蓋上她的臉！）

（你沒蓋上她的臉！）

喬治嚇得跳了起來，瞪大眼睛望著電話機。應該要把被單拉上來蓋住死人的臉，電影上都是這麼演的。

去它的！我才不要進去！

不用！沒道理嘛！等媽媽回來她自己會去蓋的！阿林德醫生也會！

任何人，任何人都可以，除了他以外。

沒理由要他做這件事。

巴迪的聲音在耳邊響起：

你要是不怕，爲什麼不敢做？

不關我的事。

膽小鬼！

也不關外婆的事。

膽——小——鬼！

喬治認真地考慮著，如果他沒把被單拉上來遮住外婆的臉，那就不能說每件事都做得完美齊全，到時候，巴迪又有話好說了。

喬治站起來，不斷提醒自己外婆已經玩完了。他可以把她的手放回床上，把茶包擱在她鼻子上，隨便他怎麼整，死人是一了百了，什麼都不知道，其他的全是幻想，幻想櫃門打開，幻想骷髏在月下滑舞，幻想——

他低呼出聲，「停，別想了行不行？別那麼——」

（沒知識！）

他鼓足勇氣，決定進房間去，替她拉上蓋頭，讓巴迪連一句話都沒得說。除了這一件，他還要把茶包和茶杯都收好。這些也算是外婆死後的幾項簡單的儀式。要做，就要做得齊全。

他走進去，每一步都小心翼翼。外婆的房間漆黑。她的身體像床上鼓起的一大塊腫瘤，他焦急地到處摸索電燈開關，最後總算把燈打開，黃黃的燈光灑滿一室。

外婆躺在那裡，手垂著，口張著。喬治端詳著她，感覺到自己額頭上沁出一顆顆冷汗。他不知道他的責任是不是還包括拉起那隻冰冷的手，放回床上。不能。這太過分。什麼事情都能，就是不能碰她。

很慢很慢，彷彿走過一堆奇厚無比的黏液，他逐漸靠近外婆。他站在她身邊，低頭看，外婆黃黃的，一半是因為燈光，一半不是。

他的喘息聲清晰可聞，他一把抓起被單，蓋過外婆的臉。被單稍微滑開了點，露出了她的頭髮，和黃黃的額頭。他再鼓足勇氣，抓起被單，盡量別讓自己的手碰到她，即使隔著布也不要，他又拉一次。這次非常滿意。喬治的恐懼感消退了些。他已經埋葬她了。沒錯，這就是要蓋住死人的原因，象徵著把他們「埋」了。

他看著那隻還沒「埋葬」的手，現在他敢碰它了，他可以把它塞進被單底下，跟她身體的其他部分收在一起。

他彎下腰，抓住那隻冰涼的手，抬起來。

那隻手在他手裡一扭，扣住他的手腕。

喬治尖叫。踉蹌地向後退，尖叫聲劃破空蕩蕩的屋子，劃破呼呼的風聲，劃破屋子裡各種稀奇古怪的響聲。他退開了，外婆的身子被他拉得斜在一邊，那隻手「砰」的一聲落下來，扭著、轉著、對空抓著……然後恢復原來的姿勢，垂著。

沒事！沒事！這只是種反射作用。

喬治沒事人一樣點著頭，可是他馬上想起她的手剛才是怎麼轉過來，扣住他的手。他再次尖叫。他瞪大眼睛，頭髮根根直豎，心跳得快衝出胸腔，世界整個轉錯了邊。每一次理智剛要甦醒，驚慌又急速漫湧上來。他打著轉，只想衝出房間，到別的屋子——甚至跑三、四哩路也在所不惜——只要他能控制住眼前的情況。於是，他沒命往前衝，歪歪斜斜地一頭撞到牆上，離房門口還有足足兩呎。

他一個反彈，蹲在地上。腦袋一陣劇痛，他摸摸鼻子，手上沾得都是血。鮮紅的血滴落在綠襯衫上。他掙扎著爬起來，發狂地四下張望。

那隻手還是像先前那樣垂著，可是外婆的身體不斜了；它也恢復了原來的位置。

這全是他的幻想。他只是踏進房間，其他的全是幻覺。

不對。

痛楚讓他清醒。死人不會扣住你的手腕。死了就是死了。死人可以受人擺佈，可是死人不會擺佈人。

除非妳是女巫。除非妳選定了死亡的時辰，只有一個小孩看家的時辰，因爲這是最好的機會，妳能夠……能夠……

能夠怎樣？

沒怎樣。蠢啊，都是害怕造成的，統統是幻想，假的。他用手臂擦擦鼻子，整個人痛得一縮。手臂上也是血。

他不要再靠近她。管它是真的還是幻想，他再也不要理她。驚恐消退了，害怕依舊。他怕得直想哭，看著自己的血跡抖個不停，希望媽媽快點回家料理一切。

喬治走出房間，穿過走廊，進入廚房，呼出一大口氣。他得弄塊濕布擦鼻子，他突然感覺想吐。他快步走向水槽，打開冷水，彎下身，從水槽下的盆子裡抽出一塊布——是外婆的舊尿片

——對著水龍頭猛沖，一面猛吸著鼻血。直到握尿布的手都麻了，才關起水龍頭，擰乾它。

就在他把濕布放在鼻上時，那間房裡傳出她的聲音。

「孩子，過來，過來——外婆要抱你。」

喬治想大叫，卻叫不出聲。從那間房裡傳出的聲音，和平常媽媽在裡面幫外婆洗澡一樣，一會兒撐起，一會兒放下，一會兒轉身，一會兒擺平。

只是現在聽起來很怪——好像外婆正在……正在下床。

（孩子！來啊！快來啊！一步步走過來！）

他驚恐萬分地看著自己兩隻聽命行事的腳。他不斷對它們說停下，它們卻一步步往前走，左腳、右腳、左腳、右腳。他的腦子成了身體的囚犯——一座塔裡的人質。

（她的的確確是女巫，她是女巫，她會「惡咒」，很惡很毒的咒，上帝，耶穌，快救救我，救命救命救命——）

喬治已經走出廚房，穿過走廊，踏進外婆的房間。天哪！真的，她不但試著下床，而且真的下來了，現在，正好端端坐在那把白色塑膠椅上。

現在外婆一點都不癡呆了。

她的臉依舊慘淡皺垮，可是癡呆相已經消失。現在，她的臉上發出帶著狡黠的光芒——像根點著的、發臭的蠟燭。一對死魚眼呆滯混濁。胸口看不出一絲起伏。睡袍掀了上去，露出兩截象腿。床上的被單早已拉到一邊。

外婆向他展開雙臂。

「我要抱你，小喬治，」平板的死人聲音開腔了：「別像個膽小愛哭的孩子，來，讓外婆抱抱。」

喬治拚命想往後退。外面風聲狂嘯，喬治的臉怕得變了形。

他更靠近她了，不由自主地一步一步，把自己拖向那個展臂歡迎的懷抱。

他要證明給巴迪看，他不是愛哭的膽小鬼，他要到外婆身邊去。

就在他幾乎碰到外婆的手臂時，左邊的窗戶突然被風吹開，一根斷裂的樹枝颳了進來，上面還掛著秋天的黃葉。房間裡頓時狂風滾滾，吹向外婆，吹起她的睡袍和頭髮。

這時，喬治能叫出聲了。他猛然往後一退，脫離她的掌握，外婆發出一聲嘶吼，嘴唇一撇，肥厚多皺的雙手一抓之下落了空，交叉在一起。

喬治兩腿一絆，摔倒在地。外婆慢慢從白色塑膠椅上站起來，蹣跚地走向他。喬治發覺自己站不起來，他的兩條腿完全使不出力。他一面哭，一面退著往後爬。死而復活的外婆繼續向他走來，很慢，很慢，很殘忍。也就在這一刻，喬治恍然大悟那一抱意味的是什麼了。謎底已經揭開。當外婆的手搭上他的襯衫時，他站了起來。外婆抓偏了方向，但他已經感受到她冰冷的肉觸著皮膚時的可怕感覺。

他寧願投入外面的黑暗。只要不讓這個女巫，他的外婆抱住。因為等媽媽一回來，她就會發現外婆死了，他還活著……哦，是的，只是喬治突然有了喝藥草茶的習慣。

他回頭，看見她穿過走廊時，投射在牆上的那個詭異身影。

這時，電話鈴聲大作。

喬治想都不想便抓起話筒，對著它尖叫，大叫救命。但他的尖叫卻沒有聲音，喉嚨彷彿被鎖住，發不出一點聲音。

外婆搖搖擺擺地走進廚房。花白的頭髮披散在臉上，脖子上還斜斜勾著一柄梳子。

外婆在笑。

「露絲？」電話裡傳來模糊的聲音，是芙洛姨媽。「露絲，是妳嗎？」芙洛姨媽從兩千里之外的明尼蘇達打來的長途電話。

「救命啊！」喬治再次尖叫，但喊出來的只是氣若游遊絲的噓聲。

外婆搖搖擺擺走過油布氈，向他伸出手臂。她的兩隻肥手不斷一開一合，一開一合。外婆想死了這個擁抱，為了這一抱，她已經等了五年。

「露絲，妳聽得見我說話嗎？這裡有暴風雨，剛開始哪，我……我很怕。露絲，我聽不見妳——」

「外婆！」喬治貼著話筒哀號。外婆馬上就要碰到他了。

「喬治？」芙洛姨媽的聲音驟然高起，變成尖叫。「喬治，是不是你？」

他開始後退，離開外婆的掌握，可是他猛然驚覺，自己竟然退到水槽和碗櫥的死角。恐怖已經到了極限。當外婆的影子籠罩著他，喉頭的麻痺衝開了，他對著話筒狂喊，一遍接一遍狂喊：「外婆！外婆！外婆！」

外婆的冰手摸到他的喉嚨，她混濁的死魚眼鎖住他的眼睛，吸走了他的意志力。

昏昏沉沉、迷迷糊糊，彷彿過了許多許多年，也好像走了好多好多哩路，他又聽見芙洛姨媽的聲音：「叫她躺下，喬治，叫她躺下別動。叫她依你的名，依她父親的名，一定要做到。她的巫父是哈斯塔⑬。他的名字對她就是權威，喬治——快叫她依哈斯塔之名躺下——快告訴她——」

一隻老皺的手把電話奪走。電話線也整個拔斷。喬治癱倒在牆角，外婆彎下腰，一塊巨大的肉團像山似的罩下來，擋住了燈光。

喬治沒命地叫喊：「躺下！別動！依哈斯塔的名！哈斯塔！躺下！別動！」

她的手環住他的脖子——

「妳一定要做到！芙洛姨媽說的！依我的名！依妳父親的名！躺下！別——」

——然後扼緊。

一小時後，車道上終於亮起兩道燈光。喬治坐穩在餐桌旁，面對不曾讀過一頁的歷史課本。他看見車燈，便站起來，把後門打開。在他左手邊，電話機端正地擺在那裡，已經失效的電話線纏繞在機座上。

他母親走進來，外套衣領上還掛著一片落葉。「風真大。家裡沒事吧——喬治？喬治，怎麼了，出了什麼事？」

剎那間，媽媽的臉上血色全無。

「外婆，」他說，「外婆死了。外婆死了！媽媽。」他開始哭。

她把他拉到身邊，摟住他，忽然又踉蹌地往後退，靠在牆上，好像這一抱把她剩餘的力量全奪走了。「有沒有？有沒有發生什麼事？」她追問道。「喬治，有沒有發生什麼事？」

「風把一根斷掉的樹枝颳進外婆的窗子。」

她推開他，盯著他呆滯受驚的小臉看了一會兒，便東倒西歪地衝進外婆的房間。她在房裡逗留了四分鐘。出來時，握著一塊沾著紅色污漬的破布。是喬治的襯衫。

「我從她手裡抽出來的。」媽媽小聲地說。

「我不想談這件事，要就去問芙洛姨媽，我好累，想睡覺了。」

⑬美國小說家H. P. 羅夫克洛所著的克蘇魯神話中的邪神。

她想阻止他，但又作罷。喬治上樓，到他和巴迪共同的房間裡，打開調節空氣的送風口，好聽見媽媽下一步的行動。她現在不可能打電話給芙洛姨媽，今晚不行，因為電話線被拔了。明天也不行，因為就在媽媽回家前不久，喬治唸了一串短短的話，一半引用拉丁文、一半只是支支吾吾的呢喃聲，於是遠在兩千哩外的芙洛姨媽當場腦溢血死亡。這些咒語重新恢復了它們的魔力。所有魔力又都恢復了。

喬治脫光衣服後躺在床上，兩手托住腦後定定凝視著一室黑暗。慢慢地，慢慢地，一抹恐怖的笑容爬上他的臉龐。

從今以後所有事情都會不同了。

大不相同。

譬如說，巴迪。喬治幾乎等不及希望巴迪趕快出院，再開始他的湯匙虐待、繩套勒人之類的把戲。喬治會盡量讓巴迪得逞——至少在白天，大家都看得見的時候，讓著他——可是，等到夜裡，他們倆單獨在房間裡，一片漆黑、鎖上房門……

喬治忍不住無聲地笑了起來。

就像巴迪常說的，這一定會是，經典。

變形子彈之歌

The Ballad of the Flexible Bullet

烤肉派對結束了。這是一次成功的餐會，各種飲料、炭烤丁骨牛排、生菜沙拉加梅格牌特佳調味料。他們五點就開始烤肉，現在已經八點半，天都快黑了——正是大型晚宴要進入高潮的時候。

但他們只是個小型派對，一共只有五個人參加，經紀人和他的太太、年輕名作家和他的太太，以及年紀六十出頭，但容貌更顯蒼老的雜誌編輯。編輯從頭到尾都喝汽水。經紀人在編輯抵達前已對他年輕的妻子透露，編輯有過酗酒的毛病。他戒了這毛病，但妻子也死了……這也是今天參加的只有五個，而非六個人的原因。

派對地點在年輕作家面湖的後院裡，隨著暮色降臨，他們非但沒有越加喧鬧，反而靜默下來，似乎各懷心事。作家的第一本小說受到好評，屢次再版。他是個幸運的年輕人，而他也自知比別人幸運。

有趣的是，話題竟從這個青年作家的少年得志轉到其他也很早成名，卻以自殺終場的作家。提到了羅斯·羅克利茲（Ross Lockridge），其中也有湯姆·哈根（Tom Hagen）。經紀人的太太提到西薇亞·普萊斯（Sylvia Plath）和安妮·薩思敦（Anne Sexton）。但年輕作家認為，普萊斯不夠格被稱為名作家。她不是因為成名而自殺，他說；她是因為自殺而成名的，經紀人微微一笑。

「拜託，我們能不能談點別的？」作家的妻子有點不安地說。

經紀人沒有理會她的請求，說道：「還有發瘋。也有作家因為成名而發瘋的。」經紀人的聲音有點舞台演員的捲舌音。

作家的妻子知道丈夫之所以喜歡談這些事，是因為他可以對此談笑打趣，而他之所以對此談笑打趣，是因為他太常想到這些事。但在她還來不及再開口抗議前，雜誌編輯卻先開了口。他說的話十分不尋常，讓她連抗議都忘了。

「發瘋是顆變形的子彈。」

經紀人的太太面露驚愕，作家則詢問似的傾身說：「這句話聽起來很熟──」

「當然。」編輯說：「這句子，這影像，『變形子彈』是詩人瑪莉安・摩爾用來形容汽車的詞彙。我一直認為用它來形容發瘋也十分貼切。發瘋是種心靈自殺。現在的醫生不是說，唯一能真正測出死亡的方法，是以腦死測定嗎？發瘋是射進腦部的一顆變形子彈。」

作家的妻子跳了起來。「有沒有人想再喝點飲料？」

沒人回應。

「呃，我要，如果我們要繼續談這話題的話。」她說著便走開了。

編輯說：「我在羅根雜誌社當編輯時，曾經接過一篇稿子。當然，《羅根》現在沒有《柯利爾雜誌》和《週六晚郵》那麼有名了，不過在我們那時候，《羅根》的銷售量可是高高在上。」他的語氣透著幾分得意。「我們每年出版三十六篇短篇故事，至少，而且每年總有四、五篇會被選入全國年度短篇小說選集裡。很多人看的。總之，這篇稿子的標題是〈變形子彈之歌〉，作者是雷格・索普。一個年輕人，年紀和我們這位大作家相當，知名度也不相上下。」

經紀人的太太問：「他寫了《地底人》不是嗎？」

「是的。那是他的第一部長篇，創下了驚人的銷售量，平裝本和精裝本都賣了很多，而且佳評如潮。甚至根據小說改拍的電影也很不錯，雖然比不上原著，遠遠比不上。」

「我喜歡那本書。」作家的妻子說。她已經被誘回這場談話中了。「後來他又寫了別的故事吧？《地底人》是我唸大學時看的……呃，已經很久以前了。」

「但妳看起來還是像大學生一樣年輕漂亮。」經紀人的太太熱切地說，其實她對作家太太的緊身露臍裝和熱褲頗不以為然。

「沒有。自從那部小說後，他沒有再寫任何東西。」編輯說：「除了我現在告訴你們的這個短篇。他自殺了。先發瘋，然後自殺了。」

「哦。」年輕作家的妻子無力地呻吟一聲。又回到這個話題了。

作家開口問道：「那個短篇出版了嗎？」

「沒有，但不是因為作者發瘋或自殺。它之所以沒有出版，是因為編輯發了瘋，而且差點自殺。」

經紀人突然站起來為自己添酒，雖然他的酒杯還是滿滿的。他知道這個編輯在一九六九年夏天曾經精神崩潰，不久後《羅根雜誌》便一蹶不振了。

「我就是那個編輯。」編輯又往下說：「可以這麼說，雷格・索普是和我一起發瘋的，儘管我人在紐約，他人在奧馬哈，而且我們從未碰面。他的書出版半年後，他就搬到那裡去——套個時髦用語，就是『充電』。我所以知道這件事，是因為當他的太太到紐約時，我偶爾會和她見面。她畫畫，畫得相當好。她是個幸運的女孩。他差點就把她一起帶走。」

經紀人走回來坐下。「我有點記得這件事了。」他說：「不只是他的妻子，對吧？他開槍射殺另外兩個人，其中一個只是個孩子。」

「沒錯。」編輯說：「就是那孩子為他送了終。」

「那孩子為他送了終？」經紀人的太太有點悚然地問：「我不明白你的意思。」

然而編輯的臉色明白表示了他得暫時賣個關子。

「我知道故事的內幕，因為是我親身經歷的。」編輯說：「我也很幸運，非常幸運。用槍射擊頭部自殺，說來是件有趣的事。你會認為這一定是個萬無一失的方法，比吞安眠藥或割腕來得可靠，事實上卻不然。當你舉槍射擊自己的頭部時，你根本不知道會發生什麼事。子彈說不定會衝出腦殼變成跳彈，因此殺死另一個人；也可能順著整個腦殼的曲線繞行，從一邊進去，從另一邊出來；更可能卡在你的腦子裡，讓你眼睛瞎了，卻保住性命。一個人可能用一把點三八口徑的手槍射擊自己的額頭，醒來時卻在醫院裡。另一個可能以一把點二二口徑的手槍射擊額頭，醒來卻在地獄裡……假如地獄真的存在的話。我倒相信地獄就在這地球上，也許就在紐澤西。」

作家的妻子不自然地笑了幾聲。

「唯一萬無一失的自殺方法，是從很高的樓頂上跳下來，但這法子只有已經下定萬分決心要死的人才會採用。死狀太慘，不是嗎？

「不過我的重點是：當你用一顆變形子彈射擊自己時，你確實不知道結果會是如何。我的遭遇是，我從一座橋上掉下河去，醒來時躺在四處都是垃圾的堤防上，身旁是個卡車司機，拚命打我的背，把我的手拉上推下，彷彿他只有二十四小時可以鍛鍊身體，又誤把我當作一部健身機。對雷格來說，子彈要了他的命……但我要告訴你們一個故事，只是不知道你們有沒有興趣聽。」

在漸深的暮色中，他以詢問的表情環顧他們。經紀人和妻子不肯定地面面相覷，作家的妻子正想說她認為這可怕的話題應該適可而止時，她丈夫卻開口說：「我想聽，只要你不介意說出來。」

「我從來沒跟任何人提過，」編輯說：「但不是基於什麼私人理由。也許我從來沒遇過對的聽眾吧。」

「那麼請說吧。」作家說。

「保羅——」他的妻子伸手按住他的肩。「你不認為——」

「不要打岔，梅格。」

編輯說道：「這篇稿子是下班後從門底塞進辦公室的，當時《羅根雜誌》已不接受自由投稿。有這樣的稿子進來時，會有個女孩把原稿塞進回郵信封裡，並附張紙條寫著：『由於費用增高，加上編輯人員無力應付持續增加的稿子，本刊已不接受自由投稿。茲將原稿退回，俾便閣下另投他處。祝好運。』這篇官樣文章說得很漂亮吧？在一個句子裡連續用『增高』、『加上』、『增加』可不容易。」

「如果投稿人沒附回郵信封，那篇稿子就會被丟進垃圾桶裡了。」作家說：「對吧？」

「噢，一點也不錯。在大都市裡是不存在同情心的。」

一抹奇特不安的表情閃過作家的臉上。一個人掉進老虎坑，看見已有幾十上百個能力更強的人都被殺害時，也會有類似的表情。到目前為止，這個作家還沒見過半隻老虎。然而他感覺得到老虎的存在，而且牠們的爪子非常銳利。

「總之，」編輯說著，取出菸盒，「這篇稿子送來後，收發室的小姐把稿子從信封內取出，把退稿便條釘在第一頁稿紙上，正想將稿子放進回郵信封時，瞥見了作者的名字。正巧，她看過《地底人》。那年秋天，人人爭相傳閱這部小說，不是看過了就是正在看，或是在圖書館的等待名單上，或是到雜貨店去看有沒有平裝本。」

作家的妻子這時才注意到丈夫的臉色，牽起他的手。他對她笑笑。編輯掏出一只金質打火機點菸。在暮色中，他們都看見他的容貌有多枯槁——兩眼下方如鱷魚皮般鬆弛的眼袋，瘦削的兩頰，還有突出在那張壯年臉孔上的老年下巴，就像船頭一樣顯明。那艘船，作家心想，名叫老年。沒有人想搭這艘船兜風，可是特等艙房已經滿了。連倉庫區也滿了。

打火機閃了閃後就熄滅了，編輯深思地吸了一口菸。

「那位當年在收發室工作，看過那篇稿子後，沒將原稿寄回，卻轉交給編輯的小姐，現在在普南出版公司當總編輯。她的名字並不重要，重要的是，在人生的大座標圖中，這位小姐的向量在《羅根雜誌》的收發室裡，與雷格・索普的向量交錯。她的向上劃，他的卻是向下。她把那篇稿子交給上司，她的上司又把那篇稿子交給我。我看了，覺得非常喜歡。那故事寫得有些冗長，不過我看得出哪段情節可以毫不費力地刪掉五百字，這樣的話就夠多了。」

作家問：「那是個什麼樣的故事呢？」

「你應該想得到的。」編輯說：「那故事和我們的話題剛好吻合。」

「關於發瘋？」

「是的，不錯。在大學的創意寫作課第一堂課裡，他們教你的第一件事是什麼？寫你知道的事。雷格・索普知道發瘋是怎麼回事，因為他自己瘋了。那故事之所以吸引我，或許因為我自己也快瘋了。假如你是個編輯，你大可說美國的讀者最不需要的就是另一個硬塞給他們的故事，關於〈如何在美國有格調地發瘋，副標題：人們再也不和彼此交談〉。這是二十世紀文學的流行主題。每個大作家都在這上面做過文章，而每篇這樣的文章都不免對此大加貶抑。但這個故事卻十分有趣，非常非常有趣。

「在那之前，我沒看過類似的小說，在那之後也沒有。最接近的，應該是史考特・費滋傑羅的幾個短篇……和《大亨小傳》。在索普的故事裡，男主角發瘋了，卻瘋得極有意思。看這篇故事會忍不住一直微笑，有幾個地方甚至會讓你噴飯──尤其是男主角把檸檬果凍倒到胖女孩頭上那段。不過卻是讓你笑得戰戰兢兢。笑完之後，你會回頭看有沒有什麼東西聽見你的笑聲。故事裡相對的緊張氣氛安排得著實高妙。你越忍不住笑，就越感到不安。而你越感到不安，就越想笑……直到男主角從為他舉行的派對回到家裡，殺死他的妻子和他還是嬰孩的女兒。」

「主要情節是什麼？」經紀人問。

「那無關緊要。」編輯說：「那只是關於一個年輕人逐漸無力應付成功的故事。不說清楚反而好，詳細的情節大意其實很無聊，一般都是這樣。

「總之，我寫了封信給他。我說：『親愛的雷格·索普，我剛拜讀過〈變形子彈之歌〉，深覺是篇佳作。我想將該稿刊登在明年初的《羅根雜誌》上，不知你意下如何？你認為八百元的稿酬是否合理？只要一得到你的首肯，我們便將稿費如數寄出。』另段起。」

編輯對著夜空噴了口煙。

「『唯來稿似嫌稍長，若你能將其縮減大約五百字最好。如或不然，至少得縮減兩百字，也許我們可以相互妥協。』另段起。『請隨時以電話連繫。』我的簽名。然後這封信就被發到奧馬哈去了。」

作家的妻子問：「你竟然一字不漏記得那麼清楚？」

「我的收發信件都有存檔。」編輯說：「他的信，以及我的回信影印複本。到後來積成厚厚一疊，包括三、四封由他太太珍妮·索普寫來的信。我經常翻閱這些信件。沒有用，當然。想了解變形子彈，就像想了解數學上的梅比烏斯環⓮為何只有一個平面。事實就是那樣。是的，我幾乎一字不漏全記得。有些人還會背獨立宣言呢。」

「我猜他隔天就打電話給你了。」經紀人咧嘴一笑，說：「沒錯吧？」

「不，他沒有打電話。在《地底人》發表不久後，索普就完全不用電話了。這是他妻子告訴我的。他們從紐約搬到奧馬哈去時，新家裡甚至沒裝電話。因為他認為電話系統並非靠電力操作，而是靠放射線——鐳。他認為這是現代世界史上最大的秘密之一。他對他太太說，癌症的增加，就是鐳的罪過，與香菸、汽車廢氣或工業污染無關。每部電話機的話筒裡都有個很小的鐳晶體，每次你用電話時，滿腦子就會充滿放射線。」

作家說：「他是瘋了沒錯。」大家都笑了起來。

「他回了信。」編輯說著，對著湖的方向彈彈菸灰。「他的信是這樣寫的：『親愛的亨利・威爾森（請容我只叫你亨利吧），你的來信使我十分歡欣。事實上，我太太比我還要高興。稿酬很合理……雖然我得說，該稿將刊登於《羅根雜誌》上的事實，倒似乎是更合理的補償（但我接受這稿費就是）。我同意你要求的縮減，覺得沒什麼問題，我認為這故事有了留白後改善了不少。祝一切都好。雷格・索普。』

「在他的簽名下，畫了一個奇怪的小圖……很像是胡亂塗鴉。在一個和一元鈔票背面的金字塔相似的圖案裡有隻眼睛。在那小圖下還有幾個字：福靈，福納。」

「不是拉丁文就是瞎編的。」經紀人的妻子說。

「那只是雷格・索普發瘋的徵兆之一。」編輯說：「他太太告訴我，雷格相信有小精靈或小仙人那樣的『小人』存在，叫做『福靈』。他們是幸運精靈。他更相信有個福靈就住在他的打字機裡。」

「天啊。」作家的妻子嘆了一聲。

「根據雷格所說，每個福靈都有一把像獵槍之類的東西，裝滿了……幸運塵——我想大概可以這樣說吧。而幸運塵——」

「——就叫做福納。」作家接口說，並得意地綻顏一笑。

「是的，起初他太太也覺得很可笑。事實上，前兩年雷格在寫《地底人》時，就開始想像福

⑭由德國數學家梅比烏斯和約翰・李斯丁所發現的拓樸學概念，只有一道邊界與一個平面，但在此平面上永遠沒有盡頭。圖形相當於將一條紙帶旋轉半圈後再把兩頭相連。

靈的存在了，當時她以為那是雷格故意逗她開心。也許最初真的是吧，只是這想法漸漸地從玩笑變成迷信，更繼而變成信仰。這是個……變形的幻想。到了後來情況變得很嚴重；非常嚴重。」

沒有人說話。大家的笑容都消逝了。

「福靈自有有趣的一面。」編輯說：「他們還住紐約時，雷格的打字機便常被送去店裡修理，等他們搬到奧馬哈後，打字機送修就更頻繁了。在奧馬哈，他第一次把打字機送修時，該公司借給他一台代用打字機。雷格將他的打字機拿回幾天後，該公司的經理打電話請人轉告他，說除了修打字機的費用外，還要另外索取代用打字機的清理費。」

「為什麼呢？」經紀人的太太問。

「我想我知道。」作家的妻子說。

「打字機裡到處是食物，」編輯往下說：「有蛋糕屑和餅乾屑。鍵盤上也沾了花生醬。雷格餵食住在他打字機裡的那個福靈。代用打字機送來後，他認為福靈也暫時搬了家，因此照餵不誤。」

「不可思議。」作家說。

「當時，我對這些都還一無所知。我只是回信告訴他，我覺得很高興。我的秘書為我打了信後，拿來給我簽名，但還沒等我簽完，她就得先出去接電話。等我簽完名，她還沒回來，於是──沒什麼特別的原因──我在我的名字下也畫了一個同樣的小圖。金字塔，眼睛，並寫了『福靈，福納』。真瘋狂。秘書看到了，問我是不是要把那封信照發。我聳聳肩叫她發了。

「兩天後，珍妮·索普打電話給我。她告訴我，雷格接到我的信後十分興奮。雷格以為他終於找到了同伴……另一個也知道福靈的人。你們都看出情況變得有多瘋狂了吧？當時就我所知（或不知），『福靈』可能是任何東西，也許是左撇子用的扳手，也許是把波蘭牛排刀。『福納』也一樣。我對珍妮解釋，我不過是照抄雷格所畫的小圖而已。但她想知道為什麼。我顧左右而言他，但答案其實是當我簽發那封信時，我已經醉得厲害了。」

他暫時停住，後院裡登時被一種讓人不舒服的沉默籠罩。與會的人眺望夜空、湖面和森林，但他們對風景已經失去了興趣。

「我從成年後開始喝酒，所以我也說不上來究竟從什麼時候開始，我喝得失去了控制。用職業性的說法，就是我曾爬到酒瓶的頂端，差點把命送了。我午餐時就開始喝酒，回到辦公室時已經爛醉如泥。不過下午的工作我還是能照常進行。讓我失去控制的是下班後的酗酒——先是在火車上，然後在家裡繼續。

「我太太和我一直有著喝酒之外的其他問題，而我的酗酒只是讓這些問題更加嚴重。有很長一段時間，她一直想離開我。而在雷格的稿子寄到的一星期前，她真的走了。

「雷格的稿子送來時，我正為了她的離家而苦惱，因此喝得比平常兇。更嚴重的是，當時我正處於——呃，套句時髦用語就是中年危機。我所知道的就是，我對我的職業及私人生活都感到萬分沮喪。我越來越覺得，編輯大眾小說，吸引例如緊張的牙科病人、吃午餐的家庭主婦和偶爾感覺無聊的大學生之類的讀者，實在不算什麼高尚的職業。我也想到——當時在《羅根》工作的人或許也都想到——再過半年、一年，或許《羅根雜誌》就不存在了。

「在這個中年的沉悶蕭條時期，突然接到一篇由知名作家寫出的好稿子，那簡直就像一道璀璨的陽光。我知道，用陽光形容一個男主角最後殺妻殺子的故事聽起來很奇怪，但只要你問任何一個編輯，最能讓他快樂的是什麼事情，他會告訴你，就是一篇意料之外的佳作，如聖誕禮物般出現在桌上。比如你們都知道小說家莎莉‧傑克森（Shirley Jackson）的〈樂透彩券〉這個故事吧。那故事結尾之悲慘，簡直令人難以想像。我是說，他們把一個好女人拖出去，用石頭丟她，直到她斷氣。連她的兒女也參與這場兇殺，真是天可憐見。但無可否認，這是篇不可多得的佳作……我敢打賭，第一個讀這篇稿子的《紐約客雜誌》編輯，當晚一定是吹著口哨回家。

「我要說的是，在那節骨眼上，雷格的故事是發生在我生活中最好的一件事。也是唯一一件好事。根據他太太那天在電話裡說的，我接受他的稿子也是他最近遇到的唯一一件好事。作家與編輯的關係總是互利共生，但在雷格和我的例子來說，這種共生的程度被提高到了極不自然的程度。」

作家的妻子說：「讓我們再聽聽珍妮・索普吧。」

「是的，我的確把她撇到一邊去了，對吧？最初她對『福靈』這回事非常生氣。我告訴她，我在簽名下胡亂畫下眼睛和金字塔的記號，但不曉得那有什麼意義，我並為我所做的向她道歉。

「她氣消後，開始把整件事一五一十說給我聽。她越來越擔心，而且沒人可以分擔她的心事。她的家人都死了，她的所有朋友都在紐約。雷格不准任何人到他們家裡。他說他們是稅務員，或是聯邦調查局探員，或中央情報局的間諜。他們搬到奧馬哈後不久，有個小女孩上門來賣女童軍餅乾。雷格對她大吼，叫她滾開，說知道她為什麼找上門來等等。珍妮試著對他講理，雷格卻告訴她稅務員都沒有靈魂，沒有良心。而且他說，那小女孩可能是個機器人。機器人才不受童工法的限制。他不能忍受稅務局的人派個裝滿鐳晶體的機器女童軍來調查他有沒有什麼秘密……同時將癌症放射線投射到他全身。」

經紀人的妻子低喊一聲：「老天。」

「她一直在等待一個友善的聲音，而我就是第一個。我知道了那女童軍的事，我發現餵食福靈的事實，還有福納，以及雷格如何拒絕使用電話。她是在五條街外一家藥店裡打公用電話給我的。她告訴我，她怕雷格擔心的並不是稅務局或FBI或CIA。她認為他擔心的是『他們』

——一群潛藏而不知名，憎恨雷格、嫉妒雷格、會不計代價陷害雷格的人——已經發現福靈，並想將它殺掉。如果那個福靈死了，就再也沒有小說，沒有故事，什麼都沒有了。你們明白吧？瘋狂的本質。他們要出來害他。最後，連為了《地底人》的版稅曾不斷找他麻煩的國稅局，也不能再插手。最後就只有他們。完全是臆測出來的幻想。他們要殺害他的福靈。」

「老天，你怎麼對她說呢？」經紀人問道。

「我試著安慰她。」編輯說：「我，午餐時剛喝了五杯馬丁尼的我，對這個站在奧馬哈一家藥店的公用電話前，萬分驚恐的女人說話，試著告訴她，一切都會好轉的，不要擔心她丈夫相信電話裡充滿了鐳晶體，以及有一群不知名的人派一個機器女童軍去刺探他，不必擔心她丈夫的心智喪失到相信有個精靈住在他打字機裡的地步。

「但我不相信她把我的話聽了進去。

「她請我——不，求我——和雷格將那篇稿子改好，務必要讓它刊出。她什麼都說了，只差沒有直說〈變形子彈之歌〉是雷格與我們所謂『現實世界』的最後接觸。

「我問她，萬一雷格再度提起福靈，我該怎麼辦？『順他的意吧。』她說。她正是這麼說的——順他的意。然後她掛斷電話。

「隔天，郵件裡有封雷格的來信——以打字機打的，單行間隔，長達五頁。第一段是關於那篇稿子。他說，他已著手刪減，進行得很順利。他認為他可以從原稿的一萬零五百字刪掉七百字，使該故事以九千八百字定稿。

「從第三段後，整封信都在談福靈和福納。他自己的觀察和問題……幾十個問題。」

「觀察？」作家傾身向前。「那麼，他真的看見它們了？」

「沒有。」編輯說：「沒有真的看見，但……我想從另一個角度來說，他是看見了。舉例來說，早在天文學家有超高倍數望遠鏡之前，他們就已知道冥王星的存在。藉著研究海王星的軌道，他們推算出冥王星的存在。雷格就是用這種方式觀察福靈。他說：它們喜歡在夜晚進食，不知我注意到沒？他整天不斷地餵它們，但他注意到大部分食物都是在晚上八點以後消失的。」

「幻覺嗎？」作家問。

「不是。」編輯答道：「每當雷格晚上出去散步時，他太太便把打字機裡的食物儘可能清理掉。而他每晚都在九點左右出門。」

「我要說，她向你訴苦實在有點沒道理。」經紀人嘟囔一句，在椅子上移動一下厚實的身子。

「她那麼做無疑是在鼓勵他亂想呀。」

「你不明白她為什麼要打電話，以及她為什麼心煩。」編輯平靜地說，望向作家的太太，「不過我相信妳明白，梅格。」

「也許。」她瞥了丈夫一眼，然後說道：「她生氣不是因為你鼓勵了他的幻想，而是她怕你會擾亂那個幻想。」

「對極了！」編輯又點了一支菸。「她把食物清掉，也是基於同樣的理由。如果食物在打字機裡繼續累積，雷格一定會做合理的假設，直接出自他自定的不合邏輯前提。也就是，他的福靈要不是死了，就是離開了。這樣一來，就沒有福納了。沒有福納，他也不必再寫稿了……」

編輯望著藍色的煙飄向夜空，過了半晌才又繼續往下說：

「他認為福靈很可能在夜間行動。它們不喜歡熱鬧——他注意到在熱鬧的宴會之後，隔天早上他往往無法寫作——它們討厭電視，討厭電力，討厭放射線。雷格早就把他們家的電視賣掉了，賣了二十元，他說，而且他那只有螢光指針的手錶也早就丟了。接下來問題就來了。我怎麼知道福靈的？我家裡是不是也住了一個？如果是的話，我對這個有什麼想法？我想我也不必說得更清楚。假如你們養過純種狗，而且記得你們問過的關於照顧和餵食的一切問題，大概就能知道雷格問我的問題多半是些什麼。我只是在簽名下亂畫，沒想到便打開了潘朵拉的盒子。」

「你怎麼回他的信呢？」經紀人問。

編輯慢條斯理地說：「真正的麻煩就從這裡開始。對我們兩個都一樣。珍妮說過：『順他的意吧。』所以我照做了。但很不幸的，我做得有點過火。我在家回他這封信時，已經喝得爛醉。公寓裡似乎空洞無比，而且有種悶酸味──菸味，通風不足。珊蒂一走，家裡的東西都快發霉了。沙發套縐巴巴的，廚房水槽裡浸滿了髒碗盤，諸如此類。一個不善理家的中年男子。

「我坐在桌前，打字機裡捲進一張我個人的專用信紙。我心想：我需要一個福靈。事實上，我需要一打福靈，用福納把這寂寞無比的房子徹底打掃一番。在那一刻，我醉得開始嫉妒雷格．索普的幻想。

「我告訴他我也有個福靈。我說，就特徵上來說，我的福靈和他的極為相似：夜間行動，討厭吵鬧聲，但似乎喜歡聽巴哈和布拉姆斯的音樂……我說，在聽過一晚他們的音樂後，我的工作效率往往最高。我發現我的福靈非常喜歡吃客喜牌香腸……不知雷格試過沒有？我把一點香腸屑留在我常帶在身上的寫字板上，第二天早上就差不多都被吃光了。除非，正如雷格所說，前一天晚上很吵。我告訴他，我很高興得知放射線的事，雖然我沒有夜光錶。我告訴他，我的福靈自從我上大學時就跟我在一起了。我寫得不亦樂乎，整整寫了六頁。最後我又加了一段，敷衍地談了一下他的稿子，然後才簽名。」

「在你的簽名下面──？」經紀人的太太問。

「不用說，福靈和福納。」他頓了一下。「天黑了，你們看不見我臉紅。當時我醉了，醉醺醺的……在黎明的曙光下，我或許重新考慮過，可惜已經太遲了。」

「你前一夜就把信寄了嗎？」作家低問。

「是的。接下來的十天，我屏息以待。有天，改過的稿子寄來了，收件人寫我，未另附信件。他刪減的都是我們討論過的部分，我覺得那故事已經相當完美，可是稿紙……呃，我把稿子帶回家，重打了一遍。因為在他的稿紙上，有一條條黃色污痕，我以為……」

「尿？」經紀人太太問。

「是的，我以為那是尿。其實並不是。我到家時信箱裡躺了一封雷格的來信，這回長達十頁。在信裡，他解釋了那些黃色污痕，他沒買到客喜牌香腸，所以他試了卓騰牌的。

「他說它們很喜歡，尤其是加了芥末醬後。

「那天我相當清醒。但是他的信，加上那些黏在手稿上的芥末污痕，立刻又把我推向酒櫃，不久後我又醉醺醺的了。」

經紀人太太問：「那封信上還寫了些什麼呢？」她對這故事越聽越入迷了，這會兒她挺著肥胖的腰部往前傾身子，那姿勢讓作家太太想起漫畫裡的史努比站在狗屋上，假裝自己是隻禿鷹的樣子。

「這回只有兩行談到他的稿子，其他全在談福靈。香腸是個絕妙的主意。雷尼很喜歡，結果——」

「雷尼？」作家問。

「就是那個福靈的名字。」編輯說：「雷尼。由於香腸的功效，雷尼盡力幫助他的改寫。此外，那封信上淨是些偏執的幻想。你們這輩子絕對沒看過那樣的信。」

「雷格和雷尼……天造地設的一對。」作家的妻子說著，忐忑地笑了笑。

「哦，不盡然。」編輯說：「他們的關係僅止於工作，而且雷尼是男的。」

「那麼，請再多說點那封信的內容吧。」

「那封信我沒背下來。這說不定對你們反而是好事。即使是瘋言瘋語，聽多了也沒什麼意思。郵差是情報員、報童是聯邦調查局探員。雷格曾在他的早報裡發現一把消音手槍。隔壁鄰居是間諜，他們的貨車裡有偵查設備。他不敢再到轉角雜貨店買東西，因為店老闆是個機器人。以前他就懷疑過了，他說，現在他很肯定。在那人光禿禿的腦袋下，他看見糾結的電線。而且他家裡的放射線指數增高了，到了晚上，他還能看見房間裡有種暗淡的綠色光芒。

「他的信是這樣結束的：『我希望你回信告知你（和你的福靈）應付敵人的情況，亨利。我相信碰到你不只是純屬巧合，我想這是在最後一刻由（上帝？命運？天神？隨你說）安排的生死之交。

「『一個人不可能長期獨自對抗上千個敵人。當他終於發現，他並不孤獨……說我們相同的經驗是隔在我和完全毀滅之間的牆垣，會太過分嗎？也許不會。我必須知道：敵人是不是也想害你的福靈，就像他們想害我的雷尼一樣？如果是的話，你如何對抗？如果不是，你又知道是為什麼嗎？我重複：我必須知道。』

「那封信下面又畫了同樣的圓，簽了同樣的字，最後還有條附註，簡簡單單的一句：『有時候我也懷疑我太太。』

「那封信我詳細看了三次，同時喝掉一整瓶威士忌。我開始考慮該用什麼口吻回他的信。十分明顯的，這是個快淹死的人在出聲求救。那篇稿子讓他支撐了一會兒，但現在稿子已經寫完。現在他依賴我讓他支持下去。這也很合理，因為這麻煩完全是我自找的。

「我在屋裡走來走去，從一個空房間到另一個空房間，把所有的插頭都拔下來。我喝得很醉，別忘了，喝醉酒會使你的暗示感受性特別強烈。這也就是編輯和律師何以在午餐談合約之前先喝上三杯。」

經紀人大笑，但整個氣氛仍舊凝重而沉悶。

「也請你們牢牢記住。雷格·索普是個不折不扣的作家。他完全相信自己所說的一切。聯邦調查局、中央情報局、國稅局，他們、敵人。有些作家擁有一種極稀有的天分，那就是對主題越有感觸，詞句便越冷靜。史坦貝克有這種天分，海明威也有，雷格·索普也是。你一進入他的世界，就會覺得每件事物都很合理。一旦你接受福靈理論這個前提，你就會開始想，很可能那報童真的在報紙裡藏了一把點三八口徑的消音手槍。隔壁有輛貨車的大學生說不定真的是ＫＧＢ間諜，假臼齒裡藏有一顆含毒藥的膠囊，奉命來殺害或捕捉雷尼，不成功便成仁。

「當然，我沒有接受這個基本前提，可是我腦子裡一片空白，難以思考。而且我拔掉了所有插頭。先是彩色電視機，因為人人都知道彩色電視機會放出輻射線。在《羅根雜誌》上，我們登過一篇知名科學家的文章，說家用電視機放出的放射線足以擾亂人的腦波，造成細微但永久的改變。這位科學家又說，大學入學考試成績、讀寫能力測驗，以及小學算術能力發展的逐年降低，都可能是基於這個原因。畢竟，看電視時誰會比小孩坐得更近呢？

「所以我拔掉電視機插頭，覺得我的思緒似乎真的澄清了些。事實上，我一覺得思路清楚多了，便進一步拔掉收音機、烤麵包機、洗衣機和烘乾機的插頭。然後我想起微波爐，便把它的插頭也拔了。等所有的插頭都拔掉後，我感到無比輕鬆。那個微波爐是最早出廠的型號，可能真的很危險吧，新型的防護措施應該比較好吧。

「我想到，在一個普通的中產階級家庭裡，有多少東西要插進牆裡，於是一個影像閃過腦際——一隻電動章魚，所有觸鬚都由電纜組成，每根都連進牆裡，連接到室外的電線，而所有電線都連到政府所有的電力公司。

「我在做那些事時，覺得一顆心奇怪地分成兩半。」編輯喝了口汽水，又繼續往下說：「本質上，我是在反應一種迷信的衝動。有很多人不願從梯子下走過，或在屋裡開傘。不少籃球隊員在罰球前先在胸前劃十字，也有棒球隊員在連續輸球後會換襪子。我想那是理性的心靈和不理性的潛意識構成的不良組合。假如要我界定『不理性的潛意識』是什麼意思，我會說那是在每個人心裡都有的一個小房間，房間四壁都加了墊子，房裡只有一小張橋牌桌，桌上放了把手槍，槍裡裝上的就是變形子彈。

「當你為了避免從梯子下走過，而在人行道上繞道而行，或是寧可合著傘走出房子而淋雨時，你的完整自我便會部分脫落，你就會走進那個小房間，從桌上拿起手槍，矛盾地想著：從梯子下走過是無害的，但不從梯子下走過也是無害的。但當梯子落在你後方，或者當你開了傘——你又回復了完整的自我。」

作家開口說：「這很有趣。你不介意的話，我想更進一步問你：那不理性的部分什麼時候會停止玩弄那把槍，直接把它舉到腦門上呢？」

編輯說：「當那個人開始寫信給報社，要求將所有的梯子都放下，理由是因為從下面走過很危險的時候。」

眾人一陣大笑。

「既然已經扯得這麼遠，我們就不妨把它說完。當那個人開始在城裡到處走，將梯子全部推倒，而也許傷害到在梯子上工作的人時，也就是不理性的自我將變形子彈射進腦袋裡的時候。繞過梯子並不比從梯子下走過更確切。只因為人人都危險地從工人的梯子下走過，而寫信給報社說紐約市破產了，這也不能證明什麼。但開始推倒梯子，就是一種確切的行為了。」

「因為那是公然的行為。」作家低語了一句。

經紀人說：「你知道的，亨利，你這番論調有點道理。我自己就迷信一根火柴不能點三根菸。我不曉得這迷信從哪裡來，但我的確有這迷信。後來我在某個地方讀到，這迷信來自第一次世界大戰時的戰壕裡。德國狙擊兵似乎都等著英國兵為彼此點菸，第一道火光讓他們看清距離，第二道火光讓他們調整偏差，第三道火光一出現，他們就轟掉那個人的腦袋。然而知道迷信的來源並沒有造成任何改變。我還是不用同一根火柴點第三根菸。一部分的我說，用同一根火柴點上十二支菸也沒關係，另一個聲音卻說：喔，要是你真點了……」

「但不是所有瘋狂都來自迷信，對吧？」作家的妻子怯怯地問。

「不是嗎？」編輯答道：「聖女貞德聽到從天上發出的聲音。有些人認為他們被魔鬼附身。還有些人看到鬼……或惡魔……或福靈。我們對瘋狂所用的詞彙或多或少都涵蓋了迷信的成分：狂熱……不正常……無理性……精神失常……精神錯亂。對一個瘋子而言，現實歪曲了。整個人在那放有手槍的小房間裡重新整合。

「但當時我的理性還很強烈。憤慨、受傷、流血、害怕，但仍舊正常運作，對自己說：『哦，沒關係。明天等你清醒過來後，可以再把所有插頭插上，謝天謝地。現在你想玩遊戲就玩吧。但就這樣，別太過分。』

「那理性的聲音是有理由害怕的。我們的腦子裡有種東西很被瘋狂吸引。任何人從大樓頂上往下看，至少都會感覺到一點點病態的、往下跳的衝動。而任何一個曾將上了子彈的手槍按在腦門上的人……」

「嗯，別說了。」作家的妻子求道：「拜託你。」

「好吧。」編輯說：「我要說的只是：即使是個最能自我調適的人，也要用一條滑溜的繩索抓住他或她的理性。我很相信。理性路線是嵌於人類獸性中的。

「把插頭都拔掉後，我走進書房，寫了封信給雷格‧索普，然後把信裝進信封，貼了郵票，拿出去寄了。事實上這一切過程我並不記得；我醉得太厲害了。但我推測我是那麼做了，因為隔天早上我醒來時，打字機旁放著一份影本，還有信封和郵票。那封信，就是你們想像中一個醉鬼會寫出的那種信，最重要的論點就是：敵人不但被福靈本身吸引，也被電力吸引。只要排除電力，就能甩掉敵人。最後一段我寫道：『電力會干擾你對這些事的思緒，雷格，干擾腦波。你太太有果汁機嗎？』」

「換句話說，你差不多已經到了開始寫信給報社的階段。」作家說。

「是的。那封信我是在週五晚上寫的。週六早上我在十一點左右醒來，頭痛欲裂，對前一夜所做的種種蠢事只有一點模糊的印象。我把電器用品的插頭插回去時，感到十分羞愧。當我看到我寫給雷格的信，我更覺羞愧萬分。我為了找到該信的原件，把整個屋子翻遍了，只希望我沒有把它寄掉。可是我已經寄了。那一整天，我失魂落魄，決心要戒酒。當然了。

「下星期三，雷格的信來了。用手寫的，只有一頁。上面畫滿了福靈和福納的小圖。在信紙中央，只有幾個句子：『你說得對。謝謝你，謝謝你。雷格。你說得對，現在都沒事了。雷格。謝謝。雷格。』」

「天啊！」作家的妻子嘆道。

「我猜他太太一定很生氣。」經紀人的太太說。

「錯了。她並不生氣，因為那的確有效。」

「有效？」經紀人問。

「星期一早上他接到我的信。星期一下午他就跑到當地的電力公司去，要他們把他的電力切斷。當然，珍妮氣壞了。她的一切作息都仰賴電力，她真的有果汁機，還有一部縫衣機，洗衣機和烘乾機……呃，你們知道的。星期一晚上，我相信她已經氣得想把我的腦袋剁下來了。

「但雷格的行為卻讓她認定我不是一個瘋子，而是創造奇蹟的人。他要她在客廳裡坐下，十分理智地和她談。他說他知道自己的行為一直很奇怪，他知道她很擔心。他告訴她現在電力一切斷，他已經覺得舒服多了，而且他願意幫助她克服沒有電力所造成的種種不便。然後他建議他們到隔壁去，向鄰居打聲招呼。」

作家問：「不是去那個貨車裡有放射線的ＫＧＢ間諜家吧？」

「是的，就是那家。珍妮被迷惑了。她同意和他一起到隔壁去，但她告訴我，當時她相信一定會有很難堪的場面。控訴、威脅、歇斯底里。她已經開始考慮如果雷格不肯找專家求助，她就要離開他了。那個星期三早上在電話裡，她告訴我，說她已經下定決心：切斷電力幾乎已是最後一擊。要是再發生任何事，她就要隻身到紐約來。你瞧，她已經開始覺得心寒。事情發展到幾乎難以想像的惡劣地步。她愛他，可是她快受不了了。她決定，如果雷格對隔壁的大學生說了什麼奇怪的話，她就要斷然離開。後來我發現，她已仔細詢問過在內布拉斯加州讓非自願離婚生效的程序。」

「可憐的女人。」作家的妻子喃喃說道。

「然而那天晚上的造訪卻意外成功。」編輯說：「根據珍妮所言，雷格談笑風生，迷人之至。三年來她第一次看到他恢復自我。他的陰沉、鬼祟都消失了。緊張的痙攣，不由自主的驚跳，及每當有扇門打開時就回頭看的習慣，全都不見了。他喝著啤酒，談著在那些晦暗的日子裡的熱門話題，戰爭、自願軍的可能性，都市裡的暴動，參政法。

「而他寫了《地底人》一書的事實，讓大學生和他的朋友都……『萬分讚嘆』──根據珍妮的形容。有三、四個人看過那本書。唯一沒看過的也迫不及待地要到圖書館去借來看。」

作家笑著點點頭。這種反應他很清楚。

「所以，」編輯說：「我們暫時撇開雷格・索普和他的妻子；他們沒有電力，卻享受了許久以來未曾有過的快樂——」

「還好他沒有IBM打字機。」經紀人說。

「——回頭再談編輯吧。」編輯說：「半個月過去了。夏天快走了。編輯，不用說，好幾次破了戒，但大致上還不算太過分。時光如常消逝。在甘迺迪角，他們已經準備把人送上月球。新一期的《羅根雜誌》，封面人物是約翰・林賽⑮，但銷路卻照樣低落。我已呈上請款單，以當時《羅根雜誌》的稿費標準，用八百元買下由雷格・索普所寫的短篇故事，標題為〈變形子彈之歌〉，首次發表，預定刊登於一九七〇年一月號。

「我的上司，吉姆・杜根，打了通電話給我。問我能否上樓見他？我早上十點走進他的辦公室，自覺儀容端整，精神奕奕。

「我坐下來，問吉姆有什麼需要我效勞的。我不能說當時雷格・索普的名字沒有出現在我腦海，刊登那篇故事對《羅根雜誌》而言無異是個奇招，所以我猜吉姆可能是想恭喜我。你們就能想像，當他把兩份請款單推過桌面給我時，我有多目瞪口呆。一份是雷格的小說，另一份是約翰・厄普戴克的一個中篇，我們原本計畫刊登在二月號上。但兩份請款單上都印著『不准』的字樣。

「我看著那兩份被退回的單子，望向吉姆，根本想不透這是怎麼回事。我的腦子被堵住了。我四下張望，看見他的電熱水壺。他的秘書珍娜每天早上上班時，都會為他把電熱水壺插上，這

⑮John Lindsay，美國政治人物，曾任眾議員與紐約市長。

樣他才隨時都有熱咖啡可喝。三年多來那已經成了她的例行公事。那天早上，我想到的只是：只要把那玩意兒的插頭拔掉，我就可以思考了。我知道一把那插頭拔掉，我就想得通了。

「我說：『這是怎麼回事，吉姆？』

「『我非常抱歉必須告訴你這件事，亨利。』他說：『自一九七〇年一月開始，《羅根雜誌》不再登載小說了。』」

編輯停下來掏菸，但他的菸盒空了。「有人有菸嗎？」

作家的妻子遞過一支給他。

「謝謝你，梅格。」

他點上菸，搖熄火柴，深吸了一口。菸頭在暮色中閃著紅光。

「我很肯定吉姆以為我瘋了。」他又往下說：「我說：『你不介意吧？』便傾身拔掉他的電熱水壺插頭。

「他張大嘴，說了一句：『搞什麼鬼，亨利？』

「『那玩意兒開著讓我無法思考。』我說：『干擾。』那似乎是真的，因為一拔掉插頭，我對眼前的狀況就看得清楚多了。『這表示我被炒魷魚了嗎？』我問他。

「『我不知道。』他說：『那得看山姆和董事會的決定。我真的不知道，亨利。』

「我有很多話可說。我猜吉姆大概以為我會激動地求他保住我的工作。但我沒有為了自己的工作，或是為了《羅根雜誌》上的小說而求他。我求他，為了雷格·索普的稿子。剛開始我說，我們可以把那篇小說提前——刊在十二月號上。

「吉姆說：『十二月號已經滿了，你也知道，怎可能再擠進一篇一萬字的小說呢？』

「『九千八百字。』我說。

「『以及一整頁的插圖。』他說：『算了吧。』

「『那，就不要插圖。』我說：『聽我說，吉姆，這是篇偉大的故事，也許是我們過去五年來最好的一篇小說。』

「吉姆說：『我看過了，亨利。我知道這是篇佳作，可是我們沒辦法登。十二月號不行。那是聖誕節特刊啊，要命，你想把一篇男主角殺妻殺子的故事擺在聖誕樹下？你一定是——』他說到這裡停了下來，但我看見他把目光移向他的電熱水壺。他倒不如大聲說出口算了，對不對？」

作家緩緩點頭，他的眼睛一直停駐在編輯的臉上。

「我開始頭痛。起初只有一點痛，但越來越劇烈。我想到珍娜的桌上有一部電動削鉛筆機。吉姆的辦公室裡到處是燈、暖氣機、走廊裡的自動販賣機。只要你想想，會發現整棟大樓都是靠電力運作，在這種情況下還有人能做事難道不奇怪嗎。就在這時，我開始有了那個想法：也就是《羅根雜誌》非倒不可，因為沒有人能夠思考。而之所以沒人能夠思考，原因是我們都被困在這棟由電力操作的高樓裡。我們的腦波完全被搞亂了。我還記得我心想，要是叫個醫生帶一部心電圖的機器到那裡去，那些圖一定會是亂七八糟的，充滿了象徵腦瘤的大曲線。

「光想著那些事，我的頭痛得更厲害了。但我還不死心，請他至少問問總編輯山姆・衛德，讓那篇故事登在一月號上。必要的話，就讓它成為《羅根雜誌》的告別小說，《羅根》的最後一篇短篇小說。

「吉姆撫弄著一枝鉛筆，一邊點頭。他說：『我會提出來，只是你明知那是沒用的。寫這篇故事的雖是個一炮而紅的作家，但約翰・厄普戴克那篇也不差……甚至還更好……而且——』

「『約翰・厄普戴克那篇小說沒有比雷格的故事好！』我說。

「『呃，老天，亨利，你不必用吼的——』

「『我沒有吼！』我吼道。

「他望著我半晌。那時我已頭痛欲裂。我聽得到日光燈的嗡嗡聲，聽起來就像一群蒼蠅被困在玻璃瓶裡。實在是種很可恨的聲音。我又覺得似乎聽到珍娜在用她的電動削鉛筆機。他們是故意的，我心想。他們想擾亂我的思路。他們知道當這些東西開動時我就沒辦法想，所以……所以……

「吉姆正說著下一次編輯會議時他會提出來，建議儘管已決定停刊小說，還是該把我口頭已經談好的幾篇登出來……雖然……

「我起身走過房間，把燈關掉。

「『你幹什麼？』吉姆問。

「『你知道我在幹什麼。』我說：『吉姆，在你變得空無一物之前。你應該離開這裡。』

「他起身走向我。『我想你今天不用工作了，亨利。』他說：『回家去，休息休息。我知道近來你受到很多壓力。我要你知道，這件事我會盡力的。我的感受和你一樣……呃，差不多一樣強烈。不過你該回家去，蹺起二郎腿，看看電視。』

「『電視。』我大笑。那是我聽過最滑稽的話。『吉姆，』我說：『你替我向山姆再轉告一件事。』

「『什麼事，亨利？』

「『告訴他，他需要一個福靈。這整棟大樓。一個福靈？不，一打福靈。』

「『一個福靈？』他點點頭說：『好，亨利。我一定會轉告他。』

「我頭痛欲裂，眼花撩亂。在我內心深處，我已經在想我該怎麼告訴雷格，以及雷格會有什麼反應。

「『只要我查得出來該向誰買，我會親自寫張請購單。』我說：『雷格大概知道。一打福靈。叫它們把福納撒滿這整個地方。把那該死的電力關掉，全部關掉。』我在吉姆的辦公室裡走來走去，吉姆則瞪大眼睛看著我。『把所有電力都關掉，吉姆，你要告訴他們。告訴山姆。有電力干擾，誰也無法思考，對不對？』

「『你說得對，亨利，百分之百的正確。現在你回家去，好好地休息，好吧？睡個午覺什麼的。』

「『還有福靈。它們不喜歡那些干擾。放射線，電力，全都一樣。餵它們香腸、蛋糕、花生醬。我們可以買這些東西吧？』我的頭痛得無以復加。我看見兩個吉姆，什麼東西都是雙重影像。突然間我需要喝酒。假如沒有福靈，而且我的理智告訴我的確沒有，那麼，只有喝杯酒能讓我忘卻煩惱。

「『當然，我們可以買這些東西。』他說。

「『你不相信我的話，對不對，吉姆？』我問道。

「『我當然相信。別擔心，回家去休息一會兒吧。』

「『現在你不相信，』我說：『但是等這塊破布倒閉時，你會相信的。當你坐在離一大堆百事可樂、糖果、三明治販賣機還不到十五碼外，你怎麼能相信你做的是理智的決定呢？』接著是個可怕的想法。『還有微波爐！』我對他叫道：『那裡還有個熱三明治用的微波爐！』

「他開口想說話，但我不理他，一個箭步奪門而出。想到那個微波爐解釋了一切，我就必須遠離這裡。讓我頭痛欲裂的就是那個微波爐。我一衝出門，珍娜、廣告部的凱蒂和宣傳部的麥特都盯著我看。我想他們一定聽到了我的吼叫聲。

「我的辦公室就在下一層樓。因此我跑下樓梯，進了辦公室，關掉所有的燈，拿了我的公事包。我搭電梯到樓下大廳，但是我將公事包夾在兩腿之間，用手指壓著耳朵。我記得和我搭同一部電梯的另外幾個人，都以怪異的眼光看著我。」編輯乾笑一聲。「他們都很害怕。換句話說，和一個顯然發瘋的人鎖在一個移動的小箱子裡，換了是你也會害怕的。」

「噢，這樣就叫發瘋，未免太嚴重了吧？」經紀人太太說。

「一點也不。發瘋總得有個起點。如果說這個故事有任何意義——如果說發生在一個人生命裡的事情有任何意義——那麼這故事講的就是瘋狂的起因。發瘋總有個起點，也總有個終點。就像一條路，或者是一顆從槍膛裡射出的子彈。我離雷格還有好幾哩路，但我已跨過起點了。

「我總得到個地方去，所以我去了四十九街一家『四羽酒吧』。我記得當時之所以挑上那家酒吧，是因為那裡沒有自動點唱機，沒有彩色電視機，也沒有太多燈。我記得我叫了第一杯酒，但那之後我就什麼也不記得，直到我第二天早上在自己家裡的床上醒來。地上有嘔吐物，我身上的被單被香菸燒破一個大洞。在我不省人事時，我顯然逃過幾次嗆死或燒死的可能，其實就算出了什麼事，我大概也是毫無知覺的。」

「老天。」經紀人幾乎是虔敬地說。

「那是一次喪失意識的經驗。」編輯說：「我這輩子第一次真正的昏迷——那通常是死亡的徵兆，因此無論你是逃脫，或是上了天堂，都不會有太多類似經驗。不過每個酒鬼都會告訴你說，昏迷和死亡並不一樣，不然就能省掉很多麻煩了。當一個酒鬼喪失意識時，他仍然能夠行動。一個昏迷的酒鬼是個忙碌的小惡魔，有點像個壞福靈。他會打電話給他前妻，在電話裡羞辱她，或者在高速公路上開錯車，撞倒一車的孩子。他會辭職、搶劫、把婚戒送給別人。一個忙碌的小惡魔。

「至於我前一夜做了什麼，顯而易見的，就是回家寫信。只不過這封信並不是寫給雷格，而是寫給我自己。而且寫信的人不是我——至少，根據那封信，那信並不是我寫出來的。」

「那是誰寫的呢？」作家的妻子問。

「貝利。」

「貝利是誰？」

「他的福靈。」作家有點心不在焉地代答。他的眼神迷濛而遙遠。

「是的，沒錯。」編輯一點也不意外。在夜間清甜的空氣中，他為他們複述了那封信，每隔一段便用手指點一下。

「『貝利向你問好。我為你的困擾而難過，我的朋友，但一開始我要指出，有困擾的不只你一個。對我來說這差事也不簡單。我可以用福納撒在你的臭機器上，從現在到永遠。但移動鍵盤應該是你的工作。上帝製造大人就是要他們有這個用處。所以我很同情，但你能得到的同情僅止如此。

「『我明白你很擔心雷格・索普。但我擔心的並非雷格，而是我的兄弟，雷尼。雷格一直擔心雷尼走後他會變得如何，因為他很自私。作家的詛咒就是他們全都是很自私的人。他不擔心萬一走的是雷格，或是阿邦沙賽柯的話，雷尼會變成怎麼樣。他的所謂敏感的心智顯然從未想過這個問題。不過，好在我們所有不幸的問題都有同一個短期的解決方式，因此我只好伸長手臂和我的小身體，把這解答傳給你，我的醉鬼朋友。你或許想知道長期的解決方式，但我可以向你保證，根本沒有這種東西。每個傷口都是致命的。會得到什麼就接受。有時候你的繩子或許會鬆一點，但那繩子總有盡頭。那又怎樣。且為那暫時的放鬆欣喜，不必浪費時間去詛咒繩子。一顆感激的心會明白，到了最後我們都會盪在半空中。

「『你得自己拿錢出來付他稿費。但不能開個人支票。雷格的精神病很嚴重，也許也很危險，但並不表示他也很笨。』」編輯暫停後又清晰地重複了一個「笨」字，才又繼續說：「『如果你給他個人支票，他在九秒鐘內就會猜出這是怎麼回事。

「『從你的個人存款提出八百元現金，再加點零頭，請你的銀行以艾文出版社的名義為你開個新戶頭。務必讓他們明白你要看起來很商業用的支票，而不是上面印有小狗小貓或風景圖的。找個你信得過的朋友，將他列為共同存款人。等支票寄來後，便開張八百元的支票，請你的共同存款人簽名。支票抬頭寫雷格·索普。這招目前就夠用了。

「僅此。信件下首簽了：『貝利』——不是用手寫的，而是打字的。』

「哇！」作家低呼了一聲。

「我醒來時最先注意到的就是打字機。那東西被弄得像B級片裡被鬼附身的打字機一樣。前一天，那是一部辦公室用的黑色舊打字機。我起來時——覺得一個頭兩個大——它卻變成灰撲撲的。那封信的最後幾句是重疊的，而且顏色都褪了。我一看就知道，我那忠實的老打字機已經完蛋了。我嚥了口口水，走到廚房。在櫃台上有包打開的砂糖，裡面放了根杓子。從廚房到我的工作室之間，到處都是砂糖。」

「你在餵食福靈。」作家推斷：「貝利喜歡吃甜的；至少你這麼想。」

「是的。但儘管我頭痛又噁心，我卻很清楚這個福靈是誰。」

他彈了一下指尖。

「第一，貝利是我媽娘家的姓氏。

「第二，『阿邦沙賽柯』這個詞是我跟我弟弟發明的，意思就是發瘋。我們還小的時候喜歡這樣說。

「第三，就是『笨』這個字拼錯了，而這是我常拼錯的字之一。我曾認識一個很有學識的作家，但他從來沒把『冰箱』拼對過，不管校對替他改過多少次都一樣。還有一個在普林斯頓大學拿到博士的傢伙，永遠把『醜』字寫錯。」

作家的妻子突然笑了一聲——笑聲既快活又尷尬。「我也有幾個常錯的字。」

「我要說的是，一個人常拼錯的字，就是他文學上的指紋。去問任何一個校對過同一作家幾部作品的校對，你就曉得了。

「是的，貝利是我，我就是貝利。然而信中的解決方法無疑是極佳的提議。可是還有一件事——潛意識留下了指紋，但那下面也有個陌生人。一個所知甚多的傢伙。我這輩子從沒用過『共同存款人』這名詞，也從沒聽過，後來我發現這真的是銀行用語。

「我拿起話筒，想打電話給一個朋友，但一陣難以言喻的痛穿透我的頭殼。我想到雷格・索普和他的放射線理論，急忙放下電話。我洗了澡，刮了臉，大概在鏡子裡檢查了九次儀容，直到覺得自己看起來不失為一個有理性的人，這才出門親自去找那朋友。儘管如此，他還是問了我許多問題，並一再打量我。所以我猜想，我的外表一定還是有些痕跡是洗澡、刮臉和李施德霖漱口水無法隱藏的。還好，他與我不同行。你知道，在同業間任何消息都會傳得很快。而且，假如他在出版界的話，他會曉得艾文出版社就是出版《羅根雜誌》作品的公司，他會奇怪我究竟在搞什麼把戲。但因為他不同行，所以他不知道，我才得以告訴他因為《羅根雜誌》顯然已經決定取消小說組，我現在想自己開家出版社。」

「他有沒有問你，為什麼要叫艾文出版社呢？」作家問。

「有的。」

「你怎麼回答他？」

「我告訴他，」編輯苦笑了一下，說道：「艾文是我媽結婚前的名字。」

在一陣短暫的靜默後，編輯再度開口。這回他直接講到結尾，幾乎沒人再打斷過他。

「於是，我開始等支票印好寄來，其實我只會用到一張。我藉著運動來殺時間——撿起茶杯，舒張手肘，倒掉茶杯裡的水，再舒張手肘，直到疲累至極，乏力地趴在桌上為止。當然，還有別的小事發生，但我真正的生活重心就是那麼兩件事：等待和舒張。就我所記得的。我必須一再說『我記得』，主要是因為當時我常在喝醉的狀態，因此每記得一件事，便可能表示五、六十件事是我不記得的。

「我辭掉了工作——我相信那讓每個人都鬆了口氣。對他們來說，他們不必用發瘋為由把我從一個已經不存在的部門開除。對我來說，我再也不必面對那棟大樓了——電梯，電話，日光燈，以及想到一切都靠電力的悚然。

「我在那三週裡，分別寫了兩封信給雷格·索普和他太太。我記得寫信給她，卻不記得也有寫給他——就像貝利的那封信一樣，給他的信是在我昏迷時寫的。只是我昏迷時仍舊固守工作時的老習慣，就像我固執地拼錯字一樣。我每次都記得複印……所以隔天早上我醒來時，複本往往就躺在某個地方。就像看到一個陌生人的來信一樣。

「那些信倒不全都是瘋言瘋語。一點也不。我加了附註問他太太有沒有果汁機的那封幾乎算是最糟的。但這些信似乎……都相當合理。」

他停下來，緩慢而乏力地搖搖頭。

「可憐的珍妮·索普。倒不是說他們那邊的情況有多糟，而是在她看來，她一定以為她丈夫的編輯正在做一件極有技巧——也很人道——的事，順著她丈夫的心意，好讓他脫離日益加深的消沉。她也許想過，對於一個有各種狂想、幻覺——幾乎導致攻擊一個小女孩的幻覺——的人，順著他的心意算不算是好主意，就算她想過吧，她的選擇卻是不去理會否定的一面，因為她自己也處處順著他。我也並未因此而責怪他。他不只是張長期飯票，妳要他賺錢養妳才不得不取悅他。珍妮是個了不起的女人，她用獨特的方式愛著這傢伙。在和雷格共同生活，由早期到全盛期到瘋狂期之後，我想她會同意貝利所說的『且為暫時的放鬆欣喜，而不必浪費時間去詛咒繩子。』當然，你越放鬆，到後來必須抓住繩子末端時，就會摔得更重……但摔得快應該也值得慶幸吧——誰想抓著繩子在半空中盪來盪去呢？

「在那段期間，我也接到他們兩人的回信——陽光明燦的信——雖說那陽光有種奇異，幾乎是夕陽的本質。那就好像……呃，別管這廉價的哲學了。如果我能想出我要說的是什麼，我會說的。現在先不管它。

「他每晚都到隔壁去和那些大學生聊天，等到樹葉開始凋落時，他們眼中的雷格‧索普無疑就是下凡來的上帝。他們不玩牌或丟飛盤時，便談論文學，由雷格從旁柔和地調整他們的步驟。他從當地的一家愛護動物協會領養一隻小狗，每天早晚帶牠出去溜達，和左鄰右舍打招呼。原來認為索普夫婦很奇怪的人，開始改變了想法。當珍妮提議，由於沒有電器設備，她需要找個人幫忙做家務時，雷格也立刻同意。他愉快地接受這個提議，倒讓她大吃一驚。並不是錢的問題——《地底人》已經讓他們賺了一大筆——問題是，根據珍妮所想的，他們，雷格常說他們無處不在，那麼，有誰會比一個清潔女工更能勝任間諜的角色呢？她可以到你家的每個角落，檢查床底下，衣櫥裡，甚至沒上鎖的書桌抽屜。

「然而他卻欣然同意，並說他覺得自己太不體貼，竟然沒有早點想到請人來幫她的忙，雖說——她特別告訴我這點——家裡較粗重的雜務都是他在做。他只有個小小的請求：就是不准清潔女工進他的書房。

「而最好的一點，就珍妮的觀點看來最讓她高興的，就是雷格又重新拾筆寫稿了，這回是本新的長篇小說。她看了前三章，覺得非常精采。她說，這一切都是從我為《羅根雜誌》接受了〈變形子彈之歌〉的稿子後開始的——在那之前是空前的低潮。因此她為我祝福。

「我確信她的最後一句話是發自內心，只是她的祝福似乎並未散發任何溫暖，而且她信中的陽光彷彿不盡完美——我們又回頭講這個了。她信中的陽光，似乎是從鱗狀雲透出的陽光，而這種雲是告訴你，很快就要下雨了。

「這一切都是好消息——狗、清潔女工和新小說——然而她太聰明，無法真的相信他已漸漸好轉。畢竟雷格的精神病狀不是一兩天的事了。說起來精神病很像肺癌——兩種病都不可能自己痊癒，雖然病人有時會有好轉的跡象。

「我可以再借支菸嗎，親愛的？」

作家的妻子遞菸給他。

「畢竟，」他點了菸後，又繼續說：「他的固執想法仍反映在她的生活中。沒有電話，沒有電力。他把所有開關面板都用膠帶黏起來。他餵小狗，卻不曾中斷把食物放進打字機裡。隔壁的大學生認為他很了不起，但隔壁的學生可沒看見雷格因為害怕放射線，每天早上得戴上橡皮手套才敢把放在前院踏腳墊上的報紙拿起來。他們沒聽到他在睡夢中的呻吟，也不必在他從來不記得的惡夢中尖叫驚醒後安慰他。

「妳，親愛的——」他轉向作家的妻子——「一定在想，為什麼她不離開他吧。雖然妳沒說出來，心裡卻這麼想，對不對？」

她點點頭。

「是的。我不想講一大套動機理論——真實故事最方便的一點，就是你只需要說，事情的經過就是這樣，讓人們自己去操心為什麼。一般來說，很多事情本來也就沒什麼前因後果可講……

「但就珍妮・索普自己看來，狀況已經好轉太多。她見了來應徵清潔工作的黑人中年婦女，並儘可能坦白說明她丈夫的特異之處。那個叫葛楚・魯林的婦人大笑，說她為更奇怪的人做過事。葛楚來幫傭的頭一週，珍妮的心情和初次去拜訪隔壁大學生時一樣緊張——等待著某種瘋狂的爆發。但雷格對葛楚的態度奇佳，和她談論她的教會工作，她的丈夫，和她最小的兒子吉米——據葛楚的說法，她這個小兒子會讓漫畫裡的淘氣阿丹相形失色。她有十一個孩子，但吉米和他上一個哥哥相差九歲，這讓她頭痛不已。

「雷格似乎漸漸痊癒了……至少，在很多事情上他恢復了正常。不過，他還是一樣瘋狂，我也一樣。發瘋或許是顆變形子彈，但任何一個彈藥專家都會告訴你，沒有兩顆子彈是完全相同的。雷格在一封信中和我談了點他的新小說，接著便大談福靈。一般的福靈以及他的雷尼。他現在懷疑他們是否真要殺害福靈，或者更有可能，要活捉福靈加以研究。在信末他寫道：『亨利，自從我們開始通信後，我的胃口和生活都大有改進。感激這一切。雷格。』下面還有一條附註，詢問他的故事是否已找到人畫插畫。那讓我既內疚又痛苦，於是免不了又開始喝酒。

「雷格著迷於福靈；我日夜掛慮的卻是電線。

「我的回信只草草提了一下福靈——這次真的只是要順他的心意，至少就這個主題而言。一個以我母親姓氏為名，又有我拼錯字壞習慣的小精靈，無法引起我多大的興趣。

「讓我越來越感興趣的是電力這個主題，還有微波，以及無線電波、小型家電的無線電波干擾、低度放射線，天曉得還有什麼。我到圖書館去，借了許多這方面的書，我也買了許多這方面的書，這些玩意兒有很多可怕的地方……當然我所要找的也就是這些地方而已。

「我將電話和電力都切斷了。那不無幫助。但一天晚上我醉醺醺地回家，手上和口袋裡各有一瓶威士忌，一進家門，我看見這隻紅色的小眼睛從天花板上向我窺視。天啊，有一會兒我以為自己快要心臟痲痺了。一開始那看起來有點像一隻蟲子停在那裡……一隻有發亮紅眼的大飛蟲。

「我點燃瓦斯燈，立刻看清楚那是什麼，但心情並未因此而放鬆，反而更加沉重。我一看清楚那東西，便覺得有股劇痛竄流過頭部——就像無線電波。那一剎那，我的眼珠似乎在眼窩裡轉動不休，我可以看進自己的腦袋，看見腦細胞在冒煙、變黑、死亡。那是個煙火偵測器——在一九六九年，那甚至是比微波爐還要新的設計。

「我奪門而出，跑下樓去——我住五樓：可是我還是走樓梯——拚命敲公寓管理員的門。我告訴他我不要那東西在我的公寓裡，我要他立刻把它移開，今晚就移開，一小時之內把它移開。他瞪著我，好像我完全瘋了，現在我自然知道。那個煙火偵測器的裝置是為了讓人安心。現在，當然，裝那東西已經是法律規定，但在當時那可是個創舉，是由大樓居民協會支付。

「他照我的話移開了那個偵測器——沒花多少時間——然而他卻不時瞄著我，我雖然昏昏沉沉，但多少明白他的感覺。我需要刮鬍子，我全身是酒味，我的頭髮零亂無比，我的外套髒兮兮的。他大概知道我已不上班了，而且我送走了電視機，又切斷電話和電線。他一定覺得我瘋了。

「我或許是瘋了，但就跟雷格一樣，我並不笨。我開始談笑風生。當編輯的總得有點這方面的能力，你知道。然後我又賞他一張十元鈔票證明了我的正常。後來這件事不了了之，但接下來的半個月，也是我住在那棟公寓的最後半個月裡，從人們看我的眼神，我知道這件事已經被傳開了，居民委員會的人沒來找我麻煩，數落我的不知感激，尤其證實了我的猜測。他們都怕我會拿把牛排刀追殺他們。

「不過，那晚我可沒工夫想那麼多。除了曼哈頓區的燈火從窗外透進室內之外，公寓裡唯一的光亮來自那盞不怎麼亮的瓦斯燈，我坐在幽暗的屋裡，一手拿酒，一手持菸，呆望著天花板上原來裝了偵測器的地方。那有隻紅眼睛的偵測器，隱藏得那麼好，以至於我白天時從來沒注意到。於是我想到這個無可否認的事實：儘管我把家裡所有電源都切斷了，卻還是有一件電器存在……既然有一件，難保沒有第二件。

「就算我公寓裡沒有吧，整棟建築裡也到處是電線——就像癌症末期的病人一樣，全身都是壞細胞和發爛的器官。閉上眼睛，我能看見那些在線管裡的電線，發出一種如在地獄中的綠光。而在這棟建築之外，便是整個城市。一條本身幾乎無害的電線通往一個配電盤——配電盤後的電線變粗了點，通過線管在地下室裡接上一條更粗的電線……那條再由街道下方通往一大團電線，只不過那些電線極粗，稱之為電纜。

「當我接到珍妮說雷格用膠帶貼住開關面板的那封信時，我的部分心智認為，她把那當作雷格發瘋的徵兆之一，而這部分心智也知道，我必須以全心贊同她的態度來回信。我的另一部分心智，也是較大的那一部分卻想著：『多棒的主意啊！』於是第二天我也照他的方法把我的開關面板都封住。別忘了，照說我應該要是幫助雷格‧索普的人。但在那自顧不暇的情況下，想起來實在很可笑。

「那晚我決定離開曼哈頓。我家在阿迪朗克山上有棟老房子，我可以到那裡去。唯一能把我留在城市裡的，就是雷格‧索普的稿子。如果說〈變形子彈之歌〉是雷格在瘋狂之海中的救生圈，那它也是我的——我要讓它刊登在一本好雜誌上。做完這件事，我就可以了無牽掛地離開。

「這就是事發之前，我和雷格通信的情況。我們就像兩個垂死的毒癮病人，比較嗎啡和海洛因的相對優點。雷格有藏在打字機裡的福靈，我有藏在牆裡的福靈，而我們兩人的腦袋裡都有福靈。

「還有他們。別忘了他們。我試著轉賣那篇稿子，不久便決定他們也包括全紐約市的每一個雜誌編輯——在一九六九年秋，從事編輯的人還不算多。如果你把他們聚集起來，用一顆獵槍子彈就能把他們統統打死，沒多久後，我就開始覺得那是個絕妙的點子。

「整整五年後，我才終於能站在他們的立場衡量這件事。我打斷一位編輯的晚餐，使得正要付聖誕節小費的他看到我更是火上加油。其他幾位編輯……呃，可笑的是他們多半是我的朋友。傑瑞·貝克是當時《君子雜誌》的小說組編輯助理，他和我在二次大戰時在同一個機槍連服役。這些編輯在見到改變近況的亨利·威爾森時，不只是不安，而是十分嫌惡。

「假如我只是把雷格的稿子裝在信封裡送出，內附一封信解釋《羅根雜誌》的狀況，我很可能立刻就能把那篇稿子轉賣掉。可是，喔，不，那還不夠好。我要看到這篇故事有專人處理。於是我帶著稿子一家家跑，一個滿臉鬍碴、滿嘴酒氣的卸任編輯，不但兩手發抖，眼睛佈滿血絲，而且右顴骨上還有一大塊瘀血，是他前兩天夜裡撞到浴室門造成的。我倒不如掛塊寫著『精神病患者』的招牌算了。

「我也不願和這些編輯在他們的辦公室裡談。事實上，我沒辦法。我能踏進一部電梯，搭著它到四十層樓高已經是很久以前的事了。因此我像藥頭交貨給毒蟲一樣，跟他們約在公園裡、在石階上、或者四十九街一家『漢堡天堂』裡——我跟傑瑞·貝克就約在那裡。傑瑞至少還樂意請我吃頓飯，然而，那家『漢堡天堂』的員工卻拒絕讓我進入。」

經紀人發出一聲呻吟。

「他們答應我一定會看那篇稿子，接著便開始關切地問我近況如何，是否還在酗酒。我記得我曾和其中兩位提起電力和放射線如何擾亂每個人的思路，當《美國週刊》的小說主編安迪·瑞佛建議我去看醫生時，我告訴他，該看醫生的人是他。

「『你看到外頭街上那些人嗎？』我說。我們站在華盛頓廣場公園裡。『他們有一半，也許甚至四分之三都有腦瘤。我不會把雷格·索普的稿子賣給你，安迪。媽的，你根本看不懂。你的腦子已經坐在電椅上，你卻完全不知道。』

「我手裡拿著雷格的稿子，像報紙一樣捲起來，在他的鼻子前揮動，就像你斥罵小狗在街上亂小便一樣。然後我踏步而去。我記得他喊著要我回去，說我們可以喝杯咖啡好好談一下，接著我經過一家把擴音喇叭放在人行道上，正在大放重金屬搖滾樂的唱片行，腦子裡立刻一陣轟然，再也聽不到他的聲音。我記得當時我想著兩件事——我必須盡快離開紐約市，不然我自己也會有腦瘤，而且我得立刻喝一杯。

「那天晚上我回到公寓時，發現大門下有張紙條，上面寫著：『我們要你離開，你這個瘋子。』我不假思索就把它丟了。我們這些老瘋子該操心的事可多了，沒空去理同棟公寓的住戶寫的匿名紙條。

「我重新回想關於我對安迪•瑞佛所說關於雷格稿子的話。我喝得越多、越想，就越覺得我說得很有道理。〈變形子彈之歌〉很有意思，表面上那是篇淺顯易讀的故事……但在表面下，這故事卻驚人地複雜。我真以為在這城市裡會有另一個編輯了解這故事的真髓嗎？也許我曾經這麼以為，但現在我睜開眼睛看清楚了，還是有同樣的想法嗎？我真的以為，在一個到處佈滿電線的地方，還有空間能包容欣賞和了解嗎？天啊，電流正到處滲漏呀。

「由於天色還沒全暗，我便拿起報紙，想藉著看報暫時忘記這整件可悲的事，偏偏那天的紐約時報上，正巧有篇報導提到從核能工廠流出的放射物質如何不斷消失的文章。那篇文章繼續推論，那些物質若是落到有足夠能力的人手上，很容易就能用來製造強力核子武器。

「在落日餘暉中，我坐在廚房的小餐桌旁。在我腦海中，我想像得出他們在淘洗鐳粉，就像一八四九年時礦工在淘金一樣。只不過他們並不想用鐳粉來滅毀紐約市，不。他們只想到處亂撒鐳粉，破壞每個人的心智。他們是壞福靈，而那些放射塵只是運氣不佳的福納，有史以來運氣最差的福納。

「我決定不要轉賣雷格的稿子——至少，不要在紐約市。只要我的新戶頭支票寄來，我就盡快離開這裡。等我到上州後，我就可以把稿子寄到別的雜誌社去。《史濱月刊》應該不錯，我想，或是《愛荷華月刊》。以後我再向雷格解釋。雷格能諒解的。那似乎可以解決整個問題，因此我喝酒慶祝，一杯不夠再一杯，不久我又醉昏了過去。在這以後，我只再經歷過一次昏迷。

「第二天，我的艾文出版社支票到了。我打了一張後，便去找我的朋友，那個『共同存款人』。他不免又問東問西一番，但這回我忍住氣。我需要他的簽名。最後，他簽了。我到一家文具公司去，請他們幫我刻個艾文出版社的圖章。然後我在公事用信封上蓋了回郵地址，並打上雷格的地址（我把打字機裡的砂糖清掉了，但字鍵還是有點黏答答的），又加上一小張便條，說這張支票是我給過最愉快的一張……我並沒說謊。那整封信看來非常公事化，因此我欣賞了半天，過了一小時後才將它寄出去。你絕對想不到一個已經十天沒換內衣的酒鬼，能把這件事辦得那麼好。」

他停下來，捻熄了菸，看了看錶。接著，彷彿一個車掌宣布火車駛抵某個重要城市一樣，他說：「接下來就是令人費解的一段了。

「在我的故事中，這一段是我的兩位心理醫師及好幾位精神病例工作者最感興趣的。在接下來三年中，他們是我最常接觸的人。這一段也是他們要我撤銷的唯一一部分，以作為我康復的徵兆。正如他們其中一位說的：『在你的故事裡，只有這部分無法用錯誤導向來解釋……也就是說，當你的邏輯觀被修正之後。』最後我真的撤回我說的，因為我知道——雖然他們不知道——我是真的康復了，而且我急著離開精神病院。我想，要是我不快離開，恐怕我又會再次發瘋。因此我撤回敘述——伽利略面臨火刑的危險時，也曾撤回他的說法——但在我心裡，我從來不曾撤銷。我不是要說，我將要告訴你們的是確實發生過的事；我要說的只是，到現在我依然相信那的確曾經發生。這是個小小的說明，但對我來說非常重要。

「因此，我的朋友，下面便是費解的一段：

「接下來兩天，我忙著準備搬到本州北部。順便說明一下，我並沒因為想到要開車而困擾。我小時候讀過，在大雷雨時，由於輪胎的絕緣作用，因此車內反而是最安全的地方之一。事實上，我盼望著坐進我的雪佛蘭，關上所有車窗，駛離可能飽受雷殛的城市。然而，我的準備也包括取下車頂燈，將插頭貼上膠帶，並把車頭燈旋鈕轉到最左邊，使儀表板的燈發不出來。

「在預定留在公寓裡的最後一晚，當我進門時，室內已空空如也，只有廚房餐桌、床和工作室裡的打字機。我走向工作室，想走過那個房間到我的臥室，坐在床上，想想電線、電力和放射線，並喝上幾杯，直到醉得可以入睡。

「我說的工作室，其實算是起居室。我之所以把它當作工作室，是因為那房間的光線是整間公寓裡最好的——一扇可以往遠處眺望的西向大玻璃窗。說起來，在曼哈頓區的五樓公寓能遠眺地平線，簡直就是個奇蹟。但我對此不曾有過疑問，只是單純享受那窗子帶來的視野。即使是雨天，那房間裡的光線也依然可愛而明淨。

「可是那天傍晚的光線，卻有些陰森詭異。夕陽在房間裡灑滿紅光，如火焰般亮光。由於空無一物，那房間看起來變得好大。我的鞋跟敲在硬木地板上發出扁平的回聲。

「打字機就放在地板中央，我走過旁邊時，看見打字機滾筒上端捲了張破紙——我嚇了一跳，因為我知道自己上次出去拿酒，把打字機留在房裡時，那上面並沒有紙。

「我環顧四周，想著是不是有什麼人擅自闖進我家。不過我想的倒不是竊賊、強盜什麼的，而是……鬼。

「我看見臥室門的左邊牆上，有塊壁紙被撕了下來，於是至少想通了打字機上的破紙是從哪來的。

「我仍看著牆壁時，背後突然傳來很清楚的一聲『嗒』。我嚇了一大跳，心臟直跳到喉頭，急忙轉過身來。我嚇壞了，可是毫無疑問，我知道那是什麼聲音。在文字裡打滾了一輩子，你一定聽得出打字機鍵盤敲在紙上的聲音，即使是在黃昏時的空房間裡，沒有人可能敲擊字鍵的情況下。」

在黑暗中，眾人都望著他。他們的臉只是模糊的圓圈，看不出表情，但靠得近了點。作家的妻子雙手緊緊握住丈夫的一隻手。

「我覺得……虛脫、不真實。也許當一個人碰到費解的狀況時，就會有這種感覺吧。我慢慢走向打字機，雖然一顆心在喉嚨間劇烈跳動著，精神上卻覺得十分平靜……甚至，冷漠。

「嗒！又一個字鍵彈上來。這回我親眼看見，那是從上往下數來第三排左側的一個字母。

「我非常緩慢地跪下來，接著腿部肌肉突然完全放鬆，於是乾脆在打字機前坐下，身上那件髒大衣如女孩的裙子般在我身體周遭攤了開來。打字機又敲了兩次，速度很快，停頓一下，然後又來一次。每一聲『嗒』，都在室內引起空洞的回聲。

「那張壁紙是被反著捲進機器裡，因此有膠的背面在打字機內反而成了正面，打在上面的字難免模糊或變形，但我看得出它打出的是：reckn。接著又是『嗒』的一聲，一個完整的字出現了：reckne——雷尼。

「然後——」他清清喉嚨，露出淺淺的笑容。「即使過了這麼多年，這件事還是很難……就這麼說出口。好，沒有潤飾或加油添醋的簡單事實是這樣的：我看見一隻手從打字機裡伸了出來。一隻令人難以相信的小手。它從最下面一排的字母B和字母N之間的空隙伸出，握成一個拳頭，敲了一下空白鍵。機器跳出一個空格——就像打嗝一樣，很快地——那隻手便又縮回裡面去了。」

經紀人的太太尖笑了幾聲。

經紀人輕聲說：「別笑，瑪莎。」她便停了下來。

「鍵盤敲得更快了。」編輯接著說：「過了一會兒，我幻想著自己聽到那推舉字母鍵的小東西的喘息聲，就像任何賣力工作的人喘氣會越來越急一樣。沒多久，打字機就幾乎印不出字來了，而且大部分字母鍵上還沾著黏答答的白糖，但我還是看得出字母的痕跡。在打出『雷尼快死——』（rackne is d）後，接下來的Y字被糖漿黏住了。我看了一會兒，隨即伸出一隻手指，將那個字母鍵從黏稠的白糖漿裡拉出來。我不知道它——貝利——自己是否辦得到。我想大概沒辦法。可是我不想看見它試著把那個字母拉出來。光是看到那拳頭我都快昏了，要是讓我看到精靈的全身，我一定會真的發瘋，而且毫無疑問會起身就逃。雖然我兩腿一點力氣也沒有。

「嗒——嗒——嗒，用力地喘息和呻吟，還有每打出一個完整的單字後，那隻沾滿墨漬的小拳頭，就會從字母B和N之間伸出來敲擊空白鍵。我也不確定究竟過了多久。七分鐘，也許。也許十分鐘。也許是一世紀那麼久。

「最後嗒嗒聲停止了，我意識到它的喘息聲也消失了。說不定它昏倒了……或者說不定它只是放棄，跑走了……或者說不定死了，心臟痲痺或什麼的。我只能確定，它還沒打完所要傳達的信息。紙上打的是：雷尼快死了是個索普不認識的小男孩吉米告訴索普說雷尼快死了小男孩吉米正在殺死雷尼……

「這時我終於有力氣起身走出工作室。我踮著腳尖走，生怕萬一它只是睡著了，鞋跟敲擊木板的聲音會把它吵醒，那麼，那可怕的打字聲又會響起……果真那樣的話，那第一聲『嗒』就會讓我尖叫出來，而且叫個不停。

「我的雪佛蘭就停在路口的停車場，加滿了油，裝滿行李，隨時準備上路。我坐進駕駛座，想起放在大衣口袋裡的那瓶酒。但因為我的手抖得太厲害，拿不穩酒瓶，把酒瓶掉了，好在酒瓶掉在座位上，沒有摔破。

「這時我想起那次失去意識的經驗，事實上，我的朋友，當時這正是我所期望的，而我也如願以償。我記得打開了酒瓶後，便仰頭一口一口地灌。我記得自己轉動車鑰匙，結果車上的收音機傳出法蘭克·辛那屈的歌：〈黑色魔法〉，這和當時的情況倒也不謀而合。我記得我開始跟著大聲唱了起來，一面又灌下更多酒。我的車停在停車場後排，因此可以看見轉角的紅綠燈一閃一滅。我不斷想著那在空房間裡回響的嗒嗒聲，以及工作室裡消褪的紅光。

「我不斷想著那喘息噓氣聲，彷彿有個小精靈正在我的老打字機裡做健身操。我眼前不斷浮現那塊撕下的壁紙凹凸不平的背面，腦子一直想弄清楚在我的公寓裡究竟發生過什麼事，一直想著它——貝利——跳出來，撕下一塊臥室門邊的壁紙，只因為那是屋裡僅剩類似紙張的東西，然後像頂著棕櫚葉一樣，用頭頂著那張紙跑回打字機。我試著想像它如何把紙裝上打字機。但這一切思緒都未能加速讓我昏迷，因此我仍不斷灌酒。法蘭克·辛納屈的歌已唱完，接著是一段『瘋狂艾迪家電城』的廣告，然後是莎拉·沃恩唱的〈我要坐下〉和〈寫封信給自己〉。這首歌又讓我有了聯想，因為不久前我就寫了封信給自己，或者當時我以為是我自己寫的，直到今晚發生的一切，才讓我不得不重新思索自己在那件事情中的位置。於是我跟著莎拉大聲唱，就在這時，我一定是成功飛下了橋面。

「因為那首歌唱到第二段時，我開始嘔吐不止，同時有人掄拳用力敲我的背，接著又將我的喉嚨抬高、放下，然後再度敲打我的背。那是個卡車司機，他每敲一次，我就覺得有些液體從喉嚨湧出，並好像會再往下流回去，只不過他立刻抬高我的喉嚨，讓那些液體無法倒流而被我吐了出來。我吐出來的也許有一點威士忌，但大部分都是河水。等我能再次自己抬起頭時，已是三天後的傍晚六點。我躺在賓州西部，匹茲堡北方約六十哩外的傑克森河岸。我的雪佛蘭尾部浮出河面，在河裡載浮載沉，我還看得到保險桿上的貼紙。

「還有汽水嗎，親愛的？我喉嚨乾得不得了。」

作家的妻子默默地拿了罐汽水給編輯。當她把汽水遞給他時，不自禁地彎身親吻他皺起的高聳面頰。他微微一笑，眼眸在微明的光線中閃爍。她是個善良的好女人，但那眼中的閃爍沒有騙過她。會讓眼睛閃出那種光芒的，絕對不是快樂。

「謝謝妳，梅格。」

他喝了一大口，嗆得咳了幾聲，搖手拒絕遞向他的菸。

「我今晚抽夠了，我要戒菸——大概等下輩子再抽吧。」

「我這故事剩下的部分，實在不必再說了。任何故事都有可預測的結尾。他們從我的車裡撈出四十幾瓶威士忌。我不斷地囈語，說著精靈、電力、福靈、鑄礦和福納，在他們看來我是完全瘋了，而他們也沒有看錯。

「根據車子裡的加油收據，我開車繞過了東北部的五個州，而在我開車亂竄的同時，以下便是發生在奧馬哈那邊的事。這一切，你們知道，都是珍妮•索普在信裡告訴我的。我們維持了一段長期而痛苦的通信，最後當我撤回前一段敘述而被放出精神病院不久後，我們終於在紐海文，也就是她現在住的地方見了面。那次見面時，我們彼此抱頭痛哭，那時我才開始相信，我能再次擁有真正的人生——也許甚至是快樂的人生。

「那天，大約下午三點，有人敲索普家的大門。那是送電報的男孩。那封電報是我發的，也是我和雷格的最後一次通信。電報上這樣寫著：雷格根據可靠消息來源雷尼快死了貝利說是個小男孩貝利說那孩子叫吉米福靈和福納亨利。

「也許你們不免懷疑：他知道些什麼，又是何時知道的？我可以告訴你們，我知道珍妮雇了位清潔工，但除了透過貝利，我當時還不知道那個婦人有個小魔鬼般的兒子叫吉米。我想你們也只能相信我的話，雖然為了公平起見，我也得告訴你們，在往後的兩年半中，為我看病的心理醫生全都不肯相信。

「電報送達時，珍妮在雜貨店裡，雷格死後，她才在他的褲袋裡找到電報。拍發及送達時間都寫在上面，並註明『無電話／直接發送』。珍妮說，雖然電報送來才一天，卻被揉捏得好像已經收到起碼一個月了。

「從某方面說來，那封不到四十個字的電報，才是真正的變形子彈，而我老遠從紐澤西的派特森將那顆子彈直接射進雷格·索普的腦袋裡。可是我當時醉醺醺的，根本不記得自己發了電報。

「在他生命的最後半個月，雷格已能過著表面上看似正常的生活。他六點起床，為自己和太太做早餐，然後寫作一個鐘頭。八點左右，他會把書房鎖起來，帶狗出去，在附近社區散步。在他溜狗時，他非常隨和，會停下來跟任何想和他聊天的人說話，把小狗繫在附近的一家咖啡店外，喝杯晨間咖啡，然後再繼續往前走。他極少在中午前回到家，到家時多半已是十二點半或一點。珍妮相信，他之所以散那麼長的步，部分原因是為了避開嘮叨不休的葛楚·魯林，因為直到這個黑女人開始為他們工作的幾天後，他才真的養成這個習慣。

「他會吃點午餐，躺下來小憩約一個鐘頭，然後起來再寫作兩、三個鐘頭。晚上，他有時會到隔壁探望那些大學生，珍妮不一定陪著他去。有時他和珍妮會去看電影，或只是坐在起居室看書。他們很早就上床休息，通常雷格會比珍妮早一點。她寫道他們不常做愛，偶爾一次，但兩人也都意興闌珊。『對大多數女人來說，性愛不是最重要的。』她說：『雷格又全心投入工作了，對他來說那是個很合理的替代。在這種情況下，我要說這半個月是我們過去五年來最快樂的一段日子。』我讀到這裡時，差點沒痛哭出聲。

「我對吉米一無所知，但雷格知道。雷格什麼都知道，除了一樣最重要的事實：就是吉米已經開始跟著他媽媽來上工了。

「當他接到我的電報，意識到這個事實時，一定氣瘋了。他們真的來了。而且顯然連自己的妻子也是他們的一分子，因為當葛楚和吉米來時她在家裡，她卻從未對雷格提過吉米。他在前一封信裡怎麼寫的？『有時候我也懷疑我太太。』

「電報送達那天，她回家時發現雷格不在家。廚房桌上留了張條子，寫著『親愛的——我到書店去，晚餐前回來。』珍妮當時不覺得有什麼不對勁……但假如她知道我的電報，我想那張無比正常的便條一定會把她嚇壞的。她一定會發現，雷格已經認為她已轉向敵方了。

「雷格並沒有去什麼書店。他是到鎮上的小約翰槍店去，買了把點四五口徑的自動手槍和兩千發子彈。要是小約翰肯賣他AK70衝鋒槍的話，他一定也會買的。他一心要保護他的福靈，使雷尼免於受到吉米、葛楚、珍妮和他們的傷害。

「隔天早晨，他沒事般地照著平時的生活習慣。她回想起那是個溫暖的秋天，他卻穿了件極厚重的毛衣，但僅此而已。當然，穿那件毛衣，是為了那把槍。他帶著狗出門，腰帶裡卻藏了那把點四五。

「他一路上不曾停留或和人交談，直接到他喝咖啡的那家咖啡店。他把小狗帶到店後的卸貨區，將牠繫在欄杆上，然後走回自家後院。

「他很清楚隔壁大學生的作息，知道他們何時外出，備用鑰匙放在哪裡。因此他進了隔壁屋裡，上了二樓，監視自己的家。

「八點四十分時，他看見葛楚‧魯林來了，而且不是單獨一人。她帶了個小男孩。吉米‧魯林雖然才小學一年級，但因為過動暴躁而讓老師和輔導顧問都認為，如果他能多等一年再上學，對大家（除了萬分頭痛的母親）都會比較好。於是吉米只好回去重上一次幼稚園大班，但她家附近的兩家托兒所都滿了，而她下午兩點到四點要到鎮上另一區的人家打掃，因此無法把索普家的清潔工作調到下午。

「結果珍妮不得不勉強同意葛楚暫時帶著吉米上工，直到她能做其他安排為止。或者直到雷格發現為止，而那是一定會發生的。

「她以為或許雷格不會介意——最近他對每件事都十分講理。另一方面，他也許會很生氣。如果這樣，她就得再做其他安排。葛楚說她明白。而且看在老天分上，珍妮又說，千萬別讓那孩子碰雷格的任何東西。葛楚說一定不會，先生的書房門鎖著，她不會去打開的。

「雷格一定像個狙擊兵一樣，從鄰家後院進到自家的後院。他看見葛楚和珍妮在廚房裡洗床單。他沒看見那孩子。他沿著屋子側面移動。餐廳裡沒人，臥室裡沒人。接著，在書房裡，一如雷格預料，吉米在那裡。那孩子的臉因為興奮而緋紅，而雷格必然相信他就是他們終於派出的間諜。

「那孩子手裡拿著某種死光槍之類的，直指著書桌……從他的打字機裡，雷格可以聽到其中傳出雷尼的慘叫聲。

「或許你們會以為我是把自己的主觀想法扣在一個已死的人頭上——或者，說得明白點，我在瞎編故事。但我不是。在廚房裡，珍妮和葛楚都聽得到吉米的塑膠玩具太空槍嗒嗒嗒的聲音……自從他隨母親來上工後，他就拿著那玩具槍在屋裡到處亂射，珍妮每天都希望槍裡的電池能盡快用完。她聽得到那聲音，也聽得出那聲音從哪裡傳來——雷格的書房。

「那孩子的確比淘氣阿丹更皮——假如屋裡有個他不該去的房間，他就非要進去不可，否則他會好奇得死掉。他很快就發現珍妮把雷格書房的鑰匙藏在餐廳的壁爐架上。他以前進去過嗎？我想一定有。珍妮說她在三、四天前給那孩子一個橘子，事發後，當她在清理屋子時，在書房的小沙發下發現一堆橘子皮。雷格不吃橘子——他自稱對橘子過敏。

「珍妮丟下洗了一半的床單，衝進書房。她聽到太空槍『嗒嗒嗒』的吵鬧聲，也聽到吉米叫道：『我抓到你了！你跑不掉的！我從玻璃外面看得到你！』而且……她說……她說她聽到另一種尖叫聲。那聲音高亢而絕望，她說，而且充滿了痛苦，幾乎讓人無法忍受。

「『當我聽到那叫聲時，』她說：『我知道，無論如何我都得離開雷格了，因為所有家庭主婦間的古老傳說都是真的……發瘋是會傳染的。我聽到的是雷尼的叫聲……不知為什麼，那壞孩子正在射擊雷尼，用一把兩塊錢的玩具手槍在殺害雷尼。

「『書房的門開著，鑰匙還插在上面。那天稍後，我看見餐廳裡有張椅子被搬到壁爐架下，椅子上都是吉米的鞋印。吉米趴向雷格的打字機桌上。他——雷格——的打字機是部舊式辦公用型號，兩側鑲有玻璃。吉米的槍口對準一側玻璃，『嗒嗒嗒』地往打字機裡發射。嗒——嗒——嗒——一陣陣紫色的光從打字機裡發出。突然間，我可以了解雷格所說關於電子的所有事情了，因為那玩具槍雖然只發出無害的光線，我卻感到一陣陣有毒的波浪從那把槍發射出來，穿過我的頭，煎熬著我的腦子。

「『我看到你在裡面！』吉米大叫著，臉上煥發著小男孩特有的光彩——很美，卻也很讓人悚然。『你別想逃過未來隊長的手心！你死定了，外星人！』那另一種慘叫聲……變得越來越低……越來越微弱……

「『吉米，住手！』我吼道。

「『他跳了起來，顯然大吃一驚。他轉過身……看看我……伸伸舌頭……隨即又把槍壓向玻璃面，再次開始射擊。發出嗒——嗒——嗒的聲音，和那可怖的紫光。

「『葛楚從走廊跑來，一路喊著要他住手，離開書房，不然他會被她打死……就在這時前門砰然打開，雷格衝進大廳，高聲怒吼。我只看了他一眼，就知道他已經神志不清了。他手裡拿著槍。

「『你不能殺我的寶貝！』葛楚一看到他便大聲驚叫，並上前想拉住他。雷格不假思索地把她推到一邊。

「『吉米似乎不曾意識到這一切經過——只是繼續朝打字機裡發射他的太空槍。我看得見紫光在字母鍵間跳動，那光線看起來像是必須戴上特殊護目鏡才能看的電弧，不然的話視網膜會受損，讓你變成瞎子。

「『雷格繼續衝過來，把我推倒在地。

「『雷尼！』他大叫：『你在殺害雷尼！』

「『就在雷格衝過房間，顯然打算槍殺那孩子時，』珍妮告訴我：『我竟然還有時間想著，當我和他母親可能在樓上換床單，或在後院曬衣服，因此聽不到那嗒嗒聲……也聽不到那隻東西……那個福靈的尖叫聲時……那孩子究竟進過書房，舉槍射擊打字機幾次了。

「『但就算雷格衝進書房，吉米還是沒有住手，仍舊不斷射擊著打字機，彷彿那是他的最後一次機會。從此以後，我就想到他們，也許雷格的理解也錯了——也許他們只是飄浮在四周，偶爾像在泳池後翻兩圈花式跳水一樣，潛進某個人的腦子裡，讓這個人幹出齷齪的事情，然後又退出。然後被他們侵入的那個人只會說：『吭？我？做了什麼事？』

「『在雷格到達前的一剎那，打字機裡發出的狂叫聲已轉為短暫、椎心的尖叫——我看見玻璃內側濺滿了鮮血，似乎不管裡面有什麼東西，終於爆了開來。他們說，如果你把一隻活生生的動物放進微波爐裡，牠就會那樣爆裂噴血。我知道這聽起來有多瘋狂，可是我親眼看到了——血就濺在玻璃面上，然後往下流。

「『殺死了。』吉米心滿意足地說：『殺——』

「『這時雷格把他用力推開。他撞到牆壁，手上的槍脫落掉到地上，破了。那只是把塑膠槍，裡面裝了電池而已，當然。

「『雷格望進打字機，隨即發出尖叫。那不是疼痛或憤怒的叫聲，也許有著一絲憤怒吧——但大半是悲痛的嘶吼。然後他轉向那男孩。吉米已經跌坐地上，不管他曾經是什麼——如果不只是個淘氣的小男孩——此時的他只是個驚恐的六歲小孩。雷格舉槍對準他。我記得的就是這樣。』」

編輯喝完汽水，小心地把空罐放到一旁。

「但是葛楚．魯林和吉米．魯林記得的，正好能補上珍妮遺忘的。」他說：「珍妮叫道：『雷格，不要！』當他回頭看她時，她已經衝向前拉住他。他對她開槍，射碎了她的左手肘，可是她不肯放手。當她還在和他掙扎時，葛楚出聲叫她兒子，於是吉米飛快跑向母親。

「雷格把珍妮推開，再次對她開槍。這顆子彈擦過她的左腦殼。只要再向右飛八分之一吋，他就會殺了她。毫無疑問，要不是珍妮插手，他一定會殺了那男孩，很可能連那孩子的母親也一起殺了。

「他的確曾對那孩子開槍——就在吉米跑向站在書房門口的母親懷中時。那顆子彈飛進吉米的左臂，向下從他的左大腿穿出，擦過葛楚•魯林的小腿骨。雖然血流了一地，但沒有造成任何致命傷害。

「葛楚用力關上書房門，抱著她尖叫而流血不止的孩子跑出大門。」

編輯再度停下，表情若有所思。

「當時珍妮要不是已經昏迷不醒，就是故意選擇遺忘接下來發生的事。雷格在他的椅子上坐下，舉起那把點四五自動手槍對準腦門。他扣動扳機。子彈不曾穿出他的腦子，讓他成為植物人，也不曾繞過半圈頭殼，無害地從另一邊飛出。幻想是有彈性的，但這最後一顆子彈卻堅硬無比。他向前趴向打字機，死了。

「警察破門而入時，發現雷格就那麼死了，珍妮坐在角落，整個人呈半昏迷狀態。

「打字機上都是血，據推測，裡面應該也流滿了血。頭部受傷是很可怕的。

「所有的血都是O型。雷格的血型。

「各位先生女士，這就是我的故事。我沒有別的可說了。」的確，編輯的聲音已退為沙啞的低語。

沒有派對後的閒聊，也沒有在氣氛凝重時用來掩飾尷尬的對話，這次烤肉派對就在沉默中結束了。

就在作家送編輯上車時，他忍不住提出最後一個問題。「那篇稿子，」他說：「那篇稿子怎麼了？」

「你是說雷格的——」

「〈變形子彈之歌〉，不錯。那篇造成一切後果的稿子。那才是顆真正的變形子彈——至少對你來說是這樣。這篇應該很了不起的稿子後來怎樣了？」

編輯打開車門，這是輛小型的藍色雪佛蘭，後車槓上的貼紙寫著：別讓你的朋友酒後開車。

「那篇稿子從未刊登。如果雷格有過複本，他在我接到原稿後就已經把它毀了——想想他對他們的害怕，那是非常合理的。

「我掉進傑克森河時，車上有他的原稿，加上三份影本。如果我事先把一份影本放在行李廂裡的話，那我現在手上還會有這個故事，因為我那輛車的尾巴一直沒沉下去——就算沉了，紙總是可以曬乾的。可是我要那稿子就放在手邊，所以四份稿件都放在前座，駕駛座旁。我掉進河裡時，車窗開著。那些稿紙……我猜一定是隨河水漂走，流進海裡了。我寧可這麼想，也不願相信那些紙會隨著沉積在河裡的垃圾爛掉，或者被鯰魚吃掉，或者甚至更不詩意的下場。相信它們被漂到海裡去比較浪漫，雖然好像不太可能，不過問題在於我要選擇相信什麼。我發現我還是很有彈性。

「所謂的彈性。」

編輯坐進他那輛小車，絕塵而去。作家站著目送，直到連車尾燈光也消失了，這才轉過身來。梅格站在他們的走廊盡頭，在黑暗中怯怯地對他一笑。她的雙手緊緊交抱胸前，雖然今晚十分暖和。

「我們是最後兩個。」她說：「進屋去吧？」

「好呀。」

在走廊上，她停下來說：「保羅，你的打字機裡沒有福靈吧？」

這位時常想著，不知自己的靈感與文思從何而來的作家，大膽地回答：「絕對沒有。」

他們攜手走進屋裡，將黑夜關在門外。

後記

並非所有人都對短篇故事的誕生過程有興趣，這很自然——你不需要懂得內燃機引擎也能開車，你也不需要知道故事創作當下的時空環境，但一樣能享受其中樂趣。引擎原理能吸引機械工程師，故事創作過程，則能吸引學院人士、書迷和愛管閒事的人。（第一個和第三個其實是同義詞，不過我們就別管這麼多了。）我在此列舉了本書中幾則隨性讀者可能會有趣的相關紀事。但如果你比隨性還隨性，那麼你現在就可以毫不猶豫地合上本書，也不會有什麼損失。

〈迷霧驚魂〉：這篇故事寫於一九七六年夏天，是為了我的經紀人柯比．麥卡利所策劃的一本短篇故事集而寫。兩、三年前，他也策劃過另一本名叫《恐懼》的短篇故事集，是直接出平裝本。而收錄本篇故事的書名叫《黑暗勢力》，它會先出精裝本，而且企圖心也較大。柯比為了這本書向我邀稿，而他的催稿方式固執、堅決，再加上一點優雅的外交手腕，總之，就是一個真正好的文學經紀人的招牌。

但一開始我什麼點子都想不出來。我想得越用力，就越是一無所獲。我在想，我腦中用來創作短篇故事的機制可能遇上暫時或永久的故障了。然後，那場暴風雨來了，就跟書裡描寫的一模一樣。我們那時候就住在那裡，暴風雨最大時，長湖上的確出現了水龍捲，而我也的確要家人和我一起到地下室去躲一躲（至於黛芬，則是我小姨子的名字）。第二天去超市的採購之旅也一如書上，至於書中同行的討厭鄰居諾登，在現實生活中，住在諾登的避暑小屋的，是位非常和善的醫生羅夫·德魯和他的妻子。

在超市裡，靈感一如慣例地突如其來，而且沒有預兆。當時我在走道中間，尋找熱狗麵包，想像著有隻史前巨鳥，撲著翅膀飛向後頭的肉類櫃台，弄倒了一堆鳳梨切塊和番茄醬罐頭。然後等我和兒子喬在排隊結帳時，我又想像我們這群人全被史前動物圍困在一家超市裡，並以此自娛。

我認為這點子瘋狂而有趣，就像換柏特·高登（Burt I. Gordon）來拍「圍城13天：阿拉莫之役」的電影一樣。我回家後，當晚就把故事寫了一半，剩下的一半則在下星期寫完。這故事有點太長，但柯比覺得很好，並被順利收進那本選集。但我一直要等到從頭改寫時才喜歡上這故事。

我特別不喜歡大衛·戴敦與亞曼達上床，並再也無法查到在家的太太發生了什麼事。對我來說，他的表現太懦弱了。但在修改時，我找出了自己喜歡的文字節奏，並牢記在心，同時比起其他較長的短篇故事（例如《四季奇譚》中的〈納粹追兇〉，就是用來說明我的文學象皮症的好例子），本篇也能更成功地揭示故事核心。

而節奏的成功關鍵就在於全篇的第一句，我則是直接從道格拉斯·費爾班的小說傑作《Shoot》中搬來。對我來說，那句子，包含了所有故事的精華，也可以說是禪語。

〈廁所有老虎〉：我在康乃迪克州的史崔福上一年級時，我的導師是范布倫太太，她很恐怖。我就滿希望能看到有隻老虎把她吃掉。你也知道，小孩子嘛。

〈猴子〉：大學四年級，我因公去了紐約一趟。當我結束在新美國人圖書館的拜訪行程，返回旅館的途中，在第五街和四十四街口，看到一個賣電動猴子的人。他在人行道上鋪了條灰色毯子，上面站了一排猴子，它們面露笑容，會彎腰，還敲著手中的鈸。但這景象在我眼中看起來卻很可怕，於是在回旅館的剩下路程上，我就一直在思考為什麼會這樣。最後，我回到旅館房間，在那裡完成了大半的故事。

〈陶德太太的捷徑〉：我太太就是故事中的陶德太太，她的確瘋狂於尋找捷徑，而故事中有條捷徑真的存在，她也真的把它找了出來。塔比莎有時的確讓人感覺變得年輕了點，但我希望自己不要變得像故事中的渥茲・陶德，我試著不要。

我非常喜歡這故事。這故事讓我快樂，而故事中的老人也相當撫慰人心。

另外，這個故事當初被三份女性雜誌拒絕，其中包括《柯夢波丹》雜誌，理由是因為主角年紀太老，無法引起主要讀者的興趣。

最後，是《紅皮書雜誌》接受了這篇故事，上帝保佑他們。

〈跳特〉：這篇故事原本是為了《全知雜誌》（Omni）而寫，結果被退稿的原因是其中的科技在理論上站不住。至於故事中在外星設殖民地採集水礦的點子是來自另一位小說家班・波瓦（Ben Bova），而我在這篇故事中將其具體實現。

〈木筏〉：我在一九六八年時寫了這故事，當時叫〈漂流物〉。一九六九年，這個故事被賣給《亞當雜誌》，就跟大多數雜誌一樣，是刊登以後而非收到稿件時就付稿費，當時答應的稿費是兩百五十美元。

一九七〇年春天，某天凌晨十二點半，我開著我的白色福特從大學回家路上，我撞到了一堆交通錐。這些交通錐圍著一塊剛油漆的行人穿越道，油漆已乾，卻沒人想到天黑以後要把這些交通錐收起來。其中一個反彈後把我排氣上的消音器給敲鬆了。我頓時義憤填膺，決定要撿拾這些危險的交通錐，隔天早上再統統放到警察局門口。附張紙條說明我拯救了無數消音器與排氣系統，並應該獲頒勳章。

於是，我撿了大約一百五十個交通錐，直到警車頂上旋轉的藍燈出現在我的後視鏡裡。

我永遠忘不了，那警察來到我車旁後，看著我的後座好長一段時間，然後問道：「小子，那些交通錐是你的嗎？」

那些交通錐全被充公，我也成了奧蘭諾鎮警局的貴賓。大約一個月後，我被帶上班格爾市地方法庭，以竊盜罪名被起訴。我是自己的律師，而這律師有個笨蛋客戶。我被判兩百五十美元罰款，我當時自然沒有這筆錢。我有七天時間可以籌錢，要不然就得在皮諾斯科郡監獄當三十多天的貴賓。

而法官判罰三天後，《亞當雜誌》寄來了兩百五十美元的支票，這是我的短篇小說〈漂流物〉的稿費，這簡直就像收到一張「出獄許可證」。我立刻將支票兌現，付清罰款。並且下定決心，從此以後看到交通錐時，我會筆直駛過，我會戒掉交通錐。

問題來了：《亞當雜誌》是「出刊」後才付稿費，所以天殺的，當我拿到稿費，就表示這個故事已經刊登出來了。但我沒有收到該期雜誌，我定期去書報攤檢查，但也沒看到過——我得夾在一群臭男人當中，在諸如《波霸雜誌》與《浪蕩蕾絲邊》之間翻尋騎士出版社發行的文學雜誌，但我從來沒在其中看到這個故事。

因為我已遺失這篇故事的原稿，因此十三年後，一九八一年，我得重新構思一次這個故事。當時我在匹茲堡，正在編最後一集「毛骨悚然」，當時我已疲累不堪，因此決定重寫一次這個故事，而結果就是〈木筏〉。故事事件與原始的短篇小說大致相同，但我相信在細節上絕對恐怖得多。

所以，到底有誰看過〈漂流物〉這篇小說，或甚至有這本雜誌，可以請你寄份影本或不管什麼給我都好嗎？甚至寄張明信片讓我確認只是我發瘋了也行？它可能會登在《亞當雜誌》、《亞當季刊》或是（非常有可能）《亞當床邊讀物》。（可能不是這樣的名字，我知道、我知道。但那時候我只有兩條褲子和三套內衣褲。乞丐是沒得選擇的。而且讓我告訴你，再怎麼說都比《浪蕩蕾絲邊》好多了。）我只想確認一下，這個故事確實曾在「神鬼禁區」（Dead Zone）之外的某地發行出刊而已。

〈適者生存〉：我必須研究關於食人這種行為，因為這就是我這種人有時候會思考的問題。而且繆思女神有時會把魔力從我腦中移除。我知道這聽起來很粗淺，但請相信我，這是我所能找到最好的比喻了。而且如果福靈肯要，我也願意餵它餅乾。總之，我開始思考，一個人有沒有辦法吃自己身上的肉？如果可以，在不可抗拒的結局來臨前，他能吃多少？我猶豫著是否要下筆寫這故事，因為我知道我只有可能把它搞砸了。最後，有一天我們在車子後座吃漢堡時，我太太問我在偷笑什麼？我決定了至少要來試一試。

我們那時住在橋墩鎮，我花了點時間和隔壁的退休醫生羅夫・德魯談了這件事。雖然一開始他看起來很困惑（因為前一年，我曾為了另一個故事問他：他覺得人有沒有可能吞下一隻貓？），但最後他也同意，一個人可以靠自己身上的肉活上一段時間。

他指出，就像物質界的一切，人體也蘊藏著能量。呃，我又問他，那關於重複承受截肢的衝擊性休克呢？他給我的答案就是這篇故事的第一段，我只做了很少的更動。

我猜，福克納也沒寫過這樣的東西吧，哈。

〈奧圖伯伯的卡車〉：那輛卡車是真的，房子也是，我是在一次長途駕車時在腦中編出這個故事。我非常喜歡這故事，所以後來花了幾天把它寫了下來。

〈水道〉：塔比莎最小的弟弟湯米曾經當過海岸防衛隊隊員。他駐守東南沿岸，從瓊斯港到畢爾斯一帶漫長而地形糾結的緬因州海岸。

在那裡，海岸防衛隊的主要工作就是為大型浮筒換電池，以及偶爾拯救迷失在霧中或撞上礁石的毒品走私者。

那裡有很多離島，島上也有很多緊密連結的社區。就是他告訴我真實版的史黛拉·法蘭德斯的故事，她從出生到死亡都只待在她的島上。是豬島？還是乳牛島？我不記得了，總之是某種動物。

但我很難相信這件事。「她從來不曾想過海到大陸本土上嗎？」

「不，她說直到她死，她都不想跨過水道。」湯米說道。

「水道」這個詞對我來說很陌生，也是湯米對我解釋的。他也跟我說了龍蝦漁夫那個從瓊斯港到倫敦之間的水道笑話，而我也把它放進了故事中。

這故事最早發表在《北佬雜誌》上，叫〈死人會唱歌嗎？〉，非常漂亮的篇名。但幾經思考，我決定在本書中改回原來的篇名。

好了，就這樣。我不認識你，但每本書到了最後，我總是有種醒來的感覺。

與夢告別總會有點悲傷，但看看周圍，真實世界的一切是多麼美好。

感謝陪我走完這趟旅程，我非常享受。每一次都是。

我希望你能平安抵達終點，而且下次能再次出現，因為就像那古怪的紐約俱樂部領班所說，總是有更多的故事。

史蒂芬・金

班格爾市，緬因州

國家圖書館出版品預行編目資料

史蒂芬·金的故事販賣機 / 史蒂芬·金(Stephen King)著；謝瑤玲·余國芳·賴慈芸譯 -- 初版. -- 臺北市：皇冠, 2009. 07
面；公分. --（皇冠叢書；第3871種 史蒂芬金選；13）
譯自：Skeleton Crew
ISBN 978-957-33-2558-1（平裝）

874.57 98010818

皇冠叢書第3871種

史蒂芬金選 13

史蒂芬·金的故事販賣機

Skeleton Crew

作　　者—史蒂芬·金
譯　　者—謝瑤玲·余國芳·賴慈芸
發 行 人—平雲
出版發行—皇冠文化出版有限公司
台北市敦化北路120巷50號
電話◎02-27168888
郵撥帳號◎15261516號
皇冠出版社(香港)有限公司
香港上環文咸東街50號寶恒商業中心
23樓2301-3室
電話◎2529-1778　傳真◎2527-0904
美術設計—王瓊瑤
印　　務—林佳燕·江宥廷
著作完成日期—1985年
初版一刷日期—2009年07月
初版九刷日期—2018年08月
法律顧問—王惠光律師

讀者服務傳真專線◎02-27150507
電腦編號◎508013
ISBN◎978-957-33-2558-1
Printed in Taiwan
本書定價◎新台幣520元/港幣173元